HEYNE <

Das Buch

Wie ein Steppenbrand greift ein rätselhaftes Virus um sich und löscht in kürzester Zeit den größten Teil der Menschheit aus. Nur ganz wenige überleben die Seuche, darunter der junge Student Isherwood Williams, Ish genannt. Er wandert durch die leeren Städte der USA – auf der Suche nach anderen Menschen, mit denen er die Zivilisation wieder aufbauen kann. Doch das Leben nach der Katastrophe geht zwar weiter, aber es ist nicht mehr dasselbe: Die Übriggebliebenen müssen völlig neue Formen des Zusammenlebens finden.

George R. Stewarts »Leben ohne Ende«, erstmals 1949 erschienen, ist einer der großen Klassiker der Science-Fiction und einer der berühmtesten Romane in der Tradition der »Doomsday Novels«. Er zeigt auf eindrückliche Weise, wie nach dem Zusammenbruch unserer Zivilisation eine neue, andere Ordnung entsteht.

Der Autor

George R. Stewart (1895–1980) studierte an der University of California und war dort viele Jahre als Professor für Englische Literatur tätig. Er veröffentlichte zahlreiche Bücher, Romane ebenso wie Sachbücher, in denen er sich, lange vor dem Aufkommen der Umweltbewegung, insbesondere mit ökologischen Themen befasste. »Leben ohne Ende« ist sein bedeutendster Roman und wurde 1951 mit dem International Fantasy Award ausgezeichnet, der höchsten Auszeichnung, die damals auf dem Gebiet der phantastischen Literatur vergeben wurde.

Mehr zu Autor und Werk auf:

diezukunft.de

GEORGE R. STEWART

LEBEN OHNE ENDE

ROMAN

Mit einem Anhang von Uwe Neuhold

WILHELM HEYNE VERLAG
MÜNCHEN

Titel der Originalausgabe
EARTH ABIDES
Aus dem Amerikanischen von Ernst Sander
Neu durchgesehen und vollständig überarbeitet von Alexander Martin

Sollte diese Publikation Links auf Webseiten Dritter enthalten, so übernehmen wir für deren Inhalte keine Haftung, da wir uns diese nicht zu eigen machen, sondern lediglich auf deren Stand zum Zeitpunkt der Erstveröffentlichung verweisen..

Penguin Random House Verlagsgruppe FSC® N001967

2. Auflage

Überarbeitete Neuausgabe
Copyright © 1949 by George R. Stewart
Copyright © 2016 der deutschen Ausgabe und der Übersetzung
by Wilhelm Heyne Verlag, München,
in der Penguin Random House Verlagsgruppe GmbH,
Neumarkter Straße 28, 81673 München
Printed in Germany
Umschlaggestaltung: Nele Schütz Design, München
Satz: Schaber Datentechnik, Austria
Druck und Bindung: GGP Media GmbH, Pößneck

ISBN 978-3-453-31436-8

www.diezukunft.de

»Ein Geschlecht geht und ein Geschlecht kommt, die Erde aber steht in Ewigkeit.«

Ecclesiastes 1:4

ERSTER TEIL

DAS GROSSE UNHEIL

»Wenn plötzlich durch Mutation ein todbringender Virus-Typ entstehen sollte, könnte er infolge der schnellen Übertragungsmöglichkeiten, wie sie die heutige Zeit mit sich bringt, in die fernsten Winkel der Erde gelangen und den Tod von Millionen von Menschen verursachen.«

W. M. Stanley in: *Chemical and Engineering News*
vom 22. Dezember 1947

1

... und die Regierung der Vereinigten Staaten von Amerika wird hiermit ihres Amtes enthoben. Ausgenommen ist der District of Columbia. Die Bundesbeamten, einschließlich derjenigen der bewaffneten Streitkräfte, unterstellen sich der Befehlsgewalt der einzelnen Staaten oder den noch amtierenden örtlichen Regierungs- und Verwaltungsstellen. Auf Anordnung des Regierenden Präsidenten. Gott schütze die Bevölkerung der Vereinigten Staaten ...

Hier eine soeben vom Bay Area Emergency Council eingetroffene Nachricht: Das Lazarettlager West-Oakland wurde aufgegeben. Seine Funktionen, einschließlich der Seebestattungen, werden ab sofort vom Berkeley-Lager übernommen und durchgeführt. Das ist alles ...

Lassen Sie diesen Sender eingeschaltet. Er ist der einzige noch in Betrieb befindliche im nördlichen Kalifornien. Wir werden Sie so lange wie möglich über die weitere Entwicklung informieren.

Gerade als er den Felsrand erklomm, hörte er ein plötzliches Rascheln und leises Klappern und spürte den scharfen Stich der Giftzähne. Mechanisch riss er die rechte Hand zurück; als er den Kopf wandte, erblickte er die Schlange, die zusammengerollt und drohend dalag. Sie war nur klein, stellte er im gleichen Augenblick fest, als er die Hand an die Lippen hob und heftig am unteren Teil des Zeigefingers sog, wo ein winziger Blutstropfen hervorquoll.

Nur keine Zeit mit dem Totschlagen der Schlange verlieren, dachte er.

Am Finger saugend, glitt er vom Felsen herunter. Unten sah er den Hammer an der Stelle, wo er ihn hingelegt hatte. Einen Moment lang dachte er, er könne ihn da liegen lassen und weitergehen. Doch das kam ihm übertrieben ängstlich vor; so hielt er inne, hob den Hammer mit der linken Hand auf und stieg dann den schmalen, holprigen Pfad hinab.

Er hastete nicht. Dabei kam nichts heraus. Hast beschleunigte lediglich den Herzschlag, und das Gift zirkulierte schneller. Aber sein Herz pochte so schnell, sei es der Aufregung wegen oder aus Angst, dass es, so meinte er, ganz gleich war, ob er schneller ging oder nicht. Als er bei einer Baumgruppe angelangt war, nahm er sein Taschentuch und knotete es sich um das rechte Handgelenk. Mit einem Stück Zweig drehte er das Tuch so fest, dass der Blutkreislauf gestaut wurde.

Im Weitergehen spürte er, wie Schock und Bestürzung von ihm wichen. Allmählich schlug sein Herz wieder langsamer. Und er empfand kaum Furcht. Er war jung, kräftig und gesund. So ein Biss war selten tödlich, auch wenn er allein war und keine richtigen Gegenmittel hatte.

Jetzt sah er die Hütte. Seine Hand fühlte sich steif an. Bevor er in die Hütte ging, blieb er stehen und lockerte den Knebel an seinem Handgelenk; er hatte irgendwo gelesen, dass man das tun solle, damit das Blut kurz zirkulieren könne. Dann drehte er ihn wieder fest.

Er stieß die Tür auf und ließ dabei den Hammer zu Boden fallen. Das Werkzeug landete mit dem Stiel nach oben auf dem schweren Ende, wackelte einen Augenblick und blieb dann stehen, den Stiel in der Luft.

Er sah in der Tischschublade nach und fand die Schlangenbiss-Ausrüstung, die er an diesem vertrackten Tag eigentlich hätte bei sich haben müssen. Schnell befolgte er die Gebrauchsanweisung – ritzte mit der Rasierklinge ein sauberes kleines Kreuz über die Bissstelle und setzte die Saugpumpe an. Dann legte er sich auf die Pritsche und sah zu, wie sich die Gummibirne langsam ausdehnte und das Blut aufsog.

Er hatte keine Angst. Die ganze Sache erschien ihm lediglich wie ein lästiger Zwischenfall. Ständig war ihm gesagt worden, er solle nicht ohne Begleitung in die Berge gehen – »und ja nicht ohne Hund!«, hatte man gewöhnlich hinzugefügt. Aber er hatte die Warner stets ausgelacht. Ein Hund machte einem unausgesetzt Schwierigkeiten und spürte Stachelschweinen oder Stinktieren nach; und außerdem machte er sich nichts aus Hunden, im Gegenteil. Nun würde es natürlich heißen: »Na ja, wir hatten Sie ja gewarnt.«

Im leichten Fieber warf er sich herum; ihm war, als baue er sich eine Verteidigungsrede zusammen. »Vielleicht«, so könnte er sagen, »hat mich gerade das Gefährliche dabei gelockt.« (Das klang ein bisschen nach Heldentum.) Es würde der Wahrheit allerdings näherkommen, wenn er sagte: »Ich bin eben manchmal gerne allein. Ich muss einfach ab und an dem Fragwürdigen den Rücken kehren, das der Umgang mit anderen Menschen mit sich bringt.« Aber natürlich würde es seine beste Verteidigung sein, wenn er einfach sagte, er sei, zumindest während des letzten Jahres, aus beruflichen Gründen allein in die Berge gegangen, schließlich war er Doktorand und schrieb an seiner Dissertation mit dem Titel »Die Ökologie der Black Creek Area«. Er erforschte die vergangenen und gegenwärtigen Verwandtschaftsbeziehungen zwischen Menschen, Pflanzen und Tieren in diesem Gebiet; da war es doch klar, dass er nicht warten konnte, bis ihm ein geeigneter Kamerad über den Weg lief. Außerdem war es ihm nie in den Sinn gekommen, dass er sich irgendwie einer ernstlichen Gefahr aussetzte. Obwohl im Umkreis von fünf Meilen um seine Hütte kein Mensch wohnte, war während des Sommers kaum ein Tag vergangen, ohne dass ein Angler vorbeigekommen war, der in seinem Wagen die felsige Straße entlangfuhr oder einfach dem Bachlauf folgte.

Als ihm das einfiel, überlegte er, wann er eigentlich den letzten Angler gesehen hatte. Bestimmt nicht in der letzten Woche. Tatsächlich konnte er sich nicht erinnern, ob er während der beiden Wochen, die er allein in der Hütte verbracht hatte, überhaupt einen gesehen hatte. Eines Abends war nach Einbruch der Dunkelheit ein Wagen vorbeigefahren. Es war ihm seltsam vorgekommen, dass bei Dunkelheit ein Auto gerade diese Straße entlangfuhr; für gewöhnlich zelteten die Leute unten, ehe die Nacht hereinbrach, und kamen erst morgens herauf. Aber vielleicht, dachte er, hatten sie zu ihrem Lieblingsbach hinauffahren wollen, um bei Tagesanbruch zu fischen.

Nein, während der letzten beiden Wochen hatte er mit keiner Menschenseele ein Wort gewechselt. Er konnte sich nicht einmal erinnern, überhaupt jemanden gesehen zu haben.

Ein zuckender Schmerz machte ihm wieder bewusst, was gegenwärtig geschah. Die Hand begann zu schwellen. Er lockerte den Knebel, damit das Blut zirkulieren konnte.

Dann wandte er sich wieder seinen Gedanken zu – und ihm wurde bewusst, dass er ganz und gar von der Außenwelt abgeschnitten war. Er hatte kein Radio. Vielleicht hatte es einen Börsenkrach oder ein zweites Pearl Harbour gegeben; das hätte das Ausbleiben der Angler erklärt. Jedenfalls bestand allem Anschein nach nur eine geringe Aussicht, dass jemand kommen und ihm helfen würde. Er musste eben sehen, wie er auf eigene Faust zurechtkam.

Aber auch diese Aussicht beunruhigte ihn nicht sonderlich. Schlimmstenfalls, so dachte er, würde er mit einem Haufen Nahrungsmittel und Trinkwasser für zwei oder drei Tage hier oben in seiner Hütte liegen, bis die Schwellung zurückgegangen war und er in seinem Wagen hinunter zu Johnsons fahren konnte, der nächstgelegenen Ranch.

Der Nachmittag schleppte sich hin. Er hatte nicht den geringsten Appetit, als es Zeit zum Abendessen war, aber er bereitete sich auf dem Benzinkocher eine Kanne Kaffee und trank mehrere Tassen. Er hatte heftige Schmerzen; doch trotz der Schmerzen und trotz des Kaffees wurde er müde …

Plötzlich wachte er im Zwielicht auf und sah, dass jemand die Hüttentür aufgestoßen hatte. Er empfand Erleichterung – er hatte jetzt Hilfe. Zwei Männer in Stadtkleidung standen in der Tür, sehr anständig wirkende Männer, obwohl sie auf eine befremdliche Weise hierhin und dorthin starrten, als hätten sie vor irgendetwas Angst. »Ich bin krank«, sagte er auf seiner Pritsche, und dann sah er, wie sich die Furcht auf den Gesichtern der Männer in wildes Entsetzen verwandelte. Sie drehten sich abrupt um und rannten, ohne auch nur die Tür zu schließen, davon. Einen Augenblick später erklang das Geräusch eines anspringenden Motors. Es wurde schwächer und schwächer, als sich der Wagen auf der Straße entfernte.

Nun erschrak er zum ersten Mal, richtete sich auf der Pritsche auf und blickte aus dem Fenster. Das Auto war bereits hinter der Kurve verschwunden. Er begriff nichts von alldem. Warum waren die beiden so plötzlich weggelaufen, ohne ihm wenigstens ihre Hilfe anzubieten?

Er stand auf. Im Osten dämmerte es; er hatte also bis zum Morgen geschlafen. Seine rechte Hand war geschwollen und schmerzte stechend. Abgesehen davon fühlte er sich recht gut. Er wärmte den Kaffee auf, machte sich einen Haferbrei und legte sich wieder auf die Pritsche – in der Hoffnung, dass er sich früher oder später kräftig genug fühlen würde, um die Fahrt zu Johnsons wagen zu können. Aber natürlich nur dann, wenn in der Zwischenzeit niemand vorbeikommen, anhalten, ihm helfen und nicht wie die beiden anderen, die verrückt gewesen sein mussten, beim Anblick eines Kranken davonlaufen würde.

Bald jedoch fühlte er sich sehr viel schlechter. Offenbar eine Art Rückfall. Er lag auf der Pritsche und schrieb ein paar Zeilen – er meinte, einen kurzen Bericht über das Geschehene hinterlassen zu müssen. Vermutlich würde es nicht allzu lange dauern, bis ihn jemand fand; bestimmt würden seine Eltern in ein paar Tagen bei Johnsons anrufen, wenn sie nichts von ihm hörten. Er brachte es fertig, mit der linken Hand die Worte auf das Papier zu kritzeln, und unterschrieb lediglich mit Ish – es war zu beschwerlich, seinen ganzen Namen, Isherwood Williams, hinzuschreiben, und ohnehin kannte ihn jeder unter seinem Spitznamen.

Am Nachmittag fühlte er sich wie ein schiffbrüchiger Seemann, der von seinem Rettungsfloss aus einen Dampfer am Horizont entlanggleiten sieht: Er hörte die Geräusche von Autos – von zwei Autos, die die steile Straße hinauffuhren. Sie kamen näher, und dann fuhren sie vorüber, ohne anzuhalten. Er rief, aber er war geschwächt; seine Stimme reichte nicht bis zur Straßenbiegung, wo die Wagen vorbeifuhren.

Obwohl er sich nicht besser fühlte, stand er strauchelnd und taumelnd auf, ehe es dunkel wurde, und zündete die Kerosinlampe an. Er wollte nicht im Dunkeln liegen.

Den Kopf voll schlimmer Befürchtungen, beugte er seinen schmächtigen Körper und warf einen Blick in den kleinen Spiegel, der wegen dem schrägen Hüttendach unter der Höhe seiner Augen angebracht war. Sein längliches Gesicht war stets hager gewesen und kam ihm jetzt kaum hagerer vor, aber durch die Sonnenbräune seiner Backen glühte es rötlich. Seine großen blauen Augen waren blutunterlaufen und starrten ihn wild und fieberglänzend an. Sein immer wirres, hellbraunes Haar stand ihm in allen Richtungen vom Kopf ab und vervollständigte das Bild eines schwerkranken jungen Mannes.

Er legte sich wieder auf die Pritsche. Obwohl er jetzt fast überzeugt war, dass er sterben müsse, empfand er nicht allzu viel Angst. Plötzlich überfiel ihn ein heftiger Schüttelfrost, dann glitt er ins Fieber hinein. Auf dem Tisch brannte die Lampe ruhig weiter, und der Hammer, den er zu Boden hatte fallen lassen, stand nach wie vor dort, mit dem Stiel nach oben, sicher ausbalanciert. Da er ihn die ganze Zeit vor Augen hatte, beanspruchte der Hammer einen ziemlich großen Teil seines Bewusstseins; es war, als würde er sein Testament machen, ein altmodisches Testament, in dem er genau das Hab und Gut beschrieb, das er hinterließ: »Ein Hammer, ein Single-Jack, Eisengewicht vier Pfund, Stiel ein Fuß lang, leicht angekratzt, etwas verwittert, der Hammerkopf leicht angerostet, aber noch verwendbar.« Es hatte ihn ziemlich gefreut, als er den Hammer gefunden hatte, dieses Verbindungsglied zur Vergangenheit. Ein Bergmann hatte ihn wohl in jenen vergangenen Zeiten benutzt, als man mit Hämmern Steinbohrer in niedrige Erdgänge getrieben hatte; vier Pfund waren ungefähr das Gewicht, das ein einzelner Mann auf solche Weise handhaben konnte, und das Werkzeug wurde Single-Jack genannt, weil es nur mit einer Hand geschwungen wurde. Im Fieber dachte er, dass er seiner Dissertation vielleicht ein Bild des Hammers beifügen sollte.

Die meisten dieser umdunkelten Stunden verbrachte er in einer Art leichten Albtraum. Husten plagte ihn, manchmal glaubte er zu ersticken. Es überkam ihn Schüttelfrost, und dann glühte er wieder im Fieber. Ein hellroter Ausschlag, wie Masern, begann sich zu zeigen.

Bei Tagesanbruch spürte er, wie er abermals in einen tiefen Schlaf sank.

»Es hat sich nie ereignet« kann keinesfalls bedeuten: »Es kann sich nie ereignen!« Das käme der Behauptung gleich: »Da ich mir nie das Bein gebrochen habe, ist mein Bein unzerbrechlich.« Oder: »Da ich nie gestorben bin, bin ich unsterblich.« Zunächst denkt man an eine große Insektenplage, an Heuschrecken, wenn die Art sich urplötzlich über alle Maßen vermehrt und dann genauso unvermittelt wieder zu der geringen Zahl wie kurz zuvor absinkt. Doch genauso fluktuieren auch die höheren Tiere. Die Lemminge vermehren sich und schwinden wieder dahin. Die Schneeschuhkaninchen nehmen eine Reihe von Jahren hindurch zahlenmäßig so zu, bis sie überall zu sein scheinen; dann überfällt sie mit dramatischer Plötzlichkeit ihre Pest. Einige Zoologen vermuten darin sogar ein biologisches Gesetz: Die Zahl der Individuen innerhalb einer Spezies bleibt danach nie konstant, sondern ist in stetem Steigen und Fallen begriffen – je höher das Tier steht und je länger die Aufzucht seiner Nachkommen dauert, desto länger die Fluktuierungsperiode.

Während des größten Teils des neunzehnten Jahrhunderts kam der afrikanische Büffel in der Steppe häufig vor. Er war ein mächtiges Tier und hatte nur wenige natürliche Feinde, und wenn man seinen Bestand alle zehn Jahre aufgenommen hätte, so wäre festgestellt worden, dass er sich stetig vermehrte. Dann erreichte er gegen Ende des Jahrhunderts seine Klimax, und plötzlich überfiel ihn eine Seuche: die Rinderpest. Bald war der Büffel beinahe eine Seltenheit, und in einigen Teilen seines ehemaligen Verbreitungsgebietes so gut wie ausgestorben. Erst während der letzten Jahrzehnte hat sich seine Zahl allmählich wieder vergrößert.

Was nun den Menschen betrifft, so besteht wenig Grund zu der Annahme, dass er auf Dauer dem Schicksal der übrigen Geschöpfe entgehen kann, und wenn es tatsächlich ein biologisches Gesetz von Ebbe und Flut gibt, so ist seine gegenwärtige Situation recht gefährlich. Zehntausend Jahre lang war seine Zahl in stetem Ansteigen begriffen, trotz aller Kriege, Seuchen und Hungersnöte. Immer schneller hat sich das Anwachsen der Bevölkerung vollzogen. Biologisch betrachtet hat der Mensch bereits viel zu lange eine ununterbrochene Folge von »sieben guten Jahren« durchlebt.

Als er gegen Mittag erwachte, empfand er ein überraschend angenehmes Gefühl. Er hatte gedacht, es würde ihm viel schlechter gehen, aber tatsächlich fühlte er sich besser. Die Erstickungsanfälle suchten ihn nicht mehr heim, und seine Hand brannte nicht mehr so stark. Die Schwellung war zurückgegangen. Am zurückliegenden Tag war es ihm so übel gegangen, nicht zuletzt durch all das Verwirrende, das auf ihn eingestürzt war, dass er kaum Zeit gehabt hatte, an seine Hand zu denken. Jetzt schien es sowohl um die Hand als auch um sein Allgemeinbefinden besser zu stehen – als hätte sich beides gegenseitig Einhalt geboten und zurückgedrängt. Am Nachmittag war sein Kopf klar, und er fühlte sich noch nicht einmal besonders schwach.

Er aß etwas und beschloss dann, die Fahrt hinunter zu Johnsons zu wagen. Er hielt sich nicht damit auf, alles einzupacken; er nahm lediglich seine kostbaren Notizbücher und den Fotoapparat mit. Doch im letzten Moment hob er, wie aus einer Art Instinkt heraus, den Hammer auf, ging zum Wagen und legte ihn auf den Boden vor dem Fahrersitz. Dann fuhr er langsam los, wobei er die rechte Hand so weit wie möglich schonte.

Bei Johnsons war alles still. Er ließ den Wagen bis zur Benzinpumpe rollen und hielt an. Niemand kam heraus, um seinen Tank zu füllen; das war nicht ungewöhnlich, da Johnsons Pumpe wie in den Bergen üblich jedermann frei zur Verfügung stand. Er hupte und wartete eine Weile. Dann stieg er aus und ging die wackeligen Stufen zu dem Raum hinauf, der als Laden diente, in dem die Camper Zigaretten und Konserven aller Art erstehen konnten. Er ging hinein; es war niemand da.

Er war an Überraschungen dieser Art gewöhnt. Wie so oft, wenn er eine Weile sich selbst überlassen gewesen war, wusste er nicht genau, welcher Wochentag es war. Mittwoch, dachte er. Aber es konnte ebenso gut Dienstag oder Donnerstag sein. Jedenfalls war er sich sicher, dass es irgendwann in der Mitte der Woche, also nicht Sonntag war. Am Sonntag, hin und wieder auch über das ganze Wochenende, schlossen die Johnsons schon mal ihren Laden und machten einen Ausflug. Sie waren in dieser Hinsicht recht locker und machten gerne mal eine Pause vom Geschäft. Dabei waren sie in hohem Maße von dem Umsatz abhängig, den der Laden während der Angelsaison erzielte; sie konnten es sich kaum erlauben, allzu lange weg zu sein. Und wenn sie verreist wären, hätten sie doch bestimmt die Tür abgeschlossen. Aber man kannte sich bei diesen Bergbewohnern nie richtig aus; ja, vielleicht verdiente dieser Zwischenfall sogar eine Erwähnung in seiner Dissertation. Jedenfalls war sein Tank nahezu leer. Die Pumpe war ebenfalls nicht abgeschlossen, und so griff er zur Selbsthilfe und tankte vierzig Liter. Mühsam kritzelte er mit der linken Hand einen Scheck, den er auf dem Tresen hinterließ, zusammen mit der Notiz »Ihr wart alle weg. Habe vierzig Liter getankt. Ish«.

Als er die Straße weiter hinabfuhr, fühlte er sich plötzlich unbehaglich. Die Johnsons an einem Wochentag auf und davon, die Tür unverschlossen, weit und breit kein Angler, das in der Nacht vorüberfahrende Auto und – vor allem – die beiden Männer, die davongerannt waren, als sie einen anderen Mann krank auf der Pritsche einer einsamen Gebirgshütte hatten liegen sehen. Doch das Wetter war prächtig, und seine Hand schmerzte nicht allzu sehr; außerdem schien er jene zweite seltsame Infektion überstanden zu haben, wenn es sich überhaupt um dergleichen und nicht lediglich um den Schlangenbiss gehandelt hatte. Sein körperliches Befinden war jetzt beinahe wieder normal. Die Straße wand sich geruhsam zwischen lichten Fichtenhainen neben einem schmalen, schnell fließenden Fluss dahin, und als er beim Black-Creek-Kraftwerk ankam, fühlte er sich auch geistig und seelisch wieder völlig normal.

Das Kraftwerk sah aus wie immer. Er hörte das Summen der großen Generatoren und sah Ströme dampfenden Wassers unten heraustosen. Auf der Brücke brannte eine Lampe. Er dachte: Vermutlich macht sich niemand jemals die Mühe, das Licht auszuschalten. Sie haben so viel Strom, dass sie nicht damit zu sparen brauchen.

Er spielte mit dem Gedanken, in das Kraftwerk hineinzugehen, einfach nur um jemand zu sehen und die sonderbaren Ängste zurückzudrängen, die in ihm aufzusteigen begonnen hatten. Doch der Anblick und die Geräusche waren beruhigende Hinweise darauf, dass das Kraftwerk arbeitete wie immer, auch wenn er keine Menschenseele sah. Und selbst daran war nichts Auffälliges. Der Arbeitsvorgang verlief weitgehend automatisch, sodass dort nur ein paar Leute beschäftigt waren, und die hielten sich zumeist drinnen auf.

Gerade als er an dem Kraftwerk vorüber war, kam ein großer Collie aus einem der hinteren Gebäude gelaufen. Vom anderen Ufer des Flusses bellte er Ish laut und ungestüm an und rannte aufgeregt hin und her.

Verrückter Köter, dachte Ish. Warum ist er wohl so aufgeregt? Versucht er mir zu sagen, dass ich das Kraftwerk nicht stehlen darf? Die Menschen neigen dazu, die Intelligenz der Hunde zu überschätzen.

Er fuhr um die Kurve, und das Bellen blieb hinter ihm zurück. Doch der Anblick des Hundes hatte ihn abermals davon überzeugt, dass sich alles im Normalzustand befand. Er begann zufrieden vor sich hin zu pfeifen. Jetzt hatte er nur noch zehn Meilen zurückzulegen, bis er zur nächsten kleineren Stadt kam, einem Ort namens Hutsonville.

Man vergegenwärtige sich den Fall der Captain-Maclear-Ratte. Dieses interessante Nagetier lebte auf Christmas Island, einem winzigen Fleck tropischen Grüns etwa zweihundert Meilen südlich von Java. Die Art war 1887 zum ersten Mal wissenschaftlich beschrieben worden: Sie sei groß und kräftig, habe höckrige Jochbögen, und das Vorderende der Jochbeinplatte trete auffällig hervor.

Ein Wissenschaftler beobachtete, dass die Ratten die Insel »in Schwärmen« bewohnten und sich von Früchten und jungen Sprossen ernährten. Für die Ratten bedeutete die

Insel eine ganze Welt, ein irdisches Paradies. Der Beobachter notierte: »Sie scheinen sich das ganze Jahr hindurch zu vermehren.« Das Übermaß an tropischem Wachstum war derart, dass die Ratten nicht so zahlreich geworden wären, wenn sie in ständigem Wettbewerb mit anderen Angehörigen der Spezies gestanden hätten. Die einzelnen Ratten waren außerordentlich gut genährt, ja unmäßig fett.

Im Jahre 1903 brach eine neuartige Seuche aus. Infolge der hohen Populationsdichte und vermutlich auch wegen der verweichlichten Konstitution der Einzeltiere erkrankten die Ratten sämtlich und starben bald zu Tausenden. Trotz ihrer großen Zahl, trotz einer verschwenderischen Fülle an Nahrung, trotz ihrer schnellen Vermehrung ist die Spezies ausgestorben.

Er fuhr einen Hügel hinauf und sah in etwa einer Meile Entfernung Hutsonville vor sich liegen. Dann, gerade als er sich anschickte, den Hügel hinunterzufahren, bemerkte er seitlich etwas, das ihm einen Schauer über den Rücken jagte. Instinktiv trat er auf die Bremse, stieg aus und ging zurück; er konnte kaum glauben, dass er es tatsächlich gesehen hatte. Am Straßenrand lag, deutlich sichtbar, der bekleidete Körper eines Mannes, über dessen Gesicht Ameisen krochen. Die Leiche musste mindestens ein oder zwei Tage dort gelegen haben. Warum hatte man sie noch nicht entdeckt? Er beugte sich nicht hinunter und stellte keine großen Nachforschungen an; jetzt kam es darauf an, nach Hutsonville zu fahren und den Fund so schnell wie möglich der Polizei zu melden. Also lief er zu seinem Wagen zurück.

Doch als er wieder den Motor startete, hatte er tief im Inneren die sonderbare Empfindung, dass dies kein Fall für die Polizei war, ja dass es womöglich gar keine Polizei mehr gab. Weder bei Johnsons noch beim Kraftwerk hatte er jemanden gesehen, und auf der Straße war ihm kein einziger Wagen begegnet. Das Einzige, was ihm von früher als normal erschienen war, waren die brennende Lampe beim Kraftwerk und das ruhige Summen der großen Generatoren gewesen, die weiter arbeiteten.

Er fuhr auf die Stadt zu, und als die ersten Häuser kamen, atmete er plötzlich leichter – auf einer freien Stelle scharrte eine Henne, ein halbes Dutzend Küken um sich herum, in aller Ruhe im Staub, und etwas weiter vorn überquerte eine schwarzweiße Katze so unbeteiligt den Bürgersteig, wie sie es an jedem anderen Junitag getan hätte.

Die Nachmittagshitze lag schwer über dem Ort, und er sah niemanden. »Faul wie eine mexikanische Stadt«, dachte er. »Alles hält Siesta.« Da plötzlich merkte er, dass er es laut gesagt hatte – wie jemand, der pfeift, um sich Mut zu machen. Er fuhr ins Ortszentrum, hielt am Bordstein an und stieg aus. Es war niemand hier.

Er drückte auf die Klinke der Tür eines kleinen Restaurants. Die Tür war offen. Er ging hinein.

»Hallo«, rief er.

Niemand kam. Nicht einmal ein Echo antwortete.

Die Tür der Bank war verschlossen, obwohl noch längst nicht Geschäftsschluss war, und je länger er nachdachte, desto mehr war er überzeugt, dass es Dienstag oder Mittwoch oder allerhöchstens Donnerstag war. Was ist mit mir geschehen?, dachte er. Bin ich Rip van Winkle? Genauso war Rip van Winkle, nachdem er zwanzig Jahre geschlafen hatte, in ein Dorf gekommen – doch das war voller Menschen gewesen.

Die Tür der Eisenwarenhandlung hinter der Bank war offen. Er ging hinein. Wieder rief er, und wieder erklang nicht einmal ein Echo als Antwort. Er sah in eine Bäckerei;

dort hörte er nur ein winziges Geräusch, wie von einer flüchtenden Maus.

Waren die Leute alle zum Baseballspiel gegangen? Aber dann hätten sie doch bestimmt ihre Läden geschlossen. Er ging zurück zum Wagen, setzte sich ans Steuer und blickte sich um. War das der Fieberwahn? Lag er in Wirklichkeit noch auf seiner Pritsche? Ein Teil von ihm neigte dazu, hier so schnell wie möglich wegzukommen. Panik begann sich in ihm breitzumachen. Da sah er, dass längs der Straße mehrere Wagen parkten, ganz so wie sie es an einem nicht allzu geschäftigen Nachmittag getan hätten. Nein, er konnte nicht einfach davonfahren – er musste den Toten am Straßenrand melden. Also betätigte er die Hupe, und das Geräusch hallte fast schon unanständig laut durch die menschenleere Straße und die Nachmittagsstille. Er hupte zweimal, wartete und hupte wieder zweimal. Nichts. Wieder und wieder, in wachsendem Entsetzen, drückte er auf die Hupe. Dabei blickte er sich um, in der Hoffnung, dass irgendjemand aus einer Tür herauskam oder dass sich wenigstens ein Gesicht an einem Fenster zeigte. Er nahm die Hand von der Hupe, und abermals war da nichts als Stille, nur dass er jetzt irgendwo in der Ferne das grelle Gackern einer Henne hörte. Die muss gerade ein Ei gelegt haben, dachte er.

Ein dicker Hund bog schwanzwedelnd um die Ecke und trottete den Bürgersteig entlang; jene Art von Hund, wie man sie in jeder Kleinstadt auf der Hauptstraße sehen konnte. Ish stieg aus dem Wagen und ging dem Hund entgegen. »Du hast jedenfalls nicht an Nahrungsmangel gelitten«, sagte er (und hatte plötzlich ein würgendes Gefühl im Hals, als er daran dachte, was der Hund gefressen haben könnte). Der Hund war nicht sehr freundlich. Er knurrte Ish an und hielt Abstand; dann lief er die Straße hinunter. Ish machte sich nicht die Mühe, ihn anzulocken oder ihm nachzugehen, schließlich konnte ihm der Hund ja nichts erzählen.

Eigentlich könnte ich Detektiv spielen, in ein paar von diesen Läden gehen und mich umsehen, dachte er. Doch dann kam ihm ein besserer Gedanke.

Auf der gegenüberliegenden Straßenseite war eine kleine Billardstube, wo er früher oft angehalten und sich eine Zeitung gekauft hatte. Er ging hinüber. Die Tür war verschlossen. Er blickte durch das Fenster und sah die Zeitungen auf dem Gestell. Die Schlagzeilen waren so groß wie damals bei Pearl Harbour. Er starrte durch den Widerschein der Scheibe hindurch und las:

AKUTE KRISE

Was für eine Krise? Schnell ging er zurück zum Wagen und griff nach dem Hammer. Einen Augenblick später stand er mit dem schweren Werkzeug wieder vor der Tür.

Doch die Hemmungen des Anstands ließen ihn innehalten. Die Zivilisation hielt ihn beinahe körperlich am Arm fest. So etwas durfte man nicht tun – als gesetzestreuer Bürger konnte man nicht einfach in ein Haus einbrechen. Er spähte die Straße hinauf und hinunter, als könne sich jeden Augenblick ein Polizist oder ein Hilfssheriff auf ihn stürzen.

Aber die Leere der Straße sprach ihre eigene Sprache, und das Entsetzen schwemmte alle Hemmungen hinweg. Zum Teufel, dachte er. Wenn es sein muss, kann ich die Tür ja bezahlen.

Mit der Empfindung, alle Brücken hinter sich zu verbrennen, schwang er den schweren Hammer mit aller Kraft gegen das Türschloss. Das Holz splitterte, die Tür flog auf, er stolperte hinein.

Der erste Schreck durchfuhr ihn, als er nach der Zeitung griff. Der *Chronicle*, an den er sich erinnerte, war dick – mindestens zwanzig oder dreißig Seiten stark. Die Zeitung, die er jetzt in der Hand hielt, war ein kleines Dorfblatt, eine einzige zusammengefaltete Seite. Sie trug das Datum des Mittwochs der vergangenen Woche.

Die Schlagzeilen sagten ihm das Wesentliche. Von Ozean zu Ozean wurden die USA von einer bisher unbekannten Seuche heimgesucht, eine Seuche von beispielloser Schnelligkeit und tödlicher Wirkung. In verschiedenen Städten angestellte Schätzungen, die kaum mehr als Vermutungen waren, ergaben, dass zwischen fünfundzwanzig und fünfunddreißig Prozent der Bevölkerung bereits gestorben waren. Aus Boston, Atlanta und New Orleans kamen keine Berichte mehr, was darauf schließen ließ, dass die öffentliche Ordnung in diesen Städten zusammengebrochen war. Während er hastig den Inhalt der Zeitung überflog, hatte er eine Fülle von Eindrücken – ein Durcheinander, in das er kaum einen logischen Zusammenhang zu bringen vermochte. Die Symptome der Seuche waren denen einer Art »Super-Masern« vergleichbar. Niemand konnte mit Sicherheit sagen, in welchem Teil der Welt sie zuerst ausgebrochen war; durch Flugzeugreisende verbreitet, war sie fast gleichzeitig in jedem Zentrum der Zivilisation aufgetreten und hatte dadurch alle Versuche einer Quarantäne zunichtegemacht.

Ein namhafter Bakteriologe erklärte in einem Interview, dass der Ausbruch einer neuen Seuche seit Langem eine Möglichkeit gewesen sei, gegen die vorausschauende Epidemiologen angekämpft hätten. Er erwähnte aus der Vergangenheit so sonderbare, wenn auch geringfügige Ausbrüche wie die Englische Grippe und das Q-Fieber. Was den Ursprung betraf, wies er auf drei Möglichkeiten hin: Die Seuche könne sich von einem tierischen Krankheitsherd aus verbreitet haben; sie könne durch irgendeinen neuen Mikroorganismus verursacht worden sein, womöglich ein durch Mutation entstandenes Virus; und sie könne einem Labor entstammen, in dem für den »Bakterienkrieg« geforscht worden war und aus dem der Erreger ausgebrochen oder vielleicht sogar absichtlich verbreitet worden sei. Offenbar hatte sich die öffentliche Meinung für letztere Annahme entschieden. Es hieß, die Seuche werde durch die Luft übertragen, wahrscheinlich auf Staubpartikeln, doch es war ein seltsamer Umstand, dass die Isolation der Infizierten keinerlei Abhilfe zu schaffen schien.

In einem per Telefon geführten Interview sagte ein bärbeißiger, alter englischer Gelehrter: »Der Mensch hat sich ein paar Jahrtausende lang auf die blödsinnigste Art und Weise vermehrt. Ich weine ihm keine Träne nach, wenn er jetzt verschwindet.« Einem ebenso alten amerikanischen Forscher wurde hingegen eine religiöse Erleuchtung zuteil: »Jetzt kann uns nur noch der Glaube retten. Ich bete stündlich.«

Es wurde über eine steigende Zahl von Plünderungen berichtet, insbesondere von Spirituosenhandlungen. Im Großen und Ganzen war jedoch die Ordnung bewahrt worden, möglicherweise aus Angst. Louisville und Spokane meldeten Feuersbrünste, die wegen der verminderten Zahl an Feuerwehrleuten nicht hatten eingedämmt werden können.

Die Journalisten hatten nicht versäumt, selbst in die, wie sie vermutlich wussten, letzte Ausgabe ein paar von ihren geliebten Sensationsberichten einzustreuen. In Omaha war ein religiöser Fanatiker nackt durch die Straßen gelaufen und hatte schallend das Ende der Welt und die Öffnung des Siebenten Siegels verkündet. In Sacramento hatte eine hysterische Frau die Käfige eines Zirkus geöffnet, aus Furcht, die Tiere könnten verhungern, und war von einer Löwin zerrissen worden. Von größerem wissenschaftlichem Interesse war die Aussage des Zoodirektors von San Diego, dass seine Menschenaffen einer nach dem anderen eingingen, während die übrigen Tiere frei von Ansteckung seien.

Während er las, fühlte sich Ish angesichts dieser geballten Anhäufung von Schrecken immer schwächer – und zugleich immer einsamer. Dennoch las er wie gebannt weiter.

Zumindest war die Zivilisation, die menschliche Spezies, wie es schien, tapfer zugrunde gegangen. Aus manchen Ländern wurde berichtet, dass die Menschen aus den Städten geflohen seien, doch die Zurückgebliebenen waren, soweit man das der eine Woche alten Zeitung entnehmen konnte, nicht der Panik verfallen. Die Zivilisation war zurückgewichen – aber sie hatte ihre Verwundeten mit sich genommen und dem Feind die Stirn geboten. Ärzte und Krankenpflegerinnen waren auf ihren Posten geblieben, und Tausende hatten sich als Helfer zur Verfügung gestellt. Ganze Stadtgebiete waren zu Lazarettlagern und Sammelstellen erklärt worden. Das gesamte Geschäftsleben hatte aufgehört, aber Lebensmittel wurden auf Grund von Notstandsmaßnahmen weiterverkauft. Obwohl ein Drittel der Bevölkerung tot war, blieben die Telefonverbindungen und die Versorgung mit Wasser, Licht und Strom in den meisten Städten in Betrieb. Um unerträgliche Zustände zu vermeiden, die zu einem völligen Zusammenbruch der Moral geführt hätten, setzten die Behörden strenge Verordnungen für Massenbestattungen durch.

Er las die Zeitung, und dann las er sie ein zweites Mal. Was blieb ihm sonst zu tun? Als er mit dem zweiten Lesen fertig war, ging er hinaus, setzte sich in seinen Wagen und dachte, dass keinerlei Veranlassung bestand, sich in seinen Wagen und nicht in einen beliebigen anderen zu setzen. Es ging jetzt nicht mehr um Besitzrechte. Dennoch fühlte er sich dort wohler, wo er zuvor gewesen war. (Wieder trottete der dicke Hund die Straße hinunter, aber er rief ihm nicht nach.) So saß er längere Zeit da und dachte nach; nein, dachte eigentlich nicht, sondern ließ seinen Geist ziellos über die Dinge dahingleiten.

Die Sonne ging bereits unter, als er sich endlich aufraffte. Er startete den Motor und fuhr die Straße entlang; ab und an stoppte er kurz und hupte. So fuhr er durch die ganze Stadt, in unregelmäßigen Abständen hupend. Hutsonville war nicht sonderlich groß, und so kam er nach einer Viertelstunde an seinen Ausgangspunkt zurück. Er hatte keinen Menschen gesehen und keine Antwort erhalten. Er hatte vier Hunde, mehrere Katzen, eine beträchtliche Zahl ratlos herumlaufender Hühner und auf einem Stück Wiese eine weidende Kuh gesehen, an deren Hals ein abgerissenes Strickende gebaumelt war. Am Eingangstor zu einem sehr gepflegt aussehenden Haus hatte eine dicke Ratte herumgeschnuppert.

Diesmal hielt er nicht noch mal im Zentrum an, sondern fuhr weiter zu dem Haus, das er als das Beste der Stadt ausgemacht hatte. Er griff nach dem Hammer und stieg aus dem Wagen. Diesmal brach er die Tür ohne Zögern und Hemmungen auf; er musste dreimal kräftig zuschlagen, dann flog sie nach innen. Wie er vermutet hatte, stand im Wohnzimmer ein großes Radio.

Treppauf und treppab unternahm er einen schnellen Erkundungsgang. Niemand da, dachte er. Dann traf ihn der unerbittliche Sinn dieser Worte wie ein Keulenschlag. Keine Menschen. Keine Lebenden. Keine Toten.

Er ging wieder ins Wohnzimmer und schaltete das Radio ein. Das Elektrizitätswerk arbeitete offenbar noch. Er ließ das Gerät warm werden, dann suchte er nach einem Sender. Doch lediglich das schwache Knacken atmosphärischer Störungen drang an sein gespannt lauschendes Ohr; nirgends wurde ein Programm gesendet. Er wechselte auf Kurzwelle, aber auch dort herrschte Schweigen. Sorgfältig ging er noch mal beide Frequenzen durch. Natürlich, dachte er, sind noch Stationen in Betrieb, aber vermutlich senden sie nicht rund um die Uhr.

Er stellte auf einen Sender ein, von dem er wusste, dass er besonders stark war – oder gewesen war. Wenn das Programm kam, würde er es hören. Dann legte er sich auf die Couch.

Trotz seiner Situation empfand er alldem gegenüber eine sonderbare Distanz – als spiele sich vor ihm der Schlussakt eines großen Dramas ab. Er war ein Student (oder war es gewesen, es kam nicht mehr so genau darauf an), ein angehender Wissenschaftler, und als solcher lag es ihm mehr zu beobachten, als teilzuhaben. Ja, kurzzeitig überkam ihn sogar eine ironische Genugtuung, als er die Katastrophe als den Beweis einer These betrachtete, die er einmal von einem Ökonomen gehört hatte: »Die Wirrnisse, die man erwartet, treten niemals ein. Es geschieht immer etwas im Verborgenen, das einen Anstoß in eine andere Richtung gibt.« Die Menschheit hatte bei dem Gedanken an ihre Vernichtung durch einen Krieg gezittert, hatte sich Städte vorgestellt, die mitsamt ihren Bewohnern in die Luft fliegen, und verstrahlte Tiere und hinweggeblitzte Pflanzen. Nun aber schien es, als würden lediglich die Menschen ausgelöscht, ohne dass sich irgendwelche anderen Störungen vollzogen. Das, so dachte er vage, würde interessante

Bedingungen für die Überlebenden ergeben. Wenn jemand am Leben blieb.

Behaglich lag er auf der Couch. Der Abend war warm. Er war von der Krankheit immer noch erschöpft, und auch seine seelischen Kräfte schienen verbraucht. Er schlief bald ein.

Hoch oben zogen Mond, Planeten und Sterne ihre langen, weiten Bahnen. Sie hatten keine Augen, sie konnten nicht sehen; doch seit jener Zeit, als sich im Menschen die Fantasie gebildet hatte, war er überzeugt, dass sie auf die Erde hinabblickten.

Und wenn wir noch immer diesem Glauben anhingen, und wenn sie tatsächlich in dieser Nacht zur Erde hinabblickten – was sahen sie dann?

Sie sahen keinerlei Veränderung. Auch wenn von Schloten und Schornsteinen und Lagerfeuern kein Rauch mehr aufstieg und die Atmosphäre verdüsterte, erhob sich nach wie vor der Rauch der Vulkane und der Waldbrände. Selbst vom Mond aus betrachtet muss der Planet Erde in dieser Nacht geschimmert haben wie gewöhnlich – weder strahlender noch düsterer.

Er erwachte im hellen Tageslicht. Er untersuchte seine Hand und stellte fest, dass sich der Schmerz von dem Schlangenbiss bis auf eine lokale Empfindlichkeit verflüchtigt hatte. Auch sein Kopf war klar, und er spürte, dass sich die andere Krankheit – wenn es denn eine andere Krankheit und nicht eine der Folgen des Schlangenbisses gewesen war – ebenfalls gebessert hatte. Dann hielt er plötzlich inne, als ihm etwas einfiel, das er zuvor nicht bedacht hatte. Der Gedanke lag nahe, dass auch er an dieser neuen Seuche erkrankt war und dass sie gegen das Schlangengift in seinem

Blut angekämpft hatte – mit der Folge, dass das eine das andere neutralisiert hatte. Zumindest stellte das die einfachste Erklärung dafür dar, dass er noch am Leben war.

Während er ausgestreckt auf der Couch lag, empfand er eine große Ruhe. Die einzelnen Teile des Puzzles rückten nach und nach an die Stellen, an die sie gehörten. Die beiden Männer, die, von panischem Entsetzen gepackt, davongelaufen waren, als sie in der Hütte einen Kranken hatten liegen sehen – sie waren nur arme Flüchtlinge gewesen, voller Furcht, dass die Seuche sie bereits überholt hatte. Das Auto, das in der Dunkelheit an der Hütte vorbeigefahren war, hatte weitere Flüchtlinge befördert – vielleicht waren es sogar die Johnsons gewesen. Und der aufgeregte Collie hatte versucht, ihm zu sagen, dass im Kraftwerk seltsame Dinge geschehen waren … Während er so dalag, erzeugte nicht einmal der Gedanke allzu große Unruhe, dass er vielleicht der einzige noch lebende Mensch auf dem Planeten war. Möglicherweise rührte das daher, dass er in den letzten Wochen nur wenige Menschen zu Gesicht bekommen hatte, sodass ihn diese Vorstellung weniger hart traf als jemanden, der seine Mitmenschen ringsum hatte sterben sehen. Aber letztlich konnte er nicht glauben (und er hatte auch keinerlei überzeugenden Grund für diese Annahme), dass er der einzige Überlebende auf der Erde war. In der Zeitung hatte gestanden, dass sich die Bevölkerungszahl um ein Drittel vermindert hatte. Die Evakuierung einer kleinen Stadt wie Hutsonville bewies lediglich, dass die Menschen in eine andere Stadt abgewandert oder überführt worden waren. Nein, bevor er über die Vernichtung der Zivilisation und das Aussterben der Menschheit auch nur eine Träne vergoss, musste er herausbekommen, ob die Zivilisation tatsächlich vernichtet und die Menschheit ausgestorben war. Und das Erste, was ihm dabei als seine Aufgabe erschien, war, in das Haus zurückzukehren, in dem seine Eltern gelebt hatten oder, wie er hoffte, noch immer lebten. Nachdem er so einen festen Plan entworfen hatte, überkam ihn Genugtuung, wie stets, wenn er aus wirren Gedanken zu einer zeitweiligen Gewissheit gelangte.

Er stand auf und suchte ein weiteres Mal beide Wellenbereiche des Radios ab, erneut ohne Ergebnis.

Dann ging er in die Küche. Als er die Kühlschranktür öffnete, merkte er, dass das Gerät noch in Betrieb war. In den Fächern stand eine schöne Auswahl an Nahrungsmitteln, wenn auch nicht in der Menge, wie er es erwartet hatte. Offenbar waren die Vorräte schon etwas knapp geworden, als die Bewohner das Haus verlassen hatten. Trotzdem fanden sich ein halbes Dutzend Eier, fast ein Pfund Butter, ein wenig Speck, ein paar Salatköpfe und eine kleine Sellerieknolle. Im Küchenschrank stand eine Dose Grapefruitsaft, und im Brotkasten lag ein Laib Brot, der zwar ziemlich trocken, aber nicht ungenießbar war. Er schätzte, dass das Brot etwa fünf Tage lang da gelegen hatte, und so bekam er eine deutlichere Vorstellung von dem Zeitpunkt, an dem die Stadt verlassen worden war. Mit diesen Vorräten hätte er sich als erfahrener Camper draußen über einem offenen Feuer eine wunderbare Mahlzeit bereiten können, aber er schaltete den Elektroherd ein und spürte, wie die Platten Hitze auszustrahlen begannen. Wie stets, wenn er aus den Bergen kam, hatte er Hunger auf frisches Grün, und so fügte er dem gewohnten Frühstück – Eier mit Speck und Kaffee – einen Salatkopf hinzu.

Dann ging er zurück zur Couch, bediente sich aus der rotlackierten Dose auf dem danebenstehenden Tischchen und rauchte zum Nachtisch eine Zigarette. Bis jetzt, so überlegte er, zog das Ende der Zivilisation keinerlei Schwierigkeiten nach sich – nach einem guten Frühstück eine Zigarette zu rauchen, war nicht das Schlechteste, was einem passieren konnte. Und die Zigarette war nicht einmal ausgetrocknet. Bisher hatte ihn vor allem die Ungewissheit gequält, also beschloss er, ihr nicht nachzugeben, solange er nicht genau wusste, ob es dafür eine Notwendigkeit gab.

Als er die Zigarette zu Ende geraucht hatte, fiel ihm ein, dass es nicht einmal die Notwendigkeit gab, das Geschirr abzuwaschen. Da er von Natur aus ordnungsliebend war, ging er allerdings noch einmal in die Küche und überzeugte sich, dass die Kühlschranktür geschlossen und der Elektroherd ausgeschaltet war. Dann nahm er den Hammer, der sich bereits als nützlich erwiesen hatte, und ging durch die zertrümmerte Haustür hinaus. Er stieg in seinen Wagen und machte sich auf die Heimfahrt.

Eine halbe Meile hinter der Stadt kam der Friedhof in Sicht. Während des vorangegangenen Tages war Ish der Friedhof nicht ein einziges Mal in den Sinn gekommen. Ohne den Wagen zu verlassen, sah er sich um und bemerkte eine lange Reihe neuer Gräber. Er sah auch einen Bagger neben einem großen Erdhaufen. Offenbar, so schloss er, waren nicht allzu viele Menschen übriggeblieben, die Hutsonville hatten verlassen können.

Nach dem Friedhof führte die Straße hinab in flaches Gelände. Wieder überkam ihn das bedrückende Gefühl der Einsamkeit. Er wünschte, wenigstens ein einzelner Lastwagen würde ratternd über die vor ihm liegende Bodenwelle kommen. Aber es kam kein Lastwagen.

Zusammen mit einigen Pferden standen ein paar junge Ochsen auf einem Feld neben der Straße. Sie wehrten mit den Schwänzen die Fliegen ab, wie an jedem anderen heißen Sommermorgen. Über ihnen drehten sich die Flügel einer Windmühle langsam im leichten Wind, um den Wassertrog herum wuchs ein Fleckchen Grün, und der schlammige Boden war zertrampelt. Es war, wie es schon immer gewesen war – nicht anders.

Auf der Straße, die von Hutsonville wegführte, hatte allerdings nie viel Verkehr geherrscht, und er hätte auch an jedem anderen Morgen etliche Meilen fahren können, ohne jemandem zu begegnen. Doch das änderte sich, als er zum Highway kam. An der Kreuzung war die Ampel noch in Betrieb, und automatisch hielt er an, als er sah, dass das Signal rot war. Wo auf den vier Fahrspuren Trucks und Busse und PKWs in großer Zahl hätten dahinsausen müssen, war nichts als Leere. Nachdem er für einen kurzen Augenblick gehalten hatte, fuhr er schließlich unter der roten Ampel hindurch, wobei ihn das leise Gefühl überkam, gegen das Gesetz zu verstoßen.

Auf dem Highway, auf dem er alle vier Spuren für sich hatte, wirkte alles noch geisterhafter. Ihm war, als fahre er in einer Art Betäubung, aus der ihn hin und wieder ein besonderes Ereignis herausrüttelte, das in sein Bewusstsein drang … Etwas lief auf der inneren Spur vor ihm her. Er fuhr darauf zu. Ein Hund? Nein, er sah spitze Ohren und helle, magere Beine, die graugelblich waren. So sah kein Farmköter aus. Es war ein Kojote, ein Präriewolf, der in aller Ruhe und im hellen Tageslicht den Highway entlanglief. Sonderbar, wie schnell er erkannt hatte, dass die Welt anders geworden war und dass er sich nach Belieben der neuen Freiheit bedienen konnte. Ish fuhr näher an das Tier heran und hupte – der Kojote lief etwas schneller, wechselte auf die andere Spur und verschwand dann über die Felder, ohne dass ihm irgendeine Unruhe anzumerken gewesen wäre.

Zwei Wagen lagen ineinander verkeilt da und blockierten zwei Spuren. Offenbar hatte sich hier ein schwerer Unfall ereignet. Ish beugte sich aus dem Fenster und hielt an. Unter einem der Wagen lag die verkrümmte Leiche eines Mannes. Ish stieg aus und sah sich um. Es war keine andere Leiche zu sehen, obwohl sich Blutflecken auf dem Pflaster fanden. Selbst wenn er einen besonderen Grund für den Versuch gehabt hätte, hätte er den Wagen nicht von der Leiche des Mannes heben und ihn bestatten können. Also fuhr er weiter.

Er machte sich nicht einmal die Mühe, den Namen der Stadt festzustellen, in der er anhielt, um zu tanken, obwohl es eine große Stadt war. Die Stromversorgung funktionierte noch. An einer Tankstelle nahm er den Schlauch von einer der Pumpen und füllte den Tank. Da sein Wagen so lange in den Bergen gewesen war, überprüfte er auch Licht und Batterie und goss etwas Öl nach. Einer der Reifen brauchte Luft, also drückte er den dünnen Schlauch gegen das Ventil und hörte den Motor anspringen, der den nötigen Druck wieder herstellte. Ja, mit den Menschen war es offenbar aus, aber erst seit so kurzer Zeit, dass seine wohldurchdachten technischen Vorrichtungen nach wie vor funktionierten …

Auf der Hauptstraße einer anderen Stadt stoppte er und ließ die Hupe ertönen. Im Grunde erwartete er nicht, eine Antwort zu erhalten, aber etwas im Aussehen dieser Hauptstraße erweckte den Anschein, als wäre sie normaler als die anderer Städte. Etliche Wagen standen an den Parkuhren; es sah aus, als sei es Sonntagmorgen und die Wagen hätten über Nacht geparkt, die Läden seien noch nicht offen und der Straßenverkehr habe noch nicht eingesetzt. Dabei war es gar nicht früher Morgen – die Sonne stand fast im Zenit. Schließlich erkannte er, was ihn hatte innehalten lassen und was dieser Straße den Anschein von Leben verlieh. An der Fassade eines Restaurants, das The Derby hieß, war die Neonreklame aktiviert: ein kleines, wild galoppierendes Pferd. Im hellen Sonnenlicht war der schwache rosa Schimmer nur wahrnehmbar, weil er sich bewegte. Ish sah hin, und indem er hinsah, teilte sich ihm der Rhythmus mit: eins, zwei, drei ... bei drei waren die Hufe des Pferdchens so hoch unter den Rumpf gezogen, dass es in der Luft zu schweben schien ... vier – die Beine streckten sich wieder aus, sodass der Rumpf fast den Boden berührte. Eins, zwei, drei, vier. Das Tier galoppierte nach wie vor wild und ungestüm drauflos, auch wenn ihm niemand dabei zusah. Ein tapferes Pferdchen ... Und plötzlich wurde Ish bewusst, dass dieses Pferd wie die Zivilisation war, auf die der Mensch so stolz gewesen war: Auch sie hatte wilde Galoppsprünge vollführt und war nirgendwohin gelangt, und zu einem bestimmten Zeitpunkt, als es ihr einmal an Kraft gebrach, war es mit ihr zu Ende gegangen.

Er sah Rauch am Himmel. Sein Herz machte einen Satz. Schnell bog er in eine Seitenstraße und fuhr in Richtung des Rauches. Aber noch ehe er dort angekommen war, wusste er, dass er niemand finden würde, und es wurde ihm wieder trübsinnig zumute. Er fuhr weiter auf den Rauch zu, bis er sah, dass es sich um ein kleines Farmhaus handelte, das in aller Ruhe abbrannte. Es gab viele Gründe dafür, so überlegte er, dass in Abwesenheit von Menschen Feuer ausbrechen konnte. Ein Haufen ölgetränkter Lumpen konnte sich selbst entzündet haben. Oder ein elektrisches Gerät war vergessen worden. Oder ein Kühlschrankmotor hatte sich heiß gelaufen und zu brennen begonnen. Offenbar war das kleine Haus dem Untergang geweiht. Er konnte nicht helfen, und es gab auch keinerlei Grund zur Hilfe, selbst wenn er hätte helfen können. Er wendete und fuhr wieder zurück auf den Highway.

Er fuhr nicht schnell, und oft hielt er an, um die Umgebung zu erkunden, wenn auch nur halbherzig. Hier und da erblickte er Leichen, aber im Allgemeinen sah er nichts als Leere. Es schien, als hätte sich der Ausbruch der Seuche so langsam vollzogen, dass die Menschen nur in seltenen Fällen einfach auf der Straße umgefallen waren. Einmal fuhr er durch eine Stadt, in der der Leichengeruch dick in der Luft hing, und ihm fiel ein, was er in der Zeitung gelesen hatte – offenbar waren zumindest in gewissen Gebieten Sammelstellen eingerichtet worden, und in diesen lagen die Leichen nun zu Haufen. Diese Stadt stand im Zeichen des Todes; er sah nicht ein, weshalb er anhalten und nachforschen sollte. Niemand wäre hier länger geblieben als irgend nötig.

Am späten Nachmittag fuhr er über die Hügelkette und sah die Bucht schimmernd im Licht der sich nach Westen neigenden Sonne liegen. Hier und da stiegen aus der weit ausgedehnten Stadt Rauchwolken in den Himmel, aber sie sahen nicht aus, als kämen sie aus Schornsteinen. Er fuhr in Richtung des Hauses, in dem er mit seinen Eltern gewohnt hatte. Er hegte keinerlei Hoffnung; es war schon ein Wunder, dass er davongekommen war – ein Wunder über alle Maßen wäre es gewesen, wenn das Übel auch seine Familie verschont hätte.

Vom Boulevard bog er in den San Lupo Drive ein. Alles sah aus wie immer, nur dass die Bürgersteige nicht so sauber gefegt waren, wie es sich für den vornehmen San Lupo geziemte. Das war stets eine Straße gewesen, die in allerhöchstem Ansehen gestanden hatte, und selbst jetzt, dachte Ish, bewahrte sie sich ihr Flair. Es lagen keine Leichen auf der Straße, und Ish sah die alte graue Katze der Hatfields auf der Vortreppe in der Sonne schlafen, so wie er sie früher Hunderte von Malen gesehen hatte. Das Geräusch des vorbeifahrenden Wagens weckte sie; sie stand auf und reckte sich wohlig.

Gegenüber dem Haus, in dem er so lange gewohnt hatte, hielt er an, hupte zweimal und wartete. Nichts. Er stieg aus und ging die Stufen der Vortreppe hinauf. Erst als er im Haus stand, kam es ihm ein wenig seltsam vor, dass die Tür nicht verschlossen war.

Drinnen war alles mehr oder weniger in Ordnung. Voll düsterer Ahnungen sah er sich um; aber er bemerkte nichts, was ihn stutzig machte. Er durchsuchte das ganze Wohnzimmer nach der Nachricht, die sie hinterlassen haben mussten, um ihm mitzuteilen, wo sie sich aufhielten. Doch er fand keine Nachricht.

Auch im oberen Stockwerk sah alles fast so aus wie sonst; lediglich im Schlafzimmer seiner Eltern waren beide Betten zerwühlt. Vielleicht war es diese Tatsache, die in ihm ein Schwindelgefühl erzeugte. Leicht schwankend, verließ er das Zimmer.

Sich am Geländer festhaltend, ging er wieder nach unten. Die Küche, dachte er, und bei dem Gedanken, dass er etwas Bestimmtes tun wollte, wurde sein Kopf wieder klarer.

Als er durch die Schwingtür trat, bemerkte er, dass sich in dem Raum etwas bewegte. Dann sah er, dass es nur die elektrische Uhr war, die über dem Ausguss hing und deren großer Zeiger sich der Sechs näherte. Im selben Augenblick zuckte er bei einem unvermuteten Geräusch zusammen, aber es war lediglich der Motor des Kühlschranks, der bei der geringen Erschütterung seiner Schritte angesprungen war. All das erzeugte in ihm Übelkeit; er erbrach sich in den Ausguss.

Nachdem er sich wieder einigermaßen erholt hatte, verließ er das Haus und setzte sich in den Wagen. Ihm war nicht mehr übel, eher fühlte er sich schwach und mutlos. Wenn er wie ein Detektiv Nachforschungen anstellen und alle Schränke und Schubläden durchsuchen würde, würde er vielleicht etwas herausbekommen. Aber was würde so eine Selbstquälerei nützen? Der Großteil des Geschehenen war klar. Es waren keine Leichen im Haus; dafür war er dankbar. Es gingen auch keine Geister um, auch wenn die Uhr und der Kühlschrank nur allzu gespenstisch anmuteten.

Sollte er ins Haus zurückgehen oder woanders hinfahren? Erst dachte er, er könnte nicht noch einmal hineingehen. Dann aber wurde ihm klar, dass sein Vater und seine Mutter, sofern sie noch lebten, genauso zurückgehen und nach ihm sehen würden, wie er jetzt zurückgehen würde. Nach einer halben Stunde überwand er seinen inneren Widerstand und ging zurück ins Haus.

Wieder durchschritt er die leeren Räume. Das Schmerzliche einer von Menschen verlassenen Wohnung sprach aus ihnen, ja, es war fast wie ein Schrei: das Lexikon seines Vaters (wegen des hohen Preises unter Gewissensbissen erstanden), die Geranientöpfe seiner Mutter (die gegossen werden mussten), das Barometer, an das sein Vater morgens zu klopfen pflegte, wenn er zum Frühstück herunterkam. Es war ein schlichtes Haus – hätte man auch etwas anderes von einem Mann erwarten können, der an der Highschool Geschichte unterrichtete und versessen auf Bücher war, und von einer Frau, die es ihm zu einem Heim gemacht hatte und Mitglied im Vorstand des Verbandes christlicher junger Mädchen war, und von ihrem einzigem Sohn (»Er zeigt bei seinem Studium so viel Eifer!«), für den sie ehrgeizige

Pläne hegten und für dessen Ausbildung sie etliche Opfer gebracht hatten?

Nach einer Weile setzte er sich ins Wohnzimmer. Angesichts der vertrauten Möbel, der Bilder und der Bücher begann seine Mutlosigkeit etwas zu weichen. Als es dämmerte, fiel ihm ein, dass er seit dem frühen Morgen nichts mehr gegessen hatte. Er verspürte keinen Hunger, aber seine Schwäche kam wohl zum Teil vom Mangel an Nahrung. Er stöberte etwas herum und machte dann eine Dose mit Suppe auf. Er fand lediglich einen Brotrest – verschimmelt. Im Kühlschrank war Butter und zu alter Käse. Im Schrank entdeckte er Kekse. Der Gasdruck am Herd war sehr gering, aber es gelang ihm, die Suppe aufzuwärmen.

Danach setzte er sich im Dunkeln auf die Veranda. Trotz des Essens fühlte er sich immer noch schwach. War das die Folge des Schocks?

Der San Lupo Drive lag so hoch am Hügelhang, dass sie immer stolz auf die Aussicht gewesen waren, die man von dort aus hatte. Jetzt, als Ish dort saß und Ausschau hielt, kam ihm alles vor wie früher. Offenbar vollzog sich der Prozess zur Erzeugung von Elektrizität völlig automatisch; in den Turbinenanlagen trieb das durchströmende Wasser nach wie vor die Generatoren an. Als alles zusammengebrochen war, musste irgendjemand angeordnet haben, dass die Straßenbeleuchtung eingeschaltet blieb – Ish sah unter sich das wirre Lichtermuster der Städte an der East Bay, darüber die gelben Lichterketten der Bay Bridge und in weiterer Ferne durch den schwachen Abendnebel den Lichtschimmer von San Francisco und das Leuchten der Golden Gate Bridge. Die Verkehrsampeln waren noch in Betrieb und wechselten zwischen Rot und Grün, und hoch oben auf den Brückentürmen sandten die Blinklichter stumm ihre Warnsignale zu Flugzeugen empor, die wohl nie wieder fliegen würden. (Ganz weit südlich, irgendwo in der Gegend von Oakland, war ein völlig dunkler Bereich. Dort musste etwas in der Schaltanlage versagt haben, oder eine der Hauptsicherungen war durchgebrannt.) Sogar die Leuchtreklamen, einige zumindest, hatte man brennen lassen. Eindringlich flammte ihre Aufforderung zum Kaufen auf, auch wenn es keine Käufer und Verkäufer mehr gab. Nicht weit von Ish entfernt sandte eine große Reklametafel, deren unterer Teil von einem Gebäude verdeckt wurde, ihre Botschaft aus: *Trink*. Obwohl Ish nicht sehen konnte, was zu trinken ihm da empfohlen wurde, sah er wie hypnotisiert hin: *Trink* – dunkel. *Trink* – dunkel. *Trink*.

Ja, warum eigentlich nicht?, dachte er, ging hinein und kam mit einer Whiskyflasche seines Vaters wieder heraus. Aber der Whisky schmeckte zu scharf und brachte keinen Trost. Vielleicht bin ich einfach nicht dazu geschaffen, mich zu Tode zu trinken, dachte er. Er verspürte weit mehr Neigung, die Reklame zu beobachten: *Trink* – dunkel – *Trink*. Wie lange würden die Lichter wohl noch brennen? Wodurch würden sie schließlich erlöschen? Und was würde dann werden? Was würde mit allem geschehen, was der Mensch im Laufe von Jahrhunderten errichtet und nun zurückgelassen hatte?

Vermutlich, dachte er, sollte ich einen Selbstmord ernsthaft in Erwägung ziehen. Nein, dazu ist es noch zu früh! Ich lebe, und möglicherweise leben auch noch andere. Wir sind wie Gasmoleküle im annähernd luftleeren Raum – wir kreisen und finden keinen Kontakt miteinander.

Dann versank er in einer Dumpfheit, die an Verzweiflung grenzte. Was sollte es bringen, wenn er weiterlebte und sich wie ein Dieb von den Vorräten nährte, die in den

Läden aufgestapelt lagen? Was kam dabei heraus, wenn er ein paar andere Überlebende zusammenbringen konnte? Wohin sollte das führen? Es wäre etwas anderes gewesen, wenn er sich ein halbes Dutzend Freunde hätte auswählen können, die mit ihm weiterlebten; so aber würde er wohl nur dumme und stumpfsinnige Leute finden, ja vielleicht sogar miese Charaktere oder Verbrecher. Er blickte auf und sah weiter die große Reklame aufleuchten. *Trink* – dunkel. *Trink* – dunkel. *Trink*. Immer wieder überlegte er, wie lange sie wohl noch leuchten würde, während es keine Automaten oder Verkäufer mehr gab, die das betreffende Getränk anboten, und schließlich glitten seine Gedanken zurück zu dem, was er den Tag über beobachtet hatte, und er überlegte, was wohl aus dem Kojoten werden würde, den er den Highway hatte entlanglaufen sehen, und aus der Viehherde und den Pferden an der Tränke unter den langsam kreisenden Windmühlenflügeln. Wie lange würde sich die Windmühle weiterdrehen?

Dann gab er sich plötzlich einen Ruck, und er erkannte, dass noch Lebenswille in ihm war. Wenn er auch nicht länger aktiver Teil des Geschehens war, so wollte er eben Beobachter sein, und ein Beobachter war darauf bedacht, alles wahrzunehmen, was geschah. Auch wenn der Vorhang vor der menschlichen Zivilisation gefallen war, bot sich für einen Studenten wie ihm doch ein Blick auf das größte aller Dramen. Tausende von Jahren hatte der Mensch die Welt geprägt. Nun war er dahingegangen, bestimmt für lange Zeit, vielleicht für immer. Selbst wenn sich ein paar Überlebende fanden, würde es doch sehr lange dauern, bis sie wieder die Herrschaft über den Planeten errangen. Was würde aus der Welt und ihren Geschöpfen ohne den Menschen werden? Das war es, was zu sehen übriggeblieben war.

2

Doch als er später im Bett lag, konnte er nicht schlafen. Die kühlen Arme des Sommernebels umschlangen das Haus in der Dunkelheit, und er spürte erst Einsamkeit, dann Furcht und schließlich panisches Entsetzen. Er stand auf, warf sich einen Bademantel um, setzte sich vor das Radio und suchte wie wild die Frequenzen ab. Aber er hörte nur das Raspeln und Knacken atmosphärischer Störungen; niemand strahlte ein Programm aus.

In einem plötzlichen Einfall versuchte er es mit dem Telefon. Als er den Hörer abhob, hörte er das Freizeichen. Euphorisch wählte er eine Nummer – irgendeine. In einem fernen Haus hörte er das Telefon klingeln, immer wieder. Er wartete; er stellte sich das Geräusch vor, wie es durch die leeren Räume hallte. Nach dem zehnten Läuten legte er den Hörer auf. Er versuchte es mit einer zweiten Nummer, mit einer dritten – und dann mit keiner mehr.

Es kam ihm ein neuer Gedanke. Er nahm eine Taschenlampe, stellte sich in die Haustür und sandte Strahlen in die Nacht: kurz-kurz-kurz, lang-lang-lang, kurz-kurz-kurz. Den alten SOS-Ruf, der so oft von verzweifelten Menschen ausgesandt worden war. Doch so weit sich die Stadt auch erstreckte – es kam keine Antwort. Nach einer Weile kam er zu der Erkenntnis, dass es angesichts der gesamten noch brennenden Straßenbeleuchtung viel zu hell war; man konnte seine Taschenlampe einfach nicht sehen.

Also ging er wieder ins Haus. Die nebelige Nacht ließ ihn frösteln. Er schaltete den Thermostat ein, und im gleichen Augenblick hörte er das Summen der Ölheizung. Solange die Stromversorgung intakt blieb und im Tank Heizöl war, gab es nichts zu befürchten. Er saß da, und nach einer Weile schaltete er alle Lichter im Haus aus, als ihm auf eine seltsame Weise bewusst wurde, dass sie zu auffällig waren. Er ließ sich von Nebel und Dunkelheit umhüllen. Noch immer empfand er das Beängstigende des Alleinseins, und wie er so dasaß, legte er den Hammer griffbereit – für den Fall, dass er ihn brauchen würde.

Plötzlich gellte ein furchtbarer Schrei durch die Finsternis. Er zuckte zusammen, und dann erkannte er, dass es nur der Schrei einer liebestollen Katze war, ein Geräusch, wie es allnächtlich immer zu hören gewesen war, selbst im vornehmen San Lupo Drive. Das Katzengeschrei stieg bis zur höchsten Höhe an, dann fuhr das Knurren und Kläffen eines streunenden Köters dazwischen, und die Nacht war wieder still.

Für sie war die zwanzigtausend Jahre alte Welt ausgelöscht. In den Zwingern lagen sie mit geschwollenen Zungen, tot und verdurstet: Pointers, Collies, Pudel, Pekinesen, Schäferhunde. Die Glücklicheren, die nicht eingesperrt gewesen waren, irrten verloren durch die Stadt und die ländlichen Bezirke. Sie tranken aus Bächen, aus Brunnen, aus Goldfischgläsern. Hier und dort jagten sie etwas Essbarem nach, rannten hinter einem Huhn her, schnappten sich im Park ein Eichhörnchen. Und allmählich ließ der Hunger die langen Jahrhunderte der Zivilisation zusammenbrechen, und sie umkreisten immer enger die Orte, an denen unbestattete Leichen lagen.

Jetzt wurde nicht mehr der Beste des Wurfs seiner Haltung, seiner Kopfform, seiner Zeichnung wegen bewundert; jetzt galt ein Preisgekrönter nicht mehr einem Straßenköter als weit überlegen. Der Preis, der das Leben an sich war, ging an den kühnsten Verstand, die kräftigsten Beine, den stärksten Kiefer – an den, der sich am besten den neuen Bedingungen anpassen konnte.

Ein honigfarbener Spaniel saß missmutig da, wurde vor Hunger immer schwächer und war zu dumm, um sich durch List und Geschicklichkeit am Leben zu erhalten, zu kurzbeinig, um eine Beute zu verfolgen ... Ein Straßenköter, das Lieblingstier von ein paar Kindern, hatte das Glück, ein Gelege Küken aufzustöbern, die er tot biss, nicht im Spiel, sondern um sie zu fressen ... Ein Drahthaarterrier, der von Natur aus einzelgängerisch veranlagt und ein Herumtreiber war, schlug sich prächtig durch ... Ein roter Setter zitterte und bebte und heulte schwach auf, sodass es wie ein Stöhnen klang; er war zu edel geraten, als dass er den Willen zum Leben in einer Welt aufgebracht hätte, in der es keinen Herrn und keine Herrin gab, die er lieben konnte.

Am nächsten Morgen arbeitete er einen Plan aus. Er war fest davon überzeugt, dass in einer Gegend, in der zwei Millionen Menschen gelebt hatten, noch andere am Leben geblieben sein mussten. Der Schluss lag nahe – er musste jemanden finden, irgendjemanden. Es ging einzig und allein darum, den Kontakt herzustellen.

Er begann damit, dass er in der Nachbarschaft herumging, in der Hoffnung, einem Bekannten zu begegnen. Doch er nahm an den ihm wohlbekannten Häusern ringsum keine Zeichen wahr, dass sie bewohnt waren. Die Rasenflächen waren verdorrt, die Blumen verwelkt.

Auf dem Rückweg durchquerte er den kleinen Park, in dem er als Junge so oft gespielt, dessen Felsen er so oft erklettert hatte. Zwei Felsblöcke lehnten mit den Spitzen aneinander, sodass sie eine Art hohe, enge Höhle bildeten, die wie eine natürliche, primitive Zufluchtsstätte wirkte. Ish hatte dort früher oft Verstecken gespielt. Er sah in die Höhle. Es war niemand drin.

Er erklomm eine breite, mit dem Hügel sanft ansteigende Felsfläche. Sie war mit kleinen, runden Löchern übersät, jene Stellen, wo einst Indianerfrauen mit Steinstößeln Körner zerstampft hatten. Die Welt dieser Indianer ist untergegangen, dachte er. Und mit unserer Welt, die auf ihre folgte, ist es nun auch aus. Bin ich wirklich der Letzte?

Als er wieder beim Haus seiner Eltern angelangt war, stieg er in seinen Wagen und arbeitete im Kopf eine Fahrt durch die Stadt aus, bei der nur ganz wenige Bezirke außerhalb der Reichweite seiner Hupe bleiben sollten. Dann fuhr er los, ließ ungefähr jede Minute die Hupe ertönen, stoppte und lauschte auf eine Antwort. Im Fahren sah er sich neugierig um und versuchte sich vorzustellen, wie sich hier alles ereignet hatte.

Die Straßen boten einen frühmorgendlichen Anblick. Die Wagen waren ordentlich geparkt, es herrschte kaum Unordnung. Hier und da brannte es, wie er an den Rauchsäulen erkennen konnte. Hier und da lagen einzelne Leichen, und bei einer sah er zwei Hunde. An einer Straßenecke hing eine Männerleiche am Querträger eines Telefonmastes; um den Hals ein Schild mit der Aufschrift »Plünderer«. Dann kam er in ein elegantes Geschäftsviertel und stellte fest, dass es dort bis zu einem gewissen Grad zu Ausschreitungen gekommen sein musste. Das große Schaufenster einer Weinhandlung war zertrümmert.

Nachdem er das Geschäftsviertel durchfahren hatte, ließ er wieder in regelmäßigen Abständen die Hupe ertönen, und unvermittelt zuckte er zusammen, als er aus der Ferne einen schwachen Hupton zu vernehmen meinte. Für einen Augenblick glaubte er, seine Ohren spielten ihm einen Streich. Schnell hupte er wieder, und diesmal erhielt er sofort eine Antwort. Das Herz wurde ihm schwer. Ein Echo, dachte er. Doch dann hupte er noch einmal, erst lang, dann kurz, und als er angespannt lauschte, kam als Antwort lediglich ein langes Hupen.

Er wendete und fuhr auf den Hupton zu, der, wie er schätzte, ungefähr eine halbe Meile entfernt ertönt war. Als er drei Hausblocklängen gefahren war, hupte er wieder und wartete. Diesmal antwortete es weiter rechts. Er wendete, wand sich durch die Straßen, fuhr in eine Sackgasse, machte kehrt und suchte einen anderen Weg. Er hupte, und die Antwort klang näher. Diesmal fuhr er geradeaus weiter, und die nächste Antwort hörte er rechts hinter sich. Er schlug einen anderen Weg ein und gelangte erneut in ein Viertel mit zahlreichen Geschäften. Längs der Straße parkten Wagen; doch er sah niemanden. Es kam ihm seltsam vor, dass derjenige – wer immer es auch sein mochte –, der ihm geantwortet hatte, nicht irgendwo auf der Straße stand und winkte. Er hupte – und jetzt ertönte die Antwort in unmittelbarer Nähe. Er hielt an, sprang aus dem Wagen und hastete den Bürgersteig entlang. Auf dem Fahrersitz eines an der Ecke der Straße parkenden Wagens sah er einen Mann. In dem Moment, als er ihn erblickt hatte, schwankte der Mann und fiel vornüber auf das Steuer. Die niedergedrückte Hupe gab ein langes Heulen von sich, dann glitt der Körper seitwärts auf den Sitz. Ish kam näher. Er nahm Whiskydunst wahr und sah, dass der Mann einen langen, wuchernden Bart hatte und sein Gesicht blutig und rot war; offenbar befand er sich im letzten Stadium. Die Tür eines unmittelbar danebengelegenen Spirituosenladens stand weit offen.

Angsterfüllt schüttelte Ish den schlaffen Körper. Der Mann kam ein wenig zu sich, öffnete die Augen und stieß ein Grunzen aus, das offenbar »Was ist denn los?« bedeuten sollte. Ish brachte den Körper in eine sitzende Stellung, wobei die Hand des Mannes nach der halbleeren Whiskyflasche tastete, die neben dem Sitz steckte. Ish griff nach der Flasche, warf sie hinaus und hörte, wie sie auf dem Straßenpflaster zerschellte. Er spürte nichts als tiefen, bitteren Zorn und einen Anflug von furchtbarer Ironie. Von allen Überlebenden, die er hätte finden können, war er ausgerechnet an einen armen alten Trinker geraten, der weder in dieser noch in irgendeiner anderen Welt zu etwas nütze war. Doch dann, als der Mann die Augen aufschlug und Ish ihn ansah, empfand er plötzlich keinen Zorn mehr, sondern nur noch Mitleid.

Diese Augen hatten zu viel gesehen. Unaussprechliche Angst und wildes Entsetzen lagen darin. So betrunken der blutige Körper des Mannes auch sein mochte – irgendwo in ihm lagen ein empfindsamer Geist, und dieser Geist hatte mehr aufgenommen, als er ertragen konnte. Ihm blieb nichts als die Flucht ins Vergessen.

Sie saßen nebeneinander in dem Wagen des Mannes. Dann und wann glänzten die Augen des Betrunkenen auf, aber das lag weniger daran, dass er begriff, was geschah – das Tragische in ihnen schien sich lediglich zu vertiefen. Er atmete röchelnd. Einer plötzlichen Eingebung folgend, ergriff Ish die schlaffe Hand des Mannes und fühlte den Puls. Er war schwach und unregelmäßig. Zweifellos hatte der Mann die ganze Woche nichts getan als getrunken, und ob er es überleben würde, war mehr als fraglich.

Das ist es nun also, dachte Ish. Es hätte ja auch ein hübsches Mädchen verschont bleiben können oder ein feiner, intelligenter Mensch. Doch er war auf diesen Trunkenbold hier gestoßen, dem offenbar nicht mehr zu helfen war.

Nach einer Weile stieg Ish wieder aus dem Wagen. Aus Neugierde betrat er den Spirituosenladen. Eine tote Katze, so schien es, lag auf dem Tresen, doch als er sich über sie beugte, erwachte sie zum Leben; sie hatte, wie alle Katzen, einfach dagelegen, sodass es aussah, als wäre sie tot. Kalt und hochnäsig sah die Katze ihn an, wie eine Herzogin ihre Zofe. Ish fühlte sich unbehaglich, bis ihm einfiel, dass das ja schon immer die Art der Katzen gewesen war. Diese Katze jedenfalls sah zufrieden und wohlgenährt aus.

Während er den Blick über die Regale schweifen ließ, wurde Ish klar, worauf er neugierig gewesen war. Der Mann hatte sich gar nicht erst die Mühe gemacht, eine möglichst gute Whiskymarke herauszusuchen; der erstbeste hatte ihm vollauf genügt.

Als er wieder herauskam, sah er, dass der Mann irgendwo in seinem Auto eine weitere Flasche deponiert hatte; er nahm gerade einen tiefen Schluck. Ish war klar, dass er nichts dagegen unternehmen konnte, aber er wollte noch einen Versuch machen.

Er stellte sich neben den Wagen und sah hinein. Vielleicht hatte der letzte Schluck den Mann etwas belebt; wie es schien, war er jetzt ein bisschen klarer. Er blickte Ish an und war dazu imstande, seinem Blick Stetigkeit zu geben. Dann lächelte er etwas linkisch.

»Ha...llo«, sagte er und rülpste dabei.

»Wie geht es Ihnen?«, fragte Ish.

»Ah…bar…el…low«, sagte der Mann.

Ish überlegte, was diese Laute bedeuten sollten. Wieder lächelte der Mann sein Kinderlächeln und wiederholte, diesmal etwas deutlicher: »Ah…nein…bar…low.«

Ish glaubte halbwegs zu verstehen. »Sie heißen Barello?«, fragte er. »Oder Barlow?«

Bei dem zweiten Namen nickte der Mann, lächelte, und ehe Ish ihn daran hindern konnte, nahm er wieder einen Schluck. Ish fühlte sich den Tränen nahe. Was kam es jetzt darauf an, wie ein Mensch hieß? Und dennoch machte dieser Mr. Barlow in seinem zerrütteten Geisteszustand den Versuch zu zeigen, was in der zivilisierten Welt als eine erste Bekundung von gutem Willen gegolten hatte.

Dann sank der Mann sanft in sich zusammen und verlor abermals das Bewusstsein, und der Whisky gluckerte aus der Flasche auf den Wagenboden.

Ish zögerte. Sollte er Barlow in sein Schicksal einbeziehen, sollte er warten, bis der Mann wieder nüchtern war, und ihn belehren? Was er von Alkoholikern wusste, ließ ihm seine Aussichten als gering erscheinen. Und wenn er länger hierblieb, schwanden womöglich seine Chancen, jemanden zu treffen, der ihm angenehmer war.

»Du bleibst hier«, sagte er zu dem zusammengesunkenen Körper, nur für den Fall, dass der Mann imstande war, ihn zu verstehen. »Ich komme wieder, versprochen.«

Nach diesen Worten hatte Ish das Gefühl, seine Pflicht erfüllt zu haben. Denn letztlich hegte er keinerlei Hoffnung. Barlows Augen ließen erkennen, dass er zu viel gesehen hatte; und sein Pulsschlag sagte, dass er zu weit gegangen war. Ish ging zu seinem Wagen und fuhr weiter; aber er merkte sich die Stelle.

Was nun die Katzen betrifft, so waren sie erst wenig mehr als fünftausend Jahre lang Haustiere des Menschen und hatten sich schon immer nur unter Vorbehalt untergeordnet. Die unglücklichen, die in den Häusern eingesperrt waren, gingen bald zugrunde. Aber jene, die sich im Freien befanden, brachten es besser als die Hunde fertig, sich auf die eine oder andere Weise durchzuschlagen. Das Mäusefangen war nicht mehr länger ein Spiel, sondern wurde jetzt mit Ausdauer und Geschicklichkeit betrieben. Sie stellten den Vögeln nach, um den peinigenden Hunger zu stillen. Sie lauerten an den Maulwurfslöchern der ungemähten Rasenflächen und vor den Bauten der Beutelratten. Sie durchschlichen Straßen und Alleen und entdeckten hier und dort Abfalleimer, die die Ratten noch nicht ausgeplündert hatten. Sie verstreuten sich außerhalb der Stadtgrenzen und brachen in die Erdlöcher der Wachteln und der Kaninchen ein. Dort begegneten sie der echten Wildkatze und fanden ein schnelles Ende; der stärkere Waldbewohner riss die Hauskatzen in Stücke.

Die nächste Hupe klang munterer. *Tut, tut, tut,* machte sie, *tut-ta-tut, tut, tut, tut.* So hupte kein Betrunkener. Als Ish an die betreffende Stelle kam, sah er einen Mann und eine Frau. Sie lachten und winkten ihm zu. Er fuhr zu ihnen und stieg aus dem Wagen. Der Mann war ein stämmiger Kerl und trug schreiend bunte Sportsachen. Die Frau war ziemlich jung und hübsch. Ihr Mund war ein kleiner, runder Lippenstiftfleck, und an ihren Fingern glitzerten zahlreiche Ringe.

Ish machte zwei Schritte vorwärts, dann hielt er plötzlich inne. Zwei sind ein Paar, drei eine Schar, ging ihm durch den Kopf, und er bemerkte, dass der Mann entschieden feindselig dreinblickte. Und er bemerkte, dass der Mann die rechte Hand in der gebauschten Tasche seines Sportsakkos hielt.

»Guten Tag«, sagte Ish. »Wie geht's?«

»Oh, uns geht's großartig«, sagte der Mann. Die Frau kicherte nur, aber Ish konnte sehen, dass ihr Kichern ein einladendes Zwinkern war, und noch stärker als zuvor empfand er das Gefährliche seiner Lage. »Ja«, redete der Mann weiter, »uns geht's großartig. Haufen zu essen, Haufen zu trinken, Haufen zu …« Er machte eine obszöne Geste und sah grinsend zu der Frau. Wieder kicherte sie, und wieder sah Ish das Einladende und spürte die Gefahr. Er überlegte, was die Frau in ihrem früheren Leben wohl gewesen sein könnte. Jetzt sah sie wie eine vielbeschäftigte Prostituierte aus. An den Fingern trug sie so viele glitzernde Steine, dass ein ganzer Juwelierladen damit hätte ausgestattet werden können.

»Ist hier sonst noch jemand am Leben?«, fragte er.

Der Mann und die Frau sahen sich an. Die Frau kicherte; das schien ihre einzige Antwort zu sein.

»Nein«, sagte der Mann. »Hier nicht, soweit ich weiß.« Er zwinkerte der Frau zu. »Wenigstens jetzt nicht mehr.«

Ish blickte auf die Hand, die der Mann nach wie vor in der Seitentasche seines Sakkos hielt. Er sah, wie die Frau herausfordernd die Lippen bewegte und ihre Augen schmaler wurden, als wollte sie sagen, sie würde dem Sieger gehören. In den Augen dieser beiden war kein Leid zu erkennen wie in denen des Betrunkenen, und dennoch hatten sie vielleicht mehr durchlitten, als sie ertragen konnten, und waren auf ihre Weise böse geworden. Unvermittelt begriff Ish, dass er vielleicht dem Tod näher war als je zuvor.

»Wohin wollen Sie?«, fragte der Mann, und es war nur zu offensichtlich, was er meinte.

»Oh, ich fahre nur ein wenig in der Gegend herum«, sagte Ish.

Die Frau kicherte, und Ish drehte sich um und ging auf seinen Wagen zu, überzeugt davon, einen Schuss in den Rücken zu bekommen. Doch es fiel kein Schuss. Er stieg in den Wagen und fuhr davon.

Diesmal hörte er keine Hupen; aber als er um eine Ecke bog, stand mitten auf der Straße ein langbeiniges, keine zwanzig Jahre altes Mädchen mit struppigem blondem Haar. Sie stand dort wie angewurzelt, wie ein erschrockenes Reh in einer Waldschneise. Mit der schnellen Bewegung eines gehetzten Wesens beugte sie sich nach vorne, schützte die Augen mit der Hand vor der Sonne und versuchte zu erkennen, wer da ist. Dann wandte sie sich ab und lief davon, wieder wie ein Reh. Sie schlüpfte durch ein Loch im Straßenzaun und war verschwunden.

Ish fuhr an den Zaun heran, sah durch das Loch, rief, rief noch einmal. Keine Antwort. Halb erwartete er, von einem der Fenster ein spöttisches Gelächter zu vernehmen oder einen Rockzipfel um die Ecke flitzen zu sehen; und wenn er auch nur die geringste Ermunterung dazu erhalten hätte, hätte er die Verfolgung aufgenommen. Aber ihr war wohl nicht nach einem Flirt zumute, ja, vielleicht hatte sie bereits ihre Erfahrungen gemacht und wusste, dass in Zeiten wie diesen für ein junges Mädchen die einzige Sicherheit darin bestand, sich schnell aus dem Staub zu machen. Er wartete noch ein paar Minuten, und als nichts geschah, fuhr er weiter.

Wieder hörte er Hupsignale, doch sie setzten aus, kurz bevor er dort ankam. Er fuhr einige Minuten in der näheren Umgebung herum, und schließlich sah er einen alten Mann aus einem Supermarkt kommen; er schob einen Kinderwagen, der mit Konservendosen und Kartons vollgepackt war. Als Ish näher kam, erkannte er, dass der alte Mann offenbar gar nicht so alt war. Ohne den struppigen weißen Bart hätte er vielleicht wie ein kräftiger Sechziger ausgesehen; jetzt aber war er verwahrlost und schmutzig, und seine Kleider sahen aus, als hätte er darin geschlafen.

Von den Menschen, denen Ish an diesem Tag begegnet waren, schien ihm dieser alte Mann noch am umgänglichsten, und dennoch war auch er allzu sehr mit sich selbst beschäftigt. Er nahm Ish mit in sein nahegelegenes Haus, wo er Vorratslager von allen möglichen Dingen – nützlichen und völlig überflüssigen – angelegt hatte. Der nackte Besitztrieb hatte Gewalt über ihn gewonnen, und der Mann war zu einem Eigenbrötler und Hamsterer geworden. In seinem früheren Dasein, so erfuhr Ish, war er verheiratet und Angestellter in einer Eisenwarenhandlung gewesen. Doch vermutlich war er schon damals unglücklich gewesen und hatte zur Einzelgängerei geneigt. Jedenfalls schien es, als wäre er jetzt glücklicher als zuvor, weil ihm niemand mehr reinreden und er in aller Ruhe Güter um sich aufstapeln konnte. Er hatte unzählige Konserven, aber er hatte sich auch Dutzende von Kisten mit Apfelsinen geholt, viel mehr, als er essen konnte, bevor sie verdarben. Auch Bohnen in Cellophansäcken standen da, und einer der Säcke war aufgeplatzt, und die Bohnen rieselten auf den Fußboden.

Neben den Nahrungsmitteln hatte er sich haufenweise Schachteln mit Glühbirnen und Radioröhren beschafft, ein Cello (obwohl er nicht spielen konnte), einen ganzen Stapel der gleichen Ausgabe einer Zeitschrift, ein Dutzend Weckuhren und eine Fülle anderer Dinge, die er nicht aus dem Gedanken heraus, dass sie ihm nützlich sein konnten, zusammengetragen hatte, sondern um des tröstlichen Gefühls der Sicherheit willen, das er empfand, wenn er Besitz anhäufte. Der alte Mann war zwar ziemlich vergnügt, aber Ish schien es, als sei er längst tot. Der Schock hatte sich auf seinen ohnehin schon eigenbrötlerischen Charakter so ausgewirkt, dass er jetzt den Verstand zu verlieren drohte. Er würde fortan nichts anderes tun, als alle möglichen Dinge um sich aufhäufen und sich immer mehr in sich selbst verkriechen. Doch dann, als Ish wieder aufbrechen wollte, griff ihn der alte Mann entsetzt am Arm.

»Warum ist das alles geschehen?«, fragte er verstört. »Warum bin ich verschont geblieben?«

Widerwillig sah Ish in das nun angstverzerrte Gesicht. Der Mund des Mannes klaffte weit auf; er schien zu faseln.

»Ja«, sagte er dann, offenbar glücklich, seiner Wut Ausdruck geben zu können. »Ja ... warum sind *Sie* verschont geblieben und so viele bessere Menschen mussten sterben?« Der alte Mann starrte Ish an. Jetzt war seine Angst verächtlich, unmenschlich. »Davor habe ich mich gefürchtet«, flüsterte er.

In Ish stieg Mitleid auf. »Nein«, sagte er. »Sie brauchen sich nicht zu fürchten. Niemand weiß, warum Sie noch leben. Sie sind nie von einer Klapperschlange gebissen worden, oder?«

»Nein ...«

»Ist auch egal. Wie es kommt, dass jemand von Natur aus immun ist, das weiß kein Mensch. Aber selbst bei den schlimmsten Seuchen erkranken nicht alle.«

Der alte Mann schüttelte den Kopf. »Ich muss wohl ein großer Sünder gewesen sein.«

»In diesem Fall müssten Sie tot sein.«

»*Er* …« Der alte Mann hielt inne und blickte sich um. »*Er* hat mich wohl für einen besonderen Zweck aufgespart.« Und er erzitterte …

Einige Zeit später, als Ish an die Mautstelle der Bay Bridge kam, überlegte er völlig mechanisch, ob er einen Vierteldollar hatte, und in einer verstörten Sekunde malte er sich eine unsinnige Szene aus, in der er langsamer fuhr und eine imaginäre Münze in eine imaginäre Hand fallen ließ. Aber obwohl er tatsächlich etwas langsamer fahren musste, um durch die enge Durchfahrt zu kommen, streckte er die Hand nicht aus.

Er hatte sich vorgenommen, durch San Francisco zu fahren und die dortige Lage zu erkunden. Aber als er auf der Brücke war, merkte er, dass vor allem sie ihn angezogen hatte. Es war das größte und kühnste Bauwerk der Westküste, und wie alle Brücken war sie ein Symbol für Vereinigung und Sicherheit. Der Gedanke, nach San Francisco zu fahren, hatte ihm nur als Vorwand gedient; auf seltsame Weise wünschte er sich, wieder in Beziehung zu dem zu treten, was die Brücke symbolisierte.

Nun war sie leer. Wo früher sechs Reihen von Wagen in westlicher oder östlicher Richtung gerollt waren, streckten sich jetzt die weißen Linien auf dem Beton jener Unendlichkeit entgegen, wo sie einander schnitten. Eine Möwe, die sich auf dem Geländer niedergelassen hatte, flatterte beim Geräusch des näherkommenden Wagens träge auf und flog davon.

Weil ihm gerade der Sinn danach war, zog er den Wagen nach links und überquerte die Brücke auf der falschen Seite. Er durchfuhr den Tunnel in der Mitte, und die hohen Türme und gestreckten Kurven der Stahlseile erhoben sich majestätisch vor ihm. Wie gewöhnlich wurde an einer Stelle der

Anstrich erneuert; im Kontrast zum vorherrschenden Silbergrau wies eines der Tragkabel orangerote Flecken auf.

Dann plötzlich erblickte er etwas Sonderbares. Ein Wagen, ein kleiner, grüner Zweisitzer, parkte am Geländer, den Kühler der East Bay zugewandt. Ish fuhr langsamer und betrachtete ihn neugierig. Im Innern war niemand zu sehen. Er fuhr an dem Wagen vorbei, doch dann gab er seiner Neugierde nach, machte einen weiten Bogen, hielt neben dem Zweisitzer an und stieg aus.

Er öffnete die Tür des Wagens und sah hinein. Nichts. Hatte der verzweifelte Fahrer hier angehalten und war über das Geländer gesprungen? Oder hatte er – oder sie – nur eine Panne gehabt, hatte auf einen anderen Wagen gewartet oder war davongegangen? Die Schlüssel jedenfalls steckten im Schloss, und der Zulassungsschein war am Lenkrad befestigt: John S. Robertson, 54th Street Nummer soundso, Oakland. Irgendein Name, irgendeine Adresse. Nun beherrschte Mr. Robertsons Wagen die ganze Brücke.

Erst als Ish wieder durch den Tunnel fuhr, fiel ihm ein, dass er zumindest hätte feststellen sollen, ob eine Panne vorlag; er hätte versuchen sollen, den Motor zu starten. Aber letztlich kam es nicht darauf an, genauso wenig wie darauf, dass er jetzt wieder in Richtung East Bay fuhr. Nachdem er gewendet und neben dem Zweisitzer angehalten hatte, war er einfach weitergefahren, wie sein Wagen gerade stand. Es war ihm klar geworden, dass es nichts brachte, nach San Francisco zu fahren.

Bald darauf kam er, wie er es versprochen hatte, wieder in die Straße, wo er am Morgen mit dem Betrunkenen geredet hatte (soweit man das hatte »reden« nennen können). Er sah die Leiche auf dem Bürgersteig vor dem Spirituosenladen liegen. Ganz offensichtlich hatte die menschliche

Aufnahmefähigkeit für Alkohol ihre Grenzen. Aber wenn er an die Augen des Mannes dachte, fiel es ihm schwer, ihn zu bedauern.

Es waren keine Hunde in der Nähe, trotzdem wollte er die Leiche nicht einfach liegen lassen; immerhin hatte er Mr. Barlow ja gekannt, hatte mit ihm gesprochen. Er konnte sich nicht vorstellen, ein ordentliches Begräbnis vorzunehmen, also holte er aus einem in der Nähe gelegenen Textilgeschäft ein paar Bettlaken und wickelte die Leiche sorgfältig ein. Dann legte er Mr. Barlow in dessen Wagen und kurbelte die Fenster hoch. Diese Grabstätte würde für eine gewisse Zeit bestehen bleiben.

Er sagte kein Wort; das wäre fehl am Platz gewesen. Doch er sah durch die Fenster auf das saubere Laken und dachte an Mr. Barlow, der bestimmt ein guter Mann gewesen war, aber in einer Welt, die um ihn herum zerfiel, nicht hatte überleben können. Ish nahm den Hut ab und stand einige Sekunden lang mit entblößtem Kopf da.

Wie in alten Zeiten, wenn ein großer König gestorben war und die Überlebenden der besiegten Völker jubelten, freuten sich an diesem Tag die Fichten und Zedern und riefen: »Jetzt, da es mit euch zu Ende ist, rührt uns kein Holzfäller mehr an!« Und die Rehe und Füchse und Wachteln triumphierten: »Bist du nun ebenso schwach geworden wie wir? Bist du nun unseresgleichen geworden? Ja, früher hat vor dem Menschen die Erde gezittert …«

(»Dein Prunk ist zu Grabe gebracht und der Schall deiner Laute. Der Wurm ist unter dir, und Würmer bedecken dich.«)

Nein, niemand spricht solche Worte, und niemand ist übrig, der sie denken kann, und das Buch des Propheten

Jesaias vermodert ungelesen. Nur der Hirsch äst in großer Entfernung vom Dickicht und weiß nicht, warum, und die Jungfüchse spielen beim ausgetrockneten Brunnen auf dem Dorfplatz, und die Wachtel legt ihre Eier in das hohe Gras neben der Sonnenuhr.

Gegen Abend fuhr Ish, nachdem er um jene Bezirke, in denen die Leichen haufenweise lagen, einen großen Bogen gemacht hatte, wieder zum Haus am San Lupo Drive.

Er hatte an diesem Tag einiges gelernt. Das Große Unheil, wie er es nun nannte, hatte nicht alle getroffen. Deshalb musste er seine Zukunft nicht an das erste Wesen knüpfen, dem er begegnete. Er tat besser daran, wenn er eine Auswahl traf, zumal jeder, soweit er hatte sehen können, irgendwie unter der Nachwirkung des Schockes stand.

Ein neuer Gedanke nahm in seinem Geist Gestalt an und damit ein neuer Begriff: der Zweite Tod. Von denjenigen, die das Große Unheil verschont hatte, würden viele der Verwirrung zum Opfer fallen, vor der sie die Zivilisation bewahrt hatte. Mit unbeschränkten Mengen von Alkohol würden sie sich zu Tode trinken. Es waren, so vermutete er, Morde begangen worden, und es hatte sicher Selbstmorde gegeben. Manche, wie der alte Mann, der unter normalen Umständen ein recht unauffälliges Leben gelebt hätte, würden durch den Schock über die Grenzen des Wahnsinns getrieben und nicht zurückfinden; vermutlich würden sie nicht sehr lange am Leben bleiben. Manche würden Unfälle erleiden, und da ihnen niemand half, würden sie sterben. Und manche würden an Krankheiten zugrunde gehen, da niemand sie pflegte. Ish wusste, dass es, biologisch betrachtet, einen kritischen Punkt in der Anzahl jeder Spezies gibt – wenn die Anzahl unter diesen Punkt sinkt, kann die Spezies nicht überleben.

Würde die Menschheit überleben? Das war eine der Fragen, die seinen Willen zum Leben anfachten. Natürlich gaben ihm Erkenntnisse dieses Tages nur geringe Zuversicht. Wenn das, was er an Überlebenden gesehen hatte, exemplarisch war, dann konnte man sich nicht eben wünschen, dass die Menschheit fortbestand.

Er war an diesem Morgen mit dem Robinson-Crusoe-Gefühl aufgebrochen, dass er jeden menschlichen Gefährten willkommen heißen würde. Und er war heimgekehrt mit der Gewissheit, dass er lieber so lange allein bleiben wollte, bis er jemanden gefunden hatte, der besser zu ihm passte als jene, die ihm der Tag geboten hatte. Die aufgetakelte Frau war die Einzige gewesen, die das Verlangen gehabt zu haben schien, die Nähe zu ihm zu suchen – und dabei hatten in ihrer Aufforderung Verrat und Tod gelauert. Selbst wenn er eine Pistole gehabt und ihren Begleiter niedergeschossen hätte, hätte sie ihm nur die einfachste Art der Gemeinschaft, die des Körpers, bieten können, und der Gedanke daran stieß ihn ab. Und was das andere Mädchen betraf, das junge, so hätte er ihre Bekanntschaft nur mittels eines Lassos oder einer Bärenfalle machen können. Auch sie würde wohl, wie der alte Mann, früher oder später dem Wahnsinn verfallen.

Nein, das Große Unheil hatte keinerlei Neigung gezeigt, sympathische Leute aufzusparen, und die Überlebenden waren durch die Prüfung, durch die sie gegangen waren, nicht sympathischer geworden.

Er bereitete sich eine Abendmahlzeit und aß ohne Appetit. Danach versuchte er zu lesen, doch die Worte boten ihm so wenig Anreiz wie das Essen. Wieder dachte er an

Mr. Barlow und die anderen. Auf die eine oder andere Weise würden alle, denen er begegnet war, zugrunde gehen. Von sich selbst glaubte er das nicht. Aber war er noch heil und gesund? Litt auch er vielleicht unter dem Schock? Er dachte darüber nach. Dann nahm er Stift und Papier und beschloss aufzuschreiben, welche Eigenschaften und Fähigkeiten er hatte, die ihn weiterleben ließen, sogar bis zu einem gewissen Grad glücklich, während die anderen es nicht waren.

Den ersten Punkt notierte er, ohne zu zögern:

1. Habe den Willen zum Leben. Möchte sehen, was auf der Erde ohne den Menschen geschieht und wie es geschieht. Geograph.

Dann fügte er hinzu:

2. War immer Einzelgänger. Brauche nicht mit anderen Leuten zu reden.
3. Mein Blinddarm wurde entfernt.
4. Praktisch begabt, aber in technischen Sachen kein Experte. Camper.
5. Habe bei der ganzen Sache keine verheerenden Erlebnisse gehabt, habe Familie und andere Leute nicht sterben sehen. Also dem schlimmsten Schock entgangen.

Er hielt inne und überflog den letzten Punkt. Er wollte wenigstens hoffen, dass er stimmte.

Dann saß er da, starrte vor sich hin und dachte nach. Er konnte noch andere seiner Eigenschaften und Fähigkeiten ergänzen, etwa dass er geistig wach war und sich deshalb, wie er glaubte, jederzeit neuen Lebensumständen anpassen konnte. Er konnte aufschreiben, dass er gern las und dass ihm damit ein wichtiges Mittel zur Verfügung stand, sich abzulenken und der Gegenwart zu entfliehen. Und gleichzeitig war er mehr als ein bloßer Bücherwurm, weil er sich darauf verstand, Bücher als Mittel der Forschung zu nutzen – ein wichtiges Instrument für den Wiederaufbau.

Seine Finger umschlossen für einen Augenblick den Stift, als er erwog aufzuschreiben, dass er nicht abergläubisch war. Das konnte von Wichtigkeit sein. Denn sonst würde er womöglich jetzt schon, wie der alte Mann, gegen die Furcht ankämpfen, dass das Große Unheil das Werk eines zornigen Gottes war, der sein Volk durch eine Seuche ausgerottet hatte wie früher durch die Sintflut, wobei Ish (obwohl ohne Frau und Kind) als ein neuer Noah übrig geblieben war, um die Leere wieder zu bevölkern. Doch solche Gedanken führten nur auf den Weg zum Wahnsinn. Ja, wenn ein Mensch erst anfing, sich für einen von Gott Erkorenen zu halten, war er nicht weit davon entfernt, sich selbst als Gott zu betrachten – und eben das war Wahnsinn.

Nein, dachte er, was auch immer geschehen wird, ich will niemals glauben, ich sei ein Gott. Nein, ich darf nie ein Gott werden!

Dann, während er weiter nachdachte, erkannte er, dass er ein neues Gefühl der Sicherheit, ja sogar der Genugtuung in sich spürte, wenn er sein einsames Leben betrachtete. Alle Widrigkeiten früherer Zeit waren hauptsächlich durch andere Menschen entstanden. Die Notwendigkeit, auf eine Party zu gehen, hatte ihm oft den kalten Schweiß ausbrechen lassen; er hatte sich unter so vielen Menschen nie wohlgefühlt; niemand hatte sich lange mit ihm unterhalten wollen. Früher war das sehr lästig gewesen, jetzt, dachte er, gereichte es ihm zum Vorteil. Weil er sich immer als fünftes Rad am Wagen gefühlt hatte, kaum fähig, sich an einer Unterhaltung zu beteiligen, immer nur zuhörend, beobachtend, kam er jetzt gut damit zurecht, dass er keine Möglichkeit hatte, sich zu unterhalten – er konnte dasitzen, beobachten und aufschreiben, was geschah. Seine Schwäche war zu einer Stärke geworden. Es war, als wäre er ein Blinder in einer plötzlich des Lichts beraubten Welt. In dieser Welt konnten die Sehenden lediglich umhertappen; doch ein Blinder fühlte sich heimisch, und statt einer zu sein, den andere führen mussten, war er jetzt derjenige, an den sich die anderen klammerten, damit er sie führte.

Als er aber wieder in seinem Bett lag und die kalten Finger des Nebels in der Bucht durch die Dunkelheit tasteten und das Haus am San Lupo Drive einhüllten, mutete ihn das einsame Leben, das sich vor ihm ausdehnte, in keiner Weise einfach an und schien ihm weder sicher noch angenehm. Erneut überkam ihn große Angst, und er krümmte sich zusammen und lauschte in die Finsternis hinein. Er dachte an seine Einsamkeit und alles, was ihm im Verlauf des Zweiten Todes widerfahren konnte. Ein wildes Verlangen nach Flucht stieg in ihm auf. Er hatte das Gefühl, als müsste er so schnell wie möglich weit wegfahren, aus der Reichweite all dessen entkommen, was ihn verfolgen könnte. Dann aber gab er diesem Gefühl eine rationale Basis, indem er sich klarmachte, dass die Seuche wohl kaum das gesamte Land heimgesucht haben konnte – dass irgendwo noch eine Gemeinschaft übrig geblieben sein musste, die es zu finden galt.

3

Am Morgen hatte sich zwar das Entsetzen verflüchtigt, doch tief in seinem Innern kauerte weiter die Angst. Behutsam stand er auf und schluckte einige Male, weil er fürchtete, er hätte eine Halsentzündung. Er legte die Sorgfalt eines in die Jahre gekommenen Hypochonders an den Tag. Als er die Treppe hinunterging, überlegte er pedantisch jeden Schritt, weil er der Überzeugung war, dass ein verstauchtes Fußgelenk den Tod bedeutete.

Unverzüglich begann er mit den Vorbereitungen für seine Flucht, und wie immer, wenn er nach einem wohldurchdachten Plan zu handeln begann – selbst wenn der Plan an sich wenig Sinn hatte –, spürte er eine innere Ruhe und Genugtuung. Und so hielt er zunächst einmal Ausschau nach einem besseren unter den Hunderten von Wagen, die in den Straßen parkten. Bei den meisten fehlten die Schlüssel; schließlich aber entdeckte er in einer Garage einen Kombi, in dem der Schlüssel steckte und der seiner Vorstellung entsprach. Er drehte den Schlüssel, der Motor sprang gleich an. Er ließ ihn eine Minute lang laufen, überprüfte den Wagen und stellte fest, dass alles in Ordnung war. Dann, als er losfahren wollte, um seine Habseligkeiten zu holen, hielt er plötzlich mit einem Gefühl des Unbehagens inne. Es tat ihm nicht weiter leid, seinen alten Wagen im Stich zu lassen, aber irgendetwas gefiel ihm nicht. Im nächsten Augenblick wusste er, was es war. Er ging zu seinem alten Wagen, nahm den Hammer heraus, trug ihn zu dem Kombi und legte ihn sich zu Füßen. Dann fuhr er zum Garagentor hinaus.

In einem Lebensmittelladen versah er sich mit Vorräten, wobei er als Mittagessen ein paar Kekse und etwas Käse aß, während er umherging und seine Auswahl an Konserven traf. Es war empfehlenswert, einen gewissen Reservevorrat bei sich im Wagen zu haben. Aus anderen Läden holte er sich einen Schlafsack, eine Axt, eine Schaufel, einen Regenmantel, Zigaretten und eine kleine Flasche guten Brandys. An die Erfahrungen des Vortages denkend, ging er in ein Sportgeschäft und suchte sich mehrere Waffen aus: ein leichtes Gewehr, ein Repetiergewehr mittleren Kalibers, eine kleine automatische Pistole, die bequem in die Seitentasche passte, und ein Jagdmesser.

Als er mit dem Beladen des Kombis fertig und zur Abfahrt bereit war, sah er sich noch einmal kurz um und erblickte einen Hund. Er hatte während der beiden letzten Tage sehr viele Hunde gesehen und versucht, sie gleich wieder zu vergessen. Sie taten ihm leid. Manche sahen halb verhungert aus, andere viel zu vollgefressen; manche waren unsicher und unterwürfig, andere knurrten und waren äußerst selbstbewusst. Dieser Hund hier war klein, hatte lange Hängeohren und war weiß und rötlich braun gezeichnet; vielleicht war es ein Beagle, Ish kannte sich bei Hunderassen nicht aus. Der Hund hielt sich in sicherer Entfernung, sah ihn an, wedelte und fiepte vernehmlich.

»Scher dich weg!«, rief er, denn in seinem Herzen stieg Bitterkeit auf, und er fühlte, wie sich in ihm eine Mauer gegen alle Zuneigungen bildete, die doch nur mit dem Tod enden würden. »Scher dich weg!«, rief er noch einmal.

Doch stattdessen kam der Hund ein paar Schritte näher, legte den Kopf auf die Vorderpfoten und blickte ihn mit diesen seltsam flehenden Augen an. Die langen Ohren gaben dem Hundegesicht einen zusätzlichen Ausdruck von Traurigkeit. Es war, als wollte der Hund sagen: »Nun hast du mir das Herz gebrochen!« Und plötzlich, ohne groß darüber nachzudenken, lächelte Ish – und bemerkte, dass es sein erstes wirkliches Lächeln nach dem Schlangenbiss war.

Auch der Hund bemerkte die Veränderung in Ish, sprang auf und rieb sich an dessen Fuß. Als Ish sich niederbeugte, zuckte der Hund ängstlich zurück oder tat zumindest so. Dann vollführte er einen kleinen Tanz um Ish herum, den er durch gelegentliche Sprünge abwechslungsreicher gestaltete, und schließlich kauerte er sich wieder nieder, den Kopf auf den Pfoten, und ließ ein fröhliches Bellen ertönen, das zu einem Heulen wurde. Abermals musste Ish lächeln, und diesmal war es ein noch breiteres Lächeln, sodass der Hund erneut um ihn herumsprang und dabei immer wieder die Richtung wechselte, als würde er vorführen, wie er ein Kaninchen jagt. Er beendete seine Darbietung, indem er an Ishs Beinen hochsprang, sich an ihnen rieb und den Kopf an sie schmiegte, als wollte er sagen: »Habe ich das nicht gut gemacht?«

Ish war klar, was von ihm erwartet wurde. Er legte dem Hund die Hand auf den Kopf und streichelte seine schmale Stirn. Der Hund fiepte leise und zufrieden, und sein Schwanz wedelte so heftig, dass der ganze Körper mitzuwedeln schien. Er verdrehte die braunen Augen, bis das Weiße zu sehen war, die langen Ohren baumelten an den Seiten, und auf der Stirn bildeten sich Fältchen. Er war der Inbegriff der Anbetung, sein ganzer Körper sagte: »Dies ist das einzige Herrchen für mich, auf der ganzen Welt!«

Ish kniete sich nieder, streichelte den Hund ausgiebig und dachte dabei: Jetzt habe ich mir also einen Hund zugelegt, ob ich ihn nun brauche oder nicht. Und dann dachte er: Eigentlich bin ich es, den sich der Hund zugelegt hat.

Er öffnete die Wagentür, der Hund sprang hinein und ließ sich auf dem Beifahrersitz nieder, als wäre er dort zu Hause.

In einem anderen Lebensmittelgeschäft fand Ish eine Packung Hundekuchen. Er riss sie auf und gab dem Hund eines der Stücke, der es ohne besonderes Zeichen der Freude oder des Dankes entgegennahm; offenbar war der Mensch zu so etwas da, und nun, da er sich einen Menschen zugelegt hatte, brauchte er ihm nicht weiter dankbar zu sein. Jetzt sah Ish den Hund zum ersten Mal genauer an und stellte fest, dass es gar kein Hund, sondern eine Hündin war. »Nun ja«, murmelte er. »Offenbar ein echter Fall von Verführung.«

Er fuhr zum Haus seiner Eltern zurück und holte einige persönliche Dinge: Kleidung, seinen Feldstecher, ein paar Bücher. Er überlegte kurz, ob er noch etwas für die Reise brauchte, die ihn über den ganzen Kontinent führen würde. Dann zuckte er mit den Achseln.

Er sah in seine Brieftasche und stellte fest, dass er neunzehn Dollar in Fünf- und Eindollarscheinen besaß. Vermutlich würde er nie wieder Geld brauchen, und er überlegte, ob er die Brieftasche nicht einfach wegwerfen sollte, aber dann behielt er sie doch. Er war es so gewohnt, sie in der Brusttasche stecken zu haben, dass er sich ohne sie unbehaglich fühlte. Das Geld würde ihm jedenfalls keine Schwierigkeiten machen.

Obwohl er keine wirkliche Hoffnung hegte, schrieb er einen Zettel und legte ihn in die Mitte des Esszimmertischs. Sollten seine Eltern zurückkommen, während er weg war, wussten sie wenigstens, dass sie auf ihn warten oder ihrerseits eine Nachricht für ihn hinterlassen sollten.

Als er dann neben seinem Wagen stand, blickte er noch einmal den San Lupo Drive entlang. Natürlich war niemand zu sehen. Die Häuser und Bäume sahen genauso aus wie immer, doch er stellte fest, dass die Rasenflächen und Gärten bereits den Mangel an Pflege erkennen ließen. Trotz des Nebels begann schon der trockene kalifornische Sommer.

Inzwischen war es Nachmittag. Dennoch entschloss er sich zu fahren. Er war begierig darauf wegzukommen, und die Nacht über konnte er ja in einer der Städte in der Umgebung verbringen.

Wie mit den Hunden und Katzen, so ging es auch mit dem Gras und den Blumen, die der Mensch so lange gepflegt hatte. Klee und Riedgras verdorrten auf den Rasenflächen, und der Löwenzahn schoss auf. Die Wasser liebenden Astern auf den Blumenbeeten welkten und ließen die Köpfe hängen, und das Unkraut wucherte. Den Kamelien fehlte es an Saft; sie würden im nächsten Frühling keine Blütenknospen tragen. Die Blätter der Glyzinen und Rosen rollten sich zusammen, wie zum Schutz gegen die lange Trockenheit. Überall streckten die wilden Gurken ihre langen Ranken über Rasen, Blumenbeete und Terrassen. Wie einst, als die Heere des Römischen Reichs geschlagen waren und die Barbaren sich über die blühenden Provinzen ergossen, brach der Wildwuchs über die verhätschelten Lieblinge des Menschen herein.

Der Motor summte vor sich hin. Ish fuhr am Morgen dieses zweiten Tages übertrieben vorsichtig, weil er an alle möglichen Pannen und Hindernisse denken musste: an plötzlich versagende Bremsen, an über die Straße ziehende Kühe. Er versuchte, die Tachometernadel auf vierzig zu halten. Doch dieser Motor war nicht dafür gebaut worden, so langsam zu fahren, und ohne dass es Ish richtig bewusst wurde, war er auf fünfzig oder sechzig.

Schon allein die Tatsache, dass er sich fortbewegte, hielt die Traurigkeit etwas von ihm fern. Die bloße Ortsveränderung war tröstlich, die Fahrt an sich war etwas Gutes. Im tiefsten Innern wusste Ish, dass er all dies nur unternahm, um für einige Zeit der Notwendigkeit einer Entscheidung aus dem Weg zu gehen. Solange er den Vorhang einer Landschaft hinter sich fallen sah und den einer vor ihm liegenden aufziehen konnte, solange er nur zu fahren brauchte, erübrigte es sich, Zukunftspläne zu machen, musste er sich nicht entscheiden, wie er leben – oder ob er leben – sollte. Es kam nur darauf an, die nächste Kurve richtig zu nehmen.

Die Beaglehündin lag neben ihm. Dann und wann schmiegte sie den Kopf in seinen Schoß, aber zumeist schlief sie ruhig, und ihre Nähe war ebenfalls tröstlich. Nie sah er im Rückspiegel einen Wagen hinter sich; dennoch blickte er aus alter Gewohnheit hin und wieder hinein, sah die Waffen auf dem Rücksitz und den hohen Stapel, den sein Schlafsack und die Kartons mit den Lebensmitteln bildeten. Er war wie ein Segler in seinem Boot, das mit Proviant versehen und für den Notfall ausgerüstet war, und zugleich empfand er die tiefe Verzweiflung des einzigen Überlebenden eines Schiffbruchs, der nun allein und verlassen in der Weite des Ozeans trieb.

Er folgte dem Highway 99 südlich durch das San Joaquin Valley. Obwohl er nicht schnell fuhr, kam er gut voran. Er musste nicht hinter einer Lastwagenkolonne herzuckeln oder bei irgendeiner Ampel stoppen (obwohl die meisten immer noch funktionierten) oder in den Orten die Geschwindigkeit senken. Trotz all seiner düsteren Ahnungen musste er sich eingestehen, dass es unter den gegenwärtigen Umständen sehr viel sicherer war, den Highway 99 entlangzufahren, als inmitten eines dichten, rasend schnellen Verkehrs.

Er sah niemanden. Hätte er in den Städten nach Menschen gesucht, so hätte er vielleicht einen entdeckt, aber daran hatte er kein Interesse. Vielleicht hätte er auch hier und da einen einsamen Wanderer auflesen können, aber er wollte ja herausfinden, ob irgendwo eine größere Ansammlung von Menschen übrig geblieben war.

Bis weit in die Ferne erstreckte sich das flache Land: Weingärten, Obstgärten, Melonenfelder, Baumwollfelder. Das Auge eines Farmers hätte vermutlich bemerkt, dass sich überall Spuren der Vernachlässigung zeigten, dass es an der Hand des Menschen fehlte. Doch für Ish sah alles aus wie früher.

Bei Bakersfield verließ er den Highway und nahm die kurvenreiche Straße über den Tehachapi-Pass. Die Felder wichen verstreuten Eichenwäldchen, und je höher er fuhr, desto mehr lichte, parkähnliche Bestände von dünnkronigen Kiefern sah er. Auch hier war niemand. Aber hier fiel die Abwesenheit von Menschen weniger auf, da es seit jeher ein dünn besiedeltes Gebiet gewesen war. Auf der anderen Seite des Passes ging es wieder talwärts, und Ish blickte über das weite Land, dorthin, wo die Wüste begann. Stärker als je zuvor lastete eine düstere Ahnung auf ihm. Obwohl die Sonne noch hoch über dem Horizont stand, hielt er in der kleinen Stadt Mojave und begann mit seinen Vorbereitungen.

Um die zweihundert Meilen Wüste zu durchqueren, hatten die Menschen auch früher in ihren Wagen Wasser mitgeführt; es gab Strecken, wo man einen ganzen Tag gehen musste, um zu einer Werkstatt zu kommen, wenn der Wagen eine Panne hatte. Das konnte er nicht riskieren, nun, da ihm niemand zu Hilfe kommen würde.

Er fand ein Eisenwarengeschäft. Die Tür war fest verschlossen, also schlug er mit dem Hammer eine Fensterscheibe ein und kletterte hindurch. Er nahm sich drei große Kanister und füllte sie an einem Hahn, aus dem noch ein dünner Wasserstrahl kam. Außerdem holte er sich aus einer Lebensmittelhandlung eine große Korbflasche Rotwein.

Aber der Gedanke an die Wüste bedrückte ihn noch immer. Noch einmal fuhr er die Hauptstraße entlang, ohne recht zu wissen, was er eigentlich suchte, als sein Blick auf ein Motorrad fiel. Es war schwarzweiß lackiert, ein ehemaliges Polizeimotorrad. Trotz aller Niedergeschlagenheit und Angst hatte Ish ein schlechtes Gewissen, ein Motorrad zu stehlen, das der Polizei gehörte – war das nicht unglaublich? Doch eine Minute später stieg er aus dem Wagen, inspizierte das Motorrad, fand es brauchbar und fuhr dann langsam damit die Straße hinauf und hinunter.

Nach einer Stunde Arbeit in der drückenden Spätnachmittagshitze – nachdem er aus Brettern und Balken eine Art Rampe gebaut hatte –, gelang es ihm, das Motorrad auf seinen Wagen aufzuladen und festzubinden. Nun war er nicht länger auf ein einziges Boot angewiesen, sondern hatte sozusagen ein Beiboot, in das er sich retten konnte, wenn das große Boot sank. Trotzdem war er weiterhin von trüben Ahnungen erfüllt, und immer wieder sah er sich argwöhnisch um.

Die Sonne ging unter, und er war müde. Er bereitete sich eine kalte Mahlzeit und aß sie ohne großen Appetit. Er empfand immer noch diese unbestimmte Furcht und überlegte sogar, was er tun würde, wenn das Essen zu einer Magenverstimmung führen würde. Als er fertig gegessen hatte, entdeckte er in einem Laden eine Dose Hundefutter und gab es der Hündin zu fressen. Sie nahm es wie selbstverständlich entgegen. Danach rollte sie sich auf dem Beifahrersitz zusammen, und Ish fuhr zum bestaussehenden Motel der Stadt, fand eine der Zimmertüren unverschlossen und ging hinein. Die Hündin lief ihm nach. Aus den Wasserhähnen tröpfelte es nur noch, offenbar hatte dieser Ort keine automatische Wasserversorgung wie die großen Städte. Ish wusch sich, so gut es ging, dann legte er sich auf das Bett, während die Hündin es sich auf dem Fußboden gemütlich machte.

Die Angst ließ ihn nicht schlafen. Die Hündin fiepte im Traum, was ihn immer wieder aufschreckte. Er stand auf und drückte die Klinke herunter, um sich zu vergewissern, dass er die Tür abgeschlossen hatte – obwohl er nicht wusste, wen oder was er fürchten oder warum er die Tür überhaupt abschließen sollte. Er überlegte, in einem Drugstore nach Schlaftabletten zu suchen, doch schon der Gedanke daran schreckte ihn. Er überlegte, ob er Whisky trinken sollte, aber auch das war mit düsteren Gedanken – der Erinnerung an Mr. Barlow – verbunden. Schließlich schlief er ein, aber es war ein äußerst unruhiger Schlaf.

Am nächsten Morgen hatte er einen ziemlich schweren Kopf, und in Anbetracht der zu erwartenden Hitze des Wüstenvormittags zögerte er, in die dürre Öde hinauszufahren. Er überlegte, ob er nicht umkehren oder einfach über die Südroute nach Los Angeles fahren sollte, wobei er sich einredete, es sei doch ein guter Gedanke nachzusehen, was dort geschehen war. Doch all diese Erwägungen waren Ausflüchte, wie er nur zu gut wusste, waren ein Hinauszögern seines ursprünglichen Vorhabens, und noch besaß er genügend Stolz, um eine nutzlose Umkehr oder ein Abweichen von der geplanten Strecke zu verwerfen. Dennoch gab er so weit nach, dass er beschloss, erst bei Sonnenuntergang loszufahren. Er begründete das damit, dass es sich um eine ganz gewöhnliche Vorsichtsmaßnahme handelte; selbst in normalen Zeiten fuhren viele Menschen nachts durch die Wüste, um die Hitze des Tages zu vermeiden.

Er verbrachte einen ruhelosen Tag in Mojave, bedrückt von Ängsten und ständig darauf bedacht, noch mehr für seine Sicherheit zu tun. Dann, als die Sonne die westlichen Hügel berührte, fuhr er los, die Hündin neben ihm auf dem Sitz.

Kaum hatte er eine Meile zurückgelegt, als er spürte, wie sich die Wüste rings um ihn schloss. Die niedrige Sonne ließ die Judasbäume lange, sonderbare Schatten werfen. Dann verschwanden die Schatten, und die Dämmerung setzte ein. Ish schaltete die Scheinwerfer ein. Die starken Strahlen erleuchteten die sich vor ihm erstreckende, leere Straße. Instinktiv blickte er immer wieder in den Rückspiegel, aber nicht einmal sah er jene fernen Zwillingslichter, die einen Wagen ankündigten, der ihn überholen wollte.

Schließlich herrschte völlige Dunkelheit, und Ishs Angst steigerte sich noch mehr. Obwohl der Motor ganz regelmäßig lief und er so langsam wie möglich fuhr, dachte er an all das, was geschehen konnte. Er dachte an einen platzenden Reifen, an überkochendes Wasser, an auslaufendes Öl. Ja, er verlor sogar das Vertrauen in das Motorrad, das er zur Sicherheit mitgenommen hatte.

Nach einiger Zeit – er fuhr wirklich langsam – kam er an einer dieser kleinen Wüstentankstellen vorbei, wo man Benzin oder einen Ersatzreifen oder etwas zu trinken bekommen konnte. Nun lag sie dunkel da, und Ish wusste: Dort war keine Hilfe. Er fuhr an der Tankstelle vorbei, die weißen Scheinwerferstrahlen ließen die Straße vor ihm klar hervortreten, der Motor arbeitete regelmäßig, und er zerbrach sich weiter den Kopf darüber, was er tun sollte, wenn er aussetzte.

Er hatte eine große Strecke zurückgelegt, als die Hündin neben ihm zu fiepen und unruhig zu werden begann. »Sei still!«, fuhr er sie an, aber sie fiepte und zappelte weiter. »Ach so«, sagte er schließlich und brachte den Wagen zum Stehen, wobei er sich nicht die Mühe machte, rechts heranzufahren.

Er stieg aus und hielt der Hündin die Tür auf. Sofort sprang sie hinaus und erleichterte sich. Dann hob sie plötzlich die Nase in die Luft, kläffte ziemlich laut für ein so kleines Tier und stob, so schnell sie konnte, davon. »Komm zurück!«, rief Ish, doch die Hündin beachtete ihn nicht. Ihr Bellen entfernte sich immer mehr.

Tiefe Stille trat ein, als die Hündin aufhörte, Laute von sich zu geben, und in dieser Stille stutzte Ish – auch ein anderes Geräusch hatte aufgehört. Der leerlaufende Motor war stehengeblieben. Erschrocken sprang Ish in den Wagen und drehte am Zündschlüssel. Sofort fing der Motor wieder an zu laufen. Doch Ish empfand tiefes Unbehagen; ihm war, als würde ihn jemand beobachten. Also schaltete er die Scheinwerfer aus und saß im Finstern. »Na, da hast du dir ja etwas eingebrockt«, murmelte er vor sich hin.

Schwach und in großer Entfernung hörte er schließlich wieder die Hündin bellen. Das Geräusch nahm zu und ab, je nachdem, wo sie gerade hinter ihrer Beute her war. Er überlegte, ob er sie nicht einfach zurücklassen sollte. Er hatte sie ja ohnehin nicht haben wollen, und wenn sie ihm jetzt weglief, hinter dem erstbesten Kaninchen her in die Wüste hinein, so war das eben ihre Sache. Er legte den Gang ein und fuhr an. Doch nach ein paar Metern stoppte er wieder. Es fühlte sich wie eine feige Flucht an. Die Hündin würde in der Wüste kein Wasser finden und elend zugrunde gehen. Obwohl sie ihn doch nur für ihre Bedürfnisse auszunutzen schien, hatte er in gewisser Weise ihr gegenüber schon Verpflichtungen übernommen. Ish zitterte beinahe vor Einsamkeit und innerer Not.

Nach einer Weile, vielleicht einer Viertelstunde, bemerkte er, dass die Beagle-Dame wieder da war. Er hatte sie nicht gehört, und nun stand sie einfach vor dem Wagen, keuchend, mit heraushängender Zunge. Plötzlich empfand er eine unbezähmbare Wut auf das Tier. Er malte sich alle möglichen Gefahren aus, in die ihn ihre Verrücktheit bringen würde. Und wenn er das Tier auch nicht in der Wüste verdursten lassen konnte, so konnte er ihm doch wenigstens zu einem schnellen Ende verhelfen. Er griff nach dem Gewehr und stieg aus dem Wagen.

Doch als er zu Boden blickte, sah er die Hündin mit dem Kopf auf den Vorderpfoten daliegen. Sie keuchte noch immer von der Anstrengung und bewegte sich nicht, aber Ish konnte ihre großen Augen erkennen, die leicht verdreht zu ihm aufblickten. Das Tier hatte bei der Kaninchenjagd seinen Spaß gehabt, und nun war es zu seinem Herrchen zurückgekehrt, das sich als Spender schmackhafter Nahrung erwiesen hatte und das es in ein wunderbares Land fahren würde, wo es noch viel mehr Kaninchen gab, die man jagen konnte.

Ish lachte laut auf. Und mit diesem Lachen zerbrach etwas in ihm; es war, als würde eine Last von ihm genommen. Wovor fürchte ich mich eigentlich?, dachte er. Etwas Schlimmeres als der Tod kann mir schließlich nicht widerfahren. Und den haben die meisten Menschen schon überstanden. Warum sollte ich Angst davor haben?

Er fühlte sich unendlich erleichtert. Er machte ein paar Schritte die Straße entlang, hüpfte dabei beinahe, gab seinem Körper Gelegenheit, das auszudrücken, was sein Geist empfand. Und es war mehr als das Abfallen einer Last. Es war seine ganz persönliche Unabhängigkeitserklärung. Er hatte sich dem Schicksal entgegengestellt; er hatte dem Schicksal mitten ins Gesicht geschlagen; er hatte es gewagt, dem Schicksal zu sagen, dass es keine Macht über ihn hatte.

Und so entschloss er sich, wenn er schon lebte, ohne Furcht zu leben. Schließlich war er einer globalen Katastrophe entgangen.

Er trat hinter den Wagen, löste die Verschnürungen und ließ das Motorrad hinunterfallen. Vermutlich, so dachte er, gab es wohl kein Schicksal, das es den Menschen zugestand, ein allzu sicheres Spiel zu spielen. Aber auch wenn es das nicht gab, behagte ihm ein solches Spiel nicht länger. Von nun an wollte er auf sich selbst vertrauen, wollte sich ohne Furcht des Lebens freuen, das ihm geschenkt worden war. Ja, lebte man denn nicht immer auf geschenkte Zeit?

»Komm her, Princess«, rief er ironisch. »Wir wollen weiter.« Und als er das sagte, merkte er, dass er der Hündin gerade einen Namen gegeben hatte. Es war ein guter Name; er war so alltäglich, dass er eine Verbindung zum Vergangenen herstellte, und außerdem war die Hündin ja auch eine Prinzessin, die stets erwartete, bedient zu werden, und ihm das nur beiläufig vergalt, indem sie seine Gedanken von ihm selbst ablenkte.

Er dachte kurz nach, dann beschloss er, in dieser Nacht nicht weiterzufahren. Im Bewusstsein seiner neugewonnenen Freiheit wollte er alles so nehmen, wie es gerade kam. Er holte seinen Schlafsack und legte ihn im spärlichen Schutz eines Mesquite-Busches in den Sand. Princess kuschelte sich neben ihn und schlief, müde von der Jagd, auf der Stelle ein. Einmal wachte er mitten in der Nacht auf und lag ruhig da. Er hatte viel durchgemacht, aber jetzt schien ihm eine Ruhe zuteilgeworden zu sein, die nie von ihm weichen würde. Princess fiepte im Schlaf, und er sah, wie sie die Beine bewegte, als liefe sie noch immer hinter dem Kaninchen her. Dann lag sie wieder still da, und auch er schlief wieder ein.

Als er erwachte, lag der Morgen zitronengelb über den Hügeln der Wüste. Er fror und sah, dass sich Princess ganz eng an den Schlafsack schmiegte. Als die Sonne schließlich über die Hügel stieg, stand er auf.

Dies ist die Wüste, die Wildnis. Sie begann vor langer Zeit. Nach einer Weile kamen die Menschen. Sie rasteten an den Quellen und hinterließen Steinhaufen im Sand, sie bahnten schmale Pfade durch die Mesquite-Büsche, doch man konnte kaum sehen, dass sie da gewesen waren. Später legten sie Schienen und spannten Drähte und bauten lange, gerade Straßen, aber im Vergleich zur Ausdehnung der Wüste konnte man kaum sagen, dass die Menschen da gewesen waren, denn zehn Schritte jenseits der Eisenschienen und der Betonstraßen war alles wie früher. Schließlich verschwanden die Menschen und hinterließen ihre Werke.

In der Wüste hat alles viel Zeit. Tausend Jahre sind wie ein Tag. Der Sand bewegt sich stetig, und bei Stürmen rückt sogar der Kies von der Stelle, aber all das vollzieht sich sehr langsam. Dann und wann, vielleicht einmal alle hundert Jahre, ereignet sich ein Wolkenbruch, und die seit Langem ausgetrockneten Bachbetten füllen sich mit rauschendem Wasser. Vielleicht alle tausend Jahre klaffen Erdspalten auf, und schwarze Lava quillt hervor.

Aber so wie die Wüste nur langsam vor dem Menschen zurückgewichen ist, so dauert es auch lange, bis sie seine Spuren ausgelöscht hat. Komm in tausend Jahren wieder –

dann siehst du immer noch die Steinhaufen im Sand und die langen Straßen, die sich zum Horizont erstrecken. Auch die Schienen sind noch da, wenn auch etwas verrostet. Und die Kupferdrähte sind vermutlich unsterblich. Dies ist die Wüste – langsam im Geben, langsam im Nehmen.

Eine Zeitlang stand die Tachometernadel auf achtzig. Ish fuhr in dem wilden, freudigen Gefühl der neugewonnenen Freiheit, und der Gedanke an eine Reifenpanne beschäftigte ihn nicht sonderlich. Später dann fuhr er etwas langsamer und hielt Ausschau; sein geschultes Geographengehirn suchte nach Zeichen des Niedergangs. In dieser Gegend merkte man den Unterschied zu früher allerdings kaum.

Als er Needles erreichte, war der Tank praktisch leer. Die Stromversorgung hatte ausgesetzt, also würden die Tankstellen nicht funktionieren. Nach kurzem Suchen fand er ein Benzinlager am Stadtrand und füllte seinen Tank aus einer der Tonnen. Dann fuhr er weiter.

Er überquerte den Colorado River, fuhr nach Arizona, und die Straße begann zwischen scharfzackigen Felsen anzusteigen. Hier sah er endlich Vieh. Ein halbes Dutzend Ochsen und zwei Kühe mit ihren Kälbern standen in einer Einfriedung am Straßenrand. Als er anhielt und sie betrachtete, hoben sie träge die Köpfe. Diese einsame Herde bekam, wenn sie nicht gerade unmittelbar am Straßenrand graste, vielleicht alle paar Monate einen Menschen zu sehen. Zweimal im Jahr kamen die Cowboys und trieben sie zusammen. Das Verschwinden des Menschen brachte hier also keine große Veränderung mit sich, außer dass sich die Herden wohl schneller vermehren würden. Nach einer gewissen Zeit würde es vielleicht Schwierigkeiten wegen des Mangels an Gras auf den Gebirgshängen geben; doch dann würde das langgezogene Heulen der Lobo-Wölfe die Schluchten durchhallen. Schließlich – Ish zweifelte nicht daran – würde sich zwischen dem Vieh und den Wölfen ein gewisses Gleichgewicht einstellen, und auch ohne den Menschen würde das Vieh weiter gedeihen.

Als er weiterfuhr, sah er in der Nähe der alten Bergwerksiedlung Oatman zwei Burros. Ob sie sich zur Zeit der Katastrophe in der Umgebung der Stadt herumgetrieben hatten oder schon zuvor verwildert waren, wusste er nicht, aber sie sahen ganz zufrieden aus. Er stieg aus dem Wagen und versuchte, sich ihnen zu nähern, doch sie trabten davon und hielten sich in sicherer Entfernung. Schließlich ging er zum Wagen zurück und ließ die japsende Princess los, die eine wilde Jagd auf die beiden sonderbaren Tiere vollführte. Das eine legte die Ohren zurück, zog die Lippen hoch und stampfte mit den Vorderbeinen. Princess machte kehrt, lief zum Wagen und tat so, als wollte sie ihr Herrchen schützen. So ein Burro, dachte Ish, könnte den Kampf mit jedem Wolf aufnehmen, ja, es wäre sogar einem Berglöwen gewachsen.

Er fuhr die Bergkette hinter Oatman hinauf, und auf der anderen Seite stieß er zum ersten Mal auf eine größere Beschädigung der Straße. In den letzten Tagen musste ein heftiges Wüstengewitter über diesen Teil der Berge niedergegangen sein. Die Wassermassen hatten das Fassungsvolumen der Durchlässe überstiegen und die Straße überschwemmt. Ish stieg aus und sah sich die Sache an. In früheren Zeiten wären schnell Straßenarbeiter zur Stelle gewesen, hätten den Sand von der Straße geschaufelt und die Abflüsse gereinigt, und alles wäre gewesen wie zuvor. Jetzt blieben die Abflüsse verstopft, und der angespülte Sand blieb fußhoch auf der Straße liegen. Ish stellte fest, dass ein beträchtliches Stück des Asphalts unterspült war. Beim nächsten Unwetter würde sich das alles steigern, und innerhalb weniger Jahre würde der Beton Risse und Sprünge bekommen, an den unterspülten Stellen einbrechen, und Sand und Geröll würden sich auf der Straße immer höher häufen. Einstweilen jedoch war sie noch passierbar. Er steuerte den Wagen vorsichtig über den Sand.

Eine Straße hält so lange wie ihre schwächste Stelle, dachte er und fragte sich, wie lange es wohl noch möglich war, so zu reisen, wie er jetzt reiste. In dieser Nacht schlief er wieder in einem Bett – im besten Motel von Kingman.

Die Rinder, die Pferde, die Esel – sie hatten Tausende von Jahrhunderten ihr eigenes Leben gelebt, waren ihrer eigenen Wege in Wald, Steppe und Ödland gegangen. Dann wurde der Mensch immer mächtiger, und für eine Weile bediente er sich der Rinder, der Pferde und der Esel zu seinen Zwecken. Aber als es mit dem Menschen zu Ende war, gingen sie wieder ihrer eigenen Wege.

Einige Tage lang muhten die in den langen Ställen angebundenen Milchkühe durstig, dann lagen sie tot und stumm da. Und in ihren Boxen starben die hochbeinigen Rassepferde. Aber die weißblessigen Herefords auf den Koppeln sorgten für sich selbst, und auf den Bauernhöfen durchbrachen die Kühe die Zäune und liefen frei herum. Das Gleiche taten die Pferde und Esel …

Die Esel suchen das Ödland auf, wie vor langer Zeit. Sie schnuppern den trockenen Ostwind, galoppieren über die sandigen Seeufer und stapfen die unkrautbewachsenen Hänge hinauf; mit ihren harten Mäulern könnten sie sogar Dorngestrüpp fressen. Ihre Gefährten sind Schafe mit großen Hörnern.

Die Pferde wählen sich trockene, offene Flächen. Sie fressen das grüne Gras des Frühlings, das gelbe des Sommers und das vertrocknete des Herbstes, und im Winter scharren sie, die Flanken eingefallen, im Schnee nach den Halmen. Mit ihnen gemeinsam weiden die Herden der Gabelantilopen.

Die Kühe zieht es zu den grüneren Landstrichen und in die Wälder. Im Unterholz verbergen sie die neugeborenen Kälber, bis sie den Muttertieren folgen können. Ihre Gefährten sind die Bison – und auch ihre Rivalen. Die großen Bullen kämpfen miteinander, am Ende siegt vielleicht der schwerere Bison, und dann breitet er sich über sein altes Herrschaftsgebiet aus. Dann werden die Kühe tiefer in das Waldland zurückgedrängt und finden dort ihre Heimat.

Auch in Kingman war die Stromversorgung zusammengebrochen, aber das Wasser lief noch. Der Herd in der Küche des Motels wurde von einem Flüssiggastank gespeist, und der Druck war normal. Da es keine funktionierenden Kühlschränke mehr gab, gab es auch keine Eier, keine Butter und keine Milch mehr. Aber er hatte es nicht eilig, brach in einen Laden ein und stellte sich ein vortreffliches Frühstück zusammen: eingemachte Grapefruits, Wurstkonserven, Pfannkuchen, Sirup. Er brühte eine große Kanne Kaffee auf und trank ihn mit Zucker und Kondensmilch, während sich Princess an einer Büchse Pferdefleisch labte. Nach dem Frühstück besorgte er sich Benzin, indem er mit Hammer und Meißel ein Loch in den Tank eines Lastwagens schlug. Er stellte einen Kanister darunter, ließ ihn volllaufen und füllte das Benzin dann in seinen eigenen Tank.

Überall in der Stadt lagen Leichen herum, doch in der trockenen Arizona-Luft waren sie mumifiziert, statt zu verwesen, und obwohl sie nicht gerade angenehm anzusehen waren, ließen sie zumindest seine Nase ungeschoren.

Schließlich fuhr er los und gelangte hinter Kingman in eine Gegend, in der gedrungene, kleine Pinyon-Kiefern in regelmäßigen Abständen über das Hügelgelände verteilt waren. Abgesehen von dem Highway hatte der Mensch hier nur wenig Spuren hinterlassen; keine Telefonmasten begleiteten diese Straße, und häufig fehlten auch Hecken und Umzäunungen. Nur gewelltes Land erstreckte sich zu beiden Seiten, grün vom Sommerregen, und darauf standen die kleinen Bäume. Ish wusste, dass die Weidewirtschaft den Graswuchs und die Büsche in dieser Gegend verändert hatte und dass durch das Verschwinden des Menschen neue Veränderungen eintreten würden. Vielleicht würde sich, nun da die Schlachthöfe nicht mehr arbeiteten, das Vieh über alle Maßen vermehren; ehe sich seine Verfolger so weit ausbreiten konnten, um seine Zahl auszugleichen, würde es womöglich das Gras bis auf die Wurzeln abgeweidet haben, sodass riesige Kahlstellen entstünden und das Aussehen des Landes änderten. Nein, dachte er dann, wahrscheinlich würde die Maul- und Klauenseuche über die nun offene mexikanische Grenze kommen, und das Vieh würde so gut wie ganz verschwinden. Oder vielleicht unterschätzte er auch die Geschwindigkeit, mit der sich Wölfe und Berglöwen vermehrten. Jedenfalls stand es für ihn fest, dass sich in fünfundzwanzig oder fünfzig Jahren ein halbwegs stabiler Zustand hergestellt haben würde und das Land dann immer mehr so aussehen würde, wie es vor der Ankunft des weißen Mannes gewesen war.

An den beiden ersten Tagen hatte ihn die Angst gefangen gehalten; am dritten war er, aus Freude über die neu gewonnene Freiheit, wild dahingerast. Nun verspürte er eine große innere Ruhe. Der Frieden, der von allem ausging, machte einen tiefen Eindruck auf ihn. Er hatte lange in den Bergen gelebt und nur selten daran gedacht, wie viel Lärm der Mensch in der Welt verursachte. Es gab viele Definitionen des Menschen, und er fügte ihnen eine hinzu: »das Lärm verursachende Tier«. Jetzt vernahm er nichts als das leise Brummen seines Motors. Er musste nicht einmal hupen. Es gab keine Lastwagen mit Fehlzündungen mehr, keine schnaufenden Züge, keine zischenden Flugzeuge. In den Städten ertönten weder Sirenen noch Glocken noch Radiogeplärr noch Menschengeschwätz. Auch wenn es der Frieden des Todes war, so war es doch wenigstens Frieden.

Er fuhr jetzt langsam, aber nicht aus Furcht. Wann immer ihm danach war, hielt er an und sah sich um, und bei jedem Halt machte er ein Spiel daraus festzustellen, was er hören konnte. Oft hörte er, wenn er den Motor abgestellt hatte, überhaupt nichts, sogar in den Städten. Manchmal war das Zwitschern eines Vogels oder das Summen eines Insekts zu vernehmen, manchmal das Sausen des Windes. Einmal hörte er erleichtert das dumpfe Rumoren eines fernen Gewitters.

Es wurde Nachmittag. Er kam in eine höher gelegene Gegend, in der hagere Kiefern wuchsen; im Norden schimmerte ein schneebedeckter Berggipfel. In Williams stand ein schimmernder Zug im Bahnhof, so, wie ihn der Zugführer verlassen hatte. Ish sah niemanden. In Flagstaff waren die meisten Häuser ausgebrannt. Auch hier sah er niemanden.

Hinter Flagstaff machte die Straße eine lange Kurve, und in einiger Entfernung sah er zwei Krähen von etwas auffliegen, das auf der Straße lag. Ish empfand beim Näherkommen eine gewisse Scheu vor dem Anblick dessen, was sie gefressen hatten, doch es war nur ein Schaf. Es lag auf dem Asphalt der Straße; aus der zerrissenen Kehle war eine klebrige Blutmasse geronnen. Ish wandte den Kopf und sah, dass auf der Straße weitere tote Schafe lagen und noch mehr zu beiden Seiten. Er ging die Straße ein Stück hinab und zählte sechsundzwanzig Kadaver.

War das das Werk von Hunden oder von Kojoten? Er wusste es nicht, aber er konnte sich das Geschehen lebhaft vorstellen – wie die Schafe über die Weidefläche gejagt worden waren, wie die Tiere ganz außen gerissen oder von den anderen, die sich in der Mitte der Herde zusammengedrängt hatten, getrennt worden waren.

Kurz darauf bog er, aus einer Laune heraus, in die Straße ein, die zum Walnut Canyon National Monument führte, und gelangte zu dem Rangerhaus, das in den tiefen Canyon mit den zerstörten Wohnstätten der einstigen Klippenbewohner hinabsah. Es blieb ihm noch etwa eine Stunde Tageslicht, und er empfand ein grimmiges Vergnügen dabei, auf dem schmalen Pfad entlangzugehen und sich anzusehen, was aus den Überbleibseln dieses alten Volks geworden war. Schließlich kehrte er um und verbrachte die Nacht in dem Haus am Rand des Canyons. Ein heftiges Sommergewitter war hier niedergegangen, und das Wasser war unter der Tür hindurch eingedrungen. Da es niemand aufgewischt hatte, hatte sich auf dem Fußboden eine große Pfütze gebildet. Weitere Regengüsse würden kommen, sie würden durch alle Ritzen dringen, und über kurz oder lang würde das schmucke Haus am Rande des Canyons zerfallen und sich kaum noch von den uralten Wohnstätten entlang der Klippen unterscheiden. Die Ruinen einer Zivilisation würden sich über den Ruinen einer anderen erheben.

Eine Zeitlang werden die Herden noch bestehen. Obwohl die Raubtiere vor allem aus Blutdurst töten, lassen sich

Millionen von Schafen nicht an einem einzigen Tag auslöschen – oder in einem Monat –, und es werden Tausende von Lämmern geboren werden. Was bedeuten fünfzig oder hundert Getötete unter Millionen! Doch nicht ohne tieferen Sinn haben die Menschen von einem aussterbenden Volk gesagt: »Schafe ohne Hirten.« Letztlich werden sie verschwinden …

Hilflos ziehen sie durch die Schneestürme des Winters, und im Sommer streifen sie vom Wasser weg und sind zu dumm, wieder zurückzufinden; sie werden von Springfluten überrascht, und Hunderte werden weggespült; sie flüchten in stumpfsinniger Panik über Klippen und liegen in Massen verwesend auf dem Grund der Schluchten; und es werden immer mehr Raubtiere: die verwilderten Hunde, die Wölfe, die Kojoten, die Berglöwen, die Bären. Aus den großen Herden sind ein paar schreckhafte, trippelnde Häuflein geworden; und schließlich gibt es keine Schafe mehr.

Vor Jahrtausenden haben sie sich dem Schutz des Hirten unterstellt und ihre Geschicklichkeit und das Gefühl der Unabhängigkeit eingebüßt. Nun, da der Hirt abgetreten ist, müssen auch sie abtreten.

Am nächsten Tag überquerte er das weite Hochplateau der Kontinentalscheide. Es war ein schafreiches Gebiet, und immer wieder stieß er auf Kadaver, wo Kojoten in eine Herde eingefallen waren. Einmal meinte er, auf einem fernen Hügel ein versprengtes Schaf wild umherrennen zu sehen, doch er konnte es nicht genau erkennen.

Dann wurde ihm ein noch seltsamerer Anblick zuteil. Auf einer üppigen Wiese am Flussufer sah er eine Schafherde friedlich weiden. Er hielt Ausschau, in der Hoffnung, auch den Wagen des Schäfers und den Schäfer selbst zu sehen, aber stattdessen sah er nur zwei Hunde. Der Schäfer war tot, doch aus langer Gewohnheit taten die Hunde weiter ihre Pflicht, hielten die Schafe auf der grünen Weide am Flussufer zusammen und kämpften bestimmt auch mit den Räubern, die sich nachts näherten. Ish hielt Princess neben sich auf dem Sitz fest, damit sie die Szene nicht störte. Die beiden Schäferhunde bellten wütend, als sie das Auto bemerkten, und trieben ein paar Einzelgänger zur Herde zurück. Sie hielten auf Abstand und schienen sehr feindselig. So wie in den Städten der elektrische Strom auch nach dem Verschwinden des Menschen noch durch die Drähte lief, so bewachten hier die Hunde weiter ihre Schafe. Aber allzu lange konnte es nicht mehr dauern, dachte Ish.

Die Straße, der Highway 56, zog sich durch eine weite Landschaft. Früher war sie, wie er sich erinnerte, eine wichtige Verkehrsverbindung gewesen, die Straße von den Okies nach Kalifornien; man hatte sie sogar in einem alten Lied besungen. Jetzt war sie völlig leer. Kein Bus mit dem Schild »Los Angeles« an der Stirnseite ratterte sie entlang, kein Lastwagen kam von Osten oder Westen, kein Klapperkasten mit dem hochgetürmten Hausrat wandernder Erntearbeiter, kein geschmeidiger Ausflüglerwagen, der zu den Indianertänzen fuhr, keine Navaho-Kutsche mit einem knochigen Pferd holperte neben der betonierten Fahrbahn.

Ish bog in das Tal des Rio Grande ein, überquerte die Brücke und fuhr die lange Straße nach Albuquerque hinunter. Es war die größte Stadt, in die er kam, seit er Kalifornien verlassen hatte. Er hupte und wartete auf Antwort. Es war nichts zu hören.

In dieser Nacht schlief er in einem Motel am Rande von Albuquerque, von wo aus er einen guten Ausblick auf die

Stadt hatte. Sie lag völlig dunkel da; auch hier hatte die Stromversorgung bereits ausgesetzt.

Am nächsten Morgen fuhr er weiter durch die Berge und gelangte auf der anderen Seite in eine Gegend mit verstreuten Hügelkuppen, zwischen denen weite Ebenen lagen. Wieder überkam ihn ein Geschwindigkeitsrausch, und er trieb den Wagen auf den geraden Straßen bis an die Grenze. Die Hügelkuppen verschwanden hinter ihm; er fuhr über die Staatsgrenze und war nun in Texas. Plötzlich war es glühend heiß, und ringsum breiteten sich endlose Stoppelfelder aus, deren Weizen schon gemäht gewesen war, als die Farmer der Tod ereilt hatte. Diese Nacht schlief er in einem Vorort von Oklahoma City.

Am Morgen umfuhr er die Stadt auf einer Umgehungsstraße und raste weiter. Er folgte dem Highway 66 Richtung Chicago, doch schon nach ein paar Meilen war die Straße durch einen umgestürzten Baum blockiert. Er hielt an und stieg aus. Vermutlich war einer der jähen Stürme, die über das flache Land dahinjagten, die Ursache. Eine hohe Pappel, die vor einem Farmhaus gestanden hatte, war umgefallen; die ganze Straße war von einem Gewirr aus Zweigen und Laub bedeckt. Es hätte einen halben Tag gedauert, um sich durch dieses Durcheinander einen Weg zu bahnen.

Plötzlich wurde ihm bewusst, dass dies eine bedeutungsvolle Szene in der großen Tragödie war, die zu beobachten er sich vorgenommen hatte. Highway 66, diese berühmte Straße! Und nun war sie durch einen zufällig umgefallenen Baum blockiert. Natürlich könnte man sich einen Weg durch dieses Hindernis bahnen; aber es gab noch viele andere – oder es würde noch viele andere geben. Bei Unwettern würde Schlamm auf die Straße geschwemmt und Erde vom Damm weggespült werden; beim Sommerhochwasser würde eine Brücke einstürzen; in ein paar Jahren würde die Fahrt von Chicago nach Los Angeles auf dem Highway 66 selbst für einen Pionier im Planwagen ein Wagnis bedeuten.

Ish dachte kurz darüber nach, einen Umweg quer durch die Felder zu fahren, doch der Boden war nach den Regengüssen weich und lehmig. Er sah auf der Karte nach; wenn er zehn Meilen nach Süden fuhr, konnte er eine andere Straße nehmen, die auf den Highway zurückführte. Er wendete und fuhr zurück.

Doch dann, als er auf der anderen Straße war, überlegte er, dass es keinen zwingenden Grund dafür gab, auf den Highway zurückzukehren. Die Straße führte nach Osten, und diese Richtung war genauso gut wie irgendeine andere. Vielleicht, dachte er grinsend, hat dieser umgefallene Baum den gesamten künftigen Lauf der Menschheitsgeschichte verändert. Ich wäre wohl nach Chicago gefahren, und möglicherweise wäre dort etwas geschehen. Nun geschieht etwas anderes.

Und so fuhr er ostwärts durch Oklahoma. Nach allen Seiten war das Land leer. Auf den vorüberziehenden Hügeln sahen die struppigen Eichenwäldchen noch genauso aus, wie sie vorher ausgesehen hatten. Auf den ebenen, bebauten Flächen wuchsen Mais und Baumwolle. Der Mais stand hoch; es wäre eine gute Ernte geworden. Aber die Baumwolle wurde vom Unkraut erstickt.

Jetzt herrschte die Hitze des Sommers, und sie brachte etliche Überreste der Zivilisation zu Fall. Zwar rasierte sich Ish noch täglich, aber eher weil es so angenehmer war, als dass er Wert auf seine äußere Erscheinung legte. Sein Haar stand in Zotteln von seinem Kopf ab, und er bearbeitete es mit einer Schere. Er trug nur noch Jeans und ein am Hals weit offenes Hemd. Jeden Morgen warf er das Hemd weg und zog ein neues an. Irgendwo hatte er seinen grauen Filzhut liegenlassen, und so holte er sich aus einem Geschäft in Oklahoma einen einfachen Strohhut, wie ihn die Landarbeiter im Sommer trugen.

An diesem Nachmittag überquerte er die Grenze nach Arkansas, und obwohl er wusste, dass Staatsgrenzen nur in der Fantasie bestanden, merkte er plötzlich, dass alles anders aussah. Hier gab es kein trockenes Flachland, das Wetter war heiß und feucht. Die Folge war, dass überall auf den Straßen und Häusern etwas wuchs. Die Ranken des wilden Weins und der Kletterrosen umschlangen Fensterrahmen und hingen von Dachtraufen und Vorhallendächern. Die kleineren Häuser sahen aus, als würden sie schüchtern zurückweichen und sich in den Wäldern verstecken wollen. Auch die Mauern und Zäune waren überwuchert; es gab keine scharfe Trennlinie zwischen der Straße und dem Land mehr, durch das sie führte. Gras und Unkraut sprossen aus dem kleinsten Riss im Beton; über die Brüstungen schossen Brombeerranken und überwuchsen die hellen, weißen Linien. An einer Stelle waren einige Weinranken sogar schon bis zur Mittellinie gelangt, wo sie auf andere trafen, die von der gegenüberliegenden Seite herkamen.

Die Pfirsiche waren reif, und Ish sorgte für ein wenig Abwechslung in seiner Konservennahrung, indem er einen Obstgarten plünderte. Beim Betreten scheuchte er ein paar Schweine auf, die sich an den abgefallenen Früchten gütlich taten. In dieser Nacht schlief er in North Little Rock.

Die preisgekrönten Eber sterben in ihren Koben, und die dicken Zuchtsäue wandern umher und grunzen und quieken kläglich nach ihren männlichen Gefährten, doch auf manchen Bauernhöfen läuft das Borstenvieh davon, ohne dass Zäune es hindern. Es bedarf des Menschen nicht. Wenn es heiß ist, suhlen sie sich am Flussufer, werden dort heimisch, liegen im Schlamm und grunzen behaglich. Wenn die Luft kalt wird, ziehen sie in die Wälder und nähren sich von Eicheln. Nach ein paar Generationen bekommen sie dünnere Beine und werden schlanker, und ihre Hauer werden länger, und vor der Wut der Eber fliehen selbst der Wolf und der Bär. Wie einst der Mensch nähren sie sich von Fleisch oder Knollen oder Nüssen oder Früchten. Sie leben weiter.

Als er am nächsten Morgen ungefähr eine Stunde unterwegs war, stutzte er am Rande einer kleinen Stadt – seinen Augen bot sich der ungewohnte Anblick eines gejäteten und gepflegten Gartens. Er hielt an, um sich umzusehen, und entdeckte zum ersten Mal, was bei großzügiger Auslegung als eine »soziale Gruppe« bezeichnet werden konnte. Es waren Schwarze – ein Mann und eine Frau mittleren Alters und ein kleiner Junge. Die Frau sah aus, als ob demnächst ein viertes Familienmitglied dazukommen würde.

Sie waren schüchtern. Der Junge hielt sich im Hintergrund, neugierig, aber ängstlich, und kratzte sich den Kopf auf eine Weise, die vermuten ließ, dass er Läuse hatte. Die Frau stand gleichgültig und stumm da, als würde sie nur etwas sagen, wenn man sie unmittelbar ansprach. Der Mann nahm seinen Strohhut ab und fingerte nervös an dem eingerissenen Rand herum; dicke Schweißtropfen, die die Verlegenheit oder die morgendliche Sonnenhitze hervortrieben, rannen ihm über die Stirn.

Ish konnte ihren breiten Dialekt kaum verstehen, den die Verwirrung noch unverständlicher machte. Aber er hörte heraus, dass sie von niemandem in der Nachbarschaft wussten; dass sie überhaupt nur sehr wenig von dem wussten, was geschehen war, da sie sich seit der Katastrophe praktisch nicht von der Stelle bewegt hatten. Sie waren nicht miteinander verwandt, sondern lediglich durch Zufall vereinigte Überlebende, drei Menschen, die allen Gesetzen der Wahrscheinlichkeit zum Trotz in einer kleinen Stadt übrig geblieben waren.

Ish bemerkte, dass sie nicht nur unter dem von der Katastrophe ausgelösten Schock litten, sondern auch unter den Verboten und Tabus aus der Zeit vorher. Sie sprachen mit ihm ohne jedes Selbstvertrauen und schlugen ständig die Augen nieder.

Trotz ihres offensichtlichen Widerwillens sah sich Ish in ihrer Wohnung um. Obwohl ihnen sämtliche Häuser der Stadt offen gestanden hätten, wohnten sie nach wie vor in der schäbigen Hütte, in der die Frau vor dem Ausbruch der Seuche gelebt hatte. Ish ging nicht hinein, aber durch die offene Tür sah er das wackelige Bett, die schiefen Stühle, den gusseisernen Ofen, den mit einer Wachsdecke bedeckten Tisch, auf dem die Fliegen die unbedeckten Speisen umsummten. Draußen sah es etwas besser aus. Sie hatten einen überraschend großen Garten und ein ansehnliches Stück Land, auf dem Mais stand, und gerade waren sie dabei, ein kleines Feld mit Baumwolle zu bestellen, obwohl es über Ishs Fantasie ging, was in aller Welt sie mit der Baumwolle anfangen wollten. Offenbar taten sie einfach weiter das, was sie gewohnt waren, und gewannen daraus ein Gefühl der Sicherheit.

In einem Verschlag hielten sie Hühner, und auch ein paar Schweine waren zu sehen. Ihre Verlegenheit, als Ish die Schweine bemerkte, ließ deutlich erkennen, dass sie sich die Tiere aus irgendeinem Bauernkoben geholt hatten und nun meinten, er würde sie für Diebe halten.

Ish fragte nach ein paar frischen Eiern, und für ein Dutzend gab er ihnen einen seiner Dollarscheine. Sie schienen über diesen Tausch begeistert zu sein. Dann, als er nach einer Viertelstunde alle Möglichkeiten der Situation erwogen hatte, stieg Ish wieder in seinen Wagen, sehr zur Erleichterung der Schwarzen. Einen Augenblick lang saß er da und überlegte. Hier, dachte er, könnte ich König spielen, wenn ich dabliebe. Es würde ihnen nicht gefallen, aber sie würden sich wohl fügen, würden Gemüse und Hühner und Schweine für mich züchten, und bald könnte ich auch eine Kuh oder zwei haben. Sie würden die Arbeit übernehmen, die eigentlich ich tun müsste. Ja, ich wäre ein kleiner König.

Doch das war keine ernsthafte Erwägung, und als er weiterfuhr, kam ihm die Einsicht, dass die Schwarzen besser Herr der Lage geworden waren als er. Er lebte wie ein Straßenräuber von dem, was von der Zivilisation übriggeblieben war, während sie dem Land verbunden waren, Vieh züchteten und das meiste von dem, was sie brauchten, selbst ernteten.

Von einer halben Million Insektenarten waren schätzungsweise nur einige Dutzend vom Untergang des Menschen betroffen, und die einzigen tatsächlich vom Aussterben bedrohten waren die drei Arten der auf dem Menschen schmarotzenden Läuse. So alt, wenn auch nicht gerade ehrenvoll, war diese Gemeinschaft, dass sie sogar als Argument für den einheitlichen Ursprung des Menschen hatte herhalten müssen – als die Anthropologen feststellten, dass alle noch so fern voneinander lebenden Stämme sich der gleichen Parasiten wegen kratzten, und daraus schlossen, dass schon der Urmensch von den Vorfahren dieser Insekten bevölkert gewesen sein musste.

Von diesem Zeitpunkt an hatten die Läuse durch unzählige Jahrtausende hindurch ihr Leben auf ihre Welt eingestellt, die der Körper des Menschen war. Es gab drei Arten, die sich als ihren jeweiligen Lebensbereich den Kopf, die Kleidung und die Geschlechtsteile erkoren. Auf diese Weise erhielten sie trotz ihrer Verschiedenheit eine Art Gleichgewicht der Kräfte aufrecht und boten ihrem Wirt ein Beispiel, dem er hätte folgen sollen. Nachdem sie sich aber so völlig dem Menschen überantwortet hatten, verloren sie die Fähigkeit, auf einem anderen Wirt zu existieren. Darum bedeutete die Vernichtung des Menschen auch ihre Vernichtung. Als sie merkten, dass ihre Welt starb, krabbelten sie davon und machten sich auf die Suche nach einer neuen warmen Welt, in der sie wohnen könnten, fanden keine und starben ebenfalls. Milliarden kamen elendiglich um.

Auf der Beerdigung des Homo sapiens werden nur wenige trauern. Canis familiaris wird vielleicht heulen, aber als Spezies wird er all der menschlichen Fußtritte und Schimpfworte gedenken, sich schnell trösten, davonlaufen und sich mit seinen wilden Gefährten vereinigen. Indessen mag sich Homo sapiens mit dem Gedanken trösten, dass bei seiner Beerdigung drei ehrlich Trauernde zurückbleiben.

Er kam an die lange Brücke über den breiten braunen Fluss, wo ein Lastwagen die einspurige Fahrbahn versperrte, die nach Memphis führte.

Er fühlte sich wie ein kleiner Junge, der etwas Verbotenes tat und wusste, dass er dafür bestraft werden würde, als er, gegen alle Verkehrsregeln, in die schmale Spur links der Bahngleise bog und auf der Fahrbahn nach Arkansas Richtung Tennessee fuhr. Aber niemand kam ihm entgegen, und bald gelangte er auf die Tennessee-Seite und verließ, wieder in falscher Richtung, die Brücke.

Memphis war ebenso leer wie die anderen Städte, in denen er gewesen war, aber es wehte ein Südwind, der einen üblen Gestank von den einst dicht besiedelten Stadtteilen um die Beale Street mit sich trug. Wenn das eine Aussicht auf das war, was ihn in den Städten des Südens erwartete, so hatte Ish wenig Verlangen nach ihnen. Schnell fuhr er wieder aus der Stadt hinaus.

Er war noch nicht allzu weit gekommen, als es in Strömen zu regnen begann. Da das Fahren im Regen stumpfsinnig und beschwerlich war und er auch nicht die geringste Eile hatte, irgendwohin zu gelangen, machte er Rast in einem Motel am Rand einer kleinen Stadt, deren Namen festzustellen er sich gar nicht bemühte. Der Herd in der Küche hatte noch Gas, und so bereitete er sich als Abendessen eine Mahlzeit aus den frischen Eiern. Es schmeckte köstlich, und doch war er auf irgendeine Weise unzufrieden. Es fragt sich, überlegte er, ob ich auch alles zu mir nehme, was ich eigentlich essen müsste. Vielleicht sollte er in einen Drugstore einbrechen und sich ein paar Vitamintabletten holen.

Später ließ er Princess hinaus, und die Hündin verschwand mit einem langgezogenen Jaulen, das in Gebell überging, als sie auf die Spur irgendeines Tiers stieß. Das behagte ihm nicht, da er wusste, dass er jetzt eine gute halbe Stunde würde warten müssen, bis es Princess gefiel wiederzukommen. Doch diesmal war sie schneller wieder da und roch entsetzlich nach Stinktier. Er schloss sie in die Garage ein, und sie beklagte sich bitterlich über die Art, wie sie behandelt wurde.

Ish legte sich hin, immer noch unzufrieden. Der Schock muss tiefer in mir sitzen, als mir bewusst ist, dachte er.

Oder die Einsamkeit macht mir zu schaffen. Oder vielleicht ist es auch der gute alte Geschlechtstrieb, der sein Haupt hebt.

Er wusste, dass ein Schock seltsame Dinge zeitigen konnte. Er erinnerte sich, von einem Mann gehört zu haben, der durch den Anblick seiner bei einem Unfall ums Leben gekommenen Frau monatelang ohne jegliches Begehren gewesen war. Er dachte an die Schwarzen, die er gesehen hatte. Die Frau war nicht mehr jung, hochschwanger und wahrlich keine Schönheit gewesen; sie konnte ihn kaum aus dem Gleichgewicht gebracht haben. Aber die drei hatten eine Art Sicherheit, ein Zuhause, gefunden, indem sie den Boden bewirtschafteten ... Princess bellte in der Garage, Ish fluchte und schlief bald darauf ein.

Am Morgen fühlte er sich immer noch unzufrieden und ruhelos. Das schlechte Wetter war noch nicht vorbei, doch immerhin regnete es nicht mehr. Abfahren wollte er noch nicht, also entschloss er sich zu einem Spaziergang die Straße entlang. Bevor er losging, inspizierte er den Wagen und sah auf dem Rücksitz das Gewehr liegen. Seit Kalifornien hatte er es kaum angerührt; jetzt griff er danach ohne bestimmte Absicht, klemmte es sich unter den Arm und wanderte die Straße hinunter.

Princess lief ihm ein paar Schritte nach, erschnüffelte dann eine neue Spur, und trotz der Erfahrungen des Vorabends nahm sie sie auf und verschwand entzückt fiepend und bellend über die Hügel. »Hoffentlich hast du diesmal mehr Glück!«, rief er ihr nach.

Er wanderte ohne ein bestimmtes Ziel dahin; er wollte lediglich seinen Gliedern ein bisschen Bewegung verschaffen oder vielleicht auch einen Baum mit reifen Früchten suchen. Er lief gedankenlos weiter, als er auf einem Feld eine Kuh und ein Kalb erblickte. Das war nichts Besonderes; auf nahezu jedem Feld in Tennessee konnte man Kühe und Kälber sehen. Das einzig Bemerkenswerte dabei war, dass er ein geladenes Gewehr unterm Arm trug, und plötzlich wusste er, dass er irgendetwas im Sinn gehabt hatte.

Er legte den Gewehrlauf auf einen Zaunpfahl, zielte und sah Kimme und Korn eine Linie mit dem roten Fleck auf der Schulter des Kalbes bilden. Er krümmte den Finger, es machte einen Knall, und er spürte den Rückstoß. Als das Echo verhallte, hörte er das Kalb ein langes, gequältes Winseln ausstoßen; es stand mit steifen Beinen da und zitterte; aus den Nüstern tropfte Blut. Dann zuckte es zusammen und fiel um.

Die Kuh war bei dem Knall einige Schritte weggelaufen, und nun stand sie da und wandte unsicher den Kopf. Ish wusste nicht, was sie zur Verteidigung des Kalbes unternehmen würde. Er legte wieder an und jagte ihr eine Kugel in die Schulter. Als sie taumelte, gab er ihr den Gnadenschuss.

Schnell ging er in das Motel und holte sein Jagdmesser. Als er zurückkam, lud er das Gewehr nach. Es war sonderbar, wie er reagierte. Früher hatte er kaum je über den Gebrauch von Waffen nachgedacht; jetzt war es, als hätte er der Schöpfung den Krieg erklärt und müsste stets auf der Hut sein, dass sie es ihm vergelte. Doch als er zu der Stelle kam, wo die Kuh und das Kalb lagen, stieß er auf keinerlei Widerstand. Es war ihm unangenehm, dass das Kalb noch atmete. Widerwillig schnitt er ihm die Kehle durch. Er war nie Jäger gewesen und hatte nie ein Tier geschlachtet; so tat er es stümperhaft, beschmutzte sich dabei über und über mit Blut, brachte es aber doch fertig, die Leber herauszuschneiden. Dann merkte er, dass er nichts hatte, womit er sie tragen konnte, außer seinen Händen. Also legte er die blutige Masse wieder zwischen die Eingeweide des Kalbes, ging noch einmal in das Motel zurück und holte eine Schüssel. Als er wieder bei dem Kalb anlangte, machte sich bereits eine Krähe an den Augen zu schaffen.

Schließlich brachte er die Leber unversehrt ins Motel, aber nun war er so mit Blut und Dreck verschmutzt, dass ihm jegliche Lust vergangen war, sie zu essen. Er säuberte sich, so gut es ging, und legte sich hin, denn es hatte wieder zu regnen begonnnen. Princess kam zurück und bat um Einlass. Da sie den Stinktiergeruch inzwischen fast zur Gänze losgeworden war, erlaubte er es ihr. Sie war nass, zerschrammt und schmutzig. Sie legte sich auf den Boden und brachte sich mit der Zunge wieder in Ordnung; er selbst lag auf dem Bett, erschöpft, aber doch irgendwie befriedigt. Draußen regnete es gleichmäßig weiter, und nach etwa einer Stunde merkte er, dass ihn zum ersten Mal nach all den Geschehnissen ein neues Gefühl ereilt hatte: Er langweilte sich.

Er sah sich in dem Raum um und fand eine sechs Monate alte Zeitschrift. Er setzte sich hin und las eine Geschichte, die davon handelte, dass ein junger Mann ein Mädchen kennenlernt; ihre besondere Spannung bekam sie durch die Probleme, die eine Liebe an der Erfüllung hindern, wenn der Wohnraum knapp ist. Das alles entsprach so wenig seiner gegenwärtigen Lage, dass die Geschichte auch zur Zeit des Pyramidenbaus hätte spielen können. Im Lauf des Morgens las er drei Geschichten; aber weitaus interessanter fand er den Anzeigenteil. Auch die Anzeigen schienen nicht die geringste Beziehung zu seiner jetzigen Situation zu haben, weil sie sich nicht an den Menschen als Individuum, sondern an den Menschen als Angehörigen einer Gruppe wandten, etwa: Man sollte üblen Mundgeruch vermeiden, nicht weil er ein Anzeichen für ein sich anbahnendes Zahnleiden oder eine Verdauungsstörung war, sondern weil bei schlechtem Mundgeruch die Mädchen nicht mit einem tanzen würden oder, wenn man ein Mädchen war, man keinen Heiratsantrag bekäme. Aber dennoch hatte die Zeitschrift ihr Gutes, da sie ihn von sich selbst ablenkte.

Gegen Mittag wurde er hungrig, und wie er die Leber jetzt friedlich in der Schüssel liegen sah, merkte er, dass seine Erinnerung an das blutige, sterbende Kalb völlig verblasst war. Er briet sich ein saftiges Stück davon zum Mittagessen und aß es mit großem Genuss. Etwas frisches Fleisch, schloss er daraus, war genau das, was ihm gefehlt hatte. Auch Princess bekam ein Stück.

Als er nach dem Essen geruhsam dasaß, fühlte er sich wieder wohl und behaglich. Auf ein Kalb zu schießen war bestimmt nicht weidgerecht, und es war auch nicht das, was man die Erzeugung der eigenen Nahrung nennt. Aber irgendwie stand es doch in engerer Beziehung zur Wirklichkeit als das Öffnen einer Büchse. Ja, er schien sich etwas von seinem Straßenräuberdasein entfernt zu haben, in Richtung jenes Zustands, in dem die drei Schwarzen lebten. Es mochte paradox erscheinen, dass eine zerstörerische Tat eine schöpferische war; aber so empfand er es.

Ein Zaun war eine Tatsache, und ein Zaun war zugleich ein Symbol. Zwischen den Herden und den Feldern stand der Zaun als Tatsache; aber zwischen dem Roggen und dem Hafer stand er nur als Symbol, denn Roggen und Hafer vermischten sich nicht miteinander. Durch Zäune war das Land in Stücke und Parzellen eingeteilt. Auf der anderen Seite des beackerten Bodens, jenseits des Zaunes, verlief der Highway, und jenseits des Highways kam der Obst-

garten, und dann kam wieder ein Zaun, der Weideflächen eingrenzte, und dann kam das Haus und dann wieder ein Zaun und dann die Scheune. Wenn die Zäune als Tatsachen und Symbole eingerissen sind, dann gibt es keine Landstücke und Parzellen und augenfälligen Unterschiede mehr, sondern alles geht ineinander über und verschwimmt – wie es zu Anbeginn war.

Immer mehr verlor er das Gefühl für die Zeit. Die täglich zurückgelegte Strecke war nicht sehr groß, weil es häufig regnete und die Straßen hier nicht so gerade wie im Westen waren. Auch hatte er die Freude an der Geschwindigkeit eingebüßt. Er fuhr in nordöstlicher Richtung durch das Hügelland von Kentucky, dann durchquerte er die Ohio-Ebene und erreichte schließlich Pennsylvania.

Stärker als zuvor war er auf die Beschaffung von Nahrungsmitteln bedacht. Er holte sich grüne Maiskolben von den Feldern. Es gab reife Beeren und Früchte. Dann und wann fand er in einem Garten ein paar nicht von Schnecken zerfressene Salatköpfe. Oft rupfte er Karotten aus und aß sie roh; rohe Karotten mochte er sehr gern. Er schoss ein junges Schwein. Er erlegte zwei Rebhühner. Er schloss die laut Einspruch erhebende Princess in den Wagen ein und verbrachte zwei glückliche Stunden damit, sich an eine Schar Truthühner heranzuschleichen, die aber immer davonstoben, ehe er in Schussweite kam. Schließlich brachte er es fertig, nahe genug heranzukommen, um einen Hahn zu erlegen. Noch vor ein paar Wochen war er ein zahmer Truthahn gewesen; inzwischen war er verwildert, und angesichts der Notwendigkeit, sich vor Füchsen und Wildkatzen in Sicherheit zu bringen, war er so wachsam geworden, als hätte er schon immer im Wald gelebt.

Zwischen den Regenschauern war es warm, und wenn Ish danach war, zog er sich aus und schwamm in einem Bach oder einem der kleinen Flüsse. Seit das Wasser aus den Leitungshähnen angefangen hatte, brackig zu werden, trank er aus Quellen und Brunnen, obwohl jetzt, wie er annahm, auch die größeren Flüsse frei von Abwässern aus Städten und Fabriken sein mussten.

Er bekam Übung im Beurteilen der Städte und konnte meistens im Voraus sagen, ob sie völlig leer waren oder ob er nach einigem Suchen einen oder mehrere Überlebende aufstöbern würde. Oft waren die Schnapsläden geplündert. Die anderen Gebäude waren für gewöhnlich unberührt, obwohl hier und da in die Banken eingebrochen worden war; offenbar hatten einige Leute noch Vertrauen in das Bargeld. Auf den Straßen sah man gelegentlich ein Schwein oder einen Hund, seltener eine Katze.

Selbst in diesem früher dicht bevölkerten Teil des Landes fand er verhältnismäßig wenig Tote, und der Leichengeruch war weniger spürbar, als er befürchtet hatte. Die meisten Farmen und viele der kleineren Städte waren offenbar sich selbst überlassen worden, als die Einwohner in die größeren Zentren oder in die Berge geflohen waren. In den Außenbezirken jeder größeren Stadt sah er die Erdhaufen, die die Bagger aufgetürmt hatten. Aber viele Leichen mussten unbestattet geblieben sein; sie lagen für gewöhnlich in der Nähe der Krankenhäuser, die Sammelstellen gewesen waren. Da ihn seine Nase warnte, mied er diese Bezirke oder fuhr schnell vorbei.

Die Überlebenden, so stellte er fest, lebten im Allgemeinen als Einzelgänger und gelegentlich zu zweit. Sie blieben unbeirrt in ihren eigenen Häusern. Manchmal schienen sie zu wünschen, dass er bei ihnen blieb; niemals aber wünschten sie, mit ihm zu fahren. Und er traf unter ihnen niemanden, mit dem er seine Zukunft zu teilen gewünscht hätte. Wenn es nicht anders ging, dachte er, könnte er ja auch einfach heimfahren.

Merkwürdigerweise zeigte sich das offene Land in stärkerem Maße verändert als die Städte, obwohl man eigentlich das Gegenteil vermutet hätte. Doch auf dem Land wucherte auf den Äckern das Unkraut. In dieser Gegend hatte man beim Ausbruch der Seuche den Weizen noch nicht gemäht, nun stand er mit schweren Ähren da, und hier und dort begannen schon die Körner herauszufallen. Rinder und Pferde zogen umher, und die Einfriedigungen verfielen schnell. Manche Maisfelder, deren Zäune fest waren, würden für eine Weile erhalten bleiben; meist aber hatten sich die Tiere bereits Zugang verschafft.

Dann überquerte Ish eines Morgens den Delaware, fuhr nach New Jersey, und ihm wurde klar, dass er am frühen Nachmittag in New York sein konnte.

4

Gegen Mittag war er auf dem Pulaski Skyway. Früher, als Fünfzehnjähriger, war er hier einmal mit seinen Eltern entlanggefahren. Damals hatte ihn der strömende Verkehr ziemlich erschreckt; Last- und Personenwagen waren aus allen Richtungen herangeschossen und dann plötzlich in die Zubringer verschwunden. Er erinnerte sich, dass sein Vater ängstlich nach dieser und jener Richtung Ausschau gehalten hatte, um die Verkehrszeichen nicht zu übersehen, während seine Mutter nervös dazwischengeredet hatte. Jetzt schlief Princess neben ihm auf dem freien Sitz, und er fuhr ganz allein den Skyway hinunter.

Weit in der Ferne sah er die hohen Türme der Wolkenkratzer, die sich perlgrau vom bewölkten Himmel abhoben; es hatte geregnet, und für die Jahreszeit war es zu kühl.

Beim Anblick der Türme wurde Ish seltsam zumute. Jetzt war ihm klar, was er zuvor nicht ausreichend deutlich hätte erklären können – warum es ihn unbewusst nach New York getrieben hatte. Für jeden Amerikaner war diese Stadt der Mittelpunkt der Welt. Was in New York geschieht, das geschieht früher oder später überall, dachte er. Fällt Rom, fällt die Welt.

Als er an die große Kreuzung oberhalb von Jersey City kam, hielt er mitten auf dem Skyway an, um die Wegbeschreibungen zu lesen. Keine Bremsen kreischten jäh hinter ihm auf; keine Hupen quäkten; keine Lastwagenfahrer beschimpften ihn, weil er die Straße versperrte; kein Polizist belehrte ihn.

Wenigstens, dachte er, ist das Leben etwas ruhiger geworden.

In einiger Entfernung – sodass er es gerade noch hören konnte – rief zweimal ein Vogel, vielleicht eine Möwe. Das einzige andere Geräusch war das leise Brummen seines Motors, einschläfernd wie das Summen von Bienen.

Im letzten Moment schreckte er vor der Einfahrt in einen der Tunnels zurück. Sie wurden nicht mehr gewartet und waren vielleicht voll Wasser gelaufen, und er hatte das unbestimmte Gefühl, dort in eine Falle zu geraten. Also bog er nach Norden ab, überquerte die leere George Washington Bridge und fuhr nach Manhattan.

Ausgebreitet zwischen ihren Flüssen, wird die Stadt lange aushalten. Stein und Ziegel, Beton und Asphalt, Glas – damit geht die Zeit behutsam um. Wasser hinterlässt schwarze Flecken, Moos grünt, etwas Gras sprießt in den Ritzen. (Das ist nur die Oberfläche.) Ein Fensterrahmen lockert sich, wackelt, ein kräftiger Windstoß reißt ihn los. Ein Blitz zuckt vom Himmel und lockert die Backsteine eines Simses. Eine Mauer neigt sich, wenn lange Regengüsse die Fundamente unterspülen, Jahre vergehen, sie stürzt um und streut Ziegel auf die Straße. Der Frost wirkt sich aus, und im Tauwetter des März bröckeln Steinflocken ab. (All das vollzieht sich sehr langsam.) Das Regenwasser fließt ruhig durch die Rinnen in die Abflussröhren, und wenn die Röhren verstopft sind, fließt der Regen über die Rinnen in die Abwasserkanäle. Der Schnee türmt sich an den Straßenecken; niemand schafft ihn weg. Im Frühling schmilzt er und fließt ebenfalls in die Kanäle. Wie in der Wüste ist ein

Jahr gleich einer Nachtstunde und ein Jahrhundert gleich einem Tag.

Tatsächlich, die Stadt ähnelt in vielem der Wüste. Von den Straßen fließt das Regenwasser zu beiden Seiten in die Kanäle und dann in Flüsse. Hier und dort wächst in einem schmalen Riss feines Gras oder kräftiges Unkraut, aber weder Baum noch Rebe noch größere Grasarten schlagen Wurzeln. Die schattenspendenden Bäume an den Promenaden, denen es an Pflege durch den Menschen mangelt, sterben in ihren zu kleinen Erdlöchern. Rehe und Kaninchen meiden die leeren Straßen, und nach einer Weile verziehen sich sogar die Ratten. Nur die beflügelten Geschöpfe finden hier Zuflucht; die Vögel nisten im hohen Gebälk, und morgens und abends flattern die Fledermäuse durch die zerbrochenen Fensterscheiben ein und aus. So wird die Stadt eine lange, sehr lange Zeit bestehen bleiben.

Er fuhr den Broadway in südlicher Richtung hinunter; er beabsichtigte, geradeaus bis Battery Park zu fahren. An der 170th Street stand ein sehr offiziell aussehendes Schild mit der Aufschrift »Gesperrt!« und einem Pfeil, der auf eine östliche Umleitung verwies. Natürlich hätte er einfach geradeaus weiterfahren können, aber er machte sich einen Spaß daraus, gehorsam der Weisung zu folgen. Also fuhr er zur Amsterdam Avenue hinüber und dann wieder südwärts. Seine Nase sagte ihm, dass das Krankenhausviertel hier eine der letzten Sammelstellen gewesen sein musste und dass das Umleitungszeichen angebracht worden war, damit man diesen Todesbereich umfahren konnte.

Auch die Amsterdam Avenue war völlig leer. Irgendwo in diesen weitläufigen Anhäufungen von Beton und Backstein, von Mörtel und Stuck, irgendwo in all diesen höhlenähnlichen Löchern, die der Mensch Wohnungen nannte, mussten doch noch ein paar Leute wohnen. Die Katastrophe hatte nahezu alles erfasst, und im übervölkerten Manhattan hatte sie vermutlich noch heftiger gewütet als anderswo. Und das, was er den Zweiten Tod nannte, musste sich unter einer Stadtbevölkerung noch weit schrecklicher ausgewirkt haben. Dennoch hatte er die Erfahrung gemacht, dass überall ein paar Menschen übrig geblieben waren, und so würde es sich auch bei der Millionenbevölkerung von Manhattan verhalten. Aber er ließ seine Hupe nicht ertönen; an Herumtreibern, wie er sie hier und da gesehen hatte, hatte er kein Interesse.

Er fuhr weiter, Block für Block. Alles war ruhig und reglos. Die Wolken hatten ihren Regen ausgeschüttet, und die Sonne stand hoch am Himmel, aber die Straßen rechts und links von ihm waren so leer, als wäre die Sonne der Mond und als wäre es drei Uhr morgens. Doch selbst dann hätte er einen Polizisten gesehen oder ein Auto mit Nachtschwärmern. Er fuhr an einem leeren Spielplatz vorüber.

An den Straßenrändern parkten ein paar Wagen. Er erinnerte sich, dass er mit seinem Vater durch Downtown Manhattan gefahren war; es war an einem Sonntag gewesen, als selbst die Wall Street menschenleer dagelegen hatte. Nun war es ähnlich, nur schlimmer.

Am Lewisohn-Stadion waren zwei am Eingang herumschnuppernde magere Hunde das erste Zeichen von Leben. Am nächsten Block sah er einige Tauben umherflattern; viele waren es nicht.

Er fuhr weiter, an den roten Backsteingebäuden der Columbia University vorbei, und hielt vor der mächtigen, unvollendeten Kathedrale. Jetzt würde sie für immer unvollendet bleiben.

Er zog an der Tür der Kathedrale, sie öffnete sich, er trat ein. Der schreckliche Gedanke durchzuckte ihn, dass er in der Kirche Haufen von Leichen jener finden würde, die sich hier in ihrer letzten Stunde zum Gebet versammelt hatten. Aber er fand niemanden. Er ging in das Seitenschiff und durchschritt die kleinen Kapellen der Apsis, eine nach der anderen – jene Kapellen, die die Engländer und Franzosen und Italiener und alle anderen der vielsprachigen Stadt zu Gebet und Gottesdienst eingeladen hatten. Das Sonnenlicht strömte durch die bunten Glasfenster; es war alles genauso schön, wie er es in Erinnerung hatte. Er empfand ein wildes Verlangen, sich vor einem der Altäre auf die Knie zu werfen. Es gab keine Atheisten in Fuchslöchern, so hieß es doch, und jetzt war die ganze Welt nichts als ein ungeheures Fuchsloch. Aber was geschehen war, ließ einen nur schwerlich daran glauben, dass Gott besonderen Anteil an der Spezies Mensch nahm – oder an irgendeinem einzelnen Menschen.

Er ging zurück in das Hauptschiff und blickte nach oben. Die Größe des Kircheninneren erschütterte ihn. Er hatte ein würgendes Gefühl in der Kehle. Dies also war das Ende des höchsten Strebens und Verlangens der Menschheit … Er verließ die Kathedrale und stieg wieder in seinen Wagen.

Am Cathedral Parkway bog er nach Osten ab und fuhr, allen Verkehrszeichen zum Hohn, in den Central Park, südlich den East Drive hinunter, überzeugt, dass die Menschen an einem Sommertag wohl in den Park gehen würden, wie sie es schon immer getan hatten. Doch er sah niemanden. Von seinem damaligen Besuch als kleiner Junge erinnerte er sich an die Eichhörnchen, aber jetzt sah er kein einziges; hungrige Hunde und Katzen hatten sie wohl gefressen. Auf einer Rasenfläche sah er einen Bisonbullen weiden und nicht weit von ihm ein Pferd. Er fuhr an der Rückseite des Metropolitan-Museums vorbei und sah die Nadel der Kleopatra, die nun doppelt verwaist dastand. Bei der Sherman-Statue bog er in die Fifth Avenue ein, und ein Vers kam ihm in den Sinn: »Jetzt sind vergebens all eure Siege.«

Das grüne Rechteck des Parks wird zu einer Insel auf einer Insel. Es ist offenes Land, in das der Regen einsickern kann. Die Sonne scheint darauf, und im ersten Sommer schießt das Gras hoch, die Samen fallen von Busch und Baum, die Vögel tragen andere Samen heran. Lass zwei Sommer vorübergehen, und überall sprießen junge Schösslinge. Lass zwei Jahrzehnte vorübergehen, und der Park ist ein Dschungel aus neuen Gewächsen, in dem sich jeder Baum über seinen Nachbarn zu erheben versucht, um zum Licht zu gelangen, und die zähen Einheimischen, die schnell wachsenden Eschen und Ahornbäume, überwuchern die zarten Exoten, die der Mensch hier einst angepflanzt hatte. Man kann den Reitweg kaum noch sehen; auf den schmalen Pfaden liegt dickes moderndes Laub. Lass ein Jahrhundert vorübergehen, und du durchwanderst einen dichten, üppigen Wald und merkst kaum noch, dass der Mensch je hier gewesen ist, abgesehen von dem steinernen Bogen, der weiter den Durchgang überspannt und jetzt eine seltsame Höhle bildet. Das Reh zieht durch den Wald, und die Wildkatze lauert dem Kaninchen auf, und im See springt der Barsch hoch.

In den großen Schaufenstern der Modeläden vollführten die Puppen in fröhlichen Kleidern und mit blitzendem Schmuck weiterhin ihre absonderliche Gestik. Aber die Fifth Avenue dehnte sich leer vor ihm aus, so still wie die Hauptstraße von Podunk an einem Sonntagmorgen. Die Fenster eines großen Juweliergeschäftes waren zertrümmert. Hoffentlich, dachte Ish, sind ihm die Diamanten gut bekommen. Nein, hoffentlich war er einer von denen, die hübsche Steine mögen, einfach weil sie hübsch sind, so wie ein Kind am Strand hübsche Kiesel aufliest. Vielleicht ist er mit seinen Diamanten und Rubinen tatsächlich glücklicher gestorben. Sonst wies die Fifth Avenue keinerlei Zerstörung auf. Ein eindrucksvoll aufgebahrter Leichnam, dachte er. Ja, die Fifth Avenue ist ein schöner Leichnam.

Ein paar Tauben flatterten beim Rockefeller Center auf; das Geräusch des einsamen Motors hatte sie aufgestört. An der Ecke 42nd Street beschloss er, mitten auf der Fifth Avenue anzuhalten und auszusteigen; Princess ließ er im Wagen.

Er ging die 42nd Street in östlicher Richtung hinunter; der leere Bürgersteig kam ihm lächerlich breit vor. Er betrat die Grand Central Station und blickte in die weitläufige Empfangshalle.

»Hey!«, rief er laut und empfand eine kindische Freude, als seine Stimme von der hohen Wölbung widerhallte.

Er kehrte auf die Straße zurück, wo ihm eine Drehtür ins Auge fiel. Gedankenlos durchschritt er sie und fand sich in der Vorhalle eines großen Hotels wieder. Rechts und links von ihm standen schwere Sessel und Sofas, weiter hinten war der Empfangsbereich.

Er überlegte, ob er zum Tresen gehen und ein imaginäres Gespräch mit der Empfangsdame führen sollte. Er hatte telegraphiert, und zwar von ... ja, von Kansas City, das hörte sich gut an. Ja, und seine Zimmerreservierung war ihm bestätigt worden. Was sollten jetzt die Entschuldigungen? Aber er verwarf diesen verrückten Einfall wieder. Tausend Zimmer standen leer, und die arme Empfangsdame war weg –

wer weiß, wohin –, und es wäre einfach nur ein schlechter Scherz gewesen.

Im selben Moment aber bemerkte er etwas anderes. Auf den Sesseln und Sofas, den Zigarettenständen und Marmorfliesen lag deutlich wahrnehmbar eine Schicht grauen Staubs. Bisher war ihm der Staub nie sonderlich aufgefallen, oder es war hier besonders staubig – wie auch immer, von nun an würde Staub ein Teil seines Lebens sein.

Als er wieder in seinem Wagen saß, legte er den Gang ein, überquerte die 42nd Street und fuhr weiter nach Süden. Auf den Stufen der Bibliothek sah er eine große graue Katze, mit vorgestreckten Vorderpfoten, wie eine Karikatur der steinernen Löwen über ihr.

Beim Flatiron Building bog er in den Broadway ein und folgte ihm bis zur Wall Street. Dort stiegen sie beide aus, und Princess zeigte sofort Interesse an einer Spur, die den Bürgersteig entlangführte. Die Wall Street! Es bereitete ihm eine gewisse Freude, diese Straße entlangzugehen. Er entdeckte etwas Gras und sogar richtiges Unkraut, das hier und da in den Ritzen des Rinnsteins wuchs. Er musste an seine Familiengeschichte denken – dass ein holländischer Siedler, einer seiner Vorfahren, hier in der Gegend eine schöne Farm besessen hatte. Wenn die Preise für Grund und Boden hoch standen, pflegte sein Vater zu sagen: »Ich wünschte, wir hätten noch das Gut auf Manhattan Island.« Jetzt hätte sich Ish das Land wieder aneignen können, ohne dass sich irgendjemand darüber beschwert hätte. Denn diese Wildnis aus Beton, Stahl und Asphalt war die letzte Gegend, in der sich jemand zu leben wünschen konnte. Er hätte dieses Wall-Street-Grundstück sofort gegen zehn Morgen Land im Napa Valley oder gegen ein Eckchen vom Central Park eingetauscht.

Er ging mit Princess zum Wagen zurück und fuhr den Broadway weiter in südlicher Richtung hinunter bis Battery Park. Dort blickte er über die Bucht auf den Ozean. Es war das Ende der Straße.

Vielleicht gab es noch Überlebende in Europa oder in Südamerika oder auf einigen Inseln; aber er hatte keine Möglichkeit, dort hinzukommen. An dieser Stelle war sein holländischer Vorfahr vor drei Jahrhunderten an Land gekommen. Jetzt stand er, Ish, hier. Der Kreis hatte sich geschlossen.

Er bemerkte die Freiheitsstatue. Freiheit, dachte er und verzog den Mund zu einem ironischen Grinsen. Die wenigstens habe ich! Ich habe mehr Freiheit, als sich irgendjemand damals, als die Dame mit der Fackel aufgestellt wurde, hätte träumen können.

Dicht am Ufer von Governors Island war ein großes Linienschiff gestrandet. Es musste bei Flut auf Grund geraten sein, und jetzt, bei tiefer Ebbe, ragte es hoch aus dem Wasser. Offenbar hatte das Schiff Europa mit der Infektion an Bord verlassen; Passagiere und Crew waren krank oder tot gewesen, als das Schiff verzweifelt versucht hatte, den Hafen zu erreichen – einen Hafen, der selbst keine Signale mehr ausgesandt hatte. Keine Schlepper waren dem Schiff entgegengekommen. Vielleicht hatte ein sterbender Bootsmann auf der Brücke versäumt, den Befehl zum Legen des Ankers zu geben und nur mit trüben Augen auf die Sandbank gestarrt. Nun, dort würde das Schiff Ruhe finden, die Wellen würden Sand und Schlamm gegen das Wrack werfen, und in einem Jahrhundert würde es kaum noch erkennbar sein – die rostbedeckte Mitte einer kleinen Insel, um die herum Bäume wuchsen.

Ish wendete den Wagen und fuhr Richtung East Side, kam in eine sehr unangenehm riechende Gegend in der Nähe des Bellevue Hospitals, wandte sich nach Westen, stieß auf den gleichen Geruch rings um die Pennsylvania Station und die benachbarten Hotels und fuhr schließlich auf der 11th Avenue nordwärts. Er bog in den Riverside Drive ein und sah, dass die Sonne schon ziemlich niedrig über den rauchlosen Schornsteinen auf der Jersey-Seite stand. Er überlegte gerade, wo er die Nacht verbringen sollte, als er einen Ruf hörte: »Hey! Hierher!«

Princess begann wütend zu bellen. Ish stoppte den Wagen, drehte den Kopf und sah einen Mann aus dem Eingang eines Apartmenthauses kommen. Ish stieg aus und ging ihm entgegen; die bellende Princess ließ er im Wagen.

Der Mann kam mit ausgestreckter Hand auf ihn zu. Er sah kein bisschen ungewöhnlich aus, war rasiert, trug Anzug und Krawatte. Halb war Ish darauf gefasst, die gewohnte Begrüßung einer Ladenbesitzers zu hören: »Guten Tag, Sir, was kann ich für Sie tun?«

»Abrams ist mein Name«, sagte der Mann. »Milt Abrams.«

Ish stotterte seinen eigenen Namen; es war ziemlich lange her, dass er daran gedacht hatte, wie er eigentlich hieß. Nach der Begrüßung nahm Milt Abrams ihn mit ins Haus. Sie betraten eine schöne Wohnung im zweiten Stock. Eine blonde, etwa vierzigjährige, gut gekleidete, beinahe reizend aussehende Frau saß an einem Cocktailtisch, vor ihr ein Cocktailshaker. »Darf ich Ihnen vorstellen, Mrs. …«, sagte Milt Abrams, und Ish konnte sich denken, warum er zögerte. Die Katastrophe hatte ganz sicher kein Ehepaar verschont, und für eine feierliche Trauung war seither keine Gelegenheit gewesen. Offenbar war Milt Abrams noch so sehr in frühere Konventionen verstrickt, dass er sich das sogar unter den gegenwärtigen Umständen zu Herzen nahm.

Die Frau sah Ish lächelnd an, was Milt womöglich nicht sehr behagte. »Sagen Sie Ann zu mir«, sagte sie. »Kommen Sie, trinken Sie etwas mit uns. Leider kann ich Ihnen nur warmen Martini anbieten. In New York ist kein bisschen Eis aufzutreiben.« Auf ihre Art war sie eine so typische New Yorkerin, wie Milt ein typischer New Yorker war.

»Ich sage ihr«, sagte Milt, »ich sage ihr in einer Tour, dass sie das Zeug nicht trinken soll. Warmer Martini ist Gift.«

»Denken Sie nur«, sagte Ann, »den ganzen Sommer in New York und kein bisschen Eis!« Dennoch schien sie ihr Missfallen an warmem Martini einigermaßen überwunden zu haben; sie hatte offenbar schon mehrere Gläser zu sich genommen.

»Hier«, sagte Milt, »ich biete Ihnen etwas Besseres an.« Er öffnete eine Vitrine, in der sich eine beeindruckende Sammlung an Amontillado, altem Kognak und erlesenen Likören befand. »Und«, fügte er hinzu, »die kann man auch ohne Eis trinken.«

Offenbar war Milt ein Experte in Sachen Alkohol; zum Dinner zauberte er eine Flasche Château Margaux hervor.

Château Margaux zu einer aus kaltem Cornedbeef bestehenden Mahlzeit war vielleicht nicht das Höchste, was man sich hätte wünschen können, doch der Wein war kräftig genug, um in Ish eine leichtes, schwebendes Glücksgefühl zu erzeugen. Ann war ohnehin schon ziemlich angeheitert.

Der Abend verlief recht angenehm. Sie spielten bei Kerzenlicht Bridge, tranken Liköre, hörten Schallplatten auf einem tragbaren Plattenspieler, der den großen Vorteil hatte, von elektrischem Strom unabhängig zu sein; man musste ihn mit der Hand aufziehen. Sie plauderten, wie man an jedem beliebigen Abend geplaudert hätte: »Die Platte kratzt ein wenig … Ich habe noch keine Runde gewonnen … Schenken Sie mir bitte noch etwas nach …«

Es war eine Art Als-ob. Man tat, als gäbe es draußen vor den Fenstern eine Welt; man spielte bei Kerzenlicht Karten, weil das angenehm war; man dachte und sagte nichts, was unter den gegebenen Umständen eigentlich hätte gedacht und gesagt werden müssen. Und Ish erkannte, dass das nur recht und billig war. Normale Menschen – und Milt und Ann schienen durchaus normal zu sein – kümmerten sich nicht allzu viel um Vergangenheit und Zukunft. Normale Menschen lebten glücklich in der Gegenwart.

Doch während sie so spielten, wurde Ish bei gelegentlichen Nebenbemerkungen immer wieder ihre Situation bewusst. Milt war früher Mitinhaber eines kleinen Juweliergeschäfts gewesen. Ann war mit einem gewissen Harry verheiratet gewesen, und sie hatten ausreichend Geld gehabt, um die Sommer an der Küste von Maine zu verbringen. Die einzige bezahlte Arbeit, die Ann je geleistet hatte, war der Verkauf von Parfüm in einem dieser Luxusläden gewesen; und selbst das hatte sie mehr zum Spaß in der Weihnachtszeit getan. Nun lebten Milt und Ann in einem hübschen Apartment, das sich Harry nicht hätte leisten können. Der elektrische Strom hatte zwar ausgesetzt, da die Generatoren, die New York versorgt hatten, mit Dampf betrieben worden waren, doch die Wasserversorgung blieb einstweilen aufrecht, und so gab es noch keine großen sanitären Schwierigkeiten.

Der Riverside Drive war für sie eine naheliegende Wahl gewesen. Da sie gewöhnliche New Yorker waren, hatten sie nie ein Auto besessen, und so konnten sie beide nicht fahren. Autos waren für sie etwas Geheimnisvolles. Seit alle öffentlichen Verkehrsmittel ausgefallen waren, waren sie ganz und gar auf ihre Beine angewiesen, und beide waren nicht gerade freudige Fußgänger. Der Broadway mit seinen noch gut bestückten Lebensmittelläden bildete für sie die Ostgrenze; im Westen lag der Fluss; sie gingen den Riverside Drive auf und ab, etwa eine halbe Meile nach Norden und eine halbe Meile nach Süden. Das war ihre Welt.

Sie glaubten nicht, dass innerhalb dieser kleinen Welt noch irgendjemand anderer am Leben war. Was in den übrigen Teilen der Stadt vor sich ging, wussten sie genauso wenig wie Ish. Für sie war die East Side so weit weg wie Philadelphia, und Brooklyn hätte auch Saudi-Arabien sein können.

Ab und an allerdings hatten sie Autos den Riverside Drive entlangfahren gehört, und ein oder zwei Mal hatten sie auch eines gesehen. Aber sie hatten sich gehütet, einem dieser Autos zu winken, denn in ihrer Einsamkeit und Hilflosigkeit waren sie in ständiger Angst, sie könnten räuberischen Gangstern begegnen.

»Doch in letzter Zeit war es so ruhig hier, dass ich mir wünschte, jemanden zu treffen«, sagte Milt fast schüchtern. »Sie fuhren nicht allzu schnell. Ich sah, dass Sie allein waren und keinen bösartigen Eindruck machten. Außerdem war Ihr Nummernschild nicht von hier.«

Beinahe hätte Ish vorgeschlagen, ihnen seine Pistole dazulassen, doch er tat es nicht. Waffen führten nur allzu oft zu Schwierigkeiten. Vermutlich hatte Milt noch nie im Leben einen Schuss abgefeuert, und er sah, was das betraf, auch nicht gerade gelehrig aus. Und Ann wirkte, als wäre sie eine jener reizbaren Frauen, die für Freund wie Feind gleichermaßen gefährlich waren, wenn sie eine Pistole in der Hand hatten.

Auch wenn sie keine Filme sehen und kein Radio hören konnten und auch wenn sie den Anblick vorbeiziehender Menschen auf den Straßen entbehren mussten, schienen sich Milt und Ann nicht sonderlich zu langweilen. Sie spielten Karten, bei hohen, aber natürlich nur imaginierten Einsätzen, mit der Folge, dass Ann Milt inzwischen mehrere Millionen Dollar schuldete. Sie hörten endlos Schallplatten – Jazz, Folk, Tanzmusik – auf dem kleinen Plattenspieler. Sie lasen unzählige Krimis, die sie sich aus den Leihbüchereien am Broadway holten und dann in der Wohnung herumliegen ließen. Außerdem vermutete Ish, dass sie einander körperlich anziehend fanden.

Und doch, obwohl sie sich nicht langweilten, schien ihnen das Leben auch nicht allzu viel Freude zu machen. Nach dem Schock hatten sie sich offenbar in einer Art Dumpfheit eingerichtet. Sie waren Menschen ohne Hoffnung. New York, ihre Welt, war verschwunden; zu ihren Lebzeiten würde es nicht wieder auferstehen. Sie zeigten keinerlei Interesse, als Ish ihnen zu erzählen versuchte, was in den übrigen Teilen der USA geschehen war. Fällt Rom, dachte er erneut, fällt die Welt.

Am nächsten Morgen trank Ann zum Frühstück einen weiteren warmen Martini und jammerte abermals, dass es in New York kein einziges Stückchen Eis gebe. Beide baten sie Ish inständig, noch etwas länger bei ihnen zu bleiben; ja, sie baten ihn sogar, für immer zu bleiben. Bestimmt würde er irgendwo in der Stadt eine junge Frau für sich finden, sagten sie; dann könnten sie zu viert Bridge spielen. Sie waren die nettesten Leute, denen er seit der Katastrophe begegnet war, aber er hatte keinerlei Verlangen, bei ihnen zu bleiben, selbst wenn er eine Frau zum Bridgespielen gefunden hätte – und zu anderen Zwecken. Nein, er war entschlossen, wieder Richtung Westen zu fahren.

Doch als er schließlich davonfuhr und die beiden im Eingang des Apartmenthauses standen und ihm nachwinkten, hätte er beinahe wieder kehrtgemacht und wäre noch ein Weilchen dageblieben. Er mochte die beiden, und sie taten ihm leid. Ihm schauderte bei dem Gedanken, was geschehen würde, wenn es Winter wurde, wenn der Schnee hoch zwischen den Häusern lag und der Nordwind den Broadway entlangpfiff. Es würde keine Zentralheizung mehr in New York City geben; aber es würde sehr viel Eis geben, und man brauchte keinen warmen Martini zu trinken.

Er bezweifelte, dass die beiden den Winter überleben würden, selbst wenn sie ihre Möbel im Kamin verheizten. Irgendein Unfall würde sie töten, oder eine Lungenentzündung würde sie dahinraffen. Sie waren wie die überzüchteten Cocker Spaniel und Pekinesen, die früher durch die Straßen der Stadt geführt worden waren. Milt und Ann waren Stadtbewohner, und wenn die Stadt starb, würden sie ohne sie nicht weiterleben können. Sie würden den Preis zahlen, den in der Geschichte, wie Ish wusste, stets die allzu spezialisierten Organismen hatten zahlen müssen. Milt und Ann, der Juwelierladenbesitzer und die Parfümverkäuferin, hatten sich so spezialisiert, dass sie sich den neuen Bedingungen nicht anpassen konnten. Sie befanden sich sozusagen am anderen Ende der Spektrums – das Gegenteil jener Schwarzen in Arkansas, die keine Mühe hatten, auf primitive Weise auf dem Land zu leben.

Der Riverside Drive machte eine Biegung, und Ish wusste, dass sie ihn jetzt nicht mehr sehen konnten, auch wenn er zurückblicken würde. Er spürte warme Tränen in seinen Augen. Lebt wohl, Milt und Ann!

5

Und so fuhr er nach Westen – nach Hause, wie er es immer noch nannte –, und bisweilen war ihm zumute, als wäre er auf einem gemütlichen Campingtrip. Ein Mann und ein Hund saßen in einem Auto, und die Tage glitten ereignislos vorüber.

Er durchquerte das üppige Farmland des östlichen Pennsylvania, wo der reife, ungemähte Weizen goldbraun war und der Mais mannshoch stand. Als er die leere Mautstelle erreichte, gab er kräftig Gas und kurvte wie ein Irrsinniger die Straße hinunter, völlig unbekümmert, berauscht von der Freude an der Geschwindigkeit. Er brauste weiter nach Ohio.

Inzwischen hatte der Gasdruck fast überall ausgesetzt, aber er besorgte sich einen Benzinkocher mit Doppelbrenner, der hervorragend funktionierte. Bei gutem Wetter kampierte er einfach im Wald und machte ein offenes Feuer. Konserven, die er aus den Läden holte, bildeten nach wie vor den Hauptbestandteil seiner Ernährung, aber er nahm auch Maiskolben und Gemüse, wo immer er es fand.

Dann und wann hätte er gern ein paar Eier gegessen, aber die Hühner schienen gänzlich verschwunden zu sein. Auch Enten sah er keine. Wiesel, Katzen und Ratten hatten offenbar unter dem kleineren Geflügel aufgeräumt, das während der langen Domestizierung zu stumpfsinnig geworden war, um ohne menschlichen Schutz überleben zu können. Einmal jedoch hörte er den heiseren Ruf eines

Perlhuhns, und zweimal sah er Gänse, die ruhig im Tümpel eines Bauernhofs schwammen. Er schoss eine davon, doch dann merkte er, dass er einen alten Ganter erlegt hatte, der zu zäh war, um, am Lagerfeuer gebraten, eine genießbare Mahlzeit zu ergeben. Oft sah er Truthähne in den Wäldern, und gelegentlich schoss er einen. Wenn Princess für die Geflügeljagd abgerichtet gewesen wäre, hätte er es mit Rebhühnern und Fasanen versuchen können. Zwar stürzte sie sich wie wild auf jede Kaninchenfährte, trieb ihm aber nie eines vor die Flinte. Er überlegte, ob diese unsichtbaren Kaninchen womöglich nicht reine Fantasieprodukte der Hündin waren.

Es stand viel Vieh auf den Weiden, aber der Gedanke, es zu schlachten, behagte ihm nicht, und bei dem heißen Wetter hatte er auch keinen großen Appetit auf Fleisch. Gelegentlich sah er kleine Schafherden. Wenn die Straße durch Sumpfland führte, war er oft nahe daran, Schweine zu überfahren, die es offenbar genossen, sich auf dem kühlen Beton der verlassenen Landstraße auszustrecken. Noch immer irrten magere Hunde in den Städten umher. Katzen sah er selten, doch manchmal hörte er sie nachts, und so nahm er an, dass sie wieder zu Nachttieren geworden waren.

Er mied die großen Städte und fuhr weiter westwärts, durch Indiana, Illinois, Iowa, durch hohe Maisfelder und kleine Orte, die sonnenüberflutet und leer bei Tag und dunkel und leer bei Nacht waren. Nach wie vor hielt er Ausschau nach den kleinen Anzeichen, an denen man erkennen konnte, wie die Wildnis immer weiter vorrückte: ein dünner Pappelspross, der im zottigen Gras einer Rasenfläche emporschoss; eine auf die Straße herabhängende Telefonleitung; die Spuren getrockneten Schlamms, wo ein

Waschbär seine Nahrung beim Bürgerkriegsdenkmal vor dem Rathaus in das Brunnenwasser getaucht hatte.

Nun stieß er immer mal wieder auf zwei oder drei Menschen. (Die isolierten Moleküle begannen einander zu finden.) Gewöhnlich klammerten sie sich an eine Örtlichkeit, die sie bereits vor dem Unheil gekannt hatten. Keiner von ihnen zeigte das Verlangen, mit ihm wegzufahren, doch bisweilen forderten sie ihn auf, bei ihnen zu bleiben. Das Angebot hatte nichts Verlockendes für ihn. Diese Menschen waren körperlich am Leben, aber mehr und mehr kam er zu der Überzeugung, dass sie emotional gestorben waren. Er hatte sich zur Genüge mit Anthropologie befasst, um zu wissen, dass das gleiche Phänomen in kleinerem Maßstab schon früher beobachtet worden war. Wenn man das kulturelle Muster zerstörte, in dem die Menschen lebten, war der Schock häufig zu groß für die einzelnen Individuen. Wenn Familien und Arbeit, Freunde und Kirche, alle gewohnten Freuden, Ablenkungen und Regelmäßigkeiten und schließlich auch die Hoffnung verschwanden, wurde das Leben ein wandernder Tod.

Auch der Zweite Tod war noch am Werk. Einmal sah er eine Frau, deren Verstand sichtlich gelitten hatte. Ihre Kleidung wies darauf hin, dass sie einmal wohlhabend gewesen war; doch jetzt war sie kaum imstande, für sich selbst zu sorgen, und sie würde den Winter wohl nicht überleben. Mehrere Überlebende erzählten ihm von anderen, die Selbstmord begangen hatten.

Obwohl er sich manchmal daraufhin prüfte, war er sich selbst nach wie vor keines großen seelischen Schadens bewusst, weder durch den Schock noch durch das Alleinsein. Er schrieb das seinem nicht nachlassenden Interesse am Gang der Ereignisse zu – und seinem Charakter. Häufig dachte er über die Begabungen und Fähigkeiten für das neue Leben nach, die er damals notiert hatte.

Wenn er fuhr oder am Feuer saß, kamen ihm manchmal erotische Vorstellungen in den Sinn. Er dachte an Ann in ihrem Apartment am Riverside Drive, blond, verlockend. Doch sie war eine Ausnahme. Die meisten Frauen waren schlecht frisiert und sogar schmutzig; ihre Gesichter waren apathisch, wenn sie nicht gerade hysterisch lachten oder kicherten. An manche wäre bestimmt heranzukommen gewesen, aber sein Verlangen verflüchtigte sich regelmäßig. Das, so meinte er, war wohl die besondere Form, die der Schock in ihm angenommen hatte. Nun, es bestand keinerlei Notwendigkeit, irgendetwas zu erzwingen; er hatte Zeit genug.

Nirgendwo in den flammenden Ebenen von Nebraska war der Weizen gemäht worden. Nun stand er da, und sein Gold verwandelte sich in Braun. Die Körner fielen bereits aus den Ähren. Im nächsten Jahr würde er üppig wachsen, aber zugleich würde überall Gras aufsprießen, Gras, das besser wuchs, wenn der Boden unberührt blieb, und Ish wusste, dass die heimischen Gräser den Weizen bald überwuchern würden.

Estes Park bot eine gute Möglichkeit, nach den sonnenheißen Ebenen etwas auszuruhen. Er blieb eine Woche lang dort. Während des ganzen Sommers waren keine Forellen geangelt worden, und so war das Fischen eine wahre Freude.

Dann kamen die Berge, dann wieder die Wüste und die Salbeibüsche, und er drückte den Fuß fest aufs Gas und brauste den Highway 40 hinunter Richtung Donner-Pass.

Auf der anderen Seite des Passes sah er, dass die ganze Gegend vor ihm voller Rauch war. Welchen Monat haben wir eigentlich?, dachte er. August? Wohl eher Anfang September. Die beste Jahreszeit für Waldbrände. Und niemand mehr da, der gegen die durch Blitzschlag entfachten Feuersbrünste ankämpfen konnte.

Am Yuba Gap kam er ganz nahe an das Feuer heran. Es brannte zu beiden Seiten der Straße, aber die Flammen waren niedrig genug, dass er es wagte hindurchzufahren. Die Straße war breit, und die Hitze war nicht allzu groß, doch dann versperrte ihm nach einer Kurve unvermittelt ein umgestürzter Baumstamm den Weg. Der Stamm war glühend heiß, und Ish verspürte wieder die Furcht, die er (das lag Jahre zurück, so schien es) an jenem Morgen in der Wüste empfunden hatte – die äußerste Einsamkeit angesichts einer Gefahr oder nach einem Unfall.

Es blieb ihm nichts anderes übrig, als zu wenden. Er fuhr ruckartig vor und zurück, und in seiner panischen Hast würgte er den Motor ab. Er startete ihn wieder, und dann raste er auf dem gleichen Weg, den er gekommen war, aus den Flammen hinaus.

Nach einer Weile fand er seine Ruhe wieder. Er fuhr bis zur California 20 zurück und beschloss, einen weiteren Versuch zu wagen. Auch an den Rändern dieser Straße brannte es hier und da, aber meistens war das Feuer schon erloschen. Er fuhr ganz vorsichtig, wich umgefallenen Bäumen aus, die auf der Straße lagen, und kam tatsächlich durch. Als er dann vom Höhenzug aus zurückblickte und überall Feuer sah, wurde ihm klar, dass er großes Glück gehabt hatte.

Er hatte eigentlich beabsichtigt, die Nacht in den kühlen Bergen zu verbringen, doch jetzt wollte er es nicht riskieren, vom Feuer eingeschlossen zu werden, und so fuhr er weiter und rollte seinen Schlafsack erst im Park einer kleinen Stadt am Fuß der Bergkette aus. Nirgendwo brannte Licht. Er war enttäuscht; er hatte gehofft, dass in Kalifornien die Beleuchtung noch funktionieren würde, aber offenbar hatte der Waldbrand einige der Überlandleitungen zerstört.

Wie er so dalag und zu schlafen versuchte, heiß und unbequem, und den trockenen Rauch atmete, fühlte er sich, als würde er in der Falle sitzen. Auch wenn die Brände früher oder später von selbst erlöschen würden, waren die Straßen durch die Sierra wohl durch umgestürzte Bäume oder Erdrutsche und Unterspülungen immer wieder versperrt.

Wie so oft war ihm am Morgen zuversichtlicher zumute. Wenn er schon in der Falle saß, so war Kalifornien eine ziemlich geräumige und angenehme Falle, und sollte die Sierra unpassierbar sein, würde doch die südliche Straße durch die Wüste noch für längere Zeit befahrbar bleiben. Er war zur Abfahrt bereit, doch Princess in ihrem gewohnten Eigensinn bellte plötzlich laut auf und verschwand auf einer Fährte. Wütend wartete er auf sie, und als sie nicht wiederkam, änderte er seinen Plan und verbrachte den größten Teil des Tages geruhsam im Schatten einiger Bäume. Am späten Nachmittag brach er schließlich auf.

In der Dämmerung erreichte er den Gebirgskamm und blickte auf die weit ausgedehnten Städte in der Bucht. Mit Freude sah er, dass der größte Teil der Straßenbeleuchtung noch funktionierte. Er hatte so lange kein elektrisches Licht mehr gesehen, dass er kaum noch wusste, wo er es zum letzten Mal gesehen hatte. Die mit Dampf betriebenen Kraftwerke hatten praktisch sofort zu arbeiten aufgehört, und auch die kleineren hydroelektrischen Anlagen hatten nicht lange durchgehalten. In seine Freude mischte sich ein seltsamer Stolz auf seine Heimat; womöglich war dies das letzte elektrische Licht auf der ganzen Welt. Man konnte beinahe meinen, das alles sei nur eine wilde Wucherung seiner Fantasie gewesen und er würde in eine ganz normale Stadt zurückkehren.

Aber der leer vor ihm liegende Highway strafte derlei Gedanken Lügen. Er sah sich aufmerksam um. Einige Gegenden, stellte er fest, waren dunkel; während seiner Abwesenheit war offenbar die örtliche Stromversorgung ausgefallen. Die Lichter der Golden Gate Bridge waren entweder erloschen, oder er konnte sie wegen des Rauchs nicht sehen, der über die Bucht trieb.

Schließlich bog er in den San Lupo Drive ein. Soweit er im Licht der Straßenbeleuchtung und der Scheinwerfer erkennen konnte, war alles genauso, wie er es verlassen hatte. Hier wird für immer und ewig ein San Lupo Drive sein, dachte er, und dann fiel ihm ein, dass er zumindest darin allen übrigen Überlebenden ähnelte – dass er sich einen vertrauten Ort suchte. Er kehrte nach Hause zurück wie eine Taube in ihren Schlag.

Er öffnete die Haustür, schaltete das Licht ein und sah sich um. Nichts hatte sich verändert. Er hatte gewusst, dass es so sein würde, und dennoch hatte er Hoffnungen gehabt. Er empfand keinen wirklichen Kummer, nur Taubheit.

Welkes, gelbes Laub, dachte er und sagte eine Zeile vor sich hin, die er einmal auf einer Bühne gehört hatte, aber er wusste nicht mehr, in welchem Stück: »Es würde wohl einmal die Zeit dazu gekommen sein …«

Princess machte einen Satz in die Küche, rutschte über das Linoleum, glitt aus, fiepte komisch und kam wieder auf die Beine. Er war ihr dankbar, dass sie den Bann gebrochen hatte, und ging ihr nach. Sie schnüffelte aufgeregt an einem Wandschrank, aber er konnte dort nichts Besonderes entdecken.

Nun, dachte er, als er wieder ins Wohnzimmer ging, wenn kein Gefühl mehr in mir ist, so ist das vielleicht seltsam. Aber zumindest ist niemand da, dem ich irgendwelche Gefühle vorspielen müsste. Vermutlich ist es einfach eine Folge all dessen, was ich durchgemacht habe.

Der Zettel, den er auf dem Tisch hinterlassen hatte, lag noch dort, unberührt, und sah merkwürdig neu aus. Er zerknüllte ihn, warf ihn in den Kamin und zündete ein Streichholz an. Einen Augenblick lang zögerte er. Dann hielt er das Streichholz an das Papier und wartete, bis die Flamme aufzüngelte. Auch das war nun vorbei.

In jener Generation wird es weder Vater noch Mutter geben, weder Ehefrau noch Kind noch Freund. Es wird sein wie in den alten Sagen, als die Götter ein neues Volk aus Steinen oder Drachenzähnen erstehen ließen, und alle waren Fremde mit fremden Gesichtern, und kein Mensch kannte seines Gefährten Gesicht.

Am nächsten Morgen begann er damit, sich in seinem neuen Leben einzurichten. Die Ernährung bereitete, wie er inzwischen wusste, keine großen Schwierigkeiten. Im nächstgelegenen Geschäftsbezirk sah er in die Ladenfenster. Ratten und Mäuse hatten bereits einiges Chaos angerichtet, der Boden war mit angenagten Kartons und verschütteten Nahrungsmitteln bedeckt. Doch zu seiner Verwunderung sah Ish durch eines der Fenster die fröhlich bunten Stapel von Früchten und Gemüse so frisch und verlockend wie früher daliegen. Ungläubig spähte er durch das staubbedeckte Glas. Dann aber merkte er, erst wütend, dann verblüfft, dass die leuchtenden Farben von Orangen, Äpfeln, Tomaten und Avocados aus Pappmaché herrührten, deren sich das Geschäft als Schaufensterdekoration bedient hatte.

Schließlich entdeckte er einen Supermarkt, der nicht in Unordnung war; offenbar war er gegen Nagetiere gesichert. Vorsichtig stemmte er ein Fenster auf und kletterte hinein.

Das Brot war ungenießbar, und selbst in einigen der sorgfältig verschlossenen Kekspackungen war Ungeziefer am Werk. Aber die getrockneten Früchte und der Inhalt der Konservendosen und Gläser waren in Ordnung. Als er gerade nach einigen Dosen Oliven griff, hörte er einen leisen Elektromotor anspringen. Neugierig öffnete er den Kühlschrank und sah, dass die Butter in tadellosem Zustand war. Dann blickte er in die Tiefkühltruhe und fand gefrorenes Fleisch, Gemüse, Fruchteis und sogar grünen Salat. Als er mit seiner Beute fortging, schloss er sorgfältig das Fenster hinter sich, damit zumindest dieser eine Laden von Ratten verschont blieb.

Wieder daheim dachte er über seine Lage nach und kam zu dem Ergebnis, dass die Beschaffung von Nahrung und Kleidung für lange Zeit ziemlich leicht sein würde; die Läden waren voll davon, und er hatte ja nur für sich selbst zu sorgen. Das Wasser strömte immer noch aus den Hähnen. Zwar gab es kein Gas mehr, aber wenn es sich um eine Gegend mit bitterkalten Wintern gehandelt hätte, hätte er sich einen Vorrat an Heizöl zulegen können. Der Benzinkocher reichte für die Zubereitung von Mahlzeiten völlig aus, und wenn der Kamin im Winter nicht genügen sollte, konnte er eine Batterie solcher Kocher aufbauen und sich auf diese Weise wärmen. Es dauerte nicht lange, und er begann eine solche Zufriedenheit zu empfinden, dass er fürchtete, zu einem Eigenbrötler zu werden – so wie der alte Mann, dem er einmal begegnet war.

In jenen Tagen, als jeder Atemzug den Tod bedeuten konnte und die Zivilisation ihrem Ende entgegenwankte, in jenen Tagen sahen die Menschen, die die Wasserversorgungsanlagen betreuten, einander an und sagten: »Auch wenn wir krank werden und sterben, müssen die Menschen Wasser haben.« Und sie erinnerten sich an die Pläne, die sie ausgearbeitet hatten, als die Menschen fürchteten, es würden Bomben fallen. Sie öffneten Schleusen und Kanäle, sodass das Wasser von den großen Staubecken in den Bergen ungehindert durch die Zuleitungen in die Tunnels und schließlich in die Reservoire fließen konnte, von wo aus es, wann immer ein Hahn aufgedreht wurde, ausströmen konnte. »Nun wird das Wasser weiter fließen«, sagten sie, »auch wenn wir nicht mehr hier sind, so lange, bis die Röhren rosten, und das dauert eine Generation.« Dann starben sie. Aber sie starben als Männer, die ihr Werk vollbracht hatten und nun in allen Ehren ausruhten.

So gab es also weiterhin den Segen des Wassers, und niemand verdurstete. Und wenn auch nur wenige die Straßen der Stadt durchwanderten – das Wasser floss.

Zunächst hatte Ish gefürchtet, er würde unter Langeweile leiden, doch bald merkte er, dass es mehr als genug zu tun gab. Außerdem war das Verlangen nach Tätigkeit, das sich in seiner Reise nach Osten ausgedrückt hatte, deutlich schwächer geworden. Er schlief viel. Auch erwischte er sich dabei, dass er für längere Zeit einfach so dasaß, seiner selbst zwar bewusst, aber völlig teilnahmslos. Solche Episoden flößten ihm Angst ein, und so versuchte er so oft wie möglich, sich zu irgendeiner Aktivität zu zwingen.

Obwohl es ihm nicht schwerfiel, für seine Existenzgrundlagen zu sorgen, kostete es glücklicherweise eine beträchtliche Menge an Zeit. Er musste sich sein Essen kochen und merkte bald, dass, wenn er das Geschirr nicht auf der Stelle abspülte, ein Strom von Ameisen kam und alles doppelt schwierig machte. Aus dem gleichen Grunde war er gezwungen, die Abfälle zu sammeln und vom Haus wegzutragen. Er musste Princess füttern, und seit sie angefangen hatte, etwas zu stinken, badete er sie sogar, trotz ihrer lauten Einwände.

Um sich etwas Abwechslung zu verschaffen, ging er eines Tages zur ehemaligen öffentlichen Bibliothek, verschaffte sich mit dem Hammer Einlass und fand nach einigem Stöbern (und zu seinem stillen Vergnügen) »Robinson Crusoe« und »Der Schweizerische Robinson«, die er mit nach Haus nahm.

Allerdings weckten die Bücher in ihm kein allzu großes Interesse. Crusoes religiöse Voreingenommenheit erschien ihm langweilig und ziemlich dumm. Und was die Familie Robinson betraf, so meinte er (was er auch schon als Junge gemeint hatte), dass das zurückgebliebene Schiff für sie eine Art unerschöpflicher Vorratskammer war, der sie alles entnehmen konnten, wann immer sie das wollten.

Zwar war das Radio tot, aber er hatte ja noch den Plattenspieler seiner Eltern und die Schallplattensammlung. In einem Musikgeschäft fand er sogar einen noch besseren Plattenspieler. Er war ziemlich schwer, aber mit dem Anhänger seines Autos brachte er ihn nach Hause und stellte ihn im Wohnzimmer auf. Ebenso nahm er alle Schallplatten mit, die ihm interessant erschienen. Außerdem holte er sich ein schönes Akkordeon, und mit Hilfe eines Lehrbuchs brachte er es sogar fertig, ein paar seelentröstende Klänge zu erzeugen, auch wenn sich Princess dem durch lautes Geheul widersetzte. Auch versah er sich mit reichlich Zeichenmaterial, aber er kam nie dazu, es zu benutzen.

Sein Hauptinteresse galt nach wie vor der sorgfältigen Beobachtung all dessen, was auf der Welt geschah, nachdem der Mensch aufgehört hatte, sie zu kontrollieren. Er fuhr durch sämtliche Bezirke der Stadt und in die nähere Umgebung. Er hängte sich sein Fernglas um und unternahm ausgedehnte Wanderungen durch das Hügelland; Princess trottete hinter ihm her, dann stob sie wieder auf der ewigen Jagd nach dem unsichtbaren Kaninchen davon.

Er suchte auch nach dem alten Mann, der sich mit großen Vorräten an allen nur erdenklichen Dingen umgeben hatte. Nach einiger Mühe fand er das Haus wieder und sah, dass sich in den aufgestapelten Kisten die Ratten eingenistet hatten. Aber der alte Mann war nicht in dem Haus, und es fanden sich keinerlei Hinweise, wohin er gegangen und ob er überhaupt noch am Leben war. Abgesehen davon bemühte sich Ish nicht, irgendwelche Menschen aufzustöbern; schließlich hatten frühere Versuche zu keinen befriedigenden Ergebnissen geführt.

Unmerklich veränderte sich das Aussehen der Straßen. Noch war die Sommerhitze nicht gebrochen, aber der Wind hatte Staub, Blätter und Müll angeweht und hier und da zu kleinen Haufen aufgeschichtet. In den meisten Teilen der Stadt erblickte er überhaupt keine Tiere mehr, weder Hunde noch Katzen noch Ratten. In bestimmten Vierteln jedoch, vor allem in der Nähe des Wassers, sah er Scharen von Hunden, und zwar alle von einer bestimmten Art. Sie waren klein und geschickt, Terrier oder terrierähnliche Bastarde. Während er sie beobachtete, erkannte er, dass sich hier ein neuer Lebensrhythmus anbahnte. Die Hunde stöberten in den Vorräten, die sie in den Läden fanden. Wenn die Ratten einen Kekskarton aufgenagt hatten, kamen die Hunde und fraßen den Inhalt. Außerdem nährten sich die Hunde, wie es schien, ausgiebig von den Ratten; deshalb ihr häufiges Vorkommen in den Bezirken, in denen es auch vor der Katastrophe schon von Ratten gewimmelt hatte. Auch hatten die Hunde offenbar die Katzen vertrieben oder getötet; bestimmt hatten sie dabei reichlich Kratzer abbekommen, aber sie hatten sich dadurch auch entscheidende Mahlzeiten gesichert.

Die Hunde machten Ish Spaß. Sie schienen ständig anzugeben und waren so frech, wie Terrier eben sein sollten. Obwohl sie schmutzig und mager waren, hatten sie Kraft und Selbstvertrauen, als wüssten sie ganz genau, dass sie überleben würden. Ihrem Temperament nach repräsentierten sie jene Arten, die seit jeher ihren eigenen Weg gegangen waren, ohne den Menschen groß zu beachten. Sie zeigten keinerlei Interesse an Ish, wahrten Abstand, biederten sich weder an, noch liefen sie vor ihm davon. Nachdem sich Princess einmal eine wilde Beißerei mit einem von ihnen geliefert hatte, nahm er sie an die Leine oder ließ sie im Wagen, wenn er durch diese Viertel fuhr.

In den Parks oder den Außenbezirken der Stadt, wo Büsche wuchsen, sah er gelegentlich Katzen. Meist kauerten sie im Geäst, wohl aus Furcht vor den Hunden und gleichzeitig bereit zur Vogeljagd.

Auf seinen Wanderungen in den Hügeln hatte er nie irgendwelche Hunde zu Gesicht bekommen, umso überraschter war er, als er eines Tages eine Mischung aus Jaulen und tiefem Bellen hörte. Er kletterte auf eine erhöhte Stelle und erblickte auf einer Fläche, die früher der Golfplatz gewesen war, ein halbes Dutzend Kühe – verfolgt von acht oder zehn Hunden. Durch das Fernglas erkannte er, dass es Hunde ganz unterschiedlicher Rassen waren, aber es war kein kurzbeiniger Rattenfänger unter ihnen. Da waren eine prächtige dänische Dogge, ein Collie, ein gefleckter Dalmatiner und andere, die mehr nach Bastarden aussahen; alle langbeinig und vergleichsweise kräftig. Offenbar bildeten sie ein Rudel, das sich durch Zufall zusammengefunden und schon einiges an Erfahrung gesammelt hatte. Sie versuchten, eines der Kälber von der Herde zu trennen, aber die Kühe kämpften ihrerseits heftig mit den Hörnern oder keilten nach hinten aus. Als sie schließlich im Gebüsch am Rande des Golfplatzes Zuflucht fanden, ließen die Hunde von ihnen ab.

Da das Schauspiel vorüber war, rief Ish Princess, und sie gingen die eine Meile zurück zum Wagen. Doch schon nach ein paar Minuten hörte er ein Bellen hinter sich. Es wurde immer lauter – das Rudel war ihm auf der Spur.

Panisch begann er zu rennen, doch dann fiel ihm ein, dass das nutzlos war, ja, die Hunde noch mehr reizte. Er zwang sich zur Ruhe, klaubte ein paar Steine auf und griff nach einem abgefallenen Ast, der ihm als Keule dienen konnte. Das Bellen kam näher; dann plötzlich hörte es auf, und er wusste, dass die Hunde ihn erblickt hatten. Er hoffte, dass der alte Respekt vor dem Menschen noch irgendwo in ihnen steckte, aber zugleich fragte er sich, was wohl mit dem alten Mann und den anderen Leuten geschehen war, denen er in der Stadt begegnet war. Jetzt kam einer der Hunde, ein hässlicher schwarzer Köter, geradewegs auf ihn zu. In etwa fünfzig Schritt Entfernung blieb er stehen, setzte sich hin und sah Ish an. Ish hob den Arm und tat so, als werfe er einen Stein. Der Hund sprang zur Seite und verschwand im Unterholz. Überall im Gebüsch bewegte sich nun etwas; es war, als kreisten die Hunde Ish ein. Wie immer bei Gefahr wusste Princess nicht, welchem Gefühl sie nachgeben sollte; mal drängte sie sich, den Schwanz zwischen den Beinen, dicht an ihn, mal bellte sie in diese und jene Richtung, als fordere sie die anderen zum Kampf mit ihr und ihrem Herrn heraus.

In der Ferne konnte er den Wagen sehen. Er ging langsam darauf zu und blickt sich nur hin und wieder um, wobei er auf Princess achtete, die ihn warnen würde, wenn ein überraschender Angriff von hinten erfolgte. Plötzlich sah er zwischen den Büschen die dänische Dogge, ein prachtvoller Hund, schwer wie ein Mann. Laut aufheulend unternahm Princess eine selbstmörderische Attacke auf das Tier. Ish sprang ihr nach, gleichzeitig brach der Collie aus dem Gebüsch links von ihnen. Doch mit der Geschicklichkeit eines Kaninchens schlug Princess Haken, und die beiden größeren Hunde stießen bei der Verfolgung zusammen und drehten sich knurrend umeinander. Princess drängte sich mit wedelndem Schwanz an Ishs Beine. Nun trat der Dalmatiner auf den Weg und blieb dort mit rot heraushängender Zunge stehen. Ish ging ruhig weiter. Der Dalmatiner war der am wenigsten beängstigende Hund des Rudels; es schien, als könnte man mit ihm fertigwerden. Um seinen gefleckten Hals hatte er ein Halsband, an dem eine metallene Hundemarke hing. Ish bemerkte, dass er ziemlich mager war, sodass man seine Rippen sehen konnte, aber sich trotzdem nicht in allzu schlechtem Zustand befand. Offenbar begnügten sich die Hunde mit Kaninchen, Kälbern und dem, was sie sonst erjagten oder als Aas fanden.

Er hoffte, dass sie noch nicht zum Kannibalismus übergegangen waren und dass ihr Interesse an Princess ihrem Spieltrieb entsprang – vom Interesse an einem umherstreifenden Menschen gar nicht zu reden.

Ohne innezuhalten, hob Ish drohend den Arm. Der Dalmatiner zog den Schwanz ein und trottete davon. Ish atmete auf. Er ging zum Wagen, öffnete die Tür, damit Princess hineinspringen konnte, unterdrückte ein letztes, panisches Zittern und stieg so würdevoll wie möglich ein. Erst als die Tür zufiel, fühlte er sich wieder sicher. Seine Finger umschlossen den festen Stiel des zu seinen Füßen liegenden Hammers. Ihm war matt und elend zumute.

Als er nach draußen blickte, sah er nur den Dalmatiner am Wegrand sitzen. Da er sich nun in Sicherheit wusste, änderte sich seine Einstellung. Die Hunde hatten ihm schließlich nichts getan, ja, eigentlich hatten sie ihn nicht einmal bedroht. Noch vor wenigen Minuten hatte er sie für wilde, blutrünstige Geschöpfe gehalten; jetzt kamen sie ihm ein bisschen jämmerlich vor, als hätten sie aus einer Erinnerung heraus lediglich die Kameradschaft des Menschen gesucht – einer Erinnerung an Futter in Näpfen, an einen Platz am prasselnden Kaminfeuer, an eine streichelnde Hand und eine beschwichtigende Stimme. Als er schließlich davonfuhr, wünschte er ihnen nichts Schlechtes, vielmehr hoffte er, dass es ihnen dann und wann gelang, ein Kaninchen zu schnappen oder ein Kalb zu reißen.

Am nächsten Morgen kam ihm das Erlebnis eher komisch vor, insbesondere als er merkte, dass Princess läufig war. Da er keine Hundebabys wollte, schloss er sie im Keller ein.

Ganz sicher war er sich seiner Sache allerdings nicht, und er entschied, wenn er schon irgendwann einmal auf die eine oder andere Weise sterben musste, dann zumindest nicht durch ein Rudel wilder Hunde. Und so machte er es sich zur Regel, nie wieder ohne Waffe in die Hügel zu gehen.

Zwei Tage später erschien ihm das Problem der Hunde allerdings als harmlos, verglichen mit dem, das die Ameisen darstellten. Erst waren sie ihm nur lästig gefallen; nun schienen sie gleichzeitig von überall her zu kommen und alles zu bedecken. Auch früher hatte, wie er sich erinnerte, dieser unaufhörliche Kampf geherrscht – seine Mutter hatte laut aufgeschrien, wenn sie in der Küche einen Ameisenzug entdeckt hatte, sein Vater war wütend geworden, und es hatten sich endlose Debatten darüber ergeben, ob man den Kammerjäger holen oder selbst etwas dagegen unternehmen sollte. Jetzt aber waren die Ameisen hundert Mal schlimmer als früher. Niemand bekämpfte sie mehr, und innerhalb weniger Monate hatten sie sich explosionsartig vermehrt. Vermutlich hatten auch sie irgendwo große Nahrungsvorräte gefunden.

Überall krabbelten sie herum. Ish bedauerte, kein hinlänglich guter Entomologe zu sein, um zu erforschen, wie sie sich so schnell hatten ausbreiten können. Trotz seiner Nachforschungen bekam er auch nie heraus, ob die Ameisen einem einzigen großen Bau entsprangen oder ob sie überall in der Stadt nisteten.

Es wimmelte von ihren Kundschaftern. Ish musste nun penibel auf seinen Haushalt achten, denn der kleinste Rest an Essen und selbst eine tote Fliege lockten sofort einen breiten Strom an Ameisen an, der die noch so geringe Beute überschwemmte. In Scharen krabbelten sie über Princess' Decke – wie Flöhe, obwohl sie, wie es schien, nicht bissen. Er fand sie auch in seiner eigenen Kleidung. Einmal erwachte er am frühen Morgen aus einem furchtbaren Traum, weil ein Strom von Ameisen über seine Backe lief – auf ein ihm unbekanntes Ziel zu.

Das Haus war für sie wohl nur ein exotisches Gebiet, in das sie Streifzüge unternahmen; ihr eigentlicher Wirkungsbereich lag draußen. Überall sah man ihre Haufen. Man konnte keine Erdscholle umwenden, ohne dass Tausende von Ameisen aus winzigen Löchern hervorgekommen wären. Offenbar hatten sie alle anderen Insekten verdrängt, indem sie deren Existenzbedingungen vernichtet oder gleich ganz getötet hatten. Ish holte flaschenweise Insektenvernichtungsmittel und DDT-Sprüher aus dem Drugstore und versuchte, das Haus in eine feindliche Insel zu verwandeln, aber es waren einfach zu viele Ameisen: Natürlich starben die ersten Grenzüberschreiter, doch selbst der Tod von Millionen war bei dieser Menge völlig wirkungslos. Er versuchte zu schätzen, wie viele Ameisen es allein in diesem einen Stadtviertel geben mochte, und gelangte zu einem Ergebnis, das in die Milliarden ging. Hatten sie keine natürlichen Feinde? Hatten sie alle Grenzen der Kontrolle überschritten? War es ihnen nach dem Verschwinden der Menschheit bestimmt, über die Erde zu herrschen?

Und dabei waren es nur kleine, emsige Ameisen, wie sie früher die kalifornischen Hausfrauen geärgert hatten. Ish stellte einige Nachforschungen an und fand heraus, dass sich die Ameisenplage auf die Stadt beschränkte. Auf irgendeine Weise waren diese Ameisen wie Hunde, Katzen und Ratten zu domestizierten Tieren geworden, die vom Tun und Lassen des Menschen abhängig waren. Das gab ihm eine gewisse Hoffnung. Wenn er nur auf seine eigene Bequemlichkeit bedacht gewesen wäre, hätte er die Stadt verlassen; aber er wollte, unter Inkaufnahme einiger Unbequemlichkeit, weiter beobachten, was geschah.

Dann, eines Morgens, bemerkte er plötzlich, dass keine Ameisen mehr da waren. Sorgfältig sah er sich um, doch er konnte keinen Kundschafter erblicken. Er warf einige Essensstücke auf den Fußboden und beschäftigte sich ein paar Minuten lang mit etwas anderem. Als er zum Ort des Experiments zurückkehrte, lag das, was er hingeworfen hatte, da, ohne dass eine einzige Ameise darauf aufmerksam geworden war. Neugierig ging er nach draußen. Er wendete einen Erdklumpen um – keine Ameisen wimmelten aus ihren Löchern. Hier und da sah er ein paar einzelne ziellos herumrennen, aber es waren so wenige, dass er sie hätte zählen können. Er hielt weiter Ausschau. Er konnte keine toten Ameisen entdecken, sie waren einfach verschwunden. Hätte er ihre Geschicklichkeit beim Anlegen von Erdtunneln besessen und wäre er bis zu ihren Nestern vorgedrungen, hätte er dort vielleicht Milliarden toter Ameisen gefunden. Doch wieder konnte er sich nur wünschen, er hätte mehr über ihre Lebensgewohnheiten gewusst, um eingehendere Forschungen betreiben zu können.

Er kam dem Geheimnis nie auf die Spur; trotzdem war ihm ziemlich klar, was geschehen war: Wenn ein Geschöpf – egal welches – eine so hohe Zahl erreichte, wenn es zu einer so hohen Konzentration gelangte, dann war es, als griffe eine Nemesis ein. Möglicherweise hatten die Ameisen die Nahrungsvorräte erschöpft, die zu ihrem ungeheuren Anwachsen geführt hatten. Oder, noch wahrscheinlicher, unter ihnen war eine Seuche ausgebrochen und hatte sie ausgelöscht. Während der nächsten Tage meinte Ish, einen schwachen, alles durchdringenden Verwesungsgeruch zu wittern, wie von den Leichen von Milliarden Ameisen …

Nicht lange danach saß er eines Abends im Wohnzimmer und las, als er etwas Hunger verspürte. Er ging in die Küche und sah im Kühlschrank nach, ob noch etwas Käse da war. Zufällig fiel sein Blick auf die elektrische Uhr an der Wand, und er war überrascht, dass es erst neun Uhr siebenunddreißig war. Er hatte gedacht, es wäre deutlich später. Auf dem Weg zurück ins Wohnzimmer aß er ein Stück Käse und sah dabei auf seine Armbanduhr. Die Zeiger standen auf neun Minuten nach zehn, und er wusste, dass er erst vor Kurzem seine Armbanduhr nach der Küchenuhr gestellt hatte. Jetzt ist die alte Uhr kaputt, dachte er. Das war keine große Überraschung. Er musste daran denken, wie ihn das Kreisen ihrer Zeiger stutzig gemacht hatte, damals, als er zum ersten Mal heimgekehrt war.

Er setzte sich wieder und griff nach seinem Buch. Ein heftiger Nordwind, der schweren Brandgeruch mit sich führte, wehte so stark, dass die Fenster klapperten. Er hatte sich inzwischen an den Brandgeruch gewöhnt und dachte nicht weiter darüber nach; nicht selten war der Rauch der brennenden Wälder so stark, dass er in der Ferne kaum etwas erkennen konnte. Doch nach einer Weile zwinkerte er mit den Augen und blickte angestrengt auf die Seite, deren Buchstaben seltsam undeutlich geworden waren. Vermutlich tränen mir die Augen vom Rauch, dachte er. Ich kann gar nicht richtig sehen. Aber als er sich näher heranbeugte, schien nicht nur die Buchseite vor ihm zu verschwimmen, sondern der ganze Raum wurde dunkler. Er stutzte und sah auf die Glühbirne in der Stehlampe neben ihm.

Dann, eilig und mit wild pochendem Herzen, sprang er auf, trat in die Haustür und blickte auf die unter ihm liegende Stadt. Die Straßenbeleuchtung funktionierte noch. Die gelben Perlenketten auf der großen Brücke leuchteten, und auf den Turmspitzen flammten die roten Lichter. Er sah genauer hin; die Lichter schienen ein bisschen weniger hell, als sie eigentlich sein sollten, aber das konnte auch der Rauch sein, der sie verdunkelte. Er ging wieder hinein und versuchte weiterzulesen und zu vergessen – zu vergessen, was er befürchtete.

Doch immer wieder musste er zwinkern. Und immer wieder blickte er auf die Lampe neben ihm. Und dann plötzlich fiel ihm die Küchenuhr ein.

Irgendwann musste es ja geschehen, dachte er.

Seine Armbanduhr zeigte jetzt zehn Uhr zweiundfünfzig. Er ging in die Küche und sah, dass die Uhr an der Wand auf zehn Uhr vierzehn stand. Er rechnete nach. Das Ergebnis war ernüchternd. Offenbar hatte die Küchenuhr in einer Dreiviertelstunde sechs Minuten verloren.

Er wusste, dass die Uhr durch elektrische Impulse betrieben wurde, von denen für gewöhnlich sechzig in der Minute erfolgten. Jetzt kamen sie weniger häufig. Einem Elektroingenieur wäre es sicher nicht schwergefallen auszurechnen, wie viel weniger. Auch er hätte versuchen können, das auszurechnen, aber er sah keinen großen Sinn darin. Er fühlte sich plötzlich sehr niedergeschlagen. Es war klar, dass sich der Verfall, wenn erst die Stromversorgung auszusetzen begann, beschleunigen würde.

Zurück im Wohnzimmer, gab es keinen Zweifel mehr daran, dass das Licht noch schwächer geworden war. Tiefe Schatten krochen hinter den Stühlen und aus den Zimmerecken hervor. Das Licht verlischt, dachte er. Das Licht der Welt! Ihm war zumute wie einem Kind, das allein im Dunkeln stand.

Princess lag dösend auf dem Fußboden. Das Verschwinden des Lichts machte ihr nichts aus, doch sie spürte Ishs Nervosität, stand auf und schnüffelte fiepend umher.

Er trat wieder auf die Veranda. Die langen Ketten der Straßenbeleuchtung wurden nun Minute für Minute schwächer und gleichzeitig immer gelber. Der starke Wind, dachte er, musste dabei geholfen haben. Hatte hier ein Gestänge umgeblasen, dort eine Verbindung gelockert. Und das Feuer, das über den Wäldern stand und nicht vom Menschen eingedämmt wurde, hatte Überlandleitungen und vielleicht ganze Kraftwerke verbrannt.

Nach einiger Zeit schien das Licht nicht mehr schwächer zu werden, sondern in einem dämmrigen Zustand zu verharren. Er ging wieder hinein und stellte eine zweite Stehlampe neben den Sessel. Mit zwei Lampen konnte er bequem lesen. Princess lag wieder auf dem Boden und döste. Es war inzwischen spät geworden, doch Ish spürte keinerlei Verlangen nach Schlaf. Ihm war, als würde er am Sterbebett seines liebsten und ältesten Freundes sitzen. Er dachte an die großen Worte: »Es werde Licht! Und es ward Licht.« Was gerade geschah, kam ihm wie das andere Ende der Geschichte vor.

Nach einer Weile sah er wieder nach der Küchenuhr; sah, dass sie mit symmetrisch nach oben gerichteten Zeigern stehengeblieben war: um elf Uhr fünf.

Seine Armbanduhr sagte ihm, dass es inzwischen weit nach Mitternacht war. Die Beleuchtung mochte noch ein paar Stunden durchhalten oder vielleicht sogar noch einige Tage dämmerig weiterbrennen. Dennoch verspürte er kein Bedürfnis, zu Bett zu gehen.

Er versuchte wieder zu lesen, aber schließlich nickte er in dem bequemen Sessel, in dem er saß, ein.

Die Stromversorgung war so sorgfältig konstruiert, dass sie auch während der Katastrophe nicht zusammenbrach. Die

Menschen fielen krank um; aber die Generatoren sandten ihre fein abgestimmten Impulse weiterhin durch die Drähte. Und so, als der kurze Todeskampf der Menschheit vorüber war, brannte das Licht weiter.

So ging es einige Wochen lang. Wenn ein Draht riss und eine ganze Stadt von der Stromversorgung abgeschnitten wurde, stellte sich das System neu ein, noch ehe der gerissene Draht den Boden berührt hatte. Wenn ein Kraftwerk ausfiel, glichen die anderen, über viele Hunderte von Meilen verteilten Kraftwerke des Systems den Ausfall aus und erzeugten noch mehr Strom, um den vermeintlichen Bedarf zu decken.

Aber jedes System hat, wie eine Kette oder eine Straße, seine schwächste Stelle. (Das ist die verhängnisvolle Schwäche aller Systeme.) Das Wasser floss weiter, die großen Generatoren in ihren gut geölten Lagern konnten jahrelang laufen, doch die Schwäche lag in den Kontrolleinrichtungen der Generatoren. Niemand hatte Einspruch erhoben, als auch sie alle automatisiert worden waren. Früher waren sie alle zehn Tage auf ihren Ölbedarf hin geprüft worden; einmal monatlich war es vielleicht nötig, das Öl zu ergänzen. Nach zwei Monaten ging das Öl zur Neige, und eine Kontrolleinrichtung nach der anderen begann ihre Tätigkeit einzustellen. Wenn eine aussetzte, sprang die große Wasserdüse automatisch um, und das Wasser floss hindurch, ohne die Turbine anzutreiben, worauf der Generator seine Umdrehungen einstellte und keinen Strom mehr aussandte. Als sich so ein Generator nach dem anderen aus dem System ausklinkte, wurden die Ansprüche an die wenigen noch in Betrieb befindlichen Generatoren größer und größer, und immer schneller ging es mit dem ganzen System zu Ende.

Als er erwachte, stellte er fest, dass das Licht wieder etwas schwächer geworden war. Die Fäden in den Glühbirnen waren jetzt orangerot; er konnte hineinblicken, ohne die Augen zuzukneifen. Und obwohl er keine Lampe ausgemacht hatte, lag der Raum im Halbdunkel.

»Das Licht erlischt! Das Licht erlischt!« Wie oft, in wie vielen Jahrhunderten waren diese Worte gesagt worden – einfach als Feststellung oder voller Entsetzen, im buchstäblichen oder im bildlichen Sinne? Was hatte das Licht in der Geschichte der Menschheit alles bedeutet! Licht des Lebens! Licht des Wissens!

Ein Zittern schüttelte ihn, aber er kämpfte gegen die Panik an. Immerhin, dachte er, hat dieses großartige System der Stromversorgung eine erstaunlich lange Zeit durchgehalten; obwohl die Menschen verschwunden waren, hat der gesamte automatische Prozess weiter funktioniert. Er dachte an den ersten Tag zurück, als er aus den Bergen gekommen war und keine Ahnung gehabt hatte, was geschehen war. Er war an dem Kraftwerk vorbeigefahren und hatte gedacht, alles wäre wie immer – weil er das einströmende Wasser gesehen und das dumpfe, unaufhörliche Brummen und Summen der Generatoren gehört hatte. Abermals empfand er bei diesem Gedanken einen seltsamen Stolz auf seinen Heimatstaat. Vielleicht hatte kein einziges anderes System so lange durchgehalten. Vielleicht war das hier das letzte auf der ganzen Welt noch brennende elektrische Licht, und wenn es erlosch, war das Licht für eine sehr, sehr lange Zeit dahin.

Alle Müdigkeit war von ihm gewichen. Er saß da und wünschte sich, das Ende möge schnell kommen und sich nicht allzu lange hinziehen. Wieder wurde das Licht etwas schwächer, und er dachte: Das ist jetzt das Ende. Aber noch leuchteten die Drähte in den Glühirnen in einem matten Kirschrot.

Und wieder wurde es schwächer. Wie ein Hinabschlittern an einem Hügelhang, erst langsam, dann immer schneller. Für einen Sekundenbruchteil flackerte es hell auf (vielleicht bildete er sich das aber auch nur ein). Dann war es dahin.

Princess zuckte im Schlaf; dann plötzlich bellte sie, halblaut, wie im Traum. War das die Totenglocke?

Ish ging hinaus. Vielleicht, dachte er, ist ja nur eine lokale Leitung ausgefallen. Doch eigentlich war er überzeugt, dass dem nicht so war. Er spähte in die Dunkelheit, die durch den in der Luft hängenden Rauch noch dichter war; der Rauch verwandelte den Mond in einen orangen Ball. Er sah kein Licht – weder auf den Straßen noch auf der Brücke. Das also war wirklich das Ende. »Es soll *kein* Licht sein, und es ward *kein* Licht.«

Nein, dachte er, es gibt keinen Grund, sentimental zu werden. Er ging wieder ins Haus und tastete umher, bis er die Schublade fand, in der seine Mutter die Kerzen aufbewahrt hatte. Er steckte eine davon in einen Leuchter und saß dann bei schwachem, aber durchaus angenehmem Licht da. Und doch zitterte er immer noch leicht.

6

Das Erlöschen des Lichts hatte eine merkwürdige Wirkung auf Ish. Selbst am hellichten Tag schien er die Schatten zu spüren, die aus den Winkeln auf ihn zukrochen. Ein dunkles Zeitalter war angebrochen.

Er begann, Streichhölzer, Taschenlampen und Kerzen zu horten; gegen seine eigene Überzeugung türmte er ganze Stapel davon auf, wie eine Art seelisches Schutzmittel.

Doch schon bald wurde ihm klar, dass das Fehlen des elektrischen Lichts für ihn nicht so folgenschwer war wie das Fehlen des elektrischen Stroms, vor allem was die Kühlanlagen betraf. Seine Kühltruhe arbeitete nicht mehr, und so verdarben die Lebensmittel. In allen Kühlschränken der Stadt wurden das frische Fleisch, die Butter, die Salatköpfe zu übelriechenden, faulenden Massen.

Die Jahreszeit wechselte. Er hatte den Sinn für die Abfolge der Wochen und Monate fast gänzlich eingebüßt, aber sein geschultes Geographenauge nahm, wenn er um sich blickte, doch wahr, in welcher Jahreszeit er sich befand. Seiner Vermutung nach war es Oktober, und das bestätigte ihm der erste Regen – an der Art, wie er niederrauschte, war zu erkennen, dass er länger andauern würde.

Er blieb im Haus und versuchte, sich abzulenken. Er spielte auf dem Akkordeon. Er las mehrere Bücher – Bücher, die er ohnehin gern gelesen hätte und die zu lesen er jetzt ausreichend Zeit hatte. Hin und wieder blickte er in den Nieselregen und auf die dicht über die Hausdächer hinwegziehenden Wolken.

Am Tag darauf verließ er das Haus, um zu sehen, was draußen geschah. Erst schien es ihm, als hätte sich nicht allzu viel ereignet, doch nach einiger Zeit begann ihm das eine und andere aufzufallen. Am San Lupo Drive war die Kanalisation durch die vielen Blätter verstopft, die niemand wegräumte, und wegen der Verstopfung hatte das Wasser die Straße geflutet und dabei den Bordstein überspült. Es hatte sich den Weg durch das hohe Gras des ehemaligen Rasens der Harts gebahnt und war unter der Tür hindurch ins Haus eingedrungen. Die Dielen und Teppiche hatten sich vollgesogen, und der Schlamm hatte wohl ein Übriges getan. Unterhalb des Hauses war das Wasser wieder ausgetreten, war durch den Rosengarten geflossen und dann im Gully der tiefer gelegenen Straße verschwunden. Es war nur eine Kleinigkeit, und doch zeigte sich darin, was vermutlich im ganzen Land geschah.

Der Mensch hatte Straßen und Kanäle und Dämme und Tausende anderer Vorrichtungen geschaffen, die den natürlichen Fluss des Wassers regeln sollten. Und diese konnten nur funktionieren, weil der Mensch ständig präsent war und die unzähligen kleinen Schäden beseitigte, die bei jeder Wetteränderung auftraten. Ish selbst hätte den verstopften Abfluss in zwei Minuten reinigen können; er hätte nur die welken Blätter davor wegzukratzen brauchen. Aber er wusste nicht, wozu das gut gewesen wäre. Es gab Millionen von Stellen, an denen sich das Gleiche ereignet hatte. Die Straßen und Kanäle und Dämme waren ausschließlich für menschliche Bedürfnisse angelegt worden; nun, da der Mensch verschwunden war, waren sie überflüssig. Sollte das Wasser doch seinem natürlichen Lauf folgen und durch den Rosengarten abfließen! Die Teppiche der Familie Hart waren vollgesogen und verdreckt – egal! Was machte es schon aus? Zu meinen, das sei von Übel, hieß lediglich, in Begriffen zu denken, die jetzt keine Bedeutung mehr hatten.

Auf dem Heimweg erblickte er eine große schwarze Ziege. Sie fraß in aller Seelenruhe an der Hecke, die Mr. Osmar früher immer so sorgfältig geschnitten hatte. Amüsiert und ein bisschen neugierig, sah Ish der Ziege zu und überlegte, woher sie wohl stammte. (Niemand in der Nähe einer so vornehmen Straße wie dem San Lupo Drive hatte Ziegen gehalten.) Die Ziege hörte auf, an der Hecke herumzufressen, und blickte Ish an. Vielleicht, dachte er, sehen auch die Tiere dem Menschen amüsiert und ein bisschen neugierig zu. Nachdem sie ihn ein paar Sekunden gemustert hatte, als wäre er ihresgleichen, wandte sich die Ziege wieder ihrer Beschäftigung zu – sie fraß die langen Schösslinge, die aus der Hecke herausgewachsen waren; bestimmt waren sie sehr saftig.

Plötzlich kam Princess von ihrem Erkundungsgang zurück und lief mit wütendem Gebell auf das seltsame Tier zu. Die Ziege senkte die Hörner und machte einen jähen Satz in Richtung der Hündin. Princess, die nur selten zu Kämpfen aufgelegt war, schlug einen Kaninchenhaken und rannte zu ihrem Herrn zurück. Die Ziege fraß weiter.

Einige Minuten später sah Ish sie in aller Ruhe den Bürgersteig hinabtrotten, als wären er und der ganze San Lupo Drive ihr Eigentum.

Nun, warum auch nicht?, dachte Ish. Vielleicht stimmt das ja. Es ist eben eine neue Welt.

In dieser Zeit, als ihn der Regen häufig am Hinausgehen hinderte, wandten sich seine Gedanken immer wieder der Religion zu, wie damals beim Besuch der Kathedrale. Im

Bücherschrank fand er eine große, mit Kommentaren versehene Bibel. Er blätterte darin, las die eine oder andere Stelle.

Die Evangelien erschienen ihm merkwürdig unbefriedigend, vermutlich weil sie zumeist von den Problemen des einer sozialen Gruppe angehörenden Menschen handelten. »Gebt dem Kaiser ...«, war ein ziemlich nutzloser Text, wenn es keinen Kaiser mehr gab und nicht einmal ein Finanzamt.

»Verkaufe, was du hast, und gib es den Armen ... Wie du willst, dass man dir tue ... Liebe deinen Nächsten wie dich selbst ...« All das setzte eine aus vielen Menschen bestehende, funktionierende Gesellschaft voraus. In der jetzigen Welt konnten Pharisäer und Sadduzäer vielleicht nach wie vor die Riten ihrer Religion ausüben; doch das eigentlich Menschliche der Lehren Christi war überholt.

Er wandte sich dem Alten Testament zu, las Ecclesiastes. Hier fühlte er sich heimischer. Der alte Bursche, der Prediger – Koheleth, wie die Kommentare ihn nannten, wer auch immer er gewesen sein mochte –, hatte eine interessante Art, mit dem Problem des dem Universum gegenüberstehenden Einzelmenschen umzugehen. Ja, bisweilen war es, als hätte er in der Fantasie vorweggenommen, was Ish jetzt an Erfahrungen zuteilwurde: »Und wenn der Baum nach Süden fällt oder nach Norden: auf der Stelle, wohin er fällt, da soll er liegen.« Ish dachte an den Baum in Oklahoma, der umgefallen war und den Highway 66 blockiert hatte. »Zwei sind besser als einer ... denn wenn sie fallen, wird der eine seinem Gefährten aufhelfen. Aber wehe dem, der allein ist, wenn er fällt.« Ish dachte an die große Angst, die er gespürt hatte, als er sich bewusst geworden war, dass niemand kommen und ihm helfen würde, wenn er fiel. Er las weiter, fasziniert von dem klaren, unverfälschten Blick auf die Welt. Er fand sogar die Zeile: »Sicherlich wird die Schlange beißen ohne Bezauberung.«

Schließlich gelangte er an das Ende des letzten Kapitels: »Das Lied der Lieder, das da ist Salomons.« Er las: »Lass ihn mich küssen mit dem Kuss meines Mundes; denn deine Liebe ist besser als Wein.«

Ish hielt inne, ihm wurde unbehaglich zumute. In all diesen langen Monaten hatte er es nur selten empfunden, aber jetzt wurde ihm wieder klar, wie stark der Schock der Katastrophe in ihm nachwirkte, weit stärker, als er es hatte wahrhaben wollen. Es war wie in einem dieser alten Märchen, in dem ein König dasaß und das Leben an sich vorbeiziehen sah, ohne dass er daran teilhaben konnte. Andere Menschen hatten es anders gehalten; selbst diejenigen, die sich zu Tod getrunken hatten, hatten in gewissem Sinne am Leben teilgehabt. Er jedoch hatte, indem er einfach nur beobachtete, was geschah, das Leben von sich gestoßen.

Aber was war das überhaupt: das Leben? Viele Menschen hatten sich diese Frage gestellt; Koheleth, der Prediger, war sicher nicht der erste gewesen. Und ein jeder von ihnen hatte eine andere Antwort gefunden – außer jenen, die sich von Anfang an klar darüber gewesen waren, dass es keine Antwort gab.

Hier saß er also, Isherwood Williams, ein seltsames Gemisch aus Realitäten und Fantasien, aus Reizen und Reaktionen, und außerhalb seiner selbst war nichts als eine weite, leere Stadt, in der Nebelregen auf leere Straßen rieselte und die Dämmerung immer tiefer wurde. Zwischen diesen beiden Gegebenheiten, zwischen ihm und allem, was außerhalb seiner selbst war, bestand eine Art sonderbares Band: Wenn sich der eine Teil änderte, änderte sich auch der andere.

Es war, als wäre hier eine lange Gleichung mit unzähligen Elementen aufgestellt worden – und doch mit nur zwei großen Unbekannten. Er selbst war auf der einen Seite, man konnte ihn vielleicht X nennen; und auf der anderen Seite war Y, all das, was als Welt bezeichnet wurde. Und die beiden Seiten der Gleichung waren ständig bemüht, einander im Gleichgewicht zu halten, was nie gänzlich funktionierte. Möglicherweise stellte sich das richtige Gleichgewicht erst mit dem Tod ein. (Vielleicht war es das, was Koheleth in seinem von allen Illusionen freien Geist gedacht hatte, als er schrieb: »Die Lebenden wissen, dass sie sterben müssen. Aber die Toten wissen nichts.«) Doch was den Tod betraf, so versuchten die beiden Hälften der Gleichung, das Gleichgewicht zu wahren. Wenn sich die X-Seite änderte und er, Ish, einen Schmerz spürte oder einen Schock erlitt oder sich über irgendetwas ärgerte, dann vollbrachte er etwas, und das änderte die andere Seite der Gleichung, und sei es nur in geringem Maße, und dann herrschte eine Zeitlang wieder ein Gleichgewicht. Aber wenn sich die Außenwelt änderte, wenn dort eine Katastrophe die menschliche Spezies auslöschte oder wenn auch nur der Regen aufhörte, dann musste sich die X-Seite, also Ish, wiederum ändern, und das hieß erneut Tätigkeit, und dann herrschte eine Zeitlang wieder ein Gleichgewicht. Und wer vermochte zu sagen, ob auf Dauer diese oder jene Seite der Gleichung mehr Tätigkeit auslösen würde?

Bevor er noch wusste, was er tat, war er aufgesprungen, und sein nächster Gedanke war, dass er das getan hatte, weil wieder eine Art Sehnsucht über ihn gekommen war. Die Gleichung war aus dem Gleichgewicht geraten, und er war aufgesprungen, um dieses Gleichgewicht wiederherzustellen, und schon übte er eine Wirkung auf die Welt aus, weil Princess gleichzeitig aufgesprungen war und nun durchs Zimmer wanderte. Doch dann hörte er den Regen etwas heftiger gegen das Fenster trommeln, und er blickte nach draußen, und so hatte die Welt auch auf ihn eingewirkt und ihn veranlasst, etwas zu tun. Und danach entschied er, sich Abendessen zu machen.

Das fast gänzliche Hinschwinden des Menschen, obwohl in mancherlei Beziehung eine Katastrophe, der nie etwas Ähnliches vorhergegangen war, hatte nicht das Geringste in den Beziehungen der Erde zur Sonne verändert. Oder in Form und Lage der Ozeane und Kontinente. Oder an einem der Faktoren, die das Wetter beeinflussen. Und so war der erste Herbststurm, der von den Aleuten her über die kalifornischen Küsten hereinbrach, etwas durchaus Gewöhnliches und oft Dagewesenes. Die ihn begleitenden Niederschläge löschten die Waldbrände; ihre Regentropfen reinigten die Atmosphäre von den Rauch- und Staubpartikeln. Danach brachte ein frischer Wind kühle und kristallklare Luft vom Nordwesten. Die Temperatur sank rapide.

Ish fuhr im Schlaf zusammen und wachte langsam auf. Er fror. Die andere Seite der Gleichung hat sich geändert, dachte er und wickelte sich in eine weitere Decke. Oh Fürstentochter, dachte er dann halb träumend. Deine Brüste sind wie zwei … Er schlief wieder ein.

Am Morgen war das Haus eisig kalt. Er zog sich einen Pullover über, bevor er sich Frühstück machte. Er erwog, das Feuer im Kamin anzuzünden, doch das kühlere Wetter hatte auch seinen Tätigkeitsdrang angefacht – er wusste, er würde an diesem Tag nicht allzu lange im Haus bleiben.

Nach dem Frühstück trat er vor die Tür. Wie immer nach einem dieser Stürme war die Luft klar. Der Wind hatte sich gelegt. Die weit entfernten roten Türme der Golden Gate Bridge hoben sich so deutlich vom blauen Himmel ab, dass man meinte, sie berühren zu können. Er wandte den Blick etwas weiter nördlich, in Richtung des Gipfels des Tamalpais, und stutzte plötzlich. Auf dieser Seite der Bucht stieg zwischen ihm und dem Berg eine dünne Rauchsäule auf, ein Wölkchen, ein Rauch wie von einem kleinen Feuer, von einem Feuer, das in einem Kamin brennt und dessen Rauch durch den Schornstein entweicht. Vielleicht, so dachte er, war dieser Rauch dort schon hundert Mal aufgestiegen, aber die von den Waldbränden getrübte Atmosphäre hatte verhindert, dass er ihn bemerkt hatte. Jetzt war er wie ein Signal.

Natürlich konnte es sich auch um ein Feuer handeln, das sich aus einer natürlichen Ursache heraus entzündet hatte, ohne menschliches Zutun. Doch das war unwahrscheinlich; der Regen der letzten Tage hätte ein solches Feuer bestimmt gelöscht.

Auf jeden Fall konnte das Feuer höchstens ein paar Meilen entfernt sein, und sein erster Gedanke war, in den Kombi zu springen und hinzufahren. Es würde ihn nur ein paar Minuten kosten, für die er hier ohnehin keine bessere Verwendung hatte. Doch dann ließ ihn etwas innehalten. Seine bisherigen Versuche, mit anderen Menschen Kontakt aufzunehmen, hatten sich nicht ausgezahlt. Die alte Scheu überkam ihn, wie früher, als ihm der Gedanke an eine bevorstehende Tanzveranstaltung den Schweiß auf die Stirn getrieben hatte. Er versuchte, Zeit zu gewinnen, so wie er es damals mit der Behauptung getan hatte, er hätte sehr viel zu tun; dann hatte er sich hinter einem Buch verschanzt, statt zum Tanzen zu gehen.

Hatte Robinson Crusoe tatsächlich das Verlangen, von seiner Insel weggeholt zu werden, auf der er alles beherrschte, was seine Augen sahen? Diese Frage hatten sich die Leser oft gestellt. Doch selbst wenn Crusoe ein Mensch war, der entkommen und seine Beziehungen zu anderen Menschen wieder aufnehmen wollte, so hieß das noch lange nicht, dass er, Ish, ebenfalls ein solcher Mensch war. Vielleicht hing er an seiner Insel. Vielleicht fürchtete er sich vor Verstrickungen in menschliche Angelegenheiten. Beinahe panisch, als würde er vor einer Versuchung fliehen, rief er Princess, stieg in den Wagen und brauste in entgegengesetzter Richtung davon.

Den größten Teil des Tages verbrachte er damit, ruhelos durch das Hügelland zu streifen. Dann und wann begutachtete er, was der Regen mit den Straßen gemacht hatte. Allmählich verschwand die Grenze zwischen dem, was Straße, und dem, was nicht Straße war. Kälte und heftige Winde hatten das Laub von den Bäumen fallen lassen. Dürre Zweige waren abgebrochen und auf das Pflaster gefallen. Hier und da hatten Wasserströme deltaähnliche Anhäufungen von Schmutz und Kies hinterlassen. Einmal hörte er in weiter Ferne – oder er glaubte, es zu hören – das Gebell einer Hundemeute. Doch er bekam sie nicht zu Gesicht, und ehe der Nachmittag vorüber war, war er wieder daheim.

Er blickte in Richtung Berge und sah keinen Rauch mehr aufsteigen. Das führte zu einer gewissen Erleichterung, zugleich aber auch zu einer Enttäuschung, jetzt, da er darüber nachdachte. So war es offenbar mit ihm. Wenn sich eine

Gelegenheit bot, ließ er sie ungenützt; wenn die Gelegenheit verpasst war, erschien sie ihm kostbar. Die andere Seite der Gleichung hatte sich verändert, und er hatte es ausgeglichen, indem er sich aus dem Staub gemacht hatte. Natürlich war es möglich, dass er den Rauch am nächsten Morgen wieder sah. Vielleicht war jenes wie auch immer beschaffene menschliche Wesen aber auch nur auf der Durchreise, und er würde es nie wieder finden.

Doch dann, als er nach dem Abendessen in der frühen Dunkelheit noch einmal Ausschau hielt und einen schwachen, aber deutlichen Lichtschein ausmachte, zögerte er nicht länger. Statt sich hinter Ausflüchten zu verschanzen, rief er Princess, stieg in den Wagen und fuhr in die entsprechende Richtung.

Es war ein langwieriges Unterfangen. Dass er das Licht gesehen hatte, bedeutete, dass die Fenster jenes Hauses seinem Haus gegenüberlagen; vermutlich hatte er es erst sehen können, als der Sturm die Blätter von den Bäumen geblasen hatte. Aber sobald er sein Haus verlassen hatte, konnte er das Licht nicht mehr ausmachen. Er fuhr eine halbe Stunde lang hin und her, bis er es endlich wieder sah. Langsam fuhr er die Straße hinunter – auf das betreffende Haus zu. Die Fensterläden waren geschlossen, aber das Licht schien hindurch und erhellte sogar ein wenig die Straße. Es war ein weißliches Licht, wahrscheinlich von einer Benzinlampe.

Er hielt auf der gegenüberliegenden Straßenseite und wartete einen Augenblick. Offenbar hatte der Bewohner des Hauses den Motor nicht gehört. Er zögerte, fest entschlossen, den Gang wieder einzulegen und unentdeckt davonzufahren. Doch ein tieferer Impuls in seinem Innern ließ ihn die Wagentür öffnen, und gerade als er aussteigen wollte, sprang Princess vor ihm hinaus und lief mit wütendem Gebell auf das Haus zu. Sie musste denjenigen, der darin war, gewittert haben. Ish fluchte, stieg aus und ging ihr langsam nach. Diesmal hatte sie den Anstoß gegeben. Wieder zögerte er, als ihm einfiel, dass er unbewaffnet war. Aber mit einer Waffe zu kommen – das wäre kein guter Anfang gewesen. Ohne allzu viel darüber nachzudenken, ging er zum Wagen zurück und griff nach dem Hammer. Dann folgte er Princess. In einem der Fenster des Hauses sah er einen sich bewegenden Schatten.

Als er auf dem Bürgersteig angelangt war, öffnete sich die Haustür einen Spaltbreit, und plötzlich traf ihn der Lichtstrahl einer Taschenlampe. Er konnte nichts mehr sehen. Er blieb stehen und wartete, ob der andere ihn ansprechen würde. Princess kam zu ihm; auch sie war jetzt ganz ruhig. Ish hatte das unbehagliche Gefühl, dass derjenige, der ihn mit der Taschenlampe blendete, in der anderen Hand eine schussbereite Pistole hielt. Wie verrückt bin ich eigentlich, mich auf dieses Unternehmen einzulassen, dachte er. Sich im Schutz der Dunkelheit einem Haus zu nähern, war immer verdächtig und machte die Leute nervös. Immerhin hatte er sich am Morgen rasiert, und seine Kleidung war verhältnismäßig sauber.

Es entstand eine lange Pause. Ish wartete auf die unvermeidliche und doch einigermaßen lächerliche Frage: »Wer sind Sie?« Oder den knappen Befehl: »Hände hoch!« Deshalb riss er baff den Mund auf, als eine Frauenstimme ganz ruhig sagte: »Das ist aber mal ein hübscher Hund!«

Wieder folgte ein Augenblick der Stille; die Stimme klang sanft und leise nach. Ein leichter Akzent hatte darin gelegen, und bei ihrem Klang hatte er ein warmes Gefühl verspürt.

Dann wich das Licht der Taschenlampe von seinen Augen und erhellte den Weg vor seinen Füßen. Princess lief schwanzwedelnd auf das Haus zu. Die Tür tat sich weit auf, und im dämmerigen Licht, das aus dem Haus kam, sah Ish nun eine Frau knien und die Hündin streicheln. Langsam ging er auf sie zu, wobei er weiter den Hammer auf eine lächerliche, aber beruhigende Weise in der Hand schwang.

Plötzlich stürzte Princess in das Haus hinein und rannte dort fiepend herum. Die Frau erhob sich und lief der Hündin, halb schreiend, halb lachend, hinterher. Mein Gott, sie muss eine Katze haben, dachte Ish und folgte ihr schnell.

Doch als er das Wohnzimmer betrat, tobte Princess nur um den Tisch herum und schnupperte an den Stühlen, und die Frau hielt die Benzinlampe fest, damit sie von der aufgeregten Hündin nicht umgeworfen wurde.

Die Frau war mittelgroß, brünett, nicht allzu jung – kein Mädchen, sondern eine voll entwickelte Frau.

Sie sah den Faxen der schnuppernden Princess zu und lachte, und der Klang ihres Lachens war wie etwas, das an das lange verlorene Paradies erinnerte. Dann wandte sie sich Ish zu, und er sah das Aufblitzen weißer Zähne in ihrem dunklen Gesicht, und in diesem Moment zerbrach ein Damm in ihm, und er lachte ebenso fröhlich.

Wieder sagte sie etwas, aber es war weder eine Frage noch eine Aufforderung. »Es ist nett, mal jemand bei sich zu haben«, sagte sie.

Diesmal antwortete Ish; allerdings fiel ihm nichts Besseres ein, als sich für den albernen Hammer zu rechtfertigen, den er immer noch in der Hand hielt. »Verzeihen Sie, dass ich dieses Ding mit hereingebracht habe«, sagte er und stellte den Hammer auf den Fußboden, sodass der Stiel nach oben zeigte.

»Machen Sie sich keine Gedanken«, erwiderte sie. »Ich verstehe das. Wir alle brauchen so etwas – etwas Greifbares, damit man sich wohler fühlt. Einen Glückspenny oder eine Kaninchenpfote, wissen Sie noch? Wir alle sind doch noch die, die wir einmal waren.«

Er lachte erleichtert auf, doch dann fing er an zu zittern. Fast physisch spürte er, wie in ihm weitere Dämme brachen – die Verteidigungsdämme, die er in all den Monaten des Alleinseins und der Verzweiflung errichtet hatte. Er musste einfach ein anderes menschliches Wesen berühren, und so reichte er ihr, in jener uralten Geste, die Hand.

Sie nahm seine Hand, und als sie merkte, dass er zitterte, zog sie ihn zu einem der Sessel und stieß ihn beinahe hinein. Dann legte sie ihm sanft die Hand auf die Schulter.

Abermals sprach sie, und wiederum war es weder Frage noch Befehl: »Ich hole Ihnen etwas zu essen.«

Er erhob keinen Einwand, obwohl er kurz zuvor ordentlich gegessen hatte. Denn er wusste, dass ihr Angebot mehr war als reine Nahrungaufnahme. Es musste eine symbolische gemeinsame Mahlzeit geben, die erste Verbindung zwischen zwei menschlichen Wesen – das Sitzen an einem Tisch, das Teilen von Brot und Salz.

Und so saßen sie sich gegenüber und aßen ein wenig, obwohl sie beide nicht hungrig waren. Es gab frisches Brot. »Ich backe es selbst«, sagte die Frau. »Aber es wird immer schwieriger, Mehl aufzutreiben, in dem keine Würmer sind.« Sie hatte keine Butter, dafür Honig und Marmelade – und eine Flasche Rotwein.

Nun begann er zu reden wie ein Kind. Das hier war ganz anders als damals, als er mit Milt und Ann auf dem Riverside Drive zusammengesessen hatte. Damals hatten die Dämme noch fest gehalten. Jetzt sprach er zum ersten Mal von seinen Erlebnissen, zeigte ihr sogar die kleinen Narben des Schlangenbisses und die größeren, wo er sich geschnitten hatte, als er die Pumpe angesetzt hatte. Er erzählte von seiner Angst und seiner Flucht und der Großen Einsamkeit, der er nie ganz ins Auge geblickt hatte. Und während er erzählte, sagte sie immer wieder: »Ja, ich weiß … Ja, daran erinnere ich mich auch … Sprechen Sie weiter.«

Sie ihrerseits hatte die Katastrophe mit eigenen Augen gesehen. Sie hatte mehr durchgemacht als er, und dennoch merkte er, dass sie das alles besser bewältigt hatte. Sie sagte wenig; sie schien es nicht nötig zu haben. Aber sie brachte ihn zum Sprechen.

Und als er mit ihr sprach, begriff er, dass dies, zumindest soweit es ihn betraf, kein gewöhnliches Zusammentreffen war – oder etwas Flüchtiges, Vorübergehendes. Hier lag die Zukunft. Seit der Katastrophe war er immer wieder anderen Menschen begegnet, doch niemand hatte ihn zu halten vermocht. Vielleicht hatte ihn die Zeit geheilt. Wahrscheinlicher war jedoch, dass diese Frau hier anders war.

Und sie war eine Frau. Während die Minuten verstrichen, wurde er sich mehr und mehr dieser Tatsache bewusst – mit einer Eindringlichkeit, die ihn erzittern ließ. Zwischen Mensch und Mensch war das Brechen des Brotes etwas Wirkliches, und der gemeinsame Tisch war das notwendige Symbol. Aber zwischen Mann und Frau musste es, als Wirklichkeit und als Symbol, mehr geben.

Plötzlich wurde ihnen klar, dass keiner den Namen des anderen wusste, obwohl sie beide die Hündin Princess genannt hatten.

»Isherwood«, sagte er. »Das war der Mädchenname meiner Mutter, und sie hat ihn mir gegeben. Ziemlich seltsam, was? Alle haben mich Ish genannt.«

»Ich heiße Em«, sagte sie. »Also natürlich Emma. Ish und Em. Wenn wir über diese Kombination Gedichte schreiben wollen, werden wir nicht sehr weit kommen.« Sie lachte. Beide lachten sie.

Lachen – auch das war etwas Gemeinsames. Und dennoch war es immer noch nicht alles. Es gab gewisse Wege, dorthin zu gelangen, und er hatte Männer gekannt, die sie gegangen waren. Aber ihm lag das nicht. All die Eigenschaften und Fähigkeiten, die es ihm ermöglicht hatten, die schlimmen Monate ganz allein durchzustehen – all diese Eigenschaften und Fähigkeiten richteten sich jetzt gegen ihn. Und er fühlte auch, in seinem tiefsten Inneren, dass sie nicht recht waren. Die alten Methoden waren in jenen Tagen angebracht gewesen, als in den Bars abenteuerlustige Mädchen saßen. Jetzt aber waren sie falsch – in einer Zeit, in der sich draußen vor den Fenstern die weite, leere Stadt in alle Richtungen erstreckte, einer Zeit, in der diese Frau die Katastrophe und die Furcht und die Einsamkeit überstanden hatte und noch immer Mut und Lachen in ihren Augen war.

In einem irren Moment hatte er die Idee, dass sie sich gegenseitig eine Art Heiratsgelöbnis schwören sollten. Quäker konnten sich selber trauen – warum also nicht auch andere? Sie könnten gemeinsam nach Osten blicken, wo die Morgensonne aufging … Doch dann spürte er, dass alle Worte verlogener waren als das Berühren von Knien unter dem Tisch. Sie hatten mindestens eine Minute lang geschwiegen. Em blickte ihn mit offenen, ruhigen Augen an, und er wusste, dass sie seine Gedanken las.

Plötzlich sprang er verlegen auf und stieß dabei den Stuhl um. Nun war der Tisch zwischen ihnen nicht mehr das Symbol, das sie zugleich einte und trennte. Er ging um den

Tisch herum und trat zu ihr. Sie stand ebenfalls auf. Und dann fühlte er ihren Körper üppig und warm an dem seinen.

Oh Lied der Lieder! Deine Augen, meine Geliebte, sind sanft, und deine Lippen sind süß und fest. Dein Hals ist wie Elfenbein, deine glatten Schultern sind wie warmes Elfenbein. Deine Brüste schmiegen sich an meine wie feine Wolle. Deine Schenkel sind fest und stark wie Zedern. Oh Lied der Lieder!

Sie war in das hintere Zimmer gegangen. Er saß da, sein Herz und sein Atem gingen schnell, er wartete voller Spannung. Nun hegte er nur noch eine Furcht: In einer Welt, in der es keine Ärzte, ja nicht einmal andere Frauen gab, wie konnte er in so einer Welt das Wagnis eingehen? Aber sie war in das hintere Zimmer gegangen, und er war sich sicher, dass auch sie daran denken und Vorsorge treffen würde.

Oh Lied der Lieder. Meine Geliebte, dein Bett duftet wie die Zweige des Pinienbaums, und dein Leib ist warm. Du bist Aschtoreth. Du bist Aphrodite, die das Tor der Liebe hütet. Nun ist Stärke in mir. Nun sind die Ströme gestaut. Nun ist meine Stunde. Oh empfange mich in deiner Unendlichkeit.

7

Nachdem sie eingeschlafen war, lag er still neben ihr, doch seine Gedanken stürmten so schnell dahin, dass er nicht zur Ruhe kam. Was hatte sie zuvor gesagt? Egal, wie sehr sich die Welt verändert hatte, der einzelne Mensch war immer noch, was er einst gewesen war. Ja, das war so. Obwohl so viel geschehen war und obwohl er durch seine Erlebnisse innerlich zutiefst erschüttert worden war, war er nach wie vor der Beobachter, der abseits Stehende, der dem, was geschah, zusah und sich nie völlig an das Geschehen verlor. Wie seltsam. Vielleicht wäre so etwas in der alten Welt nicht möglich gewesen. Aus der Vernichtung war für ihn Liebe erwachsen.

Nach einer Weile schlief er endlich ein. Als er erwachte, war es heller Tag, und Em war fort. Besorgt sah er sich im Zimmer um. Es war ein schäbiger kleiner Raum, und plötzlich überkam ihn die Angst, dass dieses anscheinend große Liebeserlebnis womöglich nur etwas gewesen war, das früher dem Anbandeln mit einer leichtfertigen Kellnerin und einer Nacht in einem miesen Hotelzimmer ähnlich gesehen hätte. Und sie – sie war keine Göttin, nicht einmal eine weiß im Nebel schimmernde Dryade. Außer im Augenblick des Begehrens würde sie nie Aschtoreth oder Aphrodite sein. Ein leichter Schauer überkam ihn, als er sich überlegte, wie sie wohl im Morgenlicht aussehen würde. Sie war älter als er; ja, vielleicht vermischte er sie mit einer Art mütterlichem Wunschbild. »Ach was«, dachte er dann und sprach es gleichzeitig laut aus. »In diesen Dingen hat es nie das Vollkommene gegeben – und wird es nicht plötzlich wegen mir geben.« Er musste an die ersten Worte denken, die sie gesprochen hatte, die weder Frage noch Befehl, sondern einfach Bekundung gewesen waren. Ja, so sollte es immer sein. Man musste sich an das halten, was an einer Situation gut war, und sich nicht die Haare über das raufen, was überhaupt nicht existierte.

Er stand auf und zog sich an. Beim Anziehen roch er den Duft von Kaffee in der Luft. Kaffee! Auch das war eine Art modernes Symbol.

Sie hatte den Tisch in der Frühstücksnische gedeckt, ganz so wie früher die Frauen der Pendler. Er warf ihr einen beinahe verschämten Blick zu. Wieder sah er, jetzt deutlicher im Morgenlicht, ihre weit auseinanderstehenden schwarzen Augen, ihr dunkles Gesicht, die vollen, reifen Lippen und die Wölbung der Brüste unter dem hellgrünen Hemd.

Er beugte sich nicht nieder, um sie zu küssen, und sie schien es auch gar nicht zu erwarten. Doch sie lächelten einander zu.

»Wo ist Princess?«, fragte er.

»Ich habe sie rausgelassen.«

»Gut. Ich glaube, es wird heute wieder schönes Wetter.«

»Ja, sieht so aus. Es gibt leider keine Eier.«

»Das macht doch nichts. Was ist das? Speck?«

»Ja.«

Es waren Worte ohne die geringste Bedeutung, und dennoch schwang in ihnen große Freude. Ja, im Aussprechen kleiner Dinge lag womöglich eine größere Freude als im Aussprechen gewichtiger. Ish spürte eine Zufriedenheit, die ihn ganz und gar erfüllte. Hier ging es nicht um ein schäbiges Hotelzimmer – hier war Glück. Er sah ihr in die offenen Augen und spürte neue Sicherheit und neuen Mut. Dies würde von Dauer sein!

Später fuhren sie zu seinem Haus am San Lupo Drive, hauptsächlich weil er mehr als sie zu besitzen schien, vor allem Bücher. Es war weniger aufwendig, zu den Büchern zu fahren, als die Bücher in Ems Haus zu schaffen.

Nun vergingen die Tage schneller und angenehmer. Sie fanden viele Gemeinsamkeiten. Wie hieß es doch?, dachte Ish. Geteilte Freude ist doppelte Freude, und geteilter Schmerz ist halber Schmerz.

Em sprach nie über sich. Ein- oder zweimal versuchte er, durch Fragen etwas aus ihr herauszubekommen, weil er dachte, es tue ihr gut, wenn sie sich öffnete. Doch sie antwortete nur zögernd, und er schloss daraus, dass sie auf ihre eigene Weise mit sich ins Reine gekommen war. Sie hatte vor die Vergangenheit einen Vorhang gezogen und blickte nur vorwärts.

Allerdings neigte sie auch nicht zur Geheimniskrämerei. Aus gelegentlichen Bemerkungen erfuhr er, dass sie verheiratet gewesen war (glücklich, wie er überzeugt war) und zwei kleine Kinder gehabt hatte. Sie hatte die Highschool besucht, war aber nicht aufs College gegangen; ab und an merkte man das ihrer Grammatik an. Ihr weicher Akzent, der ihm schon bei ihren ersten Worten aufgefallen war, klang nach Kentucky oder Tennessee. Aber sie deutete niemals an, dass sie anderswo als in Kalifornien gelebt hatte.

Ihre gesellschaftliche Stellung, meinte Ish, war offenbar etwas niedriger als seine gewesen. Aber nun gab es nichts Lächerlicheres, als sich Gedanken über die gesellschaftliche Stellung zu machen. Erstaunlich, wie bedeutungslos das geworden war. Und so gingen die Tage schnell hin.

Eines Morgens, als sie neue Nahrungsmittelvorräte brauchten, ging Ish zu seinem Wagen. Er drückte den Daumen auf den Starterknopf. Es machte Klick, und weiter geschah nichts. Er drückte noch einmal, und es klickte wieder. Das war alles. Er hörte weder das tröstliche Summen des laufenden Motors noch das vertraute Knallen, wenn sich die Zylinder erwärmten. Panik überkam ihn. Wieder drückte er den Knopf, und dann noch einmal, und stets klickte es nur. Die Batterie ist leer, dachte er.

Er stieg aus, öffnete die Motorhaube und starrte auf das wohlgeordnete, aber unendlich komplizierte Sammelsurium an Drähten und Einzelteilen. Es war zu viel für ihn. Mit einem Gefühl der Hoffnungslosigkeit ging er zurück ins Haus.

»Der Wagen springt nicht an«, sagte er zu Em. »Die Batterie ist leer oder so etwas.« Offenbar erschien sein Gesicht noch jämmerlicher als seine Stimme. Denn Em lachte laut auf.

»Das ist doch nicht so schlimm«, sagte sie. »Wenn man dich ansieht, meint man, es wäre wer weiß was passiert.«

Da musste auch er lachen. Es war wirklich ein Unterschied, wenn man jemanden hatte, mit dem man den Kummer teilen konnte; dann muteten alle Schwierigkeiten viel kleiner an. Ein Wagen war bequem – man konnte zu den Läden fahren und ihn mit allem vollpacken, was man so brauchte. Doch man konnte auch ohne Wagen auskommen. Sie hatte recht, die Sache war halb so schlimm.

Dennoch konnte einmal ein Tag kommen, an dem sie wirklich ein Auto benötigten. Also sahen sie sich in der näheren Umgebung um, und gegen Mittag machten sie einen anderen Wagen ausfindig. Wie in den meisten Wagen befanden sich auch in diesem keine Schlüssel, und auch wenn

Ish ihn mit Hilfe eines Drahtes in Gang bekommen hätte, so stimmten sie darin überein, dass es allzu lästig war, einen Wagen ohne Schlüssel zu fahren. Und wenn sie einen mit Schlüssel finden würden, wäre die Batterie, die etliche Monate lang nicht in Gebrauch gewesen war, bestimmt leer. Doch schließlich entdeckten sie einen mit Schlüssel, der auf einer Anhöhe parkte und dessen Batterie, wie Ish meinte, gerade noch genug Strom für die Zündkerzen liefern würde.

Sie ließen den Wagen die Anhöhe hinabrollen, und es dauerte nicht lange, bis die Zylinder zu knallen begannen. Ish und Em freuten sich wie Kinder über dieses Abenteuer. Dann lief der Motor ruhig und regelmäßig. Nun lachten sie triumphierend und fuhren mit sechzig Meilen die Stunde den leeren Boulevard hinunter, und Em lehnte sich an ihn und küsste ihn. Und so seltsam es ihm auch vorkam: Ish fühlte, dass er nie im Leben glücklicher gewesen war.

Dieser Wagen war nicht so gut wie der alte, deshalb benutzten sie ihn lediglich zu einem Ausflug in die Stadt, nachdem sie im Telefonbuch nachgesehen hatten, wo es Batterien gab. Nach einer Weile fanden sie das richtige Geschäft; jedoch waren alle Batterien dort ohne Säurefüllung. Und so, obwohl es ihnen beiden an technischem Talent mangelte, füllten sie Säure in eine Batterie von geeigneter Größe, nahmen sie mit und bauten sie in seinen alten Kombi ein. Schon beim ersten Versuch klappte es.

Dann, als der Motor fröhlich brummte und Ish mit dem Fuß den Gashebel betätigte, wurde ihm klar, dass er an diesem Tag auf zwei Probleme gestoßen war und sie gelöst hatte. Zum einen wusste er jetzt, dass er viel tun konnte, damit sein Wagen sehr lange lief. Doch viel bedeutsamer war: Er hatte der Möglichkeit ins Auge geblickt, dass einmal eine Zeit kommen würde, in der es überhaupt keine Autos mehr gab, und dass er auch dann noch glücklich und ohne Furcht leben würde.

Tatsächlich war schon am nächsten Tag die Batterie des Kombis wieder leer. Entweder war sie kaputt, oder sie hatten beim Einbauen einen Fehler gemacht. Diesmal jedoch empfand Ish keinerlei Panik; ja, während der nächsten Tage kümmerte er sich nicht einmal darum. Schließlich machten sie sich abermals daran, und entweder hatten sie Glück oder waren diesmal sorgsamer zu Werke gegangen – jedenfalls arbeitete die Batterie nun, wie sie sollte.

Glatt und chromschimmernd, mit präzise arbeitenden Motoren und Messinstrumenten, die funktionierten wie Armbanduhren, waren sie der Stolz und das Symbol der ganzen Zivilisation gewesen. Jetzt standen sie traurig in Garagen oder auf Höfen oder am Straßenrand. Welkes Laub fiel auf sie herab, und Staub wehte sie an. Regen fiel, aus dem Staub wurden Flecken, das Laub verfilzte, und es kam immer mehr Laub und Staub, bis man kaum noch durch die Windschutzscheiben sehen konnte.

In ihrem Inneren änderte sich dagegen nur wenig. Hier und da setzte sich Rost an, aber auf den eingefetteten und geölten Oberflächen konnte er nicht viel ausrichten. Die unbenutzten Spulen, Regulierer, Vergaser und Zündkerzen blieben so gut wie zuvor.

In den Batterien vollzogen sich jedoch langsame chemische Prozesse und bewirkten Zerfall und Neutralisierung. Ein paar Monate, und die unbenutzten Batterien waren unbrauchbar. Aber solange Batterie und Säure getrennt blieben, geschah nichts Schlimmes, und es würde eine Klei-

nigkeit sein, Säure hineinzugießen und mit einer neuen Batterie loszufahren. Die Batterien waren nicht das schwächste Glied.

Das waren eher die Reifen. Der Gummi zerfiel nur langsam, die Reifen würden ein Jahr oder auch fünf Jahre halten, aber dennoch wurden sie immer schwächer: Die Luft entwich, und wenn der Wagen eine Zeitlang auf schlaffen Reifen gestanden hatte, waren sie zu nichts mehr nütze. Auch in den Lagerräumen wirkte der Verfall im Gummi. Und doch würden die gestapelten Reifen nach zehn Jahren immer noch zu gebrauchen sein. Vielleicht würden sie zwanzig Jahre überstehen oder noch mehr. Ja, vielleicht würden die Straßen unbefahrbar sein und der Mensch vergessen haben, wie man ein Auto steuert (und die Lust dazu verloren haben), ehe die Wagen selbst unbenutzbar wurden.

Ihr Kopf ruhte in seiner Armbeuge, und er blickte in ihre schwarzen, feuchten Augen. Sie lagen auf der Couch im Wohnzimmer. Im Zwielicht sah ihr Gesicht noch dunkler aus als sonst.

Er wusste, es gab ein Thema, dem sie sich bisher noch nicht gestellt hatten – und nun brachte sie es zur Sprache.

»Es wäre schön«, sagte sie.

»Ich weiß nicht recht.«

»Doch.«

»Ich mag es nicht.«

»Du meinst, du magst es um meinetwillen nicht?«

»Ja. Es ist gefährlich. Außer mir ist niemand hier, und ich würde keine Hilfe sein.«

»Aber du könntest es doch nachlesen. Es gibt so viele Bücher.«

»Bücher!« Er lachte leise. »*Die praktische Hebamme … Die Pathologie der Entbindung* … Ich glaube, damit würde ich nicht fertig, selbst wenn ich es wollte.«

»Aber du könntest dir wirklich ein paar Bücher besorgen und sie lesen. Dabei könntest du einiges lernen. Und im Grunde brauche ich gar nicht viel Hilfe.« Sie hielt kurz inne. »Du weißt ja, dass ich es schon zweimal durchgemacht habe. Es war gar nicht so schlimm.«

»Vielleicht nicht. Aber jetzt, ohne Klinik und Ärzte und all das, ist es etwas anderes. Und warum … warum machst du dir eigentlich so viel Gedanken darüber?«

»Nennt man das nicht Biologie oder so ähnlich? Ich denke, es ist ganz natürlich.«

»Du meinst, das Leben muss weitergehen, und wir haben eine Verpflichtung gegenüber der Zukunft? Ist es das?«

Sie schwieg für eine Weile. Er konnte sehen, dass sie nachdachte, und Denken war nicht gerade ihre starke Seite; sie operierte in tieferen Schichten als jenen des bloßen Denkens.

»Ach, ich weiß es nicht«, sagte sie schließlich. »Ich weiß nicht, ob das Leben weitergehen muss. Warum sollte es? Vielleicht bin ich einfach nur selbstsüchtig. Ich möchte ein Baby. Ich meine … ach, ich kann mich nicht richtig ausdrücken. Küss mich einfach.«

Er tat es. Dann sagte sie: »Ich wollte, ich könnte darüber reden. Ich wollte, ich könnte sagen, was ich darüber denke.«

Sie streckte den Arm aus und nahm ein Streichholz aus der auf dem Tisch stehenden Schachtel. Sie rauchte deutlich mehr als er, und so erwartete er, dass sie sich auch eine Zigarette nehmen würde. Doch das tat sie nicht. Es war ein großes Küchenstreichholz, wie sie sie mochte. Sie drehte es stumm zwischen Daumen und Zeigefinger. Dann entzündete sie es an der Schachtel. Der Streichholzkopf flammte auf, und das Holz brannte ruhig mit gelber Flamme. Dann, ganz unvermittelt, blies sie es wieder aus.

Ihm war, als hätte sie – der es schwerfiel, Worte zu finden – unbewusst versucht, etwas darzustellen, das sie nicht ausdrücken konnte. Das Streichholz war nur dann lebendig, wenn es nicht in der Schachtel lag, sondern wenn es brannte – und ewig konnte es nicht brennen. So war es auch mit Mann und Frau. Wenn man das Leben leugnete, blieb es ungelebt.

Er dachte an seine Angst während der ersten Tage und an die Zeit, als er sie überwunden hatte – damals, als er in der Wüste das Motorrad von seinem Wagen geworfen hatte. Er dachte an die Euphorie, die ihn überkommen hatte, als er dem Tod und allen Mächten der Finsternis entgegengetreten war.

Er sah Em an. Ja, dieser Mut war ihm früher nur in gewissen Augenblicken zuteilgeworden; nun, da sie bei ihm war, gehörte er zu seinem Leben.

»Na gut«, sagte er. »Du hast recht. Ich werde in den Büchern nachlesen.«

»Weißt du«, erwiderte sie, »ein bisschen mehr Hilfe werde ich wohl schon brauchen.«

Ihr Körper lag weich in seinen Armen. Noch zögerte er, fühlte die Einsamkeit und die Leere und den Schrecken. Wer war er, dass er die Menschheit abermals auf einen langen, ungewissen Weg in die Zukunft schickte? Doch dieses Gefühl hielt nur einen kurzen Augenblick an. Dann sprangen Ems Mut und das aus ihrem Mut kommende Vertrauen auf ihn über. Ja, dachte er, sie wird die Mutter neuer Völker sein. Ohne Mut gibt es nichts!

Und er wurde sich ganz ihres Körpers bewusst und spürte große Stärke in sich.

Dein sei der Ruhm, weil die Liebe zum Leben vor deinem Antlitz heller war als die Furcht vor dem Tod. Du bist Demeter und Herta und Isis, Kybele mit den Löwen und die Bergmutter. Deinen Töchtern sollen Völker entspringen, und deinen Enkeln Nationen. Dein Name ist »Mutter«, und alle sollen dich segnen.

Es wird wieder Lachen und Gesang erklingen. Junge Frauen werden über Wiesen laufen, und junge Männer über Bäche springen. Ihrer Kinder Kinder werden so zahlreich sein wie die Pinien am Berghang. Sie sollen dich segnen, denn in Zeiten der Dunkelheit war dein Blick dem Licht zugewandt.

Sie waren noch im Ungewissen, als Em eines Morgens hinaussah und sagte: »Schau, Ratten!«

Er blickte ebenfalls hinaus. Tatsächlich, zwei Ratten liefen an der Hecke den Weg entlang, suchten nach Nahrung oder stöberten einfach nur herum. Em zeigte Princess die Ratten durch das Fenster, dann öffnete sie die Tür. Aber da Princess zu jenen Hunden gehörte, die dem Jäger das Wild durch Lautgeben anzeigten, lief sie bellend hinaus, und die Ratten suchten sofort das Weite.

Am Nachmittag sahen sie zu verschiedenen Zeiten mehrere Ratten – nahe dem Haus, auf der Straße, in den Gärten.

Am nächsten Morgen hatte die Woge sie überflutet. Überall waren Ratten.

Es waren ziemlich gewöhnlich aussehende Ratten, weder größer noch kleiner, als man es von Ratten erwartet, weder besonders dick noch besonders mager – Ratten eben. Ish dachte daran, wie es vor einiger Zeit mit den Ameisen gewesen war, und er spürte, wie ihn ein kalter Schauer überkam.

Das Einzige, was sie tun konnten, war, Nachforschungen anzustellen, um die Rattenplage irgendwie erträglicher zu machen – denn wenn man etwas über das Wie und Warum weiß, erkennt man auch Möglichkeiten.

Sie fuhren mit dem Kombi herum, und ab und an überrollten sie eine unmittelbar vor ihnen über die Straße laufende Ratte. Zuerst schreckten sie bei dem patschenden Geräusch auf und sahen einander an; doch bald war es ihnen so vertraut, dass sie sich nichts mehr dabei dachten. Das Gebiet, das die Ratten besetzt hatten, entsprach mehr oder weniger der Innenstadt, obwohl man sie auch über den dicht bebauten Bezirk hinaus fand; sie hatten einen etwas größeren Bereich für sich reklamiert als damals die Ameisen.

Was sich ereignet hatte, war offensichtlich. Ish erinnerte sich, einmal eine Statistik gelesen zu haben, nach der die Zahl der Ratten in einer Stadt ungefähr der Zahl der Bevölkerung entsprach.

»Also«, erklärte er Em, »fangen wir mit, sagen wir, eine Million Ratten an. Die Hälfte davon sind Weibchen. Manche der Geschäfte und Kaufhäuser sind gegen Ratten geschützt, trotzdem hat es für sie während der ganzen Zeit sozusagen unbegrenzte Ernährungsmöglichkeiten gegeben.«

»Wie viele Ratten gibt es also jetzt?«

»Im Kopf kann ich das nicht ausrechnen. Ich mache es später daheim.«

Am Abend widmete er sich dem Problem wie einer Mathematikaufgabe. Mit Hilfe des Lexikons seines Vaters fand er heraus, dass Ratten schätzungsweise allmonatlich warfen, und zwar ungefähr zehn Junge. Was bedeutete, dass nach einem Monat ungehinderter Vermehrung dieses klar umrissene Gebiet von zehn Millionen Ratten bevölkert wurde. Die jungen Weibchen konnten sich wiederum vermehren, noch ehe sie zwei Monate alt waren. Natürlich mussten zufällige Verluste berücksichtigt werden, und er hatte keine Möglichkeit auszurechnen, wie viele Ratten die Geschlechtsreife erreichten. Aber es stand fest, dass sie sich unter den gegenwärtigen Umständen explosionsartig vermehrten. Selbst wenn sich ihre Zahl jeden Monat nur verdoppelte – eine lächerlich moderate Schätzung –, musste ihre Zahl inzwischen auf fast fünfzig Millionen angewachsen sein. Wenn sie sich jeden Monat um das Dreifache erhöhte – eine Schätzung, die immer noch bescheiden war –, so gab es in der Stadt jetzt etwa eine Milliarde Ratten. Und je länger er darüber nachdachte, sah er keinen Grund dafür, warum sich die Zahl der Ratten bei einer ihnen unbegrenzt zur Verfügung stehenden Nahrung nicht jeden Monat vervierfachen sollte.

In den Alten Zeiten war der Mensch der einzige ernsthafte natürliche Feind der Ratten gewesen, und sogar der Mensch hatte unaufhörlich Krieg gegen sie führen müssen, um ihrer Zahl Herr zu bleiben. Nun, da der Mensch verschwunden war, waren ihre Feinde die wenigen Hunde, die der Instinkt zur Rattenjagd trieb, und die etwas zahlreicheren Katzen. Hier jedoch hatte ein weiterer Umstand die Lage zugunsten der Ratten beeinflusst: Wie Ish beobachtet hatte, schienen sich die Hunde ganz allein gegen den Ansturm der Ratten zu wehren; offenbar hatten die Hunde ebenso Katzen wie Ratten getötet und sich so ihres wichtigsten Helfers beraubt. Und schließlich waren die Hunde allein schon durch die enorme Zahl der Ratten überwältigt worden. Er sah nun kaum noch Hunde. Es schien ihm zwar unwahrscheinlich, dass sie von den Ratten getötet worden waren – obwohl die Ratten bestimmt eine beträchtliche Anzahl von gerade geworfenen Welpen aufgefressen hatten –, aber möglicherweise hatten sich die Hunde einfach vor den Rattenhorden zurückgezogen und streiften jetzt durch die Außenbezirke, aus der eigentlichen Stadt in die Vorstädte vertrieben.

Ob es sich nun um eine Milliarde oder nur um fünfzig Millionen Ratten handelte, machte nur einen sehr geringen Unterschied. Fest stand, dass es viel zu viele Ratten waren; Ish und Em fühlten sich, als würden sie von ihnen belagert. Sorgfältig bewachten sie alle Türen, trotzdem tauchte plötzlich eine Ratte in ihrer Küche auf, und es gab eine wilde Hetzjagd, als Ish ihr mit dem Besen auf den Leib rückte. In die Enge getrieben, biss die Ratte in den Besenstiel und hinterließ die Spuren ihrer Zähne in dem harten Holz, bevor Ish sie auf dem Fußboden totschlagen konnte.

Nach einigen Tagen nahmen sie im Aussehen und Verhalten der Ratten eine Veränderung wahr. Offenbar waren die Nahrungsmittelvorräte, so groß sie auch waren, unter dem Zugriff der ständig steigenden Zahl der Ratten knapp geworden. Die Ratten sahen jetzt magerer aus und rannten auf der Suche nach Nahrung hektisch hin und her. Sie begannen in der Erde zu wühlen. Zuerst fraßen sie die Tulpenzwiebeln, die sie sehr zu mögen schienen, dann machten sie sich an die weniger wohlschmeckenden Zwiebeln und Wurzeln. Sie liefen an den Zweigen der Bäume entlang und schienen alle Insekten, derer sie habhaft werden konnten, oder die noch verbliebenen Samen und Früchte zu fressen. Schließlich fingen sie sogar an, wie Kaninchen die Rinde junger Bäume abzunagen.

Ish parkte den Wagen nun so dicht wie möglich am Haus und sprang in hohen Stiefeln hinein und hinaus. Aber die Ratten versuchten nie, ihn anzugreifen. Princess musste in der Regel daheimbleiben, obwohl die Ratten auch sie unbehelligt ließen.

Auf seinen Forschungsfahrten gewöhnte sich Ish mehr und mehr an das weiche Schmatzen unter den Reifen; es kam ihm vor, als würde er die Straßen mit einem ununterbrochenen Zug überfahrener Ratten pflastern. Als er langsam an einem Mauerwinkel vorbeifuhr, lenkte ein kleines, weißes Etwas seine Aufmerksamkeit auf sich. Er hielt an und sah, dass es der Schädel eines kleinen Hundes war. Die langen, noch weiß schimmernden Zähne deuteten darauf hin, dass es ein Terrier gewesen war. Offenbar hatten die Ratten den Hund dort in die Enge getrieben; oder der um sein Leben kämpfende Hund hatte sich dorthin zurückgezogen. Ob es die Ratten gewagt hatten, einen kräftigen, gesunden Hund anzugreifen, konnte Ish nicht wissen. Vielleicht hatte das Tier einen Unfall gehabt oder war bei einem Kampf mit einem anderen Hund verletzt worden; vielleicht war es auch alt und schwach gewesen. Jedenfalls war der Rattenschwarm selbst für einen Rattenfänger zu viel gewesen. Ish sah nur ein paar von den größeren Knochen, der Rest war entweder zernagt oder weggeschleppt worden. In der Nähe entdeckte er auch die Schädel mehrerer Ratten; also hatte sich der Terrier zumindest einen Kampf geliefert. Er versuchte, sich das Geschehen auszumalen: die wimmelnden grauen Ratten, die sich überall an dem Hund festbissen, wie Wölfe, die einen alten Bisonbullen angriffen. Mochte der Hund auch ein Dutzend von ihnen totgebissen haben – schließlich zerfetzten die vor Hunger wahnsinnigen Scharen Fell und Sehnen, und der Hund verendete elendiglich. Ish war ganz benommen, als er weiterfuhr; er beschloss, noch sorgsamer über Princess zu wachen.

Mit leiser Hoffnung dachte er daran, dass die Ameisen damals praktisch über Nacht verschwunden waren, und er erwartete, dass etwas Ähnliches auch mit den Ratten geschehen würde. Doch dafür gab es keinerlei Anzeichen.

»Übernehmen die Ratten jetzt die ganze Welt?«, fragte Em. »Treten sie die Nachfolge des Menschen an?«

»Ich weiß es nicht«, erwiderte Ish, »aber ich kann das nicht wirklich glauben. Sie hatten einen guten Start, weil ihnen die ganzen Nahrungsmittel in der Stadt zur Verfügung standen und weil sie sich schnell vermehren. Aber sobald sie die Stadt verlassen, müssen sie selbst für ihre Ernährung sorgen, und Füchse und Schlangen und Eulen werden sich ebenfalls vermehren, weil der Mensch weg ist und sie nun große Mengen von Ratten fressen können.«

»Daran habe ich noch gar nicht gedacht«, sagte sie. »Du meinst, Ratten sind wie Haustiere, weil der Mensch sie, ohne es zu wollen, mit Nahrung versorgt und ihre Feinde tötet?«

»Ich vermute, sie leben mehr als Parasiten beim Menschen.« Und um etwas zu sagen, das ihr Interesse wachhielt, fuhr er schnell fort: »Und wenn wir schon über Parasiten sprechen, so haben natürlich auch Ratten welche. So wie die Ameisen. Wenn etwas zu zahlreich wird, geht es durch eine Seuche zugrunde … Ich meine …« (Bei dem Wort »Seuche« war plötzlich eine furchtbare Erkenntnis über ihn gekommen.) Er räusperte sich und sagte: »Ja, wahrscheinlich gehen sie durch eine Seuche zugrunde.«

Em schien nichts gemerkt zu haben, was ihn erleichterte.

»Nun, alles, was wir dann tun können«, sagte sie, »ist abzuwarten und die Parasiten der Ratten hochleben zu lassen.«

Ish sagte ihr nicht, was ihn verstört hatte. Ihm war eingefallen, dass es nicht *irgendeine* Seuche war, die unter Ratten epidemisch auftrat. Es war die Beulenpest. Sie wurde, das wusste er, durch Flöhe verbreitet, und diese Flöhe hatten keine Probleme damit, von toten Ratten auf lebendige Menschen zu hüpfen. Es war ein entsetzlicher Gedanke, zu den wenigen überlebenden Menschen in einem von Millionen von Ratten bevölkertem Gebiet zu gehören, die der Beulenpest zum Opfer fallen konnten.

So begann er, DDT zu spritzen: überall im Haus und auch auf Ems und seine Kleidung. Da wurde sie natürlich argwöhnisch, und er musste es ihr sagen.

Sie regte sich allerdings nicht groß darüber auf. Ihr Mut war stärker als die Furcht vor einer Pest, aber vielleicht war sie auch bis zu einem gewissen Grad Fatalistin. Das Sicherste wäre gewesen, der Stadt so schnell wie möglich den Rücken zu kehren und irgendwohin zu fahren, etwa in die Wüste, wo nur wenige Ratten lebten. Aber jeder für sich waren sie zu der Überzeugung gekommen, dass ein Leben in Angst kein Leben war. Em war in dieser Hinsicht jedoch stärker als er; das Entsetzen vor den Ratten machte ihm sichtlich zu schaffen. Hin und wieder kam es wie eine Panik über ihn, und er war nahe daran, Em mit Gewalt in den Wagen zu schleppen und mit ihr zu fliehen. Doch in solchen Momenten schien sie ihm etwas von ihrem Mut abzugeben, und so blieben sie, wo sie waren.

Im Lauf der nächsten Tage beobachtete er die Ratten ganz genau, um zu sehen, ob sie krank waren. Doch im Gegenteil sahen sie kräftiger und lebendiger denn je aus.

Dann, eines Morgens, rief ihm Em vom Fenster aus zu: »Sieh nur, jetzt kämpfen sie gegeneinander!« Ohne allzu großes Interesse trat er neben sie. Vermutlich, dachte er, handelt es sich um ein bei Ratten übliches Liebesspiel. Doch das war es nicht.

Er sah, wie eine große Ratte eine kleinere angriff. Die kleine wehrte sich verzweifelt und schien fast durch ein

Loch zu entkommen, das zu eng für die größere war. Doch in diesem Moment tauchte plötzlich eine dritte Ratte auf und ging ebenfalls auf die kleine los. Ein dünner Blutstrahl spritzte aus der zerbissenen Kehle, dann schleppte die größere Ratte die tote weg, und diejenige, die zuerst angegriffen hatte, lief ihr dicht hinterher.

In hohen Stiefeln, mit dicken Handschuhen und einem Stock bewaffnet, machte Ish einen Ausflug in das nächstgelegene Geschäftsviertel, um für ihren Haushalt neue Lebensmittel zu holen. Zu seiner Verwunderung waren in den Läden nur sehr wenige Ratten, und als er näher hinsah, bemerkte er, dass alles, was eine Ratte erreichen und fressen konnte, spurlos verschwunden war. Die Läden waren voll von zerfetztem Papier, angenagten Kartons und Rattenexkrementen; sogar die Etiketten an den Büchsen und den Flaschen hatten sie angenagt, sodass es mitunter schwierig war zu erkennen, was sich darin befand. Jetzt war er sich sicher, dass ihnen der Hunger den Garaus machen würde – keine Seuche. Er erzählte das sofort Em.

Am nächsten Morgen ließen sie Princess für ihren täglichen Auslauf auf die Straße. (Aus Sicherheitsgründen durfte sie am Tag nur einmal hinaus.) Doch schon nach ein paar Minuten hörten sie die Hündin wild aufheulen, und gleich darauf rannte sie zur Haustür zurück, attackiert von ausgehungerten Ratten, von denen sich drei bereits in ihren Rücken verbissen hatten. Ish und Em machten sofort die Tür auf und ließen Princess hinein, mit der Folge, dass einige Ratten ebenfalls ins Haus gelangten. Princess versteckte sich wimmernd unter der Couch, und als verdiente Strafe – denn sie trugen ja die Schuld an diesem Unglück – mussten Ish und Em eine Viertelstunde lang hinter den Ratten herlaufen, bevor sie sie endlich totschlagen konnten.

Dann durchstöberten sie, unterstützt von Princess, die sich inzwischen wieder erholt hatte, sorgfältig das Haus, doch weder im Wandschrank noch hinter den Büchern fanden sie eine weitere Ratte; sie hatten sie offenbar alle erwischt. Princess schlossen sie erst einmal ein und setzten ihr sogar einen Maulkorb auf – immerhin bestand die Möglichkeit, dass die Ratten Tollwut übertrugen.

Nun waren sie sich praktisch sicher, dass die Ratten Jagd aufeinander machten. Manchmal beobachteten sie, wie eine große Ratte eine kleinere verfolgte; manchmal sah es aus, als würden sich mehrere Ratten zusammenschließen, um eine einzelne anzugreifen. Insgesamt schienen es deutlich weniger zu sein, aber das konnte auch daher rühren, dass sie unter den neuen Lebensbedingungen weniger häufig zum Vorschein kamen.

Trotz seiner Panik, die ihn immer noch nicht ganz losgelassen hatte, bot sich Ish die Möglichkeit zu höchst interessanten ökologischen Beobachtungen; ja, es war beinahe wie in einem Labor. Zu Beginn hatten die Ratten von den Nahrungsmittelvorräten gelebt, die ihnen die Menschen hinterlassen hatten, und diese hatten sich nach und nach in einen Riesenvorrat an Rattenfleisch verwandelt. Als dann alle Körner, Trockenfrüchte, Erbsen, Bohnen und Linsen aufgebraucht waren, blieb, zumindest für bestimmte Ratten, nur jene andere Nahrungsquelle übrig. Unter diesen Umständen war es fraglich, ob jede einzelne Ratte an Hunger sterben würde, selbst wenn die Ratten als Spezies an Hunger starben.

»Die alten, kranken, schwachen und die ganz jungen gehen zuerst ein«, sagte er zu Em. »Und dann die, die nicht ganz so alt oder krank oder schwach oder jung sind. Und so weiter.«

»Und am Ende«, sagte Em, die mitunter eine entwaffnende Logik an den Tag legte, »bleiben zwei große, kräftige Ratten übrig und kämpfen es aus.«

Ish erklärte ihr, ehe das einträte, würden die Ratten so selten geworden sein, dass sie sich wieder andere Nahrungsquellen erschlossen haben würden, und als er darüber nachdachte, begriff er, dass die Ratten nicht die Spezies zerstörten, um als Individuen weiter zu bestehen – sie retteten die Spezies. Wenn die Ratten sentimental wären und beschlossen hätten, eher zu sterben, als ihresgleichen aufzufressen, dann hätte eine gewisse Gefahr bestanden; doch Ratten waren Realisten, und so war die Zukunft ihrer Spezies gesichert.

Tag für Tag nahm die Zahl der Ratten ab, und dann, eines Morgens, schienen sie ganz verschwunden zu sein. Ish wusste, dass es noch viele Ratten in der Stadt gab, aber was geschehen war, war das, was beim Niedergang jeder anderen Spezies ebenso geschehen wäre. Unter normalen Umständen lebten die Ratten in Schlupfwinkeln und Löchern und Abfallgruben; man sah sie nicht häufig. Erst wenn ihre Anzahl so groß wurde, dass nicht mehr alle solche Zufluchtsstätten finden konnten, traten sie in Erscheinung.

Vielleicht hatte am Ende auch eine Seuche geholfen, aber er fand es nie heraus. Ein Vorteil des Verschwindens durch gegenseitiges Auffressen war, dass keine Rattenkadaver herumlagen; sie hatten dazu gedient, die Spezies in die nächste Generation hinüberzuretten. Er wusste auch – ohne dass er deswegen Nachforschungen anstellte –, dass die Ratten zu einem guten Teil bei der Beseitigung der menschlichen Leichen mitgewirkt hatten, die bei dem Großen Unheil umgekommen waren.

Als er seine Gedanken über all diese Ereignisse sortierte, war er überrascht, dass es keine Mäuseplage gegeben hatte. Erst waren die Ameisen gekommen, dann die Ratten. Eigentlich hätten sich dazwischen die Mäuse massiv vermehren müssen, standen ihnen doch genau dieselben Möglichkeiten offen wie den Ratten; außerdem vermehrten sie sich deutlich schneller. Auch auf diese Frage fand er nie eine Antwort, er konnte nur vermuten, dass irgendein Regulativ, von dem er nichts wusste, aktiv geworden war und der schnellen Vermehrung der Mäuse Einhalt geboten hatte.

Beide, Ish wie Em, brauchten einige Zeit, um sich von dem Schrecken zu erholen, den ihnen die Ratten eingejagt hatten. Bald wurde klar, dass Princess keine Tollwut hatte. Also ließen sie sie wieder frei herumlaufen, das Leben normalisierte sich, und das unaufhörliche Gewimmel der grauen Nager fiel dem Vergessen anheim.

Die Fabeln hatten unrecht. Nicht der Löwe, sondern der Mensch war der König der Tiere. Seine Herrschaft war bedrückend und oftmals unerträglich hart gewesen. Aber als sich schließlich der Schrei »Der König ist tot!« erhob, konnte niemand fortfahren: »Lang lebe der König!«

Wie in alten Zeiten, als nach dem Tod eines Eroberers, der keinen ebenbürtigen Sohn hinterlassen hatte, die Hauptleute um Krone und Zepter in Streit gerieten und sich niemand von ihnen als stark genug erwies, um das Reich zusammenzuhalten, so war es auch jetzt. Denn weder Ameise noch Ratte noch Hund noch Affe zeichnen sich durch so große Weisheit aus, dass sie sich über ihre Gefährten erheben könnten. Für eine Weile wird ein wildes Getümmel herrschen, werden schnelle Aufstiege und plötzliche Stürze erfolgen, dann aber setzen Ruhe und Frieden ein, wie sie die Erde in zwanzig Jahrtausenden nicht gekannt hat.

Wieder lag ihr Kopf in seinem Arm, und er sah ihr tief in die dunklen Augen. Sie sagte: »Es wäre wohl gut, wenn du dich jetzt an die Bücher machst. Ich glaube, es ist geschehen.«

Und noch ehe er etwas erwidern konnte, spürte er, dass sie zitterte. Dann schluchzte sie. Das hatte er bei ihr so noch nicht erlebt – Angst. Plötzlich fühlte er Panik in sich aufsteigen. Was, wenn sie einen Zusammenbruch erlitt?

»Oh, Liebling«, sagte er. »Vielleicht können wir noch etwas tun. Es gibt Mittel und Wege. Du musst es nicht auf dich nehmen.«

»Nein, das ist es nicht!«, rief sie. Sie zitterte noch immer. »Ich habe gelogen. Nicht mit dem, was ich gesagt habe, sondern mit dem, was ich *nicht* gesagt habe. Aber letztlich kommt es auf dasselbe hinaus. Du bist so gut zu mir. Du hast meine Hände angesehen und gesagt, sie wären hübsch. Aber du hast nie auf die blauen Halbmonde geachtet.«

Er erschrak – und sie spürte, wie er erschrak. Jetzt wurde es ihm klar: die Hautfarbe, die dunklen Augen, die vollen Lippen, die weißen Zähne, die warme Stimme.

Sie sprach wieder; es war kaum mehr als ein Flüstern. »Zuerst hat es natürlich keine Rolle gespielt. Kein Mann kümmert sich um so etwas. Aber meine Leute haben nie viel Glück gehabt. Wenn jetzt alles wieder von vorn anfängt – welche Rolle ist uns dabei zugedacht? Aber was mich am meisten quält, ist, dass ich dir gegenüber nicht ehrlich war.«

Plötzlich hörte er nichts mehr, denn in diesem Moment wurde ihm klar, dass das Leben eine einzige große Komödie war, und er lachte, und alles, was er tun konnte, war zu lachen, schallend zu lachen, und dann sah er, dass auch Em wieder zu sich gekommen war und ebenfalls lachte und ihn noch fester umschlungen hielt.

»Oh, Liebling«, sagte er, »alles ist doch zerstört. New York ist leer von Spuyten Duyvil bis Battery Park, und in Washington gibt es keine Regierung mehr. Die Senatoren und Richter und Gouverneure – sie sind alle tot. Wir beide sind nur zwei arme Menschen, die sich aus den Überbleibseln der Zivilisation das Lebensnotwendige herauspicken und nicht wissen, ob sie nicht eines Tages von den Ameisen oder den Ratten oder von irgendetwas sonst ebenfalls ausgerottet werden. Vielleicht können sich die Menschen in tausend Jahren wieder den Luxus leisten, sich wegen solcher Dinge in die Haare zu geraten. Aber das bezweifle ich. Jetzt gibt es nur uns zwei – oder vielleicht uns drei.«

Er küsste sie, während sie noch immer leise weinte. Und er wusste, dass er dieses eine Mal klarer und tiefer geblickt hatte als sie, dass er stärker als sie gewesen war.

8

Am folgenden Tag fuhr er zur Universität und hielt vor dem Bibliotheksgebäude. Seit dem Großen Unheil war er nicht mehr dort gewesen, obwohl er sich oft aus der städtischen Bücherei Lesestoff geholt hatte. Das Gebäude war unzerstört. In den wenigen Monaten waren die Büsche und Bäume, die davor und daneben standen, nur unmerklich gewachsen. Die Regenrinnen schienen intakt, auf den weißen Granitmauern zeigten sich keine Wasserflecken. Man hatte nur einen allgemeinen Eindruck von Verwahrlosung und Verlassenheit.

Es widerstrebte ihm, ein Fenster einzuschlagen, um hereinzukommen; er wollte nicht, dass auch Tiere oder der Regen eindringen konnten. Doch er fand keinen anderen Weg, und so bediente er sich des Hammers möglichst behutsam. Es gelang ihm, ein kleines Stück einer Scheibe herauszubrechen; er langte hindurch und öffnete das Fenster. Schließlich, sagte er sich, konnte er ja ein paar Bretter holen und das Fenster wieder zunageln, um es gegen Ratten und Wetter abzudichten.

Während seiner Jahre an der Universität war er natürlich Hunderte von Malen in der Bibliothek gewesen. Aber unter diesen neuen Umständen empfand er eine seltsame Beklemmung. In langen Bücherreihen war hier jene Weisheit erhalten geblieben, mit der die Zivilisation aufgebaut worden war – und wieder neu aufgebaut werden konnte. Nun, da er wusste, dass er bald Vater werden würde, hatte er eine neue Perspektive auf all das. Er sorgte sich jetzt um die Zukunft. Sein Kind sollte das Leben nicht als Räuber verbringen. Und dazu bestand auch keinerlei Notwendigkeit. Denn hier war alles. Alles Wissen.

Eigentlich war er hergekommen, um sich einige Bücher über Geburtshilfe zu holen, doch nachdem er einen Blick in den großen Leseraum geworfen hatte und an den Regalen entlanggewandert war, war er so aufgewühlt und voll wilder Gedanken, dass er das Gebäude wieder verließ. Heute brauchte er sich ja noch nicht um Geburtshilfe zu kümmern; er hatte noch viel Zeit, bis es so weit war.

In einer Art Trance fuhr er nach Hause. Bücher! Der Großteil des Wissens war in Büchern enthalten, und dennoch erkannte er, dass es mit Büchern allein nicht getan war. Es bedurfte der Menschen, die lesen und Nutzen aus den Büchern ziehen konnten. Und er musste auch noch andere Dinge bewahren. Saatgut zum Beispiel; er musste dafür sorgen, dass die wichtigsten Kulturpflanzen nicht von der Erde verschwanden.

Ja, die Zivilisation hing nicht nur vom Menschen ab, sondern auch von jenen Dingen, die mit ihm als Freunde und Gefährten durch die Jahrtausende marschiert waren. Wenn der Heilige Franziskus die Sonne als Bruder begrüßt hatte, konnten wir dann nicht ebenfalls sagen: »Oh Bruder Weizen! Oh Schwester Gerste!« Er musste lächeln. Denn man konnte auch sagen: »Oh Großvater Rad! Oh Vetter Kompass! Oh Freund Binomischer Lehrsatz!« All die Errungenschaften der Wissenschaft und der Philosophie standen Schulter an Schulter mit dem Menschen, obwohl das, wenn man es in Worte umsetzte, ein wenig lächerlich klang.

Glühend vor Begeisterung, lief er gleich zu Em, um ihr all das zu erzählen. Sie mühte sich gerade ohne großen Erfolg ab, Princess das Apportieren beizubringen.

Em war nicht so enthusiastisch, wie er erhofft hatte. »Zivilisation«, sagte sie. »Du meinst, dass die Flugzeuge immer höher steigen und immer schneller fliegen. Diese Sachen.«

»Ja. Aber auch die Kunst. Musik, Literatur, Kultur.«

»Ja, die Krimis. Und die Jazz-Bands, von denen mir die Ohren immer so wehtaten.«

Obwohl er wusste, dass sie sich einen Spaß mit ihm machte, war er etwas niedergeschlagen.

»Übrigens«, sagte sie dann, »eine andere Sache, die zur Zivilisation gehört. Die Zeit. Wir wissen nicht einmal, welchen Monat wir haben. Aber wir wollen doch wissen, wann er Geburtstag hat, damit wir ihn später einmal feiern können.«

Vielleicht, dachte er, war genau das der Unterschied. Der Unterschied zwischen Frau und Mann. Sie empfand nur das als wichtig, was in unmittelbarem Zusammenhang mit ihr stand, und war viel mehr daran interessiert, den Geburtstag ihres Kindes festzulegen, als an der Zukunft der Zivilisation. Abermals fühlte er sich ihr überlegen.

»Wie auch immer«, sagte er, »eines habe ich heute nicht getan. Ich habe keinen Blick in die Geburtshilfe-Bücher geworfen. Tut mir leid. Aber damit ist es ja nicht so eilig, oder?«

»Nein, nein. Vielleicht brauchen wir sie ja auch gar nicht. Auch in den Alten Zeiten wurden ständig Babys in Taxis und Krankenwagen geboren. Wenn sie auf die Welt wollen, kann sie niemand daran hindern.«

Später, nach einigem Nachdenken, musste er sich eingestehen, dass sie ein wichtiges Thema aufgebracht hatte. Es war tatsächlich von großer Bedeutung, dass sie die Zeit festlegten. Zeit war Geschichte, und Geschichte war Tradition, und Tradition war Zivilisation. Wenn man die Kontinuität der Zeit verlor, verlor man etwas, das man womöglich nie wieder zurückbekam. Ja, es konnte sein, dass sie schon verlorengegangen war, wenn nicht einer der anderen Überlebenden in dieser Hinsicht aufmerksamer gewesen war als er. Die Siebentagewoche beispielsweise – auch wenn man nicht religiös war, musste man zugeben, dass die Siebentagewoche mit ihrem einen Ruhetag eine wunderbare Menschheitsüberlieferung war. Sie hatte fünf Jahrtausende lang gegolten, bestimmt von den Zeiten der Babylonier an, niemand wusste, wie lange genau. Ob es ihm wohl gelang herauszubekommen, welcher Tag Sonntag war?

Was die Bestimmung der Jahrestage betraf, so sollte das nicht allzu schwierig sein. Ish hatte die dafür nötigen Grundkenntnisse in Astronomie, und wenn er den Zeitpunkt der Sonnenwende korrekt festlegen konnte, dann konnte er auch den Kalender des letzten Jahres rekonstruieren – und vielleicht den Wochentag herausbekommen.

Es war die richtige Zeit, um sich mit diesen Problemen zu befassen. Obwohl er es nicht ganz genau bestimmen konnte, konnte er anhand der Witterung und aufgrund seiner allgemeinen Schätzung, wie viel Zeit seit der Katastrophe vergangen war, ungefähr sagen, dass es Mitte Dezember war. Wenn die Sonnenwende in etwa einer Woche stattfand, so konnte er das leicht erkennen, indem er den Sonnenuntergang beobachtete.

Am nächsten Tag stöberte er die Instrumente eines Landvermessers auf, und obwohl er nicht allzu viel über ihren Gebrauch wusste, stellte er das Stativ auf der Veranda auf und richtete das Objektiv nach Westen aus. Dann schwärzte er die Linsen mit Ruß, damit er die Sonne beobachten konnte, ohne dass ihn die Augen schmerzten. Bei seiner ersten Beobachtung stellte er fest, dass die Sonne hinter den Hügeln von San Francisco unterging, südlich des Golden Gate. Er erinnerte sich, dass dies schon fast der südlichste Punkt war, den sie erreichen würde. Er notierte den Winkel des Sonnenuntergangs und ließ das Gerät in Position.

Am Abend darauf ging die Sonne noch ein wenig weiter südlich unter. Und dann geschah, was mit einem wohldurchdachten Plan häufig geschieht – er wurde über den Haufen geworfen. Ein heftiger Sturm kam vom Meer her, und eine ganze Woche lang konnte er nicht beobachten, wo die Sonne unterging. Als er sie endlich wieder sehen konnte, war sie schon wieder nach Norden gerückt.

»Jedenfalls«, sagte er, »sind wir immer noch nahe an der Sonnenwende. Wenn wir einen Tag zu dem Zeitpunkt hinzufügen, an dem wir die Sonne zum letzten Mal gesehen haben, müssten wir eigentlich ziemlich genau an der Sonnenwende liegen. Und wenn wir dem zehn Tage hinzufügen, haben wir Neujahr.«

»Ist das nicht ziemlich dumm?«, fragte sie.

»Warum?«

»Ich meine, fängt das neue Jahr denn nicht eigentlich an, wenn sich die Sonne wieder nach Norden wendet? Denkst du nicht, dass die Leute es früher so festlegen wollten, und dann ging irgendwie alles durcheinander, und man hat die zehn Tage hinzugefügt?«

»Ja, das könnte so gewesen sein.«

»Und warum lassen wir unser Neujahr dann nicht einfach mit – wie nennst du es? – mit der Sonnenwende zusammenfallen? Das wäre doch viel einfacher.«

»Ja, das wäre es. Aber du kannst doch nicht einfach den ganzen Kalender verändern.«

»Das hat doch dieser Julian auch schon getan, und es hat deswegen großes Geschrei gegeben. Und trotzdem haben sie damals einen anderen Kalender gemacht.«

»Ja, sie haben ihn abgeändert. Da hast du recht. Und vermutlich können wir das ebenfalls tun, wenn wir wollen. Jedenfalls verleiht einem das ein gewisses Gefühl von Macht.«

Und so, während sie ihrer Fantasie freien Lauf ließen, entschieden sie, dass sie an dem Ort, an dem sie lebten, ein System etablieren konnten, das sie von Monaten und dergleichen Dingen unabhängig machte; denn von ihrem Hügel aus konnten sie den ganzen Sonnenbogen verfolgen. Sie brauchten nur das Datum markieren, an dem die Sonne in der Mitte des Golden Gate unterging, oder die Zeit, wenn sie den ersten großen Berggipfel im Norden erreichte oder bei der schroffen Gebirgskette angelangt war. Wozu brauchte man da noch Monate?

»Oh«, sagte Em plötzlich, »es muss jetzt ungefähr Weihnachten sein. Das habe ich völlig vergessen. Glaubst du, ich könnte unten in den Läden noch eine Krawatte für dich auftreiben, bevor sie zumachen?«

Er sah sie lächelnd an. »Eigentlich hätten wir allen Grund, an diesem Weihnachten traurig zu sein. Und dennoch gelingt mir das irgendwie nicht.«

»Nächstes Jahr«, sagte sie, »wird es noch lustiger, du wirst schon sehen. Dann bekommt er seinen ersten Weihnachtsbaum.«

»Ja, und eine Rassel. Vielleicht treibe ich auch eine elektrische Eisenbahn auf und bekomme sie irgendwie in Gang … Aber vermutlich wird er niemals eine elektrische Eisenbahn haben. Erst in fünfundzwanzig Jahren, wenn wir Enkelkinder haben, wird es vielleicht wieder Elektrizität geben.«

»Fünfundzwanzig Jahre! Da bin ich ja eine alte Frau. Es ist ebenso seltsam, in die Zukunft zu denken wie in die Vergangenheit. Für eine Zeit habe ich immer nur zurückgedacht. Aber in die Zukunft zu denken, das bedeutet doch noch etwas anderes. Die Jahre! Wir sollten irgendwie die Jahre festhalten. Schneiden Leute auf einsamen Inseln nicht Kerben in die Bäume? Pass nur auf, eines Tages will er wissen, welches Jahr wir haben, um sich einen Pass ausstellen zu lassen oder so etwas. Aber vielleicht willst du solche Dinge in dieser neuen Zivilisation ja gar nicht haben. Übrigens, welches Jahr haben wir jetzt?«

Wieder dachte er, wie typisch es für eine Frau war, dass sie etwas so Bedeutsames wie das richtige Datum und die Zeitrechnung in Beziehung zu ihrem noch nicht einmal geborenen Kind setzte. Doch auch diesmal leitete sie wie so oft ein richtiger Instinkt – ein unendliches Bedauern darüber, dass die Chronologie an irgendeinem Punkt unterbrochen werden könnte. Natürlich konnten im Laufe der Zeit Archäologen die Kontinuität durch spezielle Methoden wiederherstellen, aber es würde sehr viel Zeit und Mühe sparen, wenn jemand einfach die Tradition aufrechterhielt.

»Du hast recht«, sagte er. »Und im Grunde ist es ganz einfach. Wir wissen, welches Jahr jetzt ist, und wenn wir festgelegt haben, wann Neujahr ist, meißeln wir die neue Jahreszahl einfach in einen geeigneten Felsblock ein, und das tun wir dann jedes Jahr. So wissen wir immer, welches Jahr es ist.«

»Aber ist das nicht ebenfalls ziemlich dumm?«, sagte sie. »Mit einer Jahreszahl anzufangen, die aus vier Ziffern besteht? Was mich betrifft …« Sie hielt einen Moment inne und sah sich mit jenem ruhigen Gesichtsausdruck um, der ihn oft so beeindruckte. »Was mich betrifft, könnte das vergangene Jahr ebenso gut das Jahr eins heißen.«

An diesem Abend regnete es nicht. Die Wolken hingen zwar immer noch tief, aber die Luft war klar. Man hätte die

Lichter von San Francisco sehen können, wenn es dort noch Lichter gegeben hätte.

Ish stand vor der Haustür, blickte nach Westen in die Dunkelheit und atmete die kühle, feuchte Luft. Seine Aufregung hatte sich noch nicht gelegt.

Nun haben wir mit der Vergangenheit abgeschlossen, dachte er. Die letzten Monate, das Jahresende – sie gehören der Vergangenheit an. Dies ist der Augenblick null, und wir stehen zwischen zwei Zeitaltern. Jetzt beginnt das neue Leben. Jetzt beginnen wir das Jahr eins. Das Jahr eins!

Nun lag nicht länger nur das Drama einer menschenleeren Welt in ständiger Wiederholung vor ihm; nun war nicht länger die Verbesserung seiner persönlichen Lage das vorherrschende Problem. Nun würde sich in den vor ihm liegenden Jahren das Drama einer neuen Gesellschaft entfalten, einer aus sich selbst schöpfenden und sich weiter entwickelnden Gesellschaft. Und nun würde er nicht länger ein Zuschauer sein, jedenfalls nicht nur. Er konnte lesen. Und schon jetzt besaß er viele Grundkenntnisse. Er wollte sie erweitern – technisch, psychologisch, politisch. Wenn es das war, was sie benötigten.

Außerdem gab es noch andere, Menschen, die er finden und mit denen sie sich zusammentun konnten – gute Menschen, die ihnen beim Aufbau der neuen Welt helfen konnten. Ja, er würde wieder nach Menschen Ausschau halten – und versuchen, jenen aus dem Weg zu gehen, die allzu sehr unter dem Schock gelitten hatten, deren Geist und Körper nicht dem entsprachen, was für den Aufbau der neuen Gesellschaft notwendig war.

Irgendwo in seinem Innern lauerte die Furcht, dass Em die Geburt nicht überstehen könnte und so jegliche Hoffnung auf die Zukunft vergeblich war – und doch war dies kein tiefes Gefühl. Ihr Mut brannte mit zu heller Flamme. Sie war das Leben; er konnte sie nicht mit dem Tod in Verbindung bringen. Sie war das Licht der Zukunft, sie und alle, die von ihr ausgehen würden. »Oh Mutter von Nationen! Ihre Kinder sollen sie segnen!«

Er selbst hätte höchstens den Mut zum Weiterleben aufgebracht, im ständigen Gefühl, dass der Tod Jahr für Jahr näher an ihn heranschlich – so wie damals die Dunkelheit aus den Zimmerecken herangekrochen war. Ems stärkerer Geist hatte den Tod und die Dunkelheit zurückgedrängt, und schon erstand in ihr neues Leben. Ihr Mut war auf ihn übergegangen.

Natürlich war es seltsam – und sogar unlogisch –, dass der Gedanke an das künftige Kind alles in einem so anderen Licht erscheinen ließ. Aber er erkannte diesen Unterschied an. Er blickte nach vorne, voller Vertrauen in jene Zeit, wenn die Sonne wieder am südlichen Ende ihres langen Bogens untergehen würde und sie beide – sie drei – in einen Felsblock die Zahl eins meißeln würden, um an das abgelaufene Jahr zu erinnern, das Jahr eins. Nein, es war nicht zu Ende. Es würde weitergehen.

Ein Satz fiel ihm ein. Oh Leben ohne Ende, dachte er.

Und als er dort stand, über die leere Stadt nach Westen in die Dunkelheit blickte und die kühle, feuchte Luft einatmete, klangen diese Worte in ihm wie Gesang: »Oh Leben ohne Ende! Leben ohne Ende!«

Hier endet der erste Teil.
Es folgt das Zwischenkapitel »Eilende Jahre«,
das nach einem Jahr einsetzt.

Eilende Jahre

Nicht weit von dem Haus am San Lupo Drive entfernt erstreckte sich das Gebiet, das früher ein kleiner öffentlicher Park gewesen war. Hohe Felsen stiegen malerisch auf, und an einer Stelle lehnten die Häupter zweier dieser Felsen aneinander und bildeten eine schmale, hohe Höhle. Dicht daneben fiel eine sanft geneigte Felsfläche, so groß wie der Fußboden eines kleinen Zimmers, mit dem Hügel ab; sie war nicht allzu steil, und man konnte bequem auf ihr sitzen. In den älteren Zeiten, die denen vorangegangen waren, die von nun an die Alten Zeiten genannt wurden, hatte in dieser Gegend ein primitiver Stamm gelebt, und auf der Felsfläche konnte man noch die kleinen Löcher erkennen, die diese Menschen mit ihren Steinstößeln geschlagen hatten, als sie Körner zerstampften.

Eines Tages, als sich der Lauf der Jahreszeiten gerade vollendet hatte und die Sonne zum zweiten Mal genau im Süden des Golden Gate sank, stiegen Ish und Em den Hügel zu den Felsen hinauf. Der Nachmittag war still und sonnig und für einen Tag mitten im Winter recht warm. Em trug das Baby, das in ein weiches Tuch gewickelt war. (Sie war schon wieder schwanger, aber noch schritt sie leichtfüßig dahin.) Ish trug seinen Hammer und einen Meißel. Princess war mit ihnen gekommen, lief jedoch, wie so oft, der Spur eines Kaninchens nach.

Als sie die Felsen erreichten, setzte sich Em in die Sonne und stillte das Baby, während Ish Hammer und Meißel ansetzte und die erste Jahreszahl in die Felsfläche schlug. Der Fels war hart, aber mit dem schweren Hammer und dem scharfen Meißel brachte er schnell eine senkrechte Linie zustande. Dann hatte er das Bedürfnis, sein Werk ein wenig zu verschönern, und auch eine kleine Zeremonie zum Ende ihres ersten Sonnenumlaufs nach dem Großen Unheil schien ihm angebracht. Also meißelte er einen sauberen Querstrich unter die senkrechte Linie und oben daran einen kleinen Haken, sodass die Ziffer einer Eins ähnelte, wie er sich ihrer aus jenen Zeiten erinnerte, als noch Zeitungen und Bücher gedruckt worden waren.

Als er fertig war, setzte er sich neben Em in die Sonne. Das Baby hatte getrunken und war glücklich und zufrieden. Sie spielten mit ihm.

»Nun«, sagte Ish nach einer Weile, »das war also das Jahr eins.«

»Ja«, sagte Em. »Aber ich glaube, für mich wird es immer das ›Jahr des Babys‹ sein. Namen kann man besser behalten als Zahlen.«

Und so gewöhnten sie sich an, jedes Jahr, das verging, weniger mit einer Zahl als mit einem Namen zu bezeichnen, der sich auf etwas bezog, das in dieser Zeit geschehen war.

Im Frühling des zweiten Jahres pflanzte Ish seinen ersten Garten. Er hatte sich nie viel aus Gartenarbeit gemacht, und vermutlich konnte das als Erklärung dafür dienen, dass er trotz löblicher Vorsätze und zweier mit halbem Herzen unternommener Versuche während des ersten Jahres nichts geerntet hatte. Dennoch empfand er eine tiefe Befriedigung darüber, es wieder mit grundlegenden Dingen zu tun zu haben, als er mit dem Spaten die dunkle, feuchte Erde umgrub.

Diese Befriedigung war so ziemlich das Einzige, was ihm der Garten an Positivem einbrachte. Das Saatgut (es hatte ihn große Mühe gekostet, überhaupt welches aufzutreiben, das die Ratten nicht gefressen hatten) war etliche Jahre alt, und das meiste davon ging nicht auf. Alle möglichen Arten von Schnecken krochen nur allzu bald herbei; er vertrieb sie, indem er eine Büchse »Schneckentod« ausstreute, und empfand einen seltsamen Triumph. Als der Salat gerade im Wachsen war, sprang ein Rehbock über den Zaun und richtete große Verwüstungen an; Ish erhöhte den Zaun. Dann wühlten sich Kaninchen durch, was abermals zu Verwüstungen und zusätzlicher Arbeit führte. Eines Abends hörte er krachende Geräusche, stürzte hinaus und konnte gerade noch eine räuberische Kuh vertreiben, die durch den Zaun zu dringen versuchte. Noch mehr Arbeit!

In dieser Zeit wachte er nachts oft mit Gedanken an plündernde Tiere, an Rehe, Kaninchen und Kühe auf, die den Zaun umschlichen und begehrliche Blicke auf seine Pflanzen warfen, aus Augen, die wie Tigeraugen glommen.

Im Juni kamen dann die Insekten. Er streute und spritzte Gift, bis er befürchtete, man könne den Salat nicht mehr essen, auch wenn sämtliche Schmarotzer vertrieben waren.

Die Krähen entdeckten den Garten als Letzte, aber als sie im Juli kamen, glich ihre Zahl die späte Ankunft aus. Ish hielt Wache und schoss einige ab. Aber sie schienen selber Wachtposten aufgestellt zu haben und kamen immer wieder herbeigeflattert, wenn er ihnen den Rücken gekehrt hatte, und den ganzen Tag konnte er beim besten Willen nicht Wache halten. Vogelscheuchen und sich bewegende Blinkspiegel hielten sie einen Tag fern, danach hatten sie keine Angst mehr davor.

Schließlich spannte er Fliegendraht über die paar Reihen Gemüse, die der Rettung wert schienen, und erntete ein wenig Salat und ein paar jämmerliche Tomaten und Zwiebeln. Er ließ ein paar der Pflanzen Samen austreiben, den er für die Zukunft aufbewahrte.

Er war so enttäuscht, wie nur ein Gärtner enttäuscht sein konnte. Offenbar war es etwas anderes, Gemüse zu züchten, wenn Tausende das Gleiche taten, als wenn man es als Einziger tat und jedes auf frisches Grün erpichte Tier, jeder Vogel, jede Schnecke, jedes Insekt geflogen, gekrochen oder gehüpft kam und sogar noch Signale an seinesgleichen aussandte: »Kommt! Hier gibt es jede Menge zu fressen!«

Gegen Ende des Sommers wurde das zweite Baby geboren. Sie nannten es Mary, so wie sie sich schließlich entschieden hatten, ihren Erstgeborenen John zu nennen, damit die alten Namen nicht von der Erde verschwanden.

Als das neue Baby einige Wochen alt war, geschah etwas Denkwürdiges.

Obwohl sich Ish und Em während der ersten Jahre fast immer im Haus oder in seiner Nähe aufhielten, bekamen sie dann und wann Besuch von Wanderern, die den Rauch am San Lupo Drive gesehen und darauf zugehalten hatten, manchmal mit dem Auto, meistens zu Fuß. Diese Menschen schienen ausnahmslos noch unter dem Schock zu leiden; sie waren Bienen, die vom Schwarm abgekommen waren, Schafe ohne Herde. Inzwischen, dachte Ish, mussten diejenigen, die sich anzupassen vermocht hatten, sesshaft geworden sein. (Übrigens stellte sich, ob der Wanderer nun ein Mann oder eine Frau war, immer das Problem des »Dreiecks«.) So waren Ish und Em stets froh, wenn sich diese ruhelosen Menschen zum Weiterziehen entschlossen.

Die Ausnahme war Ezra. Ish erinnerte sich deutlich, wie Ezra an einem heißen Septembertag die Straße entlanggetrottet kam, mit hochrotem Gesicht, der halbkahle Schädel fast noch röter, mit eingefallenen Backen. Als er Ish erblickt hatte, war er stehen geblieben, hatte gelächelt und dabei seine schlechten Zähne gezeigt.

»Hallo, mein Junge«, hatte er gesagt, und obwohl es amerikanische Worte waren, klang so etwas wie der Geist eines im nördlichen England gesprochenen Akzents durch.

Ezra blieb, bis die ersten Regengüsse vorüber waren. Er war stets liebenswürdig, auch wenn er Zahnschmerzen hatte. Er hatte die große, unerklärliche Gabe, dass sich die Menschen in seiner Gesellschaft behaglich fühlten. Die Babys lächelten immer, wenn sich Ezra über sie beugte.

Ish und Em hätten ihn gern gebeten, für immer bei ihnen zu bleiben, aber sie fürchteten die Dreieckssituation, selbst wenn der Dritte so genügsam und einsichtig wie Ezra war. Also schickten sie ihn eines Tages, als ihn Ruhelosigkeit quälte, weg; sie sagten ihm scherzend, er solle sich doch ein nettes Mädchen suchen und dann wieder zu ihnen kommen. Als er fort war, waren sie traurig.

Um die Zeit von Ezras Abschied stand die Sonne schon wieder weit im Süden. Als sie in den flachen Felsen die Zahl zwei einmeißelten, trugen sie also Ezra noch in lebendiger Erinnerung, auch wenn er fort war und sie nicht damit rechneten, ihn wiederzusehen. Er war ein guter Helfer gewesen – ein guter Mensch. Um seines Andenkens willen nannten sie das abgelaufene Jahr das »Ezra-Jahr«.

Das Jahr drei war das »Jahr der Brände«. Zur Mittsommerzeit trieben plötzlich Rauchschwaden über Land und Stadt und blieben, leichter oder schwerer, drei Monate lang. Immer wieder wachten die Babys hustend und nach Luft ringend auf, und die Augen tränten ihnen.

Ish konnte sich denken, was geschehen war. Die westlichen Forste waren keine urtümlichen Wälder mit dicken Bäumen mehr, zwischen denen das Feuer, ohne großen Schaden anzurichten, hindurchbrennen konnte. Durch unter Kontrolle gehaltene, von Menschen gelegte Brände hatten die Wälder aus dicken, beinahe unentzündbaren, hohen Bäumen bestanden, und dazwischen hatten geschlagene Stämme und dichte Büsche gelegen. Der Mensch hatte diese Art Wald gezüchtet; der Wald war von ihm abhängig, und er überlebte den Menschen nur, weil er dem Feuer zu widerstehen vermochte. Jetzt aber lagen die Löschschläuche säuberlich aufgerollt herum, die Bagger und Feuerspritzen verrosteten, und in diesem überaus trockenen Sommer hatten im nördlichen Kalifornien (und bestimmt auch in Oregon und Washington) durch Blitzschlag entfachte Brände gewütet, ohne bekämpft zu werden; die zundertrockenen Stapel gefällten Holzes hatten lichterloh gebrannt und schließlich auch die hohen, alten Bäume. Eine furchtbare Woche lang sahen Ish und Em die Brände hell die Nacht erleuchten, an der ganzen Nordseite der Bucht entlang, vom Fuß der Höhenzüge bis zu den Gipfeln; sie erloschen erst, als nichts Brennbares mehr übrig war. Die breiten Arme der Bucht hielten das Feuer glücklicherweise auf die Nordseite beschränkt, und an der Südseite gingen keine Gewitter nieder, die weitere Waldbrände hätten entfachen können. Als alles vorüber war, war Ish überzeugt, dass es nun in Kalifornien nur noch sehr wenige nicht abgebrannte Wälder geben würde und dass es Jahrhunderte dauern würde, bis sie wieder nachwuchsen.

In diesem Jahr begann Ish, ernsthaft zu lesen – ein weiteres Zeichen, dass er sich endgültig den Gegebenheiten anpasste. Er holte sich Bücher aus der Stadtbibliothek und ließ die unzähligen Bände der Universitätsbibliothek unangetastet, als große Reserve, wenn die Zeit reif war. Obwohl er oft dachte, er sollte seine Lektüre dazu verwenden, sich in der Medizin, der Landwirtschaft und der Technik und auf anderen Gebieten Kenntnisse und Fertigkeiten anzueignen, erkannte er, dass er sich zuerst über die Geschichte der Menschheit informieren musste. Er durchstöberte unzählige Werke über Anthropologie und Geschichte und ging dann zur Philosophie über, insbesondere zur Geschichtsphilosophie. Er las auch Romane, Gedichte und Dramen, die ja ebenfalls ein Teil der Geschichte der Menschheit waren.

Manchmal, wenn er abends las und Em strickte und die Babys oben schliefen und Princess faul am Kaminfeuer lag, blickte er auf und dachte daran, dass seine Eltern viele Abende auf genau die gleiche Weise verbracht hatten. Doch dann sah er die Benzinlampe – und die toten Glühbirnen in ihren Fassungen an der Decke.

Das Jahr vier war das »Jahr der Ankunft« … Eines Frühlingstags gegen Mittag sprang Princess mit wildem Gebell auf und rannte auf die Straße, und dann hörten sie eine Hupe. Ezras Abschied lag mehr als ein Jahr zurück, und sie hatten kaum noch an ihn gedacht. Nun war er wieder da, in einem ziemlich schäbigen Wagen, der von Menschen und Gerätschaften überquoll. Ish konnte nicht umhin zu denken, dass sie wie Touristen aus den Alten Zeiten wirkten.

Außer Ezra entstiegen dem Wagen eine etwa fünfunddreißigjährige Frau, eine jüngere Frau, ein erschreckt dreinschauendes, halbwüchsiges Mädchen und ein kleiner Junge.

Ezra stellte die ältere Frau als Molly, die jüngere als Jean vor, und nach jedem Namen sagte er in aller Gemütsruhe und ohne die geringste Verlegenheit: »Meine Frau.«

Ish störte sich nur in geringem Maße an dieser Polygamie. Er hatte bereits eine Fülle von Erfahrungen hinter sich und dachte daran, dass Derartiges in vielen großen Kulturen der Vergangenheit üblich gewesen war und es in Zukunft getrost wieder werden konnte. Bestimmt war es praktisch, wenn zwei Frauen da waren und nur ein Mann, insbesondere wenn der Mann so beschaffen war wie Ezra, also imstande, unter allen erdenklichen Bedingungen gut mit seinen Mitmenschen auszukommen.

Der kleine Junge hieß Ralph und war Mollys Sohn. Er war ein paar Wochen vor dem Großen Unheil zur Welt gekommen und hatte wohl die Stumpfheit geerbt oder sie mit der Muttermilch eingesogen. Es war der einzige Fall, soweit sie wussten, dass zwei Mitglieder der gleichen Familie überlebt hatten.

Das halbwüchsige Mädchen nannten sie Evie; ihren richtigen Namen wusste niemand. Als Ezra sie gefunden hatte, hatte sie in Schmutz und Einsamkeit gelebt, sich mit Konservendosen ernährt und nach Würmern und Schnecken gesucht. Zur Zeit des Großen Unheils musste sie fünf oder sechs Jahre alt gewesen sein. Ob sie seit jeher zurückgeblieben war oder der Schock sie dazu gemacht hatte, wussten sie nicht. Sie verkroch sich und wimmerte, und selbst Ezra konnte ihr nur dann und wann ein Lächeln abgewinnen. Sie kannte ein paar Wörter, und nachdem ihr alle längere Zeit über freundlich begegneten, begann sie, etwas mehr zu sprechen; aber normal wurde sie nie.

Später in diesem Jahr fuhren Ish und Ezra in Ezras klapprigem Wagen für einige Tage fort. Die Reise war alles andere als angenehm, sie hatten Reifenschäden und Motordefekte, und die Straßen waren schlecht. Dennoch führten sie durch, was sie sich vorgenommen hatten.

Sie suchten George und Maurine auf, denen Ezra auf einer seiner Wanderungen begegnet war. George war ein dicker, watschelnder Kerl, grau an den Schläfen, gutartig, etwas ungeschickt in seiner Ausdrucksweise, aber höchst geschickt in seinem Handwerk – er war Zimmermann. (Schade, dachte Ish. Ein Techniker oder ein Farmer wären besser für uns gewesen.) Maurine war sein weibliches Gegenstück, nur war sie etwa zehn Jahre jünger, um die vierzig. Sie war so versessen auf ihre Hausarbeit wie George auf seine Zimmermannsarbeit. Was ihre geistigen Eigenschaften betraf, so war George etwas schwer von Begriff, aber Maurine war schlechthin dumm.

Ish und Ezra beratschlagten über George und Maurine und waren sich darin einig, dass die beiden gute, zuverlässige Leute waren, die in der Nähe zu haben sicher angenehm war; sie waren eher eine Quelle der Kraft als der Schwäche. (Es ist beinahe so, dachte Ish mit verzogenem Gesicht, als würde man überlegen, ob man jemand Bruderschaft anbieten soll oder nicht, und da die Auswahl nicht sonderlich groß war, durfte man nicht wählerisch sein.) Schließlich nahmen sie George und Maurine in Ezras schwerem Wagen mit.

Ish und Maurine fanden heraus, dass ihnen eine Erfahrung gemeinsam war: Als kleines Mädchen war sie in South Dakota von einer Klapperschlange gebissen worden.

Gegen Ende des Jahres brachte Em ihren zweiten Sohn zur Welt, den sie Roger nannten, und so war die Gruppe, die am San Lupo Drive lebte, auf sieben Erwachsene und vier Kinder angewachsen (außerdem war noch Evie da). Um diese Zeit begannen sie, zunächst nur im Scherz, sich als »Stamm« zu bezeichnen.

Im Jahr fünf geschah nichts allzu Aufregendes. Molly und Jean bekamen Babys, und Ezra war so stolz darauf, wie es ein zweifacher Vater nur sein konnte. Schließlich nannten sie das Jahr das »Jahr der Bullen« – weil sie in jenem Jahr eine Rinderplage heimsuchte, ähnlich den Ameisen- und Rattenplagen in den ersten Monaten. Die Rindviehbestände waren allmählich immer größer geworden, nur sehr selten bekam man ein Pferd zu sehen und niemals ein Schaf. Es war eine für Rindvieh sehr geeignete Gegend; die Bestände erreichten in diesem Jahr ihre größte Zahl und wurden eine Gefahr. Natürlich konnte man sich jetzt mit Leichtigkeit alles Rindfleisch verschaffen, dessen man bedurfte (auch wenn es zäh war), doch man geriet ständig in Konflikt mit übelgelaunten Bullen, wenn man nur einen kleinen Spaziergang unternahm. Natürlich konnte man die Bullen erschießen, aber wenn man einen in der Nähe des Hauses umlegte, bedeutete das, dass man sich der Plackerei des Vergrabens oder des Hinwegschaffens unterziehen musste; anderenfalls hätte man unter dem Gestank des Kadavers gelitten. Also erwarben sie alle ein geradezu artistisches Geschick im Zur-Seite-Springen, wenn sie ein Bulle angriff, und es kam so weit, dass sie darin eine sportliche Betätigung sahen, die sie »Bullensprung« nannten.

Das Jahr sechs war ereignisreich. In seinem Verlauf bekamen alle vier Frauen Kinder, sogar Maurine, von der sie angenommen hatten, sie wäre dafür zu alt. Offenbar bestand, nachdem Em den Anfang gemacht hatte, ein förmlicher Drang danach, viele Kinder zu haben. Jeder der Erwachsenen hatte eine Zeitlang allein gelebt und das durchgemacht, was sie als die Große Einsamkeit bezeichneten – und auch die sonderbare Angst, die damit verbunden war. Selbst jetzt war ihre kleine Schar nichts als eine winzige Kerze inmitten der Finsternis um sie herum, und jedes neugeborene Baby schien die spärliche Flamme zu stärken und die Finsternis ein wenig zurückzudrängen. Am Ende dieses Jahres betrug die Zahl der Kinder zehn und überstieg damit die der Erwachsenen – und dann war da natürlich noch Evie, die keiner der beiden Gruppen zugezählt werden konnte.

Aber auch aus anderen Gründen war es ein ereignisreiches Jahr. Es war ein Jahr der Dürre und des Grasmangels, und das allzu zahlreiche Vieh magerte ab und wanderte auf der Nahrungssuche überall umher. Wahnsinnig vor Hunger, durchbrach es eines Nachts den starken Zaun um das kleine Gemüsefeld. Die Männer sprangen hastig auf und schossen aus kurzer Entfernung in die stampfende Herde, doch bevor sie zurückgetrieben werden konnte, war der Garten völlig zerstört – sinnlos zertrampelt, denn bei dem furchtbaren Durcheinander war kein einziges Tier zum Fressen gekommen.

Wie zur Krönung kamen dann die Heuschrecken. Urplötzlich brachen sie herein und fraßen alles, was das Vieh übriggelassen hatte; fraßen die Blätter von den Bäumen und das Fleisch von den reifenden Pfirsichen, sodass die nackten Kerne von den entblätterten Zweigen hingen. Dann starben die Heuschrecken, und es stank überall nach ihnen.

Nach einer Weile lag auch das Vieh zu Hunderten tot in den ausgetrockneten Bachbetten und den schlammigen Wasserlöchern, und der Gestank der Kadaver erfüllte die

Luft. Das Land war kahl, dürr und öde, und es schien, als würde es sich nie wieder erholen.

Die Menschen erschraken. Ish versuchte ihnen zu erklären, dass all das Teil des Ringens um ein neues Gleichgewicht war, nachdem die menschliche Kontrolle aufgehört hatte. Die Heuschreckenplage etwa hatte so kommen müssen, nun da die Brutplätze nicht mehr durch Ackerbau beeinträchtigt wurden. Aber bei dem Gestank in der Luft und angesichts des wie abgestorben wirkenden Landes waren seine Ausführungen nicht gerade überzeugend. George und Maurine beteten viel. Jean machte sich darüber lustig, indem sie sagte, die Geschehnisse der letzten Jahre gäben ihr wenig Vertrauen in Gott. Molly verfiel in eine düstere Stimmung und weinte manchmal laut. Und trotz seiner vernünftigen Erklärungen war auch Ish verzagt, wenn er an die Zukunft dachte. Von den Erwachsenen brachten einzig Ezra und Em die innere Stärke auf, alles so zu nehmen, wie es kam.

Auf die älteren Kinder schien das, was geschah, kaum Einfluss zu haben. Auch beim schlimmsten Gestank tranken sie gierig ihre Kondensmilch. John (der bereits Jack genannt wurde) hielt die Hand seines Vaters fest und blickte mit dem milden Interesse eines Sechsjährigen auf eine Kuh, die die Straße entlanggestrauchelt war und nun sterbend in der Sonne lag. Offenbar nahm er das alles als zu seiner Welt gehörig hin.

Die Säuglinge jedoch, ausgenommen der von Em, schienen mit der Muttermilch eine Art Gespür für das Unheil um sie herum aufzunehmen. Sie weinten kläglich und gereizt, und dadurch verstörten sie ihre Mütter, und alles wurde noch schlimmer und schaukelte sich gegenseitig hoch.

Der Oktober war ein wahrer Schreckensmonat.

Dann kam das Wunder. Zwei Wochen nach dem ersten Regen sahen sie hinaus. Die Hügel waren mattgrün von sprossendem Gras, und plötzlich überkam sie alle ein Glücksgefühl, und Molly und Maurine weinten vor Freude. Auch Ish fühlte sich erleichtert; während der letzten Wochen hatte die Verzweiflung der anderen sein Vertrauen in die Kräfte der Erde erschüttert, sich zu erholen, und er hatte kaum mehr daran geglaubt, dass irgendein Samen übrig bleiben würde.

Als sie sich alle zur Zeit der Wintersonnenwende bei dem sanft geneigten Felshang versammelten, um die Jahreszahl einzumeißeln und das Jahr zu benennen, schwankten sie, welchen Namen sie ihm geben sollten. Als gutes Omen hätte man es als das »Jahr der vier Babys« bezeichnen können, aber ebenso war es das »Jahr des toten Viehs« oder das »Jahr der Heuschrecken« gewesen. Schließlich gewannen die furchtbaren Ereignisse des Jahres in ihrer Erinnerung die Oberhand, und sie nannten es einfach das »schlimme Jahr«.

Das Jahr sieben war ebenfalls sonderbar. Plötzlich tauchten überall Berglöwen auf. Man konnte nicht mehr zwischen den Häusern spazieren gehen, ohne ein Gewehr oder einen Hund bei sich zu haben, der einen warnen sollte, und für gewöhnlich hielt sich der Hund dicht neben einem. Die Löwen wagten zwar nie den Angriff auf einen Menschen, aber sie stürzten sich auf die Hunde, und man war nie ganz sicher, ob nicht plötzlich einer von einem Baum herabspringen würde. Die Kinder durften das Haus nicht verlassen.

Ish war sich einigermaßen klar darüber, was geschehen war. Während der Jahre der starken Vermehrung des Viehbestands mussten sich die Löwen ebenfalls schnell vermehrt haben, und nun, da das Vieh während der Dürre umgekommen war, mangelte es ihnen an Nahrung, und sie unternahmen Raubzüge.

Und dann kam auch noch Pech hinzu. Ish schoss daneben – anstatt den Löwen zu töten, streifte er ihn nur an der Schulter, und das Tier sprang ihn an und verletzte ihn gefährlich, ehe Ezra zum Schuss kam. Danach hinkte Ish ein wenig und wurde immer schnell müde, wenn er lange in der gleichen Stellung sitzen musste wie etwa beim Autofahren. (Allerdings waren die Straßen mittlerweile in einem furchtbaren Zustand, und auch die Autos funktionierten kaum noch, sodass sie die Wagen nur noch selten benutzten. Außerdem: Wohin hätte man fahren sollen?) Natürlich nannten sie das Jahr das »Jahr der Löwen«.

Das Jahr acht verlief verhältnismäßig ruhig. Sie nannten es das »Jahr unseres Kirchgangs«. (Der Name machte Ish Freude, weil er stillschweigend ausdrückte, dass die Sache damit ein für alle Mal erledigt war.)

Es war folgendermaßen zugegangen: Da sie sieben Durchschnittsamerikaner waren, gehörten sie unterschiedlichen religiösen Richtungen an oder überhaupt keiner; aber niemand von ihnen, auch wenn er Mitglied einer Kirche war, hatte je eine ausgesprochen religiöse Bestimmung empfunden. Ish war als Kind zur Sonntagsschule gegangen, doch als Maurine ihn fragte, welcher Kirche er angehörte, erwiderte er, dass er Skeptiker sei. Maurine kannte das Wort nicht, zog daraus einen falschen Schluss und sagte fortan, Ish sei Mitglied der Skeptikerkirche.

Maurine selbst war Katholikin, ebenso Molly. Sie konnten sich bekreuzigen und ein Ave Maria sprechen, aber in allem, was darüber hinausging, waren sie in einer üblen Lage, da sie niemandem beichten und keine Messe besuchen konnten. Wie Ish nun feststellte, hatte die katholische Kirche nahezu alle Möglichkeiten in Betracht gezogen, nur nicht, auf welche Weise sie neu geschaffen werden konnte, wenn die Nachfolge Petri unterbrochen war und nur noch zwei Frauen übrig waren, die ihr angehörten.

Was die Übrigen betraf, so war George Methodist gewesen. Und ein Gemeindehelfer. Aber er war zu ungeschickt mit Worten, als dass er hätte predigen können, und besaß zu wenig Führungseigenschaften, um eine Gemeinde zu organisieren. Ezra verhielt sich tolerant gegenüber jedermanns Glauben, ließ sich selbst aber auf keinen festlegen (vermutlich hatte er überhaupt keine religiösen Überzeugungen). Jean war Mitglied einer modernen Sekte namens »Christi Eigentum« gewesen, doch sie hatte es erlebt, dass die Gemeinde in der Zeit des Großen Unheils vergebens gebetet hatte, und nun war sie gänzlich antireligiös. Em, die niemals die Neigung verspürte, zurück in die Vergangenheit zu blicken, schwieg sich aus; soweit Ish es beurteilen konnte, hatte sie nie gebetet, nur hin und wieder, bestimmt aber, ohne dabei an religiöse Dinge zu denken, sang sie mit ihrer vollen, etwas kehligen Stimme Choräle und andere fromme Lieder.

George und Maurine stellten die Unterschiede zwischen Methodisten und Katholiken hintan und schlugen Gottesdienste vor – »um des Seelenheils der Kinder willen«. Sie trugen ihre Bitte Ish vor, der so etwas wie ihr Anführer war, insbesondere in geistigen Angelegenheiten. Die wohlmeinende Maurine sagte sogar, dass sie sich, was den Gottesdienst betraf, »dem Ritus der Skeptiker« nicht widersetzen würde.

Ish fühlte die Versuchung, darauf einzugehen. Mit Leichtigkeit könnte er ein paar harmlose religiöse Bruchstücke zusammenfügen und den anderen Trost spenden und sie zum Vertrauen aufrufen (beides hatte ihnen wohl oft bitter gefehlt). George, Maurine und Molly würden das begrüßen, Jean würde sich nicht lange bitten lassen, wieder zur Religion zurückzukehren, auch Ezra würde keine Schwierigkeiten machen. Aber Ish hasste Unaufrichtigkeit und wollte nicht auf diese Weise Religion und religiöser Moral zu neuem Leben verhelfen. Außerdem wusste er, dass Em alles durchschauen würde.

Schließlich wurde jeden Sonntag ein Gottesdienst abgehalten. George wusste noch, wann Sonntag war, er glaubte es jedenfalls zu wissen. Sie sangen Choräle, lasen aus der Bibel vor und standen in stummem Gebet, jeder für sich.

Ish betete jedoch niemals während dieser Minuten des Schweigens, und er glaubte auch nicht, dass Em oder Ezra es taten. Jean verharrte in ihrer Feindseligkeit und nahm nie an den Gottesdiensten teil. Ish meinte, dass er Jean hätte überzeugen können, wenn er mehr Eifer oder mehr Heuchelei aufgebracht hätte. Aber nun war es so, dass die Gottesdienste mehr Uneinigkeit als Gemeinschaftssinn brachten – und mehr trügerischen Schein als wahre Religiosität.

Eines Tages nahm Ish die Gelegenheit wahr und machte dem ein Ende. Er tat es, wie er meinte, ziemlich unumwunden, indem er seine Ansprache mit dem Gedanken schloss, sie sollten die Gottesdienste nicht gänzlich aufgeben, sondern lediglich die Minuten des stummen Gebets bis ins Unendliche ausdehnen – »dann kann jeder von uns in seinem Herzen damit fortfahren, solange ihm der Sinn danach steht«.

Molly weinte ein wenig; sie hatte die Gottesdienste so schön gefunden. Und so endete das Experiment mit der Kirche schließlich doch in Harmonie.

Zu Beginn des Jahres neun waren sie sieben Erwachsene, dazu Evie, und dreizehn Kinder, von den neugeborenen Babys bis zu Mollys Ralph, der neun, und Ishs und Ems Jack, der acht Jahre alt war.

Sie alle hatten das wohltuende Gefühl des Vertrauens und der Sicherheit, was das Wachstum der Gemeinschaft betraf (oder des »Stammes«, wie sie jetzt immer häufiger sagten). Die Geburt jedes Babys war eine Zeit der Freude – wieder schienen die Schatten ein wenig vor dem größer werdenden Lichtkreis zurückzuweichen.

Eines Morgens kam ein anständig aussehender, älterer Mann zu Georges Haus. Es war einer jener Wanderer, wie sie nach wie vor, wenn auch immer seltener, vorbeikamen.

Er wurde gastfreundlich aufgenommen, doch wie bei den anderen machte das, was für ihn getan wurde, nur geringen Eindruck auf ihn. Er blieb nur eine Nacht und zog dann weiter, ohne sich zu verabschieden; er ging den ziellosen Weg der vom Schock aus der Bahn Geworfenen.

Kaum war er fort, schien es, als würde sich ihr aller Zustand verschlechtern. Die Babys fingen an zu weinen. Dann hatten alle Halsentzündung, ihre Nasen liefen, und sie litten unter Kopfschmerzen und geschwollenen Augen. Im ganzen Stamm zeigten sich die Anzeichen einer Epidemie.

Das war umso auffälliger, als während der vorhergegangenen Jahre ihr Gesundheitszustand ausnehmend gut gewesen war. Ezra und ein paar der anderen hatten unter schlechten Zähnen gelitten; George, der Älteste, hatte über mancherlei Schmerzen geklagt, die er mit dem althergebrachten Ausdruck als Rheumatismus bezeichnete; dann und wann hatte eine Schramme zu Entzündungen geführt. Aber selbst die üblichen Erkältungen schienen verschwunden zu sein. Nur zwei Krankheiten wirkten sich nach wie vor aus. Die eine befiel früher oder später jedes Kind; sie war in ihren Symptomen den Masern ähnlich, und bestimmt waren es auch die Masern, jedenfalls nannten sie sie so, auch wenn es keinen Arzt gab, der es ihnen bestätigen konnte. Die andere Krankheit begann mit heftigen Halsschmerzen, die aber nach dem Einnehmen von Sulfa-Tabletten so schnell vergingen, dass niemand den eigentlichen Verlauf der Krankheit kannte. Und solange es in den Drugstores große Mengen von Sulfa-Tabletten gab, die trotz ihres Alters wirksam blieben, sah Ish nicht ein, warum er auf experimentellem Weg herausbekommen sollte, wohin sich die Halsentzündung entwickelte, wenn nichts dagegen unternommen wurde.

Dass nur so wenige Krankheiten übrig geblieben waren, erschien Menschen wie George und Maurine als ein Wunder. Sie meinten, Gott hätte in einem furchtbaren Zornausbruch durch eine Seuche das Menschengeschlecht nahezu gänzlich ausgelöscht, und nun wäre er zufrieden und ließe die kleinen Krankheiten als eine Art Ausgleich verschwinden, so wie er nach der Sintflut am Himmel den Regenbogen als Zeichen dafür gespannt hatte, dass sich nie wieder eine solche Flut ereignen würde.

Ish dagegen war sich klar darüber, was es damit auf sich hatte. Da ein so großer Teil der Menschen gestorben war, war die Kette der meisten Infektionen abgerissen; viele Krankheiten waren sozusagen »ausgestorben«, als ihre Bakterienstämme erloschen. Natürlich würde es nach wie vor

Krankheiten geben, die der Veränderung des menschlichen Körpers entsprangen – wie Herzkrankheiten und Krebs und Georges »Rheumatismus« –, und sicherlich auch Infektionen, die ihren Ursprung bei Tieren hatten, wie etwa das Fleckfieber. Auch mochte es hier und da Überlebende geben, die irgendeine Krankheit in ihrer chronischen Form bewahrten und sie auf andere übertrugen, so wie einige von ihnen wohl für das Fortdauern der »Masern« verantwortlich waren.

Der alte Mann hatte sich, wie sich jetzt alle erinnerten, häufig die Nase geputzt. Offenbar hatte er sich im infektionsfähigen Stadium befunden und sie mit dem angesteckt, was man eine »gewöhnliche Erkältung« zu nennen pflegte, obwohl die inzwischen so ungewöhnlich geworden war, dass sie als verschwunden galt. Jedenfalls lag etwas beinahe Komisches in der Art, wie so viele bis dahin überaus gesunde Menschen nun plötzlich zu Niesern, Hustern, Räusperern und Naseputzern geworden waren.

Glücklicherweise nahm die Erkältung einen komplikationslosen Verlauf, und nach ein paar Wochen waren alle wieder wohlauf. Aber den ganzen Rest des Jahres hindurch lebte Ish in ständiger Furcht vor einem neuen Ausbruch. Es bestand, wie er wusste, die Möglichkeit, dass die Infektion in einem von ihnen latent blieb und sich wieder auswirken würde, wenn die kurze Zeit der Immunität der anderen vorüber war. Doch der lange, trockene Sommer (es war in jenem Jahr besonders sonnig) half ihnen, die letzten Spuren der Infektion zu überwinden. Das war ein großes Glück. Ish war in den Alten Zeiten höchst empfänglich für dergleichen gewesen; manchmal hatte er gesagt, und nicht nur im Scherz, dass der Verlust der »gewöhnlichen Erkältung« den gleichzeitig erfolgten Verlust der Zivilisation aufwiege.

Im Herbst jedoch verließ sie das Glück. Niemand wusste genau, wie es geschah, aber drei der Kinder erkrankten an heftigem Durchfall und starben. Am wahrscheinlichsten war, dass sie beim Spielen in eines der unbewohnten Nachbarhäuser gegangen waren und Gift gefunden hatten – womöglich Ameisengift. Neugierig hatten sie davon gekostet, hatten gemerkt, dass es süß schmeckte, und hatten es gegessen. Auch nach ihrem Ende fanden sich noch Überreste der Zivilisation.

Eines der toten Kinder war Ishs Sohn. Er hatte so etwas immer befürchtet, nicht um seinet-, sondern um Ems willen. Aber auch wenn sie um das Kind trauerte, so hatte er doch ihre Stärke unterschätzt. Sie war dem Leben so innig verbunden, dass sie den Tod ebenfalls als einen Teil des Lebens hinnehmen konnte. Molly und Jean, die beiden anderen eines Kindes beraubten Mütter, wanden sich dagegen in hysterischem Schmerz.

In diesem Jahr wurden zwei Kinder geboren; dennoch war die Zahl des Stammes am Ende des Jahres kleiner als an seinem Beginn. Sie nannten es das »Jahr des Todes«.

Das Jahr zehn wies keine besonderen Ereignisse auf, und niemand wusste so recht, wonach man es benennen sollte. Doch als sie auf der flachen Felsplatte saßen und Ish den Hammer schwang und die Jahreszahl einzumeißeln begann, taten zum ersten Mal einige der Kinder ihre Meinung kund und sagten, es müsse das »Jahr des Fischens« genannt werden – weil sie während jenes Jahres in der Bucht ganze Schwärme schöner, gestreifter Seebarsche entdeckt hatten, die zu fischen und zu fangen ihr Hauptvergnügen gewesen war. Und es stimmte: Abgesehen von der Abwechslung in den Mahlzeiten war das Fischen für sie alle ein wahrer

Quell des Vergnügens gewesen. Generell war Ish überrascht, wie gering für sie die Notwendigkeit war, sich ein Vergnügen zu bereiten. Bei der Art ihrer Lebensführung gab es ausreichend zu tun, wenn man für Nahrungsmittel und eine gewisse Behaglichkeit sorgte; schon darin lag sehr viel Befriedigung, sodass einem kaum der Sinn nach weiteren Vergnügungen stand.

Im Jahre elf gebaren Molly und Jean Kinder; doch das von Molly starb bei der Geburt. Das war eine große Enttäuschung, denn es war das erste, das sie bei der Geburt verloren – im Laufe der Jahre hatten die Frauen große Geschicklichkeit darin erlangt, einander zu helfen. Sie kamen zu dem Schluss, dass Mollys hohes Alter wohl die Ursache dieses Todes war.

Als es darum ging, das Jahr zu benennen, erhob sich zwischen den Alten und den Jungen ein heftiger Disput. Die Alten meinten, es sollte das »Jahr, in dem Princess starb« genannt werden … Sie hatte bereits eine Zeitlang gekränkelt. Niemand wusste genau, wie alt sie eigentlich war; als Ish sie aufgelesen hatte, hätte sie ebenso gut ein Jahr wie drei oder vier sein können. Sie war immer die Gleiche geblieben – immer eine Prinzessin, immer Streicheleinheiten erwartend, immer unzuverlässig, immer bereit, auf der Spur eines imaginären Kaninchens zu verschwinden, wenn sie gerade gebraucht wurde. Doch bei allem, was sich gegen sie sagen ließ, hatte sie stets Charakter bewiesen, und die Älteren konnten sich an eine Zeit erinnern, als sie am San Lupo Drive etwas sehr Bedeutsames gewesen war, beinahe eine Persönlichkeit.

Doch nun tobten Dutzende von Hunden herum – nahezu alle Kinder oder Enkel oder Urenkel von Princess, die hin und wieder einen oder zwei Tage lang verschwunden war, sich mit einem alten Freund unter den wilden Hunden getroffen oder sich einen neuen gesucht hatte. Als Resultat dieser Mischungen und Kreuzungen sahen die gegenwärtigen Hunde nur noch wenig nach Beagle aus, wichen jedoch in Gestalt, Farbe und Temperament erstaunlich voneinander ab.

Für die Kinder aber war Princess lediglich ein alter, nicht sehr interessanter Hund gewesen. Sie sagten, das Jahr solle das »Jahr des Holzschnitzens« genannt werden, und nach kurzem Zögern unterstützte Ish diesen Vorschlag, obwohl Princess gerade ihm mehr als allen anderen bedeutet hatte. Sie hatte ihn während der ersten schlimmen Tage von seiner Angst befreit, und ihr Fortstürmen unter wildem Gebell hatte ihn in Ems Haus geführt, während er sonst vielleicht gezaudert hätte und wieder davongefahren wäre. Andererseits jedoch, so meinte er, war Princess ein Bindeglied zu einer Vergangenheit, an die nur noch jene dachten, die jetzt alt wurden. Bald würden die Jüngeren nicht mehr an sie denken, und nach einer Weile würde sie völlig vergessen sein. (Genauso werde auch ich alt, dachte er. Und irgendwann bin auch ich nur noch ein Bindeglied zur Vergangenheit, ein alter Trottel, den niemand beachtet. Und dann sterbe ich und werde vergessen. Es war ein eisiger Gedanke – auch wenn es so sein musste.)

Dann, während die anderen noch hin und her stritten, dachte er an das Holzschnitzen. Es war wie eine Leidenschaft oder Manie über sie gekommen, wie das Fliegenlassen von Seifenblasen oder das Mah-Jongg-Spiel in den Alten Zeiten. Plötzlich fingen alle Kinder an, die Holzplätze nach schönen Stücken aus weichem Kiefernholz zu durchstöbern und in diese die Umrisse von Kühen, Hunden oder

Menschen zu schnitzen. Anfangs waren sie recht unbeholfen, aber bald entwickelten einige eine erstaunliche Geschicklichkeit. Und auch wenn, wie bei allen Leidenschaften, der Eifer irgendwann nachließ, fuhren die Kinder an Regentagen damit fort.

Ish hatte genug Anthropologie studiert, um zu wissen, dass sich jede gesunde menschliche Gemeinschaft künstlerisch ausdrücken musste, und er war bekümmert, dass sich ihr Stamm, was die Kunst betraf, nicht weiterentwickelt hatte, sondern nach wie vor im Schatten der Vergangenheit lebte – alte Schallplatten anhörte und sich alte Bilderbücher ansah. Darum hatte er sich über die Holzschnitzleidenschaft sehr gefreut.

Und so, als bei dem Hin und Her eine Pause eintrat, ergriff er das Wort und unterstützte die Kinder. Sie nannten es also das »Jahr des Holzschnitzens«, und für Ish hatte dieses Jahr einen symbolischen Wert, da es mit der Vergangenheit gebrochen und sich der Zukunft zugewandt hatte. Natürlich war der Name von nicht allzu großer Bedeutung, und er war sich nicht sicher, ob er ihm überhaupt irgendeinen Wert zuerkennen sollte.

Im Jahre zwölf verlor Jean ein Kind während der Geburt, aber Em sorgte für den Ausgleich, indem sie ihr erstes Zwillingspaar gebar, das sie Joseph und Josephine nannten (oder Joey und Josey). So war dieses Jahr das »Jahr der Zwillinge«.

Das Jahr dreizehn sah die Geburt zweier Kinder, die beide am Leben blieben. Es war ein ruhiges, angenehmes Jahr, ohne besondere Ereignisse. Mangels einer besseren Bezeichnung nannten sie es einfach das »gute Jahr«.

Das Jahr vierzehn verlief fast genauso, und so nannten sie es das »zweite gute Jahr«.

Das Jahr fünfzehn war ebenso schön, und sie erwogen schon, es das »dritte gute Jahr« zu nennen; doch es gab einen Unterschied. Ish und die anderen Älteren empfanden wieder jene Einsamkeit und Dunkelheit, die sie in den ersten Jahren empfunden hatten. Sich nicht vermehren hieß sich vermindern, und dies war seit dem Neubeginn das erste Jahr, in dem kein Kind geboren worden war. Alle Frauen – Em, Molly, Jean und Maurine – wurden nun allmählich alt, und die Jüngeren waren noch nicht alt genug zum Heiraten, ausgenommen Evie, die aber keinesfalls Kinder haben sollte. So wollten sie es nicht das »dritte gute Jahr« nennen, weil es nicht ganz und gar gut gewesen war. Doch die Kinder erinnerten sich, dass man das Jahr durchaus als bemerkenswert bezeichnen konnte, weil Ish sein altes Akkordeon hervorgeholt hatte und sie zu dessen Gewinsel gemeinsam Lieder gesungen hatten, alte Lieder wie »Home on the Range« oder »She'll be coming round the Mountain« – und so wurde das Jahr auf Vorschlag der Kinder das »Jahr, in dem wir sangen« genannt.

Das Jahr sechzehn indessen war wirklich bemerkenswert, weil die erste Hochzeit stattfand. Es heirateten Mary, Ishs und Ems älteste Tochter, und Ralph, Mollys kurz vor dem Großen Unheil geborener Sohn. Sie waren jünger, als es in den Alten Zeiten für passend oder gar schicklich für Hochzeitsleute gehalten worden wäre, aber auch in dieser Beziehung hatten sich eben die Normen und Regeln geändert. Als Ish und Em darüber sprachen, waren sie nicht einmal sicher, ob Mary Ralph besonders gern hatte – oder Ralph

Mary. Doch sie alle waren immer überzeugt gewesen, dass die beiden heiraten würden, weil sonst niemand da war, den sie hätten nehmen können, so wie es früher mit Prinzen und Prinzessinnen der Fall gewesen war. Vielleicht, dachte Ish, war die romantische Liebe ebenfalls ein Opfer des Großen Unheils geworden.

Maurine, Molly und Jean waren für eine »richtige Hochzeit«, wie sie es nannten. Sie stöberten eine Schallplatte mit dem Lohengrin-Brautmarsch auf und nähten ein weißes Brautkleid mit Schleier und allem, was sonst noch dazugehörte. Für Ish jedoch war das lediglich eine grässliche Parodie auf die Vergangenheit, und Em pflichtete ihm auf ihre ruhige Weise bei. Da Mary ihre Tochter war, übernahmen sie die Leitung der Hochzeit, und so gab es überhaupt keine Feierlichkeit, abgesehen davon, dass Ralph und Mary vor Ezra traten, der ihnen sagte, dass sie jetzt verheiratet seien und ihnen damit eine neue Verantwortung für die Gemeinschaft zukomme, der sie gerecht werden müssten. Bevor das Jahr zu Ende ging, gebar Mary ein Kind, und aus diesem Grund wurde das Jahr das »Jahr des Enkels« genannt.

Das Jahr siebzehn wurde hauptsächlich auf den Vorschlag der Kinder hin das »Jahr des Hauseinsturzes« genannt. Eines der nahegelegenen Häuser hatte plötzlich geschwankt und war dann unter gewaltigem Krachen in sich zusammengebrochen; die Kinder, die bei dem ersten Krach hinausgelaufen waren, waren gerade noch rechtzeitig gekommen, um es zu sehen. Ihre Nachforschungen ergaben eine sehr einfache Ursache: Termiten waren siebzehn Jahre lang in dem Haus ungestört tätig gewesen und hatten das gesamte Holzwerk aufgefressen. Doch das Geschehen hatte auf die

Kinder großen Eindruck gemacht, und so musste es dazu herhalten, dem Jahr den Namen zu geben, obwohl es im Grunde kein sehr bedeutendes Ereignis war.

Im Jahr achtzehn bekam Jean noch ein Kind. Es war das letzte, das eine der Älteren zur Welt brachte; aber in dieser Zeit fanden innerhalb der zweiten Generation zwei weitere Heiraten statt, und es wurden zwei weitere Enkelkinder geboren.

Das Jahr erhielt den Namen »Jahr des Schulunterrichts«. Schon als die ersten Kinder alt genug gewesen waren, hatte Ish auf mehr oder weniger planlose Weise versucht, ihnen eine Art Unterricht zu erteilen, sodass sie wenigstens lesen und schreiben und ein bisschen rechnen konnten und ein paar Kenntnisse in Geographie hatten. Doch es war immer ziemlich schwierig gewesen, die Kinder zusammenzubekommen; sie hatten offenbar stets so viel zu tun, dass bei dem Schulunterricht nicht allzu viel herausgekommen war, auch wenn die meisten der älteren Kinder leidlich lesen konnten. Wenigstens hatten sie einmal lesen gelernt, aber Ish bezweifelte, dass einige von ihnen (etwa Mary, die jetzt Mutter zweier Babys war) noch zu mehr imstande waren, als mühsam einsilbige Wörter zu buchstabieren. (Obwohl sie seine älteste Tochter war und er sie sehr liebte, musste er sich eingestehen, dass Mary nicht sonderlich intelligent war.)

In diesem Jahr achtzehn unternahm Ish nun also den ernsthaften Versuch, alle Kinder im geeigneten Alter zusammenzutrommeln, damit sie nicht gänzlich ignorant aufwuchsen. Eine Zeitlang ging alles gut, dann aber schlief es nach und nach wieder ein, und man vermochte nicht zu sagen, ob er etwas erreicht hatte oder nicht. Er selbst hatte das Gefühl, es sei alles vergeblich gewesen.

Das Jahr neunzehn war das »Jahr des Elchs«, abermals wegen eines kleinen Zwischenfalls, der auf die Kinder großen Eindruck gemacht hatte. Eines Morgens hatten sie Evie erblickt, die inzwischen zur Frau herangewachsen war, wie sie mit dem Finger auf etwas deutete und mit ihrer seltsamen Stimme durchdringende Schreie ausstieß; Wörter konnte sie kaum bilden. Als sie nachsahen, erkannten sie, dass Evie auf eine neue Art von Tier deutete, das sich als Elch entpuppte – der erste, den sie in all den Jahren zu Gesicht bekamen. Offenbar hatten sich die Rudel so stark vermehrt, dass sie aus dem Norden wieder in diese Gegend gekommen waren, wo sie vor der Ankunft des weißen Mannes gelebt hatten.

Über die Bezeichnung des Jahres zwanzig war man sich gleich einig. Es war das »Jahr des Erdbebens«. Der alte San Leandro regte sich – eines Morgens gab es einen heftigen Erdstoß, und das Krachen einstürzender Schornsteine ertönte. Die Häuser, in denen sie wohnten, hielten dem Stoß stand, weil George sie regelmäßig ausgebessert hatte. Die Häuser jedoch, die von Termiten zernagt, vom Wasser unterspült oder durch Schwamm und Fäulnis beschädigt waren, brachen zusammen. Danach gab es kaum noch eine Straße, auf der nicht hier und da Haufen von Ziegelsteinen oder andere Trümmer lagen, und infolge des Erdbebens beschleunigte sich der Verfall.

Ish hatte angenommen, sie würden das Jahr einundzwanzig das »Jahr des Erwachsenwerdens« nennen. Sie waren jetzt sechsunddreißig: sieben (dazu Evie), die der ersten, einundzwanzig, die der zweiten, und sieben, die der dritten Generation angehörten.

Doch dann erhielt das Jahr, wie so viele vorhergehende, seinen Namen durch einen kleinen Zwischenfall … Joey war einer der Zwillinge, also eines der jüngsten Kinder von Ish und Em. Er war ein ziemlich aufgeweckter Junge, auch wenn er recht klein für sein Alter und nicht so sehr dem Spiel und dem Sport zugetan war wie manche andere, die jünger waren als er. Er wurde von seinen Eltern ein bisschen verwöhnt, weil er zusammen mit seiner Zwillingsschwester der Jüngste war, aber im Großen und Ganzen hatte ihm niemand besondere Aufmerksamkeit gewidmet, wie es bei einer so großen Schar von Kindern nicht anders zu erwarten war. Jetzt war er neun Jahre alt, und gegen Ende dieses Jahres entdeckten sie zu ihrer größten Verblüffung, dass Joey lesen konnte – nicht langsam und stockend wie die anderen Kinder, sondern fließend und klar und mit sichtlicher Freude. Ish spürte, wie ihm warm ums Herz wurde – sein jüngster Sohn war derjenige, in dem die Flamme des Geistes weiterbrannte.

Auch auf die anderen Kinder machte das großen Eindruck, und so riefen sie alle, dass das Jahr einundzwanzig das »Jahr, in dem Joey las« heißen sollte.

Ende des Zwischenkapitels »Eilende Jahre«

ZWEITER TEIL

DAS JAHR ZWEIUNDZWANZIG

»Es muss in ihren gesellschaftlichen Bindungen etwas seltsam Anziehendes sein, etwas, das allem, worauf wir stolz sein können, weit überlegen ist. Denn Tausende von Europäern sind Indianer geworden; wir kennen aber kein Beispiel dafür, dass auch nur einer dieser Ureinwohner aus freier Wahl Europäer geworden wäre.«

J. Hector St. John de Crèvecoeur:
»Briefe eines amerikanischen Farmers«

1

Als die Feier am Felsen vorüber war und die Ziffern zwei und eins scharf umrissen auf der sanft geneigten Steinfläche standen, gingen sie zurück zu ihren Häusern. Die Kinder liefen mit fröhlichem Geschrei voraus; sie schwelgten bereits in dem Gedanken an das Freudenfeuer, mit dem das Neujahrsfest, wie es Tradition geworden war, seinen Abschluss fand.

Ish ging an Ems Seite. Sie redeten nur wenig; wie so oft am Tag der Einmeißelung der Jahreszahl war er mehr als gewöhnlich in Gedanken versunken, dachte er darüber nach, was wohl im Lauf des kommenden Jahres geschehen würde. Er hörte die Kinder rufen: »Geh zu dem alten, eingestürzten Haus, da liegt haufenweise trockenes Holz … Ich kann einen Kanister Benzin auftreiben … Ich weiß, wo Klopapier ist, das brennt so schön …«

Wie es Brauch war, versammelten sich die Älteren in Ishs und Ems Haus und setzten sich zu einer kleinen Plauderei zusammen. Es war ein Festtag, also machte Ish ein paar Flaschen Portwein auf, und sie stießen miteinander an, sogar George, der für gewöhnlich keinen Alkohol trank. Erneut, wie schon am Felsen, waren alle sich einig, dass das Jahr einundzwanzig ein gutes Jahr gewesen war und die Aussichten für das kommende Jahr nicht schlecht waren.

Doch inmitten des allgemeinen Schulterklopfens überkam Ish wieder ein seltsam unbefriedigendes Gefühl. Warum, dachte er und spürte dabei die Worte durch sein Gehirn strömen, als würde er laut sprechen, warum bin *ich* immer derjenige, der an solchen Tagen vorausdenken muss? Warum bin ich es, der an die Zukunft denkt oder wenigstens den Versuch dazu macht: fünf Jahre, zehn Jahre, zwanzig Jahre von heute an? Vielleicht bin ich dann überhaupt nicht mehr am Leben. Die Menschen, die nach mir kommen – sie müssen ihre Probleme selbst lösen.

Doch je mehr er darüber nachdachte, erkannte er, dass das gar nicht stimmte. Tatsächlich trugen die Menschen jeder Generation sehr viel dazu bei, für die Menschen der nächsten Generation Probleme entweder zu schaffen oder zu lösen.

Jedenfalls konnte er nicht anders, als sich zu fragen, was wohl aus dem »Stamm« in den vor ihnen liegenden Jahren werden würde. Und er machte sich Sorgen. Nach dem Großen Unheil hatte er angenommen, dass die wenigen Überlebenden die Dinge bald wieder in Ordnung bringen und Schritt für Schritt den alten Lebensstandard wiederherstellen würden. Ja, er hatte sogar von einer Zeit geträumt, in der das elektrische Licht wieder brennen würde. Doch nichts davon war geschehen, und ihre Gemeinschaft war noch immer von dem abhängig, was die Vergangenheit übriggelassen hatte.

Er ließ, wie er es oft tat, seinen Blick über die Menschen um ihn herum schweifen; sie waren in gewisser Weise das Fundament, auf dem eine neue Zivilisation aufgebaut werden musste. Da war beispielsweise Ezra. Ish spürte, wie ihm aus Freude über Ezras Freundschaft innerlich ganz warm wurde, als er das hagere, faltige, lächelnde Gesicht betrachtete, auch wenn das Lächeln schlechte Zähne enthüllte. Ezra hatte etwas Geniales, aber seine Genialität lag darin, seinen Mitmenschen auf eine wunderbar leichte, freundliche Art zu begegnen, nicht in jenem schöpferischen Drang, der die Menschheit zu neuen Höhen führte. Nein, nicht Ezra.

Neben Ezra saß George, der gute, alte George – schwerfällig und watschelbeinig, aber immer noch ziemlich kräftig, obwohl sein Haar inzwischen ganz grau geworden war. Auf seine Art war George ebenfalls ein guter Kerl. Er war ein hervorragender Schreiner und hatte außerdem klempnern und malen gelernt; er war so geschickt in jeder Handarbeit, dass er alle Reparaturen an den Häusern erledigte. Doch Ish wusste nur zu gut, dass George im Grunde dumm war; vermutlich hatte er in seinem Leben kein einziges Buch gelesen. Nein, auch George war es nicht.

Dann kam Evie. Molly gab gut auf sie Acht, und Evie, blond und schlank, sah wirklich hübsch aus, wenn man die Leere in ihrem Gesicht ignorierte. Sie saß da und sah nach rechts und links auf denjenigen, der gerade sprach. Das machte den trügerischen Eindruck der Aufgewecktheit, aber Ish wusste, dass sie von dem, was gesprochen wurde, wenig oder vielleicht auch gar nichts verstand. Nein, sie war nicht der Grundstein der Zukunft, nicht Evie.

Daneben Molly, Ezras ältere Frau. Molly war bestimmt nicht dumm, aber ihre Schulbildung war mäßig, und man konnte sie kaum als gebildet bezeichnen. Außerdem hatte sie, wie die anderen Frauen, ihre Kräfte beim Gebären, Nähren und Aufziehen der Kinder erschöpft. Fünf ihrer Kinder waren noch am Leben – das war ein ausreichender Beitrag. Nein, auch Molly nicht.

Neben Molly saß Em. Als Ish zu ihr hinübersah, empfand er eine ganze Flut von Gefühlen und wusste, dass jedes Urteil, das er sich zu bilden versuchte, wertlos sein würde. Sie hatte sich als Erste entschlossen, ein Kind in die neue

Welt zu setzen. Während des »Schreckensjahres« hatte sie Mut und Vertrauen bewahrt. An sie wandten sich alle in schweren Stunden. Da war eine starke Kraft in ihr – eine Kraft, die nur bestätigte und niemals ablehnte. Ohne Em wären sie nie so weit gekommen. Doch ihre Kraft lag fast ausschließlich in ihrem Tun; obwohl sie anderen Mut und Vertrauen vermittelte, äußerte sie nur selten einen Gedanken. Ish wusste, dass er sich immer an sie wenden konnte und dass sie stärker war als er; aber er wusste auch, dass sie keine Hilfe war, wenn es galt, Pläne für die Zukunft zu schmieden. Nein, auch wenn es an Verrat zu grenzen schien: Em war es ebenfalls nicht.

Zu Ems Füßen fläzten sich Ralph, Jack und Roger auf dem Fußboden, die alle drei noch »die Jungs« genannt wurden, obwohl sie bereits verheiratet waren und selbst Kinder hatten. Ralph, Mollys Sohn, war mit Ishs Tochter Mary verheiratet; Jack und Roger waren Ishs Söhne. Doch als er jetzt zu ihnen blickte, fühlte er sich ihnen sehr fern, obwohl er doch an seiner Familie hing. Er war kaum mehr als zwanzig Jahre älter als sie, und trotzdem schienen ihn Jahrhunderte von ihnen zu trennen. Sie hatten die Alten Zeiten nicht erlebt, also konnten sie auch nicht wissen, wie es in der Zukunft wieder einmal sein könnte. Nein, auch die Jungs waren es nicht.

Ishs Blick hatte den ganzen Kreis vollzogen und fiel nun auf Jean, Ezras jüngere Frau. Sie hatte zehn Kinder geboren, von denen noch sieben am Leben waren. Sie hatte ihren eigenen Kopf, wie ihre Weigerung, an den Gottesdiensten teilzunehmen, bewiesen hatte. Doch von ihr gingen keine neuen Gedanken aus. Nein, auch Jean nicht.

Was Maurine betraf, Georges Frau, so hatte sie es nicht einmal für notwendig erachtet, zu der Versammlung zu erscheinen, sondern war nach der Zeremonie am Felsen gleich zurück in ihr Haus gegangen, wo sie jetzt vermutlich den Boden fegte oder Staub wischte oder einer anderen ihrer geliebten Hausarbeiten nachging. Nein, ganz sicher nicht Maurine.

Drei weitere Erwachsene fehlten ebenfalls: Mary, Martha und die junge Jeanie, die mit den drei Jungs verheiratet waren. Mary war Ish immer als das langsamste seiner Kinder erschienen, und nun, da sie so schnell hintereinander selbst Kinder bekommen hatte, wurde sie von Jahr zu Jahr noch träger. Martha und Jeanie waren ebenfalls Mütter, und die damit verbundenen Aufgaben füllten sie voll und ganz aus. Nein, nicht die drei.

Anwesende und Abwesende – zusammen zwölf Erwachsene. Es fiel ihm immer noch schwer, sich einzugestehen, wie klein das Reservoir war, aus dem sich die künftige Menschheit entwickeln sollte.

Ein halbes Dutzend Kinder saßen zwischen den Erwachsenen oder tummelten sich außerhalb der Runde. Statt bei der Errichtung des Holzstoßes für das Freudenfeuer zu helfen, zogen sie die Gesellschaft der Erwachsenen vor – etwas gelangweilt, aber offenbar der Meinung, dass eine so große Versammlung der Älteren bedeutsam sein musste. Ish wandte sich ihnen zu. Manchmal horchten sie auf, wenn die Älteren etwas sagten; manchmal boxten sie sich einfach nur gegenseitig. Ja, dachte er, auf ihnen, so unbeschwert sie waren, ruhte die Hoffnung. Die Erwachsenen würden vermutlich mit den gegenwärtigen Zuständen zurechtkommen, solange sie lebten; die Kinder jedoch würden umlernen, würden neue Lebensweisen entwickeln müssen. Ob eines von ihnen den Funken zur Flamme entfachen konnte?

Ish bemerkte, dass eines der Kinder nicht mit den anderen raufte, sondern still dasaß und allem lauschte, was die Älteren sagten, während seine großen Augen hin und her wanderten; in ihnen schimmerten Intelligenz und Anteilnahme. Das war Joey.

Kaum hatten sich Ishs Blicke auf Joey gerichtet, nahm der Junge wahr, dass sein Vater auf ihn aufmerksam geworden war. Entzückt ruckelte er auf dem Stuhl hin und her, und auf seinem Gesicht zeigte sich das allumfassende Lächeln eines Neunjährigen. Ish gab der Regung des Augenblicks nach und nickte seinem jüngsten Sohn zu. Joeys Grinsen konnte eigentlich kaum noch breiter werden, aber er brachte es dennoch fertig. Er zwinkerte seinem Vater zu, und Ish wandte den Blick ab, um den Jungen nicht zu sehr in Verlegenheit zu bringen.

George, Ezra und die Jungs waren in eine Diskussion verstrickt. Ish hatte das alles schon oft gehört und keinerlei Interesse, sich einzumischen oder auch nur ernsthaft zuzuhören.

»Eins von den Dingern wiegt übrigens mindestens fünfhundert Pfund, meine ich«, sagte George gerade.

»Ja, kann sein«, erwiderte Jack. »Auf jeden Fall ist es eine gehörige Last, wenn man es hier heraufwuchtet.«

»Ach was, halb so schlimm«, sagte Ralph, der stämmig und stark war und gern seine Kraft zeigte.

Und so, dachte Ish, würde es weitergehen, wie er es schon wer weiß wie oft gehört hatte – ob es möglich war, einen Gaskühlschrank aufzutreiben, hierherzubringen, mit den noch gefüllten Pressgasflaschen zu bestücken und auf diese Weise Eis zu erzeugen. Am Ende jedoch würde nichts davon geschehen, nicht, weil das Vorhaben unmöglich oder ungewöhnlich schwierig gewesen wäre, sondern weil sie im

Grunde vollauf zufrieden mit dem gegenwärtigen Zustand waren und es in einer Gegend, in der die Sommer verhältnismäßig kühl waren, ohnehin keinen großen Grund gab, sich um Eis zu bemühen.

Diese ganze Rederei ging Ish einigermaßen auf die Nerven, und so wandte er den Blick wieder Joey zu. Der Junge war für sein Alter ziemlich klein. Es machte Ish Freude, Joeys Gesicht zu beobachten – wie schnell seine Augen von einem zum anderen glitten und sich nichts entgehen ließen. Ish konnte förmlich sehen, wie Joey das Wesentliche einer Aussage begriff, noch ehe der Sprecher mit seinem Satz zu Ende gekommen war, vor allem wenn der Betreffende so langsam sprach wie George. Es musste, dachte Ish, ein aufregender Tag für Joey sein. Immerhin war ein Jahr nach ihm benannt worden: das »Jahr, in dem Joey las«. Keinem anderen Kind war eine solche Ehre zuteilgeworden. Vielleicht bekam Joey diese Auszeichnung gar nicht so gut, aber die anderen Kinder hatten diese Idee gehabt – wie eine Art Tribut an den Intellekt.

Das langweilige Gerede hielt noch immer an. Jetzt sagte George: »Nein, es ist nicht weiter schwierig, die Rohre anzuschließen.«

»Aber George«, warf Ezra mit seinem trotz der vielen vergangenen Jahre noch immer hörbaren Yorkshire-Akzent ein, »hat sich denn der Gasdruck in diesen Flaschen gehalten? Man möchte meinen, dass im Lauf der Zeit …«

Ezra hielt inne, weil zwischen zwei der Kinder plötzlich ein handfester Streit ausbrach. Weston, Ezras zwölfjähriger Junge, schlug sich mit seiner Halbschwester Betty.

»Hör auf damit, Weston!«, rief Ezra. »Oder ich versohl dir den Hintern!«

Zwar hatte diese Drohung keine große Überzeugungskraft – soweit Ish sich erinnern konnte, hatte der sanfte Ezra noch nie ein Kind bestraft –, trotzdem wurde die Prügelei auf den väterlichen Befehl hin abgebrochen, nicht ohne Westons üblichen Protest: »Och, Betty hat doch angefangen.«

Jetzt sprach Ralph: »Aber wofür brauchst du eigentlich Eis, George?« Auf diese Frage lief das Gespräch immer hinaus; die Jungs, die ja gar nicht wussten, was es bedeutete, Eis zu haben, fühlten sich nicht gerade genötigt, dafür zu arbeiten.

Ish dachte daran, wie oft diese Frage schon an George gerichtet worden war. Er hätte längst die Antwort parat haben müssen, aber George war kein sonderlich schneller Denker und auch sonst kein Mensch, der es eilig hat. Langsam bewegte er die Zunge im Mund, formte die Worte, ehe er sie aussprach, und in dieser Pause blickte Ish wiederum zu Joey. Die Blicke des Jungen glitten schnell von dem zaudernden George zu Ezra und Jack, als wollte er sehen, ob die anderen in der Pause etwas sagen würden, dann wandte er sich seinem Vater zu. Und mit einem Mal waren Kameradschaft und Verstehen in Joeys Blick. Er schien sagen zu wollen, dass er und sein Vater sofort eine Antwort gefunden und nicht so lange gezögert hätten wie George.

Im selben Moment explodierte etwas in Ishs Kopf. Die Worte, die George schließlich langsam hervorstotterte, hörte er gar nicht mehr. Joey, dachte er. Der Name hallte durch sein Bewusstsein. Joey! Er ist es!

»Du weißt nicht«, schrieb Koheleth in all seiner Weisheit, »wie die Knochen wachsen im Leibe einer, die ein Kind trägt.« Und obwohl Jahrhunderte vergangen sind, seit Koheleth

auf alle Dinge schaute und sie als wankelmütig wie der Wind erkannte, wissen wir noch immer wenig über das, was bei der Entstehung eines Menschen geschieht – und am wenigsten wissen wir, warum zumeist nur Menschen entstehen, die sehen, was ihnen vor Augen ist, und warum so selten, nur dann und wann, unter ihnen ein Erwählter geboren wird, ein Gesegneter, der nicht nur sieht, was ist, sondern auch sieht, was nicht ist, und eben dadurch, dass er sieht, was nicht ist, in seiner Fantasie erschafft, was sein könnte. Und dennoch wären die Menschen ohne diese Besten nur wie Bestien.

Zunächst müssen sich in der dunklen, flutenden Tiefe die ungleichen Teile derjenigen begegnen, die in sich je zur Hälfte den Genius bergen. Aber das ist noch nicht alles. Das Kind muss zur rechten Zeit und am rechten Ort geboren werden, dort, wo man seiner bedarf. Aber auch das ist noch nicht alles. Das Kind muss in einer Welt leben, die täglich der Tod durchschreitet.

Wenn alljährlich Millionen von Kindern geboren werden, dann waltet dann und wann der unendlich seltene Zufall, und es entsteht Größe und Vision. Was aber, wenn die Menschen innerlich gebrochen sind und überall verstreut leben und es nur wenige Kinder gibt?

Ohne richtig zu wissen, was geschehen war, bemerkte Ish plötzlich, dass er stand. Und sprach. Ja, er hielt eine richtige Rede. »Hört auf«, sagte er, »wir müssen endlich etwas unternehmen. Wir haben lange genug gewartet.«

Er stand in seinem Wohnzimmer und sprach zu dem kleinen Häuflein Menschen, die mit ihm dort waren. Er wusste, dass es nur wenige waren, und doch schien es ihm, als würde er nicht in einem kleinen Zimmer zu ganz wenigen

Menschen sprechen, sondern in einer großen Arena zu einer ganzen Nation – oder sogar zu allen Menschen auf der Erde.

»Das muss aufhören!«, sagte er. »Wir dürfen nicht einfach so weiterleben, als gäbe es kein Morgen, und einfach nur die Vorräte aufbrauchen, die von den Alten Zeiten übrig sind, ohne dass wir selbst etwas schaffen. All das wird eines Tages zu einem Ende kommen, wenn nicht zu unseren Lebzeiten, dann zu denen unserer Kinder und Enkelkinder. Was aber soll dann werden? Was fangen sie an, wenn sie nicht wissen, wie sie etwas produzieren können? Nahrung können sie vermutlich erzeugen, denn es wird wohl immer Vieh und Kaninchen geben. Aber wie ist es um die schwierigeren Dinge bestellt? Wie werden sie ein Feuer entfachen können, wenn alle Streichhölzer aufgebraucht oder verdorben sind?«

Er hielt inne und blickte in die Runde. Alle schienen ihm aufmerksam und verständnisvoll zuzuhören. Joeys Gesicht glühte geradezu vor Begeisterung.

»Der Kühlschrank, über den ihr da geredet habt«, fuhr Ish fort. »Das ist ein Beispiel. Wir reden darüber, aber es geschieht nie etwas. Wir sind wie der alte König in dem Märchen, der verzaubert dasitzt, und ringsum regt und bewegt sich alles, aber er kann nichts tun, um den Zauber zu brechen. Ich dachte immer, wir würden unter dem Schock des Großen Unheils leiden. Vielleicht war das auch so während der ersten Tage. Wenn die Menschen sehen, wie die ganze Welt um sie herum zerbricht, dann kann man von ihnen nicht erwarten, dass sie gleich wieder von vorne anfangen. Doch das ist jetzt einundzwanzig Jahre her, und viele unter uns sind erst danach geboren. Es gibt eine Menge Dinge, die wir tun sollten. Wir sollten uns mehr Haustiere halten, nicht nur Hunde. Wir sollten uns den Großteil unserer Nahrungsmittel selbst züchten, statt immer nur die Läden zu plündern. Wir sollten die Kinder lesen und schreiben lehren – keiner von euch hat mich dabei ernsthaft unterstützt. Wir können nicht ewig wie Räuber leben, wir müssen vorwärtskommen!«

Er hielt erneut inne und suchte nach den richtigen Worten, um ihnen die alte Wahrheit vor Augen zu halten, dass sich Menschen, die nicht vorwärtskamen, zurückentwickelten. Doch plötzlich klatschten ihm alle lauten Beifall, als wäre er mit seiner Rede fertig. Für einen Moment dachte er, er hätte sie mit seiner Beredsamkeit tief beeindruckt, aber dann wurde ihm bewusst, dass der Beifall zum größten Teil wohlmeinender Ironie entsprang.

»Das war mal wieder eine tolle Rede, Dad«, sagte Roger.

Ish warf ihm einen zornigen Blick zu. Er war jetzt einundzwanzig Jahre lang der Anführer ihres Stammes und mochte es gar nicht, wenn er wie ein alter Kauz mit Flausen im Kopf behandelt wurde. Doch dann lachte Ezra fröhlich auf, die anderen stimmten mit ein, und die Spannung löste sich.

»Ja, was soll nun also werden?«, sagte Ish dann. »Mag sein, dass ich die gleiche Rede schon früher einmal gehalten habe, aber selbst wenn – ich habe trotzdem recht!«

Erwartungsvoll schwieg er. Da sprang Jack, Ishs ältester Sohn, der sich bis dahin auf dem Fußboden gefläzt hatte, auf. Jack war größer und viel kräftiger als sein Vater; er war selbst schon Vater.

»Ich muss leider gehen, Dad«, sagte er.

»Was ist denn?«, fragte Ish und schnappte irritiert nach Luft.

»Ach, nichts Besonderes. Ich habe heute Nachmittag was zu erledigen.«

»Hat das nicht Zeit?«

Jack war schon auf dem Weg zur Tür. »Es hätte schon Zeit«, sagte er, als er die Hand auf die Klinke legte. »Aber ich glaube, es ist besser, wenn ich jetzt gehe.«

Für einen Augenblick herrschte Stille; alles, was man hörte, war das Öffnen und Schließen der Tür, als Jack hinausging. Ish spürte, wie sein Gesicht rot vor Zorn wurde.

»Sprich weiter, Ish.« Durch seinen Zorn hindurch merkte Ish, dass es Ezra war, der das sagte. »Wir möchten gern hören, was wir deiner Meinung nach tun sollten. Schließlich hast du immer die besten Ideen.« Ja, es war Ezras Stimme; wie immer war es an Ezra, etwas zu sagen, das die Wogen glättete. Diesmal versuchte er sogar, Ish zu schmeicheln.

Nichtsdestotrotz entspannte sich Ish. Warum sollte er wütend auf Jack sein, nur weil der seinen eigenen Angelegenheiten nachging? Es war doch viel besser, wenn er sich darüber freute. Jack war ein erwachsener Mensch, kein kleiner Junge mehr, nicht nur ein Sohn. Die Röte wich aus Ishs Gesicht, doch noch immer verspürte er eine tiefe Verwirrung und den Drang, mehr zu sagen. Wenn der Zwischenfall auch zu nichts sonst nütze war, so bot er ihm doch wenigstens Textmaterial.

»Also gut«, sagte er. »Auch zu dem, was wir gerade eben mit Jack erlebt haben, möchte ich etwas sagen. Wir haben all diese Jahre verbracht, ohne auch nur das Geringste zur Erzeugung unserer Nahrung zu tun. Wir haben, was die materiellen Dinge betrifft, nichts getan, um die Zivilisation wieder in Gang zu bringen. Das ist die eine Seite der Sache, eine wichtige zwar, aber nur eine. Die Zivilisation bestand nicht nur aus Erfindungen und wie sie gemacht und genutzt wurden. Sie bestand auch aus allen möglichen Arten der sozialen Organisation, aus Regeln und Gesetzen und wie einzelne Menschen und Gruppen von Menschen miteinander umgingen. Von alldem ist das Einzige, was uns geblieben ist, die Familie. Vermutlich ist das ganz natürlich. Aber die Familie reicht nicht aus, wenn die Zahl der Menschen wächst. Wenn ein kleines Kind etwas tut, das wir nicht richtig finden, greifen Vater und Mutter ein, um es auf den rechten Weg zurückzuführen. Aber wenn das betreffende Kind erwachsen ist, dann geht das nicht mehr. Wir haben keine Gesetze. Wir sind keine Demokratie oder Monarchie, keine Diktatur oder irgendein anderes politisches System. Wenn einer von uns, wie gerade Jack, eine scheinbar wichtige Versammlung verlässt, so kann ihn niemand daran hindern. Auch wenn wir abstimmen und beschließen, etwas zu tun – selbst dann haben wir keine Möglichkeit, es durchzusetzen, außer es ergibt sich vielleicht eine Art öffentlicher Meinung, aber das ist auch alles.«

Ish war zu einem lahmen Ende gelangt anstatt zu einem kräftigen Appell, wie er es eigentlich beabsichtigt hatte. Jacks Abgang hatte ihn völlig aus dem Konzept gebracht. Er war eben kein geschulter Redner.

Doch als er in die Runde blickte, merkte er, dass seine Ansprache offenbar gut angekommen war. Ezra ergriff als Erster das Wort. »Aber natürlich«, sagte er. »Erinnert ihr euch denn gar nicht mehr an die wundervollen Zeiten, die wir früher gehabt haben? Mein Gott, was würde ich darum geben, wenn ich jetzt an Georges großem Radio sitzen und an ihm herumdrehen und Charlie McCarthy hören könnte. Wisst ihr noch, wie der kleine Kerl reden konnte und wie er sich immer über den anderen Kerl – wie hieß er noch? – lustig machte? Und dabei war er selbst dieser andere Kerl.«

Ezra zog das große viktorianische Pennystück aus der Tasche, das ihm in all den Jahren als Glücksbringer gedient hatte. Er ließ es von einer Hand in die andere hüpfen, sichtlich euphorisiert von dem Gedanken, Charlie McCarthy wieder zu hören.

»Ja, ihr erinnert euch doch auch an das alles«, sagte er dann. »Wisst ihr noch, wie wir einfach ins Kino gehen konnten? Man brauchte nur das Geld hinzulegen, dann konnte man hineingehen. Und man hörte die Filmmusik, und man sah, ja, man sah vielleicht Bob Hope oder Dotty Lamour. War das nicht großartig? Und meint ihr nicht, wenn wir uns alle zusammentun und tüchtig arbeiten, dass wir ein paar von diesen Filmen aufstöbern und den Kindern zeigen könnten? Ich höre sie jetzt schon lachen! Vielleicht finden wir sogar einen Charlie-Chaplin-Film!«

Ezra nahm sich eine Zigarette und ein Streichholz, und als er das Streichholz an der Schachtel rieb, flammte es hell auf. Streichhölzer schienen unverwüstlich zu sein, wenn man sie trocken aufbewahrte; doch keiner von ihnen verstand sich darauf, Streichhölzer anzufertigen, und so gab es bei jedem Aufflammen ein Streichholz weniger auf der Welt. Ish schüttelte innerlich den Kopf über Ezra, für den die Zivilisation hauptsächlich in der Wiederkehr des Kinos bestand und der, wenn er darüber sprach, gleichzeitig ein Streichholz verbrannte.

Unvermittelt sagte George: »Wenn mir bloß jemand hilft, einer oder zwei von den Jungs, dann könnte ich den Gaskühlschrank aufstellen, und in zwei oder drei Tagen könnte er laufen.«

George verstummte wieder, und Ish dachte, er wäre fertig; George hatte ja nie große Reden geschwungen. Doch zu ihrer Überraschung sprach er weiter: »Ja, hm, und dann hast du, glaube ich, noch von Gesetzen gesprochen. Da weiß ich nicht so recht. Ich bin eigentlich ganz froh, dass wir irgendwo leben, wo es keine Gesetze gibt. Man kann beinahe alles tun, was man will. Man kann hinfahren, wo man will, und man kann parken, wo man will. Sogar neben einem Feuerhydranten, und keiner gibt einem einen Strafzettel. Aber natürlich kann man nur neben einem Feuerhydranten parken, wenn man einen Wagen hat, der läuft.«

Das war fast so etwas wie ein Scherz, wie Ish ihn von George noch nie gehört hatte. George sah sie alle mit einem wohligen Grinsen an, die anderen grinsten ebenfalls. Das Niveau des Humors, dachte Ish, war innerhalb ihres Stammes nie allzu hoch gewesen.

Er war drauf und dran, etwas zu sagen, als Ezra wieder das Wort ergriff. »Na schön«, sagte er. »Heben wir unsere Gläser, und trinken wir auf Recht und Ordnung!«

Die Älteren lachten ein wenig, als sie das hörten; die Jüngeren sahen Ezra verwirrt an. Trotzdem prosteten sie sich zu und tranken, und dann wurde aus ihrer Runde wieder das ganz normale gesellige Beisammensein.

Was soll's, dachte Ish. Schließlich war es ja auch ein geselliges Beisammensein, und vielleicht war es ganz gut, wenn es nicht allzu geschäftsmäßig wurde. Vielleicht würde die Saat, die er mit seiner kleinen Ansprache gesät hatte, ja irgendwann aufgehen. Doch er zweifelte daran. Gab es da nicht dieses Sprichwort? Niemand dichtet sein löchriges Dach ab, bevor es regnet. Die Menschen waren die Gleichen geblieben oder waren sogar schlechter geworden. Sie warteten in aller Ruhe, bis irgendetwas geschah, das sie zum Handeln zwang; und dieses »irgendetwas« würde ganz bestimmt unangenehm werden.

Trotzdem trank er mit den anderen und hörte mit halbem Ohr zu, was gesprochen wurde. Seine Gedanken allerdings gingen ihre eigenen Wege. Es war ein guter Tag gewesen; ja, an diesem Tag hatte er die Zahl einundzwanzig in die sanft geneigte Felsfläche gemeißelt, und das Jahr zweiundzwanzig hatte begonnen; außerdem war er sich an diesem Tag, wohl auch wegen des Namens, den das Jahr erhalten hatte, der Fähigkeiten seines jüngsten Sohnes bewusst geworden.

Er sah zu Joey und erhielt als Antwort einen schnellen, hellen Blick, aus dem die Bewunderung strahlte, die der kleine Junge für seinen Vater hegte. Ja, dachte Ish, vielleicht gab es wenigstens einen unter ihnen, der das alles verstand.

Im gesamten, weit ausgedehnten und komplizierten System aus Dämmen und Tunnels, Aquädukten und Reservoiren, durch die das Wasser aus den Bergen in die Städte geleitet wurde, war eine ganz bestimmte Verbindungsmuffe der Stahlrohre eines Hauptaquäduktes auf verhängnisvolle Weise beschädigt. Schon zur Zeit ihrer Montage waren gewisse Unvollkommenheiten offenbar geworden, doch damals hatte der Kontrollbeamte jene Stelle gegen Abend passiert, als seine Sinne bereits abgestumpft und sein prüfender Blick getrübt waren.

Es gab keine große Störung. Die Rohrfolge war durch die Arbeiter eingebaut worden und funktionierte problemlos. Kurz vor dem Großen Unheil hatte ein Vorarbeiter bemerkt, dass sich dort ein kleines Leck gebildet hatte, aber wenn man es vernietete, würde es so gut wie neu und sogar noch haltbarer als zuvor sein … Dann kam jahrelang kein Mensch mehr dort vorbei, und das kleine Was-

serrinnsal, das aus der beschädigten Stelle sickerte, wurde allmählich größer. Selbst im trockenen Sommer zeigte sich eine kleine grüne Stelle unter dem tropfenden Rohr; Vögel und andere Kleintiere kamen dorthin und tranken. Von außen fraß der Rost, von innen wirkte das Nagen und Schaben des Wassers langsam den Rostflecken entgegen, und Nietstift auf Nietstift lockerte sich in der Stahlhaut.

Fünf Jahre, zehn Jahre – jetzt schoss ein Dutzend feiner Strahlen aus dem Rohr. Aus der entstandenen Lache trank jetzt das Vieh.

Nach fünf weiteren Jahren rann unter dem Leck ein Bächlein, das einzige, das in diesem trockenen Hügelland auch im Sommer floss. Jetzt war das Rohr mit dicken Rostschichten bedeckt und wurde immer brüchiger.

Unterhalb der Leitung war der Boden seit Langem aufgeweicht und schlammig gewesen, und die Hufe der Tiere hatten bei der Bildung einer kleinen Rinne geholfen. Die Erosion tat das Übrige, und so bildete sich ein Bach aus Schlamm in dem weichen Boden, auf dem der Beton ruhte, der die Rohrleitung trug. Als dieser Unterbau nachgab, lastete das ganze Gewicht des Wassers auf dem schon schwach gewordenen Rohr. In dem von Rost zerfressenen Stahl tat sich ein langer Riss auf, ein breiter Wasserstrom schoss heraus und rauschte in die Schlammrinne. Dieser Strom unterspülte den Unterbau noch mehr, und er senkte sich abermals. Ein weiterer Riss – und der aus dem Rohr schießende Wasserstrom wurde zu einem kleinen Fluss.

Kurz nachdem Ish an diesem Abend ins Bett gegangen war, ertönte draußen ein Schuss. Er richtete sich auf und lauschte. Ein zweiter Schuss – und dann hallte eine ganze Salve durch die Nacht.

Das Bett rüttelte leicht, als Em neben ihm zu lachen begann. Ish beruhigte sich wieder.

»Übler Scherz«, murmelte er.

»Diesmal hast du dich aber schön an der Nase herumführen lassen«, sagte Em.

»Ich glaube, ich habe heute zu viel an die Zukunft gedacht. Ja, vermutlich bin ich ein bisschen nervös.«

Das Gewehrfeuer dauerte an – eine gute Nachahmung eines Guerilla-Gefechts –, doch Ish legte sich wieder hin und versuchte, ruhig zu atmen. Jetzt war ihm klar, was geschehen war. Nachdem alle vom Freudenfeuer weggegangen waren, hatte sich einer der Jungs zurückgeschlichen und einige Schachteln Patronen in die heiße Asche geworfen. Als die Hülle der Schachteln verbrannt und die Dinger heiß genug geworden waren, waren sie losgegangen. Wie vielen Streichen wohnte auch diesem eine gewisse Gefahr inne; doch um diese Jahreszeit war das Gras grün, und so konnte kaum ein Feuer ausbrechen. Auch waren die meisten vor dem, was geschehen würde, gewarnt worden, oder sie wussten es ohnehin, und so hielten sie sich in sicherer Entfernung von der heißen Asche. Im Grunde, dachte Ish, galt dieser Streich wohl vor allem ihm; vermutlich hatten alle anderen davon gewusst.

Nun gut, es war ihnen geglückt, ihn hereinzulegen. Er war ziemlich verwirrt – aber aus anderen, ernsthafteren Gründen, wie er meinte, nicht weil er zum Narren gehalten worden war.

»Ja«, sagte er zu Em, »da haben sie wieder mal ein paar Schachteln Patronen nutzlos verknallt, und es gibt niemanden auf der Welt, der weiß, wie man Patronen herstellt. Und wir leben hier in einer Gegend mit Berglöwen und wilden Bullen. Patronen sind das einzige Mittel, sie in

Schach zu halten. Und was unsere Ernährung betrifft – wenn wir die Rinder, Kaninchen und Wachteln nicht erschießen könnten, wüssten wir gar nicht, wie wir sie töten sollten.«

Em schien darauf nichts erwidern zu wollen, und so dachte Ish verdrossen darüber nach, was bei dem Freudenfeuer vor sich gegangen war. Der riesige Holzstoß war aus zersägten Brettern errichtet worden, die aus einem Sägewerk stammten, und dazwischen hatten sie Kartons und Toilettenpapierrollen gelegt, die wegen des Lochs in der Mitte besonders gut brannten. Außerdem waren jede Menge Streichholzschachteln hineingeworfen worden, weil sie so schön hell aufflammten, und Dosen voll Alkohol und Putzmittel, um noch mehr Effekt zu erzielen. Hätte man all diese Dinge kaufen und mit Geld bezahlen müssen, hätte das Freudenfeuer in den Alten Zeiten gut und gern zehntausend Dollar gekostet. Und jetzt war das Material noch viel wertvoller – weil es unersetzbar war.

»Mach dir nicht so viele Sorgen, Liebster«, hörte er Em sagen. »Lass uns schlafen.«

Er rückte näher an sie heran und legte den Kopf an ihre Brust. Wie immer gingen von ihr Kraft und Vertrauen aus.

»Ich mache mir gar nicht so viele Sorgen, glaube ich«, sagte er. »Vielleicht freue ich mich sogar, wenn ich so an die Zukunft denke. Es hat etwas Abenteuerliches.«

Wieder war es eine Weile still, dann fuhr er fort: »Du weißt doch, dass ich schon seit Längerem sage, wir sollten unsere Kreativität nutzen und nicht wie Räuber leben. Das tut uns nicht gut. Etwas Ähnliches habe ich schon damals gesagt, als Jack geboren wurde, erinnerst du dich?«

»Ja, ich erinnere mich. Du hast es oft gesagt, und trotzdem scheint es leichter, weiter Konservendosen aufzumachen, solange noch jede Menge Konservendosen in den Läden herumliegen.«

»Aber damit ist es eines Tages zu Ende. Und was dann?«

»Nun, ich denke, die Menschen, die dann leben, müssen das Problem auf ihre Art lösen. Ach, Liebster, ich habe mir immer gewünscht, du würdest dir darüber nicht den Kopf zerbrechen. Die Sache sähe ganz anders aus, wenn du Menschen um dich hättest, die wie du wären, die sich Gedanken über die ferne Zukunft machen. Aber wir sind nur ganz gewöhnliche Menschen, Menschen wie Ezra und George und ich. Wir denken nun mal nicht wie du. Darwin – er hieß doch so? – hat gesagt, wir würden alle von Affen oder so etwas Ähnlichem abstammen, und ich glaube, Affen haben sich nie Gedanken um die Zukunft gemacht. Wenn wir von Bienen oder Ameisen abstammen würden, würden wir vielleicht vorausplanen. Oder wenn wir wie Eichhörnchen denken würden, würden wir Nüsse für den Winter einlagern.«

»Ja, vielleicht. Aber in den Alten Zeiten haben sich die Menschen durchaus Gedanken um die Zukunft gemacht. Denk nur, wie sie die Zivilisation aufgebaut haben.«

»Ja, und sie hatten Dotty – oder wie immer sie hieß – und Charlie McCarthy, so wie Ezra gesagt hat.« Unvermittelt wechselte Em das Thema. »Und dieses Plündern, über das du dich so ärgerst – ist es wirklich schlimmer als das, was die Menschen schon immer getan haben? Wenn du jetzt Kupfer brauchst, gehst du in einen der Metallwarenläden, holst dir ein Stück Kupferdraht und hämmerst ihn zurecht. In den Alten Zeiten holten sie das Kupfer aus einem Berg heraus. Ob es nun echtes Kupfer oder noch nicht ganz Kupfer war, auf jeden Fall haben sie es sich einfach genommen. Und was die Nahrungsmittel betrifft – die erzeugten sie, indem sie sich das zunutze machten, was im Boden war, und in Weizen verwandelten. Genauso nehmen wir das, was wir brauchen, von dort, wo es gelagert ist. Ist der Unterschied wirklich so groß?«

Ihr Einwand brachte ihn für einige Sekunden zum Schweigen. Dann sagte er: »Nein, so stimmt das nicht. Sie waren schöpferischer als wir. Sie waren eine sich entwickelnde Gemeinschaft. Sie produzierten, was sie brauchten, während sie sich weiterentwickelten.«

»Ich weiß nicht«, erwiderte sie. »Ich meine, schon damals sogar in den Sonntagsbeilagen der Zeitungen gelesen zu haben, dass wir drauf und dran waren, die Vorräte an Kupfer und Erdöl zu erschöpfen oder den Boden so sehr auszubeuten, dass wir in Zukunft nichts mehr zum Leben gehabt hätten.«

Aus langer Erfahrung wusste Ish, dass sie jetzt schlafen wollte, also ließ er ihr das letzte Wort und sagte nichts mehr. Er selbst jedoch lag wach und ließ seinen Gedanken freien Lauf. Er erinnerte sich ganz deutlich an die Zeit unmittelbar nach dem Großen Unheil, als er darüber nachgedacht hatte, wie man der Zivilisation zu einem Neubeginn verhelfen könnte. Ja, es war ihm um die Veränderung an sich gegangen – wie sie manchmal im Inneren eines Menschen beginnt und sich auf die Außenwelt überträgt, und wie manchmal die Außenwelt einen Menschen bedrängt und ihn zwingt, sich zu verändern. Vielleicht war nur ein besonderer Mensch stark genug, der Welt seinen Stempel aufzudrücken.

Und von diesem Gedanken an einen besonderen Menschen kam er natürlich wieder auf Joey, den klugen Joey mit den wachen Augen, den Einzigen, der all das, was Ish sagte, zu verstehen schien. Er versuchte, sich vorzustellen, wie Joey wohl aussehen würde, wenn er älter war, und malte sich aus, wie er sich eines Tages richtig mit Joey unterhalten würde.

»Du und ich, Joey«, würde er dann sagen, »wir sind uns sehr ähnlich. Wir *verstehen*. Natürlich sind Ezra und George und die anderen gute Menschen. Gute, solide Durchschnittsmenschen, und die Welt hätte keinen Bestand, wenn es nicht viele von ihnen gäbe. Aber sie haben keinen Funken in sich. Wir müssen ihnen den Funken geben!«

Von Joey glitten seine Gedanken zu den anderen – bis zu Evie. War es nötig gewesen, Evie all die Jahre hindurch zu behalten? Er dachte darüber nach. Es hatte einmal ein Wort dafür gegeben: Euthanasie, »Gnadentod«. Doch wer von ihnen würde die Verantwortung auf sich nehmen, jemanden wie Evie zu beseitigen, auch wenn sie zweifellos kein Quell des Glücks war, weder für sich selbst noch für die anderen? Um so etwas zu tun, dachte er, müsste man eine weit größere Macht besitzen als die eines amerikanischen Vaters über seine Kinder, größer als die einer Gruppe von Freunden, die so etwas wie eine öffentliche Meinung erzeugten. Irgendwann würde etwas geschehen, nicht notwendigerweise mit Evie. Aber *etwas* würde geschehen, und dann galt es, sich zu organisieren und harte Maßnahmen zu ergreifen.

Nun schlug seine Fantasie so viele Haken, dass er eine hastige Bewegung machte, als würde er bereits Maßnahmen gegen das treffen, was vielleicht geschehen würde.

Entweder hatte Em auch noch nicht geschlafen, oder die plötzliche Bewegung hatte sie geweckt. »Was ist denn, Liebster?«, fragte sie. »Du wälzt dich im Bett herum wie ein kleiner Hund, der träumt, er sei auf der Löwenjagd.«

»Irgendwann geschieht etwas«, sagte er. Er sprach, als würde sie den Lauf seiner Gedanken kennen.

Und offenbar tat sie das wirklich. »Ja, ich weiß«, sagte sie. »Und dann müssen wir etwas tun. Uns ... organisieren, so heißt es doch, nicht wahr?«

»Du weißt, was ich denke?«

»Ach, vorhin hast du es ja schon gesagt. Du hast es schon sehr oft gesagt, vor allem an Neujahr. George redet dann immer von dem Kühlschrank, und du sagst, irgendetwas wird geschehen. Aber bisher ist nichts geschehen.«

»Ja. Aber irgendwann. Es kann gar nicht anders sein.«

»Schon gut, Liebster. Zerbrich dir nur weiter den Kopf. Vermutlich gehörst du zu der Art von Menschen, die sich nicht wohl fühlen, wenn sie sich nicht über irgendetwas den Kopf zerbrechen können. Und das, worüber du dir gerade den Kopf zerbrichst, wird, glaube ich, keinen großen Schaden anrichten.«

Sie sagte nichts mehr, aber sie schob sich an ihn heran, nahm ihn in die Arme und drückte ihn fest. Wie so oft ging von ihrer körperlichen Nähe Trost aus, und er schlief ein.

Aus der geborstenen Rohrleitung strömte mehrere Wochen lang das Wasser. Nichts davon floss mehr in die Reservoire. Gleichzeitig rann das gespeicherte Wasser aus Tausenden von Lecks, die sich im Laufe der Jahre gebildet hatten; es rann aus den vielen Wasserhähnen, die zur Zeit des Großen Unheils aufgedreht geblieben waren; es rann aus den Bruchstellen des Röhrensystems, die sich während des Erdbebens gebildet hatten. Der Wasserspiegel der Reservoire sank unaufhörlich.

2

Wie Ish erwartet hatte, unternahmen sie nichts. Die Wochen vergingen. Man hörte kein Keuchen und Schimpfen von Männern, die den Kühlschrank den Hügel hinaufschleppten, kein Klappern und Knirschen von Spaten, die den Garten umgruben. Dann und wann geriet Ish ins Grübeln, aber im Großen und Ganzen ging das Leben seinen Gang, und auch er unternahm nichts. Wie früher als Student beobachtete er, was geschah, und stellte Überlegungen darüber an, was wohl geschehen würde.

War es tatsächlich so, wie er manchmal dachte, dass die Menschen noch immer unter einer Art Schock infolge der plötzlichen Zerstörung ihrer Gesellschaft litten? Seine anthropologischen Studien lieferten ihm zahlreiche Beispiele dafür, etwa die Kopfjäger und die Indianer, die den Willen zur Selbstbehauptung, ja sogar den Willen zum Leben eingebüßt hatten, nachdem ihre traditionelle Lebensweise gewaltsam zerstört worden war. Als sie nicht länger auf Kopfjagd gehen oder hinausreiten konnten, um Pferde zu stehlen oder Skalpe zu erbeuten, hatten sie auch kein Bedürfnis mehr nach irgendetwas anderem. Oder: In einem milden Klima und ohne mühevolle Nahrungsbeschaffung, fehlte da nicht einfach der Anreiz zum Wandel? Auch dafür gab es Beispiele: die Südseeinsulaner oder jene tropischen Völker, die hauptsächlich von Bananen lebten. Oder war das etwas anderes?

Glücklicherweise konnte er auf einen großen Fundus an Philosophie und Geschichtskenntnissen zurückgreifen, um seiner Überzeugung treu zu bleiben. Er bemühte sich, begriff er, ein Problem zu lösen, das die Philosophen beschäftigt hatte, seit sie sich bewusst geworden waren, dass es überhaupt Probleme gab. Er befasste sich mit der grundsätzlichen Frage nach den dynamischen Kräften einer Gesellschaft. Was führte zum Wandel der gesellschaftlichen Struktur? In dieser Hinsicht war er als Beobachter besser dran als Koheleth oder Platon oder Malthus oder Toynbee – er sah eine Gesellschaft, deren Zahl und Form so geschrumpft war, dass sie einem einfachen Laborexperiment glich.

Doch wann immer er bei dieser Stufe seiner Überlegungen angelangt war, kam ihm ein anderer Gedanke und störte die Einfachheit. Er begann, sich weniger als Wissenschaftler als als Mensch zu empfinden und fast schon so zu denken, wie Em dachte. Ihre Gemeinschaft am San Lupo Drive war kein lupenreiner Mikrokosmos, wie es sich ein Philosoph gewünscht hätte, kein winziger Tropfen aus dem riesigen Ozean der Menschheit. Nein – sie war eine Gruppe von Individuen. Sie bestand aus Ezra und Em und den Jungs – ja, und aus Joey. Wenn man die Individuen veränderte, veränderte sich die gesamte Situation. Ein einziges Individuum genügte schon. Wenn etwa an Ems Stelle Dotty Lamour stünde? Oder an Georges Stelle eine jener eindrucksvollen Geistesgrößen, an die er sich von seiner Universitätszeit her erinnerte, Professor Sauer beispielsweise? Dann würde sich die Situation abermals ändern.

Aber stimmte das überhaupt? Möglicherweise würde sie sich gar nicht ändern; möglicherweise würde sich bei dem Versuch ergeben, dass die physische Umwelt stärker war und den Individuen ein bestimmtes Verhalten aufzwang.

In einem Punkt jedoch hatte Em unrecht, dachte Ish. Sie musste nicht befürchten, dass er sich zu viele Gedanken über die Lage machte und sich so sehr ärgerte, dass er ein Magengeschwür bekam oder als Neurotiker endete. Vielmehr hielt sein Drang, alles, was geschah, zu beobachten, sein Interesse am Leben wach. Gleich nach dem Großen Unheil hatte er sich geschworen, die Veränderungen in der Welt infolge des Verschwindens des Menschen zu beobachten. Nach einundzwanzig Jahren jedoch war die Welt wieder ins Gleichgewicht gekommen, und die künftigen Veränderungen würden sich zu langsam vollziehen, als dass er sie Tag für Tag oder Monat für Monat würde beobachten können. Jetzt ging es um die Gesellschaft selbst – ihre Anpassung und ihre Neugründung.

An diesem Punkt seiner Gedanken allerdings musste er sich regelmäßig etwas eingestehen. Er konnte und durfte nicht lediglich Beobachter sein. Platon und die anderen – sie alle konnten ausschließlich beobachten und kommentieren, sogar zynisch, wenn ihnen danach zumute war. Durch seine Schriften hatte Platon künftige Generationen beeinflusst; aber er war nie direkt für das Gedeihen und die Entwicklung der Gesellschaft, in der er gelebt hatte, verantwortlich gewesen. Nur ganz selten war ein Gelehrter auch Regent gewesen: Marc Aurel, Thomas Morus, Woodrow Wilson. Natürlich war Ish klar, dass er selbst kein Regent war; aber er war ein Mann der Ideen, ein Denker, in einer aus ganz wenigen Individuen bestehenden Gesellschaft. Notwendigerweise wandten sich die anderen in seltenen schwierigen Momenten an ihn, und sollte sich ein wirklicher Notstand einstellen, würde er wohl ihr Anführer werden müssen.

Der Gedanke daran hatte ihn im Lauf der Jahre häufig in die Stadtbibliothek getrieben, um nach Büchern zu suchen, die von Gelehrten handelten, die Herrscher geworden waren. Doch ihre Schicksale boten weder Trost noch Ermutigung. Marc Aurel hatte sich in blutigen und fruchtlosen Feldzügen an der Donaugrenze verbraucht. Thomas Morus hatte das Schafott bestiegen und war später ironischerweise als Märtyrer heiliggesprochen worden. Auch Woodrow Wilson war von seinen Biographen oft als Märtyrer bezeichnet worden, obwohl keine Kirche ihn zu einem St. Woodrow gemacht hatte. Nein, der Gelehrte hatte als Herrscher fast nie etwas zu lachen gehabt. Und doch nahm er, Ish, in einer nur aus sechsunddreißig Menschen bestehenden Gemeinschaft eine Stellung ein, durch die er mehr Einfluss auf die Gestaltung der Zukunft dieser Gemeinschaft ausüben konnte als irgendein Kaiser oder Kanzler oder Präsident in den Alten Zeiten.

Heftige Regengüsse in der Woche nach dem Neujahrsfest hatten das Fallen des Wasserspiegels im Reservoir etwas verlangsamt. Doch dann setzte etwas früher als üblich die winterliche Trockenzeit ein, und wie das Blut eines Ungeheuers aus hunderttausend Wunden strömte das lebensspendende Wasser aus hunderttausend Nietlöchern und offenen Leitungshähnen und leckenden Verbindungsstücken und gebrochenen Röhren.

Und jetzt, da der stillstehende Pegel anzeigte, dass die Tiefe vor Kurzem noch zwanzig Fuß betragen hatte, bedeckte nur noch eine dünne Wasserschicht den Boden des Reservoirs.

Als Ish am Morgen erwachte, stellte er fest, dass es ein schöner, sonniger Tag war und dass er sich erholt und ausgeruht fühlte. Em war bereits aufgestanden, und er hörte von unten die vertrauten Geräusche, die ankündigten, dass das Frühstück bald fertig sein würde. Er lag noch ein paar Minuten ruhig da, völlig mit sich selbst im Einklang. Er empfand es als glücklichen Umstand, dass er, wenn er wollte, noch eine Weile im Bett bleiben konnte, nicht nur am Sonntagmorgen, sondern an jedem Morgen. In dem Leben, das sie jetzt führten, brauchte man nicht hektisch auf die Uhr schauen, und es bestand weder für ihn noch für sonst jemanden die Notwendigkeit, den Sieben-Uhr-dreiundfünfzig-Zug zu erreichen. Er erfreute sich größerer Freiheit, als irgendjemand in den Alten Zeiten es sich hätte erträumen können. Ja, was ihn betraf, lebte er jetzt vielleicht sogar glücklicher, als er damals hätte leben können.

Schließlich stand er ausgeruht auf und rasierte sich. Es gab kein heißes Wasser, aber das machte ihm nichts. Es wäre auch gar kein Thema gewesen, wenn er sich nicht rasieren würde; aber er mochte das Gefühl von Sauberkeit und Stimulation, das er nach dem Rasieren empfand.

Er zog sich an – Jeans und ein neues Hemd. Dann fuhr er mit den Füßen in seine bequemen Hausschuhe, ging die Treppe hinab und steuerte auf die Küche zu.

Als er an die Tür kam, hörte er Ems Stimme, in einem schärferen Ton, als sie für gewöhnlich sprach: »Josey, warum drehst du den Hahn nicht weiter auf, damit das Wasser richtig läuft?«

»Aber Mom, ich habe ihn so weit aufgedreht, wie ich kann.«

Ish trat in die Küche und sah, wie Josey den Teekessel unter den Wasserhahn hielt, aus dem nur ein dünnes Rinnsal kam.

»Morgen!«, sagte er. »Ich glaube, George muss mal kommen und sich den Hahn ansehen. Josey, warum gehst du nicht in den Garten und holst Wasser von einem der Hähne draußen?«

Gehorsam trottete Josey davon, und als sie draußen war, nahm Ish die Gelegenheit wahr, küsste Em und erzählte ihr, was er an diesem Tag tun wollte. Kurz darauf kam Josey mit dem Kessel voll Wasser zurück.

»Das Wasser draußen ist einen Augenblick lang ganz gut gelaufen, aber dann hat es angefangen, auch so zu tröpfeln«, sagte sie und stellte den Kessel auf den Benzinkocher.

»Wie dumm«, sagte Em. »Wir brauchen doch Wasser zum Geschirrspülen.«

Ish entnahm dem Klang ihrer Stimme, was das bedeutete. Die Männer hatten mal wieder einen Job zu erledigen.

Der gedeckte Frühstückstisch im Esszimmer sah genauso aus wie in den Alten Zeiten. Ish saß am einen Ende, Em am anderen. Es waren jetzt nur noch vier Kinder im Haus. Robert, der sechzehn Jahre alt und damit nach den Maßstäben des Stammes beinahe erwachsen war, saß auf der einen Seite. Neben ihm der zwölfjährige Walt, der für sein Alter ziemlich groß und tüchtig war. Auf der anderen Seite, gleich neben der Küchentür, saßen Joey und Josey, deren Aufgabe es war, den Tisch zu decken, Sachen aus der Küche zu holen, wenn jemand einen Wunsch äußerte, und später beim Abspülen zu helfen.

Als er sich an den Tisch setzte, musste Ish daran denken, wie wenig sich diese Szene von ähnlichen in den Alten Zeiten unterschied. Natürlich hatte er niemals erwartet, Vater von so vielen Kindern zu sein. Aber wenn man von der Anzahl absah, so war diese Familie so beschaffen, wie sie es zu jeder Zeit und in beinahe jeder Gesellschaft gewesen war: Vater, Mutter und Kinder als kleinste soziale Einheit, so klein, dass sie eher unter biologischen als unter sozialen Gesichtspunkten gewertet werden musste. Immerhin, dachte er, war die Familie die zäheste aller menschlichen Institutionen. Sie war der Zivilisation vorausgegangen, und sie hatte die Zivilisation überlebt.

Es gab Grapefruitsaft, natürlich aus Dosen. Ish hatte große Zweifel, ob im Laufe der Zeit noch irgendwelche Vitamine in dem konservierten Saft übrig geblieben waren. Selbst der Geschmack war schal geworden. Aber sie tranken den Saft weiterhin, weil er dem Magen guttat. Es gab keine Eier, weil es seit dem Großen Unheil keine Hühner mehr gab. Es gab auch keinen Speck, weil konservierter Speck inzwischen schwer zu finden war und weil es in der Umgebung, soweit sie das hatten feststellen können, keine Schweine gab. Aber es gab schön gebräunte Rinderrippen, die den Speck, selbst für Ishs Geschmack, bestens ersetzten. Die Kinder kannten natürlich nichts anderes. Ihr Frühstück bestand zum größten Teil aus Rinderrippen; sie waren als Fleischesser aufgewachsen, und weder erwarteten noch verlangten sie etwas anderes. Ish und Em dagegen waren es gewohnt gewesen, Toast oder Cornflakes zu essen, und nun, da Ratten und Würmer sämtliches Mehl und alle Getreideflocken ruiniert hatten, mussten sie mit Maismehl aus der Dose Vorlieb nehmen, aus dem sie sich eine Art Frühstücksbrei kochten. Sie aßen ihn mit Kondensmilch und süßten ihn mit weißem Maissirup, weil seit geraumer Zeit kein Zucker mehr aufzutreiben war, den die Ratten und das Wetter verschont hatten. Die Erwachsenen tranken auch Kaffee. Ish gab Milch und Kornsirup in seinen; Em trank ihren schwarz und ungesüßt. Wie der Grapefruitsaft hatte auch der vakuumverpackte Kaffee viel von seinem Aroma eingebüßt.

Nach und nach war diese Zusammenstellung zu ihrem normalen Frühstück geworden. Abgesehen von dem Mangel an Vitaminen schien es eine ausgewogene Mahlzeit zu sein, und für die Vitamine hatten sie frische Früchte, wann immer sie welche auftreiben konnten; Mehltau, Insekten und Kaninchen hatten die Obstgärten verheert, und so waren Früchte selten geworden – außer Walderdbeeren und Brombeeren, ein paar wurmigen Äpfeln und sauren Pflaumen von verwilderten Bäumen. Insgesamt aber, meinte Ish, war es ein recht ordentliches Frühstück.

Nachdem er gegessen hatte, ließ er sich im Wohnzimmer in einen bequemen Sessel fallen, nahm eine Zigarette aus dem Feuchtbehälter und zündete sie an. Doch die Zigarette schmeckte ihm nicht so recht. Man konnte keine vakuumverpackten mehr auftreiben, und die gewöhnlichen waren fast völlig vertrocknet, so gut sie auch verpackt gewesen sein mochten. Man musste sie eine Weile in dem Feuchtbehälter aufbewahren, damit sie halbwegs genießbar wurden, und da konnte es passieren, dass sie zu feucht wurden. So wie diese hier. Aber es gab noch einen anderen Grund, warum ihm die Zigarette nicht schmeckte: Er hatte ein schlechtes Gewissen. Undeutlich hörte er Em und die Zwillinge in der Küche; sie hatten offenbar immer noch Mühe, Wasser aus dem Hahn zu bekommen.

Ich muss doch mal zu George hinübergehen, dachte er, damit er das Rohr reinigt oder nachsieht, was damit los ist. Er erhob sich und verließ das Haus.

Auf dem Weg zu George machte er bei Jeans Haus Halt, um Ezra mitzunehmen. Nicht dass Ezra ihm mit dem Wasserhahn hätte helfen können, oder dass er Ezra für sein Gespräch mit George gebraucht hätte, sondern einfach, weil er gern mit Ezra zusammen war. Er klopfte, und Jean kam an die Tür.

»Ez ist nicht hier«, sagte sie. »Diese Woche ist er drüben bei Molly.«

Wie immer, wenn er mit den praktischen Aspekten der Polygamie konfrontiert wurde, fühlte sich Ish seltsam berührt. Er konnte sich nicht erklären, wie Jean und Molly es fertigbrachten, so gut miteinander auszukommen, ja sich gegenseitig sogar im Haushalt halfen. Es war wohl wieder einmal ein Triumph Ezras – seiner Gabe, mit allen Menschen gut auszukommen und sie dahin zu bringen, dass sie ebenfalls gut miteinander auskamen.

Ish wandte sich zum Gehen; doch dann fiel ihm etwas ein, und er machte wieder kehrt. »Ach, Jean«, sagte er. »Sag mal, fließt bei euch heute Morgen das Wasser richtig?«

»Nein«, erwiderte Jean. »Nein, tut es nicht. Es kommt nur ein Tröpfeln aus dem Hahn.«

Sie schloss die Tür. Ish ging die Vortreppe hinunter und wandte sich Mollys Haus zu. Und in diesem Moment überkam ihn eine dunkle Ahnung.

Er traf Ezra bei Molly an und stellte fest, dass es zumindest dort keine Schwierigkeiten mit dem Wasser gab. Das konnte allerdings daran liegen, dass Mollys Haus einige Fuß tiefer als Jeans lag und deshalb das Wasser noch nicht aus den Rohren gelaufen war.

Zusammen gingen sie zu Georges Haus hinüber, das sauber und ordentlich hinter dem frischgestrichenen Lattenzaun stand. Maurine führte sie ins Wohnzimmer und bat sie, Platz zu nehmen und zu warten, während sie George holte, der wie üblich draußen beschäftigt war. Ish setzte sich in einen der großen, plüschbezogenen und übertrieben gepolsterten Sessel. Dann sah er sich, wie er es immer tat, mit einem fast perversem Vergnügen in dem Wohnzimmer um. Denn Georges und Maurines Wohnzimmer sah exakt aus wie das Wohnzimmer eines gutverdienenden Handwerkers in den Zeiten vor dem Großen Unheil. Hängelampen mit rosa Schirmen, die mit Troddeln und Quasten verziert waren, hingen von der Decke. Eine sündhaft teure elektrische Uhr und ein prächtiger Radio-Plattenspieler mit vier Empfangsbereichen standen an der Wand. Auch ein Fernsehgerät gab es. Auf beiden Tischen waren fein gehäkelte Deckchen ausgebreitet, und auf dem einen lagen Stapel bekannter Zeitschriften.

Die Hängelampen funktionierten nicht, weil es keine Elektrizität mehr gab, und die Zeiger der elektrischen Uhr waren auf 12:17 Uhr stehengeblieben. Die Zeitschriften waren mindestens einundzwanzig Jahre alt. Es wurden keine Radioprogramme mehr gesendet; selbst wenn es noch Strom gegeben hätte, wäre nichts zu hören gewesen.

Und doch waren all diese Dinge Symbole des Wohlstands. George war in den Alten Zeiten Handwerker gewesen, und Maurine war damals mit einem Mann verheiratet gewesen, dessen soziale Stellung und finanzielle Mittel denen von George in nichts nachgestanden hatten. Leute wie sie hatten immer Hängelampen und elektrische Uhren und Radios und so weiter gewollt, und da es nun möglich war, sich all das zu verschaffen, waren sie einfach losgezogen, hatten es sich genommen und in ihr Haus gebracht. Dass die Dinge nicht funktionierten, kümmerte sie nicht groß. Am Abend holte Maurine eine Petroleumlampe und stellte sie auf den Tisch; sie spendete ihnen Licht, nicht die Hängelampen. In gleicher Weise verwendeten sie einen Plattenspieler zum Aufziehen. Das alles war ziemlich lächerlich und auch ein wenig bemitleidenswert. Aber wenn Ish darüber nachdachte, fiel ihm immer wieder ein, wie Em darauf reagiert hatte, als sie es zum ersten Mal gesehen hatte.

»Nun«, hatte sie gesagt, »weißt du denn nicht mehr, dass in den Alten Zeiten die Menschen im Wohnzimmer unbedingt ein Klavier haben mussten, manchmal sogar einen Flügel, obwohl niemand darauf spielen konnte? Außerdem hatten sie eine ganze Reihe von Büchern – wie hießen die doch gleich? Die Harvard Classics. Und nie las jemand in ihnen. Und manchmal hatten sie einen Kamin, der an keinen Schornstein angeschlossen war. All das war nur da, um zu zeigen, dass man es sich leisten konnte. Es war der Beweis, dass man es zu etwas gebracht hatte. Ich sehe da keinen großen Unterschied zu Georges und Maurines Hängelampen.«

Jetzt hörten sie George durch den Hintereingang hereinkommen, und kurz darauf stand seine massige Gestalt in der Wohnzimmertür. Er hatte einen Schraubenschlüssel in der Hand und trug wie immer seine Arbeitsmontur, die ziemlich schmutzig und voller Farbflecken war. Er hätte jeden Tag eine neue Montur anziehen können, aber offensichtlich fühlte er sich in der alten, abgetragenen wohler.

»Hi, George«, sagte Ezra, dem es immer gelang, das erste Wort zu haben.

»Morgen, George«, sagte Ish.

Für einen Augenblick schien es, als würde George auf seiner Zunge herumbeißen und sich überlegen, was er in dieser Situation tun sollte. Dann sagte er: »Morgen, Ish … Morgen, Ezra.«

»Sag mal, George«, sagte Ish, »bei Jean und bei uns läuft das Wasser nicht. Wie ist es bei euch?«

Kurze Pause. Dann sagte George: »Hier läuft es auch nicht.«

»Aha«, sagte Ish. »Und hast du schon herausgefunden, warum nicht?«

George zögerte. Er bewegte die Lippen, als hätte er eine imaginäre Zigarre im Mund. Diese Unbeholfenheit ging

Ish etwas auf die Nerven, aber natürlich wusste er, dass George ein zuverlässiger Mensch und ein angenehmer Nachbar war.

»Nun, George«, fragte er noch einmal, »weißt du, warum das Wasser nicht läuft?«

George schob die imaginäre Zigarre in den Mundwinkel und erwiderte: »Hm, wenn es drüben auch nicht läuft, dann brauche ich nicht nachzusehen, ob die Leitung hier verstopft ist. Wollte ich gerade tun. Vermutlich ist es ein Bruch oder eine Verstopfung in der Hauptleitung, die zu den Häusern hier führt.«

Ish fing einen Blick und ein kaum merkliches Lächeln von Ezra auf. Das hätten sie sich selbst auch denken können, schien Ezra zu sagen.

»Da hast du vermutlich recht, George«, sagte Ish. »Aber was machen wir jetzt?«

Erneut schob George die imaginäre Zigarre im Mund herum und sagte: »Keine Ahnung.«

Wie Em dachte George offenbar, dass dies außerhalb seiner Zuständigkeit lag. Hätte es sich um einen tropfenden Wasserhahn oder eine verstopfte Toilette gehandelt, hätte er sich mit Freuden an die Arbeit gemacht. Aber er war kein Techniker und ganz sicher auch kein Ingenieur. Also musste, wie so oft, Ish die Dinge in die Hand nehmen.

»Woher kommt unser Wasser eigentlich?«, fragte er.

Die beiden anderen schwiegen. Es war seltsam: Einundzwanzig Jahre lang hatten sie das Wasser genutzt, das aus den Hähnen geflossen war, und nie hatten sie darüber nachgedacht, woher das Wasser eigentlich kam. Es war eine Gabe der Vergangenheit, wie die Luft, wie die Bohnendosen und die Ketchupflaschen, die man sich einfach aus den Läden holen konnte. Zwar hatte sich Ish immer mal wieder gefragt, wie lange das Wasser wohl noch fließen würde, und er hatte sogar darüber nachgedacht, was sie tun sollten, um eine andere Quelle zu erschließen. Doch er war nie so weit gekommen, etwas zu unternehmen. Wenn das Wasser schon so viele Jahre geflossen war, würde es bestimmt auch noch viele weitere Jahre fließen, und so bestand keine dringende Veranlassung, etwas zu unternehmen. Bis jetzt hatte es in all den Jahren keinen einzigen Tag gegeben, an dem ein unmittelbarer Grund vorgelegen hätte, sich zu sagen: »Heute müssen wir uns um die Wasserversorgung kümmern.«

Ish sah von George zu Ezra und erhielt keine Antwort auf seine Frage. George stand einfach da und verlagerte sein Körpergewicht von einem Fuß auf den anderen. Ezra zwinkerte ein wenig mit den Augen; das war seine Art, darauf hinweisen, dass die Frage nicht in seinen Zuständigkeitsbereich fiel. Ezra kannte sich mit Menschen aus. Als er damals in seinem Schnapsladen gearbeitet hatte, hatte er die Kunden bestimmt so umgarnt, dass sie mehr Geld ausgegeben hatten als eigentlich beabsichtigt. Doch wenn es darum ging, Ideen in die Wirklichkeit umzusetzen, war Ish besser geeignet als Ezra. Ish begriff, dass er seine Frage selbst beantworten musste.

»Unser Wasser muss aus dem alten Versorgungssystem der Stadt kommen«, sagte er. »Gekommen sein, meine ich. Die alten Röhren sind ja alle noch da. Ich denke, das Beste, was wir tun können, ist, hinauf zum Reservoir zu gehen und nachzusehen, ob noch Wasser drin ist.«

»In Ordnung«, stimmte Ezra wie immer zu. »Aber vielleicht sollten wir sehen, wie die Jungs darüber denken.«

»Nein«, sagte Ish. »Die haben keine Ahnung von der Wasserversorgung. Wenn es ums Jagen oder Fischen geht, können wir die Jungs fragen. Aber hiervon verstehen sie nichts.«

Sie gingen hinaus, riefen die Hunde und schickten sich an, die Kutschen zu bespannen. Das Reservoir war kaum mehr als eine Meile entfernt, aber seit ihn der Berglöwe angefallen hatte, war Ish ein schlechter Fußgänger, und George spürte in seinen Gliedern erste Anzeichen von Alterssteifheit. Die Hunde zusammenzutreiben und alles vorzubereiten kostete immer einige Zeit. In solchen Minuten bedauerte Ish, dass die Pferdezucht zu einer vergessenen Kunst geworden war. In der näheren Umgebung gab es keine wilden Pferde, aber er war sich sicher, dass man weiter östlich in den Ebenen des San Joaquin Valleys so viele Pferde finden könnte, wie man nur wollte. Die Sache war eben nur, dass die drei Männer Stadtmenschen gewesen waren und sich ziemlich gut mit Autos auskannten; keiner von ihnen wusste etwas über Pferdezucht, und so hatten sie nie den Versuch unternommen, Pferde zu halten. Im Grunde waren die Hunde auch weitaus pflegeleichter; man musste sich nicht viel um sie kümmern, und sie konnten mit dem gefüttert werden, was von den Rindern übrig blieb. Pferde dagegen benötigten gute Weideplätze und mussten vor Wölfen und Löwen geschützt werden. Letztlich also waren, da die Autos nur noch mit enormem Aufwand funktionstüchtig gehalten werden konnten, Hundegespanne die einfachste Lösung des Transportproblems, und George hatte mit großem Vergügen die kleinen Kutschen zusammengebaut und reparierte sie immer wieder. Ish hatte es einige Jahre gekostet, über die Empfindung hinwegzukommen, dass es, wenn er in einem der mit vier Hunden bespannten Kutschen fuhr, wie ein Karnevalsumzug wirkte und er einen lächerlichen Anblick bot. Keiner der anderen hatte diese Empfindung geteilt, und so hatte er sich schließlich damit abgefunden. Früher hatten es die Menschen ja auch ganz natürlich gefunden, dass Hunde Schlitten zogen. Warum also nicht auch kleine Kutschen?

Sie ließen die Hundegespanne am Fuß der letzten Anhöhe stehen und stiegen den alten Pfad hinauf, wobei sie sich den Weg durch dichtes Brombeergestrüpp bahnen mussten. Dann traten sie an den Rand des Reservoirs und blickten in das leere Bassin. An einigen tieferen Stellen war noch ein wenig Wasser zu sehen, doch das Abflussrohr ragte in die Luft. Für eine Weile standen sie einfach so da. Schließlich sagte Ezra: »Da haben wir den Salat!«

Sie besprachen die eine oder andere Möglichkeit, aber ohne tiefere Überzeugung. Die regnerische Jahreszeit hatten sie schon zur Hälfte hinter sich, und so bestand nur wenig Aussicht, dass der Regen das Reservoir wieder füllen würde. Sie stiegen den Pfad wieder hinab, setzten sich in die Hundekutschen und fuhren nach Hause. Als sie in die Nähe der Häuser kamen, fingen die Hunde an zu bellen, und die Haushunde bellten zurück.

Alle kamen bei Ishs Haus zusammen, um die Neuigkeiten zu hören. Die Älteren sahen dabei so trübselig drein, dass die Kinder davon angesteckt wurden; ein kleiner Junge, der noch gar nicht verstehen konnte, um was es ging, fing sogar an zu weinen. Im Durcheinander der Unterhaltung wurde klar, dass niemand befürchtete, nun zu verdursten, aber die Frauen waren sehr besorgt darüber, dass die Toiletten nicht mehr funktionieren würden. Sie alle fühlten sich, als hätte das Leben einen Schritt rückwärts getan.

Nur Maurine nahm die Angelegenheit mit geradezu philosophischer Gelassenheit hin. »Ich habe meine ersten achtzehn Lebensjahre auf einer alten Farm in South Dakota verbracht«, sagte sie. »Ich bin einfach aus dem Haus rausgelaufen, egal, was für Wetter war, und eine Wasserspülung habe ich höchstens sonntags in der Stadt zu sehen bekommen. Das hat mir immer am besten gefallen, wenn Dad uns ins Auto packte und mit uns nach Kalifornien fuhr. Aber ich habe immer das Gefühl gehabt, dass ich am Ende wieder bei jedem Wetter würde nach draußen laufen müssen, so wie früher. Eine Wasserspülung ist großartig. Aber nun ist es damit vorbei, und ich sage: Gott sei Dank ist es hier nicht so kalt wie in South Dakota.«

Die älteren Männer beschäftigte mehr das Problem des Trinkwassers. Als Stadtmenschen dachten sie erst über Mittel und Wege nach, in den Läden und Kaufhäusern weitere Mineralwasservorräte aufzutun. Doch bald wurde ihnen klar, dass auch in der bevorstehenden trockenen Jahreszeit kein großer Wassermangel bestehen würde. Trotz des langen, regenlosen Sommers war die Gegend keine Wüste, und die schmalen Bäche in den Abflussgräben, denen sie bisher nur wenig Aufmerksamkeit gewidmet hatten, würden das Trinkwasser für das Vieh und die anderen Tiere liefern, die die nähere Umgebung durchstreiften.

In diesem Punkt zeigte sich der Unterschied zwischen der älteren und der jüngeren Generation besonders deutlich. Obwohl Ish Geograph gewesen war, konnte er nicht ohne Weiteres sagen, ob sich in der Nähe eine Quelle oder ein Bach mit gutem Wasser befand; andererseits war er durchaus noch in der Lage, etliche Orte in der Stadt mit Straßennamen zu versehen. Die Jüngeren hingegen konnten ihm sofort sagen, wo zu dieser Jahreszeit ein Wasserlauf floss oder wo sich Tümpel oder Quellen befanden. Sie hatten keine Ahnung, an welcher Straße sie lagen, aber sie wussten, wo sie waren, und sie fanden ohne Weiteres hin.

Und so war es Ishs Sohn Walt, der ihm erklärte, dass zu dieser Jahreszeit Wasser durch einen kleinen Abflusskanal floss, den Ish nie bemerkt hatte, weil er unter dem San Lupo Drive hindurchführte.

Es dauerte nicht lang, da hatte sich die anfängliche Besorgnis in leichte Begeisterung verwandelt. Einige der Jüngeren wurden mit den Hundegespannen und großen Blechkanistern losgeschickt, um von der nächstgelegenen Quelle Wasser zu holen; die Älteren begannen, Löcher zu graben und Latrinen zu errichten.

Die Begeisterung hielt mehrere Stunden an und resultierte in einer bemerkenswerten Menge an geleisteter Arbeit. Doch keiner von ihnen war es gewöhnt, so lange mit Hacke und Schaufel zu arbeiten, und so klagten alle gegen Mittag über Blasen an den Händen und Erschöpfung. Nachdem sie zum Mittagessen auseinandergegangen waren, wurde Ish klar, dass an diesem Tag niemand die Arbeit wiederaufnehmen würde. Es war erstaunlich, wie viele wichtige Dinge gerade für diesen Nachmittag geplant gewesen waren: fischen, einen Bullen töten, der gefährlich zu werden drohte, Wachteln für das Abendessen schießen. Außerdem hatten die begeisterten Jungs inzwischen einen Wasservorrat herangeschafft, der für den augenblicklichen Bedarf ausreichte. Einen kleinen Wasservorrat zu haben oder überhaupt kein Wasser – das war, psychologisch betrachtet, ein riesiger Unterschied. Ein voller Zwanzigliterkanister in der Küche beruhigte die Nerven ungemein.

Auch Ish rauchte nach dem Mittagessen erst einmal eine Zigarette; er ging nicht hinaus, um zu graben. So wie es in den Büchern stand, wäre das beispielhaft gewesen. Aber tatsächlich hätte er sich damit nur lächerlich gemacht.

Der kleine Joey kam zu ihm ins Wohnzimmer und stand für eine Weile nervös auf den Füßen wippend da.

»Was ist denn, Joey?«, fragte Ish.

»Gehen wir nicht hinaus und arbeiten weiter?«

»Nein, Joey. Heute Nachmittag nicht.«

Joey balancierte weiter auf den Füßen, sah sich im Raum um und blickte dann wieder seinen Vater an.

»Geh nur, Joey«, sagte Ish mit sanfter Stimme. »Alles ist gut. Wir machen zur gewohnten Zeit Unterricht.«

Joey trottete davon, und Ish war gerührt und auch ein wenig beschämt von der stummen Zuneigung, die ihm sein jüngster Sohn entgegenbrachte. Joey begiff die größeren Zusammenhänge nicht, aber sein wachsamer Geist hatte ihn spüren lassen, dass sein Vater unglücklich war, obwohl es keinerlei Streit zwischen ihm und den anderen gegeben hatte. Ja, dachte Ish einmal mehr, Joey war derjenige!

Seit ihm dieser Gedanke am Neujahrstag zum ersten Mal gekommen war, hatte er die Unterrichtsstunden verdoppelt, und Joey hatte den Stoff ohne die geringste Schwierigkeit bewältigt. Ja, es bestand sogar die Gefahr, dass er sich zu einem Intellektuellen entwickelte; unter den anderen Kindern zeigte er wenig Neigung zum Anführer, und so waren Ish hin und wieder Zweifel gekommen.

Diese kleine Begebenheit gerade eben zum Beispiel! Man konnte daraus auf Intelligenz und Sorge um die Zukunft schließen, aber auch auf die Tendenz, sich der Gesellschaft der Gleichaltrigen zu entziehen, die bei den sportlichen Wettkämpfen besser waren, und Geborgenheit und Sicherheit bei seinem Vater zu suchen, dessen Sympathien ihm sicher waren. Ish hoffte, die anderen Kinder würden nicht merken, in welchem Ausmaß Joey sein Liebling geworden war. Es gehörte sich für einen Vater nicht, ein bestimmtes Kind zu bevorzugen; aber so war es nun eben gekommen.

Ach, dachte er, warum sich darüber den Kopf zerbrechen? Und plötzlich fühlte es sich an, als würde er das alles Em erklären: »Damals, am Neujahrstag, war ich plötzlich ganz fest überzeugt davon, dass Joey der Auserwählte ist. Jetzt bin ich mir nicht mehr so sicher. Vielleicht ist es nur die tiefe Zuneigung eines Vaters für seinen kleinen Sohn. Später streiten wir uns vielleicht, so wie ich mich jetzt mit Walt streite. Und doch hoffe ich. Die anderen Jungs waren nie so wie Joey – so clever, meine ich, so schnell beim Lernen. Ich weiß nicht. Ich wünschte, ich wüsste es. Ich versuche, es herauszubekommen.«

Als er sich dann eine weitere Zigarette anzündete, wurde er plötzlich wütend. Er selbst war auch nie so clever gewesen! Er hatte sich viele Gelegenheiten entgehen lassen. Während all der Jahre hatte er ständig gesagt: »Irgendetwas wird geschehen!« Aber es war nichts geschehen, und sie hatten über ihn gelächelt wie über einen düsteren, nicht weiter ernst zu nehmenden Propheten. Doch heute Morgen *war* es geschehen. Und es war ein Schock gewesen. Er dachte an die verstörten Gesichter, als er, Ezra und George die Nachricht überbracht hatten. Da wäre die beste Gelegenheit gewesen, eine Ich-habe-es-euch-ja-gesagt-Rede zu halten. Ja, er hätte es ihnen so richtig reinreiben sollen. Er hätte die Zukunft in den schwärzesten Farben malen sollen. Vielleicht hätte er dann etwas erreicht.

Doch womöglich war er selbst im ersten Augenblick etwas verstört gewesen; jedenfalls hatten sie alle nach der leichtesten Abhilfe gesucht und so die Situation entschärft, die ihnen eigentlich wie ein Verhängnis hätte erscheinen müssen. Der Stamm hatte einfach so getan, als gäbe es überhaupt kein Problem. Oder – Ish musste an ein altes Sprichwort denken, das wie die Faust aufs Auge passte – das Problem war einfach von ihnen abgeglitten »wie Wasser von einem Entenrücken«. Vier oder fünf Stunden danach hatten sie offenbar wieder ihr altes sorgloses Leben aufgenommen.

Offenbar – ja. Und trotzdem mussten der Schock und das Gefühl der Unsicherheit irgendetwas ausgelöst haben. Einige waren fischen gegangen, andere auf Wachteljagd; Ish hatte schon zwei Schüsse gehört. Doch alle mussten sie tief im Inneren spüren, dass sie etwas Unverantwortliches taten oder sich sogar schuldig machten, wenn sie die wichtigere Arbeit im Stich ließen. Am Abend würden sie müde heimkommen, und vielleicht würden sie es dann begreifen. Dann würde er sie zu einer Versammlung zusammenrufen. Wenn das Eisen auch nicht glühen würde, so konnte er es zumindest ein wenig anwärmen.

Er drückte die Zigarette aus und lehnte sich in dem großen Sessel zurück, um sich auszuruhen und die trüben Gedanken zu vertreiben.

Ja, das ist wirklich gemütlich, dachte er. Das ist …

In jenen Tagen werden sie aufs Meer blicken und plötzlich rufen: »Ein Schiff, ein Schiff! … Ja, ganz sicher, ein Schiff! … Siehst du nicht die Rauchfahne? … Ja, es nimmt Kurs auf unseren Hafen!« Dann werden sie alle fröhlich sein und sagen: »Warum nur waren wir verzweifelt? … Es war doch zu erwarten, dass die Zivilisation nicht überall vernichtet ist … Natürlich, ich habe es ja immer gesagt … In Australien, in Südafrika, an einem der abgelegenen Orte oder auf einer der Inseln …« Aber es wird kein Schiff da sein, nur ein zartes Wölkchen am Horizont.

Oder jemand wird aus dem Nachmittagsschlummer erwachen und hastig nach oben blicken. »Natürlich! … Ich wusste ja, dass es so kommen musste! … Das war ein Flugzeugmotor … Kein Irrtum möglich.« Doch es werden nur die Heuschrecken im Gebüsch gewesen sein, und kein Flugzeug wird kommen.

Oder jemand wird eine Anodenbatterie an das Radio anschließen und mit Kopfhörern dasitzen und an den Reglern drehen. »Ja«, wird er mit fester Stimme sagen. »Seid mal alle ruhig! … Natürlich, natürlich! … Genau auf 920 … Da spricht jemand, ich kann es deutlich hören, es klingt spanisch … Da wieder! … Jetzt ist es weg …« Aber es werden keine Worte in der Luft sein, nur das Kratzen und Knacken eines fernen Gewitters.

Das ist wirklich gemütlich, dachte Ish in seinem großen Sessel. Dann schreckte er plötzlich auf. Draußen auf der Straße hatte es zweimal laut geknallt, und er wusste sofort, dass das nur die Fehlzündungen eines schweren Lastwagens sein konnten. Er sprang auf, und so schnell, dass es überhaupt keine Zeit beansprucht zu haben schien, war er auf dem Bürgersteig vor dem Haus. Tatsächlich: Da stand ein Lastwagen mitten auf der Straße, ein schöner, großer, rot-blauer Lastwagen, und in weißen Buchstaben war auf der Seite zu lesen: U.S. GOVT. Ein Mann stieg aus dem Lastwagen, und obwohl er gefahren war, trug er jetzt (verständlicherweise) Cutaway und Zylinder. Der Mann sagte nichts, aber Ish wusste natürlich, dass es der Gouverneur von Kalifornien war. Ein unaussprechliches Glücksgefühl durchflutete ihn – nun gab es wieder Sicherheit und eine Autorität und die Kraft der vielen statt lediglich die Kraft weniger inmitten der sie umgebenden Finsternis; nun war er, Ish, nicht länger ein schwaches, verstoßenes Kind, das einsam durch eine weite, feindselige Welt wanderte …

Mit diesem Glücksgefühl, das zu groß war, als dass man es hätte ertragen können, erwachte Ish. Seine Handflächen waren feucht, und sein Herz pochte heftig. Als er sich in dem vertrauten Raum umsah, schwand das Gefühl langsam wie ein sterbendes Licht, und ein unaussprechlicher Schmerz nahm seine Stelle ein.

Doch nach einer Weile verblasste auch der Schmerz, und Ish kam ganz zu Bewusstsein. Dieses geträumte Glücksgefühl, das so überwältigend gewesen war, dass er davon aufgewacht war – jetzt wusste er, dass er diesen Traum oft geträumt hatte; einen »Wunschtraum« nannte man das. Wie viele Male im Lauf der einundzwanzig Jahre hatte er ihn in dieser oder einer anderen Form geträumt! Natürlich nicht in den ersten beiden Jahren; es schien, als sei das Gefühl der Einsamkeit und der Unsicherheit mit den Jahren gewachsen, so schnell, dass die jeweilige Geburt eines neuen Kindes dem nichts hatte entgegensetzen können.

Dieses Mal allerdings war die Traumsymbolik ziemlich banal gewesen. Sie nahm ganz unterschiedliche Formen an, aber meistens war sie klar erkennbar. Es überraschte ihn ein wenig, dass so häufig die Rückkehr der Regierung der Vereinigten Staaten eine Rolle spielte. Früher, in den Alten Zeiten, war er alles andere als ein flaggenschwenkender Patriot gewesen und hatte sich kaum Gedanken über die Segnungen der Staatsbürgerschaft gemacht. Aber man wurde sich eben auch erst der Atemluft bewusst, wenn sie einem genommen wurde. Offenbar war im Unterbewusstsein der Bürger der ehemaligen Vereinigten Staaten von Amerika ein Gefühl für die Größe und Festigkeit des Landes verankert, ein stärkeres Gefühl, als die meisten von ihnen wahrhaben wollten.

Nun kehrten seine Gedanken jedoch in die wirkliche Welt zurück, und er setzte sich auf. Aus dem Stand der Sonne schloss er, dass er eine Stunde geschlafen hatte. Wieder hörte er die fernen Schüsse der Wachteljäger und lächelte schwach, als er das Knallen mit den Fehlzündungen des Lastwagens in seinem Traum in Verbindung brachte. Wie auch immer, er würde sich jetzt daranmachen, die anderen zu der Versammlung einzuladen, die er für den Abend geplant hatte.

Die Wasserversorgung war während des ganzen Tages kärglich, aber immerhin litt niemand Durst. Am Abend versammelten sich die Älteren, darunter Robert und Richard, die erst sechzehn waren, auf Ishs Einladung hin in seinem Haus. Ish fand, dass keiner von ihnen in irgendeiner Weise verstört wirkte. Die allgemeine Ansicht schien zu sein, lieber den Versuch zu unternehmen, in der Nähe eines der Häuser einen Brunnen zu graben, als einen natürlichen Wasserlauf zu den Häusern umzuleiten. Natürlich würde man unter den neuen Gegebenheiten ein besonderes Auge auf die sanitären Anlagen haben und die Kinder in dieser Hinsicht gut unterweisen müssen.

Niemand hatte den Vorsitz. Hin und wieder wurde Ish aufgefordert, eine Entscheidung zu treffen, aber diese Achtungsbekundung, so meinte er, rührte wohl daher, dass man ihm wegen seiner Intelligenz ohnehin vertraute – oder einfach auch daher, dass er der Gastgeber war. Kein Schriftführer hielt fest, was gesagt wurde. Es wurden keine Anträge gestellt, und es wurde auch nicht abgestimmt. Wie immer war es mehr eine gesellige als eine offizielle Zusammenkunft. Ish hörte dem Gespräch zu.

»Mir fällt gerade ein – wer weiß denn, ob in dem Brunnen überhaupt Wasser sein wird?«

»Ist es denn ein Brunnen, wenn kein Wasser drin ist?«

»Ja, dann ist es nur ein Loch in der Erde.«

»Hm, stimmt.«

»Vielleicht ist es besser, wenn wir ein Rohr zu einem Bach oder einer Quelle legen und es an unsere alten Leitungen anschließen.«

»Wie meinst du, George? Das klingt doch ganz vernünftig.«

»Ja, klar … Ich glaube … ja, hm … ich könnte ein paar Rohre zusammenlöten.«

»Ein Problem gibt es nur dann, wenn alle auf einmal Wasser haben wollen.«

»… müssten einen Damm bauen … ein Damm aus Erde … dann hätte das Wasser ein bisschen Druck.«

»Meinst du, das kriegen wir hin?«

»Natürlich … Ist aber jede Menge Arbeit.«

Während die Unterhaltung weiterging, spürte Ish, wie er immer mürrischer wurde. Es schien ihm, als wäre dieser Tag ein Rückschritt, eine versäumte Gelegenheit. Plötzlich merkte er, dass er aufgestanden war. Und nun hielt er vor den zehn Leuten, die in seinem Wohnzimmer saßen, tatsächlich eine Rede.

»Das mit dem Wasser hätte nicht geschehen dürfen«, sagte er. »Wir hätten es nie so weit kommen lassen dürfen. Wir hätten während des letzten halben Jahres jederzeit feststellen können, dass das Wasser in dem Reservoir abnahm. Aber kein einziges Mal sind wir dorthin gegangen, um nachzusehen. Und nun, nachdem das Unglück über uns hereingebrochen ist, sitzen wir da und sind womöglich nicht imstande, die Sache wieder in Ordnung zu bringen. Wir haben viel zu viele Fehler gemacht. Wir hätten den Kindern Lesen und Schreiben beibringen sollen. Keiner von euch hat mich dabei ernsthaft unterstützt. Wir hätten eine Expedition losschicken sollen, um herauszufinden, was anderswo geschieht. Es ist nicht gut, wenn man nicht einmal weiß, was in der näheren Umgebung los ist. Wir hätten mehr Haustiere halten sollen, wenigstens ein paar Hühner. Wir hätten die Felder bestellen müssen …«

Dann, als er gerade in voller Fahrt war, klatschte jemand, und er hielt inne, um den Beifall entgegenzunehmen. Aber sie lachten alle nur gutmütig, und wieder merkte Ish, dass der Applaus ironisch gemeint war.

Durch das Klatschen hindurch hörte er einen der Jungs sagen: »Guter alter Dad! Er kann's einfach nicht lassen.«

Und ein anderer sagte: »Nun fehlt nur noch George mit seinem Kühlschrank.«

Ish musste ebenfalls lachen. Diesmal war er nicht wütend, sondern einfach nur erschrocken darüber, dass er sich unbewusst selbst wiederholt und, was noch schlimmer war, erneut die Gelegenheit verpasst hatte, die anderen zu überzeugen.

Dann ergriff Ezra das Wort – der gute alte Ezra, der stets zur Hilfe eilte, wenn jemand in Verlegenheit war. »Ja«, sagte er, »es war zwar die alte Rede, aber es war doch etwas Neues darin. Wie wäre es, wenn wir tatsächlich eine Expedition losschicken?«

Zu Ishs Überraschung erhob sich ein lebhaftes Gerede, in dessen Verlauf ihm wieder einmal die Unwägbarkeiten der Menschen auffielen, wenn sie zu einer Gruppe vereinigt waren. Ohne groß darüber nachzudenken, hatte er eine Idee in die Welt gesetzt; eine Idee, die ganz den Ereignissen des Tages geschuldet war, der Überraschung darüber, dass sie sich nie die Mühe gemacht hatten, das Reservoir zu inspizieren. Er selbst sah in der Idee die am wenigsten wichtige seiner Überlegungen; aber es war genau diese

Idee, die die Gruppenfantasie anfachte. Und plötzlich war es ihr aller Lieblingsidee, und Ish tat so, als würde er sich ihrer Begeisterung anschließen. Hauptsache, dachte er, irgendetwas wurde unternommen – irgendetwas, das die allgemeine Lethargie brach.

Doch dann spürte er, wie er selbst immer begeisterter wurde. Sein ursprünglicher Gedanke einer »Expedition« hatte darin bestanden, das Land im Umkreis von etwa hundert Meilen zu erforschen; doch jetzt begriff er, dass die anderen etwas weit Größeres im Sinn hatten. Schon nach wenigen Minuten redeten sie von einer Expedition über den ganzen Kontinent.

Lewis und Clark, dachte Ish, nur umgekehrt. Es sagte es jedoch nicht laut, weil ihm klar war, dass die wenigsten unter den Anwesenden etwas über Lewis und Clark wussten.

Es wurde heftig weiterdebattiert.

»Für einen Fußmarsch ist das zu weit.«

»Auch für die Hunde.«

»Pferde würden es schaffen, wenn wir welche hätten.«

»Drüben in dem großen Tal sind sicher welche.«

»Das dauert viel zu lange, sie zu fangen und zu zähmen.«

Während er zuhörte, kam Ish ein weiterer Gedanke. Sein alter Traum, der Traum, den er an diesem Nachmittag geträumt hatte! Wussten sie denn ganz sicher, dass es keine Regierung der Vereinigten Staaten mehr gab? Und selbst wenn es eine Zeitlang keine gegeben hatte – sie konnte sich inzwischen wieder gebildet haben. Natürlich war sie klein und schwach und noch nicht imstande, die Verbindung mit der Westküste wiederaufzunehmen. Also mussten sie diese Verbindung aus eigener Kraft herstellen!

Außerdem fiel ihm auf, dass beinahe alle losziehen wollten. Es war der beste Beweis dafür, dass die Menschen, die

Männer auf jeden Fall, stets bereit waren, irgendwohin aufzubrechen und Neues zu entdecken. Allerdings stellte sich die Frage, wer tatsächlich gehen würde. Ish schied aus (und es fiel ihm schwer, dagegen zu protestieren), weil er, seit ihn der Berglöwe damals im Jahr der Löwen angefallen hatte, nicht mehr richtig wandern konnte. George war zu alt. Und Ezra wurde trotz seiner vehement vorgebrachten Einwände abgelehnt, weil er von allen der schlechteste Schütze und ganz und gar nicht dazu geeignet war, in der Natur für sich selbst zu sorgen. Was die Jungs betraf, so stimmten alle, ausgenommen sie selber, darin überein, dass sie ihre Frauen und Kinder nicht verlassen durften. So entschied man sich schließlich für Robert und Richard, die zwar noch sehr jung waren, aber bestimmt zurechtkommen würden. Ihre Mütter, Em und Molly, sahen zweifelnd drein, doch die allgemeine Begeisterung fegte ihre Sorgen zur Seite. Robert und Richard waren Feuer und Flamme.

Die heikelsten Fragen waren natürlich die des einzuschlagenden Weges und der Transportmittel. Während der letzten Jahre hatte niemand ein Auto benutzt, und etliche einst schöne Wagen standen verwahrlost entlang des San Lupo Drive auf schlappen Reifen; die Kinder verwendeten sie für ihre Spiele. Der Aufwand, ein Auto fahrtüchtig zu halten, überstieg die Freude daran. Außerdem waren die Straßen in alle Richtungen durch umgefallene Bäume und die Ziegel der Schornsteine, die beim Erdbeben eingestürzt waren, so blockiert, dass eine Fahrt in die Stadt, selbst wenn sich ein funktionstüchtiges Auto gefunden hätte, allzu mühsam gewesen wäre. Hinzu kam, dass keiner der Jüngeren wusste, wie viel Spaß es machte, unter günstigen Bedingungen ein Auto zu fahren, und so hatten sie auch kein Interesse daran. Und schließlich: Wohin sollte man fahren, wenn man einen Wagen hatte? Da waren keine Freunde am anderen Ende der Stadt, die man hätte besuchen können. Und es gab keine Kinos mehr. Um Dosen und Flaschen aus den Läden nach Hause zu befördern, reichten die Hundegespanne aus, ebenso wie für die Fischfangausflüge zur Bucht.

Doch die Älteren waren sich einig, dass es doch möglich sein müsste, eines der Autos wieder fahrtüchtig zu bekommen und trotz der platten Reifen auch größere Entfernungen damit zu bewältigen, wenn man die Geschwindigkeit bei etwa fünfundzwanzig Meilen hielt. Und im Vergleich zu einer Hundekutsche fuhr man dann rasend schnell. Schnell genug jedenfalls, um New York in etwa einem Monat zu erreichen, vorausgesetzt, die Straßen waren passierbar.

Das war der andere schwierige Punkt – die Route. Ish war hier plötzlich ganz in seinem Element, indem er seine geographischen Kenntnisse ausspielte. In östlicher Richtung, durch die Sierra Nevada, war alles durch umgefallene Bäume und Erdrutsche blockiert, ebenso die nach Norden führenden Straßen. Die beste Möglichkeit war, durch das offenere Land im Süden zu fahren, also jene Straße, die Ish vor langer, langer Zeit auf seiner Fahrt nach New York benutzt hatte. Die Straßen durch die Wüste waren vermutlich noch im gleichen Zustand wie einst; vielleicht standen auch die Brücken über den Colorado River noch, vielleicht auch nicht. Der einzige Weg, das herauszubekommen, war loszufahren.

Mit der Begeisterung fielen Ish auch die alten Straßenkarten wieder ein, und so arbeitete er eine Route nach Osten aus. Die Berge jenseits des Colorado River waren nicht allzu schwer zu bewältigen, und dann kamen vorerst keine größeren Flüsse mehr, bis man bei Albuquerque an den Rio Grande gelangte. Wenn dann die Überquerung der Sandia

Mountains gelang, lag offenes Land vor einem, und je weiter man nach Osten kam, desto mehr Straßen standen zur Verfügung. (Benzin konnte man nach wie vor in den Vorratstanks finden; das würde kein allzu großes Problem sein.) Wenn man erst einmal im Flachland war, würde man leicht an den Missouri oder den Mississippi gelangen und vielleicht könnte man diese größten aller Ströme sogar überqueren; die hohen Stahlbrücken mussten noch in gutem Zustand sein, nach dem der Bay Bridge zu urteilen.

»Was für ein Abenteuer!«, rief er laut. »Was gäbe ich darum, wenn ich mitfahren könnte! Ihr müsst überall nach Menschen Ausschau halten – nicht nur nach einem oder zwei, sondern nach Gemeinschaften. Ihr müsst euch merken, wie diese andere Gruppen ihre Probleme lösen, wie sie immer wieder von Neuem anfangen.«

Was jenseits des Mississippi war (fuhr er beim Planen der Route fort), konnte man nicht wissen. Das war seit jeher ein Waldgebiet, und so waren die Straßen wohl hoffnungslos blockiert. Andererseits hatten womöglich Brände den Baumbestand reduziert, zumindest dort, wo in Illinois einst Prärie gewesen war. Alles, was sie tun konnten, war hinzufahren und es sich anzusehen, vorausgesetzt, sie würden überhaupt so weit kommen. Und dann ihre Entscheidungen zu treffen.

Inzwischen waren die Kerzen fast niedergebrannt. Die Uhr zeigte auf zehn, obwohl das nur eine Schätzung war. (Ish kontrollierte die Zeit, indem er mittags den Schatten der Sonne beobachtete, und die große Uhr in seinem Wohnzimmer galt für sie alle als Standardzeit.) Aber zweifellos war es schon spät für Menschen, die über kein elektrisches Licht verfügten und sich daran gewöhnt hatten, sich nach dem Sonnenlicht zu richten.

Die anderen standen auf und verabschiedeten sich. Als alle gegangen waren, schickten Ish und Em Robert ins Bett und machten sich daran, das Wohnzimmer aufzuräumen.

Ish fühlte sich seltsam nostalgisch. Es hatte sich so viel verändert; und doch schien ihm bisweilen, als hätte sich nicht das Geringste geändert. Das hier hätte auch in den Alten Zeiten geschehen können. Dann wäre er und nicht Robert der Halbwüchsige gewesen und nach oben ins Bett geschickt worden. Er und nicht Robert hätte dann die Treppe hinuntergeblickt (wie Robert es vermutlich tat) und die Eltern hin und her gehen, Aschenbecher leeren, Kissen wieder auf ihre Plätze legen und das Zimmer in Ordnung bringen sehen, damit es nicht allzu wild aussah, wenn sie am nächsten Morgen hinunterkamen. Es war ein häusliches Zwischenspiel, das den Tag beschloss und nach der ganzen Aufregung die Nerven beruhigte.

Als sie fertig waren, setzten sie sich auf die Couch, und Ish rauchte eine letzte Zigarette. Wie nicht anders zu erwarten, dachte er über ihre Debatte an diesem Abend nach. Obwohl die Dinge eine andere Wendung genommen hatten, als er es ursprünglich geplant hatte, hatte er doch das Gefühl, dass etwas Wichtiges erreicht worden war.

»Eine Verbindung«, sagte er zu Em. »Das ist es! Sieh dir die Weltgeschichte an. Wenn eine Nation oder ein anderes Gemeinwesen sich selbst überlassen blieb, wurde es starr, und dann setzte eine Rückentwicklung ein. So wie bei George und Maurine drüben, die tausend Dinge aus der Vergangenheit gesammelt haben und dann gewissermaßen eingefroren sind. Vielleicht ist das auch in Ägypten und China so gewesen. Aber wenn eine Verbindung mit einer anderen Zivilisation besteht, dann lockert sich alles auf, und es geht weiter. So wird es auch bei uns sein.«

Em erwiderte nichts, doch der bloßen Tatsache, dass sie schwieg, entnahm er, dass sie ihm ganz und gar nicht zustimmte.

»Was ist, Liebling?«, fragte er.

»Nun, weißt du«, sagte sie, »ich dachte gerade darüber nach, dass den Indianern die Verbindung mit den Weißen nicht gut bekommen ist, nicht wahr? Und wie war es mit meinen Vorfahren an der afrikanischen Küste, als sie mit den Sklavenhändlern in Verbindung traten?«

»Ja, aber vielleicht ist gerade das der Punkt. Was, wenn eines schönen Tages ein paar Sklavenhändler über die Berge kommen, und wir haben keine Ahnung gehabt, dass sie sich hier herumtreiben? Wäre es nicht besser gewesen, die Indianer hätten ein paar Kundschafter nach Europa geschickt und sich darauf vorbereitet, dass die Weißen mit Pferden und Kanonen anrücken?«

Er freute sich darüber, dass er so geschickt Kontra gegeben hatte. Schließlich lief ihr Einwand nur darauf hinaus, dass sie auch weiterhin in Unwissenheit leben würden – und das würde sie nicht weiterbringen.

Doch Em erwiderte nur: »Ja, vielleicht ... vielleicht.«

»Erinnerst du dich?«, sagte er dann. »Ich habe es schon vor langer Zeit gesagt. Wir müssen kreativ sein und dürfen nicht wie Räuber leben. Ja, das habe ich schon damals gesagt, bevor unser erstes Baby geboren wurde.«

»Ja, ich erinnere mich. Du hast das sehr oft gesagt. Und doch erscheint es mir manchmal leichter, wenn wir auch in Zukunft einfach nur Büchsen aufmachen.«

»Aber eines Tages ist es damit vorbei. Und wenn es so weit ist, darf es uns nicht so unvorbereitet treffen wie das Versiegen des Wassers heute.«

3

Als er am nächsten Morgen erwachte, war Em bereits aufgestanden. Er lag still da, entspannt, glücklich. Dann schien sich sein Geist plötzlich zu regen und Halt zu finden – und sofort fing er an zu denken und Pläne zu schmieden.

Nach einer Minute empfand er eine leichte Verärgerung. »Du denkst zu viel!«, sagte er zu sich selbst.

Warum erlaubte ihm sein Gehirn nicht, wie anderen Menschen, einfach auszuruhen und glücklich zu sein, ohne dass er sich Gedanken über die Zukunft machte, über die nächsten vierundzwanzig Stunden oder über die nächsten vierundzwanzig Jahre? Warum konnte er nicht einmal eine Minute lang still daliegen? Aber nein, selbst wenn sein Körper in Ruhe war, begann sein Geist zu arbeiten und kam in Gang wie ein leerlaufender Motor. Ein Motor? Natürlich, heute musste er sich mit Motoren befassen!

Das stille Glück zwischen Schlafen und Wachen hatte ihn endgültig verlassen. Mit einer ärgerlichen Armbewegung schlug er die Decke zurück.

Der Morgen war hell und sonnig. Obwohl die Luft kühl war, trat er auf den kleinen Balkon hinaus, blieb dort stehen und blickte nach Westen. Im Laufe der Jahre waren die Bäume überall größer geworden, aber noch immer konnte er den Berggipfel und ein gutes Stück der Bucht mit den beiden Brücken sehen.

Die Brücken! Nach wie vor waren sie für ihn die beeindruckendsten Überreste der großen Vergangenheit. Die

Kinder hielten die Brücken, wie er oft beobachtet hatte, für etwas, das sich kaum von Hügeln oder Bäumen unterschied; sie waren einfach da. Ish jedoch erinnerten sie jeden Tag an die Macht und den Ruhm einer vergangenen Zivilisation. So, dachte er, musste ein alter Germane, ein Burgunder oder Sachse, einst auf die festgefügten, noch nicht zerfallenen Tore und Triumphbogen der Römer geblickt haben.

Aber der Vergleich stimmte nicht ganz. Dieser alte Germane hatte tiefe Wurzeln in seinem Volkstum; er war Herr und Meister seiner eigenen Welt und stand an einem neuen Anfang. Er, Ish, dagegen ähnelte mehr dem Letzten aus der Alten Zeit, einem überlebenden Römer, einem Senator oder Philosophen, den das Schwert der Barbaren verschont hatte und der nun angsterfüllt vor einer leeren, zerstörten Stadt stand, in dem Wissen, dass er nie wieder seine Freunde in den Bädern treffen und nie wieder das Gefühl tiefer Sicherheit verspüren würde, das einen überkam, wenn man eine Kohorte der Zwölften Legion die Straße hinabmarschieren sah. Aber nein, Ish war auch nicht wie dieser Römer.

Die Geschichte wiederholt sich, dachte er, aber immer mit Variationen.

Ja, er hatte sich alle möglichen Gedanken über die Geschichte gemacht. Ihre Wiederholungen waren nicht die eines unbegabten Kindes, das immer wieder seine Rechenaufgabe durchgeht. Die Geschichte war eine Künstlerin, die an der Grundidee festhielt, aber die Details veränderte, wie ein Komponist das gleiche Thema beibehielt, aber es in Moll umsetzte oder eine Oktave höher erklingen ließ, es mit Violinklängen umspielte oder den Trompeten anvertraute.

Als er im Schlafanzug auf dem Balkon stand, spürte er, wie ihm eine leichte Brise das Gesicht kühlte. Er atmete tief ein, und einmal mehr musste er daran denken, dass sich sogar der Geruch der Dinge geändert hatte. In den Alten Zeiten war man sich des charakteristischen Geruchs einer Stadt nie bewusst gewesen, und doch war da ein komplexes Gemisch aus Rauch und Benzindunst und Kochgerüchen und Abfällen und Menschen gewesen. Jetzt trug die Luft lediglich einen Hauch von Frische mit sich, so wie man ihn früher auf Feldern oder Bergwiesen empfunden hatte.

Aber die Brücken! Er wandte sich ihnen wieder zu – wie einem Licht in der Finsternis. Die Golden Gate Bridge hatte er seit vielen Jahren nicht mehr betreten. So ein Ausflug hätte einen sehr langen Fußmarsch bedeutet oder sogar auch eine lange Fahrt in der Hundekutsche; man hätte über Nacht fortbleiben müssen. Er wusste allerdings noch genau, wie es auf der Bay Bridge aussah, und von dem Punkt aus, an dem er stand, konnte er sie ganz deutlich sehen.

Er musste daran denken, wie sie früher gewesen war: sechs Fahrspuren, auf denen PKWs, Lastwagen und Busse dahingesaust waren, und darunter die elektrischen Züge. Jetzt stand, wie er von seinem letzten Besuch wusste, nur noch ein einziger Wagen auf der Brücke: das kleine Coupé, das am Ende des westlichen Bogens ordentlich neben dem Bordstein geparkt war. Der vergilbte Zulassungsschein hatte noch am Lenkrad gesteckt: John S. Robertson (oder, Ish konnte sich nicht ganz genau erinnern, vielleicht auch James T.), wohnhaft Nummer soundso auf einer der nummerierten Straßen in Oakland. Nun waren die Reifen platt, und der einst hellgrüne Anstrich war zu einem stumpfen Moosgrau verwittert.

Oberflächlich, für das Auge, hatten sie sich verändert. Die Türme, die ihre Spitzen in den Sommerwolken verbargen, die meilenlangen, sich senkenden und steigenden Tragkabel, die massiven Stahlträger – sie warfen nicht länger mit ihrem lichten Silbergrau den Schein der Morgensonne zurück. Über ihnen lag jetzt eine Haut aus Rost, die rotbraune Farbe der Vernachlässigung. Nur auf den Turmspitzen und längs der Tragkabel, an gut erreichbaren Stellen, war die Einförmigkeit durch das Weiß der Vogelexkremente unterbrochen.

Ja, während all der Jahre hatten sich die Seevögel hier niedergelassen, die Möwen, Pelikane und Kormorane. Und über die Uferdämme huschten die Ratten, kämpften, nisteten, lebten, wie nur Ratten es können, quiekend und einander beißend, bei Ebbe Muscheln und Krabben fressend.

Der breite Zufahrtsweg, der unbenutzt dalag, wies nur wenige Anzeichen der Veränderung auf: einige unebene Stellen, hier und da ein paar Risse und Sprünge. Dort, wo sich in den Rissen und Winkeln angewehter Staub abgelagert hatte, wuchsen etwas Gras und ein paar zähe Unkräuter, aber nicht allzu viele.

Auch in ihrem inneren Gefüge war die Brücke noch immer intakt. Der Rost an der Oberfläche hatte ihre Stabilität nur um ein Geringes vermindert. An der östlichen Auffahrt, wo bei Sturm Salzwasser gegen die seit Langem nicht mehr gestrichenen Stahlträger spritzte, hatte sich der Rost etwas tiefer gefressen, und hätte es noch einen Ingenieur gegeben, hätte er wohl den Kopf geschüttelt und die Auswechslung einiger Bauteile angeordnet, ehe er die Brücke wieder für den Verkehr freigegeben hätte.

Aber das war auch alles. Im ausdauernden Gefüge der Brücke verteidigte sich die tote Zivilisation noch gegen die Angriffe von Luft und Meer.

Ish riss sich aus der tranceähnlichen Starre und ging zurück ins Haus, um sich zu rasieren. Die Berührung mit der

Stahlklinge war beruhigend und anregend zugleich. Fröhlich dachte er an das, was an diesem Tag vollbracht werden sollte. Er musste sich davon überzeugen, dass an den Latrinen und am Brunnen weitergearbeitet wurde. Er wollte die Pläne für die Expedition ins Landesinnere weiter ausarbeiten (Präsident Jefferson, der Lewis und Clark Instruktionen erteilt). Er wollte herausfinden, ob es nicht doch möglich war, ein Auto in Gang zu bringen. Vielleicht, so dachte er euphorisch, war dies der Tag, an dem sie wieder auf die Straße gelangten, nicht nur im wörtlichen Sinne in einem Auto, sondern auch metaphorisch: auf die Straße, die zur Wiedergeburt der Zivilisation führte.

Eigentlich war er fertig mit der Rasur, aber der Moment war einfach zu schön. Und so seifte er sich ein zweites Mal ein und schabte sich noch einmal über das Gesicht … Ihre Gemeinschaft, diese über dreißig Menschen, die die Saat der Zukunft waren – es waren nicht gerade brillante Menschen, wenn man darüber nachdachte, aber sie waren in Ordnung. Die Erwachsenen hielten sich besser, als man es hätte erwarten können; schließlich waren sie ja nur eine zufällige Auswahl aus der ursprünglichen Bevölkerung der Vereinigten Staaten. Ish ließ sie alle vor seinem inneren Auge vorüberziehen, bis er bei sich selbst ankam. Wie kam es nur, dass er sich von den anderen abhob?

Er erinnerte sich, dass er vor vielen Jahren in diesem Haus gesessen und seine Befähigungen für das neue Leben in Form einer Liste aufgeschrieben hatte. Etwa, dass ihm der Blinddarm entfernt worden war. Natürlich war es ein Vorteil, wenn man keinen Blinddarm mehr hatte, auch wenn bisher keiner von ihnen je Probleme mit dem Blinddarm gehabt hatte. Doch er hatte auch andere Dinge aufgeschrieben, die, wie ihm jetzt bewusst wurde, keinen Vorteil mehr darstellten. Beispielsweise, dass er imstande war, ohne andere Menschen auszukommen. Das war jetzt keine gute Eigenschaft mehr. Ja, vielleicht war es sogar eine schlechte. Aber auch er hatte sich im Laufe der Jahre verändert. Wenn er jetzt seine Eigenschaften und Fähigkeiten aufschreiben würde, würde nicht mehr dasselbe dabei herauskommen wie damals. Er hatte so viel gelesen und gelernt. Und was noch wichtiger war: Er hatte mit Em eine Familie gegründet. Er war gereift, wie es einem Menschen entsprach. Und er hatte einen stärkeren Willen, dachte er, als George oder Ezra. Wenn die Prüfung kam, würde er sie bestehen. Er allein konnte in die Zukunft denken.

Er schraubte den Rasierapparat auseinander und warf die Klinge in den Abfalleimer, wo bereits eine stattliche Zahl von Klingen lag. Er dachte nie daran, eine Klinge mehr als einmal zu verwenden; ihm standen so viele zur Verfügung, dass keine Veranlassung zur Sparsamkeit bestand. Und dennoch war das Problem, was man mit den alten Rasierklingen anfangen sollte, stets präsent. Er erinnerte sich an die Scherze, die sie vor langer Zeit darüber gemacht hatten. Seltsam, wie ein kleines Ding das gleiche blieb, nachdem so viele große Dinge unwiderruflich anders geworden waren.

Nach dem Frühstück setzten sich Ish und Em auf die Verandatreppe, um miteinander zu reden. Innerhalb kürzester Zeit kamen andere hinzu, und es bildete sich eine kleine Gruppe, wie es oft geschah, wenn zwei von ihnen ein interessantes Gespräch zu führen schienen. Sie sprachen über dieses und jenes, scherzten, die Jüngeren machten einige derbe Witze. Im Allgemeinen schienen sich alle einig zu sein, dass man wieder an die Arbeit gehen sollte, aber niemand hatte es besonders eilig, damit anzufangen. Das machte

Ish etwas zornig, zumal George einmal mehr auf den Gaskühlschrank zu sprechen kam.

Schließlich jedoch setzten sich Ezra und die drei jüngeren Männer, begleitet von einem Schwarm kleiner Jungen und Mädchen, in Bewegung, um die Arbeit aufzunehmen. Kaum hatten sie sich aufgerafft, als sie eine Art Begeisterung überkam. Alle, sogar Ezra, begannen plötzlich zu rennen, um zu sehen, wer als Erster ankommen und mit dem Graben anfangen würde. Ish sah auch Evie zwischen den anderen laufen, obwohl ihr sicher nicht klar war, was sie vorhatten; ihr blondes Haar wehte wie wild. Wer als Erster ankam, konnte Ish nicht sagen, doch schon nach wenigen Sekunden flog die ausgehobene Erde in alle Richtungen. Er wusste nicht, ob er darüber lachen oder sich ärgern sollte. Sie schienen eine ernste Arbeit in eine Art Spiel zu verwandeln, als wären sie unfähig, zwischen Arbeit und Spiel zu unterscheiden. Das war womöglich sehr gut; aber es kam nicht viel dabei heraus, dachte er, wenn man Arbeit nicht als Mühe sah. So, wie die Dinge lagen, würde die spielerische Begeisterung nach einer halben Stunde verraucht sein, die Erdstücke würden langsamer fliegen, und dann würden sich erst die Kinder und bald darauf auch die Älteren trollen, um irgendetwas anderes zu tun.

Wenn sie sich gemeinsam an einen Hirsch heranpirschten oder bei der Entenjagd fröstelnd im Schlamm hockten oder ihr Leben bei der Gemsenjagd im Gebirge aufs Spiel setzten oder unter lautem Geschrei einen Bären in seinem Lager aufschreckten – dann war das keine Arbeit, auch wenn sie dabei oft schwer geatmet und müde Glieder gehabt hatten. Wenn die Frauen Kinder gebaren und nährten oder die Wälder nach Beeren und Pilzen durchstreiften oder das Feuer am Eingang einer Felsschlucht entzündeten – so war das ebenso wenig Arbeit.

Wenn sie sangen und tanzten und einander liebten, so war das kein Spiel. Durch Gesang und Tanz wurden die Geister der Wälder und des Wassers versöhnt, was von großer Bedeutung war, auch wenn Gesang und Tanz viel Freude machten. Und was die Ausübung des Liebesaktes betraf, so wurde dadurch – und durch die Gunst der Götter – der Stamm erhalten.

So durchdrangen Arbeit und Spiel einander während der ersten Jahre, und nicht einmal die Worte dafür standen gegeneinander.

Aber die Jahrhunderte vergingen wie im Flug, und viele Dinge erhielten ein anderes Gesicht. Der Mensch erfand die Zivilisation und war über alle Maßen stolz darauf, und in keiner Beziehung veränderte die Zivilisation das Leben stärker als durch die Verschärfung des Unterschieds zwischen Arbeit und Spiel, ja, dieser Unterschied wurde nach und nach bedeutsamer als der zwischen Schlafen und Wachen. Der Schlaf wurde zu einer Art Erholung und Entspannung, und »Schlafen während der Arbeitszeit« wurde zu einem Verbrechen. Mehr als das Licht ausmachen und das Klingeln des Weckers waren das Stechen der Kontrolluhr und das Pfeifen bei Arbeitsschluss in den Fabriken Symbole für das in zwei Hälften zerfallene menschliche Leben. Die Menschen stellten Streikposten auf, warfen mit Steinen und verübten sogar Sprengstoffattentate, um der Arbeit eine Stunde abzuziehen und sie der Ruhezeit hinzuzufügen, und andere Menschen kämpften ebenso erbittert, um sie daran zu hindern. Und die Arbeit wurde immer bedrückender und verhasster, und das Spiel wurde immer künstlicher und fieberhafter.

Nur Ish und George standen noch auf der Verandatreppe. Ish wusste, dass George drauf und dran war, etwas zu sagen. Wie lustig, dachte er, gewöhnlich machten die Menschen eine Pause, nachdem sie etwas gesagt hatten – George machte eine Pause, *bevor* er etwas sagte.

»Ja«, sagte George und machte abermals eine Pause. »Ja … es ist besser, wenn ich gehe und ein paar Bretter besorge … dann kann ich die Wände befestigen … wenn das Loch tief genug ist.«

»Gut«, sagte Ish. Wenigstens George, dachte er, würde darauf bedacht sein, die Arbeit zu Ende zu führen. Die Gewohnheit zu arbeiten saß ihm noch von den Alten Zeiten her so tief in den Knochen, dass er womöglich gar nicht in der Lage war zu spielen.

George trollte sich, um nach seinen Brettern zu suchen, und Ish ging zu Dick und Bob, die gerade dabei waren, die Hunde zusammenzutreiben und anzuschirren.

Er traf die beiden Jungs vor seinem Haus. Drei Hundegespanne waren fertig. Aus der einen Kutsche ragte ein Gewehrlauf.

Ish dachte einen Moment lang nach. Mussten sie noch etwas mitnehmen? Er spürte, dass etwas fehlte. »Ach, Bob«, sagte er, »geh doch bitte hinein und hol meinen Hammer.«

»Wozu brauchst du den denn?«

»Zu nichts Bestimmtem. Aber vielleicht brauchen wir ihn, um eine Tür aufzubrechen.«

»Dazu kannst du doch einen Ziegelstein nehmen«, sagte Bob. Doch er ging.

Ish nahm die Gelegenheit wahr, um das Gewehr zu inspizieren und nachzusehen, ob das Magazin voll war. Das war reine Routine; aber Ish war der Einzige, der sie beibehalten hatte. Die Wahrscheinlichkeit, auf einen ungemütlichen Bullen oder eine Bärin mit Jungen zu stoßen, war denkbar gering, doch zur Sicherheit hatten sie immer ein Gewehr dabei. Manchmal, wenn er nachts erwachte, musste Ish daran denken, wie ihn damals die Hunde verfolgt hatten.

Bob kam zurück und überreichte seinem Vater den Hammer. Als Ish den Stiel ergriff, empfand er ein Gefühl von Sicherheit. Das vertraute Gewicht hatte etwas Tröstliches. Es war derselbe Hammer, den er vor langer, langer Zeit gefunden hatte, kurz bevor ihn die Klapperschlange gebissen hatte. Der Stiel war in den Jahren etwas verwittert und hatte einige feine Risse bekommen, und doch war es noch derselbe. Er hatte sich oft überlegt, aus einem Werkzeugladen einen neuen Stiel zu holen und den Hammerkopf daran zu befestigen. Aber dann hätte er sich ebenso gut einen völlig neuen Hammer holen können. Abgesehen davon hatte er nicht allzu häufig die Gelegenheit, den Hammer zu verwenden. Aus Tradition nahm er ihn an jedem Neujahrstag mit, um die Jahreszahl in den Felsen zu meißeln; aber das war eigentlich schon die einzige praktische Verwendungsmöglichkeit, und selbst dafür wäre ein leichterer Hammer besser geeignet gewesen.

Jetzt legte er den Hammer in die Kutsche und war zufrieden.

»Seid ihr fertig?«, fragte er Dick und Bob, und in diesem Augenblick erregte etwas seine Aufmerksamkeit.

Halb versteckt hinter den Büschen stand ein kleiner Junge und blickte zu den Kutschen. Ish erkannte die schmächtige Gestalt.

»Hey, Joey«, rief er in einem plötzlichen Impuls. »Willst du mitkommen?«

Joey trat aus dem Gebüsch; aber er zögerte. »Ich muss beim Brunnengraben helfen«, sagte er.

»Ach, das ist doch nicht so wichtig«, sagte Ish. »Sie werden schon ohne dich damit fertig. Oder besser gesagt«, fügte er mehr für sich selbst hinzu, »sie werden nicht damit fertig, ob du nun dabei bist oder nicht.«

Es bedurfte keiner weiteren Aufforderung; offenbar hatte sich Joey genau das erhofft. Er lief zu Ishs Kutsche, kletterte hinein und kauerte sich zu den Füßen seines Vaters, wo er gerade noch Platz fand. Den Hammer nahm er in den Schoß.

Dann stürmten die Hunde ruckartig und unter lautem Gebell los. Die beiden anderen Gespanne schlossen sich an; die Jungs schrien, und ihre Hunde bellten ebenfalls. Die Hunde in den Häusern ringsum stimmten mit ein. Es war ein ordentlicher Tumult. Wie immer, wenn er in einer dieser Hundekutschen saß, kam sich Ish etwas lächerlich vor, als wirkte er in einer albernen Farce mit.

Nicht lange nachdem die Hunde losgestürmt waren, hörten sie mit dem Gebell auf und verfielen in einen langsameren Rhythmus. Ish sammelte seine Gedanken und dachte über seinen Plan nach.

Bei einer ehemaligen Reparaturwerkstatt hielten sie an. Die Tür stand offen. Obwohl das kleine Büro Glaswände hatte, drang das Sonnenlicht nur in einem spärlichen Gelb hinein; Schmutz und Staub aus einundzwanzig Jahren bedeckten die Scheiben in dicken Lagen.

Ish entdeckte das alte Telefonverzeichnis am Haken neben dem seit Langem toten Telefon. Als er danach griff und es aufschlug, brachen Fetzen gelben Papiers ab und schwebten zu Boden. Er fand die Adresse des Geschäfts, das früher Jeeps verkauft hatte. Ja, bei dem gegenwärtigen Zustand der Straßen würde ein Jeep das Beste sein.

Eine halbe Stunde später erreichten sie die betreffende Straßenecke. Ish blickte durch das verdreckte Schaufenster und spürte, wie sein Herz einen Freudensprung machte. Dort stand tatsächlich ein Jeep!

Die Jungs spannten die Hunde aus. Die gut erzogenen Tiere legten sich ordentlich hin, ohne irgendwelchen Spuren zu folgen.

Dick versuchte die Tür zu öffnen; sie war verschlossen.

»Hier«, sagte Ish. »Nimm den Hammer und zerschlag das Schloss.«

»Ach, da liegt doch ein Ziegelstein«, sagte Dick und lief die Straße hinab zu den Überresten eines während des Erdbebens eingestürzten Schornsteins. Bob kam mit ihm.

Ish ärgerte sich. Was war nur mit den Jungs los? Ein Ziegelstein war bei Weitem nicht so geeignet zum Einschlagen einer Tür wie ein Hammer. Er musste das wissen; er hatte in seinem Leben etliche Türen eingeschlagen.

Er ging die drei Schritte über den Bürgersteig, schwang den Hammer im Rhythmus seines letzten Schrittes, und die Tür flog nach innen auf. Das würde ihnen eine Lehre sein! Also hatte es doch seinen Sinn gehabt, den Hammer mitzunehmen.

Der Jeep, der im Ausstellungsraum stand, hatte vier platte Reifen und war mit einer dicken Staubschicht bedeckt, aber unter dem Staub war der rote Lack fast wie neu. Auf dem Tachometer konnte man sehen, dass er ganze neun Meilen gefahren war.

Ish schüttelte den Kopf. »Nein«, sagte er. »Der ist zu neu. Ich meine, er *war* einmal zu neu. Einer, der schon eingefahren ist, wird uns bessere Dienste leisten.«

In der Garage hinter dem Geschäft standen etliche andere Wägen. Alle ihre Reifen waren platt. Bei einem war die Motorhaube offen, und rundherum lagen zahlreiche Einzelteile. Der Wagen war offenbar zur Reparatur dort gewesen; also kam auch er nicht in Frage.

Zwischen den anderen gab es kaum Unterschiede. Das Tachometer des einen stand auf zehntausend, und Ish beschloss, es mit diesem Wagen zu versuchen.

Die Jungs sahen ihn erwartungsvoll an. Ish hatte das Gefühl, als würde er ein Examen ablegen. Er räusperte sich und sagte: »Ich weiß nicht, ob ich das Ding in Gang bringen kann. Ich weiß nicht mal, ob überhaupt irgendjemand dazu imstande ist – nach über zwanzig Jahren. Wie ihr wisst, bin ich kein Mechaniker. Ich war einfach ein ganz gewöhnlicher Autofahrer, der mal einen Reifen gewechselt oder einen Treibriemen angezogen hat. Erwartet also nicht zu viel ... Zunächst müssen wir sehen, ob wir ihn überhaupt von der Stelle bringen.«

Ish versicherte sich, dass die Handbremse gelöst war und die Gangschaltung auf Leerlauf stand.

»Na gut«, sagte er dann. »Die Reifen sind platt, und das Fett in den Lagern ist hart geworden, und vor allem weiß ich nicht, ob das Getriebe nach dem langen Stehen überhaupt noch funktioniert. Aber kommt und stellt euch da hinten hin. Wir schieben. Zumindest ist der Boden eben ... Also los!«

Sie schoben an, und der Wagen rollte plötzlich vorwärts.

Die Jungs schrien vor Freude, und die Hunde stimmten bellend ein. Man hätte meinen können, es wäre alles schon geschafft; dabei war lediglich der Beweis erbracht worden, dass sich die Räder noch drehten.

Nun legte Ish den Gang ein, und sie schoben wieder an. Der Wagen bewegte sich nicht vom Fleck.

Die Frage war, ob Motor und Getriebe vom langen Stehen nur etwas steif oder ob sie eingerostet waren. Ish öffnete die Motorhaube und sah, dass die einzelnen Teile gut eingefettet waren, wie bei Motoren üblich. Von außen war kaum Rost zu sehen, aber das sagte nichts darüber, wie es innen aussah.

Wieder blickten ihn die Jungs erwartungsvoll an, und er zerbrach sich den Kopf. Er könnte es mit einem anderen Wagen versuchen. Er könnte die Hunde holen und sie vor den Wagen spannen. Doch dann kam ihm ein anderer Gedanke.

Der Jeep, der sich in Reparatur befunden hatte, stand nur zehn Fuß hinter dem, mit dem sie es versuchen wollten. Wenn sie ihn mit hinreichender Wucht nach vorne schieben würden, würde er gegen den anderen stoßen und ihm vielleicht das nötige Momentum verleihen. Womöglich würde dabei etwas eingebeult, aber darauf kam es nicht an.

Sie brachten den Jeep in Stellung und verschnauften kurz. Dann schoben sie alle zusammen an.

Es gab einen zufriedenstellenden Rumms, als Metall auf Metall traf. Sie sahen nach: Ihr Jeep war tatsächlich ein Stück vorwärtsgerollt. Jetzt konnten sie ihn mit ordentlichem Schieben von der Stelle bewegen, auch wenn der Gang eingelegt war. Ish triumphierte innerlich. »Seht ihr«, sagte er. »Wenn etwas erst einmal in Bewegung ist, ist es leichter, es in Bewegung zu halten.« (Er überlegte kurz, ob sich dieses Prinzip ebenso gut auf Menschen anwenden ließ.)

Natürlich war die Batterie leer, aber das hatte er von vornherein bedacht. Zunächst zeigte er den Jungs, wie man das alte Öl abließ und durch neues Öl aus den verschlossenen Behältern ersetzte, wobei er das leichteste Öl nahm, das er finden konnte.

Er überließ sie dieser Aufgabe und fuhr mit einem der Hundeschlitten davon. Eine halbe Stunde später kehrte er mit einer Batterie zurück. Er baute sie ein, dann drehte er den Zündschlüssel, wobei er die Nadel am Strommesser beobachtete. Sie schlug nicht aus. Vielleicht war ein Kabel defekt. Doch dann, als er auf das Gehäuse des Strommessers klopfte, bewegte sich die Nadel plötzlich und blieb zitternd auf »Entladen« stehen. Hier war Leben!

Er tastete nach dem Anlasser. »Jetzt«, sagte er zu den Jungs, »kommt das Wichtigste. Jetzt werden wir sehen, ob die Batterie noch Kraft hat.«

Die Jungs grinsten verwirrt; sie hatten nie von solchen Dingen gehört.

Ish drückte den Anlasser. Ein langgezogenes Stöhnen erklang. Dann begann sich der Motor stotternd zu bewegen. Nach der ersten Umdrehung lief er etwas leichter und schneller, dann noch leichter und noch schneller. So weit, so gut, dachte Ish zufrieden.

Der Tank war leer, wie bei den meisten Wagen. Vermutlich war der Verschluss nicht dicht, oder das Benzin war durch den Vergaser verdunstet; Ish wusste es nicht.

Sie stöberten einen vollen Benzinkanister auf und füllten den Tank. Ish schraubte neue Zündkerzen ein. Er goss etwas Benzin in den Vergaser und war einigermaßen stolz darauf, dass er an so etwas dachte. Dann stieg er ein, drehte den Zündschlüssel und betätigte den Anlasser.

Der Motor stöhnte, sprang stotternd an, lief schneller – und dann erwachte er ganz zum Leben.

Die Jungs jubelten, und Ish spielte euphorisch mit dem Gaspedal. Er empfand Stolz auf das, was die alte Zivilisation hervorgebracht hatte – auf die sorgfältige Planung und die mühsame Arbeit der Ingenieure und Maschinenbauer, die diesen Motor konstruiert hatten, der nach zwanzigjähriger Ruhezeit noch immer funktionierte.

Dann jedoch setzte der Motor wieder aus, als das Benzin im Vergaser verbraucht war. Sie gossen etwas nach, und er lief wieder. Das wiederholten sie einige Male, bis die alte Pumpe endlich ihre Tätigkeit aufnahm, das Benzin aus dem Tank holte und der Motor ununterbrochen lief.

Nun stellte sich noch das Problem der Reifen – vielleicht das schwierigste Problem von allen.

In dem Ausstellungsraum waren, wie früher üblich, einige Reifen aufgestapelt. Sie hatten jedoch so lange dagelegen, dass sie unter ihrem eigenen Gewicht zusammengesackt waren. Vielleicht würden sie für ein paar Meilen durchhalten, aber für größere Strecken waren sie nicht mehr zu gebrauchen. Nach längerem Suchen fanden sie schließlich ein paar Reifen, die aufrecht gelagert worden waren und offenbar in besserem Zustand waren, auch wenn ihr Gummi steinhart war und zahlreiche kleine Risse aufwies.

Sie holten einen Wagenheber und hoben das erste Rad an. Es war eine ziemliche Quälerei, das Rad loszubekommen; die Muttern waren auf den Gewinden festgerostet.

Bob und Dick waren an so anstrengende Arbeiten nicht gewöhnt, und der kleine Joey stand in seinem Eifer ständig im Weg herum und war eher ein Hindernis als eine Hilfe. Auch in den Alten Zeiten hatte Ish höchstens ein- oder zweimal in dringenden Notfällen einen Reifen gewechselt; er hatte die erforderlichen Handgriffe vergessen, wenn er sie überhaupt richtig gekannt hatte.

So dauerte es eine ganze Weile, bis sie den ersten Reifen von der Felge gelöst hatten. Bob greinte, weil er sich die Hand eingeklemmt hatte, Dick hatte sich einen Fingernagel abgerissen. Den »neuen« Reifen auf die Felge zu bekommen war ebenfalls eine Plackerei, nicht nur weil sie alle ungeübt und ungeschickt waren, sondern weil sich der bejahrte Reifen als außerordentlich steif und unhandbar erwies. Aber schließlich gelang es ihnen doch.

Als sie gerade – erschöpft und wütend aufeinander und auf diese ganze Arbeit – eine kurze Pause einlegen wollten, rief Joey Ish von der Garage etwas zu.

»Was ist denn, Joey?«, fragte er gereizt.

»Komm mal her, Dad!«

»Ich bin müde, Joey«, brummte Ish. Dann ging er aber doch zu seinem jüngsten Sohn, und die beiden anderen Jungs schlenderten hinter ihm her.

Joey deutete auf den an einem der Jeeps angebrachten Ersatzreifen. »Sieh mal, Dad«, sagte er, »warum nehmen wir nicht einfach den hier?«

Ish blieb nichts anderes übrig, als laut aufzulachen. »Ja, Jungs«, sagte er zu Dick und Bob, »diesmal sind wir die Dummen.«

Der Ersatzreifen hatte die ganzen Jahre lang in der Luft gehangen, außerdem war er bereits auf die Felge montiert. Sie hätten sich viel Arbeit sparen können; sie hätten nichts weiter zu tun brauchen, als diesen und die übrigen Ersatzreifen zu nehmen, sie aufzupumpen und dann an ihrem Jeep zu befestigen. Sie hatten sich umsonst abgeschuftet, weil sie ihre Köpfe nicht richtig gebraucht hatten.

Aber obwohl sich Ish seiner eigenen Dummheit nur allzu bewusst war, empfand er zugleich eine große Freude. Joey war der Einzige, der die Augen aufgemacht hatte!

Jetzt aber war es Zeit für die Mittagspause.

Sie hatten ihre Löffel und die unentbehrlichen Dosenöffner mitgenommen; nun gingen sie in den nächstgelegenen Lebensmittelladen. Wie überall bot sich auch hier ein Anblick der Verwüstung und Unordnung. Ein einziges Chaos! Obwohl er eine derartige Szenerie sehr oft gesehen hatte, wirkte es depremierend auf Ish, ja, sogar abstoßend. Die Jungs dagegen dachten sich nichts dabei; sie hatten einen Laden nie in einem anderen Zustand gesehen. Ratten und Mäuse hatten sämtliche Kartons zernagt. Der Fußboden war mit Pappe- und Papierfetzen bedeckt, die sich mit den Exkrementen der Tiere mischten. Sogar das Toilettenpapier war zernagt worden, vermutlich für den Nestbau.

Den Gläsern und Blechdosen hatten die Nager allerdings nichts anhaben können. Sie sahen erstaunlich sauber aus, jedenfalls auf den ersten Blick und im Gegensatz zu der im Rest des Ladens herrschenden Unordnung. Doch wenn man näher hinsah, waren sie gar nicht so sauber. Auf den Regalen lag Kot, und viele Etiketten waren abgenagt worden, wahrscheinlich wegen des Klebstoffs hinter dem Papier. Auch die Farben waren verblasst, sodass die einst leuchtend roten Tomaten auf den Etiketten jetzt kränklich gelb aussahen und die rosabäckigen Pfirsiche fast verschwunden waren.

Zumindest waren die Etiketten noch lesbar, jedenfalls für Ish und Joey, während die anderen, die über so schwierige Wörter wie »Aprikosen« und »Spargel« stolperten, sich nach den Bildern orientierten. Sie suchten sich aus, wonach ihnen der Sinn stand.

Die Jungs hätten keine Probleme damit gehabt, sich mitten in die Unordnung auf den Boden zu setzen und zu essen, aber Ish forderte sie auf, nach draußen zu gehen. Dort setzten sie sich auf den Bordstein in die Sonne. Sie machten sich nicht die Mühe, ein Feuer zu entzünden, sondern aßen das, was in den Dosen war, kalt: Bohnen, Sardinen, Lachs, Leberpastete, Cornedbeef, Oliven, Erdnüsse, Spargel. Das alles war, wie Ish wusste, reich an Protein und Fett und arm an Kohlehydraten. Aber es gab nur wenige Kohlehydrate enthaltende Lebensmittel in Dosen und Flaschen, und die, die sie vielleicht gefunden hätten, etwa Maismehl oder Nudeln, hätten sie aufwärmen müssen. Zum Trinken gab es Tomatensaft, als Nachtisch eingemachte Pfirsiche und Ananas.

Als sie fertig gegessen hatten, wischten sie Löffel und Büchsenöffner ab und steckten sie wieder in die Taschen. Die halbleeren Dosen ließen sie einfach liegen; es lag so viel Abfall auf der Straße, dass es auf etwas mehr oder weniger nicht ankam.

Ish freute sich, als er sah, dass die Jungs schnell wieder an die Arbeit gehen wollten. Offenbar spürten sie diesen Rausch, der einen befällt, wenn man große Widerstände überwindet. Er selbst jedoch fühlte sich etwas erschöpft, und in seinem Kopf begann ein neuer Gedanke Gestalt anzunehmen.

»Sagt mal, Jungs«, rief er. »Bob und Dick, meine ich. Traut ihr es euch zu, die Reifen auch ohne meine Hilfe an den Wagen zu montieren?«

»Natürlich«, erwiderte Dick mit leicht zweifelnder Miene.

»Joey ist nämlich zu klein, um euch helfen zu können, und ich bin müde. Die Stadtbibliothek liegt nur vier Häuserblocks von hier entfernt. Joey kann mit mir kommen. Hast du Lust, Joey?«

Begeistert von dieser Idee, war Joey bereits aufgesprungen. Die beiden anderen Jungs waren froh, sich wieder den Reifen widmen zu können.

Auf dem Weg zur Bibliothek rannte Joey immer ein paar Schritte voraus. Es war wirklich dumm, dachte Ish, dass er den Jungen bisher nie dorthin mitgenommen hatte. Aber

Joeys Freude am Lesen und überhaupt an intellektuellen Dingen hatte sich rasend schnell entwickelt.

Seinem Entschluss folgend, die Universitätsbibliothek als Reserve unangetastet zu lassen, hatte sich Ish jahrelang in der Stadtbibliothek bedient; schon vor langer Zeit hatte er das Schloss des Haupteingangs aufgebrochen. Nun öffnete er die schwere Tür und ging stolz mit seinem jüngsten Sohn hindurch.

Im großen Lesesaal wanderten sie zwischen den Bücherregalen umher. Joey sagte nichts, aber Ish konnte sehen, wie der Junge mit den Augen die Titel auf den Buchrücken verschlang. Beim Hinausgehen blieben sie in der Eingangshalle stehen und sahen zurück. Ish musste das Schweigen brechen.

»Nun, was hältst du davon?«, fragte er.

»Sind das alle Bücher, die es auf der ganzen Welt gibt?«

»Oh nein. Nur ein kleiner Teil davon.«

»Kann ich sie lesen?«

»Ja, du kannst jedes Buch lesen, das du willst. Aber du musst sie immer wieder hierherbringen und auf den richtigen Platz zurückstellen, damit sie nicht verlorengehen oder durcheinandergeraten.«

»Was steht denn in den Büchern drin?«

»Oh, beinahe alles. Wenn du sie alle lesen würdest, würdest du eine ganze Menge wissen.«

»Dann will ich sie alle lesen!«

Ish spürte plötzlich, wie ein warnender Schatten auf seine Freude über Joeys Begeisterung fiel. »Nein, Joey. Du kannst sie unmöglich alle lesen, und das brauchst du auch gar nicht. Es sind langweilige darunter und dumme und alberne und sogar schlechte. Aber ich helfe dir beim Heraussuchen der guten. Und jetzt wollen wir lieber gehen.«

Ish war froh, dass er Joey hier wegbekam. Die Aufregung, so viele Bücher zu sehen, schien den kleinen zarten Jungen zu überfordern. Was wäre wohl gewesen, wenn er ihn zur Universitätsbibliothek mitgenommen hätte? Nein, dafür war der Junge noch nicht bereit.

Auf dem Rückweg zur Garage lief Joey nicht voraus. Jetzt hielt er sich dicht neben seinem Vater und dachte nach. Nach einer Weile sagte er: »Dad, wie heißen noch die Dinger, die an unseren Zimmerdecken hängen – die so aussehen wie durchsichtige weiße Bälle? Du hast gesagt, früher hat man damit Licht gemacht.«

»Die heißen Glühbirnen. Man nannte es elektrisches Licht.«

»Wenn ich die Bücher lese, kann ich dann machen, dass sie wieder leuchten?«

Wieder empfand Ish eine jähe Freude – und gleich darauf ein Gefühl der Angst. Es durfte nicht zu schnell gehen! »Das weiß ich nicht, Joey«, sagte er und versuchte, möglichst normal zu klingen. »Vielleicht, vielleicht auch nicht. So etwas dauert sehr lange, und viele Menschen müssen dabei mitmachen. Du musst langsam vorgehen.«

Schweigend gingen sie weiter. Ish war stolz darauf, dass so vieles von ihm auf Joey übergegangen war, aber er machte sich auch Sorgen darüber. Joey entwickelte sich fast schon zu schnell. Der Intellekt sollte der Entwicklung des Charakters nicht davoneilen. Joey brauchte einen kräftigen Körper und emotionale Stabilität. Dann würde er es weit bringen.

Ish wurde von einem würgenden Geräusch aus seinen Gedanken gerissen. Er sah, dass sich Joey neben einem Schutthaufen erbrach.

Das Mittagessen, dachte er mit leichten Schuldgefühlen. Ich hätte nicht zulassen sollen, dass er zu viel durcheinander isst. Das ist nicht das erste Mal … Doch dann begriff er, dass eher die Aufregung als das Essen die Ursache für die Übelkeit war.

Als es Joey wieder besser ging und sie schließlich bei der Garage ankamen, sahen sie, dass die Jungs die vier Reifen montiert hatten und gerade dabei waren, sie aufzupumpen. Ish spürte, wie sich seine Gedanken wieder dem Jeep und dem Zustandekommen der Expedition zuwandten.

Er stieg in den Wagen und ließ den Motor an. Er ging behutsam vor, ließ ihn erst warm laufen. Aber der Motor lief, und die Reifen hielten, zumindest fürs Erste. Nun gab es allerdings noch unzählige Fragen zu Kupplung und Getriebe, zu Gängen und Bremsen und zu den geheimnisvollen, aber lebenswichtigen Dingen, die verborgen im Inneren eines Autos lauerten und die er noch nicht einmal dem Namen nach kannte. Sie hatten den Kühler mit Wasser gefüllt, aber die Zirkulation konnte irgendwo verstopft sein, und das reichte schon, um den Wagen nutzlos zu machen … Aber da machte er sich ja schon wieder trübe Gedanken über die Zukunft.

»Na gut«, rief er. »Auf geht's!«

Der Motor brummte zu seiner Zufriedenheit. Er legte einen niedrigen Gang ein, dann ließ er die Kupplung los, und der Wagen rollte schwerfällig vorwärts, als wären seine Kugellager zu verhärtet, um wieder in Gang zu kommen, als klebten die kleinen Stahlkugeln vom langen Verharren in der immer gleichen Stellung so aneinander wie die aufgestapelten Gummireifen. Doch der Wagen rollte, und Ish spürte, dass er auf die Steuerung reagierte. Dann betätigte er die Bremse, und der Wagen stoppte. Er hatte sich bewegt, und er hatte, was genauso wichtig war, angehalten!

Ish überkam ein Gefühl, das größer war als Freude. Das hier war kein Traum! Wenn an einem einzigen Tag ein Mann und drei Jungs einen Jeep wieder fahrtüchtig machen konnten – was konnte dann nicht eine ganze Gemeinschaft in einigen Jahren zustande bringen?

Die Jungs spannten die Hunde von einer der Kutschen los und ließen sie eigenständig nach Hause laufen. Sie hängten die Kutsche an eine der anderen, dann übernahm Dick das eine und Bob das zweite Gespann. Ish, Joey neben sich, fuhr mit dem Jeep los.

Die Trümmer eingestürzter Häuser lagen in großen Haufen auf der Straße. Der Wind hatte Blätter und Staub auf die Steine geweht, und die Winterregen hatten die Haufen aufgeweicht, sodass sie wie von der Natur geschaffene Hügel aussahen. Gras wuchs dort, und auf einem von ihnen sogar ein Gebüsch. Ish steuerte nach rechts und links und bahnte sich so einen Weg durch die trümmerübersäten Straßen. Sie waren schon fast zu Hause, als er über einen Ziegelstein holperte und einen Knall hörte. Und so beschlossen sie den Tag mit der rumpelnden Heimfahrt auf einem platten Reifen. Sie kamen kurz vor den Hundegespannen an, und trotz des Missgeschicks wusste Ish, dass sie etwas Gutes zustande gebracht hatten.

Er stoppte den Jeep vor seinem Haus und lehnte sich erleichtert und triumphierend zurück. Er hatte den Wagen doch tatsächlich nach Haus gebracht! Dann drückte er auf die Hupe, und nach all den Jahren der Stille ertönte es wundervoll: *Tut-tut-tut!*

Er hatte angenommen, dass auf das ungewohnte Geräusch hin von allen Seiten Kinder oder auch Ältere herbeieilen würden. Doch niemand kam. Nur die Hunde fingen überall zu bellen an, und die Hunde an den Geschirren, die jetzt die Anhöhe heraufkamen, stimmten mit ein. Plötzlich empfand Ish ein Gefühl der Angst. Schon einmal, vor vielen Jahren, war er in eine menschenleere Stadt gekommen und hatte die Hupe ertönen lassen, und jetzt musste er daran denken, dass irgendetwas geschehen war – zu einem Zeitpunkt, da die ganze Menschheit aus ungefähr dreißig mehr oder weniger wehrlosen Individuen bestand.

Doch das Gefühl hielt nur für einen Augenblick an. Dann sah er Mary, das Baby auf dem Arm, aus ihrem Haus auf die Straße treten und ihm zuwinken. »Sie sind alle beim Bullensprung«, rief sie.

Sofort waren die Jungs begeistert und wollten an dem Spiel teilnehmen. Sie schirrten die Hunde los, und schon waren sie auf und davon, ohne Ish auch nur gefragt zu haben. Auch Joey, der sich inzwischen wieder ganz erholt hatte, lief mit ihnen mit. Ish kam sich irgendwie verlassen vor; der Triumph über die gelungene Reparatur des Wagens schmeckte plötzlich bitter. Nur Mary kam zu ihm und bestaunte den Jeep. Sie machte große Augen, sagte aber genauso wenig wie das Baby, das ebenfalls große Augen machte.

Ish stieg aus und streckte sich. Seine Beine waren in dem engen Fahrersitz eingeschlafen, und seine verletzte Hüfte schmerzte von dem Gerüttel.

»Nun«, sagte er mit nicht wenig Stolz in der Stimme, »was hältst du davon, Mary?« Mary war seine Tochter, aber sie war ihren Eltern kaum ähnlich, und über ihre Dumpfheit hatte er sich oft geärgert.

»Gut«, sagte sie stoisch wie eine Indianerin.

Ish spürte, dass hier nicht viel zu machen war. »Wo findet der Bullensprung statt?«, fragte er.

»Unten bei der großen Eiche.«

In diesem Augenblick hörte er lautes Geschrei; ganz offensichtlich war gerade jemand dem Bullen mit einem guten Trick ausgewichen. »Naja, dann gehe ich wohl ebenfalls hin und sehe bei unserem Nationalsport zu«, sagte er, obwohl er wusste, dass seine Ironie verschwendet war.

»Ja«, erwiderte Mary und ging mit dem Baby zurück ins Haus.

Ish nahm den Weg hügelabwärts und durchquerte, was früher einmal irgendjemandes Hintergarten gewesen war. Nationalsport, dachte er bitter. Natürlich rührte seine Bitterkeit zum guten Teil daher, dass ihm eine triumphale Heimkehr verdorben worden war. Wieder hörte er Geschrei; wieder war jemand um ein paar Millimeter den Bullenhörnern entkommen.

Bullensprung war ein ziemlich gefährliches Spiel, auch wenn bisher noch niemand getötet oder auch nur ernsthaft verletzt worden war. Ish mochte die ganze Sache nicht, doch er wusste auch keinen Grund, weshalb man das Spiel hätte verbieten sollen. Auf irgendeine Weise mussten die Jungs ja ihre überschüssige Energie loswerden, und vielleicht brauchten sie auch die Gefahr. Vielleicht war das Leben einfach zu ruhig und zu sicher geworden. Vielleicht – er musste an Mary denken – brachte ein allzu sicheres, ruhiges Leben abgestumpfte Menschen hervor. Jetzt mussten die Kinder, wenn sie über die Straße liefen, nicht mehr vor Autos gewarnt werden, und auch über Dutzende von anderen Gefahren, die in den Alten Zeiten an der Tagesordnung gewesen waren – wie etwa Erkältungen, von Atombomben gar nicht zu reden –, musste sich kein Mensch mehr den Kopf zerbrechen. Natürlich gab es Schrammen, Schnittwunden und Beulen, wie sie bei Leuten, die hauptsächlich im Freien lebten, eben vorkamen, wenn sie mit

Spaten, Hacken oder Messern hantierten. Auch hatte sich Molly einmal schlimm die Hand verbrannt, und einmal wäre ein Dreijähriges beinahe ertrunken, als es beim Fischen vom Pier ins Wasser fiel.

Er gelangte auf die kleine Rasenfläche am Fuß der Anhöhe, in der Nähe der flachen Felsplatte, in die die Jahreszahlen eingemeißelt wurden. Früher war hier ein Park gewesen, aber es war keine Rasenfläche, wie man sie in einem Park erwartet hätte. Das Gras stand um diese Jahreszeit fußhoch, und es hätte noch höher gestanden, wenn Kühe und Elche es nicht abgeweidet hätten. Hier fand das Bullenspiel statt.

Harry, Mollys fünfzehnjähriger Sohn, stand gerade vor dem Bullen, und Ishs Sohn Walt rückte ihm als »Verteidiger« – der Ausdruck stammte noch aus den Alten Zeiten – von hinten zu Leibe. Obwohl Ish kein Experte war, sah er auf den ersten Blick, dass dieser Bulle kaum gefährlich war. Es war ein beinahe reinrassiger Herford-Bulle, das Fell rotbraun, der Kopf weiß und auf der Stirn gefleckt. Und trotzdem trug er alle Merkmale jener Vorfahren, die einundzwanzig Jahre lang frei auf der Weide gelebt hatten, ohne etwas von Ställen und Fütterung durch Menschen zu wissen: Die Beine waren länger, der Rumpf schlanker, die Hörner kräftiger. Im Augenblick war im Spiel eine Pause eingetreten; der schon ermüdete Bulle stand da und wusste nicht so recht, was er tun sollte, während Harry ihn zum Angriff reizte.

Am Rande der Lichtung saßen die Zuschauer – nahezu alle Mitglieder der Gemeinschaft, einschließlich Jeanie und ihr Baby. Zwischen den Bäumen bestand für sie keine Gefahr, in die Reichweite des Bullen zu geraten, falls es ihm einfallen sollte, die freie Fläche zu verlassen. Es waren auch mehrere Hunde da, die im Notfall losgelassen werden konnten, und Jack hatte ein Gewehr auf den Knien.

Plötzlich kam Leben in den Bullen, und er stürmte mit einer Wucht hügelaufwärts, mit der er zwanzig Jungs hätte hinwegfegen können. Aber Harry wich ihm geschickt aus, und der Bulle blieb verwirrt wieder stehen.

In diesem Moment sprang ein kleines Mädchen – Keans Betty – auf und rief laut, dass sie es jetzt versuchen wolle. Sie war ein wildes Kind; ihr Rock flog ihr um die Schenkel; ihre langen, sonnengebräunten Beine liefen schnell dahin. Harry machte seiner Halbschwester Platz. Der Bulle war ausreichend ermüdet, dass ein Mädchen es mit ihm aufnehmen konnte. Mit Walts Unterstützung wagte Betty ein paar Angriffe, bei denen das Ausweichen keinerlei Schwierigkeiten machte. Dann rief plötzlich ein kleiner Junge: »Ich will auch mal!«

Es war Joey. Ish runzelte die Stirn, aber er wusste, dass er es seinem Sohn nicht verbieten musste. Joey war erst neun, und es war strikt gegen die Regeln, dass ein so kleiner Junge am Bullenrennen teilnahm, nicht einmal als Verteidiger. Die älteren Jungs verhalfen dieser Regel schnell zur Geltung; sie waren freundlich, aber bestimmt.

»Ach, Joey«, sagte Bob von der Höhe seiner sechzehn Jahre herab, »du bist noch nicht groß genug dafür. Warte lieber noch ein paar Jahre.«

»Ja?«, sagte Joey. »Aber ich kann es schon ebenso gut wie Walt.«

Die Art, wie er das sagte, ließ Ish vermuten, dass Joey es wohl schon auf eigene Faust versucht hatte, vermutlich mit einem nicht allzu gefährlich aussehenden Bullen und vielleicht mit der Unterstützung von Josey, seiner anhänglichen Zwillingsschwester. Ish lief es kalt den Rücken herunter, als er an die Gefahr dachte, der sich Joey – der für die Gemeinschaft so wichtige Joey – ausgesetzt hatte.

Nach einigen halbherzig vorgebrachten Widerworten musste sich Joey fügen.

Inzwischen war der auf guten Weiden fett gewordene Bulle gänzlich erschöpft. Er stand da und schnaubte in das Gras, während die wilde Betty um ihn herumhüpfte und ihn sogar an den Hörnern fasste. Doch das Spiel war vorbei, und die Zuschauer wandten sich zum Gehen. Die älteren Jungs riefen nach Betty und Walt, und mit einem Mal stand der sichtlich erleichterte Bulle ganz allein auf der Lichtung.

Als sie wieder bei ihren Häusern waren, ging Ish zum Brunnen, um nachzusehen, wie viel Arbeit an diesem Tag geleistet worden war. Er musste feststellen, dass sie kaum ein Fuß tiefer gekommen waren. Schaufeln und Hacken lagen überall auf dem Boden herum. Ihre unbekümmerte Art und die Attraktivität des Bullenrennens hatten die Leute daran gehindert, ordentlich zu arbeiten. Frustriert sah Ish auf die flache Vertiefung.

Dennoch war während des Tages genügend Wasser von der Quelle herangeschafft worden, um sämtliche Bedürfnisse zu befriedigen. Der Kalbsbraten, den es zum Abendessen gab, war vorzüglich, und das Einzige, was für Ish den Eindruck einer vollkommen gelungenen Mahlzeit beeinträchtigte, war der Umstand, dass sein Napa Gamay in der Flasche ein wenig sauer geworden war, nachdem er, wenn man dem Datum auf dem Etikett Glauben schenken wollte, über ein Vierteljahrhundert gelagert hatte.

4

Die Jungs, so Ishs Plan, sollten schon in vier Tagen losfahren. Das war ein weiterer Unterschied zu den Alten Zeiten – damals war alles so kompliziert gewesen, dass jedes wichtige Unternehmen langer Vorbereitungen bedurft hatte; jetzt entschloss man sich einfach zu etwas, und dann tat man es. Außerdem war die Jahreszeit günstig, und Ish fürchtete, dass bei längerem Aufschub die Begeisterung für die Expedition verfliegen würde.

Während der noch verbleibenden Tage sorgte er dafür, dass die Jungs ausreichend beschäftigt waren. Er übte mit ihnen das Fahren. Er nahm sie noch einmal in die Garage mit, um Ersatzteile sowie eine Pumpe und ein Abschleppseil zu holen. So gut er konnte, zeigte er ihnen, wie man dieses und jenes Teil auswechselte.

»Aber vielleicht«, sagte er, »wäre es bei einer Panne besser, wenn ihr zur nächstgelegenen Garage geht und einen anderen Wagen zum Laufen bringt, so wie wir es hier getan haben. Das ist womöglich einfacher, als an dem hier herumzubasteln.«

Die größte Freude allerdings bereitete Ish die Ausarbeitung der Reiseroute. An den Tankstellen fand er ausgeblichene Straßenkarten. Er studierte sie eifrig und versuchte sich vorzustellen, wie sich Fluten, Stürme und Pflanzenwuchs an verschiedenen Stellen auf die Straßen ausgewirkt hatten.

»Erst einmal fahrt ihr südwärts nach Los Angeles«, beschloss er schließlich. »Das war in den Alten Zeiten eine dicht bevölkerte Stadt. Wahrscheinlich leben dort noch ein paar Menschen, und vielleicht gibt es dort sogar eine Gemeinschaft.« Er fuhr mit dem Finger auf der Karte nach Süden, nach Los Angeles, wobei er den vertrauten roten Linien der Straßen folgte. »Versucht es zunächst mit der 99. Wahrscheinlich kommt ihr durch. Sollte sie in den Bergen blockiert sein, fahrt zurück bis Bakersfield, nehmt die 466 und versucht, über den Tehachapi-Pass zu kommen …«

Er hielt inne, spürte, wie ihm etwas die Kehle zusammenschnürte und seine Augen feucht wurden. Es musste an den Namen liegen: Burbank, Hollywood, Pasadena – das waren einst lebendige Städte gewesen. Er hatte sie gut gekannt. Nun jagten in den verwilderten Parks Kojoten nach Kaninchen. Und doch standen alle diese Namen nach wie vor auf den Karten. Er schluckte und zwinkerte dann; ihm wurde bewusst, dass die beiden Jungs etwas gemerkt hatten.

»Okay«, sagte er munter. »Von Los Angeles aus – oder von Barstow, wenn ihr es nicht bis Los Angeles schafft – nehmt ihr die 66 nach Osten. Die bin ich damals auch gefahren. Durch die Wüste hindurch müsste eigentlich alles glattgehen. Aber denkt daran, ausreichend Wasser mitzunehmen. Wenn die Brücke über den Colorado River noch steht – gut. Wenn nicht, müsst ihr nach Norden abbiegen und die Straße über den Boulder-Damm versuchen. Der Damm ist bestimmt noch da.«

Er zeigte ihnen auf der Karte mögliche Umgehungsstraßen, falls die Hauptroute blockiert war. Aber eigentlich glaubte er, dass sie mit dem Jeep meistens durchkommen würden und höchstens einmal einen umgefallenen Baum durchsägen oder sich mit Picke und Schaufel den Weg durch einen Erdrutsch bahnen würden müssen. Schließlich würden die großen Staatsstraßen im Laufe von einundzwanzig Jahren nicht völlig unbenutzbar geworden sein.

»Ihr könntet einige Schwierigkeiten in Arizona haben«, sagte er. »Wenn ihr in die Berge kommt. Aber dann …«

»Arry? Was ist das?«, fragte Bob. »Arry-zona?«

Die Frage war nicht unberechtigt, und Ish hatte keine richtige Antwort. Was Arizona früher gewesen war – schon das wäre schwer zu beantworten gewesen. Ein Territorium, eine Körperschaft, eine Abstraktion? Wie konnte man in wenigen Worten beschreiben, was ein »Staat« gewesen war? Und noch viel weniger konnte man erklären, was Arizona heute war.

»Ach«, sagte er schließlich, »Arizona – das war einfach der Name für das Gebiet jenseits des Flusses.« Dann hatte er eine Idee. »Seht mal, hier auf der Karte ist es das Land innerhalb der gelben Linie.«

»Ah«, sagte Bob. »Sie hatten einen Zaun rings herum.«

»Nein, das wohl eher nicht.«

»Ja, stimmt. Da, wo der Fluss ist, brauchten sie ja gar keinen Zaun.«

(Lass es gut sein, dachte Ish. Er glaubt, Arizona wäre eine Art eingefriedeter Gutshof, nur viel größer.)

Fortan erwähnte er die Einzelstaaten nicht mehr, sondern nur noch die Städte. Was eine Stadt war, das wussten die Jungs: eine Ansammlung aus trümmerbedeckten Straßen und verfallenden, verwitterten Gebäuden. Und da sie selbst in einer Stadt lebten, konnten sie sich leicht eine andere Stadt und eine andere Gemeinschaft wie ihre vorstellen.

Er führte sie also auf der Karte nach Denver, nach Omaha und nach Chicago, und er hätte selbst nur allzu gern gesehen, was sie in den großen Städten sehen würden. Bis sie dort waren, würde es Frühling sein. Er riet ihnen, danach Richtung Washington und New York zu fahren.

»Die Pennsylvania-Mautstraße ist ganz sicher noch immer der beste Weg über die Berge«, sagte er. »Unmöglich, dass eine vierspurige Straße komplett blockiert ist. Ja, selbst die Tunnels müssten eigentlich noch passierbar sein.«

Die Route für den Rückweg überließ er ihnen; bis dahin würden sie sich mit den Straßen besser auskennen als er. Aber er riet ihnen, einen Abstecher nach Süden zu machen, da bestimmt viele Menschen in den kalten Wintern Richtung Golfküste gezogen waren.

Sie machten tägliche Übungsfahrten mit dem Jeep, und da sie dabei oft Reifenpannen hatten, kamen sie durch Aussonderung schließlich zu einigen Reifen, die hoffentlich härteren Belastungen standhalten würden.

Am vierten Tag dann fuhren sie los – auf dem Rücksitz des Jeeps eine Reservebatterie, Ersatzreifen und andere wichtige Reiseutensilien; die Jungs wie wild vor Aufregung über das, was vor ihnen lag; die Mütter den Tränen nahe bei dem Gedanken an eine so lange Trennung; und Ish ganz nervös vor Verlangen mitzufahren.

Die Grenzen zogen, wie die Zäune, Linien, die hart und unnachgiebig waren. Auch sie waren Menschenwerk, Abstraktionen, die die Wirklichkeit beherrschten. Wenn man auf dem Highway eine Staatsgrenze kreuzte, veränderte die Straße ihr Aussehen. Sie war glatt in Delaware, aber wenn man nach Maryland fuhr, spürte man, wie der Wagen anders vibrierte und die Reifen anders summten. »Staatsgrenze«, stand da zu lesen. »Nebraska. Höchstgeschwindigkeit 60 Meilen.« So änderten sich selbst Recht und Unrecht mit dem harten Ruck einer Diskontinuität, und man trat fester auf das Gaspedal.

An den nationalen Grenzen zeigten die Fahnen andere Farben, obwohl sie im gleichen Winde wehten. Man stoppte an der Zollstelle und war plötzlich ein Fremder. »Sieh mal«, sagte man. »Der Polizist dort trägt eine ganz andere Uniform.« Man bekam anderes Geld, und selbst die Briefmarken für Postkarten trugen andere Gesichter. »Lieber übertrieben vorsichtig fahren«, sagte man sich. »Es wäre übel, wenn sie einen hier verhaften.« Wie merkwürdig war das! Man fuhr über eine Linie, die man nicht einmal sehen konnte, und dann war man plötzlich selber einer dieser seltsamen Leute – ein Ausländer!

Aber die Grenzen schwinden noch schneller dahin als die Zäune; imaginäre Linien bedürfen nicht des Rosts, um zu vergehen. Dann gibt es keine plötzlichen Verschiebungen und Berichtigungen mehr, und vielleicht ist für die Menschen dann alles leichter. Wie zu Beginn werden sie sagen: »Ungefähr da, wo die Eichen lichter sind und die Kiefern anfangen.« Sie werden sagen: »Dort – genau kann ich es nicht sagen – in den Gebirgsausläufern, wo es trockener wird und die ersten Salbeibüsche wachsen.«

Nach der Abreise der Jungs schien wieder eine jener ruhigen und glücklichen Perioden anzubrechen, die sie einst veranlasst hatte, eine bestimmte Zeit das »Gute Jahr« zu nennen. Tag für Tag, Woche für Woche nahm alles den gewohnten Verlauf. Die Regenzeit begann spät – heftige Schauer, nach denen es schnell aufklarte, sodass die fernen Türme der Golden Gate Bridge majestätisch vor dem westlichen Himmel leuchteten.

Morgens gelang es Ish für gewöhnlich, genügend Männer zusammenzutrommeln, um am Brunnen weiterzuarbeiten. Ihr erster Versuch endete an Fels statt bei Grundwasser; der Hang trug nur eine recht dünne Erdschicht. Aber sie gruben einen zweiten Schacht und stießen tatsächlich auf Wasser. Der Brunnen wurde mit Brettern befestigt und abgedeckt, und eine Handpumpe wurde aufgestellt. Inzwischen hatten sich alle an die Latrinen draußen gewöhnt, und die Mühe, die damit verbunden gewesen wäre, die Toiletten mit Röhren, Wassertanks und Handpumpen wieder funktionstüchtig zu machen, schien ihnen unnütz. Also verzichteten sie darauf.

Der Fischfang war in dieser Zeit äußerst ertragreich. Alle wollten fischen gehen, und andere Dinge traten in den Hintergrund.

Abends kamen sie oft zusammen und sangen Lieder, wobei Ish sie auf dem Akkordeon begleitete. Einige Male regte er an, sie sollten mehrstimmig singen, und als sie es taten, sang der alte George einen wunderbar dröhnenden Bass, und die anderen freuten sich darüber; doch niemand zeigte wirkliches Interesse an diesem etwas komplizierteren Unterfangen.

So kam Ish erneut zu der Erkenntnis, dass sie eine wenig musikalische Gemeinschaft waren. Vor einigen Jahren hatte er einige Schallplatten mit Symphonien aufgestöbert und auf dem Kofferplattenspieler abgespielt. Natürlich war die Wiedergabe nicht sehr gut gewesen, aber man hatte dennoch die Themen gut heraushören können. Doch nie hatten die Kinder auch nur eine Spur von Interesse gezeigt. Bei einigen melodiösen Stellen hatten sie zwar zu spielen aufgehört oder ihre Holzschnitzereien zur Seite gelegt, um für ein paar Augenblicke voller Freude zuzuhören. Doch sobald die Musik etwas komplizierter geworden war, hatten sie sich wieder ihrer Beschäftigung zugewandt. Nun, was konnte man auch von ein paar Durchschnittsmenschen und ihrem Nachwuchs erwarten? (Aber ein bisschen über dem Durchschnitt standen sie schon, redete er sich ein, wenn auch nicht hinsichtlich der Musikalität.) In den Alten Zeiten hatte vielleicht ein einziger Amerikaner unter hundert eine echte Verehrung für Beethoven empfunden, und diese wenigen hatten zu den empfindsamen Menschen gehört, die ähnlich wie hochgezüchtete Hunde am wenigsten geeignet gewesen waren, den Schock nach dem Großen Unheil zu überstehen.

Als Experiment hatte er es auch mit Jazzplatten versucht. Bei dem lauten Geplärr der Saxophone hatten die Kinder ebenfalls ihre Tätigkeit unterbrochen; aber auch da war ihr Interesse nicht von Dauer gewesen. Der Jazz mit seinen verwickelten Rhythmen war eine komplizierte Angelegenheit; genausogut hätte er wohl von den Kindern erwarten können, dass sie Gefallen an Picasso und Joyce fanden.

Überhaupt – und darin lag für ihn auf gewisse Weise etwas Ermutigendes – zeigte die jüngere Generation nur wenig Begeisterung, dem Plattenspieler zuzuhören; sie sangen lieber selber. Er betrachtete das als ein gutes Zeichen: Sie wollten lieber teilnehmen als zuhören, lieber Mitwirkende als Zuschauer sein.

Aber sie dachten nie an den nächsten Schritt – nämlich von sich aus Lieder und Worte zu schreiben. Ish versuchte hin und wieder, eigene Lieder mit Anspielungen auf ihr Leben zu komponieren; aber entweder besaß er nicht das nötige Talent dafür, oder er stieß mit seinen Bemühungen auf stillen Widerstand, da sie den Rahmen des Gewohnten verließen.

Und so sangen sie weiter einstimmig, unterstützt von den wohlbekannten Klängen und hämmernden Bässen des Akkordeons. Die schlichteren Melodien gefielen ihnen am besten, wie Ish beobachtete. Auf die Worte und ihren Inhalt kam es ihnen nicht groß an. Sie sangen: »Carry me back to old Virginny«, obwohl sie keine Ahnung hatten, was »Virginny« war oder wer darum bat, dorthin zurückgebracht zu werden. Sie sangen: »Halleluja, I'm a bum!«, ohne zu wissen, was das wirklich war. Sie sangen mit klagenden Stimmen von Barbara Allen, obwohl niemand von ihnen etwas von unerwiderter Liebe wusste.

Oft in diesen Wochen musste Ish an die beiden Jungs im Jeep denken. Ab und an baten die Kinder um »Home on the Range«, und wenn dann seine Finger die Knöpfe und Tasten des Akkordeons drückten, zuckte er innerlich zusammen. Vielleicht durchfuhren die beiden gerade das Weideland. Und während er spielte, dachte er: Gab es dort jetzt Rehe und Antilopen? Oder waren die Büffel zurückgekehrt?

Öfter jedoch suchten ihn die Gedanken an die Jungs in der Nacht heim, wenn ein Albtraum ihn aufweckte und er nervös alle Möglichkeiten erwog. Wie hatte er sie nur auf dieses Abenteuer schicken können! All die Gefahren durch Flut und Unwetter! Und der Wagen! Man konnte Jungs dieses Alters keinen Wagen anvertrauen; auch wenn keinerlei Gefahren durch Verkehr bestanden, konnten sie doch zu schnell fahren. Und es gab es viele gefährliche Stellen. Die Jungs würden Berglöwen, Bären und bösartigen Bullen begegnen. Die Bullen waren am Schlimmsten, weil sie dem Menschen gegenüber schon immer eine gewisse Verachtung gezeigt hatten, die womöglich einer uralten Vertrautheit entsprang. Nein – wahrscheinlicher war, dass der Wagen den Geist aufgab. Dann saßen sie in der Patsche, Hunderte oder sogar Tausende Meilen von zu Hause entfernt.

Die eisigsten Schauer jedoch überkamen Ish in solchen Nächten bei dem Gedanken an die Menschen, denen die Jungs begegnen könnten. Auf was für Gemeinschaften würden sie stoßen? Auf solche, die in all den Jahren zu Barbaren geworden waren, ohne dass das Gesetz sie daran gehindert hatte? Auf solche, die grundsätzlich jedem Fremden mit Todfeindschaft begegneten? Vielleicht hatten sich primitive religiöse Bräuche entwickelt – Menschenopfer, Kannibalismus! Vielleicht gerieten die beiden Jungs wie Odysseus an Lotosesser, Sirenen und Lästrygonen.

Ihre Gemeinschaft hier am Hügelhang mochte vielleicht langweilig und unkreativ sein, aber sie hatte doch Würde und Anstand bewahrt. Es gab keine Garantie dafür, dass dies bei anderen Gemeinschaften genauso war.

Doch im Licht des Morgens verblassten diese Schreckgespenster wieder. Dann malte er sich aus, wie sich die beiden Jungs an ihrem Abenteuer erfreuten, wie sie neue Orte erkundeten und neuen Menschen begegneten. Selbst wenn sie mit dem Wagen eine schwere Panne hatten und keinen anderen zum Fahren bringen konnten, konnten sie immer noch auf der gleichen Straße zurückwandern, die sie gekommen waren. An Nahrung würde es ihnen nirgendwo mangeln. Etwa zwanzig Meilen am Tag, mindestens hundert die Woche – auch wenn sie über tausend Meilen zurücklegen mussten, würden sie vor Herbstbeginn wieder daheim sein. Und mit einem Wagen natürlich viel früher. Beim Gedanken an die Rückkehr der beiden konnte er seine Erregung kaum im Zaun halten. Was würden sie wohl an Neuigkeiten mit nach Hause bringen?

So vergingen die Wochen und die Regenzeit. Das Gras auf den Hügeln büßte sein Grün ein, dann trug es Samen und wurde braun. Und am Morgen schwebten die Sommerwolken so tief, dass die Türme der Brücke in sie hineinragten.

5

Je mehr Zeit verging, desto weniger waren Ishs Gedanken und Träume mit den zwei Jungs beschäftigt. Dass ihr Abschied schon so lange zurücklag, schien zu beweisen, dass sie weit vorangekommen waren. Es war wohl noch nicht an der Zeit, ihre Rückkehr von einer Reise quer durch den ganzen Kontinent zu erwarten, und es war ganz bestimmt nicht an der Zeit, sich düsteren Gedanken über ihre noch nicht erfolgte Rückkehr hinzugeben. Ish beschäftigten andere Gedanken und andere Sorgen.

Er hatte den Schulunterricht neu organisiert; er hatte sich wieder auf das besonnen, was er für seine wesentlichste Aufgabe hielt: die Kinder lesen und schreiben und ein wenig rechnen zu lehren und auf diese Weise in ihrem Stamm einige Grundfesten der Zivilisation zu bewahren. Aber die Kleinen saßen unruhig in ihren Stühlen und sahen ständig aus den Fenstern, und Ish wusste, dass sie viel lieber draußen gewesen wären, am Hügelhang entlanglaufen würden, Bullensprung spielen und fischen gegangen wären. Er versuchte, sie auf unterschiedliche Weise zu ködern, wobei er sich der Technik bediente, die, wie er sich erinnerte, in den Alten Zeiten »progressive Pädagogik« genannt worden war.

Holzschnitzen! Zu Ishs Erstaunen war Holzschnitzen zur hauptsächlichen künstlerischen Betätigung geworden. Vielleicht hatte ja der gute alte George, beschränkt wie er war, seine Liebe zu Holzarbeiten auf die Kinder übertragen. Ish selbst jedenfalls hatte kein Interesse daran und auch keine Begabung dafür. Aber letztlich war der Grund dafür auch egal. Die Frage war, ob er, Ish, sich als Lehrer dieser Lieblingsbeschäftigung seiner Schüler bedienen konnte, um ihr intellektuelles Interesse zu wecken? Also fing er an, sie Geometrie zu lehren, indem er ihnen zeigte, wie man mit Zirkel und Lineal auf der Holzoberfläche Schnitzvorlagen entwarf.

Die Sache fand Anklang, und bald redeten alle begeistert von Kreisen und Winkeln und Sechsecken; jeder hatte ein geometrisches Muster entworfen und schnitzte eifrig an ihm herum. Auch Ishs Interesse war geweckt. Es war durchaus faszinierend, wenn sich das weiche Kiefernholz, das fast ein Vierteljahrhundert alt war, unter seinem Messer schälte.

Doch noch ehe die ersten Objekte fertig waren, verloren die Kinder das Interesse. Mit dem Messer an einer Stahlschiene entlangzufahren und dann eine gerade Linie zu erhalten war viel zu leicht. Dem Umriss eines Kreises zu folgen war deutlich schwieriger, aber es war mechanisch und langweilig. Und die fertigen Muster sahen, das musste Ish zugeben, wie schlechte Nachahmungen der maschinellen Produkte aus den Alten Zeiten aus. Und so kehrten die Kinder zum freien Gestalten und Improvisieren zurück. Das machte ihnen viel mehr Spaß, und was dabei herauskam, sah auch viel besser aus.

Der Beste beim Holzschnitzen war Walt. Er lernte nie richtig lesen, doch wenn es darum ging, einen Fries aus Kühen in ein weiches Brett zu schnitzen, konnte es niemand mit ihm aufnehmen. Dafür brauchte er keine Berechnungen im Kopf anstellen oder geometrische Kunststücke vollführen; wenn seine Kühe den zur Verfügung stehenden Raum nicht ganz ausfüllten, schnitzte er einfach noch ein Kalb dazu. Und dennoch sah das Ganze, wenn er damit fertig war, aus, als wäre es von Anfang an so geplant gewesen. Er meisterte das Flachrelief, das Dreiviertelrelief und zuweilen sogar das Vollrelief. Die Kinder bewunderten ihn.

Ish wurde klar, das sein Plan, ein Hobby zur Stimulation intellektueller Interessen zu nutzen, fehlgeschlagen war, und so blieb ihm nichts anderes übrig, als sich wieder dem kleinen Joey zuzuwenden. Joey hatte kein großes Talent zur Holzschnitzerei; aber als einziges von allen Kindern hatte er sich für die ewigen Wahrheiten von Linie und Winkel begeistert, die sogar das Große Unheil überdauert hatten. Einmal beobachtete Ish ihn, wie er aus Papier verschiedenartige Dreiecke schnitt, ihre Winkel abschnitt und sie dann zusammenlegte, wobei sich eine Gerade ergab.

»Kommt immer eine Gerade dabei heraus?«, fragte Ish.

»Ja, immer. Du hast ja gesagt, es wäre so.«

»Warum tust du es dann?«

Joey konnte nicht erklären, warum er es tat, aber Ish wusste genug über die Vorgänge im Kopf seines Sohnes, um davon überzeugt zu sein, dass Joey auf seine Art der ewigen Wahrheit Tribut zollte. Es war, als würde er den Mächten des Zufalls und des Wandels sagen: »Hier, versucht, es ein einziges Mal anders herauskommen zu lassen, wenn ihr könnt!« Und wenn diese dunklen Mächte nicht siegten, so war das abermals ein Triumph für den Intellekt.

Ish war also auf den kleinen Joey angewiesen – intellektuell und manchmal auch physisch. Denn wenn die anderen Kinder unter lautem Geschrei aus dem Klassenzimmer stürmten, blieb Joey oft auf seinem Platz sitzen, griff nach einem dicken Buch und erweckte den Eindruck, als komme er sich dabei überlegen vor.

Was das Physische betraf, so waren die anderen Jungs gestählte Riesen, während Joey bei allen Spielen und Abenteuern im Freien im Nachteil war. Sein Kopf war im Verhältnis zum übrigen Körper ziemlich groß, auch wenn Ish meinte, dass das nur so wirkte – weil man eben annahm, dass sich in Joeys Kopf eine Überfülle an Wissen befand. Im Verhältnis zum Kopf wiederum waren seine Augen sehr groß und dabei ungewöhnlich hell und lebhaft. Als einziges der Kinder hatte er einen empfindlichen Magen. Ish fragte sich, ob das wohl eine körperliche oder eine seelische Ursache hatte, aber da es keine Möglichkeit gab, Joey zum Arzt oder zu einem Psychologen zu schicken, erhielt er in dieser Hinsicht nie Klarheit. Jedenfalls wog Joey immer zu wenig und kam häufig völlig erschöpft vom Spielen mit den anderen Jungs nach Hause.

»Das ist nicht gut«, sagte Ish zu Em.

»Nein«, sagte Em. »Aber du siehst ja, dass er sich für Bücher und Geometrie interessiert. Das ist einfach die andere Seite davon, dass er nicht so stark wie die anderen ist.«

»Ja, vermutlich. Irgendwo muss er seine Befriedigung finden. Aber ich wünschte, er wäre stärker.«

»Du willst ihn doch gar nicht anders haben, als er ist.«

Und während sie auf etwas anderes zu sprechen kam, dachte Ish, dass sie wieder einmal recht hatte. Ja, dachte er, wir haben genügend kräftige junge Huskys. Natürlich wünschte ich mir, er wäre stärker. Aber auch wenn er ein Weichling und ein Pedant ist – wir brauchen einen wie ihn. Und so wandte sich sein Herz vor allen anderen Kindern Joey zu. In Joey sah er die Zukunft; er sprach oft mit ihm und lehrte ihn viele Dinge.

Der Schulunterricht schleppte sich durch die Wochen, in denen sie auf Dicks und Bobs Rückkehr warteten (tatsächlich wusste auch Ish kein positiveres Wort als »schleppen«). Es waren insgesamt elf Kinder, die er in diesem Sommer unterrichtete oder zu unterrichten versuchte.

Er hielt den Unterricht in seinem Wohnzimmer ab. Er dauerte nur von neun bis zwölf, und es gab eine lange Pause dazwischen. Ish dachte, er sollte es ihnen leicht machen.

Er lehrte sie Arithmetik, nachdem sein Versuch mit der verzuckerten Geometrie-Pille fehlgeschlagen war. Er versuchte, praktische Anwendungen zu finden, und merkte, dass das überraschend schwer war. »Wenn A einen dreißig Fuß langen Zaun baut ...«, stand in dem alten Lehrbuch. Doch niemand baute mehr Zäune, und Ish musste den Kindern erklären, warum die Menschen früher einmal Zäune gebaut hatten, was viel schwieriger war, als man glauben möchte. Er versuchte wieder »progressive Pädagogik«, indem er einen Laden nachbaute, in dem die Schüler etwas kaufen und verkaufen und darüber Buch führen konnten. Doch auch das hatte nichts mit der Wirklichkeit zu tun, denn es gab keine Läden mehr, und er hätte ihnen das gesamte Wirtschaftssystem der Alten Zeiten erklären müssen.

Dann bemühte er sich tapfer, ihnen einige Wunder der reinen Zahl nahezubringen. Für ihn persönlich war das ein Erfolg; je mehr er versuchte, es den Kindern klarzumachen, desto mehr gelangte er selbst zu der Erkenntnis, dass die Mathematik die Grundlage der Zivilisation war. Zugleich erkannte er in immer stärkerem Maß, auch wenn er es nicht richtig ausdrücken konnte, das Wunderbare, das in der Beziehung einer Zahl zu einer anderen lag. Wie kommt es, dachte er etwa, dass zwei plus zwei immer und ewig vier ergibt und nicht manchmal fünf? *Das* hat sich nicht verändert! Auch wenn jetzt wilde Bullen auf dem Union Square ihre Kämpfe ausfechten ... Er zeigte ihnen Spiele mit Zahlendreiecken, aber außer Joey hatten die Kinder keinen Sinn für solche Wunder, und er sah, wie sie zu den Fenstern blickten, während er sich bemühte, mit alldem Eindruck auf sie zu machen.

Auch mit Geographie versuchte er es. Schließlich war er darin Experte und besaß alle Qualifikationen für den Unterricht. Vor allem den Jungs machte es Spaß, Karten der Umgebung zu zeichnen; aber weder Jungs noch Mädchen waren an der Geographie der Erde als Ganzes interessiert. Wer konnte es ihnen verübeln? Vielleicht würden Bob und Dick ihr Interesse anfachen, wenn sie zurückkamen; bis dahin war der Horizont der Kinder auf ein paar Meilen beschränkt. Was bedeutete ihnen die Form Europas mit den vielen Halbinseln? Was bedeuteten ihnen die Inseln im Meer?

Etwas erfolgreicher war er mit Geschichtsunterricht, obwohl er eher Anthropologie als Geschichte lehrte. Er erzählte ihnen von der Entwicklung des Menschen, dieses stets ums Überleben kämpfenden Geschöpfs, das nach und nach gelernt hatte, sich in einer Hinsicht weiter zu entwickeln und sich in einer anderen zu mäßigen, und das durch unendliche Irrungen und Wirrungen und Dummheiten und Grausamkeiten hindurch zu etwas Großartigem gelangt war, bevor es das Ende ereilt hatte. Das zumindest interessierte sie ein wenig.

Doch die meiste Zeit verbrachte er damit, ihnen Lesen und Schreiben beizubringen, weil er meinte, Lesen sei der Schlüssel zu allem und Schreiben das notwendige Pendant. Aber nur für Joey war es ganz natürlich, lesen zu lernen. Er wusste, was die Wörter bedeuteten, und verstand sogar den Sinn von Büchern.

Zi-vi-li-sa-ti-on! Ständig spricht Onkel Ish davon. Am Bach sind jetzt haufenweise Wachteln. Zwei und sechs? Ich weiß es! Aber warum soll ich es ihm sagen? Zwei und neun? Das ist schwer. Da reichen meine Finger nicht aus. Das ist so viel wie »eine ganze Menge«. Onkel George ist viel lustiger als Onkel Ish. Er kann einem zeigen, wie man richtig schnitzt. Mein Dad ist noch lustiger. Er sagt immer so komische Sachen. Aber Onkel Ish hat den Hammer. Da steht er auf dem Kaminsims. Joey könnte Geschichten über den Hammer erzählen, glaube ich. Aber das weiß man nicht so recht. Jetzt will ich Betty gern mal kneifen, aber Onkel Ish mag das nicht. Onkel Ish weiß mehr als alle anderen. Manchmal habe ich richtig Angst. Wenn ich ihm sagen könnte, wie viel sieben und neun ist, dann hätten wir vielleicht Zi-vi-li-sa-ti-on, und ich könnte die Bilder sehen, die sich bewegen wie Menschen. Dad hat sie oft gesehen. Das wäre lustig. Acht und acht. Joey weiß es. Aber Joey findet nie Wachtelnester. Jetzt können wir bald gehen.

Trotz ständiger Enttäuschungen fuhr Ish mit seinen Bemühungen fort und ergriff jede Gelegenheit, die die Kinder ihm von sich aus boten.

Eines Nachmittags unternahmen die älteren Jungs einen längeren Ausflug in die nähere Umgebung als sonst und brachten am nächsten Tag ein paar Walnüsse mit in die Schule. Sie hatten solche Nüsse bisher noch nie gesehen und waren neugierig. Also beschloss Ish, einige davon aufzuknacken, um den Kindern etwas Biologie beizubringen; er wollte ihre Neugier nützen und in eine Richtung gehen, die sie ihm selbst gewiesen hatten.

Er schickte Walt hinaus, damit er zwei Steine holte, um die harten Schalen aufzuknacken. Walt kam mit zwei halben Ziegeln zurück; Ziegel und Steine – das war in seinem Vokabular das Gleiche. Ish ging nicht weiter darauf ein, aber ihm war klar, dass beim Nüsseknacken mit einem Ziegelstein eher ein zerquetschter Finger als eine geknackte Nuss herauskommen würde. Er sah sich nach etwas Geeigneterem um und entdeckte seinen Hammer, der wie immer auf dem Kaminsims stand.

»Bring mir mal den Hammer, Chris«, sagte er und deutete auf den Jungen, der am nächsten zum Kamin saß.

Normalerweise war Chris nur zu allzu froh, wenn er aufspringen und etwas tun konnte. Jetzt aber geschah etwas Seltsames. Chris blickte von hier nach dort, von Walt zu Weston, die neben ihm saßen. Er sah peinlich berührt oder sogar ängstlich aus.

»Bring mir den Hammer, Chris«, wiederholte Ish in der Annahme, Chris hätte geträumt und nur seinen Namen gehört, nicht aber die Worte davor.

»Ich ... ich will nicht«, sagte Chris zögernd. Chris war acht Jahre alt und neigte nicht zum Heulen, und doch standen dem Jungen jetzt aus irgendeinem Grund Tränen in den Augen.

Ish ließ ihn in Ruhe. »Bringt mir den Hammer, einer von euch anderen«, sagte er.

Weston sah Walt an, und Barbara und Betty, die Schwestern, sahen einander an. Die vier waren die ältesten. Sie bewegten sich nicht in ihrem Stuhl. Auch die Kleinen gaben keinen Mucks von sich. Aber Ish konnte sehen, wie sich alle Kinder einander hastige Blicke zuwarfen.

Obwohl Ish ziemlich verwirrt war, wollte er der Sache nicht weiter auf den Grund gehen. Er schickte sich gerade an, selbst den Hammer zu holen, als etwas noch Seltsameres geschah.

Joey stand auf und ging zum Kamin. Die Augen der Kinder folgten ihm. Im Zimmer herrschte Totenstille. Dann stand Joey vor dem Kamin, streckte die Hand aus und griff nach dem Hammer. Plötzlich gab eines der kleineren Mädchen einen sonderbaren, erstickten Schrei von sich, und in dem beschwichtigenden Getuschel, das folgte, trat Joey den Rückweg an und gab Ish den Hammer. Dann ging er wieder zu seinem Platz.

Alle waren still und blickten auf Joey – bis Ish mit dem Hammer eine Nuss zerschlug. Bei dem Geräusch wich die Anspannung, worauf auch immer sie beruht haben mochte.

Erst mittags, als die Kinder wieder nach Hause gegangen waren, fand Ish die Zeit, über das Geschehen nachzudenken, und kam zu dem Schluss, dass es sich um einen Fall von Aberglauben gehandelt haben musste. Der Hammer – offenbar war er für Kinder etwas Mythisches, das der fernen Vergangenheit angehörte. Normalerweise rührte niemand außer Ish den Hammer an, selbst Bob, wie sich Ish jetzt erinnerte, hatte ihn damals nur zögerlich in die Hand genommen, als sie mit den Hundegespannen losgefahren waren. Für die Kinder war er ein Instrument der Macht, dessen Berührung gefährlich war. Ish wurde bewusst, in welchem Maße eine Fantasie, die zunächst lediglich Teil eines Spiels gewesen war, im Laufe weniger Jahre zu bitterem Ernst geworden war. Nur Joey war wieder einmal der Einzige, der sich von der Gruppe abhob. Aber vielleicht war sich der Junge gar nicht klar darüber, dass Ishs Hammer einfach wie jeder andere Hammer war; vielleicht stand sein eigener Aberglaube lediglich auf einer höheren Ebene, und er meinte, dass ihn und seinen Vater etwas Besonderes verband, wie etwa das Lesen, sodass er, als Sohn des Hohepriesters, als Gesegneter, Reliquien berühren konnte, durch die andere vernichtet worden wären. Ja, vielleicht hatte Joey sogar bei der Entstehung des Aberglaubens in der Gruppe mitgewirkt, um dadurch seine eigene Bedeutung herauszustellen. Jedenfalls, dachte Ish, sollte es nicht allzu schwierig sein, diesen Aberglauben zu überwinden.

Doch noch am gleichen Nachmittag kamen ihm Zweifel. Auf dem Bürgersteig vor seinem Haus spielten einige der Kinder. Sie hüpften von einem Stein zum anderen und sangen dabei:

»Trittst du auf den Strich,
Bricht Mutter sich's Genick!«

In den Alten Zeiten hatte Ish die Kinder das oft singen hören. Damals hatte es nichts Besonderes bedeutet, lediglich eine dumme Reimerei, die die Kinder, wenn sie älter wurden, als solche begriffen. Wie aber sollte man ihnen jetzt beibringen, dass es sich nur um Aberglauben handelte? Sie waren eine Gemeinschaft ohne jede eigene Tradition, die sich nicht die Mühe machte, etwa durch Lektüre, eine Tradition zu entwickeln.

Er saß in seinem Sessel im Wohnzimmer und hörte die Kinder draußen spielen und ihren Reim singen. Und während sich der Rauch seiner Zigarette emporkringelte, musste er an weitere beunruhigende Anzeichen von Aberglauben denken. Ezra trug immer seinen Glücksbringer bei sich, das alte Pennystück aus viktorianischer Zeit, und bestimmt hielten die Kinder die Münze für so etwas Ähnliches wie den Hammer. Molly klopfte regelmäßig mit dem Knöchel auf Holz – taten das die Kinder nicht auch ständig? Und würden sie je lernen, dass das keinerlei Bedeutung hatte?

Zögerlich kam er zu dem Schluss, dass es von außerordentlicher Wichtigkeit war, was die Kinder glaubten. In den Alten Zeiten war der Glaube, dem die Kinder einer Familie oder einer Gruppe von Familien angehangen hatten, oft ziemlich stark gewesen; aber die Kinder waren im Laufe ihres Lebens fast immer mit einem anderen Glauben in Berührung gekommen und hatten über ihren eigenen Glauben kritisch nachdenken können. Außerdem hatte es damals ein riesiges Reservoir an Traditionen gegeben – die Tradition des Christentums, der westlichen Zivilisation, der indoeuropäischen Völker, der angloamerikanischen Kultur. Man mochte es nennen, wie man wollte: Es war so stark gewesen, dass es, zum Guten oder zum Schlechten, das Individuelle absorbiert hatte.

Ihre kleine Gemeinschaft hier jedoch hatte fast alles von dieser Tradition eingebüßt. Sie war verlorengegangen, weil sieben Überlebende (Evie zählte nicht) sie unmöglich allein hatten bewahren und weitergeben können. Sie war verlorengegangen, weil sie nicht von großen Kindern an die kleinen weitergereicht worden war; die erste Generation der Kinder hatte ihre Spiele von den Eltern gelernt, nicht von älteren Kindern. Eine Gemeinschaft war biegsam wie Plastik. Das bot eine Möglichkeit. Aber es war auch eine Verantwortung – und eine Gefahr.

Es würde zur Gefahr werden – und bei diesem Gedanken lief es Ish kalt den Rücken hinunter –, wenn eine böse Kraft, etwa ein Demagoge, aktiv werden würde.

Andererseits, dachte er dann, waren die Kinder nicht gerade biegsam gewesen, als es darum gegangen war, lesen zu lernen. Doch das mochte daran liegen, dass etwas viel Stärkeres als er, nämlich die gesamte Umwelt, gegen ihn arbeitete.

Aber zurück zum Aberglauben: Vielleicht hatte er sich entfaltet, weil es in ihrem Stamm keinen im kreativen Sinne religiösen Menschen gab. Vielleicht war im Inneren der Kinder ein geistiges Vakuum, das mit dem Glauben an Übernatürliches gefüllt werden musste. Vielleicht war all das eine Art unbewusste Sehnsucht nach einer Erklärung für das Leben selbst. Vor vielen Jahren hatten sie die Gottesdienste aufgegeben. Vielleicht war das ein Fehler gewesen.

Mit größerer Gewissheit als je zuvor erkannte er, dass jetzt die Gelegenheit war, eine Religion zu gründen. Was er den Kindern in der Schule erzählte, das glaubten sie, und er konnte es durch ständige Wiederholung tief in ihren Köpfen verankern. Er konnte ihnen erzählen, Gott der Herr hätte die Welt in sechs Tagen geschaffen und sie für gut befunden. Sie würden es glauben. Er konnte ihnen die indianische Legende erzählen, dass die Welt das Werk des Old Man Coyote war. Sie würden es glauben.

Doch was konnte er ihnen ehrlichen Herzens erzählen? Er konnte ihnen eine der vielen Theorien zur Weltentstehung erzählen, an die er sich aus seiner Studienzeit erinnerte. Vermutlich würden sie auch daran glauben, selbst wenn diese Theorien sehr kompliziert waren und eine weniger gute Geschichte als die anderen ergaben. Jedenfalls würde alles, was er sagen würde, verzerrt und zu einer Art Religion gemacht werden, und wie schon vor Jahren stieß ihn diese Vorstellung ab; er würde damit seinen Skeptizismus verraten, den er wie einen Schatz hütete.

Es ist besser, dachte er und erinnerte sich an die Bücher, die er gelesen hatte, gar keine Idee von Gott zu haben als eine, die Seiner unwürdig ist.

Er steckte sich eine weitere Zigarette an und machte es sich wieder in dem Sessel bequem … Dieses Vakuum! Das machte ihm Sorgen. Wenn man es nicht positiv füllte, würden seine Abkömmlinge in dritter oder vierter Generation womöglich primitive Beschwörungsriten praktizieren, sich vor Hexen fürchten und dem Kannibalismus frönen. Vielleicht würden sie an Voodoo glauben, an Schamanismus, an das Tabu …

Hier stutzte er. Ja, es gab jetzt schon Glaubenssätze in ihrem Stamm, die der Intensität eines Tabus nahekamen – und er selbst war verantwortlich dafür.

Da war etwa die Sache mit Evie. Er, Em und Ezra hatten vor langer Zeit darüber gesprochen. Sie wollten nicht, dass Evie Kinder bekam – Kinder, die eine Last gewesen wären. Also hatten sie aus Evie, zumindest für die Jungs, eine Art Unberührbare gemacht. Evie mit ihrem blonden Haar und ihren blauen Augen war vielleicht die Hübscheste von allen, doch Ish war überzeugt, dass keiner der Jungs sie auch nur ernsthaft in Betracht zog. Nicht dass sie unbedingt dachten, es würde irgendetwas geschehen, wenn sie es täten; es zu tun lag einfach außerhalb ihrer Vorstellungskraft. Das Verbot war stärker als irgendein Gesetz. Es war ein Tabu.

Dann war da die Sache mit der Treue. In ständiger Furcht vor Streitigkeiten, die aus Eifersucht entstehen konnten, hatten die Älteren die eheliche Treue zwar nicht gepredigt, aber als selbstverständlich vorausgesetzt. Die Jungen wurden dazu angehalten, so früh wie möglich zu heiraten; über Ezras Ehe mit zwei Frauen wurde nicht weiter geredet. Auch wenn Ish an der Nützlichkeit dieses Vorgehens in ihrer besonderen Lage keinen Zweifel hatte, schien die Tatsache, dass es als eine Frage des Glaubens und nicht nur der Vernunft gesehen wurde, gleichfalls einem Tabu nahezukommen. Die erste Verletzung dieses Tabus – und ganz sicher würde es das eines Tages geben – würde zu einem großen Schock führen.

Ein drittes Beispiel für ein Tabu, aber vermutlich nur von untergeordneter Bedeutung, war die Verwandlung der Universitätsbibliothek in einen sakrosankten Ort. Einmal, als die älteren Jungs noch Teenager waren, hatte Ish mit ihnen einen langen Spaziergang unternommen, der sie bis zum Campus geführt hatte. Während er ein Nickerchen gemacht hatte, hatten zwei der Jungs das Brett gelockert, das Ish vor langer Zeit vor das zertrümmerte Fenster genagelt hatte, waren in die Bibliothek geklettert und hatten begonnen, Bücher aus den Regalen auf den Fußboden zu werfen. Entsetzt von diesem Treiben, hatte Ish ihnen eine Tracht Prügel verabreicht. Später hatte er sich deswegen geschämt, doch in diesem Augenblick hatte ihn die Wut einfach mit sich gerissen; und diese außerordentliche Wut hatte einen noch stärkeren Eindruck auf die Jungs gemacht als die Prügel. Ohne Zweifel hatten sie die Erinnerung daran an die jüngeren Kinder weitergegeben, und zu Ishs Freude war die Bibliothek seither unangetastet geblieben. Doch auch das konnte als ein Beispiel für ein Tabu bezeichnet werden, und jetzt machte es ihm Sorgen.

Und natürlich war da noch ein viertes Tabu – das ihn an den Ausgangspunkt seiner Überlegungen zurückbrachte. Er stand auf und trat an den Kamin.

Dort stand der Hammer auf seinem vier Pfund schweren, stumpfen, rostfleckigen Eisenkopf. Dieser Hammer war nun schon so lange bei ihm – er hatte ihn damals kurz vor dem Schlangenbiss gefunden –, dass er ihn als seinen ältesten Freund bezeichnen konnte. Er war länger bei ihm als Em oder Ezra.

Aufmerksam betrachtete er ihn. Der Stiel war in keinem guten Zustand. Er war verwittert, weil er so lange draußen gelegen hatte, und schon bevor der Hammer dort liegen gelassen worden war, war das Holz offenbar gegen einen Stein geschlagen und ein wenig abgesplittert. Was war das für ein Holz? Ish wusste es nicht genau. Esche oder Hickory. Wahrscheinlich Hickory.

Das Einfachste wäre, dachte er dann, sich des Hammers zu entledigen. Ihn in die Bucht zu werfen. Aber nein – damit würde er nur das Symptom beseitigen, nicht die Krankheit. Auch wenn der Hammer weg war, würde der Hang der Kinder zum Aberglauben bleiben und sich lediglich auf etwas anderes richten, ja vielleicht sogar eine noch bedenklichere Form annehmen.

Er könnte den Hammer auch vor aller Augen zerstören, als symbolische Lektion für die Kinder, dass diesem Werkzeug keinerlei Macht innewohnte. Aber war es ihm überhaupt möglich, ihn zu zerstören? Den Stiel konnte er verbrennen, aber der eiserne Kopf war mit den ihm zur Verfügung stehenden Mitteln nicht zu vernichten. Und selbst wenn er einen Eimer Säure finden und das Eisen darin auflösen würde, würde das die Kinder erst recht glauben machen, dass dem Hammer eine tiefe, geheimnisvolle Macht innewohnte.

Und so betrachtete er den Hammer mit neu erwachtem Interesse, als wäre er etwas, das auf irgendeine Weise zum Leben erwacht war. Ja, der Hammer hatte Eigenschaften, die ihn zu einem guten Symbol machten: Beständigkeit, Präsenz, Kraft. Sein phallischer Charakter war offensichtlich. Seltsamerweise hatte er ihm nie einen Namen gegeben, obwohl es unter Menschen seit jeher Brauch war, Waffen, die ebenfalls Symbole der Macht waren, Namen zu verleihen: Madelon, Hirschtöter, Excalibur. Hämmer waren einst Attribute der Gottheit gewesen; Thor hatte einen Hammer getragen, andere Götter vermutlich ebenfalls. Und es hatte einen Frankenkönig gegeben, der die Sarazenen zurückgetrieben hatte: Karl mit dem Hammer.

Ish mit dem Hammer!

Am nächsten Morgen, als sich die Kinder zur Schule versammelten, sagte Ish nichts über irgendeinen Aberglauben. Es war besser, dachte er, sie noch ein paar Tage oder eine Woche zu beobachten. Vor allem wollte er mehr über Joey herausfinden.

Tatsächlich erstreckten sich seine Beobachtungen über mehrere Wochen, bis Ish schließlich mit einigem Zögern zu der Erkenntnis kam, dass Joey viele Eigenschaften eines Problemkinds aufwies. Im Sommer hatte der Junge seinen zehnten Geburtstag gefeiert. Seine Frühreife war zuweilen schmerzhaft; er war, wie man früher gesagt hätte, zu groß für seine Hosen. Dem Alter nach befand er sich zwischen Walt und Weston, die zwölf waren, und dem achtjährigen Chris, doch seine Intelligenz rückte Joey in die Nähe der beiden älteren Jungen, und zwischen ihm und dem jüngeren gab es praktisch keine Gemeinsamkeit. Es musste körperlich ziemlich hart für Joey sein, dachte Ish, sich ständig anzustrengen, um mit den beiden zwei Jahre älteren und natürlich stärkeren Jungs mitzuhalten. Auch Josey, seine Zwillingsschwester, vernachlässigte er, denn er war in dem Alter, in dem sich Jungs nicht für Mädchen interessierten, und Josey war außerdem bei Weitem nicht so schlau wie er.

Ish bemerkte, dass sich Joey bei allem, was er tat oder zu tun versuchte, überanstrengte. Oft musste er daran denken, wie sich die anderen Kinder gefürchtet hatten, den Hammer zu berühren, und in Joeys Handeln etwas erkannt hatten, das sie selbst nie zu tun gewagt hätten. Offenbar waren sie der Überzeugung, dass auch Joey irgendeine heimliche Kraft innewohnte. Ish dachte an seine Studienjahre zurück und erinnerte sich an den bei Naturvölkern weit verbreiteten Glauben, dass bestimmte Mitglieder eines Stammes über eine besondere Kraft verfügten. *Mana* hatten die Anthropologen diese Kraft genannt. Vielleicht glaubten die Kinder, Joey besäße *mana;* und vielleicht glaubte Joey es selbst.

Doch auch wenn sich Ish Joeys Unzulänglichkeiten und schlechter Eigenschaften bewusst war, richtete er seine ganze Aufmerksamkeit auf den Jungen. Auf Joey ruhten seine Hoffnungen für die Zukunft. Er glaubte fest daran, dass die Menschheit nur durch die Kraft der Intelligenz die Höhen der Zivilisation erklommen hatte – und dass sie sich auch nur durch diese Kraft wieder zu ihrer alten Größe erheben würde. Joey besaß Intelligenz. Und möglicherweise auch jene andere Kraft. *Mana* mochte eine Fantasie einfältiger Menschen sein, doch selbst zivilisiertere Völker hatten erkannt, dass einigen Menschen eine seltsame Macht innewohnte. Hatte je irgendjemand zu erklären gewusst, warum aus bestimmten Menschen Anführer wurden und aus anderen, obwohl sie dem Anschein nach dazu besser geeignet waren, nicht?

Wie viel von alldem war Joey bewusst? Diese Frage stellte sich Ish häufig, ohne dass er sie hätte beantworten können. Aber im Laufe des Sommers kam er mehr und mehr zu der Überzeugung, dass sie ohne Joey keine Zukunft haben würden. Auch ohne Mystizismus, auch ohne die Vorstellung irgendeines *mana,* war Joey derjenige, der in einer dunklen Zeit das Licht am Leuchten hielt. Nur er konnte die großen Traditionen der Menschheit bewahren und weitergeben.

Doch da war nicht nur die Aneignung von Wissen. Obwohl Joey erst zehn Jahre alt war, begann er schon, sich selbständig zu machen, zu experimentieren, auf eigene Faust die Welt zu entdecken. So kam es auch, dass er sich selbst das Lesen beibrachte. Natürlich war das alles noch auf einer kindlichen Ebene.

Zum Beispiel die Sache mit dem Puzzle. Ganz plötzlich hatten die Kinder eine riesige Begeisterung für dieses Spiel entwickelt und die Läden danach durchstöbert. Ish beobachtete sie beim Puzzlelegen. Zu Beginn war Joey nicht so gut wie die anderen. Offenbar hatte er kein richtiges Gespür für die unterschiedlichen Formen; manchmal versuchte er, Stücke ineinanderzufügen, die ganz offensichtlich nicht zusammenpassten, und die anderen wurden ungeduldig und sagten es ihm. Joey ärgerte sich über seine Unterlegenheit und zog sich für eine Weile zurück. Doch dann kam er darauf, wie er sich helfen konnte: Er suchte jene Puzzlestücke heraus, die alle die gleiche Farbe hatten. Auf diese Weise konnte er sie schneller zusammenfügen und die anderen Kinder überflügeln.

Als er stolz erklärte, wie er das fertiggebracht hatte, waren die anderen angemessen beeindruckt. Und doch hatten sie keinerlei Verlangen, Joeys Methode zu übernehmen.

»Wozu sollte das gut sein?«, sagte Weston. »Wir würden damit vielleicht schneller fertig werden, aber es wäre kein Spaß mehr. Es kommt doch gar nicht darauf an, schnell fertig zu werden.«

»Ja«, stimmte Betty zu, »es macht überhaupt keinen Spaß, einfach nur die gelben Stücke rauszusuchen, dann die blauen und dann die roten, nur um sie getrennt voneinander zusammenzusetzen.«

Ish merkte, dass Joey keine gute Begründung für seine Methode geben konnte, und doch verstand er, wie der Junge dazu gekommen war. Natürlich gab es keinerlei Grund, so schnell wie möglich mit dem Puzzle fertig zu werden; aber sich bei etwas als tüchtig zu erweisen war für Joey ebenso selbstverständlich, wie nicht auf allen vieren zu kriechen, wenn man gehen konnte. Außerdem hatte er diesen Drang zum Wettbewerb, dieses Verlangen, immer an erster Stelle zu stehen, das in den Alten Zeiten so typisch für die Amerikaner gewesen war. Da es ihm am Sinn für Formen mangelte, so wie an Muskelkraft, hatte er einfach einen Weg gefunden, sich mittels des Verstandes zu behaupten. Er hatte seinen Kopf gebraucht.

Obwohl die »Lösung« an sich schon, als Leistung eines kleinen Jungen, bemerkenswert war, freute sich Ish vor allem darüber, dass Joey das Klassifizieren entdeckt hatte, also jene grundsätzliche Fähigkeit, auf der menschlicher Fortschritt beruhte. Die Logik basierte auf Klassifizierung und die Sprache ebenfalls; durch Substantive und Verben sortierte sie Objekte und Tätigkeiten in klare, verwendbare Einheiten. Allein die Entdeckung des Klassifizierens hatte den Menschen befähigt, dem Chaos der Natur eine nützliche Ordnung abzutrotzen.

Auch was die Sprache betraf, sah Ish Joeys experimentierenden Intellekt am Werk. Für Joey war Sprache nicht nur etwas Praktisches, ein Werkzeug zum Ausdrücken von Wünschen und Gefühlen. Sprache war für ihn auch ein wundervolles Spielzeug. So besaß er viel Gespür für Wortspiele und Reime, etwas, das die anderen Kinder kaum interessierte. Auch Rätsel begeisterten ihn.

Einmal hörte Ish, wie Joey den anderen Kindern ein Rätsel aufgab. »Ich habe es mir selbst ausgedacht«, sagte Joey voller Stolz. »Was haben ein Mensch, ein Bulle, ein Fisch und eine Schlange gemeinsam?«

Die anderen interessierte das nicht besonders.

»Sie essen alle irgendwas«, sagte Betty gelangweilt.

»So einfach ist es nicht«, erwiderte Joey. »Jedes Lebewesen isst etwas. Auch Vögel.«

Es kamen noch ein, zwei weitere halbherzige Vorschläge, und dann schlugen die Kinder vor, irgendetwas anderes zu machen. Joey befürchtete, seine Zuhörerschaft zu verlieren, und so gab er schnell die Lösung kund: »Sie haben gemeinsam, dass sie alle nicht fliegen können.«

Im ersten Moment machte das Rätsel auf Ish keinen allzu großen Eindruck; doch als er später darüber nachdachte, wurde ihm bewusst, wie erstaunlich es für einen Zehnjährigen war, die Idee der Gleichheit vom Negativen her zu entwickeln. Eine alte Definition drängte sich ihm auf: »Genie ist die Fähigkeit zu sehen, was nicht ist.« Natürlich war diese Definition von Genie ebenso wenig überzeugend wie alle anderen, da sie sich auf den Geisteskranken wie auf den Genialen gleichermaßen anwenden ließ. Und doch hatte sie etwas; die großen Denker der Welt hatten ihren Ruhm darauf gegründet, dass sie danach Ausschau gehalten hatten, was nicht da war, und es entdeckt hatten, und das erste Erfordernis für diese Entdeckung, sofern sie nicht auf einem glücklichen Zufall beruhte, war die Erkenntnis, dass es etwas gab, das es nicht gab – etwas, das im Gesamtbild fehlte.

Es war für Joey also offensichtlich der Sommer der Experimente, und eines Tages, als er nach Hause kam, taumelte er leicht, und sein Atem roch nach Alkohol. Es stellte sich heraus, dass er mit Walt und Weston einen der Schnapsläden in der Stadt aufgesucht hatte. Ish hatte schon zuvor über dieses Problem immer wieder nachgedacht, und einmal war er sogar zu einem dieser Läden gegangen und hatte damit begonnen, die Flaschen zu öffnen und auszugießen. Nach etwa einer Stunde jedoch hatte er gemerkt, dass er damit viel zu langsam vorankam; es war ein unmögliches Unterfangen, und so stand den Kindern weiterhin ein unbegrenzter Alkoholvorrat zur Verfügung. Und doch war, wenn er es sich recht überlegte, die Situation der Kinder gar nicht so verschieden von der, in der er sich einst selbst befunden hatte. Früher hatte sein Vater stets ein, zwei Flaschen Whisky, Kognak und Sherry im Haus gehabt, und nichts hätte Ish daran hindern können, heimlich zu probieren. Er hatte es nicht getan, und genauso schien es, als würden die unbeschränkten Alkoholvorräte auf seine Kinder und Enkel nur eine geringe Anziehungskraft ausüben. Generell war Alkohol in ihrer Gemeinschaft kein großes Problem. Vielleicht brauchten sie in ihrem einfachen Leben solche Anregungen nicht; vielleicht reichte auch die bloße Tatsache, dass der Alkohol jetzt jedem frei zur Verfügung stand, um die Verlockung zu beseitigen, die früher davon ausgegangen war.

Was nun Joey betraf, so stellte Ish zu seiner Erleichterung fest, dass der Junge vernünftig genug gewesen war, nur eine kleine Menge zu sich zu nehmen – zu wenig, als dass ihm wirklich übel geworden wäre oder dass sich sein Bewusstsein getrübt hätte. Er hatte sich wohl nur vor den Älteren beweisen wollen – die in weit schlimmerem Zustand als er heimgekommen waren.

Nichtsdestotrotz war Joey betrunken und erhob keine Einwände, als er unverzüglich ins Bett gesteckt wurde. Ish nahm die Gelegenheit wahr, um sich zu ihm ans Bett zu setzen und ihm eine Vorlesung über allzu bedenkenlose Experimente zu halten, vor allem wenn es darum ging, sich vor anderen zu beweisen. Joeys große Augen signalisierten

Ish, dass ihn der Junge trotz des Alkohols verstand. Und es lag auch eine Sympathie in diesen Augen, als würden sie zu Ish sagen: »Wir verstehen einander. Wir beide kennen uns aus. Wir sind nicht wie die anderen.«

Plötzlich verspürte Ish eine tiefe Zuneigung für seinen jüngsten Sohn. Er beugte sich nach vorne und griff nach der kleinen Hand des Jungen. Und als er sah, wie die großen Augen die Zuneigung erwiderten, wusste Ish, dass Joey jenseits aller jungenhaften Großspurigkeit ein zartes, sensibles Kind war, ganz so wie er früher selbst. Joeys Großspurigkeit verbarg nur seine Ängstlichkeit.

»Joey, mein Junge«, sagte Ish leise, »warum tust du dir das ständig an? Weston und Walt sind doch zwei Jahre älter als du. Warum machst du dir es nicht ein bisschen leichter? In zehn Jahren – in zwanzig Jahren – wirst du den beiden meilenweit voraus sein.«

Er sah, wie Joey glücklich lächelte. Aber er wusste auch, dass dieses Glück lediglich der neu entdeckten Sympathie mit dem Vater entsprang, nicht der Wirkung von Ishs Worten. Jedes Kind, selbst ein so frühreifes wie Joey, lebte in der Gegenwart; wenn man ihm von etwas erzählte, das in zehn Jahren sein würde, so war es das Gleiche, als würde man von Dingen sprechen, die sich in einem Jahrhundert ereignen würden.

Erneut blickte Ish in das kleine Gesicht, sah, wie die Augen sich vor Trunkenheit und Müdigkeit verdrehten, sodass das eine in eine andere Richtung als das andere blickte. In diesem Moment spürte Ish die Liebe zu seinem Sohn stärker denn je. Ja, dachte er, er ist derjenige! Er wird alles fortsetzen.

Dann sah er, wie sich Joeys Lider senkten, und so sagte er nichts mehr, sondern saß ruhig am Bett und hielt die

Hand seines Sohnes. Und vielleicht weil der Schlaf dem Tod so ähnelt, empfand er plötzlich eine furchtbare Angst. Wir sind alle dem Schicksal ausgeliefert, dachte er. Wenn man sehr liebte, war man wehrlos. Er selbst hatte Glück gehabt; er hatte Em sehr geliebt, und jetzt liebte er Joey ebenso sehr. Mit Em war es Glück gewesen, aber es war unmöglich, an sie im Zusammenhang mit dem Tod zu denken. Sie war die Stärkere. Bei Joey war das anders. Als er die Hand des Jungen hielt, konnte er dicht unter der Haut das schwache Pochen des Pulses spüren. Schon ein kleiner Kratzer würde gefährlich sein. Welche Chancen boten sich einem kleinen Jungen, der körperlich alles andere als stark war, der nur von seinem Intellekt getrieben wurde?

Ja, Joey könnte derjenige sein, der die Zukunft formt. Aber er musste wachsen: an Körper und Geist. Er musste mit den Jahren Weisheit erlangen. Er musste leben.

Zwischen Planen und Vollenden waltet immer der Zufall. Der Herzschlag wird unregelmäßig, ein Messer blitzt, ein Pferd strauchelt, der Krebs wächst, unsichtbare Feinde dringen ein …

Dann sitzen sie beim Feuer am Höhleneingang und sagen: »Was sollen wir tun? Jetzt ist er nicht mehr bei uns, um uns zu führen.« Oder es läutet die große Glocke, sie versammeln sich auf dem Hof und sagen: »Das hätte nicht geschehen dürfen! Wer gibt uns jetzt Rat?« Oder sie treffen sich an den Straßenecken und sagen traurig: »Warum musste es nur so kommen? Nun ist niemand da, der an seine Stelle treten könnte.«

Durch die ganze Menschheitsgeschichte tönt eine Klage: »Wenn der junge König nicht erkrankt wäre … Wenn der Prinz am Leben geblieben wäre … Wenn der General sich nicht so rücksichtslos dem Feind ausgesetzt hätte … Wenn der Präsident sich nicht überarbeitet hätte …«

Zwischen Planen und Vollenden steht die Zerbrechlichkeit des Menschenlebens.

Abermals dünnten die Nebel aus, und die ersten heißen Tage kamen. Nun sehe ich es noch einmal, dachte Ish. Das große Schauspiel des Jahres! Jetzt ist die Zeit der Dürre und des Todes. Jetzt liegt der Gott im Sterben. Bald kommt der Regen, und dann ergrünen die Hügel. Bald halte ich Ausschau nach Westen, hier von meiner Haustür aus, und sehe die Sonne weit im Süden untergehen. Dann versammeln wir uns, und ich meißele die Jahreszahl in den Fels ein. Wie sollen wir dieses Jahr nennen?

Und es war die Zeit, in der sie mit Dicks und Bobs Rückkehr von ihrer Forschungsexpedition rechnen konnten. Noch immer haderte Ish mit sich selbst, fühlte er sich schuldig, dass er den Jungs die Reise erlaubt hatte; doch nun waren sie schon so lange unterwegs, dass er sich an den Gedanken gewöhnt hatte und er ihn nicht mehr ganz so quälte wie früher. Außerdem zerbrach er sich über etwas anderes den Kopf, und ein anderes Schuldgefühl hatte sich in den Vordergrund geschoben.

Die Kinder! Ihr Aberglauben und ihre religiösen Vorstellungen! Er war davon ausgegangen, dass sich dagegen leicht etwas tun ließe; ja, er hatte sich gesagt, am nächsten Tag würde er etwas in dieser Sache unternehmen. Doch den ganzen Sommer hindurch war er müßig gewesen.

War es so, dass er eigentlich gar nichts dagegen tun wollte? Wünschte er, dass die Kinder weiter dachten, Joey wäre im Besitz einer besonderen Kraft? Wünschte er tief in seinem Inneren, dass die Kinder ihn, Ish, für einen Gott hielten?

Nicht jeden Tag und nicht jedes Jahr hatte ein Mensch Veranlassung, mit dem berauschenden Gedanken zu spielen, er würde zu einem Gott. Oder wenigstens ein Halbgott, ein Wesen, dem bis zu einem gewissen Grad besondere Macht innewohnte.

Seit dem Zwischenfall mit dem Hammer hatte er neugierig das Verhalten der Kinder ihm gegenüber beobachtet. Es ließ sich nur schwer festmachen. Manchmal nahm er bei ihnen Furcht und Schrecken wahr, wie eben bei der Sache mit dem Hammer. Wie in Joey, aber noch viel stärker, wirkte in Ish das *mana*. Er tat geheimnisvolle Dinge. Er wusste um die Bedeutung geheimnisvoller Wörter. Er kannte sich mit geheimnisvollen Zahlen aus. Auf Grund einer geheimnisvollen Macht wusste er, wie die Welt beschaffen war, auch jenseits des Horizonts, weit über das Golden Gate hinaus – dass im Ozean Inseln lagen, nicht nur die kleinen Felsspitzen der Farallon-Inseln, die sie an klaren Tagen manchmal am Horizont sahen.

Die Kinder, begriff er, waren nicht nur Kinder, sondern sie waren auf eine Art unkompliziert und unerfahren, wie die Kinder der Alten Zeit es nur selten gewesen waren. Keines von ihnen hatte je mehr als ein paar Dutzend Menschen zu Gesicht bekommen. Obwohl sie, wie er glaubte, glücklich waren, waren sie nur durch nur ganz wenige Erfahrungen und Erlebnisse glücklich, die sich ständig wiederholten. Sie hatten nie den Schock einer abrupten Veränderung erlitten, der den Kindern der Alten Zeiten im Guten wie im Schlechten so zu schaffen gemacht hatte – der sie einerseits nervös, andererseits schnell und flexibel gemacht hatte.

Bei solchen Kindern konnte es leicht geschehen, dass sie eine gewisse Furcht vor ihm empfanden und meinten, er wäre mit Kräften begabt, die sich von ihren unterschieden, ja, die vielleicht nicht ganz von dieser Welt waren. Er spürte diese Furcht und sah selbst Gründe dafür.

Zu anderen Zeiten hingegen, eigentlich die meiste Zeit über, war er lediglich ihr Vater oder Großvater oder Onkel Ish – jemand, den sie schon immer kannten und mit dem sie als Winzlinge auf dem Fußboden herumgetobt hatten. Vor so einem Menschen hatten sie nicht mehr Respekt, als Kinder ihn eben hatten; immerhin taten die älteren Jungs jetzt schon zuweilen kund, dass die Erwachsenen Fehler über Fehler machen würden und nicht mehr Schritt halten könnten. Vielleicht hatten sie Angst vor Ish; aber Streiche spielten sie ihm dennoch.

Einmal, keine Woche nach dem Zwischenfall mit dem Hammer, legten sie ihm einen Reißnagel auf den Stuhl – einer der ältesten aller Streiche, die man einem Lehrer spielte. Ein andermal, als sie den Unterrichtsraum leise kichernd verlassen hatten, merkte Ish, dass sie ihm einen anderen, nicht weniger alten Streich gespielt hatten: Sie hatten ihm heimlich einen Stoffstreifen an den Rücken gesteckt, der nun wie ein langer weißer Schwanz nach unten hing.

Ish nahm das alles gutgelaunt hin; er versuchte nicht einmal herauszubekommen, welches der Kinder dafür verantwortlich war. In mancher Hinsicht machten ihm die Streiche sogar Freude; sie zeigten, dass die Kinder ihn als ihresgleichen sahen. Und doch war er auf seltsame Weise etwas gekränkt. Schließlich hatte ihm ihr Glaube, er wäre ein Held oder ein Halbgott, durchaus geschmeichelt. Behandelte man so einen Halbgott, dass man ihm Reißnägel auf den Stuhl legte oder ihm einen Schwanz anheftete? Doch als er länger darüber nachdachte, kam er zu der Erkenntnis, dass das unterschiedliche Verhalten der Kinder ihm gegenüber keineswegs unvereinbar oder neu war.

Es ist seltsam, ein Gott zu sein. Sie fahren den gemästeten Ochsen mit den vergoldeten Hörnern heran und erschlagen ihn an Deinem Altar mit der Doppelaxt. Du bist stolz auf das Opfer. Aber dann nehmen sie Kopf und Hörner und Schwanz und Haut, und in die Haut wickeln sie die Eingeweide. All dieses überflüssige Zeug verbrennen sie vor Deinem Altar, und dann gehen sie und verzehren selber die Lendenstücke. Du durchschaust den Betrug, und es überkommt Dich Götterzorn. Du packst den Donnerkeil, und Deine schwarzen Wolken ziehen sich zusammen. Nein, denkst Du dann, es sind doch meine Menschen! Dieses Jahr sind sie fett und hochmütig und unverschämt – aber wer will schon, dass sie schäbig und kriecherisch sind? Nächstes Jahr, wenn die Pest ausbricht, werden sie den ganzen Ochsen verbrennen – nein, viele Ochsen! So gehst Du mit ein wenig Donnergrollen darüber hinweg, das im fröhlichen Durcheinander des Festes kaum bemerkt wird. »Ich bin nicht dumm«, sagst Du zu Deinem Sohn. »Aber dann und wann muss ein Gott eben so tun, als sei er dumm.« Dann fragst Du Dich, ob Du ihn an einem der Geheimnisse der Göttlichkeit teilhaben lassen oder ob Du lieber nach einem geeigneten Berg Ausschau halten solltest, den Du über ihn türmen kannst. Er beschäftigt sich nämlich neuerdings ein wenig zu geschickt mit einer Sichel …

Selbst wenn man Dir, dem Schrecklichen, mit Menschenopfern kommt, musst Du ein Auge zudrücken. Ach, das ist wahrlich grausam! Das Stöhnen des Opfers, das Gekreisch seines Weibes, das Niedersausen der Äxte. Da liegt das Opfer, blutüberströmt, die Zunge hängt ihm heraus, es ist der Inbegriff eines furchtbaren Todes. Doch dann, im Durcheinander des Tanzes, steht das Opfer plötzlich auf und tanzt mit den anderen, und der rote Maulbeersaft mischt sich mit seinem Schweiß. Dann musst Du, der Schreckliche, ein weiser Gott sein und Dich mit dem Grässlichen des geschauspielerten Todes begnügen, obwohl jedes Kind im Dorf weiß, dass Du hinters Licht geführt wurdest …

»Nein, ihr braucht euch nicht niederwerfen und das Gesicht in den Staub drücken. Neigt nur ganz leicht den Kopf, wenn ihr hereinkommt.«

Und trotzdem, obwohl er etwas Angst davor hatte, konnte Ish schließlich nicht widerstehen, ein Experiment zu wagen. Vielleicht hatte der Zwischenfall mit dem Hammer ja letztlich überhaupt nichts zu bedeuten. Er war einfach neugierig.

Sorgsam wählte er den richtigen Augenblick – den späten Vormittag, kurz vor Unterrichtsende. Und er hielt sich eine Rückzugsmöglichkeit offen, falls das Ganze zu heikel werden sollte. Da er der Lehrer war, hatte er keine Mühe, die Kinder zu dem Punkt zu leiten, an dem er wie beiläufig seine Frage stellen konnte.

»Wie kam es eurer Meinung nach dazu, dass alles, was ihr um euch herum seht …« Er machte eine ausladende Geste mit den Händen. »Wie kam es dazu, dass die Welt geschaffen wurde?«

Die Antwort kam schnell. Weston gab sie, obwohl jedes der Kinder hätte antworten können.

»Die Amerikaner haben das alles geschaffen«, sagte er.

Ish hielt kurz den Atem an. Ihm wurde klar, wie sich diese Idee hatte festsetzen können. Wenn ein Kind fragte, wer die Häuser oder die Straßen oder die Dosen oder die Flaschen gemacht hatte, erwiderten die Älteren wie selbstverständlich, die Amerikaner hätten das gemacht.

Er räusperte sich und fragte: »Und die Amerikaner – wer waren sie?«

»Oh, die Amerikaner«, sagte Weston. »Das war das alte Volk.«

Jetzt fiel es Ish noch schwerer, gleich etwas zu erwidern. In dem Ausdruck »das alte Volk« lag nicht nur ein Verweis auf die Alten Zeiten, sondern auch etwas, was beinahe schon Aberglauben war. »Das alte Volk« – so hatte man einst Feen- und Elfenwesen genannt, Wesen aus einer anderen Welt. Diese Bedeutung schien der Ausdruck jetzt wiedergewonnen zu haben. Und dem musste er entgegentreten.

»Nun, ich war …« Er hielt inne und korrigierte sich, da er keinen Grund sah, weshalb er sich der Vergangenheitsform bedienen sollte. »Ich bin ein Amerikaner.«

Als er diese Worte sprach, überkam ihn ein seltsames Gefühl des Stolzes, als würden hinter ihm Fahnen flattern und Musikkapellen spielen. In den Alten Zeiten hatte es durchaus etwas bedeutet, ein Amerikaner zu sein. Man war sich bewusst gewesen, dass man einer großen Nation angehörte, und das hatte einen nicht nur mit Stolz erfüllt, sondern zugleich mit einem tiefen Gefühl des Vertrauens und der Sicherheit, der Kameradschaft von Millionen Menschen. Nun jedoch hatte er gezögert, sich der Gegenwartsform zu bedienen.

In der plötzlich auftretenden Stille sahen ihn die Kinder an, und unvermittelt hatte er das Gefühl, dass es seiner Aussage an Überzeugungskraft fehlte. Er hatte ihnen lediglich zu erklären versucht, dass an diesem »alten Volk« nichts Übernatürliches gewesen war. Er hatte lediglich zu sagen versucht: »Schaut mich an. Ich bin Ish, der Vater von einigen von euch und von einem sogar der Großvater. Ich habe mit euch auf dem Fußboden herumgetobt. Ihr habt mir das Haar zerzaust. Ja, ich bin nur Ish. Und wenn ich sage: ›Ich bin ein Amerikaner‹, meine ich damit, dass an den Amerikanern nichts Übernatürliches war. Sie waren nur Menschen.«

Das, so hatte er angenommen, würden sie aus seinen Worten heraushören, aber es war ganz anders gekommen. Als er gesagt hatte: »Ich bin ein Amerikaner«, hatten sie innerlich genickt und sich gedacht: Ja, natürlich, du bist ein Amerikaner. Du hast viele geheimnisvolle Kenntnisse, die wir nicht haben. Du lehrst uns Lesen und Schreiben. Du erzählst uns Geschichten über die Welt. Du sprichst über Zahlen. Du trägst den Hammer. Ja, es ist völlig klar, dass Menschen wie du die Welt erschaffen haben, und du bist ganz einfach einer, der aus den Alten Zeiten übrig geblieben ist. Du bist einer vom alten Volk. Ja, natürlich, du bist ein Amerikaner!

Als er das begriff, blickte Ish betroffen in die Runde, in der tiefes Schweigen herrschte, und sah, dass Joey ihm zulächelte. Es war ein wissendes Lächeln, als wollte der Junge sagen: »Wir haben etwas gemeinsam. Ich bin auch einer vom alten Volk. Ich bin auch einer von denen, die übrig geblieben sind. Ich kann lesen, ich verstehe viele Dinge. Ohne dass mir etwas geschieht, kann ich den Hammer tragen.«

Ish war froh, dass er seine Frage erst kurz vor Unterrichtsende gestellt hatte; er war zu verwirrt, um die Unterhaltung fortzusetzen.

»Die Schule ist aus«, sagte er. Und er dachte: Die Schule ist aus.

6

Eines Spätnachmittags unterhielt sich Ish mit Joey, oder besser: Sie setzten mit spielerischen Methoden Joeys Ausbildung fort. Anhand einer kleinen Münzsammlung, die Ish besaß, brachte er Joey etwas über Geschichte und die alten Wirtschaftssysteme bei. Joey mochte die schimmernden Nickelstücke mit dem seltsamen, buckligen Tier darauf. Wie die Jungs in den Alten Zeiten zog er die Münzen den langweiligen Banknoten vor, auf denen das Bild eines bärtigen Mannes war, der irgendwie wie Onkel George aussah. Ish versuchte, ihm zu erklären, was es damit auf sich hatte.

Gerade als er meinte, Joeys ganze Aufmerksamkeit zu haben, hörte er einen sonderbaren und gleichzeitig wohlvertrauten Laut. Er hob den Kopf und lauschte angespannt. Da war es wieder, diesmal näher: das *Tut-tut-tut* einer Autohupe!

»Hey, Em«, rief er. »Sie sind wieder da!« Er sprang auf, die Banknoten flatterten aus seiner Hand.

Er, Em und die Kinder stürzten nach draußen, wo ein allgemeines Gerenne und Hundegebell herrschte, gerade als der Jeep die Straße herabkam. Der Wagen war von der Reise ziemlich schmutzig und verbeult, aber er hatte durchgehalten. Und dann kletterten die Jungs laut rufend hinaus – gesund und munter. Die Erleichterung, die Ish in diesem Moment empfand, machte ihm bewusst, wie sehr er sich um sie gesorgt hatte.

Da standen die beiden Jungs, umgeben von einer Schar schreiender Kinder. Beinahe schüchtern hielt Ish sich zurück. Dann bemerkte er, dass sich im Jeep etwas bewegte; noch jemand saß darin. Dieser Jemand schickte sich nun an, ebenfalls auszusteigen, und Ish empfand plötzlich ein Gefühl der Beunruhigung. Wer war dieser Fremde?

Das Erste, was Ish in der niedrigen Tür sah, war ein ziemlich kahler Schädel und ein brauner Bart, den man als hübsch hätte bezeichnen können, wenn er nicht voller Tabakflecken gewesen wäre; dort, wo er mit der Schere bearbeitet worden war, wirkte er struppig. Dann stieg der Mann ganz aus und richtete sich langsam auf.

Ish musterte ihn, fast panisch. Ein stämmiger Kerl – groß, breit, schwer. Er sah aus, als wäre er ziemlich kräftig, und doch zeugte die Bewegung, mit der er sich aufrichtete, nicht unbedingt von Kraft. Er wirkte stark, aber irgendetwas schien mit ihm nicht in Ordnung zu sein – und er war zu dick. Das schwammige Fett seines aufgedunsenen Gesichts quoll bis zu den Augen und machte sie zu schmalen Schlitzen.

Schweineaugen, dachte Ish voller Widerwillen.

Der Mann stand nun inmitten der Kinder. Er sah auf, und sein und Ishs Blick trafen einander. Die kleinen Augen des Mannes waren hellblau. Er lächelte Ish zu.

Ish lächelte ebenfalls, wobei er seine Mundwinkel dazu zwingen musste. Ich hätte als Erster lächeln müssen, dachte er. Er hat mich dazu veranlasst – und ich hätte ihn dazu veranlassen müssen. Er ist ziemlich stark, trotz all dieses weichlichen, ungesund anmutenden Fettes.

Ish brach den Bann, indem er auf Bob zuging und nach dessen Hand griff. Aber auch dabei dachte er ständig an den Fremden. Ungefähr mein Alter, dachte er.

Jetzt stellte Bob den Mann vor. »Das ist unser Freund Charlie«, sagte er und gab Charlie einen Klaps auf den Rücken.

»Freut mich«, brachte Ish hervor, aber selbst diesen alten nichtssagenden Worten konnte er keinen natürlichen Klang verleihen. Er blickte misstrauisch in die blauen Schlitzaugen. Nein, es waren keine Schweineaugen, dachte er. Es waren Bärenaugen! Stärke und Wildheit hinter Babyblau. Als sie einander die Hand gaben, spürte Ish, dass sein Händedruck der schwächere war. Der andere hätte ihm leicht die Hand zerquetschen können, wenn er gewollt hätte.

Bob nahm Charlie beiseite und stellte ihn den anderen vor, und Ish spürte, wie sein Widerwille immer weiter wuchs. Vorsicht!, dachte er.

Er hatte sich die Rückkehr der beiden als fröhliche Wiedervereinigung vorgestellt. Und nun war dieser Charlie da! Natürlich wirkte er nicht in jeder Hinsicht übel. Er schien ein guter Kamerad zu sein; jedenfalls vermittelten die beiden Jungs diesen Eindruck. Aber – ja, das war es – Charlie war schmutzig. Dieser Gedanke verlieh Ishs vagem Missfallen einen rationalen Hintergrund. Ja, Charlie war schmutzig – und Ish war sich aus irgendeinem Grund sicher, dass Charlie innerlich genauso schmutzig war wie äußerlich.

Schmutz, der allgegenwärtige Schmutz der Erde, war etwas, worüber Ish sich so wenig aufregte wie alle anderen. Aber der Eindruck des Schmutzigen, der von Charlie ausging, war etwas anderes. Vielleicht, dachte Ish, lag es an den Kleidern. Charlie trug nämlich etwas, das inzwischen zu einer Seltenheit geworden war: einen Anzug. Er hatte sogar eine Weste, weil es ein kalter Nachmittag war. Aber der Anzug wirkte speckig, und man hätte meinen können, es wären Eierflecken darauf, wenn es irgendwo Eier zum Essen gegeben hätte.

Dann gingen alle ins Haus, und Ish kam mit. Das Wohnzimmer war gerammelt voll, die beiden Jungs und Charlie in der Mitte. Die Kinder blickten voller Bewunderung auf Bob und Dick, die beiden von ihrer Forschungsreise zurückgekehrten Entdecker, und genauso aufgeregt sahen sie Charlie an, weil sie es nicht gewohnt waren, einen Fremden zu Gesicht zu bekommen. Das Ganze war eine riesige Sensation. Ish dachte, es wäre eine wunderbare Gelegenheit, eine Champagnerflasche aufzumachen, aber sie hatten kein Eis. Dann fragte er sich, warum ihm die Idee so ironisch vorkam.

Alle fragten durcheinander. »Habt ihr es geschafft?« Und: »Wie weit seid ihr gekommen?« Und: »Was ist mit der großen Stadt – wie hieß sie doch gleich?«

In der allgemeinen Begeisterung sah Ish lange auf den fettigen Bart und den fleckigen Anzug, und seine Abneigung Charlie gegenüber steigerte sich noch. Reiß dich zusammen, dachte er. Du verhältst dich wie ein Provinzler, der gegen jeden Fremden Widerwillen empfindet. Dabei hast du doch immer gesagt, dass die Gemeinschaft Anregung durch neue Gedanken von außen braucht, und jetzt kommt jemand von außen, und du starrst ihn voller Misstrauen an und konstruierst dir irgendwelche rationalen Gründe für dieses Misstrauen wie: Er ist äußerlich schmutzig, also muss er auch innerlich schmutzig sein. Lass es einfach – es ist ein großer Tag! Und doch fühlte sich der Gedanke, dass es ein großer Tag war, für Ish irgendwie bitter an.

»Nein«, sagte Bob gerade. »Bis New York sind wir nicht gekommen. Wie sind bis zu der anderen großen Stadt gekommen – Chicago. Aber dann wurden die Straßen immer schlechter. Überall lagen umgefallene Bäume, viele Straßen waren unterspült, etliche Brücken waren kaputt. Wir mussten immer wieder einen anderen Weg einschlagen und sehen, dass wir …«

Bob wurde von einem halben Dutzend anderer Fragen unterbrochen, und in dem Durcheinander sah Ish zu Ezra. Auch Ezra beobachtete Charlie, und Ish meinte in seinem Blick etwas Besorgtes zu sehen.

Sofort fühlte er sich bestärkt. Ezra wusste über Menschen Bescheid, Ezra mochte Menschen. Wenn Charlie Ezra so schnell beunruhigte, dann musste man auf der Hut sein. Ish hatte in diesen Dingen mehr Vertrauen zu Ezra als zu sich selbst. Doch dann dachte er wieder: Lass es gut sein. Im Grunde weißt du doch gar nicht, was Ezra wirklich denkt. Vielleicht ist er beunruhigt, weil er zu wissen meint, was *du* denkst. Und was denke ich? Vielleicht bin ich nur verstört, weil ich der Häuptling eines kleinen Stammes bin und befürchte, dass dieser Fremde mit seinen neuen Gedanken und seinen neuen Göttern gegen meine Gedanken und meine Götter kämpfen wird.

Er wandte sich wieder den anderen zu. »… hatten komische Kleider an«, hörte er Dick sagen. »So eine Art Nachthemd mit langen weißen Ärmeln dran, ich weiß nicht genau, wie das heißt. Sowohl die Männer als auch die Frauen tragen es. Sie haben mit Steinen nach uns geworfen und geschrien: ›Unrein! Unrein!‹ Und: ›Wir sind das Volk Gottes!‹ Sie haben uns weggejagt.«

Dann meldete sich Em zu Wort. Der Klang ihrer Stimme, die zugleich tief und weiblich war, übertönte die hellen, beinahe fiependen Laute der aufgeregten Kinder. Jeder andere hätte auf den Tisch geschlagen und so die Aufmerksamkeit auf sich gelenkt; Em jedoch brauchte nur etwas zu sagen, und alle anderen verstummten, obwohl sie nicht einmal die Stimme erhob und das, was sie sagte, recht banal war. »Es ist schon spät«, sagte sie. »Zeit fürs Abendessen. Die Jungs sind hungrig.«

Evie stieß ein letztes hysterisches Kichern aus, dann war auch sie still, und Em sagte, dass jetzt alle heimgehen und später wiederkommen sollten. Ish beobachtete Charlie und sah, dass Ezra ihn ebenfalls beobachtete. Charlie seinerseits beobachtete Em, vielleicht einen Augenblick zu lang. Dann fiel sein Blick auf Evies blondes Haar, und es schien, als würde er es taxieren.

Die Gäste standen auf und verließen das Haus. Dick nahm Charlie mit zu Ezra.

Als das Essen auf dem Tisch stand und sich alle hingesetzt hatten, gab es wieder eine Fülle von Fragen, und Ish überließ es Em, sich mit Bob zu unterhalten. Schließlich waren da all ihre mütterlichen Sorgen. Waren sie krank gewesen? Hatten sie genug zu essen gehabt? Hatten sie immer warm geschlafen? Das Gespräch über die eigentliche Reise sollte erst stattfinden, wenn die anderen wiedergekommen waren; außerdem hatte Ish das Gefühl, es wäre besser, Bob in Sachen Charlie nicht allzu sehr zu bedrängen. Aber er konnte der Versuchung nicht widerstehen, und Bob hielt sich auch gar nicht zurück.

»Charlie?«, sagte er. »Den haben wir vor ungefähr zehn Tagen aufgelesen, in der Nähe von Los Angeles. In der Gegend leben, glaube ich, nur wenige Menschen. Einige haben sich so wie wir in Gemeinschaften zusammengefunden, aber manche leben auch ganz allein. Charlie war allein.«

»Habt ihr ihn gebeten mitzukommen, oder hat er es von sich aus getan?« Ish bemerkte, dass diese Frage Bob zwar überraschte, aber nicht wirklich verstörte.

»Oh, das weiß ich nicht mehr. Keine Ahnung, ob ich ihn gefragt habe. Vielleicht hat es Dick getan.«

Ish verfiel wieder ins Grübeln. Hatte Charlie Gründe gehabt, aus Los Angeles zu verschwinden? Oder verdächtigte er einfach jemanden allein auf Grund von Vorurteilen?

»Er erzählt einen Haufen lustiger Geschichten, dieser Charlie«, sagte Bob. »Er ist ein feiner Kerl.«

Ish dachte: lustige Geschichten? Ja, man konnte sich gut vorstellen, was das für Geschichten waren. Sie alle waren ziemlich offen in ihrer Ausdrucksweise; das Konzept des Unanständigen hatte sich verflüchtigt, vor allem weil es im Wortschatz der Jüngeren jeweils nur ein Wort für jedes Ding gab. Zusammen mit der Vorstellung der romantischen Liebe schien auch auch das Unanständige eines natürlichen Todes gestorben zu sein. Aber Charlie – *er* war noch imstande, schmutzige, schlüpfrige Geschichten zu erzählen. Ish war, was das betraf, nie prüde gewesen, doch jetzt merkte er, wie sich seine erste Abneigung in einen festen Widerwillen verwandelte, obwohl er sich immer wieder sagte, dass er im Grunde nicht das Geringste von Charlie wusste. Er wünschte, die Wasserversorgung hätte nie zu funktionieren aufgehört und sie dazu gebracht, etwas für die Zukunft zu tun. Denn erst dadurch war dieser fremde Mensch zu ihnen gekommen.

Nach dem Abendessen wurde auf dem Hügel ein großes Feuer entfacht, um das sich alle versammelten. Die Kleinen sangen und alberten herum; es herrschte eine ausgelassene Stimmung.

Alle waren natürlich auf den Bericht der Jungs gespannt, und nach und nach rückten sie damit heraus ... Auf dem großen Highway nach Los Angeles hatte es nur einige wenige Unterspülungen und Erdrutsche gegeben, die der Jeep mit seinem Vierradantrieb ohne Weiteres gemeistert hatte. Die religiösen Fanatiker in den weißen Nachthemden, von denen Dick gesprochen hatte, lebten dort in Los Angeles.

Ish vermutete, dass sie sich unter dem Einfluss eines charismatischen Anführers ganz und gar dem Religiösen verschrieben hatten – so wie ihr Stamm in Ermangelung eines solchen Anführers jegliches Interesse an diesen Dingen verloren hatte.

Von Los Angeles aus hatten die Jungs die nach Osten führende 66 genommen. Ish erinnerte sich lebhaft daran, wie er in den Tagen nach dem Großen Unheil dieselbe Strecke gefahren war; er war damals nicht viel älter gewesen als die Jungs heute. Der Highway durch die Wüste war für die beiden, abgesehen von einer sandüberwehten Stelle, leicht zu bewältigen gewesen, nur ab und an hatten ihnen Reifenpannen zu schaffen gemacht. Die Brücke über den Colorado River war zwar wackelig, aber noch passierbar gewesen.

Die nächste Gemeinschaft, auf die sie gestoßen waren, lebte, wie es schien, in einem der alten Indianerpueblos bei Albuquerque. Ish entnahm den Schilderungen der Jungs, dass die meisten der Menschen dort – insgesamt waren es vielleicht einige Dutzend – keine dunkle Hautfarbe hatten, aber dass sie eine weitgehend indianische Lebensart angenommen hatten; sie bauten Mais und Bohnen an, wie es die Pueblo-Indianer seit vielen Hunderten von Jahren getan hatten. Nur einige der älteren Leute hatten Englisch gesprochen. Auch diese Gemeinschaft kreiste um sich selbst und blickte voller Argwohn auf die Fremden. Sie hatten dort Pferde; Autos benutzten sie nicht, und sie betraten nur selten eine Stadt.

Von dort waren die Jungs nordwärts nach Denver gefahren und dann nach Osten durch das Flachland.

»Wir haben eine Straße genommen«, sagte Bob, »die wie die 66 war, aber nur die Hälfte.« Zögernd hielt er inne. Ish dachte kurz nach, dann begriff er, dass der Junge versuchte, den Highway 6 zu beschreiben. Offenbar standen noch ein paar der Nummern am Straßenrand, und Bob war aufgefallen, dass sie dieselbe Form wie die 66 hatten, dass da aber nur eine einzelne Zahl war. Ish war etwas unangenehm berührt, dass sich sein leiblicher Sohn nicht mit den Zahlen auskannte.

Der Highway 6 hatte sie durch Colorado und das Flachland von Nebraska geführt.

»Überall jede Menge Vieh«, sagte Dick. »Nichts als Viehherden sieht man da.«

»Habt ihr auch die großen braunen Rinder mit den Buckeln gesehen?«, fragte Ish.

»Ja, die haben wir auch einmal gesehen«, erwiderte Dick.

»Und wie war es mit dem Gras? Habt ihr hohes, festes Gras gesehen mit einer Ähre oben drauf und kleinen Körnern darin? Womöglich waren sie noch weich und milchig. Und vielleicht habt ihr auf der Rückfahrt gesehen, dass dieses Gras ganz golden war und die Körner hart. Wir nannten es früher Weizen.«

»Nein, so etwas haben wir nicht gesehen.«

»Und der Mais? Was das ist, wisst ihr doch? Der wurde damals entlang des Rio Grande angebaut.«

»Nein, da wächst nirgendwo Mais.«

Nun waren die Straßen häufiger blockiert gewesen, denn sie waren in eine feuchtere Gegend mit üppigem Pflanzenwuchs und schweren Regengüssen gekommen, verbunden mit harten Frosteinbrüchen im Winter. Die Straßen waren durch die Wirkung des Frostes in große Blöcke zerbrochen, und in den Ritzen und Sprüngen wuchsen Gras und Unkraut, Gestrüpp und sogar junge Bäume. So hatten sie das Gebiet durchquert, das früher Iowa genannt worden war.

»Dann kamen wir an den großen Fluss«, sagte Bob. »Der größte von allen, aber die Brücke war in Ordnung.«

Sie waren nach Chicago gekommen; doch das war nur eine aus verlassenen Straßen bestehende Wüste gewesen. Ja, dachte Ish, diese Stadt ist ein wirklich ungastlicher Ort, wenn die Winterwinde vom Lake Michigan hineinwehen. Es überraschte ihn nicht, dass die Menschen, denen ja der ganze Kontinent offenstand, sich aus der einst so prächtigen Stadt zurückgezogen und sie den Geistern überlassen hatten.

Als sie Chicago wieder verlassen hatten, hatten sich die Jungs in der Unzahl an Straßen, Umleitungen und Zufahrten in den Vorstädten verirrt und waren (der Tag war wolkig und düster gewesen) nach Süden anstatt nach Osten gefahren.

»Daraufhin«, sagte Bob, »holten wir uns aus einem Laden eines von diesen Dingern, die die Richtung anzeigen ...« Er suchte nach dem richtigen Wort und sah Ish an.

»Einen Kompass«, sagte Ish.

Bob nickte. »Vorher hatten wir keinen gebraucht, aber jetzt benutzten wir ihn und fuhren wieder nach Osten, bis wir an diesen Fluss kamen, den wir nicht überqueren konnten.«

Ish folgerte, dass das vermutlich der Wabash gewesen war. Die Fluten von zweiundzwanzig Jahren oder, was noch wahrscheinlicher war, eine einzige große Flut hatte die Brücken weggeschwemmt. Nachdem sie weiter nach Süden gefahren waren und keinen Übergang gefunden hatten, hatten sich die Jungs wieder nach Norden gewandt und waren auf den Highway 6 zurückgekehrt, der die meiste Zeit auf höher gelegenem Gelände verlief.

Es war immer mühseliger geworden, nach Osten zu kommen. Überschwemmungen, Orkane und Fröste hatten die einst offenen, glatten Highways in eine Abfolge von Betonstücken und Geröllflächen verwandelt; alle möglichen Pflanzen hatten sie überwuchert, und kreuz und quer lagen umgestürzte Baumstämme. Manchmal hatten sie mit dem Jeep das Gestrüpp überwinden oder sich an den Baumstämmen vorbeizwängen können, aber oft hatten sie sich mit Axt und Spaten den Weg bahnen müssen, und diese ständige Plackerei hatte sie zermürbt. Auch hatte die Einsamkeit an ihnen zu nagen begonnen.

»Und dann kam ein bitterkalter Tag mit einem üblen Nordwind«, sagte Dick, »und wir bekamen es mit der Angst. Wir mussten daran denken, was du uns über den Schnee erzählt hast, und wir dachten, wir würden nie wieder nach Hause kommen.«

Irgendwo, vermutlich in der Nähe von Toledo, hatten sie dann kehrtgemacht. Zur selben Zeit hatten heftige Regengüsse zu fallen begonnen, und die Straßen waren oft überschwemmt gewesen. Panik hatte sie ergriffen. Sie hatten befürchtet, dass die Brücken über die größeren Flüsse weggeschwemmt waren und eine Rückkehr damit unmöglich geworden war. Sie hatten gar nicht erst versucht, Ishs Wunsch entsprechend nach Süden auszuweichen, sondern waren auf dem gleichen Weg zurückgefahren, den sie auf der Hinfahrt benutzt hatten, wobei sie nach und nach wieder Vertrauen gefasst hatten, als sie an Orte gelangt waren, die sie kannten. Deshalb hatten sie auf der Heimreise nur wenig gesehen, was sie nicht schon auf ihrer Fahrt nach Osten wahrgenommen hatten.

Ish machte ihnen keinen Vorwurf daraus. Er war der Ansicht, dass die Jungs entschlossen und vernünftig gehandelt hatten. Tatsächlich machte er sich selbst Vorwürfe, dass er sie nach Chicago und New York geschickt hatte, den

Großstädten der Alten Zeiten. Viel besser wäre es gewesen, wenn er für sie eine südliche Route ausgesucht hätte, Richtung Houston und New Orleans, statt sie in den Winter zu schicken. Aber östlich von Houston hatten sich die Überschwemmungen ganz sicher noch stärker ausgewirkt, und die Pflanzen hatten dort alles schneller überwuchert als weiter nördlich. Durch das Klima waren Arkansas und Louisiana wohl eher in eine unpassierbare Wildnis zurückverwandelt worden als Iowa und Illinois.

Die Kinder tanzten laut schreiend um das Feuer. Lag in ihrem Verhalten eine Art wilder Primitivität, oder bildete er sich das nur ein? Würde sich nicht jedes Kind so verhalten? Evie, die im Kopf ein Kind war, tanzte mit ihnen; ihr langes blondes Haar wehte hinter ihr her.

Ish saß da, sah zu und dachte nach. Das Wichtigste an der Expedition war nicht die Entdeckung, dass sich das Land wieder in eine Wildnis verwandelte. Das hätte man sich ohnehin denken können. Nein, das Wichtigste war, dass die Jungs Kontakt zu zwei anderen Gemeinschaften aufgenommen hatten. Natürlich konnte man es nicht gerade als Kontakt bezeichnen, wenn sich die andere Gemeinschaft jeder Annäherung von Fremden widersetzte. Allerdings stellte sich die Frage, ob das aus blindem Vorurteil oder einem Instinkt der Selbsterhaltung heraus geschah.

Wie auch immer, allein das Wissen, dass in Los Angeles und bei Albuquerque Menschen lebten – menschliche Gemeinschaften –, linderte ein wenig das Gefühl von Einsamkeit und Verlassenheit. Auf einer einzigen Reise mit identischem Hin- und Rückweg waren zwei Gemeinschaften entdeckt worden. Gemessen daran musste es auf dem gesamten Gebiet der Vereinigten Staaten mehrere Dutzend geben. Er dachte an die Schwarzen, die er vor langer Zeit in Arkansas gesehen hatte. Es bestand keinerlei Grund, warum die drei in diesem fruchtbaren Land mit den milden Wintern nicht überlebt und den Kern einer Gemeinschaft gebildet hatten, der sich andere, Schwarze wie Weiße, angeschlossen hatten. Natürlich würde sich diese Gemeinschaft, was Lebens- und Denkweise betraf, deutlich von der in New Mexico und den beiden in Kalifornien unterscheiden, und dieser Unterschied warf wichtige Fragen für die Zukunft auf.

Doch es war nicht der richtige Augenblick, um sich in philosophischen Betrachtungen über die Zukunft zu ergehen. Das Tanzen, Juchzen und Lachen der um das Feuer tobenden Kinder war immer wilder geworden, und einige der älteren Jungs, auch Verheiratete, beteiligten sich nun daran. Sie spielten »Schwing die Peitsche«, was umso aufregender war, als derjenige, der sich am Ende der Schlange befand, dem Feuer ausweichen musste. Plötzlich sah Ish etwas, was ihn erstarren ließ. Charlie spielte mit! Zwischen Dick und Evie eingehakt brachte er die »Peitsche« in Schwung, und die Kinder waren begeistert, dass ein Erwachsener, noch dazu ein Fremder, mit ihnen spielte.

Ish versuchte, seinen Widerwillen einzudämmen. Warum nicht? Warum sollte nicht einer der Älteren mitspielen? Ich bin ja, dachte er, fast so schlimm wie diese Leute in Los Angeles und Albuquerque, die von Fremden nichts wissen wollten. Aber ich bin sicher, es hätte mir nichts ausgemacht, wenn dieser Charlie ein anderer Mensch wäre.

Doch trotz aller Bemühungen war Ish außerstande, dem tief wurzelnden Widerwillen etwas entgegenzusetzen. Ja, vielleicht hatte er die Ergebnisse der Expedition überbewertet; so bedeutsam die Entdeckung weiterer Gemeinschaften auch für die ferne Zukunft war – jetzt ging es um Charlie.

Inzwischen war es ziemlich spät geworden, und die Mütter sammelten ihre Kinder ein. Das Fest war vorbei; doch die meisten der Älteren kamen noch mit zu Ish und Em, um mehr von Dick, Bob und Charlie zu erfahren.

»Setz dich hierher«, sagte Ezra zu Charlie und deutete auf den großen Sessel, der vor dem Kamin stand. Es war ein Ehrenplatz, noch dazu ein bequemer, und Ish dachte, wie bezeichnend das für Ezra war. Obwohl eigentlich er, Ish, Hausherr und Gastgeber war, hatte er nicht daran gedacht, Charlie in angemessener Weise willkommen zu heißen. Aber dann fragte er sich gleich, ob er wirklich wollte, dass sich Charlie willkommen fühlte.

Es war ein kühler Abend, und Ezra bat darum, das Feuer anzumachen. Die Jungs brachten Holz, und kurz darauf brannte ein munteres Feuer im Kamin. Der Raum wurde warm und behaglich.

Sie plauderten, und wie so oft dominierte Ezra die Unterhaltung. Charlie fragte nach einem Drink. Jack brachte ihm eine Flasche Brandy und ein Glas, und Charlie trank in regelmäßigen Abständen, langsam und genüsslich, fast wie ein Gewohnheitstrinker. Nichts wies darauf hin, dass der Alkohol irgendeine Wirkung auf ihn hatte.

»Mir ist immer noch kalt«, sagte Ezra.

»Du bist doch nicht etwa krank?«, fragte Em.

Auch Ish wurde aufmerksam. Krankheit war bei ihnen etwas so Ungewöhnliches, dass der kleinste Hinweis darauf auffiel.

»Ich weiß nicht«, sagte Ezra. »Wenn wir noch in den Alten Zeiten leben würden, würde ich denken, ich hätte mich erkältet. Und vielleicht habe ich das ja auch.«

Sie legten noch mehr Holz ins Feuer, und es wurde so heiß im Zimmer, dass Ish seinen Pullover auszog und in Hemdsärmeln dasaß. Auch Charlie legte sein Jackett ab und knöpfte sich die Weste auf.

George lehnte sich auf dem Sofa zurück und nickte ein, was an der Unterhaltung nicht allzu viel änderte. Charlie trank weiter aus seiner Flasche, ohne dass man ihm eine Veränderung anmerkte; nur seine Stirn glänzte jetzt vor Schweiß, entweder vom Kognak oder von der Hitze des Kaminfeuers.

Ish bemerkte, dass Ezra das Gespräch in unterschiedliche Richtungen lenkte, um mehr über Charlie herauszubekommen. Aber es hätte gar keiner Kunstgriffe bedurft – Charlie plauderte munter vor sich hin.

»Und als sie dann tot war …«, sagte er. »Das war, nachdem wir ein paar Jahre zusammengelebt hatten, an die zehn oder zwölf Jahre, glaube ich. Also, als meine Frau tot war, da hatte ich keine Lust mehr, länger dort zu bleiben oder überhaupt in der Gegend. Und als dann eure Jungs vorbeikamen und sie mir sympathisch waren, da bin ich einfach mitgekommen.«

Während Charlie redete, spürte Ish, wie er innerlich wieder in die andere Richtung schwang. Die Jungs hatten Charlie ganz offensichtlich sehr gern, und sie waren schon eine Zeitlang mit ihm zusammen. Charlie war voller Kraft, und er hatte auch einen gewissen Charme. Vielleicht war es doch gut, dass er jetzt bei ihnen war. Ishs Blick fiel auf die dicken Schweißtropfen auf Charlies Stirn, und er sagte: »Vielleicht solltest du lieber die Weste ausziehen, Charlie.«

Charlie hielt kurz inne, erwiderte aber nichts.

»Tut mir leid«, sagte Ezra in diesem Moment. »Ich weiß wirklich nicht, was mit mir los ist. Vielleicht wäre es besser, wenn ich nach Hause gehe und mich hinlege.« Aber er machte keine Anstalten, nach Hause zu gehen.

»Du hast bestimmt keine Erkältung, Ez«, sagte Em. »Das hat es hier doch noch nie gegeben.«

Sie veranlassten Charlie, sich mit seiner Brandyflasche auf einen weiter vom Feuer entfernten Stuhl zu setzen. Doch seine Weste behielt er an.

Die beiden Hunde kamen herein und beschnüffelten Charlie. Offenbar interessierten auch sie sich für den Fremden, der eine Fülle neuer Gerüche ausströmte. Aber sie begriffen auch, dass der Fremde in ihren Kreis aufgenommen worden war. Zuerst verhielten sie sich noch neutral, dann streckten sie sich behaglich, als Charlie sie hinter den Ohren kraulte und ihnen auf den Rücken klopfte, und wedelten mit dem Schwanz.

Ish, der grundsätzlich meinte, dass andere Menschen ihn hinters Licht führen könnten, fühlte sich hin- und hergerissen. Er spürte Charlies Kraft und den Charme, der von ihm ausging, und fast empfand er so etwas wie Zuneigung zu dem Fremden. Und doch waren es gerade diese Kraft und dieser Charme, die ihn zurückschrecken ließen – vielleicht weil er um seine eigene Position in der Gemeinschaft fürchtete.

Schließlich erwachte George aus seinem Nickerchen, streckte sich, stand auf und sagte, dass es Zeit sei, ins Bett zu gehen. Die anderen schickten sich an, ihn zu begleiten. Ish wusste, dass Ezra ihm noch ein paar Worte unter vier Augen würde sagen wollen, also nahm er ihn kurz mit in die Küche.

»Ist dir nicht gut?«, fragte er.

»Mir? Wieso?«, erwiderte Ezra. »Es ging mir nie besser.«

Ezra lächelte, und Ish begann zu begreifen. »Dann ist dir also gar nicht kalt gewesen?«

»Nie ist mir so wenig kalt gewesen«, sagte Ezra. »Ich wollte nur sehen, ob wir Charlie dazu bringen können, seine Weste auszuziehen. Er will sich einfach nicht von ihr trennen. Und das bestätigt mich darin, was ich gesehen habe. Seine eine Westentasche ist tiefer, als sie sein sollte, offenbar hat er sie selbst vergrößert. Und er hat so ein kleines Ding darin stecken, wie es früher die Ladys in ihren Handtaschen trugen – du weißt schon, so ein kleines Stück Metall.«

Ish fühlte sich plötzlich erleichtert. Nur eine Pistole – damit würden sie schon fertigwerden. Aber seine Erleichterung schwand wieder dahin, als Ezra fortfuhr: »Ich wünschte, ich wüsste genau, woran ich bei ihm bin. Manchmal glaube ich, er ist gefährlich und niederträchtig bis auf die Knochen. Dann wieder meine ich, er wird mein bester Freund. Jedenfalls bin ich mir sicher, dass er jemand ist, der ganz genau weiß, was er will – und der es im Allgemeinen auch bekommt.«

Als sie wieder ins Wohnzimmer kamen, ging George gerade. »Das ist seit langer Zeit das Beste, was uns widerfahren ist«, sagte er zu Charlie. »Wir brauchen jemand, der mit anpackt. Wir hoffen wirklich, dass du bei uns bleibst.«

Die anderen stimmten lebhaft zu, dann gingen alle, und Ish war mit seinen Gedanken allein. Er hatte eigentlich ebenfalls zustimmen wollen, aber ganz plötzlich war seine Zunge steif gewesen und sein Mund trocken geworden. Und alles, was er jetzt denken konnte, war: gefährlich und niederträchtig. Bis auf die Knochen.

7

Nachdem die anderen gegangen waren, beschloss Ish, etwas zu tun, was er in all den Jahren nie getan hatte. Er war sich nicht sicher, ob er es überhaupt tun konnte, doch als er in die Küche ging, sah er, dass sich an der hinteren Tür tatsächlich ein Riegel befand. Er erinnerte sich, dass ihn seine Mutter hatte anbringen lassen, weil sie kein allzu großes Vertrauen in normale Schlösser gehabt hatte. Er schob den Riegel vor. Dann ging er zur Vordertür und sah, dass daran ein noch brauchbares Sicherheitsschloss angebracht war.

All die Jahre hatte keinerlei Notwendigkeit zum Verriegeln einer Tür bestanden. Vor keinem Mitglied der Gemeinschaft brauchte man Angst zu haben, und kein Fremder, wenn je einer gekommen wäre, hätte es geschafft, unbehelligt an den Hunden vorbeizukommen. Doch nun war jemand da, dem man womöglich nicht trauen konnte, und dieser Jemand hatte sich mit den Hunden angefreundet. Hatte er aus Berechnung die Hunde gestreichelt?

Ish legte sich neben Em ins Bett und vertraute ihr seine Befürchtungen an, doch sie reagierte beschwichtigend. Manchmal, dachte er, ließ sie den Dingen allzu sehr ihren Lauf.

»Was ist denn so besonders daran, dass er eine Pistole bei sich hat?«, fragte sie. »Du trägst doch auch oft eine mit dir herum.«

»Aber nicht heimlich. Und ich habe auch keine Angst, meine Weste auszuziehen und mich von meiner Waffe zu trennen.«

»Ja, aber du musst ihm eine gewisse Nervosität und Vorsicht zugestehen. Du magst seinen Gesichtsausdruck nicht? Vielleicht mag er deinen auch nicht. Er befindet sich unter Fremden – jede Menge Fremde!«

Ish spürte, wie erneut dieser Widerwille, der an Wut grenzte, gegen Charlie, den Eindringling, in ihm aufstieg. »Ja«, sagte er, »aber wir sind hier auf unserem Grund und Boden. *Wir* leben hier. Er platzt hier einfach so herein. Also muss er sich uns anpassen – und nicht wir uns ihm.«

»Vermutlich hast du recht, Liebling. Aber lass uns jetzt nicht länger darüber reden. Ich will jetzt schlafen.«

Wenn Ish Em je um etwas beneidet hatte, so war es ihre Fähigkeit, auf der Stelle einzuschlafen, wenn sie sagte, sie wolle jetzt schlafen. Wenn er sich hingegen sagte, er wolle jetzt schlafen, setzte umso kräftiger sein Denken ein, und er konnte es nicht ausschalten, so gern er es auch getan hätte. Auch jetzt spürte er wieder, wie es einsetzte. Denn ganz plötzlich kam ihm ein Gedanke, der ihn verunsicherte: Es hatte nun den Anschein, er wäre in eine persönliche Auseinandersetzung mit Charlie verstrickt. Hätte ihr Stamm eine feste Organisation gebildet, hätte es eine symbolische Einheit gegeben, eine feste Front, dann hätte die Ankunft eines Fremden, so stark er als Individuum auch sein mochte, keine große Bedeutung gehabt. Aber dafür war es nun zu spät. Der Fremde war unter ihnen, und er musste ihm Mann gegen Mann entgegentreten.

Und Charlie durfte man als Gegner nicht unterschätzen. Er hatte sich bereits Bobs und Dicks Loyalität und Freundschaft gesichert, ebenso wie die einiger anderer Jüngerer. Auch auf George hatte er ganz offensichtlich Eindruck gemacht. Woher kam dieser seltsame Charme, der von Stärke flankiert wurde?

Ish wurde sich nicht darüber klar, warum sie alle eine solche Sympathie für Charlie empfanden; doch das änderte nichts an der Tatsache, dass es so war. Und es stand wohl genauso fest, dass er selbst Charlie gegenüber zu voreingenommen war, aus Angst vor seiner Konkurrenz, um seine wirkliche Stärke einschätzen zu können. In einem Punkt jedoch empfand er Gewissheit: Es würde einen Wettstreit zwischen ihnen beiden geben. Nur welche Form dieser Wettstreit annehmen würde – das wusste er noch nicht. Da es jedoch ihrer Gemeinschaft an jener Solidarität mangelte, die sie zu einem Staat gemacht hätte, würde es ein Wettstreit zwischen zwei einzelnen Männern sein.

Oder wenn es am schlimmsten kam, würde es ein Wettstreit zwischen zwei Parteien und ihren jeweiligen Anführern werden. Auf wen konnte er, Ish, sich verlassen? Er war kein richtiger Anführer; er war es all die Jahre nur in Ermangelung eines Besseren gewesen – weil George zu dumm war und Ezra zu leicht über alles hinwegging, als dass sie in Betracht gekommen wären. Ja, wäre es um intellektuelle Dinge gegangen! Aber in einem Kampf um die Macht zog der Intellektuelle stets den Kürzeren. Er dachte an Charlies babyblaue Augen – die von einer Kälte waren, wie sie dunkle Augen niemals hervorbrachten.

Wer wird meiner Flagge folgen?, fragte er sich dramatisch. Selbst bei Em war er sich nicht ganz sicher; sie hatte Charlie ja beinahe verteidigt. Plötzlich kam sich Ish wie der verängstigte kleine Junge vor, der er in den Alten Zeiten einmal gewesen war. Von all diesen Menschen war Joey der Einzige, der ihn verstand, der Einzige, auf den er immer zählen konnte. Aber Joey war klein und zart, sogar für sein Alter. Was konnte er wohl gegen Charlies Kraft ausrichten? Nein, keine Schweineaugen, dachte er erneut. Es sind Bärenaugen!

Aber schließlich sagte er sich: Das ist nur eine mitternächtliche Verwirrung. Wilde Fantasien, wie sie einen in der Dunkelheit überkommen, wenn man nicht schlafen kann. Und so gelang es ihm doch, die Gedanken zu verscheuchen und einzuschlafen.

Am nächsten Morgen sah alles etwas besser aus – nicht unbedingt rosig, aber doch weniger düster. Einigermaßen gutgelaunt setzte er sich an den Frühstückstisch. Es freute ihn, Bob wiederzusehen und weitere Einzelheiten über die Reise zu erfahren. Doch dann kamen all die dunklen Gedanken wieder, als Bob sagte: »Ich gehe mal rüber und sehe nach Charlie.«

Ish verspürte den Wunsch, mit einem väterlichen Ratschlag herauszuplatzen, etwa: »Ich würde mich an deiner Stelle von diesem Menschen fernhalten.« Doch er sah, dass Ems Augen Nein sagten, und er selbst wusste nur zu gut, dass ein solcher Rat Charlie erst recht interessant erscheinen lassen würde. Wieder fragte er sich, worauf eigentlich die starke Anziehungskraft beruhte, die Charlie auf die beiden Jungs ausübte.

Bob ging, und als die morgendliche Hausarbeit beendet war, verdrückten sich die anderen Kinder ebenfalls.

»Was ist nur so besonders an dem Kerl?«, fragte Ish Em.

»Ach, mach dir keine Gedanken«, erwiderte sie. »Es ist nur die Faszination des Fremden, des Neuen. Ist das nicht ganz natürlich?«

»Ich glaube, uns stehen Schwierigkeiten bevor.«

»Ja, vielleicht«, sagte Em. Es war das erste Mal, dachte Ish, dass sie diese Möglichkeit zugestand. Dann änderte sie die Richtung seiner Gedanken durch eine weitere Bemerkung: »Aber sieh zu, dass nicht du es bist, der die Schwierigkeiten auslöst.«

»Wie meinst du das?«, fuhr er zornig auf; es geschah nur sehr selten, dass er Em seinen Zorn spüren ließ. »Meinst du etwa, es geht hier lediglich darum, wer wen dominiert?«

»Ich meine, es ist besser, du gehst mal hinüber und siehst nach, was los ist«, sagte sie und überging damit einfach seine Frage.

Trotzdem erschien ihm dieser Rat als nützlich; schließlich war auch er neugierig. Doch dann, als er die Tür öffnete, fühlte er sich seltsam unsicher. Er zog die Tür hinter sich zu, blieb auf der Veranda stehen und dachte nach. Seine Hände fühlten sich merkwürdig leer an; irgendetwas fehlte. Ja, er hatte keine Waffe! Sollte er eine Pistole mitnehmen? In der Nähe der Siedlung mussten sie schon lange keine Schusswaffen mehr bei sich tragen, da im Fall einer Gefahr sofort die Hunde anschlugen, aber er konnte ja sagen, dass er vielleicht weiter weggehen würde. Und doch zögerte er – es könnte herausfordernd wirken, wenn er mit einer Pistole auftauchte; außerdem würde es ein Eingeständnis seiner inneren Unsicherheit sein. Aber dass er sich unsicher fühlte – das konnte er nicht leugnen.

Er ging zurück ins Haus und sah den Hammer auf dem Kaminsims stehen. So sieht es also aus, dachte er verärgert. Du bist genauso wie die Kinder. Du lässt deiner Fantasie freien Lauf. Trotzdem griff er nach dem Hammer und nahm ihn mit. Sein Gewicht und seine Festigkeit hatten etwas Tröstliches; das Holz des Stiels füllte seine rechte Hand.

Aus der Richtung, wo am Vorabend das Feuer gebrannt hatte, hörte er Lachen. Und ganz plötzlich spürte er wieder die Große Einsamkeit. Er war allein, er war die von ihrem Haufen abgekommene Ameise, die Biene, deren Korb zerstört war, das mutterlose Kind. Er blieb stehen und spürte, wie ihm kalter Schweiß ausbrach. Die »Vereinigten Staaten von Amerika« – das war nur noch ein Name aus ferner Vergangenheit. Er selbst musste jetzt handeln, von den wenigen unterstützt, die er um sich scharen konnte. Es gab keine Polizisten und keine Sheriffs, keine Staatsanwälte und keine Richter mehr, die er hätte hinzuziehen können. Er umklammerte den Hammerstiel so fest, dass seine Finger schmerzten. Jetzt kann ich nicht mehr zurück, dachte er. Dann nahm er all seinen Mut zusammen und setzte einen Fuß vor den anderen.

Als er sich wieder bewegte – als er etwas tat und nicht nur dachte –, fühlte er sich etwas besser. Jetzt sah er sie, so wie er es erwartet hatte, um die Asche des gestrigen Feuers versammelt. Fast alle Jungen waren da, aber auch Ezra. Sie standen oder saßen um Charlie herum, der ihnen seine Geschichten erzählte, wobei er ständig lachte und Witze machte. Ja, alles war genauso, wie Ish es erwartet hatte, und als er näher kam, spürte er eine innere Kälte, die im Magen einsetzte und dann bis in die Spitzen der Finger und Zehen floss. Seine rechte Hand umklammerte den Hammerstiel wie ein Schraubstock.

In der Mitte der Gruppe, unmittelbar neben Charlie, saß Evie, und auf ihrem Gesicht war ein Ausdruck, den Ish nie zuvor gesehen hatte.

Er war jetzt etwa zehn Schritte von Charlie entfernt. Er blieb stehen. Einige der Kinder hatten ihn erblickt, aber sie hörten Charlie zu und schenkten ihm keinerlei Beachtung. Er stand da, als wäre er gar nicht anwesend.

Er wartete. Eine lange Zeit, wie es schien; aber er spürte, wie sein Herz pochte, und es waren nur wenige Schläge. Langsam wich das Kältegefühl. Er war bereit zu handeln. Ja, er war beinahe glücklich. Das Problem hatte jetzt eine

Form, und selbst das übelste Problem war in einer bestimmten Form besser als ein in dunklen Ecken wabernder Nebel. Gegen ein Trugbild konnte man nicht ankämpfen.

Wieder vergingen einige Herzschläge. Ja, das Problem war ganz plötzlich sichtbar geworden. Auch das war ein Merkmal ihres jetzigen Lebens. In den Alten Zeiten hatte eine Krise lange vor sich hingebrodelt, man hatte wochen- oder monatelang davon in den Zeitungen gelesen, ehe die Streiks ausgebrochen oder die Bomben gefallen waren. Wenn man es aber nur mit ganz wenigen Menschen zu tun hatte, kam die Krise schnell.

Er sah genauer hin. Evie saß tatsächlich in der Mitte der Gruppe, während sie sich sonst gewöhnlich immer am Rand herumdrückte und dem, was vor sich ging, nur flüchtige Beachtung schenkte. Nun blickte sie zu Charlie auf und schien seine Worte geradezu in sich aufzusaugen, obwohl sie bestimmt nicht allzu viel von dem, was er sagte, verstand. Aber hier ging es um etwas anderes als darum, das, was er sagte, zu verstehen. Sie saßen eng nebeneinander.

Hatten sie sich dafür so lange um Evie gekümmert?, dachte Ish bitter. Ezra hatte sie damals gefunden – verwahrlost hatte sie vor sich hingelebt, hatte gerade so viel Verstand aufgebracht, um Konservendosen zu öffnen und sich von dem zu ernähren, was sie enthielten, ohne dass sie es gekocht oder zubereitet hätte. Damals hatte Ish oft gedacht, dass es vielleicht besser gewesen wäre, wenn sie eine Büchse mit süßem Ameisengift in ihre Reichweite gestellt hätten. Aber sie hatten sich ihrer angenommen, auch wenn sie wenig Freude an ihr gehabt hatten, ebenso wenig Freude, wie Evie wohl an sich selbst hatte. Sie hatten einfach beschlossen, die Errungenschaften der Humanität aufrechtzuerhalten.

Er blickte wieder auf die Gruppe und nahm an Evie etwas wahr, das ihm nie zuvor so deutlich klar geworden war. Das war das Problem mit allzu großer Vertrautheit; so wie ein Bild an der Wand zu etwas wird, das man kaum noch bemerkt, so verliert ein Mensch, den man viele Jahre kennt, seine individuellen Eigenschaften. Evie war, wie ihm jetzt bewusst wurde, eine voll entwickelte Frau, aufreizend blond und auf eine besondere Weise schön. Natürlich musste man von der Leere in ihren Augen und in ihrem Gesicht absehen, und dazu war er, Ish, nie imstande gewesen. Aber für einen Mann wie Charlie kam es auf so etwas nicht an. Ja, Ezra hatte recht: Charlie wusste, was er wollte, und was er wollte, das wollte er schnell. Warum hätte er auch zögern sollen?

Ish umklammerte den Hammerstiel. Das war tröstlich, aber es war ihm bewusst, dass der Hammer keine Pistole war.

Auf etwas hin, das Charlie gerade gesagt hatte, brach lautes Gelächter aus. Ish sah, dass Evie ebenfalls lachte – ein schrilles, unbeherrschtes Gekicher –, und Charlie streckte die Hand aus und zwickte sie. Sie kreischte wie ein kleines Mädchen. Dann, als Ish näher trat, wurde seine Anwesenheit endgültig bemerkt, und alle wandten sich ihm zu. Ish wurde instinktiv klar, dass sie auf ihn gewartet hatten – dass sie diese neue Situation ebenfalls verwirrte und sie auf seinen Rat hofften, was sie nun tun sollten. Er ging ruhig auf Charlie zu; seine rechte Hand umklammerte weiter den Hammer, aber er achtete darauf, die linke trotz seines wachsenden Zorns nicht zur Faust zu ballen.

Während Ish näher kam, streckte Charlie fast schon lässig den rechten Arm aus, umschlang Evie und zog sie an sich. Sie wirkte überrascht, schmiegte sich aber willig an ihn. Charlie sah Ish an, und Ish wusste, dass die Entscheidung bevorstand.

Er nahm die Herausforderung wortlos an; er war jetzt ganz ruhig. Dies war nicht der Moment, in dem der Zorn die Gedanken bestimmen durfte. Nun, da es etwas zu tun galt, war sein Kopf ganz klar.

»Ihr alle verschwindet jetzt für eine Weile«, sagte er mit lauter Stimme. Es bedurfte keiner Höflichkeitsformeln oder Entschuldigungen; alle wussten, dass etwas geschehen würde. »Ich muss etwas mit Charlie unter vier Augen besprechen. Ezra, du bringst Evie zu Molly. Ihr Haar muss gekämmt werden.«

Niemand erhob Widerspruch, alle gingen bereitwillig weg; offenbar waren sie wirklich ein wenig erschrocken. Indem er Ezra fortschickte, verlor Ish allerdings seinen besten Verbündeten; aber wenn er ihn dabehalten hätte, hätte er damit vor allen anderen – vor allem vor Charlie – seine Schwäche eingestanden.

Jetzt waren sie beide allein. Ish stand wie zuvor da; Charlie war sitzen geblieben. Er tat auch gar nicht, als wollte er aufstehen, und so setzte Ish sich ebenfalls hin. Er wollte nicht stehen, wenn der andere so lässig dasaß. Charlie hatte seine Weste an, obwohl er kein Jackett trug. Er hatte sie aufgeknöpft. Es waren etwa sechs Fuß Abstand zwischen ihnen, wie sie so auf dem Boden saßen und einander ansahen.

Ish sah keinen Grund, weshalb er lange um den heißen Brei herumreden sollte. »Alles, was ich dir sagen will, ist: Lass deine Finger von Evie!«

Charlie war ebenso direkt. »Wer sagt das?«

Ish dachte kurz nach. Er hätte »Wir« sagen können, aber das wäre zu unbestimmt gewesen. Er hätte auch »Wir, das Volk« sagen können, aber das wäre Charlie bestimmt lächerlich vorgekommen. Also sagte er: »*Ich* sage das.«

Charlie gab keine Antwort; er saß einfach da, nahm ein paar kleine Steine vom Boden, rieb sie mit der linken Hand aneinander und warf sie dann in unterschiedliche Richtungen. Er hätte seine Geringschätzung nicht deutlicher zum Ausdruck bringen können. Schließlich sah er Ish an und sagte: »Es gibt einen Haufen alter Sprüche, die sich anbieten, wenn einer zu einem sagt: *Ich* sage das. Du kennst den Quatsch, also wollen wir darauf verzichten. Ich bin ein vernünftiger Mensch. Warum sagst du mir nicht geradeheraus, warum ich die Finger von Evie lassen soll? Ist sie dein Mädchen?«

Ish antwortete sofort: »Weißt du, die Sache ist ziemlich einfach. Wir sind hier ein Haufen anständiger Leute. Vermutlich keine Geistesriesen, aber es ist auch kein völliger Idiot darunter. Wir haben also kein großes Verlangen danach, dass Evie Kinder kriegt.« Erst als er zu sprechen aufhörte, merkte er, dass er, indem er sich auf die Beantwortung von Charlies Frage beschränkt hatte, einen Fehler gemacht hatte. Wie jeder Intellektuelle war er froh gewesen, mit dem Befehlen aufhören und mit dem Argumentieren beginnen zu können, doch damit hatte er eingestanden, dass seine Befehle unwirksam waren. Ohne es zu wollen, hatte er sich Charlie untergeordnet.

»Zum Teufel!«, sagte Charlie. »Wie, denkst du, kommt es, dass das Mädchen hier die ganze Zeit herumgelaufen ist und nicht längst haufenweise Kinder in die Welt gesetzt hat?«

»Die Jungs haben Evie nie angerührt«, sagte Ish. »Sie sind mit ihr aufgewachsen, sie war tabu. Außerdem sind die Jungs so früh wie möglich verheiratet worden.« Schon wieder argumentierte er, und es fühlte sich an, als stünden seine Argumente auf schwachen Füßen.

»Das sagst wieder *du*!« Charlies Worte klangen selbstsicher; seine Stimme war die eines Mannes, der genau wusste, was er tat. »Eigentlich kannst du von Glück sagen, dass ich gerade sie herausgefischt habe – die Einzige, die alt genug und noch nicht verheiratet ist. Was wäre, wenn ich auf eine andere scharf wäre – und sie auf mich? Das wäre ein schönes Durcheinander. Freu dich lieber, dass ich so nett bin.«

Ish rang nach Worten. Was konnte er darauf nur erwidern? Er konnte weder mit der Polizei noch mit der Justiz drohen. Er hatte die Herausforderung angenommen – und jetzt stand er da wie ein begossener Pudel.

Nein, hier waren alle Worte überflüssig. Ish richtete sich auf, wandte sich um und ging davon. Und plötzlich fiel ihm ein, wie er unmittelbar nach dem Großen Unheil diesem Mann begegnet war, von dem er gedacht hatte, er würde ihm in den Rücken schießen. Doch er hatte keine Angst – und gerade darin lag das Demütigende. Charlie war offenbar der Meinung, dass es sich nicht lohnte zu schießen. Er, Ish, war eben nur Zweitbester.

Er kostete alle Tiefen der Verbitterung aus, während er zu seinem Haus zurückging. Er hatte ganz vergessen, wie sich eine Demütigung anfühlte. Der Hammer war jetzt nur noch ein Gewicht in seiner Hand, nicht länger ein Symbol der Macht. All die Jahre hindurch war alles leicht gewesen; er hatte ihren Stamm angeführt. Aber letztlich unterschied er sich gar nicht so sehr von dem seltsamen jungen Menschen, der er früher gewesen war und an den er sich kaum noch erinnern konnte. Der junge Mensch, der in den Alten Zeiten vor dem Großen Unheil gelebt hatte; der sich gescheut hatte, eine Party zu besuchen, der sich in der Gesellschaft anderer Menschen immer unbehaglich gefühlt hatte, der nie ein Anführer gewesen war. Natürlich, er hatte sich verändert, er hatte Erfahrungen gesammelt; aber alles konnte man nicht ablegen.

Mit gebeugtem Kopf betrat er sein Haus, wo Em schon auf ihn wartete. Er legte den Hammer weg und nahm sie in seine Arme – oder vielleicht nahm sie ihn in ihre Arme, er wusste es nicht genau. Aber danach spürte er neues Selbstvertrauen. Letzte Nacht waren sie, was Charlie anging, unterschiedlicher Meinung gewesen, doch letztlich wusste er, dass ihre Nähe sein Selbstvertrauen immer wieder erneuern würde.

Sie setzten sich auf das Sofa, und er berichtete, was geschehen war. Er wartete nicht ab, dass sie ihm sagte, was sie darüber dachte; er spürte einfach, wie ihr Mitgefühl ihn umgab und die Demütigung zu heilen begann.

Schließlich sagte sie: »Das hättest du nicht tun sollen. Die Jungs hätten dich beschützen müssen. Er hätte dich locker niederschießen können. Deine Stärke ist das Denken – gegen einen solchen Kerl kannst du nichts ausrichten.« Und dann begann sie, die Sache in die Hand zu nehmen. »Hol Ezra und George und die Jungs. Nein, ich schicke eines der Kinder, um sie zu holen. Niemand kann uns einfach sagen, was wir zu tun oder zu lassen haben.«

In diesem Augenblick wusste Ish, dass er unrecht gehabt hatte. Es hatte keinerlei Grund gegeben, die Große Einsamkeit zu verspüren. So klein und schwach ihr Stamm auch sein mochte – er war nach wie vor stark genug, um sich um ihn zu versammeln.

George kam als Erster, kurz darauf Ezra. Ish sah, wie Ezras wache Augen von George zu Em und wieder zurück glitten. Irgendetwas, dachte Ish, will er mir sagen – aber nur mir. Doch Ezra machte keine Anstalten, ihn auf die Seite zu ziehen; stattdessen sah er halb verlegen Em an. »Molly musste Evie in einem der oberen Zimmer einschließen«, sagte er, und Ish spürte, wie schwierig es für Ezra, einem überaus höflichen und gebildeten Menschen, war, vor anderen auf diese Weise von Evies Leidenschaftsausbruch zu sprechen.

»Und was hindert sie daran, einfach aus dem Fenster zu springen?«, fragte Ish.

»Nichts, glaube ich«, erwiderte Ezra.

»Ich könnte ein paar Holzlatten davornageln«, sagte George.

Sie lachten alle, trotz des Ernstes der Situation. George war immer glücklich, wenn er an den Häusern herumzimmern konnte, aber es war natürlich unmöglich, Evie für den Rest ihres Lebens hinter Schloss und Riegel zu halten.

Dann kamen Ishs Söhne Jack und Roger herein und nach ihnen Ralph, der Letzte des Trios.

Mit dem Ankommen der Jungs entspannten sich die Älteren etwas; sie setzten sich alle und machten es sich bequem. Ish war sich darüber im Klaren, dass nun alle erwarteten, er würde etwas sagen, und wieder hatte er das Gefühl, als ginge alles viel zu schnell. Er sah sich einer Aufgabe gegenüber, die fast schon der Organisation eines neuen Staates entsprach. Aber sie konnten sich ja nicht in aller Ruhe hinsetzen und mit der Niederschrift einer Verfassung beginnen. Nein, sie sahen sich einer besonderen Situation gegenüber – und sie mussten jetzt handeln. Also sagte er ganz klar und deutlich: »Was unternehmen wir in Bezug auf Evie und diesen Charlie?«

Es erhob sich ein Durcheinander von Stimmen, und sofort hatte Ish das beängstigende Gefühl, dass von allen nur Ezra mit ihm übereinstimmte. Die Jungs und auch George schienen zu meinen, dass Charlie eine wie auch immer geartete Bereicherung des Stammes war. Und wenn er Evie mochte, dann umso besser. Sie hatten allerdings ausreichend Respekt vor Ish, um darauf zu bestehen, dass sich Charlie wegen des Vorkommnisses an diesem Morgen entschuldigen musste. Doch es war ebenso klar, dass sie der Ansicht waren, er hätte voreilig gehandelt – er hätte sich mit den anderen besprechen müssen, ehe er Charlie entgegengetreten war.

Ish argumentierte, dass sie es nicht zulassen könnten, wenn Evie Kinder in die Welt setzte. Doch seine Worte machten weniger Eindruck, als er angenommen hatte. Evie war für die Jungs seit jeher ein Teil ihres Lebens, und der Gedanke, es könnte Kinder geben, die so wie sie waren, machte ihnen nicht groß zu schaffen. Sie konnten nicht weit genug denken, um sich vorzustellen, was einmal aus Evies Nachkommenschaft werden würde.

Überraschenderweise brachte ausgerechnet George ein überzeugenderes Argument ein. »Wie können wir denn wissen«, sagte er, »ob sie tatsächlich verrückt ist? Vielleicht kommt es nur daher, dass sie als kleines Mädchen erlebt hat, wie alle um sie herum starben, und sie plötzlich ganz allein war und für sich sorgen musste. Darüber hätte jeder andere auch verrückt werden können. Vielleicht ist sie so wenig auf den Kopf gefallen wie wir – und ihre Kinder werden ganz normal sein.«

Obwohl sich Ish nicht vorstellen konnte, dass Evie jemals normale Kinder haben würde, gab er zu, dass dieser Einwand seine Berechtigung hatte, und er sah, dass George damit auf die anderen – Ezra ausgenommen – ebenfalls Eindruck gemacht hatte. Sie alle schienen der Ansicht zu sein, Charlie wäre eine Art Wohltäter, der Evie zu einem normalen Mitglied ihrer Gemeinschaft machen würde.

In diesem Augenblick stand Ezra auf und ergriff das Wort. Es war ungewöhnlich für ihn, sich so förmlich zu geben. Und ebenso ungewöhnlich war es, dass er verlegen zu sein schien. Sein Gesicht war stärker gerötet als sonst; unsicher sah er von einem zum anderen und immer wieder auf Em. »Wisst ihr«, sagte er, »gestern Nacht, als alle nach Hause gegangen sind, habe ich mich mit dem Burschen, Charlie, noch eine ganze Weile unterhalten. Er hatte ja tüchtig getrunken, und so hat er ziemlich frei von der Leber weg geredet.« Er hielt kurz inne und blickte abermals verlegen Richtung Em. »Und er hat sich mächtig aufgespielt.« Jetzt sah Ezra die Jungs an, als würde ihm gerade einfallen, dass diese Halbwilden womöglich gar nicht verstanden, wovon hier ein gebildeter Mensch sprach. »Er hat ein wenig über sich erzählt, ganz wie ich es gewollt hatte.« Erneut hielt er inne.

Ish konnte sich nicht erinnern, Ezra je in einem solchen Zustand gesehen zu haben. »Mach schon, Ezra«, sagte er. »Erzähl es. Wir sind unter uns.«

Jetzt brachen bei Ezra alle Dämme. »Dieser Bursche, dieser Charlie«, rief er. »Der ist innerlich verrottet wie ein zehn Tage alter Fisch! Er ist krank. Geschlechtskrank. Zum Teufel, er hat alle Geschlechtskrankheiten, die es überhaupt gibt!«

Ish sah, wie Georges dicker Körper bei diesen Worten zusammenzuckte, als hätte er einen Kinnhaken bekommen. Er sah auch, wie Ems dunkles Gesicht ganz rot wurde. Die Jungs zeigten keine besondere Reaktion; sie wussten gar nicht, wovon Ezra sprach.

Ezra wollte es ihnen erst erklären, nachdem Em das Zimmer verlassen hatte, und selbst dann hatte er seine liebe Not damit, weil das ganze Konzept für die Jungs etwas völlig

Nebelhaftes war. Während Ezra nach den richtigen Worten suchte, saß Ish da und spürte, wie die Gedanken durch ihn hindurchrauschten. Hier war etwas, wofür es weder im alten noch im neuen Leben Präzendenzfälle gab. Er hatte vage davon gehört, dass es gesetzliche Bestimmungen für Aussätzige gegeben hatte, und er erinnerte sich an Geschichten über Aussätzigenkolonien. Ein Träger von Typhusbakterien hatte laut Gesetz in keinem Restaurant arbeiten dürfen. Doch was half es, sich diese Fälle ins Gedächtnis zu rufen? Es gab keine Gesetze mehr!

»Schick die Jungs hinaus«, sagte er unvermittelt zu Ezra. »Das müssen wir Ältere besprechen und eine Entscheidung treffen.« Die Jungs, begriff er, waren hier in doppelter Hinsicht fehl am Platz – sie kannten die Gefahren nicht, die einer Gemeinschaft durch Geschlechtskrankheiten drohten, und sie kannten die Macht nicht, die einer Gemeinschaft eingeräumt wurde, um sich zu schützen.

Die Jungs trotteten hinaus; der Tatsache zum Trotz, dass sie selbst Kinder hatten, schienen sie wieder zu Kindern geworden zu sein. »Und haltet den Mund über diese ganze Geschichte«, rief Ezra ihnen nach.

Als die Jungs gegangen waren, wandten sich die drei Männer einander zu. »Lasst uns Em wieder hereinholen«, sagte Ezra. Em kam zurück ins Wohnzimmer, und jetzt waren sie zu viert.

Für eine Weile schwiegen sie, als würde ihnen unmittelbare Gefahr drohen, als hinge der Tod in der Luft – ein widerlicher, schmutziger Tod.

»Also, was meint ihr?«, sagte Ish schließlich; es war ihm klar, dass es wieder ihm oblag, den ersten Schritt zu tun.

Jetzt, da das Schweigen gebrochen war, sprachen sie die Situation unter jedem nur denkbaren Aspekt durch. Und sie stimmten darin überein, dass der Stamm das Recht zum Selbstschutz hatte und es ausüben musste. Vor jeglichem Gesetz oder Präzedenzfall stand der Selbstschutz, und darauf konnte sich sowohl eine Gemeinschaft als auch ein einzelner Mensch berufen.

Aber wenn man sich dieses Recht und die Notwendigkeit zugestand, mit welchen Mitteln sollte es dann ausgeübt werden? Eine bloße Warnung – »Tu, was wir wollen, oder nimm die Konsequenzen in Kauf!« – würde, da waren sich alle einig, nichts bringen. War die Sache erst einmal geschehen, so war die Strafe, die sie Charlie auferlegen konnten, lediglich eine kollektive Vergeltung und kein Mittel gegen die Verbreitung der Krankheit. Sie hatten auch keine Möglichkeit, Charlie einzusperren, und die Last der Verantwortung, wenn sie auf Dauer ein Gefängnis einrichteten, wog zu schwer für eine so kleine Gemeinschaft. Das Nächstliegende war eine Verbannung; sie konnten ihn aus der Gemeinschaft ausschließen und ihn auffordern, seines Weges zu ziehen. Er würde sich schon irgendwie durchschlagen. Sollte er zurückkommen, drohte ihm der Tod.

Tod … Schon bei der bloßen Erwähnung zuckten sie unwillkürlich zusammen. Es war lange her, dass es Kriege oder Hinrichtungen gegeben hatte. Dass ihre Gemeinschaft eine so unwiderrufliche Strafe verhängen sollte – allein der Gedanke machte sie seltsam betroffen.

»Aber was tun wir dann?«, verlieh Em ihren Befürchtungen Ausdruck. »Wenn er heimlich wiederkommt? Schließlich sind wir nur ein paar Ältere, und mit den Jungen kann er sich, wie wir gesehen haben, leicht anfreunden. Was, wenn er mit den Jungs Freundschaft schließt und sie ihn beschützen? Und er könnte auch mit den Mädchen Freundschaft schließen, nicht nur mit Evie.«

»Wir könnten ihn weit weg von hier bringen«, sagte Ezra. »Wir könnten ihn in den Jeep packen und ihn fünfzig oder sogar hundert Meilen weiter weg aussetzen.« Doch nach einer kurzen Pause korrigierte er sich selbst: »Aber dann könnte er immer noch innerhalb eines Monats oder so wieder hier sein … Und was sollte ihn davon abhalten, uns hier mit einem Gewehr aufzulauern und einen von uns zu töten? Natürlich könnten ihn danach die Jungs mit den Hunden zur Strecke bringen, aber einer von uns wäre tot. Ich habe keine Lust, den Rest meines Lebens in der Angst zu verbringen, er könnte hier irgendwo auf der Lauer liegen.«

»Aber ihr könnt doch keinen Menschen für das bestrafen, was er noch gar nicht getan hat«, sagte George.

»Warum nicht?«, entgegnete Em mit scharfer Stimme. Alle wandten sich ihr zu.

»Nein«, sagte George. »Das könnt ihr nicht … Natürlich könnt ihr das nicht … Erst muss er was ausgefressen haben, dann kommt das Gericht … So sagt es doch das Gesetz.«

»Welches Gesetz?«, fragte Em.

Es gab eine Pause, dann lief das Gespräch in eine andere Richtung, als würde keiner von ihnen den Mut aufbringen, Em in diesem Punkt zu folgen.

Aus dem Gefühl heraus, er müsse Fairness walten lassen, brachte Ish einen anderen Aspekt ein. »Wir wissen gar nicht, ob er tatsächlich krank ist. Wir haben keinen Arzt, der es feststellen könnte. Vielleicht hat er früher mal etwas gehabt. Oder vielleicht wollte er sich damit auch nur wichtig machen. Es gibt Menschen, die das tun.«

»Das ist es ja«, sagte Ezra. »Da wir keinen Arzt haben, tappen wir im Dunkeln. Ja, vielleicht wollte er sich nur wichtig machen. Aber wollen wir uns der Gefahr aussetzen? Wenn es mit so etwas erst mal losgeht … Ich glaube übrigens, dass der Bursche wirklich krank ist. Er bewegt sich so seltsam, als mache ihm irgendetwas zu schaffen.«

»Es heißt, Sulfa-Pillen würden dagegen nützen«, sagte Ish, der nach wie vor versuchte, vorsichtig zu sein.

Doch als er zu George sah, war er verblüfft über das Entsetzen, das auf dessen Gesicht lag; George, der Kleinbürger, war offenbar erfüllt von abergläubischen Vorstellungen über »soziale Krankheiten«; George, der Gemeindehelfer, dachte offenbar an den Bibeltext über die »Sünden der Väter«.

Jetzt ergriff Em wieder das Wort. »Ich habe gefragt, welches Gesetz?«, sagte sie. »Natürlich gibt es noch die Gesetze in den alten Gesetzbüchern. Aber sie haben keine Bedeutung für uns, nun, da alles ganz anders geworden ist. Wie George gesagt hat: Das alte Gesetz wartete, bis jemand etwas ausgefressen hatte, und dann kam die Strafe. Aber das, was geschehen war, ließ sich nicht aus der Welt schaffen. Können wir die Verantwortung dafür übernehmen? Da sind doch all die Kinder …«

Plötzlich schien es nichts mehr zu sagen zu geben. Sie saßen schweigend da, jeder erwog die Möglichkeiten.

Nein, dachte Ish. Eine Philosophie hat Em nicht. Sie nimmt die Kinder und konstruiert daraus einen Sonderfall. Aber da ist vielleicht etwas Tieferes in ihr als eine Philosophie. Sie ist eine Mutter. Ihr Denken ist nahe an den Grundelementen des Lebens.

Vermutlich war weniger Zeit vergangen, als es ihnen allen vorkam, als Ezra sagte: »Während wir hier sitzen, ist vielleicht … Nun, es geschieht neuerdings alles sehr schnell. Es wäre besser, wenn wir etwas unternehmen.« Dann fügte er hinzu, und es klang, als würde er laut denken: »Ich habe damals … ich habe viele gute Menschen sterben sehen. Ja, es sind viele gute Menschen gestorben … Ich habe mich beinahe an den Tod gewöhnt … aber nicht ganz.«

»Sollen wir darüber abstimmen?«, fragte Ish.

»Worüber?«, sagte George.

Erneut gab es eine Pause.

»Ob wir ihn wegbringen wollen«, sagte Ezra. »Oder … das andere. Einsperren können wir ihn nicht, und was bleibt uns sonst noch?«

Kurzentschlossen fasste Em das Ergebnis zusammen: »Wir stimmen für die Verbannung. Oder wir stimmen für den Tod.«

Es lag reichlich Papier auf dem Wohnzimmertisch; die Kinder malten immer gerne darauf herum. Und nach etwas Herumsuchen hatte Em vier Bleistifte zusammen. Ish zerriss einen Bogen Papier in vier kleine Zettel, behielt einen und verteilte die übrigen. Natürlich: Bei vier Abstimmenden konnte ein Unentschieden herauskommen.

Ish nahm seinen Zettel und kritzelte ein großes V darauf.

Dies tun wir ohne Eile; dies tun wir ohne Leidenschaft; dies tun wir ohne Hass.

Dies ist keine Schlacht, in der der Mensch tapfer kämpft, getrieben von Furcht. Dies ist kein Streit zwischen zwei Männern, die um Land oder um die Liebe einer Frau kämpfen.

Knüpft das Seil, wetzt die Axt, mischt das Gift, schichtet den Scheiterhaufen auf!

Es geht um jenen, der ohne Grund einen Mitmenschen tötete; es geht um jenen, der ein Kind entführte; es geht um jenen, der das Bildnis unseres Gottes besudelt hat; es geht um jenen, der einen Pakt mit dem Teufel geschlossen hat um der Hexerei willen; es geht um jenen, der unsere Jugend verdorben hat; es geht um jenen, der dem Feind unsere geheimen Stätten verraten hat.

Wir haben Angst, aber wir lassen die Angst nicht laut werden. Wir hegen tiefe Gedanken und Zweifel, aber wir sprechen nicht darüber. Wir sagen: »Gerechtigkeit«, wir sagen: »Das Gesetz«, wir sagen: »Im Namen des Volkes«, wir sagen: »Der Staat«.

Ish saß da, und sein Bleistift zeigte auf das V auf seinem Zettel. Im tiefsten Inneren war er sich bewusst, dass eine Verbannung aller Wahrscheinlichkeit nach keine Lösung sein würde. Charlie würde wiederkommen; er war ein starker, gefährlicher Mann, der einen großen Einfluss auf die Jüngeren ausübte. Um was geht es denn hier?, fragte sich Ish. Geht es immer noch darum, dass Charlie mir Konkurrenz macht? Dass er an meine Stelle treten will? Er wusste es nicht. Aber er wusste, dass ihr Stamm mit etwas Realem, Gefährlichem, ja Furchtbarem konfrontiert war, das langfristig seine Existenz bedrohte. Und er wusste, dass er nur ein Wort auf den Zettel schreiben konnte – um der Liebe und der Verantwortlichkeit für seine Kinder und Kindeskinder willen. Er strich das V durch und schrieb das andere Wort hin. Die Buchstaben starrten ihn an, und für kurze Zeit spürte er eine völlige Umkehrung seiner Gefühle. War das richtig? Brachte er nicht, indem er dieses Wort auf den Zettel schrieb, wieder den Anfang aller Kriege, aller Tyrannei, aller Unterdrückung in die Welt – Krankheiten, die weit schlimmer waren als alle, die Charlie mit sich herumtrug? Und warum musste das alles überhaupt so schnell gehen?

Er begann, das Wort wieder durchzustreichen, doch dann hielt er inne. Nein, obwohl er sich hin- und hergerissen fühlte, konnte er es einfach nicht durchstreichen. Wenn Charlie jemand umbringen würde, wäre es leichter, die Todesstrafe auszusprechen, auch wenn es sich nur um die alte Denkweise handeln würde: Auge um Auge, Zahn um Zahn. Die Hinrichtung eines Mörders machte den Ermordeten nicht wieder lebendig und war lediglich Vergeltung. Um wirkungsvoll zu sein, durfte eine Strafe nicht etwas wiedergutmachen, sondern musste etwas verhüten.

Wie lange hatte er überlegt? Es wurde ihm jäh bewusst, dass er schweigend dasaß und auf den Zettel starrte, während die drei anderen auf ihn warteten. Letztlich verfügte er nur über eine Stimme, dachte er. Die anderen konnten ihn überstimmen. Und so konnte er seinem Gewissen folgen – und Charlie würde doch nur verbannt werden.

»Gebt mir eure Zettel«, sagte er.

Sie gaben sie ihm, und er legte sie vor sich auf den Tisch. Vier Mal sah er hin, vier Mal las er: »Tod«.

8

Sie schaufelten die Erde zurück in das Grab unter der großen Eiche. Sie brachen Zweige ab und holten schwere Steine, die sie darauf legten, sodass das, was darin lag, vor den Kojoten sicher war. Dann machten sie sich auf den eine Meile langen Rückweg.

Sie gingen dicht nebeneinander, als würden sie sich gegenseitig stützen. Ish ging in der Mitte und schwang den Hammer in der rechten Hand. Er hatte keine Verwendung für den Hammer gehabt, aber er hatte ihn trotzdem mitgenommen. Nun schien ihn das abwärtsziehende Gewicht fest auf dem Boden zu halten. Er hatte ihn wie einen Offiziersstab in der Hand gehalten, als sie zu Charlie gegangen waren und Ish, flankiert von den Jungs mit ihren Gewehren, gesagt hatte, was zu sagen war, während Charlie obszöne Flüche von sich gegeben hatte.

Nun würde nichts mehr so sein wie zuvor. Ish wollte nicht an das Geschehene denken, und wenn er es doch tat, verspürte er ein körperliches Unbehagen. Ohne den zuverlässigen George hätten sie die Angelegenheit womöglich gar nicht zu Ende bringen können; George, der Praktiker, hatte das Seil geknotet und die Leiter aufgestellt.

Nein, auch in Zukunft würde er nur sehr ungern daran denken, da war er sich sicher. Es war ein Ende – und zugleich ein Beginn. Es war das Ende jener einundzwanzig Jahre, in denen sie, wie ihm jetzt klar wurde, in einem idyllischen Zustand gelebt hatten, fast so wie im Garten Eden.

Natürlich hatten sie Schwierigkeiten gehabt; sie waren auch mit dem Tod konfrontiert worden. Aber im Rückblick schien es, als wäre alles sehr einfach gewesen. Dies war ein Ende; doch es war zugleich ein Beginn, und ein langer Weg lag vor ihnen. Sie waren nur eine kleine Gruppe von Menschen gewesen, kaum mehr als eine große Familie. Jetzt waren sie ein Staat.

Und darin lag eine gewisse Ironie. Der Staat sollte ja eine Art Mutter sein, die den Einzelnen schützt und ihm ein besseres Leben ermöglicht. Doch jetzt war es die erste Tat des Staates, war es sein Gründungsakt gewesen, den Tod zu bringen. Nun, vermutlich war der Staat im Dunkel der Vergangenheit immer der Notwendigkeit entsprungen, in Zeiten der Wirren die Macht zu kristallisieren, und primitive Macht hatte oft Tod bedeutet.

Es war notwendig … Es war notwendig, sagte er sich immer wieder. Ja, er konnte die Tat durch den erhabensten aller Gründe rechtfertigen: die Sicherheit und das Glück des Stammes. Durch eine Tat, mochte sie dem Anschein nach auch von Übel sein, hatten er und die anderen, so hofften sie zumindest, einer langen Folge von Übeln vorgebeugt.

Aber eigentlich wollte er nicht darüber nachdenken. Es war möglich, das Geschehene zu rechtfertigen; obwohl der Tatbestand sich nicht restlos hatte beweisen lassen, war die Gefahr zu groß gewesen. Doch er würde nie Gewissheit darüber erlangen, in welchem Maß andere Motive, vielleicht persönliche, bei seinem Entschluss eine Rolle gespielt hatten. Schuldbewusst musste er daran denken, wie sein Herz einen Satz gemacht hatte, als ihn Ezra in seinen Befürchtungen bestärkt hatte, dass seine führende Rolle in der Gemeinschaft bedroht war. Ja, darüber würde er nie volle Gewissheit erlangen. Jedenfalls war die Sache jetzt erledigt, und er würde nur sagen: »Es ist getan.« Natürlich wusste er, dass in der Geschichte nur allzu oft durch Hinrichtungen nichts erledigt und abgeschlossen worden war, dass sich die Toten aus ihren Gräbern erhoben hatten und ihre Seelen weitermarschiert waren. Aber Charlie schien keine große Seele besessen zu haben.

Schweigend gingen sie weiter, aber nach einer Weile fanden die drei Jungs nach und nach ihre gute Laune wieder und hänselten einander. Dabei gab es keinen Grund, dass sie sich weniger betroffen fühlten als die Älteren. Die Jungs hatten zwar nicht mit abgestimmt, aber sie hatten mitgemacht. Ja, dachte Ish, wenn jemand schuldig ist, dann sind wir alle schuldig, und in der Zukunft kann keiner dem anderen etwas vorwerfen.

Nie war ihnen eine Meile so lang vorgekommen wie bei diesem Rückweg von der alten Eiche durch trümmerübersäte, grasbewachsene Straßen, an halb verfallenen Gebäuden vorbei, bis zu ihren Häusern am San Lupo Drive.

Wieder zuhause, trat Ish an den Kamin und stellte den Hammer auf den Sims, den Kopf nach unten, sodass der Stiel kerzengerade nach oben ragte. Ja, er war wirklich ein alter Freund, aber die Erinnerung an die zweiundzwanzig Jahre veränderte sich merklich, wenn er an den Tag dachte, als er sich zum ersten Mal des Hammers bedient hatte. Diese Jahre – vielleicht hatten sie tatsächlich wie in einer Art Garten Eden gelebt. Doch es waren auch Jahre der Anarchie gewesen. Es hatte keine starke Macht gegeben, um den Einzelnen vor den Gefahren des Lebens zu schützen. Er erinnerte sich genau an diesen Tag – als er mit seinem Wagen von den Bergen gekommen war und in der kleinen Stadt Hutsonville gestanden hatte, wartend, zögernd, die

Straße hinauf- und hinabblickend, in dem Wissen, dass er etwas Ungesetzliches und Unwiderrufliches und Schreckliches tun würde. Dann war er mit dem Hammer einen Schritt zurückgetreten, hatte die Tür der Billardstube eingeschlagen und war hineingegangen, um die Zeitung zu lesen. Ja, als man die Vereinigten Staaten von Amerika noch um sich gehabt hatte, allgegenwärtig wie die Atemluft, hatte man sich darüber keine Gedanken gemacht, außer man hatte sich über die Einkommensteuer oder die Abgaben beschwert; man hatte sich einfach stark und sicher gefühlt. Doch als sie dann plötzlich verschwunden waren … Wie hieß es doch damals? »Seine Hand wird sich gegen jedermanns Hand erheben, und jedermanns Hand gegen die seine.« So war es gewesen. Obwohl er George und Ezra an seiner Seite gehabt hatte, hatten sie nur von einem Tag zum anderen gedacht; kein Symbol der Einigkeit, kein gemeinsamer Kampf hatte sie verbunden. Wenn sich in diesen Jahren alles gut entwickelt hatte, so hatte das womöglich daran gelegen, dass sie einfach Glück gehabt hatten.

Jetzt hörte er von der Straße das Geräusch einer Säge; George hatte die Arbeit an seinem geliebten Holz wieder aufgenommen. George würde kaum allzu viele Gedanken an das Geschehene verschwenden. Und Ezra und die Jungs würden das ebenso wenig tun. Nein, von ihnen allen zerbrach sich nur er, Ish, den Kopf. Und da er nichts dagegen tun konnte, überließ er sich wieder seinen Gedanken, fragte sich, wie so oft, woraus letztlich eine Handlung entsprang. Kam sie aus dem Inneren eines Menschen? Oder lag ihr Ursprung außen, in der Welt? Zum Beispiel die jüngsten Ereignisse. Die Wasserversorgung war zusammengebrochen; daraufhin hatten sie die Jungs auf ihre Expedition geschickt; von der Expedition waren sie mit Charlie zurückgekehrt; und von Charlie, der der äußeren Welt angehört hatte, hatte das seinen Ausgang genommen, was danach geschehen war. Und doch konnte man nicht sagen, das alles sei eine unvermeidliche Abfolge von Geschehnissen gewesen, die mit dem Zusammenbruch der Wasserversorgung begonnen hatte. Er selbst hatte auf die Ereignisse eingewirkt, indem er die Expedition angeregt hatte; er hatte etwas gesehen, was die anderen nicht gesehen hatten. Und dann dachte er wieder an Joey, den anderen, der etwas sah, was nicht da war – der in die Zukunft blickte.

Em kam ins Zimmer. Sie war nicht mit ihnen bei der Eiche gewesen; das war keine Sache für Frauen. Wie die anderen hatte sie das Wort auf den Zettel geschrieben, doch auch Em, dachte Ish, würde sich darüber keine allzu großen Gedanken machen; dafür war sie ein viel zu starker, pragmatischer Mensch.

»Denk jetzt nicht mehr darüber nach«, sagte sie. »Mach dir keine Sorgen.«

Er griff nach ihrer Hand und drückte sie an seine Wange. Für einen Moment war sie kühl, dann spürte er sie warm an seiner Haut. Es war jetzt so viele Jahre her, dass er sie im Lichtschein ihrer Haustür hatte stehen sehen, dass er sie hatte sprechen hören – nicht herausfordernd oder fragend, sondern ruhig und bestätigend. Einundzwanzig, *zwei*undzwanzig Jahre … Und jetzt wusste er, dass, was auch immer geschehen mochte, die Beziehung zwischen ihnen dadurch nicht berührt werden würde. Sie würden keine Kinder mehr bekommen; und doch war ihre Bindung stark und innig. Sie war zehn Jahre älter als er, und manchem schien es, als wäre sie mehr seine Mutter als seine Ehefrau. Nun, lasst es gut sein! Lasst alles so, wie es ist!

»Ich kann nicht damit aufhören«, sagte er nach einer Weile. »Mir Gedanken zu machen, meine ich. Vermutlich macht mir das einfach Freude. Aber ich muss versuchen vorauszublicken, den Nebel zu durchdringen. Wahrscheinlich habe ich in den Alten Zeiten den mir angemessenen Beruf gewählt – ich wäre ein guter Professor gewesen. Und trotzdem ist es in gewisser Weise ein schlechter Scherz, dass ich überlebt habe. Es hätte lediglich Männer wie George und Ezra gebraucht, die einfach weitermachen, ohne sich groß den Kopf zu zerbrechen. Oder Männer wie … ja, wie Charlie, die die Macht an sich reißen. Ich bin nicht wie Moses oder Solon oder … oder Lykurgos. Das waren Männer, die Gesetze geschrieben und Nationen begründet haben. Was geschehen ist – und was mit uns geschehen wird –, das wäre anders, wenn ich anders wäre.«

Für einen Augenblick schmiegte Em ihre Wange an seine. »Wie auch immer«, sagte sie, »ich will dich nicht anders, als du bist.«

Ja, dachte er, genau das sollte eine Ehefrau sagen. Es war banal, aber es war tröstlich.

»Außerdem«, fuhr sie fort, »wie willst du das wissen? Selbst wenn du Moses wärst oder einer der anderen mit den komischen Namen, könntest du doch nicht alles regeln und kontrollieren, was in der Welt geschieht.«

Eines der Kinder rief, und Em ging hinaus. Ish trat an den Tisch, öffnete eines der Schubfächer und holte die kleine Pappschachtel heraus, die die Jungs von der Gemeinschaft in der Nähe des Rio Grande mit nach Hause gebracht hatten. Ish wusste, was sich darin befand, aber er hatte wegen der dramatischen Ereignisse der letzten Zeit noch nicht die Muße gehabt, es sich genauer anzusehen.

Er öffnete die Schachtel und tauchte den Finger in die kühlen, glatten Körner. Er schüttete sich ein paar davon in den Handteller und betrachtete sie. Sie waren rot und schwarz und an den Enden spitz – nicht die großen, flachen, gelben oder weißen Körner, die er erwartet hatte. Doch diese hier hätte er eigentlich erwarten *müssen*. Die großen Körner stammten von einer hochgezüchteten, wahrscheinlich sogar künstlich gekreuzten Maissorte; die kleinen schwarzen und roten waren so, wie die Pueblo-Indianer sie seit jeher angebaut hatten.

Er nahm die Schachtel mit zu seinem Sessel und setzte sich. Wieder tauchte er die Hand in die Körner und ließ sie durch die Finger rinnen. Er spielte mit ihnen, und während er mit ihnen spielte, spürte er einen tiefen inneren Frieden. Auch das war ein Ergebnis der Expedition nach Osten – diese Körner bedeuteten Leben und Zukunft.

Er blickte auf und sah Joey, der ihn vom anderen Ende des Zimmers neugierig beobachtete. Ish lächelte warm und rief den Jungen zu sich. Wie immer zeigte Joey rege Anteilnahme. Ish erklärte ihm, was es mit dem Mais auf sich hatte. Während der vergangenen Jahre hatte ihre Gemeinschaft den Anbau von Mais so lange hinausgezögert, dass praktisch kein keimfähiges Saatgut mehr aufzutreiben war. Doch nun hatten sie eine zweite Chance erhalten.

Und dann, obwohl er meinte, er tue etwas Schreckliches, nahm Ish die Schachtel und ging mit Joey in die Küche. Sie machten den Benzinkocher an und stellten eine Bratpfanne darauf. Dann gaben sie etwa zwei Dutzend Körner – mehr gönnten sie sich nicht – behutsam in die Pfanne und rösteten sie über der Flamme.

Auch wenn es eine Verschwendung wertvollen Saatguts war, konnte Ish der Versuchung einfach nicht widerstehen;

und er rechtfertigte es damit, dass es notwendig war, Joey vor Augen zu führen, was sich mit dem Mais anfangen ließ.

Die Körner ließen sich allerdings nicht gut rösten und waren kaum essbar. Aber das machte ihnen nichts aus. Ish musste daran denken, wie er früher geröstete Maiskörner zu Cocktails geknabbert hatte, doch zu Joey sagte er, dass gerösteter Mais einst die Nahrung der amerikanischen Pioniere gewesen war und dass ihre Vorfahren oft ganz auf ihn angewiesen waren.

Die großen Augen in dem schmalen Gesicht strahlten; ganz offensichtlich gefiel Joey die Geschichte. Ich wünschte nur, dachte Ish, er wäre körperlich kräftiger und innerlich gefestigter. Nun gut, ich habe zwei Dutzend Maiskörner vergeudet – aber vielleicht habe ich in Joeys Kopf eine viel wichtigere Saat gesät.

Weizen und Mais – auch sie hatten sich, wie die Hunde und die Pferde, gemeinsam mit dem Menschen entwickelt, Freunde und Helfer auf einem langen Weg …

Weit weg an einem trockenen Ort der Alten Welt spross das niedrige, stachelige Gras üppiger, an den Grenzen der Lagerstätten, dort, wo ihm die Beschaffenheit des Bodens behagte. So erwählte es sich erst den Menschen; aber bald wurde es vom Menschen erwählt. Je mehr es ihm seine Sorgfalt vergalt, desto mehr hätschelte er es; unter seiner Pflege wurde es höher und kräftiger und erzeugte mehr Samen; und bald verlangte es gepflügten Boden und die Befreiung von den wilden Gräsern.

Im ersten Jahr nach dem Ende der gepflügten Felder spross der Weizen auf Tausenden von Morgen Ackerland; doch dann ging er immer mehr zurück. Wie die Wölfe über die Schafe, so brachen die einheimischen Grasarten über den

Weizen herein. Sie bildeten zähe Soden; Jahr für Jahr trieben sie aus den gleichen Wurzeln und gediehen umso besser, als kein Ackerbau mehr betrieben wurde.

Nach einer gewissen Zeit gab es gar keinen Weizen mehr, nur in fernen trockenen Gebieten Asiens und Afrikas wuchs hier und da immer noch das niedrige, stachelige Gras, so, wie es vor dem »Landwirtschaft« genannten Zeitabschnitt gewachsen war …

Dasselbe geschah mit dem Mais. Auch er hatte von den tropischen Gebieten Amerikas aus eine weite Reise mit dem Menschen zurückgelegt. Wie das Schaf hatte er seine Freiheit gegen ein fettes, verwöhntes Dasein getauscht; er konnte nicht länger selber seinen Samen ausstreuen, der dicht in den zähen Hülsen saß. Und so schwand der Mais noch schneller als der Weizen dahin. Nur im mexikanischen Hochland streckten sich die zottigen Kolben der in dichten Gruppen wachsenden wilden Teosinte der Sonne entgegen …

So geschieht es, wenn nicht hier und da ein paar Menschen ausharren. Denn wenn der Mensch nicht ohne Weizen und Mais gedeihen kann, so können Weizen und Mais noch weniger ohne den Menschen gedeihen.

Auch wenn George und Maurine noch die exakten Monate und Tage wussten (oder sie zu wissen glaubten), richteten sich alle anderen nach dem Stand der Sonne und der Veränderung in der Vegetation. Ish war ziemlich stolz darauf, dass er bestimmen konnte, wo im Jahr sie sich gerade befanden; wenn er seine Notizen mit Georges Kalender verglich, sah er, dass er sich meistens nur um höchstens eine Woche irrte – immer vorausgesetzt, dass Georges Kalender stimmte, denn Ish glaubte nicht so recht an Georges Zuverlässigkeit in dieser Hinsicht.

Aber wie auch immer, eine Woche oder zwei spielten keine große Rolle, wenn es darum ging, den Mais auszusäen. Jetzt war das Jahr schon zu weit fortgeschritten; das kalte Wetter würde einsetzen, noch bevor die Saat richtig aufgegangen war. Sie würden es also im nächsten Jahr versuchen.

In den folgenden Tagen verwandte Ish einige Zeit darauf, sich in der näheren Umgebung umzusehen und eine geeignete Stelle für ein Maisfeld ausfindig zu machen. Er nahm Joey dabei mit, und sie unterhielten sich über die Lage des Feldes, die Bodenbeschaffenheit und die Möglichkeiten, das wilde Vieh fernzuhalten. Ish wurde klar, dass ausgerechnet ihre Gegend einer der ungünstigsten Orte für Maisanbau in den gesamten Vereinigten Staaten war. Eine Sorte, die sich dem trockenen, heißen Klima des Rio-Grande-Tals angepasst hatte, kam in den kühlen, nebelverhangenen Sommern der San Francisco Bay womöglich nicht einmal zur Reife. Außerdem war er kein Farmer und hatte auch früher im Garten kein besonderes Geschick an den Tag gelegt. Seine Kenntnisse, was Pflanzen und Bodenverhältnisse betraf, waren hauptsächlich theoretisch und beruhten auf seinen geographischen Studien. Er wusste, wie sich Podzolen und Chernozeme bildeten, und meinte, er würde sie sogar wiedererkennen, wenn er sie sähe; aber deswegen war er noch lange kein Farmer. Tatsächlich war kein Angehöriger ihres Stammes in den Alten Zeiten Farmer gewesen, auch wenn Maurine auf einer Farm aufgewachsen war, und dieser Zufall – dass sich niemand unter ihnen befand, der eng mit dem Boden verbunden war – hatte ihre gemeinsame Sicht der Dinge maßgeblich beeinflusst.

Eines Tages – es war über eine Woche vergangen, und die Erinnerung an Charlie und das Grab unter der Eiche war schon etwas verblasst – kamen Ish und Joey nach Hause, nachdem sie, wie sie meinten, eine rundum geeignete Stelle für das Feld ausfindig gemacht hatten. Em erwartete sie bereits auf der Veranda, und als er sie sah, wusste Ish, dass irgendetwas geschehen war.

»Was ist los?«, fragte er hastig.

»Oh, nichts Besonderes«, erwiderte sie. »Hoffe ich zumindest. Bob scheint ein bisschen krank zu sein.«

Erschrocken blieb Ish auf der Veranda stehen und sah sie an.

»Oder auch nicht«, fuhr sie fort. »Ich bin zwar kein Arzt, aber ich glaube nicht, dass es das ist. Wie sollte das auch möglich sein? Komm und sieh ihn dir an. Er sagt, er fühle sich schon seit einigen Tagen nicht gut.«

In den vergangenen Jahren hatte gewöhnlich Ish die Verantwortung für die ärztliche Betreuung auf sich genommen. Er hatte sich ein gewisses Geschick in der Behandlung von Schnittwunden, Beulen und Verrenkungen angeeignet und einmal sogar einen gebrochenen Arm geschient. Aber mit ansteckenden Krankheiten hatte er nicht die geringste Erfahrung, da es in ihrer Gemeinschaft nur zwei davon zu geben schien.

»Hat er vielleicht eine Halsentzündung?«, fragte er. »Das kann ich schnell wieder in Ordnung bringen.«

»Nein«, erwiderte Em, und damit hatte er auch gerechnet; wegen einer Halsentzündung hätte sie kaum ein so betroffenes Gesicht gemacht. »Nein, Halsentzündung ist es nicht. Er ist einfach nur schwach.«

»Dann werden die Sulfapillen schon helfen«, sagte Ish. »Solange noch Tausende davon in den Drugstores lagern, brauchen wir uns keine Sorgen zu machen. Und wenn Sulfa nicht hilft, versuche ich es mit Penicillin.«

Schnell ging er hinauf. Bob lag im Bett – still, das Gesicht vom Licht abgewandt. »Ach, mir geht es gut«, sagte er unwirsch. »Mutter regt sich immer gleich so auf.«

Ish war jedoch der Auffassung, dass die Tatsache, dass sich Bob ins Bett gelegt hatte, ein Beweis für das Gegenteil war. Mit sechzehn Jahren legte man sich nicht einfach ins Bett, solange man noch stehen konnte.

Ish blickte sich um und sah Joey, der neugierig seinen Bruder beobachtete. »Joey, mach, dass du rauskommst!«, fuhr er ihn an.

»Ich will aber zusehen. Ich will wissen, wie das ist, wenn man krank ist.«

»Nein, da steckst du deine Nase nicht rein. Wenn du größer und kräftiger bist, dann zeige ich es dir und erzähle dir etwas darüber. Wir wollen nicht, dass du auch krank wirst. Das Erste, was man über Krankheiten wissen muss, ist, dass sie sich von einem Menschen auf den anderen übertragen können.«

Joey trollte sich mürrisch. Seine Neugier war sichtlich größer als die Angst vor einer Ansteckung; der Stamm hatte einfach zu wenig Erfahrung mit ansteckenden Krankheiten, als dass die Kinder Respekt vor ihnen gehabt hätten.

Bob klagte über Kopfschmerzen und ein allgemein schlechtes Befinden, ohne dass ihm eine bestimmte Stelle weh getan hätte. Er lag still im Bett, offenbar ziemlich erschöpft. Ish maß seine Temperatur; sie lag knapp unterhalb der Fiebergrenze, war also weder besonders gut noch besonders schlecht. Dann gab er ihm zwei Sulfatabletten mit einem Glas Wasser. Bob verschluckte sich; er war es nicht gewohnt, Tabletten zu schlucken.

Nachdem er Bob gesagt hatte, er solle zu schlafen versuchen, verließ Ish das Zimmer und zog die Tür hinter sich zu.

»Was hat er?«, fragte Em, als er wieder unten war.

Er zuckte mit den Achseln. »Nichts, was durch Sulfa nicht kuriert werden könnte, denke ich.«

»Aber ist es nicht komisch? So schnell …«

»Ja. Aber du weißt ja, dass es immer wieder seltsame Zufälle gibt.«

»Das weiß ich. Aber ich wette, du wirst dir darüber wieder den Kopf zerbrechen.«

»Erst gebe ich ihm alle vier Stunden zwei Tabletten, zumindest eine Nacht lang. Dann sehen wir weiter.«

»Ich hoffe, du behältst recht«, sagte Em und ging.

Doch noch bevor Ish zu Bob hinaufgegangen war, hatte er gewusst, dass ihre Skepsis nur allzu berechtigt war. Und warum sollte er sich auch keine Sorgen machen? Selbst in den Alten Zeiten, als sich die Ärzte und der öffentliche Gesundheitsdienst um alles gekümmert hatten, hatte man vor dem plötzlichen Ausbruch geheimnisvoller Krankheiten Angst gehabt. Jetzt hatten sie noch viel mehr Grund dazu.

Und so wie es ihm an den nötigen Fähigkeiten mangelte, aus ihrer Gemeinschaft einen Staat zu formen, so mangelte es ihm auch an dem Wissen über eine jahrhundertealte medizinische Tradition. Es ist meine Schuld, dachte er. All diese Jahre des Nichtstuns! Ich hätte die Medizinbücher lesen sollen. Ich hätte mich selbst zu einem Arzt ausbilden sollen.

Aber schon in den Alten Zeiten hatte ihn das Medizinstudium nie gereizt. Und nicht jeder Mensch konnte ein Universalgenie sein. Außerdem hatte nie eine Veranlassung zur Beschäftigung mit medizinischen Dingen bestanden, da ja fast alle ansteckenden Krankheiten ausgestorben schienen.

Und diese Tatsache, dachte er, ließ sogar das Große Unheil in einem seltsam segensreichen Licht erscheinen – es hatte reinen Tisch gemacht, es hatte den Menschen als Spezies von den Leiden und Übeln befreit, die er im Laufe der Jahrtausende angesammelt hatte, sodass er neu beginnen konnte. Ursprünglich hatte jeder isolierte Stamm seine besonderen Infektionskrankheiten entwickelt und bewahrt. Hätte es sich beweisen lassen, hätten die Anthropologen vermutlich gesagt, dass man den Neandertaler genauso an seinen Parasiten wie an seiner Art, den Feuerstein zu bearbeiten, identifizieren könnte. Wenn Archäologen eine Kultur über einer anderen entdeckten, schlossen sie daraus, dass Stamm B Stamm A ausgelöscht hatte. Aber die Waffen dafür waren wohl weit öfter stärkere Parasiten als längere Speere gewesen.

Als er über all das nachdachte, wurde er immer unruhiger. Es war noch keine halbe Stunde vergangen, trotzdem ging er nach oben und sah nach Bob. Es war inzwischen Abend geworden. Bob lag still in dem halbdunklen Raum. Ish wollte ihn nicht stören, also ging er wieder nach unten.

Er setzte sich in den großen Sessel und steckte sich eine Zigarette an. Nur zu gern hätte er mit jemandem über den Fall gesprochen, aber Em hatte nicht das nötige Wissen dafür, und Joey war noch zu unerfahren. Er musste allein damit zurechtkommen.

Ihr Stamm hatte die Masern und eine Art Halsentzündung bewahrt. Irgendjemand, vielleicht er selbst, war der Träger gewesen, oder die Keime waren durch ein Tier übertragen worden, mit dem sie in Berührung gekommen waren – ein Hund, eine Kuh oder irgendein anderes kleineres Tier. Die Leute in Los Angeles waren dagegen womöglich frei von

Masern und hatten stattdessen Mumps oder Keuchhusten bewahrt. Und bei denen am Rio Grande gab es vielleicht die Ruhr.

Und dann kam Charlie ... Selbst wenn er die Krankheiten, mit denen er geprahlt hatte, gar nicht gehabt hatte, war er doch vielleicht der Träger einer anderen Krankheit gewesen, die in der Gegend von Los Angeles grassierte. Die Idee, die Jungs auf eine Entdeckungsreise zu schicken, war also alles andere als gut gewesen. Plötzlich empfand Ish eine irrationale Furcht vor jedem Fremden. Halte sie in einem Abstand von zweihundert Fuß, und beobachte sie durch das Visier eines guten Gewehrs ... Eine Fliege summte an seiner Nase vorbei, und die hektische Art, wie er zusammenzuckte, zeugte von seiner Anspannung. Dann rief Joey ihn zum Abendessen.

Im Gegensatz zur Menschenlaus litt die Stubenfliege – die ihr Schicksal nicht unwiderruflich an das des Menschen geknüpft hatte – an nichts, was auf ihr bevorstehendes Aussterben schließen ließ. Wie die Hausratte, die Hausmaus, der Menschenfloh und die Küchenschabe hatten die Fliegen lediglich eine starke Verminderung erlitten. Wo früher Hunderte und Tausende gesummt hatten, flogen jetzt nur noch zwanzig oder zehn. Aber sie waren noch da!

Denn wie jener Lord, den Prinz Hamlet eine »Wasserfliege« nennt, war die Stubenfliege im sicheren »Besitz des Drecks«. Für sie bedeutete »Dreck« jedoch nicht Länder oder Staaten, sondern sie nahm das Wort im abschätzigen Sinn, so wie die Bibel sagt, Ehud habe König Eglon in den Bauch gestochen, »und der Dreck trat heraus«. Wenn also der Mensch sich bis zu einer verschwindend geringen Zahl vermindern oder völlig verschwinden sollte, war die Fliege sicher, solange die größeren Tiere weiterlebten und Exkremente fallen ließen. Die darin abgelegten Fliegeneier schlüpften bald aus, und die Larve fand sich in üppiges, saftiges Futter gebettet, von dem sie sich nährte wie die Schlangen von Ratten, die Spechte von Maden und der Mensch vom Fleisch toter Tiere.

Dennoch kamen mit dem Niedergang des Menschen auch für die Fliegen harte Zeiten. Die Bauernhöfe hatten keine Misthaufen und Dunggruben mehr; auf dem Land verschwanden die wohltuend offenen Aborte; und auf Abfallhalden gab es keine erlesenen Haufen aus Unrat und Schmutz mehr. Nur hier und da gestatteten es ein paar Anhäufungen von Exkrementen der Stubenfliege, große Mengen von Eiern zu legen, aus denen gefräßige Larven krochen, aus denen sich wiederum ein kräftiger, geschäftig summender Nachwuchs entwickelte.

Eine Woche später war die Epidemie voll ausgebrochen. Dick, Bobs Reisegefährte, war der Zweite, der erkrankte. Dann erwischte es Ezra und fünf der Kinder. In dem Maße, wie die Zahl der Erkrankungen zunahm, wuchs bei Ish die Überzeugung, dass es sich um ein typhusartiges Fieber handeln musste.

Einige der Erwachsenen waren in den Alten Zeiten geimpft worden, aber sie waren inzwischen ganz sicher nicht mehr immun. Die Kinder waren völlig ungeschützt. Selbst mit der besten Medizin war Typhus in den Alten Zeiten im Wesentlichen durch präventive Maßnahmen bekämpft worden; war die Seuche erst einmal ausgebrochen, hatte sie ihren langen, verhängnisvollen Verlauf genommen.

Aber was half es, dachte Ish, sich jetzt den Kopf darüber zu zerbrechen? Was half es, zu wissen, dass Charlie – egal, welche andere Krankheiten er gehabt hatte oder zu haben behauptet hatte – die Typhusbazillen übertragen hatte. Vielleicht hatte er die Krankheit vor vielen Jahren gehabt; vielleicht auch erst vor Kurzem. Sie würden es nie erfahren. Und was half es jetzt?

Was sie mit Sicherheit wussten, war, dass Charlie, ein in jeder Hinsicht unsauberer Mensch, über eine Woche gemeinsam mit den beiden Jungs gegessen hatte. Hinzu kamen die nicht gerade sorgfältig errichteten Latrinen, und auch die Fliegen konnten zur Verbreitung der Infektion beitragen.

Sie begannen damit, das Trinkwasser abzukochen. Sie brannten die Latrinen ab und füllten die Senkgruben. Die neuen bespritzten sie so reichlich mit DDT, dass keine Fliege am Leben bleiben konnte. Doch all das kam vermutlich zu spät. Jeder von ihnen musste bereits der Infektion ausgesetzt gewesen sein. Die, die sich noch nicht angesteckt hatten, verfügten entweder über eine angeborene Immunität, oder die Krankheit schlummerte in ihnen und gewann immer mehr an Kraft.

Fast jeden Tag musste sich jemand hinlegen – oder auch mehrere. Bob, der schon die zweite Woche krank war, wälzte sich im Fieberwahn und wies ihnen damit auf grausige Weise den Weg, den sie beschreiten mussten, bevor es ihnen wieder besser gehen würde. Und die, die noch standen, wurden durch die mühsame Pflege immer erschöpfter.

Obwohl sie kaum Zeit hatten, an Angst zu denken, lauerte die Angst überall und zog ihre Schlinge täglich enger. Bisher war niemand gestorben, aber bisher hatte auch noch niemand den Höhepunkt des Fiebers erreicht. So wie früher jede Geburt die Dunkelheit zurückgedrängt hatte, so machte jetzt mit jedem neuen Kranken die Dunkelheit einen

Schritt vorwärts – und mit ihr der Gedanke an das Ende ihrer Gemeinschaft. Selbst wenn sie nicht alle an der Epidemie starben, könnte doch der Verlust einer größeren Zahl den Willen zum Weitermachen brechen.

George, Maurine und Molly hatten im Gebet Zuflucht gefunden, und einige der Jüngeren hatten sich ihnen angeschlossen; sie waren der Überzeugung, dass sich Gott an ihnen für Charlies Tod rächte. Ralph war drauf und dran, mit seiner Familie, die noch nicht erkrankt war, die Gemeinschaft zu verlassen. Ish brachte ihn davon ab, vorerst zumindest, indem er ihm sagte, dass einer von ihnen womöglich bereits infiziert war, und wenn eine kleine, isolierte Gruppe erkrankte, so war das viel gefährlicher, als dieses Los mit der ganzen Gemeinschaft zu teilen.

Wir stehen kurz vor einer Panik, dachte Ish – und am nächsten Morgen fühlte er sich beim Erwachen selbst fiebrig und ausgelaugt. Er zwang sich zum Aufstehen, machte auf Ems Bitte hin Licht und wich ihren Blicken aus. Bob ging es sehr schlecht, und er beanspruchte den größten Teil von Ems Zeit. Ish kümmerte sich um Joey und Josey, die beide in einem frühen Stadium waren. Walt hatten sie in eines der anderen Häuser geschickt, um dort mitzuhelfen.

Dann, als er sich am Nachmittag über Joeys Bett beugte, fühlte sich Ish einem Zusammenbruch nahe. Mit letzter Kraft schleppte er sich zu seinem eigenen Bett.

Stunden später, wie ihm schien, kam er wieder zu Bewusstsein. Em saß neben dem Bett. Sie hatte es irgendwie geschafft, ihn auszuziehen. Er blickte zu ihr auf, klein und hilflos, so wie wohl ein Kind aufgeblickt hätte – voller Angst, er könnte in ihren Augen Angst sehen. Wenn Em Angst hatte, war alles verloren.

Aber er sah in ihren Augen keine Angst.

Die dunklen, weit auseinanderstehenden Augen blickten ihn ruhig an. Oh Mutter von Nationen ... Dann schlief er wieder ein.

In den Tagen und Nächten des Deliriums bekam er nur wenig von dem mit, was geschah. Traumwesen bewegten sich aus dem Dunkeln auf ihn zu und bedrängten ihn – schrecklich, die Gestalt wechselnd wie Nebel, ungreifbar. Ab und an rief er, jemand solle ihm seinen Hammer bringen. Mehrmals rief er Joeys Namen und auch, was das Schlimmste war, Charlies. Aber in seinen Albträumen rief er auch nach Em, und dann kam es vor, dass er erwachte, wenn sie ihm die Hand auf die Stirn legte. Immer suchte er nach der Angst in ihren Augen; doch er sah keine Angst.

Dann kam eine Woche, in der er etwas ruhiger dalag, aber so erschöpft, dass das Leben in ihm zu flattern und im Begriff zu sein schien, davon zu fliegen. Doch das kümmerte ihn nicht groß. Nur wenn er aufsah und Em erblickte, spürte er, wie ihr Mut und ihre Kraft in ihn flossen, und er presste die Lippen fest zusammen, weil er meinte, wenn er den Mund öffnete, würde das Leben aus ihm entweichen wie ein Schmetterling. Aber solange er Em ansah, wusste er, dass er die Kraft aufbringen würde, das kleine, schwache Ding in seinem Inneren festzuhalten.

Wenn sie allerdings nicht bei ihm war, dachte er regelmäßig (als er wieder etwas klarer denken konnte): Sie wird zusammenbrechen. Eines Tages wird sie zusammenbrechen. Sie darf kein Fieber bekommen, darauf beruht unsere ganze Hoffnung. Aber sie kann doch nicht die Bürde für uns alle tragen!

Er erhielt nun auch eine klarere Vorstellung davon, was in den vergangenen Tagen geschehen war. Es waren Menschen gestorben; aber er wusste nicht, wer und wie viele, und er wagte nicht, danach zu fragen. Einmal hörte er, wie Jeanie hysterisch über den Tod eines Kindes jammerte. Em sagte wenig, aber wie immer strahlte sie Kraft aus, und Jeanie ging mit neuem Mut, um den Kampf wieder aufzunehmen. George kam vorbei, ungewaschen und verdreckt, ein angstgeplagter alter Mann; Maurine hatte einen Rückfall erlitten, und ihr Enkelkind lag im Sterben. Em sprach nicht von Gott, doch wieder schien sie Kraft auszustrahlen, und George ging mit erhobenem Kopf davon und sagte: »Ja, obwohl Er mich schlägt …« Auch wenn die Schatten noch so dicht heranbrandeten und die kleine Kerze zu flackern begann, überließ sich Em nicht der Verzweiflung, sondern bot allen Halt und Stütze.

Es ist merkwürdig, dachte Ish. Sie besitzt nichts von dem, worauf ich so fest gebaut habe – keine Bildung, nicht einmal eine große Intelligenz. Sie hat keine großen Ideen. Und dennoch ist Größe in ihr. Und Bestätigung. Ohne sie wären wir in diesen letzten Wochen der Verzweiflung anheimgefallen, hätten den Halt verloren und wären untergegangen. Tatsächlich: Im Vergleich mit Em kam er sich klein und gering vor.

Eines Tages jedoch sah er sie neben seinem Bett sitzen, und auf ihrem Gesicht lag eine Müdigkeit, wie er sie nie zuvor auf irgendeinem Gesicht erblickt hatte. Er war tief betroffen. Aber dann plötzlich überkam ihn ein Glücksgefühl – denn er wusste, dass sie sich nie zu ihm gesetzt und ihm ihre Müdigkeit gezeigt hätte, wenn die Zukunft nicht gesichert gewesen wäre. Und doch: Es war eine Müdigkeit, wie er sie kaum je für möglich gehalten hätte, und in diesem Moment wusste er, dass hinter einer solchen Müdigkeit ein großer Kummer liegen musste.

Zugleich wurde ihm bewusst, dass er sich auf dem Weg der Besserung befand und bald imstande sein würde, die Last mit ihr zu teilen. Er sah sie an und lächelte, und trotz ihrer Müdigkeit lächelte sie auch.

»Sag es nur«, sagte er leise.

Sie zögerte, und er dachte entsetzt: Walt? Nein, Walt war nicht krank. Er hat mir heute ein Glas Wasser gebracht. Jack? Nein, ich weiß, dass ich seine Stimme gehört habe. Es war eine kräftige Stimme. Josey? Oder Mary? Vielleicht sind es viele.

»Sag es nur«, wiederholte er. »Mir geht es wieder gut.« Und trotzdem purzelten seine Gedanken wild durcheinander. Es konnte sich nur um einen handeln. Er war nicht stark, aber überstanden die Schwächsten nicht oft eine Krankheit am besten? Nein, nicht er …

»Fünf«, sagte sie. »Die ganze Straße hinunter – fünf sind tot.«

Er richtete sich auf. »Wer?«

»Es sind alles Kinder.«

»Unsere?«, fragte er. Ihm war klar, dass sie ihn noch immer zu schonen versuchte, und sein Herz begann wie wild zu pochen.

»Einer«, sagte sie. »Vor fünf Tagen.« Dann sah er, wie ihre Lippen ein Wort bildeten, und noch ehe er die Laute hörte, wusste er es. »Joey.«

Jetzt hatte nichts mehr einen Sinn. (Dachte er und fragte nicht weiter.) Der Auserwählte. Das Kind der Verheißung. Joey war der Einzige gewesen, der das Licht hätte tragen können.

Ish schloss die Augen und lag still.

9

Die Wochen der Genesung zogen sich hin. Langsam kam er wieder zu Kräften. Als er in einen Spiegel blickte, sah er graue Strähnen in seinem Haar. Bin ich denn schon so alt?, dachte er. Nein, so alt bin ich doch noch gar nicht! Jedenfalls wusste er, dass er nie wieder wie früher sein würde. Sein jugendlicher Mut war dahin.

Er war immer stolz darauf gewesen, jene Dinge intellektuell ins Auge zu fassen, die ins Auge gefasst werden mussten. Jetzt merkte er, dass sein Geist abschweifte, wenn sich seine Gedanken bestimmten Themen näherten. Nun, er war noch schwach; irgendwann würde er auf das alles zurückkommen.

Manchmal (und das erschreckte ihn) ertappte er sich dabei, dass er die Wirklichkeit leugnete und Pläne machte, als wäre Joey noch da. Er flüchtete in eine Fantasiewelt, und es wurde ihm bewusst, dass er schon immer dazu geneigt hatte. Zu bestimmten Zeiten war das ein Vorteil gewesen, hatte es ihm doch geholfen, mit Hilfe der Fantasie sein inneres Gleichgewicht wiederzufinden – damals, als er plötzlich ganz allein gewesen war. Jetzt aber suchte er einen Ausweg, weil die Wirklichkeit zu düster war, als dass er sie einfach so hätte hinnehmen können. Und ständig kam ihm dabei eine Verszeile, die von seiner ausgedehnten Lektüre während all der Jahre in seinem Kopf hängengeblieben war, in den Sinn:

Nie wieder glücklich vertrauend am Morgen!

Nein, nie wieder … Joey war gestorben, und Charlies Schatten lag über ihnen, und der Staat hatte sein Haupt erhoben und hielt den Tod in den Händen. Und alles, was er an jenem glücklichen Morgen so hoffnungsfroh zu tun versucht hatte, war fehlgeschlagen. Warum nur? Wieder floh er verzweifelt in die Gefilde der Fantasie.

Zeit verging, und er vermochte, klarer zu denken, und erkannte mehr und mehr die Ironie in all diesen Dingen. Gegen was man sich auch immer wappnete – es geschah nie. Alle noch so guten Pläne konnten nicht dem Unheil vorbeugen, für das keine Pläne gemacht worden waren.

Die meiste Zeit verbrachte er allein. Einige der anderen bedurften noch der Pflege, und Em wandte alle Kraft für sie auf. Er hätte auch gerne mit Ezra geplaudert, aber Ezra war noch bettlägerig. Nun, da Joey gegangen war, gab es außer Em und Ezra niemanden, dem er sich eng verbunden fühlte.

Eines Nachmittags erwachte er und sah Em neben seinem Bett sitzen. Aus halb geöffneten Augen blickte er sie an; sie hatte noch nicht bemerkt, dass er aufgewacht war. Sie sah noch immer müde aus, doch es war nicht mehr jene furchtbare Müdigkeit, die er vor einiger Zeit an ihr wahrgenommen hatte. Noch immer war Kummer in ihr, aber es war ein stiller Kummer; sie war nicht verzweifelt. Und was die Angst betraf, so hielt er gar nicht mehr danach Ausschau.

Sie sah ihn an, sah seine geöffneten Augen und lächelte. Und plötzlich wusste er, dass der Augenblick gekommen war.

»Ich muss mit dir reden«, sagte er. Seine Stimme war kaum mehr als ein Flüstern, ganz so, als schliefe er noch.

»Ja«, erwiderte sie ruhig. »Ich bin hier … Sprich nur.«

»Ich muss mit dir reden«, wiederholte er. Aber er fürchtete sich davor zu beginnen. Er kam sich ihr gegenüber klein vor, wie ein Kind, das einen Erwachsenen etwas fragen muss, ein ängstliches Kind, das versucht, seiner Furcht Herr zu werden und Vertrauen zu fassen. Aber da er kein Kind war, fürchtete er, dass nicht einmal Em ihm eine beruhigende Antwort geben könnte. »Ich möchte dir einige Fragen stellen«, fuhr er fort. »Ist es …« Er hielt inne.

Sie sah ihn lächelnd an. Sie sagte ihm nicht, er solle warten und es ihr ein andermal sagen.

»Das ist es also«, murmelte er. »Muss es so sein? Ich weiß, was George denkt, und die anderen womöglich auch. Trotz des Fiebers habe ich einiges gehört. Ist es … ist es eine Strafe?« Er wandte sich ihr zu, und zum ersten Mal in all diesen furchtbaren Wochen erkannte er in ihrem Gesicht etwas, das Furcht oder eine Art von Furcht war. Nun habe auch ich sie enttäuscht, dachte er panisch. Aber er wusste, dass er jetzt weiterreden musste, wenn sich nicht für immer eine Mauer aus Zweifel und Unehrlichkeit zwischen sie schieben sollte. »Du weißt, was ich meine. Ist es, weil wir Charlie getötet haben? Hat irgendwer … hat Gott … uns das vergolten? Auge um Auge, Zahn um Zahn? Haben sie deshalb … hat Joey deshalb sterben müssen? Hat *Er* sich der Seuche bedient, die Charlie in sich trug, um uns wissen zu lassen, was *Seine* Absicht war?«

Er sah, wie sich Ems Gesicht vor Entsetzen verkrampfte. »Nein, nein!«, rief sie. »Fang du nicht auch noch davon an! Ich habe die anderen so oft allein ertragen müssen, solange du krank warst. Ich weiß nichts von alldem, aber ich weiß, dass es so nicht sein kann. Ich konnte ihnen nichts entgegnen. Alles, was ich ihnen geben konnte, war mein Mut.« Sie hielt kurz inne, als hätte sie dieser jähe Ausbruch völlig erschöpft. »Ja«, fuhr sie ruhiger fort, »ich spürte, wie der Mut aus mir herausströmte – wie Blut. Er ist auf sie alle übergegangen, und während das geschah, wurde ich immer schwächer, und ich fragte mich: Habe ich genug Mut? Und in dieser Zeit hast du im Fieber von Charlie gesprochen.« Abermals hielt sie inne; und er konnte nichts sagen. »Oh«, rief sie dann unvermittelt, »verlang jetzt nicht noch mehr Mut von mir! Ich kenne mich in diesen Dingen nicht aus. Ich bin nie aufs College gegangen. Alles, was ich weiß, ist, dass wir getan haben, was wir für das Beste hielten. Wenn es einen Gott gibt, der uns geschaffen hat, und wenn wir vor Seinen Augen unrecht getan haben – wie George sagt –, so haben wir unrecht getan, weil wir so sind, wie Gott uns geschaffen hat, und ich glaube nicht, dass Er uns Fallen stellt. Du solltest es doch besser wissen als George. Lass uns das alles nicht wieder in die Welt zurückbringen – den zornigen, rachsüchtigen Gott, der uns die Spielregeln nicht sagt und uns bestraft, wenn wir gegen sie verstoßen. Lass uns Ihn nicht wieder zurückbringen! Fang nicht auch du davon an!«

Dann schwieg sie und legte das Gesicht in die Hände, sodass er nicht sehen konnte, ob Angst in ihren Augen war oder nicht. Aber er hörte, wie sie schluchzte. Und wieder kam er sich ihr gegenüber klein und gering vor. (Wieder hatte sie ihn nicht im Stich gelassen.) Vor allem aber spürte er Ruhe und Frieden in sich – eine neue Sicherheit. Ja, er hätte es wissen müssen. Er vor allen anderen hätte nicht daran zweifeln dürfen.

Er streckte den Arm aus und griff nach ihrer Hand. »Hab keine Angst«, hörte er sich sagen und begriff, wie seltsam es war, dass gerade er ihr das sagte. »Du hast recht, Em! Nie wieder darf ich solche Dinge denken. Ich kenne die theologischen Argumente. Aber wenn es um den Tod geht und wenn man sehr krank gewesen ist, dann ist man schwach. Ja, du darfst nicht vergessen, dass ich noch nicht ganz wieder ich selbst bin.«

Plötzlich küsste sie ihn – er spürte ihre warmen Tränen –, und dann verließ sie das Zimmer. Wieder erkannte er, wie stark sie war. Wie der Mut aus ihr strömte. Oh Mutter von Nationen!

Und auch er, obwohl er noch schwach und ausgelaugt in seinem Bett lag, verspürte wieder Mut – entweder war er von ihr auf ihn übergegangen, oder ihre Worte hatten seinen eigenen befeuert. Ja, dachte er (und diesmal floh er nicht vor dem Gedanken), Joey ist von uns gegangen. Joey ist tot. Er kommt nie wieder. Nie wieder wird er zu mir kommen, um zu sehen, was ich so mache. Und trotzdem gibt es für uns eine Zukunft. Obwohl mein Haar jetzt grau ist, ist Em, sind die anderen noch da, und vielleicht kann ich sogar wieder glücklich sein. Unsere Zukunft wird nicht wie so sein, wie ich sie geplant hatte. Aber ich werde tun, was in meinen Kräften steht.

Doch dann plötzlich kam er sich wieder ganz klein vor. Er spürte, wie sich die gigantischen Kräfte der Welt gegen ihn wandten, gegen den einzigen noch lebenden Menschen, der Pläne für die Zukunft schmiedete. Er hatte versucht, diesen Kräften entgegenzutreten, aber sie waren über ihn hinweggerollt. Vielleicht wären sie auch zu stark, wenn Joey noch leben würde. Also musste er genauer planen, behutsamer zu Werke gehen, sich an praktischeren Zielen orientieren. Er musste der Fuchs sein, nicht der Löwe.

Aber erst musste er wieder zu Kräften kommen. Zwei oder drei Wochen sollten dazu reichen. Noch ehe das Jahr zu Ende war, würde er wieder auf dem Damm sein.

Er spürte, wie sein Gehirn zu arbeiten begann. Es war doch ein gutes Gehirn! Er zollte ihm Beifall, als wäre es ein vertrautes Werkzeug oder eine Maschine – zwar alt, aber immer noch geschmeidig.

Doch er war noch sehr schwach, und ehe er richtig zu denken begonnen hatte, war er wieder eingeschlafen.

Vielleicht hatte es zu viele Menschen gegeben, zu viele alte Wege des Denkens, zu viele Bücher. Vielleicht waren die Wurzeln des Denkens zu tief gewachsen, und die geistigen Abfälle der Vergangenheit lagen um uns herum wie Haufen von alten Kleidern. Warum sollte der Philosoph es nicht begrüßen, dass alles hinweggefegt worden war, dass ein neuer Beginn vollzogen wurde und die Menschen das Spiel mit neuen Regeln spielten? Vielleicht gab es dabei mehr zu gewinnen, als zu verlieren.

In den Wochen der Epidemie hatten diejenigen, die verschont geblieben waren, den Toten nur ein eiliges Begräbnis zuteilwerden lassen können. Und so schlugen, als sie alle wieder auf den Beinen waren, George, Maurine und Molly einen Trauergottesdienst vor.

Ish – und auch Em – wäre nur allzu froh gewesen, wenn man an der Situation, wie sie war, nichts geändert hätte. Aber er begriff, dass es die anderen glücklich machen würde, wenn der Gottesdienst abgehalten werden würde. Und vielleicht hatte eine solche Feier auch einen praktischen Wert: Sie würde das Ende von Not und Verzweiflung, von Angst und Tod markieren und die Rückkehr zu einem normalen, nach vorne gerichteten Leben signalisieren. Obwohl er die Erinnerung an den Schmerz fürchtete, die eine Trauerfeier mit sich bringen würde, glaubte er, dass er sich danach den bescheidenen Zukunftsplänen würde widmen können, die es bald auszuarbeiten galt.

Also schlug er vor, den Gottesdienst abzuhalten und am Tag darauf alle normalen Tätigkeiten wieder aufzunehmen.

Obwohl er die Wiederaufnahme des Schulunterrichts nicht explizit erwähnte, spürte er, dass die anderen dies stillschweigend voraussetzten, und er konnte dem nur beipflichten.

Mit allgemeiner Zustimmung wurde Ezra auserkoren, den Gottesdienst zu leiten. Er legte den frühen Morgen dafür fest.

Wie jede Gemeinschaft, in der künstliches Licht knapp war, hatten auch sie die Gewohnheit, mit der Sonne aufzustehen, und so mussten sie nicht früher als sonst aus den Betten steigen, um sich bei der kleinen Reihe von Gräbern zu versammeln. Die Sonne ging gerade auf, der Himmel war klar, der Westhang der Hügelkette lag noch im Dunkeln, und einige hohe Kiefern, die in der Nähe der Gräber standen, warfen noch keinen Schatten.

Es war schon zu spät im Jahr, als dass es noch Wiesenblumen gegeben hätte; aber auf Ezras Wunsch hin hatten die Kinder grüne Tannenzweige abgebrochen und damit die Grabhügel bedeckt. Auch wenn es nur fünf Gräber waren, bedeutete der Verlust ein großes Unglück; angesichts der gesamten Anzahl der Stammesmitglieder glichen fünf Tote mehr als hunderttausend in einer Stadt von einer Million Einwohnern.

Die Überlebenden waren alle gekommen. Mütter trugen ihre Babys auf dem Arm, kleine Jungen und Mädchen hielten die Hände ihrer Väter.

Ish stand da und spürte das Gewicht des Hammers in seiner rechten Hand. Er hatte das Haus erst ohne ihn verlassen, aber Josey – der festen Überzeugung, er hätte ihn bloß vergessen – hatte ihn daran erinnert. Nach Ansicht der Jüngeren war der Hammer bei einer feierlichen Zeremonie unentbehrlich. Noch vor ein paar Monaten wäre Ish nicht darauf eingegangen, sondern hätte die Gelegenheit genutzt und Josey einen Vortrag über Aberglauben gehalten. Doch nun hatte er den Hammer mitgenommen. Und er musste sich eingestehen, dass dieses Werkzeug etwas Tröstliches hatte. Nach allem, was geschehen war, fühlte er sich demütiger; wenn der Stamm eines Symbols der Stärke und Einheit bedurfte, wenn sie sich mit dem Hammer als Symbol glücklicher fühlten – wer war er, dass er ihnen mit Rationalismus kam? Vielleicht war der Rationalismus, wie so vieles andere, ein Luxus, den sich der Mensch nur in Zeiten der Zivilisation leisten konnte.

Sie hatten sich in einem unregelmäßigen Halbkreis aufgestellt, jede Familie eng zusammen, die Gesichter den Gräbern zugewandt. Von seinem Platz in der Mitte aus blickte Ish erst auf die eine, dann auf die andere Seite. George trug einen altertümlich wirkenden dunkelgrauen Anzug, wie er ihn vermutlich schon früher immer bei Begräbnissen getragen hatte, als Gemeindehelfer in den Alten Zeiten. Maurine neben ihm trug ein schlichtes schwarzes Kleid und einen Schleier. Zumindest solange die beiden am Leben waren, würden die alten Bräuche weiterexistieren. Alle anderen hingegen trugen jene wild zusammengewürfelten, bequemen Sachen, die ihnen die Zivilisation hinterlassen hatte. Die Männer und die Jungs hatten Jeans, Sporthemden und leichte Windjacken an. Einige der kleineren Mädchen waren von den Jungs kaum zu unterscheiden, abgesehen von ihrem längeren Haar; aber die Frauen und die meisten anderen Mädchen betonten ihre Weiblichkeit durch Röcke und hatten sich außerdem farbenfrohe Tücher oder Schals umgelegt.

Ezra trat nach vorne. Das Sonnenlicht hinter den Hügeln leuchtete golden, und Ish spürte, wie sich seine Kehle zusammenzog. Obwohl ihm das Ganze sinnlos vorkam und er der Auffassung war, dass man dem Tod nicht mit Worten beikommen konnte, fühlte er sich seltsam bewegt. Er spürte die Nähe von etwas, das tief in der menschlichen Erinnerung wurzelte – etwas, das vielleicht auch für die Zukunft bedeutsam war. Er stellte sich als Anthropologe vor, Tausende von Jahren in der Zukunft, mit dem Auftrag, das Leben der Menschen unmittelbar nach dem Großen Unheil zu erforschen. »Über ihre Kultur ist nur wenig bekannt«, würde er schreiben. »Aber aus der Entdeckung einiger Gräber lässt sich schließen, dass sie ihre Toten in der Erde bestatteten.«

Dann, als Ezra zu sprechen begann, bekam Ish ein wenig Angst; so vieles konnte man bei einer solchen Gelegenheit falsch ausdrücken. Aber er merkte schnell, dass er mehr Vertrauen in Ezra hätte haben sollen. Ezra bediente sich nicht bei früheren Trauergottesdiensten. Er erging sich nicht in traditionellen Phrasen und sprach nicht von der Hoffnung jenseits des Grabes; derartige Worte hätten nur George und Maurine und vielleicht auch Molly getröstet. Über die Tradition hatte sich der mächtige schwarze Schatten des Großen Unheils gebreitet.

Nein, Ezra, der Menschenkenner, erzählte ihnen von jedem Kind eine Geschichte – etwas, an das er sich erinnerte, etwas, an das sich die anderen gerne erinnerten.

Zu Joey kam er als Letztes. Ish spürte, wie ihm die Knie weich wurden. Doch Ezra sprach nicht von irgendwelchen bemerkenswerten Dingen, die Joey getan hatte, und erwähnte auch nicht, dass ein ganzes Jahr nach dem Jungen benannt worden war. Stattdessen erzählte er, wie er es auch bei den anderen Kindern getan hatte, eine kleine Begebenheit, die sich einst beim Spielen zugetragen hatte.

Als Ezra von Joey sprach, merkte Ish, dass ihm einige der Kinder hastige, verstohlene Blicke zuwarfen. Sie wussten, dass zwischen Joey und seinem Vater eine enge Bindung bestanden hatte. Überlegten sie sich, ob er, Ish, nach vorne treten würde? Er, der »Alte«, der Amerikaner, der so viele seltsame Dinge wusste – würde er im letzten Augenblick vortreten, den Hammer ausstrecken und erklären, Joey sei nicht von ihnen gegangen, Joey lebe noch, Joey würde wiederkommen? Und würde dann die Erde auf dem kleinen Grabhügel aufbrechen?

Aber es waren nur hastige, verstohlene Blicke. Sie sagten nichts. Und was sie auch denken mochten – Ish wusste, dass er kein Wunder wirken konnte.

Nachdem Ezra Joeys Geschichte erzählt hatte, widmete er sich allgemeineren Dingen, und Ish dachte mürrisch: Warum hört er nicht an dieser Stelle auf? Das alles sollte sich nicht zu lange hinziehen.

Da kam Ezra unvermittelt zum Schluss, und im selben Augenblick nahm Ish eine Veränderung wahr: Plötzlich wurde die Welt heller; die Sonne stieg über den Hügelkamm. Ish wusste nicht, ob er sich darüber freuen oder ärgern sollte. Gut geplant, dachte er, aber durchschaubar. Doch als er sich umwandte, sah er, dass die anderen glücklich waren. Und so empfand auch er, obwohl er die Inszenierung erkannte, Trost.

Die Wiederkehr der Sonne – das uralte Symbol. Ezra war zu erheblich gewesen, um ihnen Unsterblichkeit zu verheißen, aber er hatte den richtigen Augenblick gewählt, und zu seinem Glück war es ein klarer Morgen. Ob man nun an die individuelle Auferstehung glaubte oder an das Fortdauern der Menschheit – es war das Symbol, das zählte.

Und dann dehnten sich Pfade gelben Sonnenlichts zwischen den Schatten der hohen, dunklen Bäume.

Auch darin sind wir Menschen, dass wir uns Gedanken über den Tod machen. Einst war das nicht so – wenn einer von uns gestorben war, so lag er, wo er eben lag, vor dem Höhleneingang, und wir liefen hinein und hinaus, liefen wohl noch auf allen vieren. Jetzt stehen wir aufrecht, und jetzt machen wir uns Gedanken über den Tod.

Wenn nun ein Gefährte stirbt, lassen wir ihn nicht einfach dort liegen, wo er gestorben ist. Und wir nehmen ihn auch nicht einfach an den Armen und Beinen und schleppen ihn in den Wald, damit ihn die Füchse und Ratten fressen. Ebenso wenig werfen wir ihn in den Fluss, damit ihn die Strömung fortträgt.

Nein, wir legen ihn dorthin, wo sich eine kleine Mulde im Boden befindet, und dann bedecken wir ihn mit Laub und Zweigen. So kehrt er zur Erde zurück, der alle Dinge entstammen.

Oder wir betten ihn im Geäst eines Baumes zur Ruhe und geben ihn der Luft preis. Und wenn die schwarzen Vögel in Schwärmen herbeigeflogen kommen und an ihm picken, so ist auch das recht; denn sie sind die Geschöpfe der Luft.

Oder wir überantworten ihn dem hellen, reinigenden Feuer.

Dann setzen wir unser Leben fort, wie es vorher war, und bald vergessen wir, wie die Tiere. Aber wir haben wenigstens dieses eine getan, und wenn wir es nicht mehr tun, dann sind wir keine Menschen mehr.

Als die Zeremonie an den Gräbern vorbei war, gingen sie durch den frühen Sonnenschein zurück zu ihren Häusern. Ish verspürte den Wunsch, für sich zu sein, aber er wusste, dass er Em in diesem Augenblick nicht allein lassen sollte.

Wie so oft erriet sie jedoch, was in ihm vorging. »Geh nur«, sagte sie. »Es ist besser für dich, wenn du jetzt einen Spaziergang machst und eine Weile allein bist.«

Er entschied, genau das zu tun. Wie er befürchtet hatte, hatte ihn die Trauerfeier tief erschüttert. Manche Menschen suchten in solchen Momenten des Kummers die Gesellschaft anderer Menschen; er gehörte zu denen, die lieber für sich blieben. Über Em machte er sich keine großen Sorgen; sie war stärker als er.

Er nahm keinen Proviant mit, er hatte keinen Hunger. Im Notfall konnte er immer noch in irgendeinen Laden gehen und sich eine Dose holen. Er legte sich auch den Pistolengürtel nicht um, obwohl es eigentlich üblich war, sich nicht ohne Waffe von den Häusern zu entfernen. Nach einigem Zögern nahm er jedoch den Hammer mit.

Die Tatsache, dass er den Hammer mitnahm, gab ihm zu denken. Wie kam es nur, dass der Hammer in seinem Kopf einen so großen Raum einnahm? Er war nicht sein ältester Besitz; überall im Haus verstreut fanden sich Dinge aus seiner Kindheit. Aber nichts davon war wie der Hammer. Vielleicht erinnerte er ihn einfach daran, dass er damals, in den ersten Tagen nach der Katastrophe, mit dem Leben davongekommen war. Er glaubte nicht, was die Kinder von dem Hammer zu glauben schienen.

Er verließ das Haus und achtete nicht darauf, in welche Richtung er ging, solange er nur allein war. Der Hammer in seiner Hand hatte etwas Lästiges. Er empfand Widerwillen gegen ihn. Hatte sich in seinem Kopf nicht vielleicht doch jener Aberglaube eingenistet, dem die Kinder anhingen? Warum legte er den Hammer nicht einfach irgendwo ab und nahm ihn auf dem Rückweg wieder mit? Oder holte ihn sich morgen? Aber er legte ihn nicht ab.

Es wurde ihm klar, dass sein Widerwille gegen den Hammer nicht dem Umstand entsprang, dass er ihm im Augenblick lästig war, sondern von der Empfindung herrührte, dass er sich an ihn gebunden glaubte. Und so beschloss er, den Hammer loszuwerden. Wie er es früher schon einmal vorgehabt hatte, würde er zur Bucht hinuntergehen, an den alten Kai, und den Hammer mit einem großen Schwung weit hinaus in die Wellen werfen. Er würde tief in den weichen Schlamm sinken, und damit wäre die Sache erledigt. Beschwingt ging Ish weiter. Doch plötzlich überkam ihn wieder die Erinnerung an Joey, und für eine Weile dachte er nicht an den Hammer.

Erst als er wieder aus seinem Kummer auftauchte, wurde er sich bewusst, dass er sich auf einem Spaziergang befand und den Hammer bei sich trug. Und er merkte, dass er ungeachtet seines Entschlusses gar nicht in Richtung Bucht ging. Er ging nach Süden, nicht nach Westen.

Es wäre ein weiter Weg bis zur Bucht, und ich fühle mich noch nicht so kräftig, sagte er sich. Es hat keinen Sinn, so weit zu gehen, nur um diesen alten Hammer loszuwerden. Wenn ich ihn einfach in einen Graben oder ins Gebüsch werfe, habe ich sicher bald vergessen, wo ich ihn hingeworfen habe.

Doch dann wurde er sich abermals bewusst, dass sein Unterbewusstsein ihn zu täuschen versuchte, dass er, wenn er den Hammer in einen Graben werfen würde, kaum je vergessen würde, wohin er ihn geworfen hatte. Auf diese Weise würde er ihn also nicht für immer loswerden. Und so gab er sein Vorhaben auf; er erkannte, dass er sich im Grunde gar nicht von dem Hammer trennen wollte, dass es auf eine seltsame Weise so weit gekommen war, dass ihm der Hammer sehr viel bedeutete. Gleichzeitig wurde ihm klar, warum er nach Süden wanderte, wohin sein Unterbewusstsein seine Schritte lenkte.

Er folgte der breiten Straße, die zum Universitätsgelände führte. Er war schon lange nicht mehr dort gewesen. Während er ging, spürte er immer noch den Schmerz in sich, doch er hatte an Kraft verloren, als hätte seine Entscheidung bezüglich des Hammers eine Veränderung bewirkt.

Wie so oft früher blickte er sich um und staunte über den Wandel, der sich hier in den letzten Jahren vollzogen hatte. Diese Gegend hatte besonders unter dem Erdbeben gelitten. Ein tiefer Riss zog sich durch das Betonpflaster. Ein heftiger Erdstoß hatte einen Spalt aufklaffen lassen, Regen und abfließendes Wasser hatten ihn erweitert und vertieft, und nun wuchsen daraus Büsche und Bäume quer über die Straße. Den Hammer schwingend, sprang Ish über den Spalt und freute sich, dass seine Beine trotz der Krankheit noch nicht zu schwach waren.

Er ging weiter und sah, dass die Häuser zu beiden Seiten der Straße eingestürzt waren, teils durch das Erdbeben, teils einfach durch das Vergehen der Zeit. Wilder Wein wuchs an den Ruinen empor; Bäume hatten die Veranden verschoben. Überall beobachtete Ish den stillen Kampf zwischen den einheimischen Pflanzen, die in die Gärten zurückkehrten, und den Exoten, die hier einst angepflanzt und sorgsam gepflegt worden waren. Eingehend betrachtete er diese wuchernden Gärten, um sich von seiner Trauer abzulenken. Er versuchte herauszubekommen, welche Pflanzen nicht mehr existierten. So sah er etwa keine Glyzinen, keine Kamelien oder Koprosma, die früher hier überall gewachsen waren. Aber die Kletterrosen waren noch da. Und in einem großen immergrünen Baum erkannte er eine Zeder, die eigentlich im Himalaja heimisch war. Sie wuchs prächtig, doch als er neben ihrem Stamm nachsah, fand er keine Sämlinge. Offenbar konnte sie hier zwar gedeihen, sich aber nicht vermehren. Unter einem Eukalyptusbaum, einer in Australien heimischen Art, entdeckte er jedoch reichlich Sämlinge, die durch das vermoderte Laub schossen, in dem sonst nichts hätte wachsen können.

Auf dem Weg zum Campus durchschritt er einen Hain aus italienischen Pinien. Hier herrschte weniger Unordnung als in den Gärten entlang der Straße, weil sich die Pinien symmetrisch ausgebreitet und einen Baldachin gebildet hatten, unter dem spärliches Gras wuchs. Es wirkte immer noch wie ein Park.

Nah an einem der Bäume sah er eine große Klapperschlange in der Sonne liegen. Sie schien wie eingefroren; sie hatte sich offenbar noch nicht aus der Nachtstarre gelöst. Er hätte sie leicht töten können. Er überlegte einen Augenblick, dann ging er weiter.

Ja, er erinnerte sich noch gut daran, wie er damals gebissen worden war. Aber er empfand keinerlei Feindseligkeit gegenüber den Klapperschlangen als Spezies. Tatsächlich hatte ihm der Biss vielleicht sogar das Leben gerettet; vielleicht war eher Dankbarkeit als Feindseligkeit angebracht; vielleicht stünde es ihnen sogar gut an, eine Klapperschlange in ihr Stammeszeichen aufzunehmen. Aber so weit wollte er dann doch nicht gehen.

Ihm wurde klar, dass sich sein Verhalten nicht nur auf Klapperschlangen bezog. Auch bei den Jüngeren hatte er das bemerkt. In den Zeiten der Zivilisation hatte sich der Mensch als Herrscher der Schöpfung gesehen; alles war entweder gut oder böse in Bezug auf den Menschen gewesen. Also waren die Klapperschlangen getötet worden.

Jetzt, da sich die Natur die Welt zurückerobert hatte, kam niemandem mehr in den Sinn, sie beherrschen zu wollen. Man war ein Teil der Natur, keine sie dominierende Macht. Eine einzelne Klapperschlange totzuschlagen war töricht, da keinerlei Möglichkeit bestand, alle Klapperschlangen auszurotten oder ihre Zahl auch nur merklich zu verringern. Wenn sich eine Klapperschlange in der Nähe der Häuser zeigte, musste man sie natürlich töten, um die Kinder zu schützen; aber einen Kreuzzug gegen die Klapperschlangen zu beginnen war ebenso sinnlos wie ein Kreuzzug gegen die Berglöwen.

Ish ging weiter. Er ging durch ein fast völlig überwachsenes Steintor und überquerte eine Holzbrücke. Er spürte, wie sie unter seinen Füßen schwankte. Schon damals, als er ein kleiner Junge gewesen war, war dies eine alte Brücke gewesen, erinnerte er sich. Das Gestrüpp entlang des Bachs war dicht, und er musste sich einen Weg hindurchbahnen, obwohl er unter seinen Füßen noch Asphalt spürte.

Irgendwo im Gebüsch hörte er es rascheln, und er wurde nervös, da er ja keine Waffe bei sich hatte. Es konnte ein Berglöwe sein. Auch Wölfe und wilde Hunde trieben sich gerne an diesen mit Dickicht bewachsenen Bachläufen herum. Aber als er wieder ins Freie kam, sah er zwischen den Bäumen hindurch nur ein Reh weglaufen.

Nun erhob sich zu seiner Linken eines der Universitätsgebäude. Er wusste nicht mehr, welche Fakultät dort früher untergebracht gewesen war. Die Hecke, einst säuberlich beschnitten, war in die Höhe geschossen und verdeckte die unteren Fenster.

Er ging auf sein Ziel zu; es war nicht mehr weit. Er zwängte sich durch ein weiteres Dickicht, dann sah er das große Bibliotheksgebäude vor sich.

Auch dieses Gebäude war von Gestrüpp überwuchert. Ein Fenster war zerbrochen; offenbar war der Ast einer Kiefer darüber gewachsen, und ein starker Wind hatte ihn gegen das Glas gedrückt. Das war in den Jahren geschehen, seit er zum letzten Mal hier gewesen war. Er hatte die Universitätsbibliothek als Reserve für die Zukunft aufgespart. Er hatte den Kindern beigebracht, sie zu meiden. Ja, er hatte sie, fürchtete er, mit einem Tabu belegt. Nicht nur hier, sondern überall hatte er den Kindern eingeprägt, dass Bücher eine beinahe mystische Bedeutung besaßen. Die symbolische Verbrennung von Büchern gehörte für ihn zum Schlimmsten, was Menschen überhaupt tun konnten.

Er ging um die Bibliothek herum, wobei er immer wieder Mühe hatte, sich einen Weg durch das Gestrüpp zu bahnen; an einer Stelle musste er sogar über einen umgefallenen Kiefernstamm steigen. Soweit er sehen konnte, befand sich das Gebäude nach wie vor in gutem Zustand.

Schließlich gelangte er zu dem Fenster, das er vor vielen Jahren eingeschlagen und dann wieder zugenagelt hatte. Er löste eines der Bretter mit dem Hammer, wobei er sorgsam darauf achtete, dass es nicht zerbrach. Nun, dachte er erfreut, hatte sich doch noch ein vernünftiger Grund dafür gefunden, dass er den Hammer mitgenommen hatte.

Als er das Brett gelöst hatte, kletterte er durch die schmale Öffnung in das Gebäude. Er musste an das erste Mal denken, als er sich auf diese Weise Einlass verschafft hatte. Er war hierhergekommen, nachdem Em ihm von ihrer Schwangerschaft erzählt hatte, und er hatte nach Büchern über Geburtshilfe gesucht. Damals war ihm das als ein riesiges Problem erschienen, und doch hatte es sich ohne große Schwierigkeiten lösen lassen. Warum lernte er nicht, sich weniger Gedanken über Probleme zu machen? Wie oft lösten sich Probleme ganz von selbst!

Er durchquerte die Halle und ging zur Tür zu den Magazinen. Es war hier nicht so sauber, wie es eigentlich hätte sein müssen; trotz seiner Vorsichtsmaßnahmen hatten, wie es schien, Fledermäuse den Weg ins Innere des Gebäudes gefunden, vermutlich durch das zertrümmerte Fenster. Auch entdeckte er Spuren von Nagetieren. Aber die Bücher waren nicht beschädigt. Er strich mit dem Finger über einige der Bände; sie waren mit Staub bedeckt. Das war nicht weiter ungewöhnlich; eigentlich war es sogar überraschend wenig Staub.

Ja, sie waren noch alle da – über eine Million Bücher, das Wissen der Welt sicher verwahrt innerhalb dieser Wände. Plötzlich empfand er ein Gefühl von Sicherheit. Von Hoffnung.

Er ging eine Wendeltreppe hinunter und dann zu jenem Teil der Bibliothek, der ihm als Student am vertrautesten gewesen war: die geographische Abteilung. Er trat an die Bücherregale, und trotz der vielen Jahre, die vergangen waren, war ihm, als würde er heimkehren. Er hielt nach Büchern Ausschau, die er damals für sein Studium gelesen hatte.

Eines fiel ihm gleich ins Auge, ein dicker roter Leinenband. Er streckte die Hand aus, nahm das Buch aus dem Regal und blies den Staub weg. Dann las er den Namen des Verfassers, Brooks, und den Titel: »Klimatische Veränderungen im Laufe der Zeitalter«. Ja, er erinnerte sich an das Buch. Er schlug es auf, sah vorne eingeklebt die Bibliothekskarte und stellte fest, dass der letzte Entleiher – das Datum lag nur einen Monat vor dem Großen Unheil – jemand mit dem ungewöhnlichen Namen Isherwood Williams gewesen war. Erst Sekunden später begriff er, dass er Isherwood Williams war; seit so vielen Jahren hatte ihn niemand mehr mit seinem vollen Namen angeredet. Und dann erinnerte er sich, dass er dieses Buch während seines letzten Semesters gelesen hatte. Es war ein gutes und interessantes Buch, auch wenn es, daran musste er jetzt seltsamerweise denken, zu einem guten Teil durch die Forschungen eines Mannes namens … er hatte einen deutschen Namen gehabt, vielleicht Zeimer … überholt war.

Ish legte den Hammer weg, sodass er beide Hände für das Buch frei hatte. Dann ging er zu einem der Fenster, durch das etwas Licht fiel, und blätterte es neugierig durch. Aber letztlich, dachte er, hatte dieses Buch für den menschlichen Fortschritt keine Bedeutung mehr; klimatische Veränderungen waren kein großes Problem mehr. Außerdem war es schon damals überholt gewesen. Er konnte es ebenso gut wegwerfen oder in Stücke reißen. Aber er tat es nicht, sondern stellte es beinahe ehrfürchtig wieder an seinen Platz.

Dann ging er weiter, und plötzlich war in seinem Kopf alles Staub und Asche. Wozu waren diese Bücher jetzt gut? Warum sollte man sich über sie Gedanken machen? Es war niemand mehr da, der sie hätte lesen können. Bücher an sich waren nur holziges Papier und Druckerschwärze; sie waren nichts ohne den Menschen, der sie sich zunutze machte.

Als er die Wendeltreppe wieder hinaufstieg, merkte er, dass etwas fehlte. Der Hammer. Erschrocken ging er schnell in die geographische Abteilung zurück, und mit großer Erleichterung fand er den Hammer dort, wo er ihn auf den Boden gelegt hatte. Er hob ihn auf und trat endgültig den Rückweg an.

Er kletterte durch das eingeschlagene Fenster hinaus und schickte sich an, das Brett wieder an seine Stelle zu nageln. Dann hielt er inne. Abermals überkam ihn ein Gefühl der Trostlosigkeit. Warum sollte er das Brett wieder anbringen? Es war doch ganz egal. Es war niemand mehr da, der hierherkommen und die Bücher lesen würde.

Aber schließlich befestigte er das Brett doch. Langsam und mürrisch schlug er die Nägel ein. Es bestand kein Grund zu Begeisterung. Es gab keine Hoffnung mehr. Es gehörte einfach nur zu seinem Leben; so wie George immer sein Handwerk ausüben würde, so wie Ezra immer gut mit Menschen umgehen würde, so würde er, Ish, sich seine Illusionen über die Bücher und die Zukunft bewahren.

Danach schlenderte er etwas herum, und nach einer Weile setzte er sich auf die Granitstufen des Bibliothekseingangs, um sich auszuruhen. Alles wurde von Pflanzen bedeckt und zerfiel. Er erinnerte sich an ein altes Bild. War es Cäsar oder Hannibal, der inmitten der Ruinen von Karthago gesessen hatte? Er schlug mit dem Hammer auf die Stufenkante. Es war reiner Vandalismus, eigentlich tat er so etwas nicht. Ein Stück der Stufe splitterte ab. Er schlug fester zu. Ein größeres Stück löste sich.

Wie er so dasaß und mit dem Hammer spielte, konnte er zum ersten Mal an Joey denken, ohne dass ihn der Schmerz übermannte. Was wäre denn geschehen? Vielleicht wäre Joey gar nicht imstande gewesen, wirklich etwas zu bewerkstelligen. Er war ein aufgeweckter kleiner Junge gewesen. Aber er hätte keinen Wandel herbeiführen können. Er hätte sich gegen die Kräfte dieser veränderten Welt nicht behaupten können. Er hätte gekämpft und gekämpft – und schließlich hätte er verloren. Er wäre sehr unglücklich gewesen.

Joey, dachte er und sprach seine Gedanken aus: »Joey war mir einfach zu ähnlich. Auch ich kämpfe ständig. Auch ich kann nicht einfach so glücklich sein.« Er blickte auf einen der Granitsplitter – und zerschlug ihn. Wieder wurden seine Gedanken zu Worten. »Beruhige dich. Es ist Zeit, ruhiger zu werden.«

Thoreau und Gauguin – an sie erinnern wir uns. Aber sollten wir die zehntausend anderen vergessen? Sie haben weder Bücher geschrieben noch Bilder gemalt, aber wie diese beiden haben sie verzichtet. Und dann jene Millionen, die sich in ihrer Fantasie abgewandt haben!

Ihr habt sie sprechen hören, habt ihre Augen gesehen … »Es war schön da, wo wir bei unserem Angelausflug das Lager aufgeschlagen haben. Manchmal wünsche ich, ich könnte dort immer leben. Natürlich müsste ich dann und wann zu einer geschäftlichen Besprechung.« … »Denkst du wirklich noch an eine einsame Insel, George?« … »Nur eine Hütte im Wald, kein Telefon.« … »Die Landzunge an der Lagune, da würde ich gerne wohnen, aber du weißt ja, Maud und die Kinder …«

Wie sonderbar ist es um die Zivilisation bestellt, dass die Menschen, kaum dass sie dazu gelangt sind, aus ihr zu fliehen versuchen.

Die Chaldäer sagten, dass Oannes, der Fischgott, aus dem Meer gestiegen sei und die Menschen die neuen Wege gelehrt habe. Aber war er ein Gott oder ein Dämon?

Warum blicken alle Legenden zurück auf ein goldenes Zeitalter der Schlichtheit und Einfachheit? Müssen wir da nicht annehmen, dass die Zivilisation nicht durch das Verlangen des Menschen, sondern durch Mächte und Kräfte entstanden ist, die von außen wirkten? Schritt für Schritt, je größer die Siedlungen wurden, musste der Mensch das freie Leben als Sammler aufgeben und sich der Sicherheit (und der Plackerei) des Landbaus überantworten. Schritt für Schritt, je zahlreicher die Siedlungen wurden, musste der Mensch auf die aufregende Jagd verzichten um der Sicherheit (und der Plackerei) der Viehhaltung willen. Und schließlich war es wie Frankensteins Monster. Die Menschen hatten es nicht gewollt; aber es beherrschte sie alle. Und so versuchten sie, auf tausend unerlaubten, erschlichenen Pfaden zu entkommen.

Wie also soll, nachdem sie zugrunde gegangen ist, diese Zivilisation wiederkehren, es sei denn durch Mächte und Kräfte, die von außen wirken?

Und dann plötzlich wusste er, dass er alt war. Den Jahren nach war er erst in den Vierzigern; von den Älteren war er der jüngste. Doch dann öffnete sich eine breite Kluft, ehe der älteste der Jüngeren kam. Es war eine breite Kluft aus Jahren, und eine noch viel breitere Kluft, was Kultur und Lebensweise betraf. Nie zuvor hatte eine ähnliche Kluft zwischen der älteren und der jüngeren Generation bestanden oder wäre überhaupt möglich gewesen.

Er saß auf den Stufen der Bibliothekstreppe, zerklopfte die Granitsplitter in immer kleinere Stücke, und plötzlich stand ihm die Zukunft, wie er meinte, klar vor Augen. Alles lief auf die gleiche alte Frage hinaus. In welchem Maße beeinflusste der Mensch die ihn umgebende Welt, und in welchem Maße beeinflusste die Welt den Menschen? Hatte das Napoleonische Zeitalter Napoleon hervorgebracht oder Napoleon das Napoleonische Zeitalter? Auch wenn Joey am Leben geblieben wäre, hätten die äußeren Umstände – die Umstände, die Jack, Roger und Ralph geformt hatten –

auch auf Joey eingewirkt, und ein einzelner kleiner Junge hätte ihnen nicht viel entgegensetzen können. Ja, auch wenn Joey am Leben geblieben wäre, hätte sich wahrscheinlich alles so weiterentwickelt, wie es sich schon jetzt zu entwickeln schien. Nun aber, da Joey tot war, bestand darüber Gewissheit – jedenfalls so weit, wie man überhaupt rationale Schlüsse über zukünftige Ereignisse ziehen konnte.

Die Sterne in ihrem Lauf, dachte er. (Das Granitstück war unter den Hammerschlägen zu Pulver geworden.) Die Sterne in ihrem Lauf! Nein, er glaubte nicht an Astrologie, und doch wiesen die Veränderungen der Sternbahnen darauf hin, dass auch das Sonnensystem dem Wandel unterworfen war und dass sich die Erde in eine für den Menschen mehr oder weniger bewohnbare Heimstätte verwandelte. So hatte auf einer tieferen Ebene der Wirklichkeit die Astrologie vielleicht doch recht, und die Veränderungen am Himmel waren ein Symbol für die mahlenden Räder des Zufalls. Die Sterne in ihrem Lauf! Was war der Mensch, der winzige Mensch, dass er ihnen zu widerstehen versuchte?

Ja, die Zukunft stand fest. Ihr Stamm würde die Zivilisation nicht wiederherstellen. Er bedurfte der Zivilisation nicht. Für eine Weile würde es noch so weitergehen – mit dem Öffnen von Dosen, dem Vergeuden von Patronen und Streichhölzern –, solange sich eben noch Vorräte fanden. Doch früher oder später würde es immer mehr Menschen geben, und es würde ein Mangel an Nahrungsmitteln eintreten. Vielleicht würde es zu keiner schnellen Katastrophe kommen, weil reichlich Vieh herumlief, und das Leben würde seinen Gang gehen. Aber selbst wenn genügend Vieh vorhanden war, selbst wenn es genug Nahrung gab – was würde geschehen, wenn die Munition für die Gewehre ausging? Wenn der Vorrat an Streichhölzern erschöpft war? Eigentlich brauchte man gar nicht zu warten, bis sämtliche Munition verschossen war; das Pulver zersetzte sich im Lauf der Zeit. Drei oder vier Generationen – und alle, die dann lebten, waren nur noch armselige Primitive, die die Zivilisation verloren und zugleich nie jene grundlegenden Fertigkeiten erworben hatten, die die Wilden befähigten, bis zu einem gewissen Grad sicher und angenehm zu leben. Ja, möglicherweise – und vielleicht war das auch am besten so – war die Spezies nach drei oder vier Generationen überhaupt nicht mehr imstande weiterzuleben, nicht fähig, den Übergang von einem räuberischen, unschöpferischen Leben zu einer neuen Existenzstufe zu finden, auf der sie sich langsam weiterentwickeln konnte.

Wieder schlug er heftig gegen die Stufenkante, und ein weiteres Granitstück sprang ab. Mit düsterer Miene musterte er es. Gerade hatte er doch beschlossen, sich nicht mehr den Kopf zu zerbrechen – und nun tat er es wieder. Wie konnte er denn wissen, was in drei oder vier Generationen geschehen würde?

Er stand auf und machte sich auf den Heimweg. Ja, dachte er und machte aus seinen Gedanken erneut Worte: »Ja, ein Leopard kann seine Flecken einfach nicht ablegen. Ich bin immer ein Grübler gewesen, obwohl ich zweiundzwanzig Jahre lang mit Em zusammengelebt habe. Ich blicke nach vorne und zurück, ich blicke hinter die Dinge. Ruhiger werden … Ja, ich sollte wirklich etwas ruhiger werden. Was ich zu tun versucht habe, ist fehlgeschlagen, ich gebe es zu. Trotzdem werde ich niemals aufhören, es wieder und wieder zu versuchen. Aber wenn ich es jetzt mit etwas Kleinerem versuche, erreiche ich vielleicht sogar etwas.«

10

Auf dem langen Heimweg den Hügel hinauf zu den Häusern nahmen seine verschwommenen Pläne Gestalt an; aber er wollte bis zum nächsten Tag warten, bevor er sie in die Tat umsetzte.

In dieser Nacht setzte ein Herbststurm ein, und er erwachte am Morgen in einer Welt aus tiefziehenden Wolken und andauerndem Regen. Er war seltsam überrascht; in all den Wirrnissen, die sich zuletzt ereignet hatten, hatte er das Gefühl für die verrinnende Zeit verloren. Als er jetzt darüber nachdachte, wurde ihm bewusst, dass die Sonne bereits weit im Süden unterging und dass sie sich, wenn man überhaupt noch in solchen Kategorien denken konnte, im Monat November befanden. Der Regen machte seinen Plänen erst einmal einen Strich durch die Rechnung, aber er hatte es nicht eilig; er konnte seine Ideen in Ruhe reifen lassen.

Seine Perspektive hatte sich mit dem zurückliegenden Tag so sehr verschoben, dass er geradezu erschrak, als er am Morgen den Lärm der sich versammelnden Kinder hörte. Natürlich, dachte er. Sie warten darauf, dass die Schule wieder beginnt.

Er ging die Treppe hinunter. Sie waren alle da – alle bis auf Joey und die zwei jüngeren. Er sah in ihre Gesichter, wie sie auf den Stühlen hin und her rutschten oder einfach auf dem Fußboden hockten, weil das bequemer war. Sie ihrerseits sahen ihn, wie er meinte, wacher und aufmerksamer als sonst an. Joey war nicht mehr da, und nun fragten sie sich wohl, welche Auswirkung das auf die Schule haben würde. Doch diese Aufmerksamkeit, das wusste er, war an den Augenblick gebunden; hinter ihren wachen Augen lauerte ganz sicher die alte Teilnahmslosigkeit, gegen die er so oft hatte ankämpfen müssen.

Er sah sich jedes einzelne Gesicht an. Es waren gute Kinder, überhaupt nicht dumm, aber es fehlte ihnen etwas. Keiner von ihnen war in irgendeiner Weise besonders.

Und so fasste er seinen Entschluss, und es kostete ihn nicht einmal Mühe. »Die Schule ist aus«, sagte er.

Für eine Sekunde zeigte sich auf den Gesichtern der Kinder Betroffenheit, dann sah er, wie sie sich freuten, obwohl sie sich Mühe gaben, ihre Freude nicht zu zeigen.

»Die Schule ist aus«, wiederholte er. Obwohl er das gar nicht wollte, klang es ziemlich theatralisch. »Für immer. Es gibt keinen Unterricht mehr.«

Erneut Betroffenheit auf den Gesichtern, und diesmal folgte kein Ausdruck der Freude. Unsicher sahen die Kinder hierhin und dorthin. Ein paar standen auf. Sie spürten alle, dass etwas geschehen war, etwas, das sie noch nicht in der Lage waren zu begreifen.

Dann verließen sie langsam und ruhig Ishs Haus, und etwa eine Minute lang, nachdem sie in den Regen hinausgegangen waren, herrschte Stille. Und dann hörte er sie plötzlich lachen und schreien, und sie waren wieder Kinder. Die Schule war eine vorübergehende Angelegenheit gewesen; vermutlich würden sie kaum je daran zurückdenken oder sich gar danach zurücksehnen. Ish spürte ein Gewicht auf sich lasten. Joey, dachte er. Joey! Aber er bereute seinen Entschluss nicht. Die Schule war aus … Und er musste daran denken, wie er vor vielen Jahren in genau diesem

Zimmer gesessen und beobachtet hatte, wie das elektrische Licht erloschen war.

Drei Regentage gaben ihm Zeit und Muße, über seine Pläne nachzudenken. Dann erwachte er an einem Morgen mit blauem Himmel und kaltem Nordwind. Die Sonne zeigte sich, das Laub fiel. Es war der richtige Zeitpunkt.

Er durchstöberte die verlassenen, wild wuchernden Gärten. Zwar waren in dieser Gegend niemals Zitrusfrüchte in großem Maßstab angebaut worden, aber Zitronen hatten sich immer gut gehalten, und hier und da hatte jemand in seinem Garten einen Zitronenbaum gepflanzt. Dieses Holz, wusste er, war perfekt geeignet. Natürlich hätte er zahlreiche Bücher zu Rate ziehen können, doch er wollte anders vorgehen. Er wollte keine Bücher über das lesen, was er vorhatte. Er wollte es mit dem Wissen bewerkstelligen, das er bereits hatte.

Zwei Häuserblöcke weiter war früher ein großer, prächtiger Garten gewesen. Dort entdeckte er einen Zitronenbaum. Er war noch am Leben, obwohl er von zwei riesigen Tannen beinahe erdrückt wurde. Außerdem hatte er ziemlich unter dem starken Frost vor einigen Jahren gelitten. Nach dem Frost waren aus der Wurzel lange Triebe aufgeschossen, und einige von ihnen waren bereits wieder abgestorben.

Ish bahnte sich einen Weg durch das Geäst, suchte sich einen geeigneten Schössling und griff nach seinem Taschenmesser. Der Schössling war unten ungefähr daumendick. Das abgestorbene Holz war hart wie ein Knochen, aber nach einer Weile hatte er den Schössling mit dem Messer herausgeschnitzt und aus dem Dickicht gezogen. Er war etwa sieben Fuß lang, und etwa vier Fuß davon waren gerade und ebenmäßig gewachsen. Wenn man ihn schüttelte, blieb er hart; aber wenn man ihn gegen den Boden drückte, gab er nach, und wenn der Druck wieder nachließ, schnellte er zurück. Er war gut genug.

Ja, dachte Ish leicht verbittert. Für das, was ich möchte, ist er wohl gut genug.

Er nahm den Schössling mit nach Hause, setzte sich auf die Veranda in die Sonne und schnitzte daran herum. Zunächst schnitt er das krumme Ende ab, sodass nur das vier Fuß lange gerade Stück übrig blieb. Dann schälte er die abgestorbene Rinde ab und spitzte die beiden Enden an, sodass sie sich gleichmäßig verjüngten. Er kam nur langsam voran, und immer wieder unterbrach er die Arbeit, um das Messer an einem Stein zu schärfen. Das weiße, zähe Holz schien die Klinge schon nach ein paar Schnitten stumpf zu machen.

Walt und Josey hatten mit den anderen Kindern gespielt, aber zur Mittagszeit kamen sie heim.

»Was machst du da?«, fragte Josey.

»Ich mache ein Spielzeug«, erwiderte Ish. Er wollte nicht den Fehler begehen, sein Vorhaben mit einem praktischen Zweck zu verbinden, wie er es bei der Schule getan hatte. Er wollte den Spieltrieb nutzen, der tief in jedem Menschen verwurzelt war.

Nach dem Mittagessen sprach sich die Sache offenbar herum. Am Nachmittag kam George vorbei. »Warum kommst du nicht zu mir rüber?«, fragte er. »Du kannst meinen Schraubstock und meinen Hobel benutzen. Dann wärst du viel schneller fertig.«

Ish dankte ihm, arbeitete aber mit dem Messer weiter, obwohl ihn die Hand schmerzte. Er wollte diese Arbeit mit den einfachsten Mitteln bewerkstelligen.

Gegen Ende des Nachmittags begannen sich auf seiner Hand – dort, wo er das Messer hielt – Blasen zu bilden. Aber er war, beschloss er, ohnehin mit der Arbeit fertig. Ein vier Fuß langes Stück des Zitronenschösslings war jetzt an beiden Enden gleichmäßig zugeschnitten. Er stellte das eine Ende auf den Boden und bog das Holz durch, bis es einen Halbkreis bildete. Dann ließ er wieder locker, und es schnellte zurück. Zufrieden schnitt er an den Enden jeweils eine Kerbe ein und steckte das Messer in die Tasche.

Am nächsten Morgen fuhr er mit seiner Arbeit fort. Er hatte zahlreiche starke Schnüre zur Auswahl, und er überlegte, ob er nicht eine Angelschnur aus Nylon nehmen und auf die passende Länge flechten solle. Nein, dachte er dann, ich sollte nur Materialien verwenden, die sie sich aus der Natur nehmen können.

Also nahm er das Fell eines vor Kurzem geschlachteten Kalbes und schnitt einen langen Streifen ab. Er entfernte die Haare von dem Streifen und schnitt so lange daran herum, dass er zu einer dünnen Schnur wurde. Das dauerte ziemlich lange, aber er hatte reichlich Zeit. Er stellte drei solcher Schnüre her, verflocht sie miteinander, sodass eine stärkere Schnur entstand, und nachdem er die passende Länge festgelegt hatte, knüpfte er in die Enden jeweils eine kleine Schleife.

Schließlich hielt er das lange Stück Zitronenholz in der einen und die geknüpfte Schnur in der anderen Hand und betrachtete beides. Für sich genommen, waren die beiden Teile nichts Besonderes. Doch dann bog er das Holz, hakte die Schlingen der Schnur in die Kerben an den Enden ein – und die beiden Teile wurden zu einem Ganzen. Da die Schnur kürzer als das Holz war, formte es jetzt einen sauberen, symmetrischen Bogen. Die Schnur spannte straff zwischen den beiden Bogenspitzen. Holz und Schnur waren zu etwas Neuem geworden.

Er betrachtete den Bogen und hatte das Gefühl, dass die schöpferische Kraft in die Welt zurückgekehrt war. Natürlich: Er hätte ebenso gut in ein Geschäft gehen und sich dort einen viel besseren Bogen holen können – ein sechs Fuß langes Sportgerät mit allen Schikanen. Aber das hatte er nicht getan. Er hatte sich selbst einen Bogen gefertigt, aus gewachsenem Holz, das er mit einfachsten Mitteln bearbeitet hatte, und mit einer Sehne, die von der Haut eines geschlachteten Kalbes stammte.

Er zupfte an der Sehne. Sie gab kein lautes Geräusch von sich, aber sie zitterte auf eine befriedigende Weise. Ja, für diesen Tag war die Arbeit getan. Er drückte das Holz zusammen und nahm die Schnur wieder ab.

Am folgenden Tag schnitt er einen gerade gewachsenen Zweig von einem Fichtenbaum. Er brauchte einen Pfeil. Das weiche, frische Holz ließ sich leicht bearbeiten, und nach einer halben Stunde war er mit dem Schnitzen fertig. Dann rief er die Kinder. Walt, Josey und Weston kamen angetrottet.

»Jetzt wollen wir mal sehen, ob er funktioniert«, sagte Ish.

Er spannte die Sehne und ließ sie los. Da der Pfeil ungefiedert war, flog er reichlich wackelig, aber Ish hatte hoch gezielt, und so flog der Pfeil ganze fünfzig Fuß weit, bevor er, eher zufällig mit der Spitze nach unten, wieder landete.

Sofort wusste er, dass sich die Mühe gelohnt hatte. So etwas hatten die drei Kinder noch nie gesehen, und für einige Augenblicke standen sie mit großen Augen da. Dann liefen sie jubelnd los und holten den Pfeil, und Ish musste ihn wieder und wieder abschießen. Und schließlich kam die Bitte, auf die Ish nur gewartet hatte.

»Ich will es auch mal versuchen, Dad«, sagte Walt.

Walts erster, unsicherer Schuss trug nur zwanzig Fuß weit, aber die Sache machte ihm sichtlich Spaß. Dann versuchte es Josey, und dann Weston. Und noch vor dem Abendessen schnitzte jedes Kind des Stammes eifrig an einem eigenen Bogen herum.

Alles entwickelte sich glatter, als Ish es zu hoffen gewagt hatte. Innerhalb einer Woche schien die Luft um die Häuser herum von ungeschickt abgeschossenen Pfeilen nur so zu vibrieren. Die Mütter begannen, sich über ausgeschossene Augen Sorgen zu machen, und zwei Kinder liefen heulend ins Haus, weil sie von Pfeilen getroffen waren. Aber da die Pfeile keine Spitzen hatten und die Bogen nicht sehr stark waren, kam es zu keinen ernsthaften Verletzungen.

Allerdings mussten Regeln aufgestellt werden. »Ihr dürft nicht dorthin schießen, wo jemand steht.« – »Ihr dürft nicht in der Nähe der Häuser schießen.«

Nach und nach wurden die Kinder geschickter. Und so wie die älteren Jungs mit ihren Gewehren richteten sie Wettschießen auf eine Scheibe aus. Sie experimentierten mit Bogen unterschiedlicher Größe und Form. Als Josey sich bitter darüber beschwerte, dass Walt immer gewann, gab Ish ihr heimlich den Rat, ein paar Wachtelfedern am Ende ihres Pfeils zu befestigen. Sie tat es, besiegte Walt, und plötzlich hatten alle Pfeile an ihrem Ende Wachtelfedern, flogen weiter und trafen genauer. Auch das Interesse der älteren Jungs war nun geweckt, und einige von ihnen fertigten sich Bogen an, obwohl sie eigentlich mit Gewehren schießen durften. Aber vor allem war das Bogenschießen die Hauptbeschäftigung jener Kinder, die zu jung für ein Gewehr waren.

Ish wartete in Ruhe ab. Die frühen Regenschauer hatten die Samen aussprießen lassen, und überall war es grün.

Am Abend versank die Sonne hinter den Bergen südlich des Golden Gate.

Es war offensichtlich, dass Walt und Weston, die beiden Zwölfjährigen, etwas ausheckten. Sie hatten ihre Bogen und Pfeile perfektioniert und verbrachten täglich etliche Stunden damit. Eines Tages, es war schon gegen Abend, hörte Ish draußen auf der Veranda aufgeregtes Getrappel. Dann stürmten Walt und Weston ins Haus.

»Sieh mal, Dad«, rief Walt und hielt ein totes Kaninchen hoch, das von einem Holzpfeil durchbohrt war. »Sieh mal! Ich habe hinter einem Busch gestanden und gewartet, bis es dicht an mir vorbeigehoppelt ist, und dann habe ich es mit meinem Pfeil durchbohrt.«

Obwohl er wusste, dass es das Symbol seines Triumphes war, empfand Ish Mitleid mit dem Tier. Wie furchtbar, dachte er, dass sich das Schöpferische des Todes bedienen musste.

»Großartig«, sagte er. »Großartig, Walt. Das war wirklich ein guter Schuss.«

11

Mit jedem Tag ging die Sonne am wolkenlosen Himmel etwas weiter südlich unter. Sie befand sich nun kurz vor der Wende. Das klare Wetter hielt an.

Eines Tages – so unvermittelt, dass man fast schon den genauen Augenblick angeben hätte können – wurden die Kinder des Spiels mit Pfeil und Bogen müde und wandten sich begeistert etwas anderem zu. Ish machte sich deswegen keine großen Gedanken; er wusste, dass sie, wie Kinder eben so waren, wieder darauf zurückkommen würden, vielleicht nächstes Jahr um die gleiche Zeit. Das Anfertigen von Bogen und das Schießen mit Pfeilen würden nicht in Vergessenheit geraten. Zwanzig Jahre oder vielleicht auch hundert Jahre lang würde der Bogen ein Kinderspielzeug bleiben, und wenn schließlich die Munition ausging, dann war er noch immer da. Er war die beste Waffe, die der primitive Mensch je gekannt, und die am schwierigsten zu erfindende. Wenn Ish diese Waffe für die Zukunft bewahrt hatte, so hatte er sehr viel bewahrt. Waren die Gewehre erst nutzlos geworden, mussten seine Urenkel dem Angriff eines Bären nicht mit leeren Händen begegnen oder inmitten einer Viehherde an Hunger sterben. Seine Urenkel würden nichts von der Zivilisation wissen, aber sie würden auch nicht auf allen vieren laufende Halbaffen sein, sondern als freie Menschen aufrecht gehen – in der Hand den Bogen. Ja, selbst wenn sie keine Metallmesser mehr haben sollten, konnten sie sich mit Hilfe scharfer Steine Bogen fertigen.

Er plante noch ein weiteres Experiment, doch damit hatte es keine Eile. Nun da sie Bogen hatten, konnte er auch einen Bogenbohrer herstellen und die Kinder dessen Gebrauch lehren, und wenn eines Tages sämtliche Streichhölzer aufgebraucht waren, wusste der Stamm, wie man ein Feuer entzündete.

Doch wie bei den Kindern kühlte auch seine Begeisterung im Verlauf der nächsten Wochen ab. Immer seltener dachte er an seinen Triumph – den Bogen zu erfinden und die Kinder dahin zu bringen, dass sie ihren Spaß damit hatten. Vielmehr dachte er über das Unheil nach, das das Jahr gebracht hatte. Joey war gestorben, und dieser Verlust konnte nie wieder wettgemacht werden. Auch war der Welt in gewisser Weise ihre junge Unschuld genommen worden, als sie jenes Wort auf ihre Zettel geschrieben hatten. Und er hatte viel Selbstvertrauen und Zuversicht eingebüßt, als er schließlich begriff, dass er seinen Traum vom Wiedererstehen der Zivilisation aufgeben musste.

Jetzt war die Sonne so nahe an den südlichsten Punkt ihrer Bahn herangerückt, dass in einem Tag oder zwei ihre Wende erfolgen würde. Alle trafen Vorbereitungen für die Einmeißelung der Jahreszahl in die Felsplatte und die Benennung des Jahres. Es war ihr höchster Feiertag, da er das Weihnachtsfest und den Neujahrstag der Alten Zeiten zusammenfasste und darüber hinaus ihr eigenes, ganz besonderes Fest war. Wie so viele andere Dinge hatten auch die Feiertage beim Übergang von einer Welt in die andere seltsame Wandlungen erfahren. Nach wie vor feierten sie das Erntedankfest mit einem ausgiebigen Abendessen, aber der vierte Juli und alle anderen patriotischen Feiertage wurden vernachlässigt. George, der ein guter Patriot gewesen war, ließ an diesem Tag zwar stets die Arbeit ruhen und zog seinen besten Anzug an, aber niemand feierte mit ihm. Merkwürdigerweise – oder vielmehr natürlicherweise – hielten sich die alten volkstümlichen Feiertage länger als die gesetzlich festgelegten. Nach wie vor feierten die Kinder den ersten April und Halloween mit großer Begeisterung und all den überlieferten Bräuchen, obwohl sie diese von ihren Eltern hatten lernen müssen. Auch redeten sie sechs Wochen nach der Wintersonnenwende am »Eichhörnchen-Tag« davon, ob das Eichhörnchen seinen Schatten sehen konnte; da es in dieser Gegend keine Murmeltiere gab, hatten sie stattdessen einfach Eichhörnchen genommen. Doch das alles war nichts im Vergleich zu dem großen Fest, wenn die Jahreszahl eingemeißelt wurde und das Jahr seinen Namen erhielt.

Ish hörte, wie die Kinder Vermutungen darüber anstellten, wie der Name des vergangenen Jahres wohl lauten würde. Die jüngeren sagten, es müsse das »Pfeil-und-Bogen-Jahr« genannt werden. Die etwas älteren, die sich genauer an den gesamten Jahresablauf erinnern konnten, sagten, man müsse es das »Jahr der Reise« nennen. Und die noch älteren dachten auch an andere Ereignisse, und oft schwiegen sie und gerieten in Verlegenheit, und dann wusste Ish, dass sie an Charlie und die übrigen Toten dachten. Ish selbst dachte vor allem an Joey und an die Wandlung, die er während dieses Jahres durchlebt hatte.

Dann schließlich, als sie eines Abends Ausschau hielten, sahen sie, dass die Sonne an der gleichen Stelle wie am Abend zuvor unterging, ja, vielleicht sogar ein bisschen weiter nördlich, und die Älteren sagten zur großen Begeisterung der Kinder, dass sie am nächsten das Fest feiern würden.

So versammelten sie sich am Ende des zweiundzwanzigsten Jahres wieder am Felsen, und Ish hieb mit Hammer und Meißel die zweiundzwanzig genau unter die einundzwanzig in den Stein. Alle waren gekommen, denn es war schönes, für einen Wintertag ausnehmend warmes Wetter; die Mütter hatten sogar ihre jüngsten Babys mitgebracht. Nachdem die Jahreszahl eingemeißelt war, riefen alle, die alt genug waren, um schon sprechen zu können, laut »Schönes neues Jahr!«, ganz so, wie es in den Alten Zeiten üblich gewesen war – und wie es jetzt noch immer üblich war.

Doch als Ish, dem Ritual folgend, das sich während der letzten Jahre herausgebildet hatte, fragte, wie das Jahr benannt werden sollte, breitete sich jähes Schweigen aus.

Der Einzige, der schließlich etwas sagte, war Ezra, der gute Ezra, der Menschenkenner. »Letztes Jahr ist viel zu viel geschehen«, sagte er, »und wie wir es auch nennen würden, es würde immer schlimm in unseren Ohren klingen. Menschen finden Trost in Zahlen, von Zahlen gehen keine bösen Gedanken aus. Lasst uns dem Jahr keinen Namen geben, sondern lasst es uns in Erinnerung behalten als das ›Jahr zweiundzwanzig‹.«

Hier endet der zweite Teil.
Es folgt das zweite Zwischenkapitel »Eilende Jahre«,
das unmittelbar anschließt.

Eilende Jahre

Und wieder flossen die Jahre dahin, doch nun kämpfte Ish nicht länger dagegen an, sondern ließ sich guten Mutes von der Strömung treiben.

In jenen Jahren bauten sie ein wenig Mais an, nicht zu viel, aber genug, um im Herbst eine bescheidene Ernte zu erzielen und Saatgut übrig zu behalten. Jeden Herbst, als würde der erste Regen das Zeichen dazu geben, spielten die Kinder eine Zeitlang mit Pfeil und Bogen, ehe sie des Spiels wieder müde wurden. Dann und wann kamen die Erwachsenen zu einer Besprechung zusammen, die wie eine Gemeindeversammlung war, und was dort beschlossen wurde, war für alle bindend.

Zumindest das, dachte Ish, habe ich in die Zukunft hinübergerettet. Von Jahr zu Jahr waren es jedoch in zunehmendem Maße junge Menschen, die bei diesen Versammlungen sprachen. Natürlich führte Ish den Vorsitz. Wer zu sprechen wünschte, erhob sich und bat ihn voller Ehrfurcht ums Wort. Er hielt seinen Hammer in der Hand oder hatte ihn, den schwankenden Stiel nach oben, neben sich stehen, und wenn die Auseinandersetzung zwischen zwei jungen Leuten zu heftig wurde, klopfte er damit auf den Tisch, und sofort wurde es wieder ruhig. Doch wenn er selbst sprach, hörten sie zwar genau zu, schenkten aber hinterher seinen Ideen oft keinerlei Beachtung.

So vergingen die Jahre – das Jahr dreiundzwanzig, das »Jahr des verrückten Wolfes«; das Jahr vierundzwanzig, das »Brombeerjahr«; das Jahr fünfundzwanzig, das »Jahr des langen Regens«.

Dann kam das Jahr sechsundzwanzig, und der alte George war nicht mehr unter ihnen. Er hatte auf einer Leiter gestanden und eine Wand gestrichen. Ob sein Herz aussetzte und er hinunterfiel, oder ob er durch einen Fehltritt stürzte, hat nie jemand erfahren. Aber nun war er nicht mehr da, und nach seinem Tod wurden die Dächer nie wieder so gut ausgebessert, und die Zäune wurden nie wieder gestrichen. Maurine lebte noch für eine Weile in dem schönen Haus mit den rotfransigen Hängelampen, die nie wieder brennen würden, mit dem Radio, das stumm blieb, und den Spitzendeckchen auf den Tischen. Aber sie war alt, und sie starb, noch ehe das Jahr zu Ende ging. So nannten sie es das »Jahr, in dem George und Maurine starben«.

Und weiter verflossen die Jahre – das Jahr siebenundzwanzig, achtundzwanzig, neunundzwanzig, dreißig. Es wurde immer schwieriger, sich die Namen zu merken und die Gründe für die Benennung. Kam das »Gute-Mais-Jahr« vor dem »Jahr des roten Sonnenuntergangs«? Oder nach dem »Jahr, in dem Evie starb«?

Arme Evie! Sie wurde bei den anderen begraben, und zumindest jetzt bestand kein Unterschied mehr zwischen ihr und ihnen. All die Jahre hatte sie unter ihnen gelebt, und niemand hatte je gewusst, ob sie sich wirklich wohl gefühlt hatte. Nur einmal während der ganzen Zeit war sie in den Mittelpunkt gerückt, wenn auch nur für wenige Stunden – damals, als Charlie gekommen war. Nun war sie tot, und die jungen Leute vermissten sie kaum; nur die älteren waren sich bewusst, dass mit ihrem Tod eine weitere Verbindung zu den Alten Zeiten verschwand.

Nach Evies Tod waren nur noch fünf übrig, die von Anfang an da gewesen waren. Jean und Ish waren die jüngsten dieser fünf, und sie wiesen die geringsten Spuren des Alters auf, auch wenn Ish wegen seiner alten Wunde immer stärker hinkte. Molly klagte über unbestimmte Krankheiten und weinte oft. Ezra hustete trocken. Auch Ems Gang war nun weniger sicher und nicht mehr von dieser königlichen Anmut. Aber im Grunde waren sie alle für Menschen ihres Alters erstaunlich gesund, und ihre Gebrechen rührten hauptsächlich vom immer näher rückenden Greisenalter her.

Das Jahr vierunddreißig war ziemlich bedeutsam. Vor einiger Zeit hatten sie herausgefunden, dass eine andere, kleinere Menschenschar nördlich der Bucht lebte; und nun sandten diese anderen einen Boten und schlugen eine Vereinigung vor. Ish hielt den jungen Mann auf Abstand, denn er wünschte keine Wiederholung des Falles Charlie. Als er von dem Boten erfahren hatte, was er hatte wissen wollen, berief er eine Versammlung ein.

Ish saß mit dem Hammer da, denn es war eine hitzige Debatte. Die Angst vor ansteckenden Krankheiten hatte zu einer Voreingenommenheit gegen alle Fremden und ihre Sitten geführt. Andererseits kämpfte der Reiz, der vom Fremden ausging, gegen die Voreingenommenheit an. Außerdem bestand der dringende Wunsch, die Zahl des Stammes zu verstärken und, was noch wichtiger war, Frauen zu bekommen. Denn in den letzten Jahren waren weniger Mädchen als Jungen geboren worden, und einige der jungen Männer würden bald niemanden haben, den sie heiraten konnten. Für Ish wog noch ein weiterer Grund schwer: Er hielt die Inzucht innerhalb des Stammes für gefährlich; denn inzwischen waren sie alle miteinander blutsverwandt, und jeder musste einen Cousin oder eine Cousine heiraten.

Und doch widersetzte er sich, gemeinsam mit Ezra, der Vereinigung der Stämme – eben aus Angst vor ansteckenden Krankheiten –, und Jack, Ralph und Roger, die ältesten der jüngeren Leute, dachten an das Jahr zweiundzwanzig und unterstützten Ish und Ezra. Aber die jüngeren Männer, vor allem die unverheirateten, verlangten die Vereinigung, und Ish sah, dass sie vor allem an die Mädchen des anderen Stammes dachten.

Dann sprach Em. Ihr Haar war jetzt ganz grau, aber ihre ruhige Stimme ließ immer noch alle aufhorchen. »Ich habe es schon früher gesagt«, sagte sie, »dass man nicht leben kann, wenn man das Leben verleugnet. Unsere Söhne und Enkel brauchen Ehefrauen. Vielleicht kommt auch der Tod, aber darauf müssen wir ohnehin gefasst sein.«

Nicht so sehr durch das, was sie gesagt hatte, als durch den Geist, den sie ausströmte, fassten sie alle Mut. Und so stimmten sie ausnahmslos dafür, die anderen aufzunehmen.

Diesmal hatten sie Glück; die einzige Epidemie bestand darin, dass die »Anderen« die Masern bekamen, sich aber schnell wieder erholten.

Nach jener Zeit gab es eine Zweiteilung innerhalb des Stammes, vergleichbar etwa zwei Clans: die »Ersten« und die »Anderen«. Wenn Angehörige verschiedener Clans heirateten, so gehörten die Kinder dem Clan des Vaters an, obwohl sich Ish fragte, ob man nicht der Mutterlinie den Vorrang geben sollte, wie es bei vielen primitiven Völkern die Regel gewesen war. Doch die alte amerikanische Tradition erwies sich als stärker.

Im nächsten Jahr wurde Ish mehr als zuvor bewusst, dass Em nicht mehr mit ihrer herrschaftlichen Anmut einherschritt, und als er sie betrachtete, sah er seltsame Linien in ihrem Gesicht, nicht die Linien des Alters, sondern des Schmerzes. Hinter ihrer dunklen Haut schimmerte es nicht mehr rot, sondern aschgrau. Tief in seinem Innern machte sich Kälte und Angst breit – nun würde also auch das zu Ende gehen.

Manchmal, in den schlimmen Monaten, die nun folgten, dachte er: Es ist vielleicht nur eine Blinddarmentzündung. Der Schmerz sitzt an dieser Stelle. Warum kann ich nicht operieren? Ich kann doch in den Büchern nachschlagen. Ich könnte nachsehen, wie es gemacht wird. Einer der Jungs könnte die Narkose durchführen. Im schlimmsten Fall würde ich wenigstens ihren Schmerzen ein Ende bereiten.

Doch dann wurde ihm stets klar, dass er es nicht würde durchführen können – seine Hände waren einfach nicht mehr jung und sicher, und auch sein Mut war nicht mehr allzu groß, und so wagte er es nicht, mit dem Operationsmesser in die Seite der Frau zu schneiden, die er liebte. Em würde es allein auf sich nehmen müssen.

Auch wurde bald deutlich, dass es keine Blinddarmentzündung war. Als sich die Sonne wieder nach Süden wandte, wurde Em so schwach, dass sie nicht mehr gehen konnte. Ish durchstöberte die zerfallenen Drugstores und fand Pulver und Tropfen, sodass sie zumindest nicht allzu sehr litt. Wenn sie die Medizin genommen hatte, schlief sie oder lag einfach ruhig und lächelnd da. Doch nach einer Weile, wenn sie wieder anfing, sich vor Schmerzen zu winden, dachte er: Vielleicht sollte ich ihr eine stärkere Dosis geben und damit alle Schmerzen beenden.

Aber er tat es nicht. Denn er wusste, dass sie sich immer nach dem Leben gestreckt hatte und dass es ihr nicht an Mut fehlen würde.

So saß er lange Stunden an ihrem Bett, hielt ihre Hand, und dann und wann sprachen sie miteinander. Wie immer war sie es, die ihn tröstete, obwohl sie im Sterben lag, und ihm wurde bewusst, dass sie ihm eine ebenso gute Mutter wie Ehefrau gewesen war.

»Grüble nicht so viel«, sagte sie einmal. »Über die Kinder, meine ich, und über die Enkelkinder und alle, die nach uns kommen. Ich glaube, sie werden glücklich sein. Wenigstens werden sie so glücklich sein, wie sie es unter anderen Gegebenheiten auch gewesen wären. Denk nicht zu viel an die Zivilisation. Sie werden schon ihren Weg finden.«

Hatte sie alles kommen sehen?, fragte er sich. Hatte sie gewusst, dass er scheitern würde? Hatte sie geahnt, wie es werden würde? Rührte das daher, dass sie eine Frau war? Oder daher, dass andersgeartetes Blut in ihren Adern floss? Abermals dachte er darüber nach, was innere Größe ausmachte, egal ob bei Mann oder Frau.

Jetzt sorgte Josey für den Haushalt und für ihre Mutter. Josey war selbst Mutter, groß, vollbrüstig, mit leichter Anmut einherschreitend. Von allen sah sie Em am ähnlichsten.

Auch die anderen traten an Ems Bett – die hochgewachsenen Söhne und die starken Töchter und die Enkelkinder. Die älteren Enkelsöhne waren schon ziemlich groß, und die Körper der Enkeltöchter zeigten bereits weibliche Rundungen.

Ish ließ seine Blicke auf ihnen ruhen, als sie an dem Krankenbett vorübergingen, und erkannte, dass Em recht hatte. Ja, sie werden ihren Weg finden, dachte er. Die Schlichtesten und Einfältigsten sind zugleich die Stärksten. Sie werden ihren Weg finden.

Dann, eines Tages, saß er wieder da und hielt ihre Hand, und plötzlich spürte er die Nähe eines düsteren Dritten.

Sie sprach nicht mehr, und nur einmal fühlte er noch, dass ihre Finger leise zitterten.

Oh Mutter von Völkern!, dachte er. Deine Söhne sollen dich preisen, deine Töchter sollen dich die Gesegnete nennen.

Und dann war dort, wo gerade noch drei gewesen waren, nur noch einer. Der Tod war gegangen und hatte Em mit sich genommen. Ish saß gebeugt da, seine Augen waren trocken. Auch das war nun zu Ende. Sie würde begraben werden, die Mutter von Völkern, schlicht und ohne Prunk, wie es bei ihnen Brauch war. Und wie es von Anbeginn gewesen war, seit die Liebe und mit ihr der Schmerz in die Welt gekommen waren, saß er bei seiner Toten. Und er wusste, dass ein großer Mensch von ihnen gegangen war.

Weitere Jahre vergingen, und die Sonne zog von Norden, von den Bergen, nach Süden, zum Golden Gate, und wieder zurück. Immer mehr Jahreszahlen wurden in die Felsplatte gemeißelt.

Eines Frühlingsmorgens starb völlig unerwartet Molly; ein Herzschlag, nahmen sie an. Im gleichen Jahr wuchs ein großer Tumor in Jean – er wuchs schnell, wie ein Albtraum. Niemand war da, der wusste, wie man ihr hätte helfen können, und als sie durch ihre eigene Hand gestorben war, gab es niemand, der sie dafür getadelt hätte.

Wir gehen dahin, dachte Ish. Wir gehen dahin. Wir Amerikaner sind alt geworden und fallen von den Bäumen wie Herbstblätter. Er war oft traurig, aber wenn er im Hügelgelände spazieren ging, sah er viele Kinder beim Spielen, und junge Leute riefen sich lachend etwas zu, und Mütter stillten ihre Babys – es herrschte kaum Traurigkeit, sondern viel Fröhlichkeit.

Eines Tages kam Ezra zu ihm und sagte: »Du solltest dir eine andere Frau nehmen.« Ish sah ihn mit fragenden

Augen an. »Nein«, sagte Ezra, »ich bin zu alt dafür. Du bist jünger. Da ist eine junge Frau unter den ›Anderen‹ und kein Mann, der sie heiraten könnte. Abgesehen von den Greisen ist es nicht gut, wenn man allein ist. Und wir sollten noch mehr Kinder haben.«

Er liebte sie nicht, aber er nahm sie zur Frau. Sie tröstete ihn in den langen Nächten, denn er hatte seine Kräfte noch nicht gänzlich eingebüßt. Und sie gebar ihm Kinder, obwohl diese Kinder ihm immer ein wenig fremd blieben – nicht wirklich seine Kinder, da sie nicht zugleich von Em stammten.

Mehr und mehr Jahreszahlen wurden in die Felsplatte gemeißelt. Bis auf Ish und Ezra waren jetzt alle Amerikaner tot, und Ezra war ein ausgedörrtes, geschrumpftes Männlein, das ständig hustete und immer magerer wurde. Ish selbst hatte nun ganz graues Haar. Obwohl er nicht dick war, trat sein Bauch hervor, und seine Beine wurden dünn. Die Hüfte, in die vor vielen Jahren der Berglöwe seine Krallen geschlagen hatte, schmerzte ihn, und so ging er nur noch selten spazieren. Und doch gebar ihm seine junge Frau im Jahr zweiundvierzig noch ein Kind, an dem er allerdings nur geringen Anteil nahm – er hatte ja bereits Urenkel.

Als das Jahr dreiundvierzig zu Ende war, fühlte sich Ish nicht dazu aufgelegt, zur Felsplatte zu gehen, wo die Jahreszahlen eingemeißelt wurden, und Ezra war dafür zu gebrechlich. Und so gaben sie es auf, die Jahreszahl einzumeißeln und das Jahr zu benennen. Dann und wann sagten sich die beiden, dass sie es eigentlich tun müssten, oder sie müssten einen der Jüngeren veranlassen, dass er die Zahlen einmeißelte; und bisweilen sprachen auch die Jüngeren und selbst die Kinder davon. Aber wie es eben mit solchen

Dingen geht: Wenn man sie einmal aufgegeben hat, dann hat man sie aufgegeben. »Heute regnet es.« Oder: »Es ist zu kalt.« Oder: »Wir gehen fischen, wir können es ja später machen.« Und so wurden die Zahlen nicht eingemeißelt, das Jahr erhielt keinen Namen, das Leben ging weiter, niemand kümmerte sich groß darum, und bald wusste niemand mehr, wie viele Jahre eigentlich vergangen waren.

Nun bekam Ishs junge Frau keine Kinder mehr. Eines Tages kam sie mit einem jüngeren Mann zu Ish, und die beiden baten ihn in aller Ehrfurcht, er möge seine Frau freigeben und sie dem Jüngeren überlassen. Da begriff Ish, dass er in den letzten Abschnitt seines sonderbaren Lebens eingetreten war.

Danach saßen er und Ezra immer öfter beieinander. Es war nicht weiter seltsam, dass zwei alte Männer beieinandersaßen und plauderten; seltsam war lediglich, dass es außer diesen beiden keine anderen alten Leute gab. Überall war Jugend; es gab Geburten und Todesfälle, aber die Neugeborenen überwogen die Gestorbenen, und da sich alle jung fühlten, war die Luft von Lachen erfüllt.

Als die Jahre weiter dahineilten, sprachen die beiden alten Männer, wenn sie auf dem Hügel in der Sonne saßen, immer häufiger von dem, was sich vor langer Zeit ereignet hatte. Die beiden konnten noch über jene Jahre sprechen; den anderen erschien deren Bedeutung gering. Einige Jahre waren gute, andere schlechte gewesen, doch eigentlich war das kein großer Unterschied. So unterhielten sich die beiden Männer hauptsächlich über weit zurückliegende Geschehnisse, und gelegentlich stellten sie philosophische Betrachtungen über das Leben an.

Dabei bemerkte Ish, dass in Ezra nach wie vor viel Weisheit war und dass er immer noch zu helfen vermochte.

»Ein Stamm ist wie ein Kind«, sagte Ezra einmal mit seiner dünnen, piepsigen Greisenstimme, die von Tag zu Tag Vogellauten ähnlicher wurde, und hustete heftig. Als er sich erholt hatte, sprach er weiter. »Ja, ein Stamm ist wie ein Kind. Das kann man an der Art sehen, wie er größer wird. Vielleicht kann man ihn dabei ein bisschen lenken, aber am Ende geht das Kind doch seinen eigenen Weg, und der Stamm macht es genauso.«

»Ja«, sagte er an einem anderen Tag, »die Zeit klärt alles. Mir erscheint jetzt alles klarer und verständlicher als früher, und wenn ich noch hundert Jahre leben würde, würde mir vielleicht alles, was geschehen ist, ganz klar und einfach vorkommen.«

Oft sprachen sie über die anderen Amerikaner, die, die jetzt tot waren. Sie lachten, wenn sie an den guten alten George dachten und an Maurine mit ihrem piekfeinen Radio, das nie funktionierte. Sie lächelten, wenn sie auf Jean zu sprechen kamen und ihre Weigerung, zur Kirche zu gehen.

»Ja«, sagte Ezra, »mit der Zeit ist wirklich alles klarer geworden. Warum sie alle das Große Unheil überlebt haben – das werde ich nie herausbekommen. Aber ich glaube, ich kann erkennen, warum sie den Schock, der danach kam, überstanden haben, an dem so viele zugrunde gegangen sind. George und Maurine und vielleicht auch Molly, sie haben weitergelebt und sind nicht verrückt geworden, weil sie einfältig waren und keine Fantasie hatten. Und Jean hat weitergelebt, weil sie Charakter hatte und gegen die Dinge ankämpfte. Und ich, weil ich aus mir herausgehen und am Leben anderer Menschen Anteil nehmen konnte. Und du und Em …«

An dieser Stelle hielt Ezra inne, sodass Ish sprechen konnte.

»Ja«, sagte Ish, »ich glaube, du hast recht … Und ich, ich habe weiterleben können, weil ich abseits gestanden und beobachtet habe, was geschah. Und Em …«

Nun hielt Ish inne, und Ezra sprach weiter.

»Ja, so wie wir weitergelebt haben, so wird der Stamm weiterleben. Er wird nichts Großartiges sein, denn großartig sind auch wir nicht gewesen. Vielleicht sind die Großartigen ja zum Überleben ungeeignet … Was nun Em betrifft, so bedarf es keiner Erklärungen, denn wir wissen ja, dass sie die Stärkste von uns allen war. Ja, wir brauchten so einiges. Wir brauchten George und sein Zimmermannshandwerk, und wir brauchten deinen vorausschauenden Geist, und vielleicht brauchten wir meinen Trick, die Leute dahin zu bringen, dass sie besser miteinander auskamen, obwohl ich selbst wenig dazu beigetragen habe. Aber meiner Meinung nach brauchten wir am meisten Em – denn sie flößte uns Mut ein, und ohne Mut ist alles nur ein langsames Sterben, kein Leben.«

Es schien Ish, als würde, während sie so dasaßen, unter ihnen am Hang des Hügels ein Baum aus der Erde schießen, der schließlich den Ausblick auf die Bucht verdeckte, wo die rostroten Türme der großen Brücke nach wie vor emporragten. Und dann schien nach einiger Zeit der Baum krank zu werden und umzufallen. Nun konnte Ish wieder von seinem Lieblingsplatz am Hügel aus in die Ferne blicken und die Brücke sehen. Einmal sah er, wie eine gewaltige Feuersbrunst in den Ruinen der Stadt jenseits der Bucht wütete, und er erinnerte sich, dass vor langer, langer Zeit, noch ehe er geboren war, diese Stadt schon einmal einem Brand zum Opfer gefallen war. Nun brannte sie eine ganze Woche hindurch, der trockene Nordwind fachte die Flammen immer wieder an, und niemand war da, der das

Feuer hätte löschen können, niemand, der sich überhaupt darum kümmerte, dass es brannte. Als die Flammen erloschen, war einfach nichts mehr da, was sie verbrennen konnten.

Dann kam eine Zeit, in der selbst das Sprechen mühselig schien. So saß Ish zumeist behaglich in der Sonne, und neben ihm saß ein noch älterer Mann, der hustete und immer dünner wurde. Man konnte kaum sagen, wie die Tage verstrichen und wie sie zu Wochen wurden, und selbst die Jahre schienen zu vergehen, ohne dass die Menschen darauf achteten. Aber nach wie vor war Ezra da, und bisweilen dachte Ish heimlich: Obwohl er hustet und immer dünner wird, wird er mich wohl überleben.

Doch jetzt, da das Sprechen zur Mühsal geworden war, wandte sich der Geist nach innen, und Ish dachte über sein sonderbares Leben nach. Was für einen Unterschied machte es letztlich? Wenn es kein Großes Unheil gegeben hätte, wäre er jetzt wohl Professor im Ruhestand, würde durch die Universität streichen und sich Bücher aus der Bibliothek holen, in der Absicht, weiter zu forschen – zum Ärger der jüngeren Professoren, die jetzt fünfzig oder sechzig waren und die Lehrstühle der Fakultät innehatten. Trotzdem hätten sie den Studenten wohl erklärt: »Das ist Professor Williams. Er war einmal ein großer Gelehrter. Wir sind sehr stolz auf ihn.«

Nun lagen die Alten Zeiten tiefer begraben als Ninive oder Mohenjadaro. Er selbst hatte alles zusammenbrechen und untergehen sehen. Doch merkwürdigerweise war dieser Zusammenbruch nicht imstande gewesen, seine Persönlichkeit zu zerstören. Er war der Gleiche, der er auch als Professor im Ruhestand gewesen wäre, obwohl die Schatten seinen Geist jetzt immer mehr umhüllten, während er als sterbender Patriarch eines primitiven Stammes auf einem einsamen Hügel saß.

Bisweilen geschah in diesen Jahren etwas sehr Seltsames. Die jüngeren Leute waren stets zu Ish gekommen und hatten sich Ratschläge geholt (auch wenn die Schatten seinen Geist immer mehr umhüllten), doch irgendwann begannen sie, ihn aus anderen Gründen aufzusuchen. Mochte er am Hügel in der Sonne sitzen oder bei Regen und Nebel in seinem Haus – sie kamen und brachten ihm kleine Gaben dar: eine Handvoll reifer Beeren, die er so gern mochte, oder einen schimmernden Stein oder in der Sonne blitzende bunte Glasstücke. Ish war an dem Glas und den Steinen nicht sonderlich gelegen, obwohl die Steine häufig Saphire und Smaragde aus ehemaligen Juwelierläden waren; aber er wusste die Gaben zu schätzen, weil die jungen Menschen ihm etwas schenkten, an dem sie selbst Gefallen hatten.

Immer, wenn sie ihm etwas gebracht hatten, stellten sie in aller Förmlichkeit eine Frage, während er dasaß und seinen Hammer hielt. Manchmal fragten sie, wie das Wetter werden würde, und darauf antwortete Ish gern. Er konnte immer noch auf das Barometer seines Vaters schauen, und so vermochte er oft zu sagen – was die jungen Leute nicht wissen konnten –, ob die niedrigen Wolken bald in der Sonnenwärme verschwinden würden oder ob sie ein nahendes Unwetter ankündigten.

Manchmal jedoch stellten sie ihm auch andere Fragen – zum Beispiel, in welche Himmelsrichtung sie ziehen sollten, damit die Jagd ergiebig war. Darauf antwortete Ish höchst ungern, denn davon verstand er nichts. Aber wenn er nicht antwortete, waren die jungen Leute unzufrieden, und sie zwickten ihn. Da ihm das wehtat, antwortete er trotz seiner Unkenntnis. Er pflegte dann zu sagen: »Zieht südwärts!« Oder: »Jagt jenseits der Hügel!« Dann freuten sich die jungen Leute und brachen auf, und zuweilen hatte Ish Angst, sie kämen wieder und kniffen ihn, weil die Jagd nicht gut gewesen war; aber das geschah nie.

Während jener Jahre gab es Tage, an denen er klar denken konnte; an anderen Tagen jedoch schien in allen Winkeln seines Kopfes dichter Nebel zu wabern. Aber eines Tages, als sie wieder einmal kamen, um ihn etwas zu fragen, und sein Geist ganz klar war, begriff er, dass er zu einer Art Gott geworden war oder zumindest zu einem Orakel, aus dem ein Gott sprach. Er dachte an die weit zurückliegenden Zeiten, als die Kinder Angst gehabt hatten, den Hammer zu holen, und wissend genickt hatten, als er gesagt hatte, er sei ein Amerikaner. Und dabei hatte er sich nie gewünscht, ein Gott zu sein.

An einem anderen Tag saß Ish am Hügel in der Sonne, und nach einer Weile blickte er nach links und sah, dass dort niemand saß. Und er begriff, dass Ezra, der gute Ezra, gestorben war und dass nie wieder jemand neben ihm am Hügel sitzen würde. Bei diesem Gedanken umklammerte er den Stiel des Hammers, den er jetzt nur noch mit großer Anstrengung heben konnte, auch wenn er sich beider Hände bediente.

Er wird Single-Jack genannt, dachte er, doch jetzt ist er zu schwer für mich. Jetzt ist er das Symbol eines Stammesgottes geworden, und er ist noch immer bei mir, nun, da alle anderen, selbst Ezra, gegangen sind.

Der Schock, den die Erkenntnis, dass Ezra tot war, mit sich brachte, ließ ihn klarer denken und sehen, und so blickte er sich um und sah, dass dort, wo er auf dem Hang des Hügels saß, vor vielen Jahren ein gepflegter Garten gewesen sein musste, der jetzt nur noch ein zertrampelter Platz mit hohem Gras inmitten wuchernder Büsche und Bäume war, deren Kronen die halb zerfallenen Häuser überragten.

Dann blickte er zur Sonne und merkte, dass sie im Osten stand, nicht im Westen, wie er geglaubt hatte. Außerdem war sie weit im Norden, es musste also Mittsommer sein, während er gedacht hatte, es sei Frühlingsanfang. In den vielen Jahren, die er am Hügel gesessen hatte, hatte er seinen Zeitsinn eingebüßt, sodass das Wandern der Sonne von Osten nach Westen an einem Tag fast dasselbe zu sein schien wie das Wandern der Sonne von Norden nach Süden in einem Jahr – er konnte beides nicht mehr unterscheiden. Dieser Gedanke bewirkte, dass er sich sehr alt und sehr traurig fühlte, und diese Traurigkeit führte ihn zu einer anderen Traurigkeit, und er dachte: Em ist tot. Und Joey ist tot. Und selbst Ezra, mein Helfer, ist nun tot.

Während er sich so die vergangenen Ereignisse ins Gedächtnis rief und sich seiner Einsamkeit bewusst wurde, begann er leise zu weinen, denn er war ein alter Mann, und was er tat, entzog sich seiner Kontrolle. Und er dachte: Ja, jetzt sind sie alle tot. Und ich bin der letzte Amerikaner.

Ende des zweiten Zwischenkapitels »Eilende Jahre«

DRITTER TEIL

DER LETZTE AMERIKANER

»'tis merry, 'tis merry
in good greenwood.«

Altes Lied

1

Vielleicht geschah es am selben Tag, vielleicht war es nur derselbe Sommer, aber vielleicht war es auch ein anderes Jahr … Als Ish aufblickte, sah er, dass ein junger Mensch vor ihm stand. Der junge Mensch trug eine saubere Jeans mit blankgeputzten Kupferknöpfen, und über die Schultern hing ihm ein gegerbtes Löwenfell, dessen scharfe Klauen nach unten baumelten. In der Hand hielt er einen starken Bogen, und auf dem Rücken hatte er einen Köcher, aus dem die gefiederten Enden von Pfeilen ragten.

Ish blinzelte; das Sonnenlicht war zu grell für seine alten Augen. »Wer bist du?«, fragte er.

Der junge Mensch erwiderte respektvoll: »Ich bin Jack, Ish, wie du sehr wohl weißt.«

Die Art, wie er »Ish« sagte, deutete nicht darauf hin, dass er versuchte, unangemessen vertraut mit einem alten Mann zu reden, indem er ihn bei seinem Spitznamen nannte; es lag darin vielmehr hohe Achtung und Ehrfurcht, als wäre »Ish« sehr viel mehr als nur der Name eines Greises.

Doch Ish war verwirrt; er schielte, als er sein Gegenüber eindringlicher zu mustern versuchte, denn auf kurze Entfernungen verschwamm alles vor seinen Augen. Aber er wusste genau, dass Jack dunkles Haar hatte – oder jetzt vielleicht angegrautes –, und dieser hier, der sich als Jack bezeichnete, hatte langes, wehendes, gelbes Haar.

»Du solltest mit einem alten Mann keine Scherze treiben«, sagte Ish. »Jack ist mein ältester Sohn, und den würde ich erkennen. Er hat dunkles Haar, und er ist älter als du.«

Der junge Mensch lachte höflich und sagte: »Du sprichst von meinem Großvater, Ish, wie du sehr wohl weißt.« Wieder schwang in der Art, wie er »Ish« sagte, ein seltsamer Unterton mit, und nun wurde sich Ish auch der sonderbaren Worte bewusst, die der junge Mensch wiederholte: »Wie du sehr wohl weißt.«

»Bist du einer von den ›Ersten‹?«, fragte Ish. »Oder einer von den ›Anderen‹?«

»Von den ›Ersten‹«, sagte der junge Mensch.

Während Ish ihn weiter prüfend ansah, fragte er sich, warum der junge Mensch, der offensichtlich kein Kind mehr war, einen Bogen statt eines Gewehrs trug.

»Warum hast du kein Gewehr?«, fragte er.

»Gewehre sind hübsche Spielzeuge«, sagte der junge Mensch und lachte, nun vielleicht ein wenig verächtlich. »Auf ein Gewehr ist kein Verlass, wie du, Ish, sehr wohl weißt. Manchmal funktioniert das Gewehr, und dann macht es das laute Geräusch, aber andere Male drückt man ab, und es macht nur klick.« Er schnalzte mit den Fingern. »Deshalb sind Gewehre für die richtige Jagd untauglich, auch wenn die älteren Leute sagen, vor langer, langer Zeit sei das anders gewesen. Jetzt nehmen wir Pfeile, weil das sicherer ist und weil sie sich nie weigern loszufliegen, und außerdem ...« Der junge Mensch richtete sich stolz auf. »... außerdem bedarf es der Kraft und der Geschicklichkeit, mit dem Bogen zu schießen. Mit einem Gewehr schießen, so heißt es, das kann jeder, wie du, Ish, sehr wohl weißt.«

»Zeig mir einen der Pfeile«, sagte Ish.

Der junge Mensch nahm einen Pfeil aus dem Köcher, sah ihn an und reichte ihn dann Ish. »Es ist ein guter Pfeil«, sagte er. »Ich habe ihn selbst geschnitzt.«

Ish betrachtete den Pfeil und fühlte, wie schwer er war. Das war wahrlich kein Kinderspielzeug. Der Schaft war fast drei Fuß lang und säuberlich aus makellosem, gerade gewachsenem Holz geschnitzt. Er war gut gefiedert, mit Schwungfedern. Ish konnte nicht mehr gut genug sehen, um zu erkennen, welcher Vogel seine Federn dazu hatte hergeben müssen, aber er konnte sich durch Tasten davon überzeugen, dass die Federn sorgfältig angebracht waren, sodass sich der Pfeil im Flug drehen konnte wie eine Gewehrkugel, die Richtung beibehielt und eine größere Durchschlagskraft hatte.

Dann untersuchte er die Pfeilspitze, abermals mehr mit den Fingerspitzen als mit den Augen. Sie war vorn und an den Seiten sehr scharf; fast hätte er sich in den Daumen gestochen. Sie war höckerig und dennoch glatt, woraus er schloss, dass sie aus gehämmertem Metall bestand. Zwar konnte er nicht richtig sehen, aber er merkte doch, dass sie silberhell war.

»Woraus besteht die Spitze?«, fragte er.

»Aus einem der kleinen runden Dinger. Es sind Gesichter drauf. Die alten Leute haben dafür einen Namen, aber ich erinnere mich nicht daran.« Der junge Mensch hielt inne, als wartete er darauf, dass Ish ihm das richtige Wort sagte, doch als er keine Antwort erhielt, redete er weiter, begierig darauf, seine Kenntnisse über Pfeilspitzen an den Mann zu bringen. »Wir finden diese kleinen runden Dinger in den alten Gebäuden. Meistens liegen sie in Büchsen und Schubfächern. Manchmal sind sie eingewickelt und sehen wie kurze runde Stöcke aus – sie sind aber schwerer als Stöcke. Manche sind rot und manche sind weiß, wie dieses hier, und von den weißen gibt es zwei Sorten. Auf der einen Sorte ist das Bild eines Bullen mit einem großen Höcker, die benutzen wir nicht, weil sie sich so schwer hämmern lassen.«

Ish dachte kurz nach und war sich dann sicher zu verstehen, was gemeint war. »Und dieses weiße hier?«, fragte er. »War eine Prägung darauf, ein Bild?«

Der junge Mensch griff nach dem Pfeil, beäugte ihn und gab ihn wieder zurück. »Auf allen sind Bilder«, sagte er. »Ich wollte nur sehen, ob ich noch erkennen kann, was für ein Bild auf diesem war. Es ist durch das Hämmern nicht ganz verschwunden. Es war eines von den kleinsten Stücken, und es war das Bild von einer Frau darauf, der Flügel aus dem Kopf wachsen. Auf manchen sind Bilder von Falken – aber es sind gar keine richtigen Falken.« Die Stimme des jungen Menschen klang nun sehr fröhlich. »Auf anderen sind Männer, zumindest sehen sie aus wie Männer – einer hat einen Bart, einem hängt das Haar hinten lang herunter, und einer hat ein ganz strenges Gesicht, keinen Bart, kurzes Haar und kräftige Kiefer.«

»Und wer, meinst du, waren all diese Männer?«

Der junge Mensch blickte nach links und rechts, als fühlte er sich etwas unsicher. »Das … oh, das … ja, das, glauben wir, wie du selbst, Ish, sehr wohl weißt, das waren die ›Alten‹, die vor unseren ›Alten‹ da waren.« Als kein Blitz und Donnerschlag erfolgte und der junge Mensch merkte, dass Ish nicht zornig wurde, fuhr er fort: »Ja, so muss es sein – wie du, Ish, sehr wohl weißt. Diese Männer und die Falken und der Bulle! Vielleicht stammt die Frau, der die Flügel aus dem Kopf wachsen, aus der Ehe eines Falken und einer Frau. Aber wie dem auch sei, sie scheinen es uns nicht zu verübeln, dass wir ihre Bilder nehmen und Pfeilspitzen daraus machen. Ich habe darüber nachgedacht. Vielleicht sind sie zu groß, um sich um so kleine Dinge zu kümmern, oder vielleicht haben sie ihr Werk vor langer Zeit vollbracht und sind jetzt alt und schwach.«

Er hielt inne, aber Ish merkte, dass der junge Mensch ziemlich mit sich zufrieden war und gerne redete und dass er sich überlegte, was er jetzt noch sagen könnte. Zumindest hatte er Fantasie.

»Ja«, fuhr der junge Mensch fort, »ich glaube, ich weiß, wie es einst war. Unsere ›Alten‹ – die Amerikaner – haben die Häuser und die Brücken und die kleinen runden Dinger geschaffen, aus denen wir die Pfeilspitzen hämmern. Aber die anderen – die ›Alten‹ der ›Alten‹ – haben die Berge und die Sonne und auch die Amerikaner geschaffen.«

Obwohl es unfair war, den jungen Menschen hinters Licht zu führen, konnte Ish nicht umhin, etwas Doppeldeutiges zu sagen. »Ja«, sagte er, »ich habe davon reden hören, dass diese ›Alten‹ die Amerikaner geschaffen haben, aber ich bezweifle, dass sie auch die Berge und die Sonne gemacht haben.«

Der junge Mensch hatte den Sinn von Ishs Worten wohl kaum erfasst, aber das Ironische des Tonfalls gespürt, und so schwieg er.

»Sprich nur weiter«, sagte Ish. »Erzähl mir mehr über die Pfeilspitzen. An deiner Kosmogonie bin ich nicht interessiert.« Er verwendete das Wort »Kosmogonie« in fröhlicher Bosheit, obwohl er wusste, dass der andere es nicht verstand. Aber es machte wohl Eindruck, weil es ein langes Wort war und fremdartig klang.

»Ja, die Pfeilspitzen«, sagte der junge Mensch, zögerte einen Augenblick und gewann dann sein Selbstvertrauen wieder. »Wir benutzen die roten und die weißen. Die roten sind gut, um Rinder und Löwen zu schießen. Die weißen sind für Rehe und andere Tiere.«

»Warum das?«, fragte Ish heftig; er spürte, wie sich seine aus den Alten Zeiten stammende Rationalität gegen dergleichen Magie und Hokuspokus auflehnte. Aber die Frage schien den jungen Menschen lediglich zu überraschen und zu verwirren.

»Warum?«, fragte er. »Warum? Das kann doch niemand wissen. Bis auf dich, Ish! Das mit den roten und weißen Pfeilspitzen – das ist nun einmal so. Es ist wie …« Er zögerte, das Sonnenlicht schien seine Aufmerksamkeit abzulenken. »Ja, es ist wie mit der Sonne, die sich um die Erde dreht. Aber warum sie das tut, das weiß natürlich niemand, und es fragt auch niemand danach. Warum sollte es da ein ›Warum‹ geben?«

Nachdem er diese letzten Worte gesprochen hatte, schien der junge Mensch mit sich selbst wieder außerordentlich zufrieden zu sein, als hätte er eine tiefgründige philosophische Weisheit formuliert; dabei hatte er doch nur eine Banalität von sich gegeben. Aber als Ish darüber nachdachte, war er sich plötzlich nicht mehr so sicher. Vielleicht lag in dieser Banalität, in dieser Einfachheit und Schlichtheit Tiefe. Gab es denn überhaupt eine Antwort auf das »Warum«? Existierten die Dinge nicht einzig in ihrer Gegenwart?

Ja, Ish war mehr und mehr überzeugt davon, dass hier ein Trugschluss lauerte. Die Begriffe Ursache und Wirkung waren für das menschliche Verstehen lebensnotwendig, und die Sache mit den verschiedenfarbigen Pfeilspitzen war dafür ein Beweis, nicht das Gegenteil. Nur war das Kausalprinzip hier falsch und irrational. Der junge Mensch behauptete etwas Absurdes, nämlich dass Rinder und Löwen besser mit den aus kupfernen Pennystücken gehämmerten Pfeilspitzen getötet werden konnten, während für Rehe die aus silbernen Zehncent- oder Vierteldollarstücken gehämmerten besser geeignet waren. Der Unterschied in Härte oder Schärfe fiel dabei offenbar nicht ins Gewicht. Für diese primitiven Gemüter war die bedeutungslose Farbe zum entscheidenden Faktor geworden.

Tief in seinem Innern spürte Ish seinen alten Hass gegen irrationales Denken und Aberglauben. Obwohl er ein alter Mann war, musste er hier eingreifen.

»Nein«, sagte er so laut und heftig, dass der junge Mensch zusammenzuckte. »Nein! Das ist nicht richtig! Das mit den weißen und den roten Pfeilspitzen. Die einen sind so gut wie …«

Dann wurde seine Stimme langsam schleppender, und er dachte: Nein, das ist der falsche Weg. Und er hörte eine tiefe Altstimme sagen: »Gib nach! Entspann dich!« Vielleicht hätte er diesen jungen Menschen namens Jack überzeugen können, der zweifellos ein intelligenter und fantasiebegabter Junge war, möglicherweise ähnlich wie der Kleine, der Joey geheißen hatte. Aber was käme dabei heraus? Höchstens dass der junge Mensch verwirrt war und sich unter seinen Gefährten unglücklich fühlte. Und was war schon der Unterschied? Schließlich waren kupferne Pfeilspitzen in ihrer Wirkung gegen Löwen nicht schwächer, und wenn die Bogenschützen glaubten, sie seien sogar stärker, so flößte ihnen dieser Gedanke Mut ein und verlieh ihnen eine sichere Hand.

Also äußerte sich Ish nicht weiter zu dieser Angelegenheit, sondern lächelte dem jungen Menschen ermutigend zu und sah wieder auf den Pfeil. Dann kam ihm ein anderer Gedanke, und er fragte: »Könnt ihr denn immer eine genügende Menge von den kleinen runden Dingern auftreiben?«

Der junge Mensch lachte fröhlich auf, als wäre das eine äußerst komische Frage. »Aber ja«, sagte er. »Es liegen so viele herum, dass wir damit nicht fertig würden, auch wenn wir den ganzen Tag nichts anderes täten als Pfeilspitzen hämmern.«

Ish dachte nach. Ja, das stimmte wohl. Selbst wenn der Stamm inzwischen aus hundert Menschen bestand, lagen für sie Tausende und Abertausende von Münzen in Ladenkassen und Geldschränken bereit, nur allein in dieser Gegend der Stadt. Und wenn diese Münzen aufgebraucht waren, so gab es Tausende von Meilen kupfernen Telefondrahts. Als er den ersten Bogen gefertigt hatte, erinnerte er sich, hatte er sich vorgestellt, dass der Stamm zu steinernen Pfeilspitzen zurückkehren würde. Stattdessen hatten sie eine Abkürzung genommen und bedienten sich schon des Metalls. Ja, vielleicht hatte der Stamm – und damit seine eigenen Abkömmlinge – den entscheidenden Punkt überschritten. Sie vergaßen nicht nur das Alte, sondern lernten schon wieder Neues, sie sanken nicht länger hinab in den Zustand von Wilden, sondern hatten wieder eine gewisse Stabilität erlangt – und damit vielleicht eine neue Sicherheit. Er hatte dabei geholfen, indem er ihnen das Fertigen von Bogen gezeigt hatte, und das erfüllte ihn mit großer Genugtuung.

Als Ish den Pfeil zur Genüge betrachtet hatte, gab er ihn zurück. »Es scheint ein sehr guter Pfeil zu sein«, sagte er, obwohl er im Grunde nicht allzu viel von Pfeilen verstand.

Nichtsdestoweniger lächelte der junge Mensch beglückt über das Lob seines Pfeils, und Ish bemerkte, dass er eine Markierung darauf machte, ehe er ihn wieder in den Köcher steckte, als wünschte er, ihn künftig von den anderen Pfeilen unterscheiden zu können. Und als er dann den jungen Menschen weiter ansah, empfand er plötzlich eine große Liebe zu ihm; seit langer Zeit – seit er als Greis am Hügelhang gesessen hatte – war er nicht mehr so tief bewegt gewesen. Dieser Jack, der zu den »Ersten« gehörte, musste Ishs Urenkel in der männlichen Linie sein, also war er auch Ems Urenkel. Das Herz ging ihm über, und er stellte eine seltsame Frage. »Junger Mann«, sagte er, »bist du glücklich?«

Der junge Mensch namens Jack sah etwas verwirrt drein. Er wandte den Kopf nach rechts und links, ehe er antwortete. Dann sagte er: »Ja, ich bin glücklich. Die Dinge sind, wie sie sind, und ich bin ein Teil von ihnen.«

Ish überlegte, was das bedeuten sollte, ob diese Worte lediglich naiv dahingesprochen worden waren oder ob dahinter eine tiefe Philosophie steckte; aber er konnte sich nicht entscheiden, und der Nebel schien wieder in alle Winkel seines Gehirns zu dringen. Doch dann fiel ihm verschwommen ein, dass diese Worte vertraut geklungen hatten. Vielleicht hatte er früher nicht ganz genau die gleichen Worte gehört, doch es waren Worte, die jemand, der ihm einst sehr nahegestanden hatte, sehr wohl hätte sprechen können. Denn in den Worten des jungen Menschen war nichts Fragendes gewesen, sondern etwas Akzeptierendes. Ish konnte sich an jenen Menschen aus seiner Vergangenheit nicht genau erinnern, aber er spürte etwas Weiches und Warmes, und ein wohliges Gefühl durchflutete ihn.

Als er sich schließlich von diesen Gedanken löste und aufblickte, stand niemand mehr vor ihm, und Ish wäre tatsächlich nicht imstande gewesen, mit Sicherheit zu sagen, ob der junge Mensch namens Jack am gleichen Tag bei ihm gewesen war. Oder ob jetzt ein anderer Tag war. Oder vielleicht ein anderer Sommer.

2

Eines Morgens erwachte er früh, als im Zimmer noch Dämmerlicht herrschte. Für eine Weile lag er still und überlegte, wo er war, und einen Augenblick lang glaubte er, er sei wieder ein kleiner Junge und zu seiner Mutter ins Bett gekrochen, weil es dort am Morgen so behaglich war. Dann fiel ihm ein, dass dem nicht so sein konnte, und wenn er die Hand ausstreckte, würde er Em neben sich finden. Aber auch dem war nicht so. Dann dachte er an seine junge Frau. Doch auch die war nicht da, denn er hatte sie vor langer Zeit einem jüngeren Mann überlassen, weil es richtig ist, wenn eine Frau Kinder gebiert, damit der Stamm an Zahl zunimmt und die Dunkelheit weiter zurückweicht. So wurde er sich schließlich bewusst, dass er ein sehr alter Mann war und ganz allein im Bett lag. Und doch war es dasselbe Bett und dasselbe Zimmer.

Seine Kehle war seltsam trocken. Er stand langsam auf und ging unsicher auf steifen, alten Beinen ins Badezimmer, um sich ein Glas Wasser zu holen. Er streckte die Hand aus und knipste den Lichtschalter an, hörte das vertraute Klicken, und plötzlich erschien ihm das Zimmer strahlend hell. Doch gleich danach stand er wieder im Dämmerlicht, und ihm wurde klar, dass das elektrische Licht nicht aufgeflammt war. Seit Jahren hatte es nicht gebrannt, und es würde auch nie wieder brennen – sein altes Hirn war durch das vertraute Klicken getäuscht worden, und er hatte für einen Sekundenbruchteil geglaubt, der Raum wäre hell geworden. Er zerbrach sich aber nicht weiter den Kopf darüber; es war ihm schon mehrmals passiert.

Dann, als er den rostigen Hahn über dem Waschbecken aufdrehte, strömte kein Wasser heraus, und ihm fiel ein, dass schon seit Jahren kein Wasser mehr kam.

Und so konnte er kein Wasser trinken; aber es war ohnehin nicht so sehr der Durst, der ihm zu schaffen machte, als diese Trockenheit in der Kehle. Er schluckte einige Male, und es wurde etwas besser. Als er dann wieder vor seinem Bett stand, zögerte er und schnupperte in der Luft. Er konnte sich erinnern, dass sich die Gerüche im Laufe der Jahre oftmals geändert hatten. Ganz früher hatte der Geruch der großen Stadt geherrscht. Der war dem Geruch von Pflanzen und Wachstum gewichen. Aber auch der war geschwunden, und nun herrschte in dem alten Haus ein Geruch von Alter und Verfall. Doch dieser Geruch war ihm vertraut. Was er im Augenblick wahrzunehmen versuchte, war eine Art trockener Rauch, der, so meinte er, ihn so früh hatte aufwachen lassen. Aber er hatte keine Angst und kroch wieder ins Bett.

Aus Norden wehte ein gleichmäßiger Wind. Er bewegte die Tannenbäume, die nun dicht um das Haus herum wuchsen, und ihre Zweige schabten an den Fenstern und schlugen gegen die Hauswände.

Das Geräusch hielt ihn wach, und er lag da und lauschte. Er wünschte sich zu wissen, wie spät es wohl war, aber er trug seit Langem keine Armbanduhr mehr. Zeit hatte früher bedeutet, dass bestimmte Dinge zu bestimmten Stunden getan werden mussten – all das gab es längst nicht mehr, nicht nur weil sich die Art zu leben geändert hatte, sondern weil er selbst inzwischen so alt war, dass er beinahe jenseits des Lebens stand. In gewisser Hinsicht, dachte er, war er schon aus der Zeit in die Ewigkeit hinübergeglitten.

Nun lag er allein in dem alten, halb verfallenen Haus. Die anderen schliefen in anderen Häusern oder, bei gutem Wetter, im Freien. Vielleicht meinten sie, dass in diesem alten Haus Geister umgingen. Und vielleicht stimmte das sogar. Wenn Ish an die vor langer Zeit Gestorbenen dachte, wurden sie ihm so unmittelbar gegenwärtig, dass ihm schien, als seien sie lebendig.

Obwohl er keine Uhr besaß, sagte ihm das Dämmerlicht, dass es kurz vor Sonnenaufgang war. Offenbar hatte er gerade so lange geschlafen, wie ein alter Mann eben schlafen musste. Er wollte liegen bleiben, sich dann und wann auf die andere Seite drehen, bis die Sonne aufgegangen war und irgendjemand – er wünschte, es würde der junge Mensch namens Jack sein – kam und ihm Frühstück brachte: einen gut durchgebratenen Rinderknochen, den er aussaugen konnte, und Maisbrei. Der Stamm sorgte gut für ihn, den alten Mann. Sie gaben ihm weiter Maisspeisen, obwohl Mais sehr selten geworden war. Sie schickten jemand, der seinen Hammer trug und ihm nach draußen half, sodass er am Hang des Hügels sitzen konnte, wenn die Sonne schien. Oft war es Jack, der kam und ihm half. Ja, sie sorgten sehr gut für ihn, obwohl er ein alter Mann und zu nichts nütze war. Manchmal waren sie zornig auf ihn und zwickten ihn, doch das geschah nur, weil sie meinten, er wäre ein Gott.

Nach wie vor blies der Wind, und die Zweige schabten und kratzten am Haus, und offenbar hatte er doch nicht so lange geschlafen, wie es sein Schlafbedürfnis erforderte, und so schlummerte er trotz der Geräusche nach einer Weile wieder ein.

Die Hügeldurchstiche und die langen Dämme der Straßen – sie sind als enge Täler und Bodenwellen auch noch nach zehn-

tausend Jahren erkennbar. Die großen Mengen an Beton, aus dem die Dämme bestanden – sie überdauern wie aus Granit gefügte Deiche.

Stahl und Holz dagegen vergehen schnell. Über sie fallen die drei Feuer her.

Das langsamste von ihnen ist das Feuer des Rosts, das auf dem Stahl brennt. Doch gib ihm ein paar Jahrhunderte, und das hohe Stahlgerüst, das den Canyon überspannt, ist nur noch ein Streifen roter Erde auf den steilen Wänden darunter.

Schneller wirkt das Feuer der Vermoderung, das sich vom Holz nährt.

Aber das schnellste von allen ist das Feuer der Flammen.

Plötzlich wurde er von jemandem heftig geschüttelt, und er wachte erschrocken auf. Als sich seine alten Augen richtig eingestellt hatten, sah er, dass der, der ihn schüttelte, der junge Mensch namens Jack war. Jacks Gesicht war angstverzerrt.

»Schnell, steh auf! Steh auf!«, rief Jack.

Durch den Schock des jähen Erwachens schien Ishs Geist klarer als zuvor, und sein Körper und sein Gehirn reagierten schneller. Hastig erhob er sich und warf ein paar Kleidungsstücke über. Jack half ihm dabei. Das Zimmer war jetzt von dichtem Rauch erfüllt, nicht nur von Rauchgeruch. Ish hustete, seine Augen tränten. Er hörte ein Prasseln und ein dumpfes Sausen. In aller Eile stiegen sie die Treppe hinunter und gingen durch die Haustür über die Stufen auf die Straße. Erst als sie außerhalb des Hauses waren, merkte Ish, wie stark der Wind wehte. Er wälzte Rauch vor sich her und einen Wirbel aus brennenden Blättern und Rindenstücken.

Ish war nicht sehr überrascht. Er hatte immer gewusst, dass dies eines Tages geschehen würde. Jedes Jahr wucherte der wilde Hafer empor und reifte und verdorrte, wo er eben stand. Jedes Jahr war das Buschwerk der verwahrlosten Gärten dichter geworden, und das dürre Laub war dazwischengefallen. Es war lediglich eine Frage der Zeit, bis das Lagerfeuer eines Jägers sich dessen Kontrolle entzog, vom starken Wind angefacht und weitergetrieben wurde und als Feuersbrunst auf dieser Seite der Bucht reinen Tisch machte, so wie es auf der anderen Seite bereits geschehen war.

Gerade als sie auf dem Bürgersteig angelangt waren, flammte das dichte, verfilzte Buschwerk um das nächstgelegene Haus herum prasselnd auf, sodass Ish vor der Hitze zurückzuckte. Jack schickte sich an, ihn vor dem sich nähernden Feuer wegzuführen, und in diesem Augenblick merkte Ish, dass er etwas vergessen hatte, auch wenn ihm nicht einfiel, was es war.

Sie stießen auf zwei andere junge Menschen, die dastanden und auf die Flammen blickten. Und dann fiel es Ish ein.

»Mein Hammer!«, rief er. »Wo ist mein Hammer?«

Kaum hatte er die Worte ausgestoßen, schämte er sich, in diesem Augenblick höchster Bedrängnis so viel Aufhebens um eine Lappalie zu machen. Schließlich hatte der Hammer nicht die geringste Bedeutung. Aber er war verblüfft, welche Wirkung seine Worte auf die drei jungen Menschen ausübten. Sie sahen einander an, als hätte sie panisches Entsetzen gepackt, und plötzlich stürzte Jack auf das Haus zu, obwohl die Gartenbüsche schon zu rauchen begannen.

»Komm zurück! Komm zurück!«, rief Ish hinter ihm her, aber seine Stimme war nicht sehr stark, und er war dem Ersticken nahe. Es war für ihn ein furchtbarer Gedanke, dass Jack um so einer Nichtigkeit willen, wie es der Hammer war, im Feuer umkommen könnte.

Aber da kam Jack schon wieder heraus. Sein Löwenfell war versengt, und er rieb sich ein, zwei Brandwunden, wo Funken auf ihn gefallen waren. Die beiden anderen jungen Menschen schienen unendlich erleichtert, als sie sahen, dass Jack den Hammer in der Hand hielt.

Dort, wo sie standen, konnten sie nicht länger bleiben; die Flammen waberten schon fast über ihnen.

»Wohin sollen wir gehen, Ish?«, fragte einer der beiden.

Ish dachte, dass das eine merkwürdige Frage war, die da an ihn gerichtet wurde, denn er war doch ein alter Mann und wusste kaum so gut wie einer der Jüngeren, was jetzt zu tun war. Doch dann fiel ihm ein, dass sie ihn oft gefragt hatten, in welche Himmelsrichtung sie zur Jagd ausziehen sollten. Gab er keine Antwort, so kniffen sie ihn. Er wollte nicht gekniffen werden, also dachte er darüber nach, welchen Weg sie einschlagen sollten. Die jungen Menschen, überlegte er, konnten vor dem Feuer davonlaufen, aber er selbst hatte wohl nicht mehr die Kraft dazu. Und so dachte er angestrengter als je zuvor nach – zum einen, weil er sein Leben und das der jungen Menschen retten wollte, zum anderen, weil er Angst hatte, sie würden ihn kneifen. Und da fiel ihm die flache, kahle Felsplatte ein, in die sie früher die Jahreszahlen gemeißelt hatten. Rings um diese Platte befanden sich weitere hohe Felsen, wo nichts wuchs, und in den Spalten zwischen diesen Felsen konnten sie Zuflucht finden, weil dort nichts Brennbares war.

»Lasst uns zu den Felsen gehen!«, sagte er, wobei er davon ausging, dass sie wussten, welche Felsen er meinte.

Zwar stützten ihn die jungen Menschen, trotzdem war Ish sehr erschöpft, als sie schließlich bei den Felsen ankamen und in Sicherheit waren. Nun lag er ruhig da, schnappte nach Luft und kam allmählich wieder zu Kräften. Um sie herum wütete das Feuer, doch zwischen den Felsen bestand für sie keine Gefahr. Einer der Felsen stand schräg, und ein anderer lehnte dicht daneben, sodass sie sich fast in einer Höhle befanden.

Wie er dort lag, sank Ish vor Schwäche in einen Halbschlaf, vielleicht war es aber auch eine leichte Ohnmacht, weil sein altes Herz nach der Flucht vor den Flammen wild pochte. Nach einer Weile kam er wieder zu sich, atmete ruhig, und sein Geist schien so klar wie seit Langem nicht.

Ja, dachte er, es ist die Zeit der Herbstdürre und der Feuersbrünste, die Zeit der trockenen Nordwinde. Und dieser Herbst ist dem Sommer gefolgt, in dem ich Jack kennengelernt und mich mit ihm über Pfeilspitzen unterhalten habe. Von diesem Augenblick an hat sich hauptsächlich Jack um mich gekümmert, vielleicht hat es ihm der Stamm bei einer Versammlung ausdrücklich befohlen. Also bin ich jemand, der sehr wichtig ist. Ich bin ein Gott. Nein, ich bin kein Gott. Aber vielleicht bin ich das Sprachrohr eines Gottes. Nein, ich weiß, dass ich auch das nicht bin. Doch sie sorgen wenigstens für mich, und ich habe es gut, weil ich der letzte Amerikaner bin.

Und dann, in seiner Erschöpfung, schlief er wieder ein oder sank in eine weitere Ohnmacht.

Nach einiger Zeit kam er wieder zu sich. Sehr lange konnte er nicht bewusstlos dagelegen haben, denn noch immer hörte er das Prasseln der Flammen. Als er die Augen aufschlug, sah er über sich nur die graue Masse des schräg stehenden Felsens, und er merkte, dass er auf dem Rücken lag. Er vernahm ein leises Schnaufen und das gutartige Grollen eines Hundes.

Und jetzt, da er wieder bei Bewusstsein war, schien sein Geist klarer als je zuvor zu sein, so klar, dass er fast ein wenig darüber erschrak. Denn ihm war, als wisse er um die gesamte Vergangenheit und um die gesamte Zukunft – und auch um alles, was in diesem Augenblick geschah.

Auch die zweite Welt ist nun vernichtet. (Die Gedanken flackerten durch sein Hirn.) Ich habe die große Welt zugrunde gehen sehen. Nun geht die kleine Welt, meine zweite Welt, ebenfalls zugrunde. Sie geht im Feuer zugrunde, im Feuer, das wir seit so langer Zeit kennen, das uns wärmt und das uns vernichtet. Früher hat es geheißen, wir würden uns wegen der Bomben zurückentwickeln und wieder in Höhlen leben. Ja, nun sind wir hier in einer Höhle – aber es ist nicht auf die Art geschehen, wie man damals angenommen hat. Ich habe den Untergang meiner großen Welt überlebt, aber die Zerstörung meiner kleinen Welt werde ich nicht lange überleben. Ich bin ein alter Mann, und mein Geist ist jetzt viel zu klar. Ich weiß es. Das Ende ist nahe. Aus der Höhle sind wir gekommen, in die Höhle kehren wir zurück.

So wie sein Geist schienen auch seine Augen klarer als sonst zu sein, und als er sich nach einiger Zeit kräftiger fühlte, stand er auf, um die anderen zu betrachten. Im ersten Augenblick war er überrascht, dass nicht nur die drei jungen Menschen mit ihm in der Höhle waren, sondern auch noch zwei Hunde. Er konnte sich nicht erinnern, die beiden Hunde zuvor gesehen zu haben. Es waren gewöhnliche Hunde, von der Art, wie sie für die Jagd verwendet wurden – nicht sehr groß, langhaarig, fast schwarz mit ein wenig Weiß dazwischen, eine Art Hirtenhund – so hätte man sie, wie er vermutete, in den Alten Zeiten genannt. Es waren kluge und sogar wohlerzogene Hunde; sie lagen friedlich in der Felshöhle und bellten nicht aufgeregt herum.

Dann sah Ish zu den jungen Menschen. Da er jetzt Vergangenheit und Zukunft ebenso wie die Gegenwart überblicken konnte, erkannte er in ihnen deutlicher als je zuvor jene Mischung aus Vergangenheit, Gegenwart und Zukunft, die sie ja auch tatsächlich waren. Gekleidet waren sie wie Jack. An den Füßen hatten sie weiche, mokassinartige Sandalen aus Hirschleder. Sie trugen Jeans mit blanken Kupferknöpfen und über ihren Oberkörpern die gegerbten Löwenfelle, von denen noch die Pfoten mit den Klauen hingen. Alle hatten sie ihren Bogen und den Köcher mit den Pfeilen und ein Messer an der Hüfte, obwohl sie keine Messer schmieden konnten. Einer von ihnen hatte noch einen Speer, dessen Schaft so groß war wie er selbst, und als Ish genauer hinsah, erkannte er, dass oben an dem Schaft ein altes Schlachtermesser mit langer Klinge angebracht war. Die Klinge war in das Ende des Schafts eingelassen, und da sie sehr spitz und scharf war, war der Speer eine furchtbare Waffe für den Nahkampf.

Schließlich betrachtete Ish die Gesichter der jungen Menschen und sah, dass sie ganz anders als die Gesichter der Menschen vergangener Zeiten waren. Diese Gesichter waren jung, aber sie waren auch ruhig und voller Gleichmut, und es zeigten sich darin kaum Spuren von Überanstrengung, Grübelei und Furcht.

»Seht«, sagte der eine plötzlich und nickte in die Richtung, in der Ish saß. »Seht, es geht ihm besser. Er schaut sich um.«

Die Stimme klang freundlich, und Ish empfand eine große Liebe zu dem jungen Menschen, von dem er kurz zuvor noch befürchtet hatte, er würde der Erste sein, der ihn kniff.

Sonderbar war auch, dachte er, dass nach all den Jahren die jungen Menschen nach wie vor in einer Sprache redeten, die man früher als Englisch bezeichnet hatte. Doch als er genauer zuhörte, merkte er, dass sich die Sprache verändert hatte. Als der junge Mensch das Wort »Seht« sagte, klang es nicht ganz so, wie es eigentlich hätte klingen müssen. Es klang wie »Tseht« oder vielleicht auch wie »Tscheht«.

Jetzt wehte etwas Rauch zwischen die Felsen, sodass sie alle husten mussten. Draußen prasselten die Flammen; offenbar brannte eine Baumgruppe oder ein nahegelegenes Haus. Die Hunde winselten leise. Aber die Luft blieb recht kühl, und so hatte Ish keine Angst.

Er fragte sich, was mit den anderen war. Der Stamm bestand inzwischen sicher aus mehreren Hundert Menschen, und aus dem Gleichmut der jungen Menschen schloss er, dass sich kein allzu großes Unglück ereignet hatte. Wahrscheinlich, dachte er, waren die anderen bei den ersten bedrohlichen Anzeichen der Feuersbrunst geflohen, und vielleicht war Jack erst im allerletzten Augenblick der alte Mann eingefallen – der zugleich ein Gott war –, der allein in dem Haus lebte.

Ja, jetzt war es leichter, einfach dazusitzen, Ausschau zu halten und nachzudenken, ohne sich mit Problemen herumzuschlagen. So betrachtete er noch einmal die Gesichter.

Einer der jungen Menschen spielte mit einem Hund. Er streckte die Hand aus und zog sie dann schnell wieder zurück, während der Hund spielerisch zuschnappte und knurrte. Es war, als stünden der Hund und der junge Mensch auf derselben Stufe, und beide schienen sie glücklich. Einer der anderen schnitzte an einem Stück Holz herum. Das scharfe Messer glitt tief in das weiche Holz, und während Ish zusah, wurde daraus eine Figur. Ish lächelte still vor sich hin, als er sah, dass die Figur breite Hüften und üppige

Brüste hatte, und er dachte, dass die Jugend immer noch die gleiche war. Dabei kannte er nicht einmal ihre Namen, außer den von Jack; aber sie mussten alle seine Enkel oder Urenkel sein. Hier saßen sie nun in der höhlenartigen Kluft zwischen zwei hohen Felsen, spielten mit einem Hund und schnitzten unanständige Figürchen, während draußen das Feuer prasselte. Die Zivilisation war vor vielen Jahren untergegangen, und was von der Stadt noch übrig war, brannte gerade ab, und dennoch waren die jungen Menschen glücklich.

War das alles gut so? Aus der Höhle kommen wir; in die Höhle gehen wir. Wenn jener andere überlebt hätte, wenn es andere wie ihn gegeben hätte, würde vielleicht alles ganz anders sein. Wieder musste er an Joey denken – Joey! Aber wäre dann alles besser gewesen? Plötzlich wünschte er, noch lange Zeit zu leben – weitere hundert Jahre, und dann noch einmal hundert. Sein Leben lang hatte er die Entwicklung der Menschen auf der Erde beobachtet, und er wünschte, er könnte das auch in Zukunft tun. Das nächste Jahrhundert und das nächste Jahrtausend würden sehr interessant werden.

Dann saß er nach der Art sehr alter Leute für eine Weile, schlief nicht, dachte aber auch an nichts.

Wieder lebt in jenen Tagen jeder Stamm aus sich und für sich und geht seiner eigenen Wege, und bald sind sie unterschiedlicher als in den ersten Tagen der Menschheit, je nach den Bedingungen des Überlebens und der Lagerplätze …

Hier leben sie in ständiger Furcht vor der Außenwelt und wagen kaum, Wasser zu lassen, ohne dabei zu beten. Sie sind geschickt im Umgang mit Booten auf den von den Gezei-

ten ausgewaschenen Kanälen. Sie fangen Fische und sammeln Muscheln, auch ernten sie die Samen wilder Gräser …

Hier sind welche mit dunklerer Hautfarbe. Sie sprechen eine andere Sprache und beten eine dunkelhäutige Mutter und deren Kind an. Sie halten Pferde und Truthähne und bauen in der Flussniederung Mais an. Sie fangen mit Schlingen Kaninchen, aber Bögen haben sie nicht …

Die hier haben noch dunklere Haut. Sie reden Englisch, können aber kein r aussprechen, und ihre Ausdrucksweise ist breit und plump. Sie halten Schweine und Hühner und bauen Mais an. Auch Baumwolle pflanzen sie an, aber sie verarbeiten sie nicht, außer dass sie ein paar Flocken ihrem Gott opfern, weil sie von früher wissen, dass er Macht hat. Ihr Gott hat die Gestalt eines Alligators, und sie nennen ihn Olzaytn …

Jene hier sind Bogenschützen, und zwar geschickte, und ihre Jagdhunde sind so dressiert, dass sie anschlagen. Sie versammeln sich gerne und führen lange Gespräche. Ihre Frauen schreiten stolz einher. Das Symbol ihres Gottes ist ein Hammer, aber sie zollen ihm keine große Ehrfurcht …

Viele andere gibt es noch, und alle sind sie ganz verschieden. In der Zeit nach diesen Anfangsjahren werden die Stämme wachsen und einander begegnen, und es werden sich in körperlicher und geistiger Hinsicht fruchtbare Kreuzungen ergeben. Und zweifellos wird es – blindlings und ohne menschliche Planung – neue Zivilisationen und neue Kriege geben.

Nach einer Weile wurden sie hungrig und sehr durstig. Da das Feuer inzwischen hier und da erloschen war, wagte sich einer der jungen Menschen hinaus. Als er wiederkam, brachte er einen alten Teekessel aus Aluminium mit. Ish erkannte ihn; er hatte immer bei der Quelle gestanden. Der junge Mensch reichte ihn zunächst Ish, und Ish nahm einen langen Schluck kühlen Wassers. Dann tranken auch die anderen.

Danach zog der junge Mensch eine flache Konservendose aus der Hosentasche. Das Etikett hatte sich schon vor langer Zeit gelöst, und das Metall war ziemlich verrostet. Die drei beredeten ausgiebig, ob sie das, was in der Dose war, essen sollten. Einer von ihnen behauptete, es seien schon Menschen gestorben, die etwas aus einer Dose gegessen hatten. Sie redeten hin und her, aber Ish fragten sie nicht um Rat. Wenn auf der Dose das Bild eines Fisches oder einer Frucht gewesen wäre, hätte man wissen können, welche Art von Nahrung darin war. Aber selbst wenn man es wusste, konnte der Inhalt einer rostigen Dose gefährlich sein; wenn der Rost das Blech durchdrungen hatte, dann war der Inhalt verdorben.

Ish, der sich an dem Gespräch nicht beteiligte, hätte ihnen sagen können, dass es das Einfachste sei, die Dose aufzumachen und nachzusehen, in welchem Zustand der Inhalt war. Aber da er ein sehr alter Mann war und über einige Lebensweisheit verfügte, begriff er, dass sie so viel redeten, weil es ihnen Spaß machte und weil sie möglicherweise einer Entscheidung ausweichen wollten.

Doch nach einiger Zeit kamen sie selbst darauf und öffneten mit einem Messer die Dose. Es war etwas Rötlich-Braunes darin. Ish war sich sicher, dass es sich um eine Dose Lachs handelte. Sie rochen daran und entschieden, dass er noch gut war. Sie sahen sich auch die Innenseite der Dose genau an – der Rost war noch nicht durchgedrungen. Also teilten sie den Lachs auf und gaben Ish eine große Portion.

Ish hatte seit langer Zeit keinen Dosenlachs mehr gesehen, geschweige denn gegessen. Das Fleisch sah viel dunkler aus, als es eigentlich hätte aussehen dürfen, und es schmeckte auch nicht würzig. Doch der Geschmack – oder vielmehr das Fehlen eines Geschmacks – rührte bestimmt daher, dass er im hohen Alter seinen Geschmackssinn verloren hatte. Wäre ihm das Sprechen nicht so schwergefallen, hätte er den jungen Menschen eine Vorlesung über all die Wunder gehalten, die vollbracht worden waren, damit sie nun dieses bisschen Lachs essen konnten. Der Fisch war vor vielen Jahren gefangen worden, wahrscheinlich an den Küsten Alaskas, Tausende von Meilen von dem Ort entfernt, an dem sie ihn jetzt verzehrten. Aber selbst wenn ihm das Sprechen nicht so schwergefallen wäre, hätte er, wie ihm bewusst wurde, den jungen Menschen kaum verständlich machen können, worüber er eigentlich sprach. Vielleicht hatten sie den Ozean gesehen, weil er nicht allzu weit entfernt lag; aber sie würden keine Vorstellung von einem über den Ozean fahrenden großen Schiff haben, und sie würden nicht verstehen, was er meinte, wenn er von Tausenden von Meilen sprach.

Und so aß er in aller Ruhe und ließ seine Blicke von einem der jungen Menschen zum anderen schweifen. Aber immer häufiger richtete sich seine Aufmerksamkeit auf jenen, der Jack hieß. Er hatte eine Narbe auf dem rechten Arm, und sofern seine Augen ihn nicht täuschten, schien es Ish, dass Jacks linke Hand offenbar infolge eines Unfalls ein wenig entstellt war. Ja, Jack musste große Schmerzen erlitten haben, und dennoch war sein Gesichtausdruck wie der der anderen klar und frei.

Wieder spürte Ish, wie sein Herz überlief; denn trotz der Narbe und der entstellten Hand mutete der junge Mensch kindlich und unschuldig an, und Ish fürchtete, dass sich die Welt eines Tages gegen ihn wenden und ihn unvorbereitet finden würde.

Er musste daran denken, wie er diesem jungen Menschen namens Jack einmal eine Frage gestellt hatte. Er hatte ihn gefragt: »Bist du glücklich?« Und der junge Mensch hatte eine so merkwürdige Antwort gegeben, dass Ish sich nicht darüber klar gewesen war, ob Jack ihn überhaupt verstanden hatte. So war es im Laufe der Jahre mit vielen Dingen gegangen; obwohl sich die Sprache selbst gar nicht oder nur wenig veränderte, veränderten sich die Vorstellungen der Menschen. Vielleicht unterschieden sie jetzt nicht mehr so deutlich zwischen Lust und Schmerz, wie es die Menschen im Zeitalter der Zivilisation getan hatten. Vielleicht waren auch andere Unterschiede verblasst.

Vielleicht hatte Jack also die Frage wirklich nicht richtig verstanden, als er damals antwortete: »Ja, ich bin glücklich. Die Dinge sind, wie sie sind, und ich bin ein Teil davon.«

Zumindest aber war die Fröhlichkeit nicht aus der Welt verschwunden. Ish sah die anderen in der Felshöhle mit den Hunden spielen oder miteinander scherzen. Sie lachten leicht und oft. Und während der eine an seinen Holzfiguren schnitzte, pfiff er eine Melodie vor sich hin. Es war eine heitere Melodie, und Ish erinnerte sich an sie, aber nicht an die dazugehörigen Worte. Er musste dabei an Glocken denken und an Schnee und an rot und grün schimmernde Kerzen. Ja, auch in den Alten Zeiten musste es ein fröhliches Lied gewesen sein, und nun klang es fröhlicher als je zuvor. Die Fröhlichkeit hatte das Große Unheil überlebt.

Das Große Unheil … Seit langer Zeit hatte Ish nicht mehr daran gedacht. Nun schienen die Worte ihre Schwere eingebüßt zu haben. Die Menschen, die damals gestorben waren, waren jetzt so lange tot, dass es nicht mehr wichtig schien, ob sie alle in einem Jahr oder im Laufe vieler Jahre gestorben waren. Sie wären jetzt ohnehin alle tot; so viel Zeit war vergangen. Und was den Untergang der Zivilisation betraf – was hatten sie schon verloren?

Noch immer pfiff der junge Mensch vor sich hin, und Ish meinte sich plötzlich der Worte zu erinnern. »Oh du fröhliche …« Er hätte den jungen Menschen natürlich nach den Worten fragen können, aber wie er so in der Höhle zwischen den beiden Felsen saß, fühlte er sich zu müde, um irgendwelche Fragen zu stellen. Dennoch war sein Geist klar – erschreckend klar; er erinnerte sich nicht, dass er mit seinem Denken je so tief unter die Oberfläche der Dinge gedrungen war.

Was bedeutet das?, dachte er. Warum ist mein Geist heute so scharf und schnell? Vielleicht rührte es von dem Schock her; immerhin war er aus dem Bett gerissen worden und hatte das brennende Haus verlassen müssen. Aber er war sich dessen nicht sicher. Alles, was er wusste, war, dass er klarer denken konnte, als er es je getan hatte, so weit er sich auch zurückerinnern konnte.

Noch immer wunderte er sich über die Gesichter der jungen Menschen und ihre Zufriedenheit, während draußen alles in Flammen stand. Obwohl er dieses Problem nicht lösen konnte, dachte er lange darüber nach, und es kamen ihm verschiedene Ideen. Vielleicht kam ihre Andersartigkeit aus dem Unterschied zwischen der Zivilisation und den Zeiten, die sie gerade durchlebten. Im Zeitalter der Zivilisation, dachte er, hätte jeder dieser jungen Menschen im anderen einen Konkurrenten gesehen, weil in den Tagen der Zivilisation so viele Menschen gelebt hatten. Damals hatten sie sich nicht allzu viele Gedanken über die Außenwelt gemacht, weil der Mensch so viel stärker als die Außenwelt schien; sie hatten hauptsächlich darüber nachgedacht, wie sie andere Menschen ausstechen konnten, und so hatte niemand dem anderen getraut, nicht einmal der Bruder dem Bruder. Nun aber, dachte Ish, da nur noch sehr wenige Menschen lebten, schritt jeder dieser jungen Leute frei und ungehindert einher, den Bogen in der Hand, den Hund an der Seite, aber sein Gefährte musste immer in Rufweite sein. Ganz genau wusste Ish das natürlich nicht, und obwohl sein Denken völlig klar war, konnte er sich der Sache nicht sicher sein.

Um die Mitte des Nachmittags zog das Feuer weiter und loderte jetzt südlich von ihnen. Sie verließen die Höhle, gingen den Stellen aus dem Weg, an denen noch glühende Asche lag und stiegen langsam den Hang hinab. Offenbar wussten die jungen Menschen, was sie taten. Ish stellte keine Fragen, weil er all seine Kraft zum Weitergehen brauchte. Sie warteten geduldig auf ihn, und oft stützten sie ihn. Als Ish gegen Abend die Kraft verließ, lagerten sie an einem Bach. Den Launen des Windes folgend und weil hier mehr Grün wuchs als anderswo, war dieser Fleck vom Feuer verschont geblieben.

Im Bach floss ein wenig Wasser. Die größeren Tiere schienen vor dem Feuer davongelaufen zu sein, aber zahlreiche Wachteln und Kaninchen hatten am Bachbett Zuflucht gesucht, und die jungen Menschen, die mit ihren Bogen auf die Pirsch gegangen waren, kamen bald mit reicher Beute wieder.

Einer von ihnen wollte mit Hilfe eines Bogenbohrers Feuer machen, aber die anderen lachten ihn nur aus und sammelten glühende und rauchende Äste, die der Brand hinterlassen hatte.

Nachdem er ein wenig gegessen hatte und sich kräftiger fühlte, sah sich Ish um und erkannte an den vom Feuer geschwärzten Ruinen eines großen Gebäudes, dass sie dort lagerten, wo früher der Universitätspark gewesen war. Obwohl er noch erschöpft war, stand er neugierig auf und nahm in etwa hundert Metern Entfernung die Umrisse der Bibliothek wahr. Die Bäume ringsum waren verbrannt, aber das Gebäude selbst war unversehrt. Die Bücher, das gesamte Wissen der Menschheit, waren also womöglich noch benutzbar. Benutzbar für wen? Ish versuchte gar nicht erst, diese Frage zu beantworten, die unvermittelt in seinem Geist auftauchte. Auf seltsame Weise hatten sich die Regeln des Spiels verändert, und er hätte nicht sagen können, ob zum Besseren oder zum Schlechteren. Jedenfalls schien es ihm jetzt nur einen geringen Unterschied zu machen, ob die Bibliothek erhalten oder zerstört war. Vielleicht war das die Weisheit des Alters. Vielleicht war es aber auch nur Verzweiflung und Resignation.

Das ist ein merkwürdiger Ort für mich zum Schlafen, dachte er. Ob mich wohl die Geister meiner alten Professoren nach all den Jahren besuchen kommen? Ob ich wohl von einer Million Bücher träume, die in endloser Prozession an mir vorbeiziehen und mich vorwurfsvoll anblicken, weil ich sie und alles, wofür sie stehen, nach so langer Zeit anzweifle?

Doch obwohl er immer wieder aufwachte und ihn fröstelte und er die jungen Menschen um ihren gesunden Schlaf beneidete, schlief er in dieser Nacht doch ausnehmend gut und hatte keinerlei Träume, weil ihn die Geschehnisse des Tages sehr erschöpft hatten.

3

Als er in der Morgendämmerung erwachte, fühlte er sich zwar schwach, aber wieder war er ganz klar im Kopf.

Das ist wirklich sehr seltsam, dachte er. Ich weiß, dass ich mir während der letzten Jahre oft nicht völlig dessen bewusst gewesen bin, was geschah. So ist es eben bei alten Leuten. Nun aber, genau wie gestern, sehe ich alles ganz deutlich. Was bedeutet das?

Er sah den jungen Menschen beim Frühstückmachen zu. Der eine pfiff wieder fröhlich das Lied, und wieder erinnerte es Ish an kleine Glocken und Glückseligkeit, obwohl er sich an die Worte nicht erinnern konnte. Doch sein Geist war klar, »klar und hell wie Glockenklang«, wie es in einem alten Gedicht hieß. Ständig musste er an Glocken denken.

Ich habe gehört, dachte er (und setzte seine Gedanken in stumme Sätze um, wie er es gewohnt war und wozu er jetzt als alter Mann mehr denn je neigte), ich habe gehört – oder wahrscheinlicher ist, dass ich es in einem der Bücher gelesen habe, denn von irgendwoher muss der Gedanke schließlich stammen –, dass der Geist des Menschen kurz vor seinem Tod ganz klar wird. Nun, ich bin sehr alt, und ich brauche deswegen wirklich nicht unglücklich zu sein. Wäre ich Katholik und wäre auch sonst alles anders, würde ich jetzt wohl nach der Beichte verlangen.

Er lag an dem kleinen Bach. In der Luft hing noch immer Rauchgeruch, und die alten Universitätsgebäude standen um ihn herum, kaum wahrnehmbar in der Morgendämmerung, und er dachte über sein Leben nach, erwog, was er an Sünden und an guten Taten angehäuft hatte. Denn er war der Überzeugung, dass der Mensch, auch wenn nun alles anders geworden war, Frieden mit sich selber schließen sollte und nicht der Frage ausweichen durfte, ob er in seinem Leben jenen Gedanken und Vorstellungen gerecht geworden war, die er sich von sich selbst gemacht hatte – und all das war nicht Sache der Priester und der Religion, sondern Sache jedes einzelnen Menschen.

Nachdem er so für eine Weile über sein Leben nachgedacht hatte, fühlte er sich durchaus nicht beunruhigt. Er hatte Fehler begangen, ja, aber manchmal hatte er auch das Richtige getan, und er hatte immer, wenigstens fast immer, versucht, das Richtige zu tun. Das Große Unheil hatte ihn in eine Lage versetzt, auf die er nicht vorbereitet gewesen war; dennoch hatte er einiges zustande gebracht; er hatte nicht auf schändliche Weise gelebt.

Einer der jungen Menschen brachte Ish ein Stück Fleisch, das er am Spieß über dem Feuer gebraten hatte.

»Das ist für dich«, sagte der junge Mensch. »Es ist eine Wachtelbrust, wie du, Ish, sehr wohl weißt.«

Ish dankte ihm und aß das Bruststück, wobei er froh war, dass er noch Zähne hatte. Durch das Braten über dem offenen Feuer schmeckte das Fleisch leicht nach Rauch, aber es war köstlich.

Warum sollte ich ans Sterben denken?, fragte er sich. Noch macht mir das Leben Freude. Und ich bin der letzte Amerikaner.

Er zerbrach sich nicht den Kopf über das, was nun geschehen würde, und stellte keine Fragen zu dem, was sie heute tun wollten. Er hatte das sonderbare Gefühl, als wäre er bereits zur Hälfte der Welt entglitten, obwohl er sich ihrer nach wie vor völlig bewusst war.

Nach dem Frühstück erklang ein Ruf den Bach herauf, und kurz darauf gesellte sich ein anderer junger Mensch zu ihnen. Eine ausgedehnte Unterhaltung entwickelte sich, der Ish nicht allzu viel Aufmerksamkeit widmete. Aber er bekam mit, dass der ganze Stamm in eine Gegend unterwegs war, wo es mehrere Seen gab und das Feuer nicht gewütet hatte. Der Neuankömmling sagte, es sei ein sehr gutes Land. Die drei jungen Menschen, die seit gestern bei Ish waren, neigten anfänglich zu Einwänden, weil sie nicht gefragt worden waren. Aber der andere machte ihnen klar, dass die Frage bei einer Versammlung des Stammes besprochen und dann in diesem Sinne entschieden worden war. Da gaben die drei nach; denn was der Stamm beschlossen hatte, das war auch für sie bindend.

Obwohl es eine eher geringfügige Angelegenheit war, empfand Ish darüber große Genugtuung. Denn genau dieses Verhalten hatte er sie seit Langem gelehrt. Aber auch wenn der Gedanke wohltuend war, brachte er Kummer und sogar Scham mit sich, weil er an Charlie denken musste.

Die jungen Menschen trafen Vorbereitungen für den Marsch, aber Ish war so schwach, dass er sich kaum auf den Füßen halten konnte. Da entschlossen sich die jungen Menschen, ihn abwechselnd auf dem Rücken zu tragen, und so brachen sie auf. Indem sie ihn trugen, kamen sie schneller voran als am vorangegangenen Tag, als Ish selbst marschiert war. Sie scherzten miteinander, wie leicht doch ein alter Mann war – unbeschwerte Scherze mit frivolem Unterton. Doch Ish war glücklich, dass er keine allzu schwere Last für sie war; ja, einer sagte sogar, der Hammer würde schwerer wiegen als Ish selbst.

Während sie sich so vorwärtsbewegten und Ish trugen, wirkte sich wohl das Schaukeln auf ihn aus – er spürte, wie ihm der Nebel wieder ins Gehirn kroch. Er war sich nicht einmal klar darüber, auf welchem Weg und in welcher Richtung sie gingen. Nur dann und wann nahm er vereinzelte Geschehnisse wahr.

Schließlich kamen sie aus dem verbrannten Gebiet heraus und gelangten in einen Teil der Stadt, den das Feuer unversehrt gelassen hatte. An der Feuchtigkeit der Luft, die ihn leise frösteln ließ, erkannte Ish, dass sich der Wind gedreht hatte und dass dieser Bezirk in der Nähe der Bucht liegen musste. Er sah die Ruinen von Fabrikgebäuden und die verrosteten Gleise einer Eisenbahnstrecke. Überall wuchsen aufgeschossene Büsche und hohe Bäume, aber die langen, trockenen Sommer hatten verhindert, dass sich das Land ganz in Wald zurückverwandelte, und so gab es viele Grasflächen, durch die die jungen Menschen ohne große Schwierigkeit einen Weg fanden. Oft folgten sie auch einfach ehemaligen Straßen, bei denen – trotz des wuchernden Unkrauts und des Grases, das dort wuchs, wo der in all den Jahren herangewehte Staub eine dünne Erdschicht gebildet hatte – die Asphaltdecke noch einigermaßen intakt war. Im Allgemeinen jedoch schienen sich die jungen Menschen mehr nach dem Stand der Sonne oder nach fernen Landmarken als nach dem Verlauf der Straßen zu richten.

Als sie sich gerade durch ein Gebüsch schlugen, fiel Ish etwas auf, und er streckte die Hand danach aus und bat darum wie ein kleines Kind. Die jungen Menschen hielten inne und lachten fröhlich, um ihn zu beschwichtigen, doch als Ish dann sogar in Tränen ausbrach, holte einer von ihnen das, wonach es ihn so sehr verlangte. Als er es bekam, war

Ish hocherfreut, und nun lachten sie ihn aus, als wäre er tatsächlich ein Kind.

Ish kümmerte sich nicht darum. Er hatte, was er wollte: eine scharlachrote Blume, die Blüte eines Geraniums, das sich den neuen Bedingungen angepasst und all die Jahre überdauert hatte. Aber es war nicht die Blüte, sondern die Farbe, die ihn so angezogen hatte. Es war einfach nicht mehr genug Rot in der Welt. Da er alt war, konnte er sich an eine Welt erinnern, in der Farben und Lichter scharlachrot und zinnoberrot geleuchtet hatten. Jetzt war die Welt in eine ruhige Harmonie aus Blau und Grün und Braun zurückgesunken – und nirgends leuchtete mehr ein Rot.

Dann, als er, auf dem Rücken getragen, weiter dahinschaukelte, verlor er das Bewusstsein für das, was geschah, und als er wieder zu sich kam, saßen sie alle auf dem Boden und rasteten, und die Blüte war ihm aus der Hand geglitten. Er blickte auf und entdeckte in einiger Entfernung etwas, und als er genauer hinsah, sah er, dass es ein Wegweiser war. Er las U.S. und CALIFORNIA und zwei große Zahlen, eine Vier und eine Null. Es war so ungewohnt für ihn, Zahlen zu sehen, dass es einige Sekunden dauerte, bis er die beiden zusammenfügte und seine Zunge das Wort »vierzig« bildete.

Diese Straße, dachte er, die ich kaum erkennen kann, weil so viel darauf wächst, ist die alte U.S. 40 – der Ostküstenhighway mit seinen sechs Fahrspuren. Wir sind also auf dem Weg Richtung Bay Bridge. Und dann schwand sein Wahrnehmungsvermögen wieder.

Noch ein anderes Ereignis während ihres Marschs hob sich aus dem Nebel, der ihn bedrängte. Abermals hielten sie, aber diesmal setzten sie sich nicht hin. Jack trug gerade Ish, und als Ish über Jacks linke Schulter blickt, sah er den jungen Menschen mit dem Speer vor ihnen stehen; und rechts und links die beiden anderen mit halbgespannten Bogen, den Pfeil schussfertig auf der Sehne. Die beiden Hunde duckten sich neben ihnen und knurrten. Und dann, als er weiter nach vorne schaute, sah Ish einen großen Berglöwen.

Der Löwe kauerte bedrohlich auf der einen Seite des Weges, und auf der anderen standen die Menschen und die Hunde wie erstarrt. So blieb alles etwa ein Dutzend Atemzüge lang.

Dann sagte der mit dem Speer: »Er wird nicht springen.« Er sprach ruhig, als bestätigte er lediglich eine Tatsache.

»Soll ich schießen?«, fragte einer der anderen.

»Sei kein Narr!«, antwortete der mit dem Speer ohne die geringste Erregung.

Sie wichen ein Stück zurück und gingen in angemessener Entfernung ganz langsam an dem Löwen vorbei, wobei sie die Hunde eng neben sich laufen ließen, sodass sie den Löwen nicht beunruhigen oder reizen konnten. So überließen sie dem Löwen den direkten Weg und vermieden einen Zusammenstoß. Ish war darüber sehr verwundert. Soweit er sehen konnte, hatten die jungen Menschen keinerlei Angst vor dem Raubtier, sondern vermieden lediglich den Zusammenstoß, und auf der anderen Seite schien auch das Raubtier die Menschen nicht zu fürchten. Vielleicht geschah es also, weil jetzt keine Gewehre mehr benutzt wurden, oder vielleicht auch, weil es nur noch so wenige Menschen gab, dass der Löwe nur selten einen sah und sich nicht vorstellen konnte, wie gefährlich diese harmlos aussehenden Geschöpfe waren. Vielleicht aber hätten die jungen Menschen auch einen Angriff gewagt, wenn sie nicht mit diesem hilflosen alten Mann belastet gewesen wären.

Dennoch hatte Ish den Eindruck, dass das alte Herrschaftsgefühl und der Hochmut, mit denen die Menschen einst auf die Tiere herabgeblickt hatten, verschwunden waren, und dass sie die Tiere jetzt mehr oder weniger als ihresgleichen behandelten. Und so setzten die jungen Menschen so unbefangen wie zuvor ihren Weg fort, machten ihre Scherze und waren sich offenbar nicht bewusst, dass sie sich gedemütigt hatten, als sie dem Löwen auswichen – als wären sie einem umgestürzten Baum oder einem zerfallenen Gebäude ausgewichen.

Das nächste Mal, als Ish seiner Umwelt wieder Aufmerksamkeit schenkte, näherten sie sich der Brücke. Sein Interesse erwachte, und wieder wünschte er sich, er könnte den jungen Menschen etwas von den Alten Zeiten erzählen – als der Verkehr in beiden Richtungen auf allen sechs Fahrbahnen über die Brücke gebraust war, sodass man nur unter Einsatz seines Lebens von einer Seite zur anderen hätte gehen können.

Nun jedoch schritten sie langsam die lange östliche Auffahrt hinauf und gelangten zum ersten Bogen. Ish merkte, dass die Brücke als Ganzes, obwohl rostbedeckt, weitgehend unversehrt war. Nur der Belag war in schlimmem Zustand, ganze Abschnitte hatten sich gesenkt, und einige der Türme standen merklich schief.

An einer Stelle mussten sie über einen Träger gehen, weil das die einzige Möglichkeit zum Weiterkommen war, und als Ish vom Rücken des jungen Menschen aus nach unten blickte, konnte er tief unten die Wellen hin und her wogen sehen und erkannte, dass sich dort, wo all die Jahre das Salzwasser auf das Metall der Brücke gespritzt war, tiefe Löcher gebildet hatten.

Dies ist die Straße, auf der keines Menschen Reise endet. Dies ist der Fluss, der so lang ist, dass kein Reisender je zum

Meer gelangt. Dies ist der Pfad, der sich zwischen Hügeln hindurch und immer weiter windet. Dies ist die Brücke, die kein Mensch zur Gänze überschreitet – glücklich, wer durch Nebel und Regenwolken das ferne Ufer sieht oder zu sehen glaubt.

Danach trübte sich Ishs Geist wieder, bis er erkannte, dass er auf etwas Hartem saß und an etwas Hartem lehnte und dass seine Füße sehr kalt waren. Dann merkte er, dass ihm jemand die Hände rieb, und er kam langsam zu Bewusstsein.

Er saß auf der Brücke, den Rücken gegen das Geländer gelehnt. Das Erste, was er richtig sah, war sein Hammer, der vor ihm auf der Straße stand und den Stiel in die Luft reckte. Zwei der jungen Menschen rieben ihm die Hände, als versuchten sie, das Blut wieder in Gang zu bringen. Auch die beiden anderen jungen Menschen waren da, und alle schienen sie sehr bestürzt.

Ish spürte, dass seine Füße und auch der obere Teil der Beine kalt waren; oder vielleicht hatte sich dort schon jegliches Gefühl in eine Art Todeskälte aufgelöst. Dann, als sein Geist klarer wurde, erkannte er, dass es sich hier nicht nur um einen jener Schwächezustände handelte, wie sie das hohe Alter mit sich brachte, sondern dass er eine Art Anfall erlitten haben musste – einen Schlaganfall oder einen Herzinfarkt – und dass sich die anderen um ihn sorgten.

Er sah Jack die Lippen bewegen, als würde er sprechen, und dennoch war nichts zu hören. Was für ein sonderbares Verhalten! Immer heftiger bewegten sich nun Jacks Lippen, als würde er rufen. Und dann merkte Ish, dass er es war, der nichts mehr hören konnte. Doch der Gedanke schmerzte ihn nicht, sondern erfreute ihn eher, weil er wusste, dass ihm die Außenwelt nun nicht mehr so zu Leibe rücken konnte wie den anderen Menschen, die hören konnten.

Die jungen Menschen begannen zu sprechen (sie bewegten die Lippen), und Ish begriff, dass sie ihm verzweifelt etwas zu sagen versuchten. Er schüttelte verwirrt den Kopf. Dann versuchte er seinerseits, ihnen klarzumachen, dass er sie nicht hören konnte, aber jetzt merkte er, dass er auch seine Zunge nicht mehr beherrschte. Das erschreckte ihn etwas, denn es war eine üble Sache, in dieser Welt zu leben, wenn man sich nicht durch Sprechen mitteilen konnte und wenn niemand imstande war zu lesen, was man geschrieben hatte.

Die jungen Menschen hatten ihm gegenüber während des ganzen Tages viel Hochachtung und Freundlichkeit gezeigt. Jetzt aber schienen sie zornig zu werden. Sie machten heftige Gesten, und Ish konnte erkennen, dass sie verlangten, er solle etwas tun, und dass sie fürchteten, er sei dazu nicht imstande. Sie deuteten auf den Hammer, aber Ish hielt es nicht der Mühe wert, den mühevollen Versuch zu unternehmen, sie zu verstehen.

Bald jedoch wurden die jungen Menschen drängender und begannen, ihn zu kneifen. Ish spürte den Schmerz – offenbar war in seinem Körper doch noch Gefühl – und stöhnte, und Tränen traten ihm in die Augen, für die er sich etwas schämte; so etwas gehörte sich doch nicht für den letzten Amerikaner.

Es ist seltsam, dachte er, ein alter Gott zu sein. Sie verehren dich, und dennoch misshandeln sie dich. Wenn du nicht willst, was sie wollen, dann zwingen sie dich dazu. Das ist nicht fair.

Dann, als er weiter über ihre Gesten nachdachte, meinte er zu begreifen: Sie wollten ihn dahin bringen, dass er denjenigen auswählte, dem der Hammer übergeben werden sollte. Der Hammer war seit langer Zeit Ishs Eigentum, und es war ihm niemals von irgendjemand zugemutet worden, ihn wegzugeben; aber das kümmerte ihn jetzt nicht mehr, und außerdem wollte er, dass sie mit dem Kneifen aufhörten. Die Arme konnte er immerhin noch bewegen, und so tat er durch eine Geste kund, dass der junge Mensch namens Jack den Hammer haben sollte.

Jack ergriff den Hammer mit der rechten Hand und schwang ihn. Die drei anderen traten ein wenig zurück, und Ish empfand eine seltsame Sorge um den jungen Menschen, auf den der Hammer übergegangen war.

Doch sie schienen nun alle erleichtert zu sein, da die Hammerfrage geregelt war, und sie quälten Ish nicht mehr.

So blieb er ruhig sitzen, als hätte er in dieser Welt alles getan, was getan werden musste, als hätte er seinen Frieden geschlossen. Er lag auf der Brücke im Sterben, das wusste er jetzt. Viele andere, so erinnerte er sich, waren auf dieser Brücke gestorben; auch er hätte hier früher in einem nichtigen Autounfall ums Leben kommen können. Doch er hatte sein Dasein zu Ende gelebt und lag nun dennoch hier als Sterbender. Undeutlich kam ihm etwas in den Sinn, das er in einem Buch gelesen hatte, in jenen Jahren, als er so viele Bücher gelesen hatte. »Ein Geschlecht geht und ein Geschlecht kommt …« Aber ohne die ergänzende Hälfte klang es irgendwie sinnlos.

Er blickte zu den anderen, obwohl ihm ein leichter Nebel vor den Augen waberte. Er sah, dass die beiden Hunde ruhig dalagen und dass die vier jungen Menschen, von denen einer etwas Abstand hielt, auf der Brücke im Halbkreis um ihn herum saßen und ihn beobachteten. Sie waren tatsächlich noch sehr jung, jedenfalls im Vergleich zu ihm, und in der Entwicklung der Menschheit waren sie Tausende von Jahren jünger als er. Er war der Letzte der Alten; sie waren die Ersten der Neuen. Aber ob die Neuen denselben Weg einschlagen würden, den die Alten eingeschlagen hatten, das wusste er nicht, aber er war sich jetzt beinahe sicher, dass er es sich nicht wünschte. Er dachte an all das, worauf die Zivilisation errichtet worden war: Sklaverei, Eroberung, Krieg, Unterdrückung.

Dann blickte er über die jungen Menschen hinaus auf die Brücke. Nun da er bald tot war, fühlte er sich ihr enger verbunden als den Menschen. Auch sie war ein Teil der Zivilisation gewesen.

Zu seiner Überraschung sah er in einiger Entfernung ein Auto stehen – oder das, was von dem Auto noch übrig war. Dann fiel ihm der kleine Zweisitzer ein. Offenbar hatte er all die Jahre hindurch hier gestanden. Die Farbe war fast gänzlich verwittert, und nicht nur die Reifen waren leer, sondern auch die Felgen hatten nachgegeben, sodass der Wagen in sich zusammengesackt war. Die oberen Teile waren weiß von Vogelkot. Seltsamerweise – war es doch etwas völlig Unwichtiges – konnte er sich noch erinnern, dass der Eigentümer des Wagens James Robson oder so ähnlich geheißen hatte (und dazwischen war ein E oder ein T oder ein P gewesen) und dass er in Oakland in einer der nummerierten Straßen gewohnt hatte.

Doch Ish ließ seinen Blick nur kurz auf dem kleinen Zweisitzer ruhen. Dann wandte er den Kopf nach oben und sah die aufragenden Türme und die großen Tragkabel, die sich nach wie vor in einem vollkommenen Bogen spannten. Dieser Teil der Brücke schien sich noch in einem wirklich guten Zustand zu befinden und würde vermutlich noch lange Zeit stehen, ja vielleicht die Lebenszeit vieler Generationen von Menschen hindurch. Die Geländer, die Tragkabel, die Türme, alles war rostrot, aber Ish wusste, dass der Rost nur die Oberfläche bedeckte. Die Turmspitzen dagegen waren nicht rot, sondern schimmerten weiß von den Exkrementen vieler Generationen von Seemöwen.

Aber auch wenn die Brücke noch viele Jahre durchhalten würde, so fraß der Rost doch immer tiefer. Ein Erdbeben würde die Fundamente erschüttern, und an einem Sturmtag würde eines der Tragkabel reißen. Wie die Menschen, so würden auch die Schöpfungen des Menschen nicht ewig existieren.

Für einen Moment schloss er die Augen und stellte sich den Kranz der Berge rings um die Bucht vor; denn er konnte den Kopf nicht mehr drehen, um sie wirklich zu sehen. Die Berge hatten sich seit der Zerstörung der Zivilisation nicht verändert, und gemessen an menschlicher Zeit würden sie sich auch nicht verändern. Was die Bucht und die Berge betraf, so starb Ish in der gleichen Welt, in die er hineingeboren war.

Als er die Augen wieder aufschlug, erblickte er zwei gewölbte Spitzen über dem Kamm der Bergkette. »Die beiden Brüste« hatte man sie früher genannt, und der Anblick ließ ihn an Em denken und, in noch fernerer Vergangenheit, an seine Mutter. Die Erde und Em und seine Mutter glitten in seinem sterbenden Geist ineinander und wurden eins, und er war glücklich, dass er zu ihnen heimkehren durfte.

Aber nein, dachte er dann. Ich sollte sterben, wie ich gelebt habe – durch das Licht meines eigenen Geistes, durch das Licht, das er mir spendet. Vielleicht haben diese beiden Berge wirklich die Form von Brüsten, aber sie sind nicht wie Em oder meine Mutter. Sie empfangen mich – sie empfangen meinen Leib –, aber sie können mich nicht lieben. Sie kümmern sich nicht um mich. Ich habe die Entwicklung der Erde studiert und weiß, dass auch die Berge sich verändern, selbst wenn die Menschen sie ewig nennen. Doch als der müde, sterbende, alte Mann, der er nun war, brauchte er etwas, worauf er den Blick richten konnte und von dem er glaubte, dass es ewig war. Die Kälte hatte inzwischen seine ganzen Beine ergriffen, und auch seine Finger waren starr und empfindungslos.

Und so richtete er den Blick auf die weit entfernten Berge. Er hatte sich Mühe gegeben. Er hatte gekämpft. Er hatte in die Vergangenheit und in die Zukunft geblickt. Was hatte es gebracht? Was hatte er vollbracht?

Jetzt machte es keinen Unterschied mehr. Er würde sich ausruhen; er würde in die Berge zurückkehren. Und die Berge, verglichen jedenfalls mit dem Dahinschwinden der Menschengeschlechter, blieben unverändert. Und wenn ihre Form an die Form von weiblichen Brüsten erinnerte, so hatte vielleicht auch das seinen Sinn und war tröstlich.

Dann wandte er den Kopf und sah, obwohl er kaum noch etwas erkennen konnte, wieder auf die jungen Menschen. Sie werden mich der Erde übergeben, dachte er. Aber ich übergebe sie gleichfalls der Erde. Denn nur aus ihr und durch sie lebt der Mensch. Ein Geschlecht geht und ein Geschlecht kommt, die Erde aber steht in Ewigkeit.

ANHANG

Uwe Neuhold

SUPERSEUCHEN UND DAS LEBEN DANACH

Die Lust an der Apokalypse

Unter den vielen Themen der Science-Fiction ist eines am beständigsten: das von der Katastrophe, die die Zivilisation zerstört. Sie verschont nur einen kleinen Teil der Menschheit, der ums Überleben kämpfen und seine verhängnisvollen alten Fehler überdenken muss.

Was solche Katastrophen von denen der herkömmlichen Literaturgattungen unterscheidet, ist im Wesentlichen das Ausmaß und die mitunter utopische Ursache. Besonders an diesem Subgenre der Science-Fiction ist auch die hohe Anzahl von Autoren, die aus der Mainstream-Literatur kommen und keine besonderen technischen Vorkenntnisse benötigen. So war auch George Rippey Stewart (1895–1980) kein Ingenieur oder Naturwissenschaftler, sondern Professor für Literatur an der University of California in Berkeley. Bevor er mit dem Roman »Earth Abides« (1949, dt. »Leben ohne Ende«) bekannt wurde, veröffentlichte er vor allem historische Abhandlungen und Biographien. Doch schon in seinen Werken »Storm« (1941, dt. »Sturm«) und »Fire« (1948, dt. »Feuer«) wagte er sich an globale Naturkatastrophen, die die Menschheit in Bedrängnis bringen. Die Kritik hob besonders sein Talent hervor, die Überlebenden sowohl glaubhaft als Individuen darzustellen, als auch aus der »Vogelperspektive« zu betrachten: als gefährdete Spezies auf einem unruhigen Planeten. Eine Einschätzung, die sicherlich auch den literarischen Reiz von »Leben ohne Ende« ausmacht.

Zerstörung ist, wie Brian Stableford festgestellt hat, als Urangst von Anfang an im menschlichen Denken verankert gewesen. Legenden, Mythen und Religionen waren in Erzählungen über Seuchen, Sintflut und andere natürliche oder übernatürliche Katastrophen stets im Überfluss vorhanden. Eine besondere Ambivalenz solcher Geschichten: Angst und Verzweiflung angesichts der Tragödie, doch ein mächtiger Gefühlsausbruch bei der Vorstellung, der einzige Überlebende in einer verlassenen Welt zu sein. Wohl daher rührt auch unsere Lust an der globalen Katastrophe: In einem damals wie heute anstrengenden Alltagsleben erscheint es manchmal ganz verlockend, den »Reset-Knopf« zu drücken und noch einmal ganz von vorne zu beginnen – in einer rohen, formbaren Welt ohne Arbeitszeiten und Steuerfahnder, inmitten regenerierter Natur, in der wieder alles so ist »wie früher«. Freilich enthält jede apokalyptische Naherwartung auch den narzisstischen Glauben, dass die eigene Epoche die letzte sein könnte; als künftige Melancholiker werfen wir einen wehmütigen Blick zurück auf unsere Zivilisation und denken in der fernen grammatischen Form des Futur II: »Das alles wird es einmal gegeben haben …«

Im anglophonen Sprachraum schien man für derartige Gedankenbilder eine besondere Vorliebe zu entwickeln, nachdem aufgrund bahnbrechender wissenschaftlicher Errungenschaften die Gefahr weltweiter Katastrophen durchaus plausibel geworden war. So löscht in Mary Shelleys »The Last Man« (1826, dt. »Verney der letzte Mensch«) eine entsetzliche Seuche die Zivilisation aus. Ebenso in »The Purple Cloud« (1901, dt. »Die purpurne Wolke«) von M. P. Shiel und in amerikanischen Werken wie etwa Jack Londons »The Scarlet Plague« (1912, dt. »Die Scharlachpest«).

Während die US-Autoren das Geschehen stets selbst bestimmten und ihre Protagonisten die Sache in die Hand nehmen ließen, sobald es zu einem Desaster gekommen war, schienen englische Autoren eher einer naturbedingten Beendigung allen Seins den Vorzug zu geben. Eines der frühesten Beispiele, in dem die Natur zurückschlägt (und wohl eine Inspiration für George R. Stewarts postapokalyptische Vision), findet sich in Richard Jefferies' Roman »After London, or: Wild England« (1885, dt. »Der Wald schlägt zurück«). Was den stärksten Eindruck dieser Geschichte hinterlässt, ist die Nachdrücklichkeit, mit der der Autor für die Rückkehr zu einem einfacheren Leben plädiert. Diese bettet er in eine durchdachte Auseinandersetzung mit der Frage, auf welche Stufe die Menschheit zurückfallen könnte, falls die gesamte Zivilisation unterginge. Weitere Vorläufer Stewarts in dieser Tradition sind W. H. Hudson mit »A Crystal Age« (1887) sowie John Colliers Roman »Tom's-a-cold« (1933), die jedoch den genauen Hergang der Katastrophe im Dunkeln lassen. Exakter in ihren Schilderungen waren J. D. Beresford mit der Beschreibung einer Seuche im Roman »Goslings« (1913) und natürlich John Wyndhams »Day of the Triffids« (1951, dt. »Der Tag der Triffids«), der kurz nach »Leben ohne Ende« erschien.

Stewarts Roman beeindruckt im Vergleich zu vielen Katastrophenromanen durch seine erzählerischen Qualitäten und gut geschilderten Charaktere. Die hinter der Handlung steckende und mitunter auch ausformulierte These vom zwangsläufigen Untergang der menschlichen Kultur auf dem Höhepunkt ihrer Entwicklung ist zwar unwahrscheinlich (und in ihrer Analogiesetzung zu überhöhten Rattenpopulationen zumindest fragwürdig), drückt jedoch in ihrer Zivilisationsmüdigkeit den Zeitgeist nach dem Zweiten Weltkrieg aus, in dem die ersten Atombomben fielen. Diese Urkatastrophe beeinflusste nicht nur eine unüberschaubare Zahl von Science-Fiction-Romanen über den nuklearen Untergang, sondern auch viele, in denen es um biologische Apokalypsen ging. Hierzu zählen insbesondere John Christophers »The Death of Grass« (1956, dt. »Das Tal des Lebens«), in dem alle Gräser und Getreidearten durch ein Virus vernichtet werden, sowie Harry Harrisons »Plague from Space« (1965, dt. »Die Pest kam von den Sternen«) über eine Pandemie, die von außerirdischen Erregern ausgelöst wird. Intensiviert wurde das Thema Weltuntergang von J. G. Ballard, der sich gleich mehrfach damit auseinandersetzte: In »The Wind from Nowhere« (1962, dt. »Der Sturm aus dem Nichts«) zerfetzt ein sich nicht beruhigender Sturm die letzten Bastionen der Menschheit, während die Welt in »The Drowned World« (1962, dt. »Karneval der Alligatoren«) im Wasser versinkt, in »The Burning World« (1964, dt. »Welt in Flammen«) extremen Dürren anheimfällt oder sich in »The Crystal World« (1966, dt. »Kristallwelt«) in einen Kristall verwandelt. Hier wird die Lust an der Katastrophe bis zum bitteren Ende zelebriert, das uns ohne Hoffnung zurücklässt. Immer jedoch schwingt in diesen Romanen die Frage an den Leser mit: »Weißt du deinen wunderschönen Planeten eigentlich zu schätzen – und kümmerst du dich ausreichend um ihn?« So gesehen waren die Naturkatastrophenromane der Science-Fiction immer auch Wegbegleiter der Ökologie und Vorläufer der grünen Politik. Eine Kompatibilität, an der sich bis heute nichts geändert hat.

Selbstverständlich brauchte es nur einen kleinen Anstoß, dass das Science-Fiction-Thema der biologischen Katastrophe auch von der Horrorliteratur entdeckt wurde. Die Unterschiede waren graduell, je nachdem, ob und wie glaubhaft der Autor die Ursachen etwa einer Seuche schilderte oder sie mit einem übersinnlichen Motiv verband. Meisterlich schilderte etwa Richard Matheson in »I am Legend« (1954, dt. »Ich bin Legende«) Vampirismus als sich ausbreitende Krankheit. Eine interessante Parallele ergibt sich übrigens dadurch, dass in Mathesons Roman der Hauptdarsteller immun gegen die Seuche ist, weil er einst von einer Fledermaus gebissen wurde – während es in »Leben ohne Ende« ein Schlangenbiss ist, der den Protagonisten vor der Ansteckung bewahrt.

Stewarts Roman gefiel jedenfalls auch einem der ganz Großen des Horrors: Stephen King bekennt freimütig, dass »Leben ohne Ende« eine direkte Inspiration für sein Epos »The Stand« (1978, dt. »Das letzte Gefecht«) war. Ganz ähnlich wird dort der amerikanische Kontinent durch ein Super-Virus bis auf wenige Überlebende entvölkert. Während jedoch Stewart durchwegs Menschen schildert, die kooperativ zusammenarbeiten (und dennoch in eine neue Steinzeit abrutschen), entzweit King sie genretypisch in Gute und Böse, bis Letztere von einer der übrig gebliebenen Atombomben ausgelöscht werden (und für die Guten die Hoffnung bleibt, zumindest einen frühindustriellen Lebensstatus wiederzugewinnen). Aber wie realistisch ist das Szenario einer globalen biologischen Katastrophe wirklich?

Kann die Menschheit durch Seuchen aussterben?

Seit ihren frühesten Tagen geriet die Spezies Homo sapiens durch Naturkatastrophen immer wieder in ernsthafte Krisen. Unter den unzähligen Asteroideneinschlägen, Klimaveränderungen, Dürreperioden und Erdbeben ragt besonders der Ausbruch des Vulkans Toba auf Sumatra heraus, der sich vor rund 74 000 Jahren ereignete und die Gesamtpopulation des modernen Menschen in Afrika auf etwa 2000 Individuen reduzierte (von denen wir alle abstammen). Ein Szenario, das sich beim Ausbruch etwa des unter dem Yellowstone-Nationalpark befindlichen Supervulkans durchaus wiederholen könnte.

Dem in »Leben ohne Ende« behandelten Thema entsprechend, wollen wir uns hier jedoch nur auf die Bedrohung durch Seuchen konzentrieren. Es handelt sich um einen übergeordneten Begriff für Epidemien und Pandemien, der sich von »Siechtum« ableitet, da es sich meist um Infektionskrankheiten mit besonders schwerem Verlauf handelt. Unter einer »Epidemie« versteht man die zeitliche und örtliche Häufung einer (Infektions-)Krankheit innerhalb einer Bevölkerungsgruppe – wenn also in einem bestimmten Zeitraum die Anzahl neuer Erkrankungsfälle (Inzidenz) zunimmt. »Endemie« hingegen bezeichnet das gehäufte Auftreten einer Krankheit in einem begrenzten Bereich. Die Inzidenz bleibt in diesem Gebiet ziemlich gleich, ist jedoch im Vergleich zu anderen Gebieten erhöht. Eine Länder und Kontinente übergreifende Ausbreitung der Krankheit schließlich gilt als »Pandemie«.

Art und Schnelligkeit der Ausbreitung haben sich durch die Jahrhunderte stark verändert. Was jedoch gleich geblieben ist:

Infektionskrankheiten waren und sind die Haupttodesursache weltweit. Die Zahl der seit 1900 an Grippe (Influenza) gestorbenen Menschen übersteigt 100 Millionen, zusätzlich starben bisher allein in den Entwicklungsländern circa 38 Millionen an AIDS. Auch heute fallen jährlich etwa 15 Millionen Menschen Infektionen zum Opfer, bei 2,5 Millionen davon sind Viren beteiligt.

Doch wie schlimm waren – historisch gesehen – Seuchen tatsächlich? Wie nahe brachten sie die Menschheit an den Rand des Aussterbens? Das erfahren wir, wenn wir die (mehr oder weniger genau bekannten) Opferzahlen mit der jeweiligen Weltbevölkerung jenes Zeitraums vergleichen.

Was auf den ersten Blick deutlich wird: So schlimm bisherige Infektionskrankheiten auch waren, gefährdeten sie doch nie die gesamte Weltbevölkerung (wie es etwa der prähistorische Ausbruch des Vulkans Toba tat). Nichtsdestotrotz stellten Pandemien eine ernsthafte Bedrohung für ganze Zivilisationen dar. Die Justinianische Pest, benannt nach dem oströmischen Kaiser des 6. Jahrhunderts, suchte im Verlauf zweier Jahrhunderte in mehreren Wellen den Großteil des Mittelmeerraums heim und dezimierte die damals noch geringe Weltbevölkerung um 12,5 Prozent. Erst 2013 gelang es Forschern, mit Hilfe der DNS von konservierten menschlichen Überresten den Erreger dieser Krankheit zu identifizieren: das Bakterium *Yersinia pestis,* das auch den »Schwarzen Tod« im 14. Jahrhundert mit sich brachte und aller Wahrscheinlichkeit nach aus Asien eingeschleppt worden war.

Tötete die Justinianische Pest relativ gesehen die meisten Menschen, so war die Spanische Grippe der größte Killer in absoluten Zahlen gemessen: Bis zu 50 Millionen Menschen dürften zwischen 1918 und 1920 an ihr gestorben sein. Der Medizinhistoriker Manfred Vasold bezeichnet sie als die »möglicherweise verheerendste Seuche überhaupt«. Sie rollte in drei Wellen um den Erdball und infizierte zwischen einem Fünftel und einem Drittel der Menschheit. Nicht jeder Infizierte starb daran, besonders letal war sie jedoch für Erwachsene zwischen zwanzig und vierzig Jahren. Die anfänglichen Symptome waren denen einer normalen Grippe ähnlich: Fieber, Übelkeit, Gliederschmerzen und Durchfall. Kurz darauf erschienen allerdings schwarze Flecken auf den Wangen, und die Lungen füllten sich mit Flüssigkeit. Tatsächlich erstickten die

Jahr	Seuche	Weltbevölkerung	Tote	Prozent
430 - 426 vC.	Attische Seuche	150.000.000	30.000	0,0200
165 - 180	**Antoninische Pest**	**180.000.000**	**7.000.000**	**3,8889**
250 - 271	Cyprianische Pest	190.000.000	*2.000.000*	1,0526
541 - 770	**Justinianische Pest**	**200.000.000**	**25.000.000**	**12,5000**
877 - 889	Italienisches Fieber	225.000.000	*1.000.000*	0,4444
1347 - 1353	**Pest**	**445.000.000**	**25.000.000**	**5,6180**
1485 - 1486	Englischer Schweiß	400.000.000	*100.000*	0,0250
1494 - 1540	**Syphilis**	**410.000.000**	**5.000.000**	**1,2195**
1507	Englischer Schweiß	420.000.000	*50.000*	0,0119
1517	Englischer Schweiß	430.000.000	*100.000*	0,0233
1519 - 1520	**Pocken**	**440.000.000**	**6.000.000**	**1,3636**
1528 - 1529	Englischer Schweiß	450.000.000	*200.000*	0,0444
1545 - 1546	Hämorrhagisches Fieber	475.000.000	800.000	0,1684
1551	Englischer Schweiß	500.000.000	*100.000*	0,0200
1576 - 1578	**Hämorrhagisches Fieber**	**525.000.000**	**2.000.000**	**0,3810**
1665 - 1666	Pest	470.000.000	100.000	0,0213
1718 - 1874	**Picardsches Schweißfieber**	**650.000.000**	***1.000.000***	**0,1538**
1775 - 1779	Pocken	800.000.000	60.000	0,0075
1813	Fleckfieber	950.000.000	30.000	0,0032
1816 - 1826	Cholera	1.000.000.000	300.000	0,0300
1829 - 1851	Cholera	1.200.000.000	650.000	0,0542
1852 - 1860	**Cholera**	**1.300.000.000**	**1.400.000**	**0,1077**
1862	Pocken	1.350.000.000	15.000	0,0011
1863 - 1875	Cholera	1.400.000.000	450.000	0,0321
1881 - 1896	Cholera	1.500.000.000	900.000	0,0600
1899 - 1903	Typhus	1.650.000.000	10.000	0,0006
1899 - 1923	**Cholera**	**1.700.000.000**	**1.500.000**	**0,0882**
1916	Polio	1.750.000.000	6.000	0,0003
1918 - 1920	**Spanische Grippe**	**1.800.000.000**	**50.000.000**	**2,7778**
1957 - 1958	**Asiatische Grippe**	**2.900.000.000**	**2.000.000**	**0,0690**
1961 - 1975	Cholera	3.100.000.000	*100.000*	0,0032
1968 - 1970	**Hongkong-Grippe**	**3.600.000.000**	**1.000.000**	**0,0278**
Seit 1980	**HIV / AIDS**	**4.430.000.000**	**36.000.000**	**0,8126**
2002 - 2003	SARS-CoV	6.200.000.000	1.000	0,0000
2009 - 2010	Schweinegrippe	6.800.000.000	18.400	0,0003
2010 - 2014	Cholera	7.000.000.000	8.500	0,0001
2014 - 2015	Ebola	7.200.000.000	6.000	0,0001

Vergleich bisheriger Sterbezahlen bei Seuchen mit der jeweiligen Weltbevölkerung im Wirkungszeitraum; ungenauere Schätzungen *kursiv* (Quellen: Wikipedia, Focus online, freenet.de, Health & Safety Institute, Daily infographic, contagions.wordpress.com, The Guardian online)

meisten Opfer an Sauerstoffmangel beziehungsweise an ihrem eigenen Schleim. Aus vielen Städten berichteten Zeitzeugen, dass Erkrankte auf den Straßen zusammenbrachen und starben. Allein in New York raffte sie 1918 rund 20 000 Menschen dahin, in Alaska wurden ganze Dörfer von ihr ausgelöscht.

Die Wissenschaftsjournalistin Gina Kolata schildert in ihrem hervorragenden Buch »Flu« (1999, dt.: »Influenza – Die Jagd nach dem Virus«), wie die Spanische Grippe anfänglich vor allem Matrosen in Häfen und junge Soldaten in Garnisonen befiel, schon bald jedoch auf die Bürger übersprang. Woher genau die Krankheit kam, ist bis heute umstritten. Eine von mehreren Wissenschaftlern vertretene Theorie besagt, sie könnte von chinesischen Arbeitern eingeschleppt worden sein, die im Ersten Weltkrieg in französischen Militärlagern Schützengräben für die Alliierten aushoben. Genauso gut könnte sie aber auch in Amerika ausgebrochen sein, und zwar in Haskell County im US-Bundesstaat Kansas. Anfang 1918 behandelte dort ein Landarzt namens Loring Miner mehrere Patienten, deren Grippesymptome alles bisher Erlebte an Heftigkeit übertrafen. Miner schilderte den Krankheitsverlauf als rasend schnell und mitunter tödlich. Er war über den Ausbruch so beunruhigt, dass er sich an den U.S. Public Health Service wandte (wo man jedoch auf seine Bitte um Unterstützung nicht reagierte). Dank eines trotzdem festgehaltenen Berichts konnte man später einen möglichen Ansteckungsverlauf rekonstruieren. Demnach wurden mindestens drei junge Männer aus Haskell County Ende Februar in das Ausbildungslager Camp Funston eingezogen. Zuerst erkrankte am 4. März ein Koch an der Grippe, drei Wochen später waren in dem Ausbildungslager (in dem sich 56 000 Rekruten befanden) 1100 Schwerkranke und 38 Todesfälle zu beklagen. Die Soldaten bezeichneten die Krankheit als »three-day fever« oder »knock-me-down fever«.

In den nächsten Monaten sprang die Seuche auf andere Länder und Kontinente über und erreichte die entlegensten Winkel der Erde. Einige Inuit-Dörfer wurden beinahe ausgelöscht, zwanzig Prozent der Bevölkerung Westsamoas starben. Stets war – neben Babys sowie älteren Menschen zwischen 70 und 74 Jahren – eine für Grippewellen ungewöhnliche Zielgruppe betroffen: junge, kräftige Erwachsene. Sie war fünfundzwanzig Mal tödlicher als eine gewöhnliche Grippe und tötete 2,5 Prozent ihrer Opfer (bei einer »normalen« Grippe stirbt nur ein Zehntel Prozent aller infizierten Personen). Es starben so viele Menschen, dass 1918 die durchschnittliche Lebenserwartung in den USA vorübergehend um zwölf Jahre sank; würde heute eine solche Krankheit einen ähnlich hohen Prozentsatz der US-Bevölkerung treffen, wären 1,5 Millionen Amerikaner dem Tod geweiht. Innerhalb von zwei Jahren hatte die Spanische Grippe also mehr Menschen dahingerafft als der Weltkrieg oder jede andere bisherige Pandemie.

Eine besonders beunruhigende Tatsache zeigte sich, als Wissenschaftler des U.S. Public Health Service rückblickend den Verlauf der Krankheit aufzeichneten: Es sah nämlich ganz so aus, als sei die Krankheit an den verschiedensten Orten in Nordamerika gleichzeitig aufgetaucht – viel zu schnell, um ihre Verbreitung mit Reisenden oder Truppenbewegungen zu erklären. In der ersten Woche war die Epidemie in neun Armeecamps unterschiedlicher Staaten ausgebrochen, nämlich in Massachusetts, New York, Virginia, South Carolina und Georgia. In der zweiten Woche waren dreizehn weitere Camps betroffen: in Texas, Kansas, Louisiana, Illinois, Maryland und Washington.

In derselben Woche erreichten die Sterblichkeitsraten verblüffenderweise auch in Boston und Bombay ihren Höhepunkt, während New York, das nur ein paar Stunden von Boston entfernt lag, den Höchststand der Sterblichkeit erst drei Wochen später erreichte. Insgesamt schien die Seuche für kurze Strecken länger zu brauchen als für weite Entfernungen. Folgerichtig begann man sich zu fragen, ob der Erreger, der die Krankheit auslöste, in unterschiedlichen Landesteilen bereits existierte, bevor die tödliche Seuche ausbrach. Immer mehr kristallisierte sich ein Bild heraus, wonach schon vor dem Spanische-Grippe-Virus von 1918 ein ähnliches, aber weit weniger tödliches Virus im Umlauf gewesen war und infizierte Personen einen gewissen Immunschutz dagegen entwickelt hatten – darum fiel die Sterblichkeitsrate bei Menschen über vierzig auch derart steil nach unten. Dieses Virus dürfte jedoch nie gänzlich verschwunden sein, sondern hatte sich so lange mit dem menschlichen Immunsystem arrangiert, bis es für die nächste Bevölkerungsgeneration zur tödlichen Version der Spanischen Grippe mutierte.

Ein unterschätzter Erzfeind

»Grippe« klingt bekannt und daher zunächst harmlos. Jedes Jahr kehrt die Influenza wieder, wir haben uns an sie gewöhnt und ignorieren dabei, dass sie seit Beginn der Zivilisation für mehr Todesfälle verantwortlich ist als alle Kriege zusammen genommen. Sie greift die Atemwege ihrer Opfer an und macht den Weg frei für Bakterien, die dann leichtes Spiel haben, um etwa eine Lungenentzündung auszulösen. Die Betroffenen weisen meist ein lädiertes Immunsystem auf: Alte, Kranke und Kleinkinder. Manchmal mutiert das Grippevirus und wird zum echten Killer, wie wir bei der Spanischen Grippe gesehen haben.

Erst im 20. Jahrhundert fanden Wissenschaftler heraus, dass es unterschiedliche Arten von Erregern gibt und sich diese sogar in größere Subgruppen unterteilen lassen. Die meisten menschlichen Grippeviren sind vom sogenannten A-Typ: Sie mutieren rasch, weshalb wir, obwohl von einem Grippeanfall genesen, im Jahr darauf schon wieder einen erleiden können. Denn das Virus hat sich in der Zwischenzeit so verändert, dass es den Abwehrstoffen des Immunsystems ausweichen kann. Der B-Erreger wiederum befällt ebenfalls Menschen, scheint sich aber nicht so schnell zu verändern. Darüber hinaus exis-

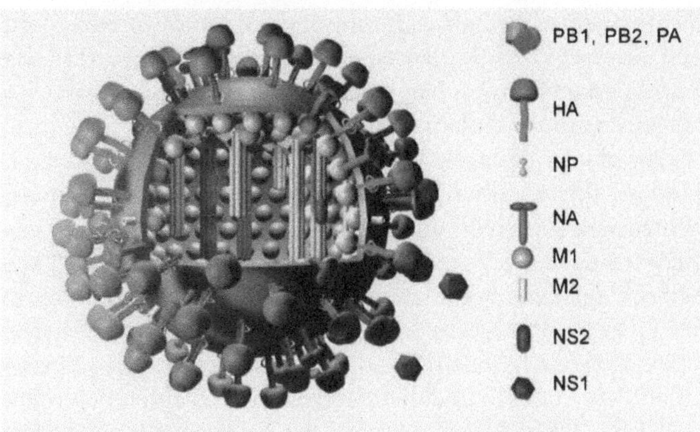

Dreidimensionales Modell eines Influenza-Viruspartikels (Quelle: Wikipedia)

tiert auch noch eine relativ harmlose C-Variante des Virus. Um geeignete Abwehrmechanismen gegen alle zu finden, muss man daher möglichst genau verstehen, woraus sie sich eigentlich zusammensetzen.

Da Viren im Gegensatz zu Zellen über kein Zytoplasma (also über keine ausfüllende Grundstruktur als Medium für Stoffwechselvorgänge) verfügen, haben sie auch keinen eigenen Stoffwechsel. Zudem fehlen ihnen zur Vererbung ihrer Gene sowohl die notwendigen Ribosomen als auch Mitochondrien. Sie können allein keine Proteine herstellen, keine Energie umwandeln und sich auch nicht selbst vervielfältigen. Ein Virus ist daher streng genommen kein Lebewesen, sondern lediglich eine Nukleinsäure. Diese enthält allerdings Informationen zur Steuerung des Stoffwechsels einer Wirtszelle. Heftet sich ein Virus also an eine Zelle, ist es in der Lage, eine Replikation seiner eigenen Nukleinsäure zu starten und Viruspartikel (Virionen) zu erzeugen. Es bedient sich der fremden Zellmoleküle, um aus ihnen gewissermaßen eine Maschine zu bauen, die nichts anderes tut, als Zehntausende Viren zu produzieren und sich mit Hilfe der Wirtszelle zu vervielfältigen. Was wir Menschen uns von der Nanotechnologie erträumen, praktizieren Viren schon seit Jahrmillionen.

Obwohl ein Virus also im eigentlichen Sinne gar nicht »lebt«, sondern eher an einen kleinen künstlichen Apparat erinnert, besitzt es eine verblüffende, lebensähnliche Struktur. Betrachten wir hierzu die Virionen – jene Teile des Virus, die sich außerhalb der Zelle befinden (siehe Abbildung). Das innerhalb der Virusmembran befindliche Ribonucleoprotein des Virions ist ein Komplex aus dem Genom des Virus sowie den strukturellen (M1 und NP) und den replikationsrelevanten Proteinen (PA, PB1, PB2). Alle Gattungen des Influenzavirus erscheinen im Mikroskop als kugelige oder rundliche bis eiförmige, gelegentlich auch fadenförmige Teilchen mit einem Durchmesser von 80 bis 120 nm. In ihrer Lipidhülle (Membran) befindet sich eine variierende Anzahl von drei Proteinen (HA, NA und M2 bei Influenza A) respektive zwei Proteinen (HA und NA bei Influenza B). Bei Influenza-C-Viren existieren nur zwei Membranproteine: der Hämagglutinin-Esterase-Faktor HEF und das Matrixprotein CM2. Die über die Virusoberfläche hinausragenden, 10 bis 14 nm langen Fortsätze nennt man Glykoproteine (HA und NA). Sie sind die Zielscheiben für die Immunabwehr des Körpers. Das M2 von Influenza A ragt hingegen nur mit 24 Aminosäuren aus der Lipidschicht heraus und wird – weil es von HA und NA überdeckt ist – von den Antikörpern unseres Immunsystems kaum erkannt. Bei den Influenza-A- und Influenza-B-Viren sind daher genau zwei Typen dieser Fortsätze von besonderem Interesse für die Herstellung von Seren zur Erkennung und Bekämpfung der Viren: das Hämagglutinin (HA) und die Neuraminidase (NA).

Bereits 1941 entdeckte man, dass Grippeviren ein besonderes Protein besitzen, das man Hämagglutinin nannte, da es fähig ist, rote Blutkörperchen (die den Sauerstoffträger Hämoglobin enthalten) zu agglutinieren, also verklumpen zu lassen. Mischten die Forscher ein Grippeviren enthaltendes Blutserum mit roten Blutkörperchen, hefteten sich die Viren an diese und verbanden sie zu einem Gitter, das sich als roter Belag am Boden des Reagenzglases absetzte: ein sicheres Zeichen für das Vorhandensein des Virus. Als anderes wichtiges Virenprotein erwies sich die Neuraminidase: Sie sprengt die Wirtszellen, sodass die darin neuentstandenen Viren freikommen und andere Zellen infizieren können. Zudem zeigte sich, dass Hämagglutinin auch der Grund ist, warum Grippeviren hauptsächlich im menschlichen Respirationstrakt, also in unserem Atmungssystem auftauchen: Wenn Grippeviren Zellen infizieren, muss ihr HA-Protein von einem bestimmten Zelltyp gespalten werden. Da dieses nur in Zellen unserer Atmungsorgane zu finden ist, kann das Virus sich nur in diesen einnisten. Das führt in extremen Fällen wie der Spanischen Grippe zu tödlichen Schädigungen der Lunge, die Befallenen »ertrinken« im Endstadium an der darin einsickernden Flüssigkeit.

Basierend auf diesen Erkenntnissen konnten gezielte Gegenmittel erzeugt werden: Zuerst züchtete man Viren in Hühnereiern heran und machte sie dann so weit unschädlich, dass sie keine Infektion mehr auslösen konnten. Da sie schwächer sind, werden sie vom Immunsystem leichter besiegt, das sich fortan an sie »erinnert« und bei zukünftigen Attacken effizienter eingreift. Das solcherart gewonnene Serum diente in Amerika erstmals 1944 zur Impfung gegen Grippe. 1947 schuf die neu gegründete Weltgesundheitsorganisation WHO ein weltweites Überwachungssystem, das frühzeitig vor Grippeviren warnen sollte. Heute kann ein solches Serum im Prinzip zur Klassifikation aller bisher bekannten Arten von Influenza A (sechzehn HA- und neun NA-Subtypen) genutzt werden. All diese Subtypenstämme werden von den zwei viralen Proteinen Hämagglutinin und Neuraminidase bestimmt und nach deren Mutationsfolge nummeriert. Ein Stamm, der etwa 1946 auf der ganzen Welt verbreitet war, hieß H1N1. 1956 löste der Stamm H2N2 (beide Proteine hatten sich seit 1946 genetisch verändert) eine Epidemie aus. Die Epidemie von 1968 wiederum wurde von einem Virus ausgelöst, dessen Hämagglutinin sich seit 1956 verändert hatte, dessen Neuraminidase aber unverändert geblieben war – man nannte den Stamm daher H3N2.

Warum können sich Viren überhaupt so schnell verändern? Hierzu müssen wir uns ihre Gene näher ansehen: Sie bestehen aus etwa 15 000 Basen (Adenin, Guanin, Zytosin und Uracil), die sich zu langen Ketten aneinanderfügen, um ein RNA-Molekül zu bilden. Bei fast allen Influenzaerregern besteht die RNA aus acht Abschnitten negativer Polarität. Diese enthalten sämtliche genetische Information, die für Vermehrung und Struktur der Viruspartikel nötig ist. Die acht Segmente (HA, NA, M, NP, PA, PB1, PB2 und NS) leisten ganze Arbeit und kodieren bei Influenza A bis zu elf Proteine: das Hämagglutinin (HA), die Neuraminidase (NA), das Nukleoprotein (NP), die Matrixproteine (M1) und (M2), die RNA-Polymerase (PA), die Polymerase-bindenden Proteine (PB1, PB2, PB1-F2) sowie die Nichtstrukturproteine NS1 und NS2. Diese Segmentierung ist es auch, die die hohe genetische Veränderlichkeit der Influenzaviren ermöglicht. Denn sie erzeugt die Fähigkeit zum genetischen Austausch der Segmente, der bei einer Infektion der Zelle mit einem anderen Influenzastamm erfolgen kann. Da die RNA-Polymerasen von RNA-Viren keine Funktion zur Korrektur von Kopierfehlern besitzen, kommen somit weitaus häufiger als bei Zelllebewesen Punktmutationen vor. Durch diese kann im Verlauf mehrerer Virengenerationen in relativ kurzer Zeit die Immunreaktion umgangen werden, während die Funktionen des Virions erhalten bleiben. Ironischerweise ist es gerade die Effizienz unseres Immunsystems, die einen hohen evolutionären Selektionsdruck auf die Viren erzeugt und durch deren Anpassung immer neue, widerstandsfähigere – mitunter noch gefährlichere – Virenstämme erzeugt.

Im Vergleich zu anderen Krankheitserregern sind Grippeviren also erstens besonders effektiv (und daher infektiöser), was ihre Vermehrung angeht. Zweitens sorgen sie durch ihre hohe Mutationsrate für stärkere Ausprägungen der Erkrankung. Darum schützen Impfungen nach einer Weile nicht mehr, denn das Immunsystem erkennt den veränderten Erreger nicht. Drittens sind Viren bei der Wahl ihrer Gentauschpartner nicht besonders wählerisch: Sie vermischen sich nicht nur mit jenen Viren, die menschliche Zellen befallen, sondern auch solchen, die es auf Tiere abgesehen haben – beispielsweise Schweine oder Vögel. Darum kann die Infektion auch biologische Artgrenzen überspringen und eine Grippe, die etwa nur für Hühner gefährlich war, plötzlich als »Vogelgrippe« auf den Menschen übertragen werden. Besonders bekannte Beispiele für derart mutierte Influenzaformen in letzter Zeit waren etwa SARS und MERS, die 2002 und 2012 erstmals identifiziert wurden.

Bei einer Influenzaepidemie oder »Grippewelle« werden zehn bis zwanzig Prozent einer Bevölkerung infiziert; die Ausbrüche bleiben jedoch lokal begrenzt. Zudem sind sie von der Witterung abhängig: Ein Grund, warum sich die Grippe im Sommer nicht so weit ausbreitet, ist der Umstand, dass das Virus in feuchter Umgebung schneller stirbt. Um sich zu verbreiten und zu gedeihen, benötigt es trockene Winterluft, weshalb Grippewellen im Frühling scheinbar verschwinden (in Wahrheit nisten sich die Viren oft in anderen Wirtskörpern ein, um dann im Herbst erneut zuzuschlagen). Manchmal verbreiten sich besonders infektiöse Viren rasch und mit Infektionsraten von bis zu fünfzig Prozent über Landesgrenzen und sogar Kontinente hinweg – womit (wie eingangs erwähnt) von einer Pandemie gesprochen werden kann. Auslöser ist praktisch immer ein neuer Subtyp des Influenza-A-Virus. Auch in Grippejahren ohne Pandemie stirbt jährlich eine Vielzahl von Menschen an dieser Krankheit oder an ihren Folgen, vor allem einer Lungenentzündung infolge bakterieller Super-Infektion.

Neben der Spanischen Grippe (1918–1920), die vom Influenza-Subtyp A/H1N1 ausgelöst wurde, gab es in jüngerer Zeit zahlreiche weitere Grippepandemien: etwa die Asiatische

Grippe von 1957/58 (Subtyp A/H2N2), die Hongkong-Grippe von 1968 (Subtyp A/H3N2) oder die Russische Grippe von 1977/78 (Subtyp A/H1N1). Grippepandemien treten normalerweise alle zwanzig bis dreißig Jahre auf. Da es seit über dreißig Jahren keine wirklich schwere Pandemie mehr gab, könnten wir also kurz vor einer neuen stehen. Und wenn Sie mich fragen, worum es sich bei der mysteriösen Killerkrankheit in George R. Stewarts Roman handelt, würde ich sagen: mit höchster Wahrscheinlichkeit eine neue Super-Grippe. Doch es gibt natürlich auch noch weitere Verdächtige …

Wie gefährlich sind andere Seuchen?

Für die Ebola-Epidemie in Westafrika rief die WHO im Jahr 2014 einen weltweiten Gesundheitsnotstand aus. Damit warnte die Weltgesundheitsorganisation zum dritten Mal in ihrer Geschichte vor einer globalen Pandemie. Nach aktuellem Stand starben seit Ausbruch der Epidemie rund 8400 Menschen an Ebola, knapp 21 300 infizierten sich, der Großteil davon in Westafrika. Die Dunkelziffer dürfte weit höher liegen, da die Helfer und Behörden längst nicht alle Fälle erfassen konnten.

Zum ersten Mal rief die WHO den Gesundheitsnotstand im Zuge der Schweinegrippe im Jahr 2009 aus. Damals wurde die Pandemiephase 6 bekannt gegeben – also die höchste Stufe. Definitionsgemäß gilt hierfür als Voraussetzung, dass in mindestens zwei unterschiedlichen WHO-Regionen (Afrika, Amerika, Europa, Östliches Mittelmeer, Südostasien, Westlicher Pazifik) Virusübertragungen von Mensch zu Mensch stattfinden. Anfang Mai 2014 schlug die Organisation ein weiteres Mal Alarm: diesmal wegen Poliomyelitis (Kinderlähmung). Zu diesem Zeitpunkt waren rund 130 akute Poliofälle gemeldet, die meisten davon in Pakistan und Afghanistan, einige Fälle in Nigeria, Syrien und Irak.

Vor allem im Fall von Polio stellte sich jedoch die Frage, ob der Ausruf eines internationalen Notstands gerechtfertigt sei – mit 130 war die Zahl der Fälle schließlich äußerst gering. Allerdings war die Definition erfüllt, somit sah sich die WHO im Recht. Polio kann zudem vor allem in impfschwachen Regionen schnell zu einem großen Problem werden, ein frühes Reagieren erscheint also sinnvoll. Ebola hingegen bedeutet für westliche Länder wie Deutschland kaum eine Gefahr. Das Virus ist längst nicht so ansteckend wie etwa SARS, das über die Atemluft übertragen wird. Ebola hat zwar eine tödlichere Wirkung, kann aber nur durch Körperflüssigkeiten und somit engen Kontakt weitergegeben werden; deswegen – und weil der Tod relativ schnell eintritt, das Virus also nur ein kleines Zeitfenster zur Verbreitung hat – wird sich Ebola aller Voraussicht nach nie zur globalen Pandemie entwickeln. So stuft auch die EU-Kommission das Risiko für einen Ausbruch von Ebola in Europa als sehr gering ein.

Obwohl die Ebola-Epidemie 2014 also die Schlagzeilen dominierte: Die wahren Killerseuchen unserer Zeit sind andere. An HIV/AIDS starben im Jahr 2014 durchschnittlich 685 Menschen pro Tag, an Malaria 552, an Durchfall 404, an Tuberkulose 110 und am Lassa-Fieber immerhin noch vierzehn, während es an Ebola »nur« vier Menschen pro Tag waren. Dennoch könnte jederzeit ein neuer Krankheitserreger auftauchen, der sich noch schneller und unerbittlicher ausbreitet als alles bisher Dagewesene.

Wie entstünde eine »Super-Pandemie«?

Verheerende Seuchen sind nach wie vor ein beliebtes Thema der Science-Fiction. Nicht zuletzt Filme wie *Outbreak* (1995), *Virus* (1999), *Contagion* (2011) oder *Planet der Affen – Prevolution* (2011) gewinnen ihren Suspense aus einer unsichtbaren Bedrohung, der jeder Mensch auf diesem Planeten zum Opfer fallen kann. Damit sich jedoch ein Virus tatsächlich zu einem globalen Killer entwickelt, müssen zum Glück sehr viele Faktoren zusammentreffen:

1) Neuartige Mutation: Da unser Immunsystem im Lauf von Jahrmillionen Menschheitsgeschichte so ziemlich alle Erreger kennenlernte und sich an sie erinnert, braucht ein Virus neue Tricks, um gegen unsere körpereigene Abwehr zu bestehen. Seine Mutation muss dazu führen, dass es von ihr nicht erkannt oder nicht effizient genug bekämpft wird (etwa – wie oben gezeigt – indem die Oberfläche seiner Hülle den weißen Blutkörperchen keine Angriffspunkte und Einfallstellen bietet). Gleichzeitig darf die Mutation aber nicht *zu* speziell sein, das heißt: Sie muss die bisher erfolgreichen Mechanismen des Eindringens in die Zelle, der Vermehrung darin sowie des Wiederaustritts zum Verbreiten der replizierten Viren erlauben. Nur wenn das Virus hochinfektiös ist – also sehr leicht an Wirtszellen andocken kann – und in kurzer Zeit möglichst viele Nachkommen erzeugt, hat es eine Chance, sich ernsthaft auszubreiten.

2) Nähe zu Virenüberträgern: Zwar sind Krankheiten, die sich in Menschen einnisten und nur an Menschen weitergegeben werden, schon schlimm genug. Aber erst jene Viren, die es aufgrund einer Mutation schaffen, von einer Tierart auf eine andere überzuspringen, stellen eine wirklich neuartige Bedrohung für das Immunsystem dar. Aufgrund der besonders hohen Mutationsrate gerade bei Grippe, sind solche evolutionären Sprünge keine Seltenheit – meist bleiben sie jedoch unentdeckt, weil sie sich unter Wildtieren verbreiten und normalerweise nicht in die Nähe eines Menschen kommen. Gefährlich wird es erst, wenn so ein Wildtier – etwa ein Affe, eine Fledermaus oder Vogelart – in der Nähe von Siedlungen auftaucht und längere Zeit in Kontakt zu Nutztieren wie Schweinen oder Hühnern gelangt. Hierzu muss es gar nicht zu körperlicher Berührung kommen – es genügt, wenn etwa Ausscheidungen oder Teile eines Kadavers in den Verdauungstrakt der

Nutztiere gelangen. Da die meisten Grippeviren nicht wählerisch sind, schaffen sie es, im fremden Organismus zu überleben – und früher oder später finden sie darin genau die Enzyme und Zellen, die sie zum Überleben und Vermehren brauchen. Befindet sich das so befallene Nutztier in einer jener ländlichen oder städtischen Farmen oder Tierfabriken, bei denen nicht allzu sehr auf Sauberkeit geachtet wird und die Arbeiter beim Füttern, Ausmisten und Schlachten in wiederholten Körperkontakt zum Nutztier oder dessen Ausscheidungen kommen, stellt der Mensch irgendwann nur einen weiteren zufälligen Wirtskörper dar, den es zu besiedeln gilt. Doch selbst dann überträgt sich das Virus noch nicht zwangsläufig auf andere Menschen. Erst wenn sich im Befallenen menschentypische Viren befinden – etwa wenn die Person gerade an einer herkömmlichen Erkältung leidet –, kann es durch Austausch der Gensegmente zwischen den beiden Viren zu einem völlig neuen Hybrid-Virenstamm kommen, der nun von Mensch zu Mensch weitergegeben wird.

3) Vielfältige Übertragungswege: Natürlich ist ein Virus umso infektiöser, je leichter es von Wirt zu Wirt übertragen wird. Die Pest etwa übertrug sich vor allem durch Flöhe, weshalb sie unter Einhaltung ausreichender Hygiene auch eingedämmt werden konnte. Bei HIV/AIDS wiederum erfolgt die Ansteckung durchwegs über Körperflüssigkeiten; das Virus hat keine Chance, sich über oberflächlichen Körperkontakt oder Atemluft auszubreiten. Weitaus tödlicher ist hier die Grippe – da sie sich in den Atemorganen einnistet, genügt oft ein Husten oder der Kontakt über Nasensekrete, um sich anzustecken.

4) Hohe Tödlichkeit, aber nicht zu hoch: Von einer ernsthaften Seuche würden wir nur dann sprechen, wenn sie besonders viele Menschen tötet. Damit das Virus ausreichend Zeit hat, einen weiteren Wirt zu infizieren und sich auszubreiten, darf es den ersten jedoch nicht zu schnell umbringen. Gerade die letalsten Ansteckungskrankheiten sind auch diejeni-

gen, die nur relativ wenige Menschen betreffen, weil man binnen Stunden oder weniger Tage an ihnen stirbt. Die Viren bleiben im Wirtskörper gefangen und gehen mit ihm zugrunde. So können sie zwar eine kurzzeitige Epidemie auslösen, aber in der Regel keine Endemie oder Pandemie. Im Gesamtergebnis schlimmer sind jene Viren wie die Grippe: Es braucht nur ein bis drei Tage, bis die Krankheit nach erfolgter Ansteckung voll ausbricht und der Kranke sie durch Husten und Nasensekrete an andere weitergibt. Die dann getroffenen Schutzmaßnahmen (Medikamente, Atemschutz, Eindämmung) brauchen bis zu zwei Wochen, um die Krankheit zu besiegen – Zeit genug für die Viren, um neue Wirtskörper zu erreichen. Übrigens: Viren sind unempfindlich gegen Antibiotika, da sie ja (im Gegensatz zu Bakterien) keine Lebewesen sind. Der Zeitraum zwischen Ansteckung und Auftreten der ersten Symptome wird Inkubationszeit genannt (lat. incubare: ausbrüten). Sie kann, abhängig von der Krankheit, zwischen wenigen Stunden und einigen Jahrzehnten betragen – je nachdem, wie schnell und auf welche Weise sich die Erreger im Körper vermehren. Folgende Beispiele veranschaulichen die große Bandbreite an Übertragungswegen und Inkubationszeiten:

Krankheit	Erreger	Übertragungsweg	Inkubationszeit
Aids	HI-Virus	Körperflüssigkeiten (Blut, Sperma, Vaginalsekret, Muttermilch)	ca. 4–16 Jahre
Brucellose	Brucellen	Nutztiere, nur sehr selten auf den Menschen übertragen	2 Wochen
Diphtherie	Corynebacterium diphtheriae	Tröpfcheninfektion, Berührung, Wäsche	1–7 Tage
Pfeiffer'sches Drüsenfieber	Epstein-Barr-Virus	Speichel, Tröpfcheninfektion	4–7 Wochen (Erwachsene)

Krankheit	Erreger	Übertragungsweg	Inkubationszeit
Erkältung	verschiedene Viren	Tröpfcheninfektion, Schmierinfektion	2-8 Tage
Fleckfieber	Rickettsia prowazeki	Kleider- oder Kopfläuse	10–14 Tage
Grippe, Influenza	verschiedene Influenzaviren	Tröpfcheninfektion, Schmierinfektion, Kot, Hautschuppen, Haare, Gefieder und Staub	1–3 Tage
Keuchhusten	Bordetella pertussis	Tröpfcheninfektion	7–14 Tage
Kinderlähmung	Polioviren	Schmier- und Schmutzinfektion	6–20 Tage
Leptospirose	Spirochaeten	Ratten bzw. deren Ausscheidungen in stehenden Gewässern	7–14 Tage
Masern	Morbillivirus	Tröpfcheninfektion	9–14 Tage
Milzbrand	Bacillus anthracis	Schmutzinfektion, erkrankte Weide- und Wildtiere	2–7 Tage
Mumps	Paramyxovirus parotitis	Tröpfcheninfektion	15–23 Tage
Paratyphus	Salmonella enterica	Berührung, Trinkwasser, Abort, Fliegen, Nahrungsmittel	3–16 Tage
Pocken	Orthopoxviren	Tröpfcheninfektion, Berührung	7–17 Tage
Ringelröteln	Parvovirus B 19	Berührung und Tröpfcheninfektion	6–14 Tage
Röteln	Rötelnvirus	Tröpfcheninfektion	13–21 Tage
Ruhr	Entamoeba histolytica	Berührung, Abort, Nahrungsmittel, Fliegen	1–8 Tage

Krankheit	Erreger	Übertragungsweg	Inkubationszeit
Weicher Schanker	Haemophilus ducreyi	Berührung, besonders Geschlechtsverkehr	2–7 Tage
Scharlach	Streptokokken	Tröpfchen- oder Schmierinfektion	2–7 Tage
Syphilis	Treponema pallidum	Berührung, besonders Geschlechtsverkehr	21 Tage
Tollwut	Lyssaviren	Biss von erkrankten Tieren	8 Tage bis 8 Monate
Trichinose	Trichinen	Fleisch von infizierten Schweinen	3-5 Tage
Tuberkulose	Mycobacterium tuberculosis	Tröpfcheninfektion	mehr als 30 Tage
Typhus	Salmonella Typhi	Schmier- und Schmutzinfektion, Abort, Trinkwasser, Nahrungsmittel	7–28 Tage
Wundrose	Streptokokken	Berührung	7–14 Tage
Wundstarrkrampf	Clostridium tetani	verschmutzte Wunden	3–21 Tage

Einen interessanten Sonderfall stellt HIV dar: dessen Inkubationszeit reicht von einigen Monaten bis zu mehreren Jahren. Zudem treten bei der Infektion mit HI-Viren andere Symptome auf als bei AIDS: Streng genommen dürfen AIDS und eine HIV-Infektion daher nicht gleichgesetzt werden, vielmehr kann eine HIV-Infektion nach mehrjährigem Verlauf in die Krankheit AIDS übergehen. Bei einer HIV-Infektion trägt der Betroffene das Virus zwar in sich, ist aber bis auf einen grippeähnlichen Zustand kurz nach der Ansteckung in der Regel beschwerdefrei. Kommt es dagegen zum Ausbruch von AIDS, leidet der Patient an Krankheiten, die ihn aufgrund seiner geschwächten Immunabwehr befallen. Bis dahin kann viel Zeit vergehen, in der der Infizierte (ohne es zu bemerken) höchst ansteckend bleibt – und genau darum ist HIV ein derart »erfolgreiches«, weltweit verbreitetes Virus.

5) Neuartige Viren aus dem Labor: Die konventionellen Wege der Entstehung und Ausbreitung von Viren sind schon Besorgnis erregend genug. Doch es gibt mindestens zwei Wege, um völlig neue Erreger im Labor zu erschaffen: Erstens, indem man natürliche Viren so lange mutieren lässt, bis man neuartige Eigenschaften herangezüchtet hat. Zweitens, indem man ihre Bestandteile synthetisch zusammenbaut. Für Ersteres bedient man sich auch heute noch der Standardmethoden in der Virologie: Zuerst löst man ein Stück Gewebe auf, von dem man weiß, dass es Viren enthält (etwa aus der Lunge eines Grippe-Toten). Hierzu taucht man es in Salzlösung und schleudert es anschließend in einer Zentrifuge, um das Virus vom Geweberest zu trennen. Dann setzt man der dadurch erhaltenen Flüssigkeit ein Antibiotikum zu, das alle verbliebenen Bakterien tötet und nur das Virus unbeschadet lässt. Nun wird die Flüssigkeit in angebrütete Hühnereier geimpft. Dafür schneidet man behutsam ein kleines Fenster in die Eierschale, unter dem die zarte Haut sichtbar wird. In diese Öffnung wird die Flüssigkeit gespritzt, indem die Nadel durch die Membran direkt ins Eiweiß sticht. Wenn man auf diese Weise Hunderte von Eier infiziert und lange genug wartet, reifen darin durch Mutationen verschiedenste Abkömmlinge des ursprünglichen Virenstamms heran, jeder mit neuen, interessanten – aber mitunter tödlichen – Eigenschaften. Da diese Methode lange dauert und vom Zufall abhängig ist, wählen manche den zweiten Weg und erzeugen völlig künstliche Viren. Erstmals gelang dies Forschern in Stony Brook, New York, im Jahr 2002 nach dreijährigen Experimenten. Heute gelingt dieses Kunststück etwa Gen-Pionier Craig Venter in der Rekordzeit von vierzehn Tagen. Beim ersten von ihm geschaffenen künstlichen Organismus handelte es sich um einen für Menschen und Tiere unschädlichen Erreger, den er Phi-X174 nannte und der lediglich Bakterien infizieren kann. Durch das »Polymerase Cycle Assembly«

genannte Verfahren wurde das Virus aus winzigen Genschnipseln erzeugt – eine Methode, die seither große Beachtung in der synthetischen Biologie findet, denn damit könnte man Viren für verschiedenste Aufgaben in Medizin, Umweltschutz oder Energieerzeugung erzeugen. Freilich bräuchte es nur ausreichend kriminelle Energie (oder, wie die Sowjetunion zeigte, die Paranoia einer politischen Supermacht), um damit auch völlig neue Krankheiten in die Welt zu setzen. Egal ob durch Mutation oder Synthesetechnik – wir hätten einen wesentlichen Schritt auf dem Weg zur Super-Pandemie unternommen.

6) Zuwachs der urbanen Bevölkerung: Was unser Super-Virus als Nächstes braucht, sind viele Menschen. In einer exponierten Siedlung im asiatischen Dschungel oder auf einer afrikanischen Hochebene hätte es seine Wirtskörper bald aufgebraucht und würde wieder verschwinden. Die aus seiner Sicht gute Nachricht lautet jedoch: Seit 2006 lebt die Hälfte der Weltbevölkerung in Städten – und täglich werden es mehr. Ein enges Zusammenleben und häufige Kontakte (egal ob direkte Berührung oder indirekt über Ausscheidungen) sind genau das, was die neue Krankheit braucht, um zur Epidemie zu werden. Innerhalb weniger Tage wird es von einer einzigen Person auf die Familie, das Mehrparteienhaus, den Wohnblock, ja das ganze Stadtviertel übertragen. Die Ansteckungen potenzieren sich, und alle denken, es handle sich dabei nur um eine »ganz normale« Erkältung. Man geht zur Apotheke oder zum Arzt – und infiziert dabei weitere Menschen. Spätestens nach einer Woche wird klar, dass es sich um etwas Großes handelt, denn nun taucht die Krankheit auch in anderen Städten auf.

7) Zunehmende Vernetzung: Die Pest kam im Mittelalter höchstwahrscheinlich noch gemächlich an Bord von Handelsschiffen von Asien nach Europa und brauchte Monate, um sich über die Landesgrenzen hinweg zu bewegen. Bei der Spanischen Grippe vor hundert Jahren staunte man bereits, wie Städte in unterschiedlichsten Gegenden der USA innerhalb weniger Tage befallen wurden. Heute jedoch geschieht der Virentrans-

port schneller als je zuvor: Bei SARS etwa dauerte die Ausbreitung von Hongkong nach Vancouver nur ein paar Stunden, denn durch den Flugverkehr ist die Welt mittlerweile eng vernetzt. So wird der Weg einer Pandemie vorhersagbar, die Erreger expandieren nach bestimmten mathematischen Mustern. Großstädte sind besonders gefährdet: Je größer der Anteil an Passagieren eines Flughafens ist, die von dort zu einem bestimmten Airport weiterfliegen, desto schneller breitet sich eine Krankheit auf diesem Weg aus. Deshalb gelangt sie auch schneller von London nach New York, als dass sie eine nahe gelegene britische Kleinstadt erreichen würde. Inzwischen decken sich Berechnungen, auf welchen Routen sich etwa die Schweinegrippe 2009 am schnellsten ausbreitete, tatsächlich mit dem Verlauf der Pandemie. Künftig können solche Modelle immerhin helfen, verlässliche Aussagen zur Verbreitung von Krankheiten zu liefern. Doch wenn ein Super-Virus erst mal die Großstädte erreicht hat, könnte es schon zu spät sein.

8) Skepsis gegen Impfungen: Hatte man gegen Ende des 20. Jahrhunderts gehofft, bestimmte Seuchen durch konsequentes Impfen der Bevölkerung auszurotten, zeigen immer mehr Menschen in der westlichen Welt eine paradoxe Ablehnung des Impfens. Die Skepsis mag in vielen Fällen daher rühren, dass (gerade aufgrund der jahrzehntelangen Impfungen) unter Normalbürgern heute kaum noch tödliche Krankheiten wie Pocken, Diphtherie oder Tetanus auftreten und man sich fragt, wozu Impfungen dann noch gut sein sollen. Doch selbst bei Erkrankungen wie den Masern, gegen die noch relativ häufig geimpft wird, kommt es rasch zu herben Rückschlägen: Nicht nur in den USA musste die Gesundheitsbehörde Anfang 2015 vor einer überraschenden Ausbreitung der Masern warnen – auch in Berlin kam es zum größten Ausbruch seit vielen Jahren. Allein im Januar gab es 254 neue Fälle, obwohl das Ziel eigentlich gelautet hatte, diese Krankheit bis 2015 in Deutschland endgültig auszurotten. Ähnlich bei der Grippe: Obwohl nach Schätzungen des Zentralinstituts für

die kassenärztliche Versorgung allein in Deutschland jährlich 5000 bis 10 000 Menschen daran sterben, sinken die Impfraten kontinuierlich. Dies variiert interessanterweise zwischen Ost und West: In den alten Bundesländern liegt die Impfrate mit 39 Prozent weitaus niedriger als in den neuen mit durchschnittlich 58 Prozent (Mediziner empfehlen eine Rate von 75 Prozent). Setzt man die Impfraten in Vergleich zum Auftreten der Erkrankungen, ergibt sich ein überzeugendes Bild, wonach letztlich – neben Hygiene – nur konsequente Impfungen einen wirksamen Schutz gegen Seuchen darstellen.

Und wir sprechen hier nur von den uns schon lange bekannten Viren. Sollte ein neuer, mutierter Erreger auftauchen, wären die Folgen dramatisch. Die WHO hält etwa eine verheerende Vogelgrippe-Pandemie früher oder später für unausweichlich. Im schlimmsten Fall wären fünfundzwanzig bis dreißig Prozent der Weltbevölkerung betroffen; selbst im optimistischsten Szenario gehen Schätzungen von zwei bis sieben Millionen Toten und Milliarden Erkrankten aus. Was würde gegen eine solche Super-Pandemie unternommen werden? Könnte sie solch apokalyptische Ausmaße annehmen wie in »Leben ohne Ende«?

Der Schlachtplan gegen das Super-Virus

Ähnlich wie die Gefahr eines nuklearen Krieges in DEFCON-Alarmstufen unterteilt wird, gliedert die WHO die Wahrscheinlichkeit für die globale Verbreitung einer Seuche in sechs Stufen:

Stufe 1: Es wurde kein neuer Virussubtyp bei Menschen entdeckt. In Tieren können Virussubtypen umlaufen, die auch Menschen infizieren, jedoch wird das Risiko als gering bewertet.

Stufe 2: Es wurde kein neuer Virussubtyp bei Menschen entdeckt. Ein in Tieren umlaufender Subtyp stellt ein erhebliches Risiko einer Erkrankung von Menschen dar.

Stufe 3 (Beginn der Alarmphase): Vereinzelt werden Menschen infiziert, eine Übertragung von Mensch zu Mensch ist jedoch sehr selten und tritt allenfalls bei engem Kontakt zu einem Infizierten auf.

Stufe 4: Eng begrenztes Ausbruchsgeschehen (jeweils weniger als fünfundzwanzig Personen über weniger als zwei Wochen) oder sporadische Einzelfälle ohne nachweisbaren Kontakt der Erkrankten zu Tieren, was nahelegt, dass das Virus nur bedingt an den Menschen angepasst ist.

Stufe 5 (Erhebliches Pandemierisiko): Größere, aber noch örtlich und zeitlich eng begrenzte Ausbrüche in zwei Gebieten einer der sechs WHO-Regionen. Das Virus ist besser, aber noch nicht vollständig an den Menschen angepasst. Letzte Chance, die globale Verbreitung zu verzögern.

Stufe 6 (Verlauf der Pandemie): Wachsende und anhaltende Übertragungen von Mensch zu Mensch in der gesamten Bevölkerung. Räumlich getrenntes Ausbruchsgeschehen in mindestens zwei WHO-Regionen.

Besondere Brisanz gilt in den WHO-Szenarien seit 2005 der durch das Influenza-A-Virus H5N1 verursachten Vogelgrippe. Denn diese kann auch ohne jedes Zutun des Menschen von Zugvögeln verbreitet werden. Ihr war im April 2013 die Pandemiewarnstufe 3 zugeordnet. Sollten diese Viren mutieren und von Mensch zu Mensch übertragen werden können, erwarten einige Experten ein Zwei-Phasen-Szenario:

In einer ersten Phase von bis zu sechs Monaten stünde kein Impfstoff zur Verfügung, da diese Zeitspanne bis zur Herstellung und Auslieferung der ersten Ampullen benötigt wird. In dieser Phase wären antivirale Medikamente, Wirkstoffe gegen bakterielle Infektionen sowie sonstige Schutzmaßnahmen (Gesichtsmasken, Schulschließungen) und Quarantäne die einzig möglichen Abwehrmaßnahmen.

In einer zweiten Phase wäre ein Impfschutz zwar entwickelt, die Produktion für den großen Bedarf jedoch wahrscheinlich nicht ausreichend. Daher sehen amtliche Notfallpläne vor, Krankenhaus-, Polizei- und Feuerwehrpersonal als Erste zu versorgen. Man fordert, staatlich subventionierte Überkapazitäten bei den Arzneimittelherstellern aufzubauen.

Die Deutsche Gesellschaft für Innere Medizin warnte im April 2006 in einer Pressemitteilung, dass – sollte es eines Tages zu einem weltumspannenden Erkrankungsausbruch kommen – allein in Deutschland voraussichtlich 360 000 Menschen einen Platz im Krankenhaus benötigen. Daher wären frühzeitige Vorbereitungen zu treffen, um genügend Krankenhausbetten zur Verfügung stellen zu können. Zudem gilt es trotz der in den letzten Jahren erheblich ausgeweiteten Produktionskapazitäten angesichts der Größe der Weltbevölkerung weiterhin als illusorisch, dass ein weltweiter Impfschutz vor einer Influenza-Pandemie möglich ist.

Ein entspannteres Bild zeichnet hingegen ein im Juli 2006 in der Wissenschaftszeitschrift *Nature* veröffentlichter Bericht: Er prognostiziert anhand von Modellstudien, basierend auf historischen Pandemien, dass der Gipfelpunkt der ersten Erkrankungswelle zwei bis drei Monate nach Beginn erreicht und die akute Pandemiephase schon nach vier Monaten beendet sein sollte. Doch was, wenn sich diese Modellstudien irren?

Szenarien des Schreckens … und der Hoffnung

George R. Stewarts »Leben ohne Ende« wirkt vor allem auch wegen des gelungenen, pseudodokumentarischen Einstiegs so bedrückend. Er erinnert uns an wiederkehrende Medienberichte über Seuchen, die irgendwo ausgebrochen sind und von Tag zu Tag immer mehr Menschen befallen. Führen wir die Ausbreitungsrate im Gedankenexperiment ungebrochen über Wochen, Monate, gar Jahre weiter, wird es trotz aller Medikamente, Antiseren und Versorgungseinrichtungen eng für die Menschheit. Eines Tages stehen die wenigen Überlebenden dann vor der unheimlichen Leere ihrer einstigen Siedlungen und fragen sich: was tun?

Glücklicherweise befassen sich außer Romanciers auch Wissenschaftler mit dieser Frage. Etwa der Astrobiologe Lewis

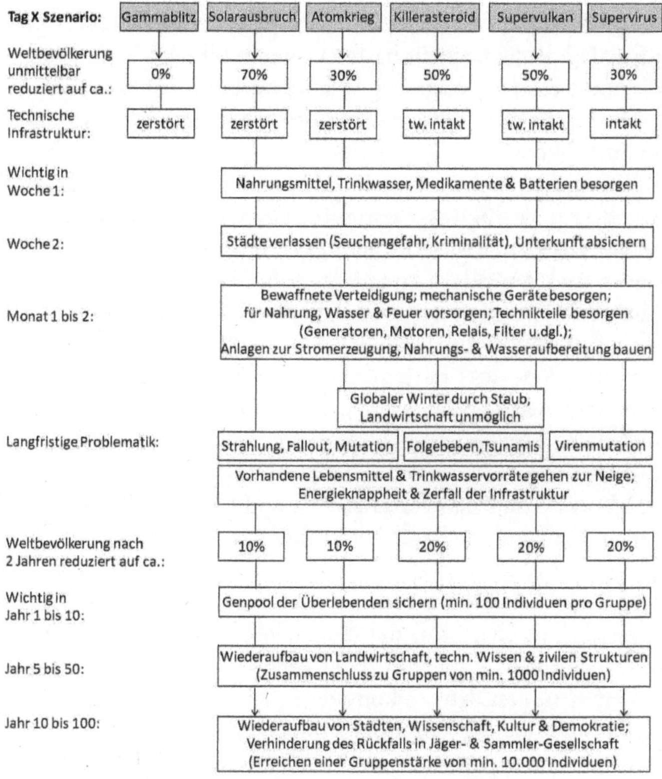

Welches Szenario ist nach der Katastrophe zu erwarten, was ist für die Überlebenden zu beachten, und wie lange dauert es, bis die Zivilisation wieder aufgebaut werden kann?
(Quellen: Dartnell: »Das Handbuch für den Neustart der Welt«, Spiegel online, survival.4u.org, naturkatastrophen.mobi)

Dartnell, der kürzlich eine durchaus ernst gemeinte Handlungsanleitung für den »Tag danach« veröffentlichte: »The Knowledge« (dt. »Das Handbuch für den Neustart der Welt«, 2014). Diese »Bibel für Prepper« beschreibt unterhaltsam und doch lehrreich, wie man in einer entvölkerten Welt überleben kann und welche Schritte wann zu setzen sind. Interessanterweise sieht Dartnell bei allen denkbaren Katastrophen gerade im Falle einer Super-Pandemie noch die besten Chancen für die Überlebenden. Warum das so ist, zeigt das Ablaufdiagramm auf Seite 523.

Das Super-Virus hat zwar den Großteil der Menschen vernichtet, nicht jedoch ihre Infrastruktur. Es stehen also ausreichend Behausungen, Lebensmittel, Medikamente und Trinkwasservorräte zur Verfügung – vorläufig. Das wesentliche Kriterium für das Überleben unserer Spezies ist insofern nicht, wieder zu Jägern und Sammlern zu werden (ein Szenario, das ob seiner Abenteuerlastigkeit gerne auch in der Science-Fiction vermittelt wird), sondern die möglichst rasche Rettung und Reparatur von allem, was noch funktioniert, sowie die Bewahrung und Weitergabe von Wissen, um einen konsequenten Wiederaufbau zu ermöglichen. Unbedingt zu vermeiden ist der – auch in Stewarts Roman angedeutete – Rückfall in archaische Strukturen und das resignative Erzählen von Mythen und Sagen darüber, »wie das Leben früher war«. Im Gegensatz dazu gilt es, unser lebenswichtiges heutiges Know-how weiterzugeben: Landwirtschaft, Medizin, Energienutzung, Demokratie, Naturwissenschaft, Kultur – kurz: alles, was uns zu modernen Menschen macht, die sich nicht gegenseitig den Schädel einschlagen, um an Brot zu kommen.

Dass hierbei die Zeit unerbittlich gegen die Überlebenden arbeiten würde, zeigt der Sachbuchautor Alan Weisman sehr eindrucksvoll in seinem Buch »The World without us« (dt. »Die Welt ohne uns«, 2007). Anhand bisheriger Beispiele verlassener Städte und Siedlungen wird veranschaulicht, wie etwa Häuser innerhalb weniger Jahre ohne menschliche Kontrolle zerfallen: Holz wird zerfressen, Frost lässt Rohre und

Fenster platzen, Dächer stürzen ein, und Pflanzen breiten sich in den einstigen Wohnräumen aus. In Städten wie New York werden U-Bahn-Schächte zum Problem, da sie ohne tägliche menschliche Wartung mit Wasser volllaufen und den Untergrund brüchig werden lassen. Baumsprosse reißen den Asphalt der Straßen auf, Blitze lösen Brände aus, die niemand stoppt, Brücken und technische Anlagen werden vom Rost zerfressen. In ländlichen Gegenden werden Äcker und landwirtschaftliche Pflanzen von Büschen und Wald überwuchert. Öl und andere Schadstoffe treten aus nicht mehr gesicherten Raffinerien, Tankstellen und Chemielagern aus und verseuchen die Umwelt. Nicht gerade optimale Bedingungen für die Überlebenden der Super-Pandemie. Sie werden nur eine dauerhafte Chance haben, wenn sie Städte und Industriegebiete meiden, Kraftwerke wieder in den Griff bekommen und sich auf dem Land eine neue Existenz aufbauen. Diese Aufgabe wird zahlreiche Hände und Köpfe brauchen – aber wie viele genau?

Kritische Gruppenstärken

Wie auch George R. Stewart ahnte, hängt das langfristige Überleben unserer Spezies nach der globalen Seuche davon ab, wie schnell sich Gruppen mit ausreichend vielen Individuen bilden, die nicht miteinander verwandt sind und sich daher nichtinzestuös vermehren können. Ein »Adam« und eine »Eva« alleine hätten keine Chance, eine langfristig gesunde Population zu zeugen. Was also ist das theoretische Minimum, das für die Wiederbesiedlung erforderlich ist? Wissenschaftler schätzten hierzu anhand mitochondrialer DNS-Sequenzen von Maoris auf Neuseeland die Zahl der Gründerpioniere, die einst auf Flößen aus Ostpolynesien eintrafen. Eine Analyse der genetischen Vielfalt ergab, dass die erste Population nicht mehr als etwa siebzig fortpflanzungsfähige Frauen umfasste und die Gesamtgruppenstärke ungefähr das Doppelte betrug.

Andere genetische Untersuchungen geben Hinweise auf eine vergleichbare Gründerpopulation der amerikanischen Ureinwohner, die vor 15 000 Jahren aus Ostasien kommend die Bering-Landbrücke überquerten. Wir sehen somit, dass eine postapokalyptische Gruppe aus ein paar Hundert gemeinsam lebenden Männern und Frauen eine ausreichende genetische Variabilität besitzt, um gesunde Folgegenerationen zu zeugen.

Ein Problem ergibt sich für eine solche Gruppe allerdings dadurch, dass es selbst bei einer hohen Wachstumsrate von zwei Prozent (das ist die höchste Zuwachsrate, die die Weltbevölkerung jemals erreichte) mehrere Jahrhunderte dauern würde, um wieder die Menge an Menschen zur Zeit der industriellen Revolution zu erreichen. So wäre es äußerst schwierig, eine verlässliche Landwirtschaft zu betreiben, und die Gruppe hätte ständig gegen den Rückfall in Jäger-und-Sammler-Mentalität zu kämpfen – eine drohende Sackgasse, die keine dichten Populationen und damit auch keinen Fortschritt zulässt. Die einzige Chance für den Neustart wäre daher eine ausreichende Diversifizierung an Fertigkeiten und Kompetenzen: Je besser sich die Gruppenmitglieder auf Feldarbeit, Handwerk, Technologie, Medizin, Unterricht, Verwaltung und andere wichtige Bereiche aufteilen, desto eher erzielen sie den notwendigen Schwung, um das Erreichte nachhaltig abzusichern und sich auszubreiten. So hält auch Lewis Dartnell eine anfängliche Population von rund 10 000 Überlebenden in irgendeiner Region, die sich zu einer friedlichen Gemeinschaft zusammenschließen, für fähig, das Erbe unserer Zivilisation weiterzutragen.

Und am Ende?

Über 99 Prozent der Arten, die jemals auf diesem Planeten gelebt haben, sind wieder ausgestorben. Warum sollte das für den Menschen über kurz oder lang anders sein? Zwar muss, wie wir gesehen haben, schon sehr viel Unglück zusammenkommen, um die Menschheit tatsächlich auszulöschen oder in einen unaufhaltsamen Abstieg zu drängen. Aber auch die Maya-Kultur und die alten Zivilisationen an Indus, Nil und Donau verschwanden. Übrig blieben steinerne Artefakte in Form von Gebäudeteilen, Statuen und Stadtmauern – sie weisen ironischerweise eine viel längere Haltbarkeit auf als unsere heutigen Kunststoffe und Hightechgeräte.

Douglas Coupland schrieb zwar einst in »Generation X«, dass Skischuhe aus Hartplastik wohl »noch dann auf der Erde herumliegen werden, wenn die Sonne kapeister geht«. Aber die Erosion durch Wind und Regen ist unerbittlich, und so dürfte dereinst – auch wenn das Leben fortbesteht – nicht viel von uns übrigbleiben. Vielleicht ein Teil der Freiheitsstatue wie in der alten Verfilmung von »Planet der Affen«. Möglicherweise autonome Roboter wie im Roman »Evolution« von Stephen Baxter.

Oder, wie in George R. Stewarts Zukunftsvision, ein abgenutzter alter Hammer.

Uwe Neuhold ist als Ausstellungsgestalter und Schriftsteller tätig. In seinen Arbeiten beschäftigt er sich mit kultur- und naturwissenschaftlichen Themen.

Die Zukunft

Eine Einführung

Seit es Menschen gibt, denken sie über die Zukunft nach. Aber heißt über die Zukunft nachzudenken auch, diese Zukunft zu »gestalten«? Was ist das eigentlich: die Zukunft? Ein Raum, in dem wir die Ängste und Hoffnungen der Gegenwart deponieren? Oder etwas, das wir verstehen, ja vielleicht sogar erfinden können? Dieses Buch erzählt eine einzigartige Ideengeschichte der Zukunft.

978-3-453-31595-2

Leseprobe unter: **www.heyne.de**

HEYNE ‹